# द गर्ल इन रूम 105

# द गर्ल इन रूम 105

## एक अनलव स्टोरी

चेतन भगत

अनुवाद
सुशोभित सक्तावत

हार्पर
हिन्दी

प्रथम प्रकाशन 2019

हार्पर हिन्दी

(हार्परकॉलिंस पब्लिशर्स इंडिया) द्वारा प्रकाशित 2024

बिल्डिंग नं. 10, टावर A, 4th फ्लोर,
डीएलएफ साइबर सिटी, फेज II, गुरुग्राम 122002, भारत
www.harpercollins.co.in



P-ISBN: 9789354898747
E-ISBN: 9789354899164



टाइपसेटिंग : निओ साफ्टवेयर कन्सलटैंट्स, प्रयागराज (इलाहाबाद)

मुद्रक: न्यूटेक प्रिंट सर्विसेज इंडिया



FSC
www.fsc.org
MIX
Paper from responsible sources
FSC® C143748

This book is printed on FSC® certified paper
which ensures responsible forest management.

*उनके लिए,*

*जो कभी हार नहीं मानते*

*और उनके लिए भी*

*जिनके लिए, मेरी तरह,*

*प्यार करना छोड़ देना कठिन है...*

# आभार और पाठकों के लिए संदेश

हाय ऑल,

शुक्रिया।

इंस्टाग्राम, फ़ेसबुक और यूट्यूब के इस दौर में एक किताब ख़रीदकर पढ़ने, और ख़ासतौर पर मेरी किताब ख़रीदकर पढ़ने के लिए आप शुक्रिया के हक़दार तो हैं ही।

लेकिन कोई भी किताब किसी एक व्यक्ति की कोशिशों से बनकर तैयार नहीं होती। इस किताब के लिए भी मुझे बहुत सारे लोगों को शुक्रिया कहना है।

मेरे पाठक, जिनका सहयोग और प्यार मुझे लगातार मिलता रहा है और मेरे लिए प्रेरणा का विषय बनता रहा है। इसी के कारण मैं मायूसियों के दौर से निकलकर आपको सुनाने के लिए नई कहानियां सोच पाता हूं।

शाइनी एंटनी, जो मेरी एडिटर, दोस्त और मेरी तमाम किताबों की पहली पाठक हैं, आपकी अमूल्य सहायता के लिए शुक्रिया।

किताब की पांडुलिपि पढ़कर बेशक़ीमती प्रतिक्रियाएं देने वाले आमिर जयपुरी, अनुषा भगत, आयशा रावल, भक्ति भट, क्रुशान पारिख, मानसी ईशान शाह, मिशेल शेट्टी, प्रतीक धवन और ज़ितिन धवन, आपकी सहायता और सुझावों के लिए शुक्रिया।

मोहित सूरी, विक्रांत मेसी, कश्मीरा ईरानी, संकल्प सदाना, अंशुल उप्पल और सिद्धार्थ अथा को उनकी दोस्ती और इस किताब के लिए दी गई मदद के लिए शुक्रिया।

इस किताब को बेहतर बनाने के लिए हार्पर कॉलिंस इंडिया के एडिटर्स द्वारा की गई मेहनत के लिए शुक्रिया।

हार्पर कॉलिंस इंडिया की समूची मार्केटिंग, सेल्स और प्रोडक्शन टीमों को शुक्रिया, जिन्होंने इस किताब के लिए इतनी मेहनत की।

किताब को पाठकों के हाथों तक पहुंचाने वाले ऑनलाइन डिलीवरी बॉयज़ और गर्ल्स को भी शुक्रिया।

मेरे आलोचको, आप एक बेहतर लेखक बनने और विनम्र व्यक्ति बने रहने में मेरी मदद करते हैं। मैं परफ़ेक्ट नहीं हूं। ना ही ऐसा है कि मैं हमेशा सही होता हूं। मैं और मेहनत करूंगा और बेहतर बनूंगा। जो हमेशा ही मुझसे सहमत नहीं होते, मैं उनके विचारों का भी सम्मान करता हूं। किंतु अभी मैं इतना ही कहना चाहूंगा कि हम अपने मतभेदों को कुछ देर के लिए अलग रख दें और लोग अधिक से अधिक पढ़ने की ओर कैसे अग्रसर हों, इस दिशा में काम करें। यह महत्वपूर्ण है।

मेरा परिवार मेरे जीवन को सहारा देने वाला आधारस्तंभ है। मां रेखा भगत, पत्नी अनुषा भगत, और दोनों बेटों श्याम और ईशान को मेरी ज़िंदगी में होने के लिए शुक्रिया।

हम प्यार से प्यार करते हैं, लेकिन कभी-कभी हमें प्यार करना छोड़ना भी पड़ता है।

और इसी के साथ, आइए, रूम नंबर 105 वाली लड़की से मिलते हैं।

# प्रस्तावना

*ऑन बोर्ड इंडिगो फ़्लाइट 6ई766 एचवायडी-डीईएल*

*'प्लीज़, अपनी सीटबेल्ट्स बांध लीजिए। हम हवा में असंतुलन की स्थिति से गुज़र रहे हैं,' फ़्लाइट अटेंडेंट ने घोषणा की।*

*मेरी आंखें बंद थीं। मैंने बेल्ट ढूंढ़ने की कोशिश की, लेकिन मिली नहीं।*

*'सर, प्लीज़ अपनी सीटबेल्ट बांध लीजिए,' फ़्लाइट अटेंडेंट ने इस बार पर्सनली मुझे याद दिलाया। वो मेरी तरफ़ कुछ ऐसे देख रही थी, मानो मैं उन कमअक़्ल मुसाफ़िरों में से हूं, जिन्हें सीधे-सरल निर्देशों का पालन करना भी नहीं आता।*

*'सॉरी, सॉरी,' मैंने कहा। लेकिन बेल्ट का छोर मिले तो सही। नींद की कमी से मेरा सिर चकरा रहा था।*

*मैंने पूरा दिन हैदराबाद में एक एजुकेशनल कॉन्फ्रेंस में बिताया था और अब आधी रात की आख़री फ़्लाइट से दिल्ली लौट रहा था।*

*डैम इट, ये बकल कहां गुम हो गया।*

*'आप बकल पर ही बैठे हुए हैं,' मेरे पास बैठे सज्जन ने कहा।*

*'ओह, स्टुपिड मी।' मैंने कहा, और आख़िरकार अपनी बेल्ट को लॉक किया। लेकिन मेरी आंखों में अब भी नींद भरी हुई थी।*

*'टफ़ फ़्लाइट, है ना?' उसने कहा।*

*'वो तो ज़ाहिर है,' मैंने कहा। 'मुझे अभी एक कॉफ़ी चाहिए।'*

*'हवा में असंतुलन की स्थिति के कारण अभी कोई सर्विस उपलब्ध नहीं है,' उसने कहा। 'आप किसी इवेंट में जा रहे हैं?'*

*'जा नहीं रहा, इवेंट से आ रहा हूं,' मैंने कहा। मुझे थोड़ी हैरत भी हुई कि भला इसे कैसे पता चला।*

*'सॉरी, मैंने आपका बोर्डिंग पास देखा। चेतन भगत। लेखक, राइट?'*

*'अभी तो मैं किसी भूत के जैसा दिखाई दे रहा हूं।'*

*वह हंस पड़ा।*

*'हाय, मैं केशव हूं, केशव राजपुरोहित।'*

हमने हाथ मिलाया।

हम बादलों के बीच से गुज़र रहे थे, जो अभी नाराज़ थे। शायद उन्हें यह पसंद नहीं था कि मेटल का बना यह हवाई जहाज़ उन्हें इस तरह से डिस्टर्ब करे। हवाई जहाज़ पलभर को ऐसे डोला, जैसे किसी डिब्बे में कोई कंकड़ हिलता है। मैंने आमरिस्ट्स को पकड़ लिया। लेकिन धरती से 38 हज़ार फ़ीट की ऊंचाई पर स्थायित्व हासिल करने की वो कोशिश बेकार ही थी।

'नैस्टी, है ना?' केशव ने कहा।

मैंने मुंह से गहरी सांस ली और सिर हिला दिया। रिलैक्स, जल्द ही सब ठीक हो जाएगा, मैंने अपने आपसे कहा।

'कितना अजीब है ना, हम मेटल के इस बड़े से डिब्बे के अंदर हैं और आकाश में तैर रहे हैं। मौसम पर हमारा कोई ज़ोर नहीं। हवा का एक ज़ोरदार झोंका भी इस उड़नखटोले की खटिया खड़ी कर सकता है,' उसने शांत आवाज़ में कहा।

'यह सुनकर मुझे बहुत राहत मिली, केशव,' मैंने कहा।

वह फिर हंस दिया।

आधे घंटे बाद, मौसम शांत हो गया था और फ़्लाइट अटेंडेंट ने कैबिन सर्विस शुरू कर दी थी। मैंने अपने लिए दो कप कॉफ़ी ऑर्डर कर दी।

'तुम कॉफ़ी लोगे?' मैंने पूछा।

'नो कॉफ़ी। आपके पास प्लेन मिल्क होगा?' उसने फ़्लाइट अटेंडेंट से कहा।

'नो सर, जस्ट टी, कॉफ़ी एंड सॉफ़्ट ड्रिंक्स,' फ़्लाइट अटेंडेंट ने कहा।

उसे क्या लगा, यह क्या है? डेयरी फ़ार्म? और उसकी उम्र क्या है? बारह साल?

'ठीक है, फिर चाय ही दे दीजिए,' उसने कहा, 'विद एक्स्ट्रा मिल्क सैशेज़।'

मैंने कॉफ़ी का पहला कप पिया। मुझे लग रहा था मैं लो-बैटरी से जूझ रहा एक ऐसा फ़ोन हूं, जिसे आख़िरकार चार्जर मिल गया हो। कम से कम चंद मिनटों के लिए ही सही, लेकिन मैं री-बूट हो गया। खिड़की से बाहर रात का अंधेरा था और तारे छिटके हुए थे।

'अभी आप बेहतर हालत में लग रहे हैं,' केशव ने टिप्पणी की।

मैं उसकी तरफ़ ग़ौर से देखने के लिए मुड़ा।

गहरी-भूरी आंखों वाला एक हैंडसम चेहरा। ऐसा लग रहा था, जैसे उसकी आंखों ने बहुत ज़िंदगी देख ली है, जबकि उसकी ख़ुद की उम्र मिड-ट्वेंटीज़ की ही होगी। अंधेरा होने के बावजूद उसकी आंखें जैसे चमक रही थीं।

'मैं इसका एडिक्ट हो चुका हूं,' मैंने कप की ओर इशारा करते हुए कहा। 'ज़ाहिर है, यह अच्छी बात नहीं।'

'दुनिया में एडिक्ट होने के लिए इससे भी बदतर चीज़ें हैं,' केशव ने कहा।

'सिगरेट? एल्कोहल?' मैंने पूछा।

'इनसे भी बदतर।'

'ड्रग्स?' मैंने फुसफुसाते हुए पूछा।

'इससे भी बदतर।'

'क्या?' मैंने कहा।

'प्यार।' इस बार उसने फुसफुसाते हुए कहा।

मैं इतनी ज़ोर से हंसा कि कॉफ़ी मेरी नाक से बाहर निकल पड़ी।

'डीप,' मैंने कहा, और आमरिस्ट पर रखे उसके हाथ को थपथपाया। 'दैट्स डीप, बडी। मेरे ख्याल से, तब तो कॉफ़ी इतनी बुरी चीज़ नहीं है।'

उसने अपने बालों में उंगलियां फिराईं। उसके बाल छोटे थे, मिलिट्री क्रू-कट। और फिर अपने बाएं कान में पहने हुए गोल्ड स्टड को छुआ, जो कि दमक रहा था।

'तुम क्या नौकरी करते हो, केशव?' मैंने पूछा।

'मैं पढ़ाता हूं।'

'ओह, नाइस। तुम क्या...'

'मैं आपके कॉलेज से हूं।'

'रियली?'

'आईआईटी दिल्ली। क्लास ऑफ़ 2013।'

'तुमने एक्चुअली मुझे यह अहसास करा दिया कि मैं कितना उम्रदराज हो गया हूं,' मैंने कहा। हम दोनों हंस पड़े।

'शायद, मेरे पास आपके लिए एक कहानी है,' उसने कहा।

'ओह नो, फिर से नहीं,' मैंने कहा, और फिर ऐसा करने के लिए मन ही मन ख़ुद को लताड़ लगाई। थकान के कारण मैं मैनर्स भी भूल गया था।

'आई एम सॉरी, मैं रूड नहीं होना चाहता था,' मैंने कहा।

'इट्स फ़ाइन,' उसने कहा और अपने हाथों को रगड़ने लगा। 'मेरी ही भूल थी, जो यह मान लिया कि आप यह कहानी सुनना चाहेंगे। आई एम श्योर, आपको ऐसे कहानी सुनाने वाले लोग बहुत मिलते होंगे।'

'हां, कभी-कभी। लेकिन इसके लिए मेरा बुरा बर्ताव करना ज़रूरी नहीं। सॉरी।'

'इट्स ओके,' उसने कहा और आगे की ओर ताकने लगा।

'मैं थका हुआ हूं। आराम करना चाहता हूं।' मैंने कहा। उसने कोई प्रतिक्रिया नहीं दी।

मैंने अपनी आंखें बंद कर लीं। मैं सोना चाहता था, लेकिन सो नहीं पा रहा था। कैफ़ीन और गिल्ट के ओवरडोज़ ने मेरी नींद उड़ा दी थी।

बीस मिनट बाद मैंने अपनी आंखें खोलीं। केशव अभी भी आगे की ओर देख रहा था, जहां समंदर था।

'अगर तुम शॉर्ट में सुनाओ तो शायद मैं तुम्हारी कहानी सुन सकता हूं,' मैंने कहा।

'अपने ऊपर किसी ज़िम्मेदारी को महसूस मत कीजिए,' उसने उसी तरफ़ देखते हुए कहा।

ऑफ़ कोर्स, मैं ज़िम्मेदारी तो महसूस करूंगा ही, ड्यूड, अगर तुम ऐसे मुंह फुलाकर बैठोगे और आई कॉन्टैक्ट भी नहीं करोगे।

'लिसन,' मैंने कहा, 'बात ये है कि तुमने कहा प्यार का एडिक्शन। तो मुझे लगा तुम एक लव स्टोरी सुनाना चाहते हो। मैं लव स्टोरीज़ से थक चुका हूं। रियली, अनदर चेतन भगत लव स्टोरी? अब तो यह एक घिसी-पिटी बात हो गई है। मैं अब किसी और चीज़ के बारे में लिखना चाहता हूं। वैसे भी आजकल कौन प्यार करता है। लोग केवल लेफ़्ट और राइट में स्वाइप भर ही करते हैं...'

'यह लव स्टोरी नहीं है,' उसने मुझे बीच में ही रोकते हुए कहा।

'रियली?' मैंने त्योरी चढ़ाते हुए कहा। 'और क्या तुम प्लीज़ मुझसे बात करते समय मेरी ओर देख सकते हो?'

उसने अपना चेहरा घुमाया।

'यह एक एक्स-लवर के बारे में है। लेकिन यह लव स्टोरी नहीं है,' उसने कहा।

'एक्स-लवर? तुम्हारा ब्रेकअप हो गया?'

'हां।'

'लेट मी गेस। उसने ब्रेकअप किया है, लेकिन तुम अब भी उसे चाहते हो और उसे फिर से हासिल करना चाहते हो?'

'हां,' उसने कहा।

'और क्या तुम्हें वह मिली?'

उसने सिर हिला दिया।

'मैं उसे नहीं पा सका,' उसने कहा।

'क्यों?'

'लीव इट। आपको यह सब सुनाने से क्या लाभ।'

'मैं बस पूछ रहा हूं।'

'मैं थक गया हूं, क्या मैं आराम कर सकता हूं?' उसने कहा। फिर वह अपनी सीट पर पीछे की तरफ़ झुका और आंखें मूंद लीं। वह फ़ौरन ही सो भी गया। डैम, आपको किसी राइटर के साथ ऐसा कभी नहीं करना चाहिए। आपको उसे लेट फ़्लाइट पकड़ने को मजबूर नहीं करना चाहिए, उसके भीतर कॉफ़ी नहीं उड़ेल देनी चाहिए, उसे एक कहानी सुनाना शुरू करके ख़ुद नहीं सो जाना चाहिए।

मुझे उसका कंधा पकड़कर उसे हिलाना पड़ा।

'क्या?' उसने चौंककर कहा।

'तुम्हारे और उसके बीच क्या हुआ?'

'किसके? मेरे और ज़ारा के बीच में?'

'तो उसका नाम ज़ारा है। ज़ारा क्या?'

'ज़ारा लोन,' उसने कहा।

'तो, मुझे बताओ कि क्या हुआ।'

केशव हंसने लगा।

'क्या?' मैंने हैरानी से कहा।

'उसके लिए मुझे आपको पूरी कहानी सुनानी पड़ेगी, चेतन।'

'तो शुरू हो जाओ। कौन जाने, मैं इस कहानी को लिख भी डालूं।'

'नहीं, आपको ऐसा करने की ज़रूरत नहीं पड़ेगी। जैसा कि मैंने आपको बताया, यह लव स्टोरी नहीं है। आप चाहें तो एक और क्यूट बॉय-क्यूट गर्ल वाला रोमांस लिख सकते हैं। हाफ़ या क्वार्टर गर्लफ्रेंड टाइप्स।'

*मैंने उसके सरकाज़्म को नज़रअंदाज़ कर दिया।*

*'जस्ट टेल मी द स्टोरी। मैं जानना चाहता हूं कि तुम्हारे और ज़ारा लोन के बीच क्या हुआ,' मैंने कहा।*

# अध्याय एक

*छह महीने पहले*

'स्टॉप, मेरे भाई, स्टॉप,' सौरभ ने मेरे हाथ से व्हिस्की का गिलास छुड़ाते हुए कहा।

'मैं नशे में नहीं हूं,' मैंने कहा। हम मेकशिफ़्ट बार के पास ड्राइंग रूम के एक कोने में बैठे हुए थे। कोचिंग क्लास फ़ैकल्टी के बाक़ी के लोग अरोरा सर के इर्द-गिर्द जमा थे। वे कभी भी उनकी लल्लो-चप्पो करने का मौक़ा नहीं गंवाते थे।

हम चंदन क्लासेस के संचालक और हमारे बॉस चंदन अरोरा के मालवीय नगर स्थित घर पर आए थे।

'तुमने मेरी क़सम खाई थी कि तुम दो ड्रिंक से ज़्यादा नहीं पीओगे,' सौरभ ने कहा।

मैं उसे देखकर मुस्करा दिया।

'हां, लेकिन मैंने ड्रिंक्स की साइज़ तो तय नहीं की थी ना? एक ड्रिंक में आधी बोतल भी तो पी जा सकती है,' मेरी आवाज़ लड़खड़ा गई। मैं ख़ुद ठीक से खड़ा नहीं हो पा रहा था।

'तुम्हें ताज़ी हवा की ज़रूरत है। चलो बालकनी में चलते हैं,' सौरभ ने कहा।

'मुझे केवल ताज़ी व्हिस्की की ज़रूरत है,' मैंने कहा।

सौरभ मेरी बांह पकड़कर मुझे खींचते हुए बालकनी में ले गया। मुझे तो यक़ीन ही नहीं हुआ कि थुलथुल शरीर वाला यह इंसान इतना ताक़तवर कब से हो गया था।

'यहां तो कड़ाके की सर्दी है,' मैंने ठंड से कांपते हुए कहा। अपने आपको गर्म बनाए रखने के लिए मैं अपनी हथेलियों को मलने लगा।

'भाई, तुम्हें इतनी नहीं पीनी चाहिए।'

'यह न्यू ईयर ईव है। तुम तो जानते ही हो इस तारीख़ को मुझे क्या हो जाता है।'

'वो अब बीती बात हो गई है। चार साल पुरानी। अभी साल 2018 लगने जा रहा है।'

'लगता है जैसे चार पल पहले की बात हो,' मैंने कहा।

मैंने सिगरेट का पैकेट निकाला, लेकिन सौरभ ने उसे छीन लिया और अपनी जेब के हवाले कर दिया। मैंने फ़ोन निकाला और अपने अगले नशे के कॉन्टैक्ट डिटेल्स खोल लिए–ज़ारा।

'उसने उस रात को क्या कहा था?' मैंने ज़ारा के व्हॉट्सएप्प प्रोफ़ाइल पिक्चर को देखते हुए कहा। 'हमारे बीच सब ख़त्म हो गया है, यही कहा था ना उसने? लेकिन हमारे बीच सब ख़त्म हो गया है, यानी क्या? वह हम शब्द का इस्तेमाल कैसे कर सकती है। मेरी तरफ़ से अभी ख़त्म नहीं हुआ।'

'भाई, फ़ोन को बंद कर दो, तुम्हारी तरफ़ से उसे एक एक्सिडेंटल कॉल चला जाएगा,' सौरभ ने कहा और मेरा फ़ोन छीनने की कोशिश की। मैं दूर हो गया।

'ज़रा देखो इसे,' मैंने सौरभ की ओर फ़ोन की स्क्रीन घुमाते हुए कहा।

उसने अपनी डीपी में एक सेल्फ़ी लगा रखी थी—पाउटिंग, कमर पर हाथ, और काली साड़ी—उसके गोरे, लगभग गुलाबी चेहरे के साथ एक नाटकीय कंट्रास्ट रचते हुए।

वह हमेशा डीपी में अपनी तस्वीर नहीं लगाती थी। अकसर वह कोट्स लगा देती थी। 'ज़िंदगी को आपनी राह रोकने का अवसर मत दो' क़िस्म के कोट्स। ऐसे बयान, जो सुनने में तो संजीदा लगते, लेकिन वास्तव में जिनका कोई मतलब नहीं होता।

उसकी व्हॉट्सएप्प डिस्प्ले पिक्चर ही अब उससे मेरा इकलौता जुड़ाव रह गया था। इसी से मुझे पता चलता था कि उसकी ज़िंदगी में क्या हो रहा है।

'भला काली साड़ियां कौन पहनता है? वह इसमें इतनी अच्छी नहीं लग रही है,' सौरभ ने कहा। वह हमेशा अपनी तरफ़ से पूरी कोशिश करता था कि मैं जैसे भी हो, उसे अपने दिमाग़ से निकाल सकूं। सौरभ मेरा सबसे अच्छा दोस्त था, और ज़िंदगी नाम की इस पागलपन भरी दौड़ में मेरा सबसे अच्छा साथी। वह जयपुर से था, जो कि मेरे शहर अलवर से बहुत दूर नहीं था। उसके पिता पीडब्ल्यूडी में बतौर जूनियर इंजीनियर काम करते थे। मेरी ही तरह, कैंपस के बाद उसका भी प्लेसमेंट नहीं हुआ था। हम दोनों चंदन क्लासेस में जी-तोड़ मेहनत करते, यह जानते हुए भी कि हम जल्द से जल्द

इस जगह से बाहर निकल जाना चाहते थे।

'वो ज़ारा है, वो हमेशा ही अच्छी लगती है,' मैंने दो टूक अंदाज़ में कहा।

सौरभ ने कंधे उचका दिए।

'इसी बात का तो दुख भी है।'

'तुम्हें क्या लगता है, मैं उसके लुक्स की वजह से उसका दीवाना हूं?'

'मुझे लगता है कि तुम्हें अपना फ़ोन अब बंद कर देना चाहिए।'

'तीन साल हो गए हैं, ड्यूड। पागलपन से भरे तीन साल।'

'जानता हूं, भाई। अगर तुम प्रॉमिस करो कि अब ड्रिंक नहीं करोगे तो हम अंदर चलें। यहां बहुत सर्दी है।'

'क्या जानते हो तुम?'

'यही कि तुमने तीन साल तक ज़ारा को डेट किया। डिनर करना है?'

'डिनर की ऐसी की तैसी। केवल तीन साल नहीं, मैंने उसे तीन साल, दो महीने और तीन हफ़्ते तक डेट किया था।'

'हां, बताया था तुमने मुझे—रॉन्देवू 2010 से न्यू ईयर ईव 2014 तक।'

'हां, रॉन्देवू। वहीं हमारी मुलाक़ात हुई थी। मैंने तुम्हें बताया है कि हम कैसे मिले थे?' मैंने कहा। मेरे क़दम लड़खड़ा रहे थे। सौरभ ने मुझे कसकर पकड़ रखा था ताकि मैं नीचे ना गिर पड़ूं।

'हां, तुम मुझे बता चुके हो, एक नहीं पचासों बार,' सौरभ ने बड़बड़ाते हुए कहा।

'एक डिबेट कॉम्पिटिशन चल रहा था। वह फ़ाइनल्स में थी।'

'भाई, तुम ये कहानी हज़ार बार सुना चुके हो,' उसने कहा, लेकिन मुझे परवाह नहीं थी। अब वह इस कहानी को एक बार फिर सुन सकता था।

# अध्याय दो

*लगभग सात साल पहले*

*क्लैश ऑफ़ द टाइटंस, डिबेट फ़ाइनल्स*
*रॉन्देवू फ़ेस्ट, आईआईटी दिल्ली*
*अक्टूबर 2010*

वह लेफ़्ट पोडियम पर खड़ी थी। उसका क़द पांच फ़ीट तीन इंच ही था, लेकिन तनकर खड़ी होने के कारण वह अपने क़द से अधिक लंबी नज़र आ रही थी। उसने सफ़ेद रंग की सलवार कमीज़ पहनी थी, जिस पर सिल्वर पाइपिंग वाला फ़ुशिया दुपट्टा लिया हुआ था। मुझे उसके कपड़ों के बजाय उसकी डिबेटिंग स्किल्स पर फ़ोकस करना था, लेकिन मेरी बात तो रहने ही दीजिए, डिबेट में उसके विरोधी को भी कुछ पल ठहरकर उसको एक नज़र निहारने को मजबूर होना पड़ रहा था। ज़ारा बेहद ख़ूबसूरत थी।

सेमिनार हॉल स्टेज पर एक बैनर था, जिस पर डिबेट का विषय लिखा हुआ था—क्या सार्वजनिक रूप से धार्मिक आस्था के प्रदर्शन पर रोक लगाई जानी चाहिए?

ज़ारा लोन के सामने था इंदर दास, हिंदू कॉलेज का डिबेट चैंपियन। वो दोनों ही *क्लैश ऑफ़ द टाइटंस* के फ़ाइनल तक पहुंचे थे।

हॉल खचाखच भरा हुआ था और दोनों के बोलने का इंतज़ार हो रहा था।

इंदर ने ढीला कुर्ता पहना था। उसके घुंघराले बालों और रिमलेस चश्मे के कारण ऐसा लग रहा था, जैसे वह किसी बंगाली आर्ट फ़िल्म से निकलकर आया है। वही फ़िल्में, जिनमें सभी अपना डायलॉग बोलने से पहले पांच सैकंड इंतज़ार करते हैं।

'जहां तक मेरी जानकारी है, हम एक आज़ाद मुल्क हैं,' इंदर ने कहा। 'हमारे संविधान की प्रस्तावना धर्मनिरपेक्ष शब्द का इस्तेमाल करती है। राज्यसत्ता किसी को अपनी धार्मिक आस्था का पालन करने से नहीं रोक सकती। हमारे संविधान के अनुच्छेद 25 से लेकर 28 धर्मपालन की स्वतंत्रता मुहैया कराते हैं।'

डैम, लोगों को संविधान के अनुच्छेद तक रटे हुए थे? और यहां मुझे यह भी नहीं मालूम था कि संविधान में अनुच्छेद जैसी भी कोई चीज़ होती है। इस डिबेट के दोनों ही पक्षों को लेकर मेरा अपना कोई विचार नहीं था। मैं तो केवल ज़ारा को जीतते देखना चाहता था। मैं उसके चेहरे पर मुस्कराहट देखना चाहता था।

ज़ारा ने अपना हाथ उठाकर ऐतराज़ जताया। लेकिन उसे अपनी बारी आने का इंतज़ार करना पड़ा, क्योंकि इंदर रुकने का नाम ही नहीं ले रहा था।

'अनुच्छेद 25 कहता है, और मैं कोट कर रहा हूं,' इंदर ने कहा और रुक गया, फिर वह अपने नोट्स को उलट-पुलटकर देखने लगा।

जब लोग यह कहकर रुक जाते हैं कि 'मैं कोट कर रहा हूं,' तो वे बड़े डरावने इंटेलेक्चुअल लगने लगते हैं। सच्चाई यही है कि 'मैं कोट कर रहा हूं' टाइप के लोगों से कोई भी पंगा नहीं लेना चाहता।

इंदर फिर बोलने लगा या बेहतर होगा अगर कहूं, इंदर कोट करने लगा—

'सभी लोगों को अपनी आस्था के अनुरूप व्यवहार करने और अपने धर्म का पालन और प्रचार करने का समान अधिकार और स्वतंत्रता है,' यह कहकर वह फिर रुक गया, ताकि हम उसके कहे को गले से नीचे उतार सकें। 'मिस ज़ारा लोन, आप ना केवल हमारे कल्चर के ख़िलाफ़ बात कर रही हैं, बल्कि हमारे संविधान के ख़िलाफ़ भी जा रही हैं। आप ना केवल हमसे हमारा दिवाली सेलिब्रेशन छीन लेना चाहती हैं, आप क़ानून भी तोड़ने के लिए कमर कसे हुए हैं।'

उसने अपनी स्पीच ख़त्म की और हिकारत से अपने नोट्स को परे फेंक दिया। फिर उसने कुछ इस अंदाज़ में अपनी गर्दन हिलाई मानो कह रहा हो, आख़िर हम इस विषय पर डिबेट भी किसलिए कर रहे हैं?

तालियां गूंज उठीं। मेरा दिल बैठ गया। तो क्या ज़ारा डिबेट हार जाएगी?

सभी की आंखें ज़ारा की ओर घूम गईं। उसने तालियों की गड़गड़ाहट ख़त्म होने का इंतज़ार किया और फिर अपनी बात शुरू की—

'मालूम होता है, मेरे प्रतिपक्षी को संविधान की अच्छी जानकारी है, इसके लिए तो उन्हें बधाई ही दी जानी चाहिए,' ज़ारा ने कहा। इंदर मुस्करा दिया।

'बहरहाल, साथियो, हम यहां पर इस बारे में बात करने के लिए इकट्ठा

हुए हैं कि क्या सही है और क्या ग़लत, यह नहीं कि संविधान में क्या लिखा है, जो कि कोई भी दो सैकंड में गूगल करके जान सकता है।'

श्रोताओं की रीढ़ तन गई। यह लड़ाई इतनी आसानी से ख़त्म नहीं होने जा रही थी।

ज़ारा ने अपनी बात जारी रखी—

'यह सच है कि संविधान हमारे प्रजातंत्र का आधार है, लेकिन ऐसा नहीं है कि उसमें कोई संशोधन नहीं हो सकता। इससे पहले भी संविधान में संशोधन होते रहे हैं।'

हॉल में सन्नाटा छा गया।

'तो यहां पर सवाल यह नहीं है कि संविधान में क्या लिखा गया है, सवाल यह है कि संविधान में क्या लिखा जाना चाहिए,' उसने कहा।

'येस, सुपर्ब, शाबाश!' मैं ज़ोर से बोल पड़ा। मेरी आवाज़ पूरे हॉल में गूंज उठी। डैम, मुझे तो लग रहा था बाक़ी लोग भी मेरी आवाज़ में आवाज़ मिलाएंगे। पूरा हॉल मेरी तरफ़ देख रहा था, ख़ुद ज़ारा लोन की नज़रें मुझ पर आ टिकी थीं।

'शुक्रिया,' वह मेरी तरफ़ देखकर मुस्कराई, 'लेकिन इसे बाद के लिए बचाकर रखिए।'

कोई पांच सौ लोगों से भरा हॉल ठहाका लगाकर हंस पड़ा। माहौल में छाई हुई गंभीरता थोड़ा कम हुई, लेकिन मैं थोड़ा तनाव में आ गया। मैं चाहता था कि ठीक उसी समय बिजली गुल हो जाए और पूरे हॉल में अंधेरा छा जाए, ताकि मैं चुपचाप वहां से निकल सकूं। ज़ारा ने अपनी बात जारी रखी—

'बहरहाल, मेरे दोस्त ने अनुच्छेद 25 को आंशिक रूप से ही कोट किया है। अनुच्छेद 25 यह ज़रूर कहता है कि सभी को धर्मपालन की आज़ादी है, लेकिन वह यह भी कहता है कि यह आज़ादी निर्बाध नहीं है और वह लोक-व्यवस्था, सार्वजनिक नैतिकता और जन स्वास्थ्य के मानकों के प्रति उत्तरदायी है। मुझे आश्चर्य हो रहा है कि मेरे विद्वान प्रतिपक्षी इस बिंदु का उल्लेख करना भूल गए।'

'तो, अगर लोगों को होने वाली असुविधा का ही प्रश्न है,' इंदर ने ज़ारा को बीच में ही टोकते हुए कहा, 'तब एक मुस्लिम होने के नाते क्या आप लाउडस्पीकर्स से दिन में पांच बार अज़ान पर पाबंदी लगाने की बात भी कहेंगी?'

'बिलकुल कहूंगी।'

पूरे सभागार ने जैसे एक ठंडी आह भरी। एक मुस्लिम लड़की स्टेज पर होने के बावजूद ऐसा कह रही थी। लेकिन ज़ारा को इससे कोई फ़र्क़ नहीं पड़ा। उसने अपनी बात जारी रखी—

'आप अज़ान के बिना भी दिन में पांच बार नमाज़ पढ़ सकते हैं। हो सकता है कोई एप्प आपको अपने फ़ोन पर दिन में पांच बार इसकी याद दिला दे। या आप चाहें तो हेडफ़ोन पर जो सुनना चाहें सुन सकते हैं। लेकिन इसे सभी पर क्यों थोपना? वैसे मुझे ख़ुशी होगी अगर आप मुझे एक मुस्लिम लड़की की तरह संबोधित करना बंद करेंगे। मैं यहां पर एक मुस्लिम की तरह नहीं आई हूं, मैं यहां पर *क्लैश ऑफ़ द टाइटंस* डिबेट कॉम्पिटिशन की फ़ाइनलिस्ट की तरह आई हूं।'

इस बार वो तालियां गड़गड़ाईं कि सभी आवाज़ें उनमें दब गईं। कुछ मिनटों के बाद जजिंग पैनल में से एक फ़ैकल्टी मेंबर स्टेज पर गए और फ़ैसला सुनाया—

'आज की डिबेट बहुत ही अच्छी रही। ये सच है कि भारत ही नहीं, पूरी दुनिया में ही धार्मिक आस्था के सार्वजनिक प्रदर्शन पर रोक लगाने के पक्ष में अपनी बात रखना बहुत मुश्किल है। इस नज़रिए से देखें तो मिस ज़ारा के सामने एक कठिन चुनौती थी, लेकिन उन्होंने बहुत ही संयत रूप से और तर्कपूर्ण तरीक़े से अपनी बात रखी। इसलिए मिस ज़ारा लोन को इस साल की विजेता घोषित किया जाता है।'

सभी ने अपनी जगह पर खड़े होकर इस फ़ैसले का अभिवादन किया। ज़ारा अपनी ट्रॉफ़ी लेने आई। मैं पागलों की तरह तालियां बजा रहा था। मेरे हॉस्टल के एक साथी ने मुझे कहा कि मुझे सीटी बजानी चाहिए। मैंने आपको बताया या नहीं कि आईआईटी दिल्ली में मुझसे ज़ोरदार सीटी कोई नहीं बजा सकता था? मैंने ज़ोरदार सीटी बजाई। वह किसी डिबेट कॉन्टेस्ट के बजाय किसी फ़ुटबॉल मैच के लिए ज़्यादा अनुरूप थी। एक बार फिर अनेक इंटेलेक्चुअल टाइप लोगों की नज़रें मेरी तरफ़ घूम गईं। शायद वे यही सोच रहे थे कि मेरे जैसे फूहड़ आदमी को यहां किसने आने दिया।

मेरी सीटी ने ज़ारा का ध्यान खींचा। उसने मेरी तरफ़ देखा और मुस्करा दी। मैंने सीटी बजाने के लिए अपने मुंह में डाली उंगलियां बाहर निकाल लीं।

'ड्यूड, ईज़ी। वो तुम्हारी गर्लफ्रेंड है क्या?' मेरे पास खड़े एक लड़के

ने कहा।

नहीं, है तो नहीं, लेकिन बन जाएगी। मैं यही कहना चाहता था।

लेकिन मैं हॉल के बाहर निकल आया और फ़ूड स्टॉल्स की ओर चलने लगा।

'मुझे चीयर करने के लिए शुक्रिया।'

उसकी आवाज़ सुनकर मैं जैसे ठिठक ही गया।

'ज़ारा?' मैंने पीछे पलटते हुए कहा।

'हां। नाइस कॉलेज। तुम यहीं के हो?'

'हां। और तुम?' मैंने कहा।

'दिल्ली कॉलेज ऑफ़ इंजीनियरिंग। चंद मार्क्स से आईआईटी मिस कर गई। शायद मैं इतनी स्मार्ट नहीं थी।'

'तुम डेफ़िनेटली मुझसे तो ज़्यादा ही स्मार्ट हो।'

हम मेन रोड तक चले आए, जहां ढेर सारे फ़ूड स्टॉल सजे हुए थे।

❖

'तो जब तुम लोग चलते हुए जा रहे थे, तो ज़ारा ने तुमसे पूछा कि क्या तुम्हें भूख लगी है और फिर तुम लोगों ने साथ में खाना खाया और फ़ोन नंबर्स एक्सचेंज किए...' सौरभ ने मुझे बीच में ही टोकते हुए कहा।

'व्हॉट? तुम्हें ये सब कैसे मालूम?' मैंने कहा। एक वेटर ने हमें बालकनी में देखा तो ट्रे में ड्रिंक्स ले आया। सौरभ के रोकने के बावजूद मैंने व्हिस्की का एक गिलास उठा ही लिया।

'अरे, भाई, प्लीज़। तुमने एक प्लेन डोसा ऑर्डर किया। उसने परांठा मंगवाया। परांठा अच्छा नहीं था तो तुमने उसे अपना डोसा दे दिया। इसके बाद जो हुआ वह तो अब इतिहास है। चलो, अब अंदर चलें। मैं यहां सर्दी में जमकर बर्फ़ हुआ जा रहा हूं।'

उसने बांहें समेट लीं। मैंने व्हिस्की का एक बड़ा-सा सिप लिया। वह मेरे हलक़ से नीचे कुछ ऐसे उतरी, जैसे आग की छोटी-सी गेंद हो।

'हैव अ ड्रिंक,' मैंने कहा। 'इससे तुम्हें कम सर्दी लगेगी।'

'नॉट रियली। एल्कोहल से तो उल्टे हीट लॉस हो जाता है।'

'गोलू, ये जेईई की कैमिस्ट्री यहां मत पका। ये न्यू ईयर्स ईव है,' मैंने कहा। मैंने गिलास उसके मुंह की ओर बढ़ाया। उसने मेरी तरफ़ देखा और

फिर झिझक से एक घूंट पी लिया।

'गुड जॉब, माय गोलू,' मैंने कहा। 'तो तुम्हें डोसे वाली बात भी मालूम है? तब तुम जानना चाहोगे कि हमारी अगली मुलाकात कैसे हुई? द फ़र्स्ट रियल डेट?'

'प्लीज़, नो, भाई। अंदर चलकर स्टाफ़ के साथ रहते हैं। वे लोग पहले ही हमें एंटीसोशल समझते हैं।'

'उनकी ऐसी की तैसी। हमें इस जॉब से ही नफ़रत है तो लोगों से कैसे घुलेंगे-मिलेंगे?'

'उन लोगों से थोड़ा बात करने की कोशिश तो कर सकते हैं।'

'एक मिनट। मैं एक कॉल करके आया।'

मैंने अपना फ़ोन निकाला और ज़ारा का कॉन्टैक्ट खोला। सौरभ ने उसकी तस्वीर देख ली।

'नहीं, भाई, नहीं,' वह मेरा फ़ोन लेने आगे बढ़ा। मैं दौड़ पड़ा।

'भाई, मेरी क़सम है, आप उसको कॉल नहीं करोगे।'

'नया साल है, क्या मैं उसको विश भी नहीं कर सकता?'

'नहीं भाई,' उसने कहा।

'श्श्श... रिंग जा रही है,' मैंने अपने बाएं हाथ से सौरभ को रोका और दाएं से फ़ोन को अपने कान से लगा लिया।

एक रिंग गई। फिर दूसरी, पांचवीं, सातवीं।

'हैलो?' एक आवाज़ सुनाई देते ही मैंने कहा। 'हैलो ज़ारा, फ़ोन मत रखना, ओके?'

'द पर्सन यू हैव डायल्ड कैन नॉट बी रीच्ड। प्लीज़ ट्राय अगेन लेटर।' एयरटेल लेडी की आवाज़ थी, इमोशनलेस बिच। उसको क्या मालूम था कि यह कॉल मेरे लिए कितना ज़रूरी था।

'तो फ़ोन नहीं लगा? गुड, चलो अब रहने दो,' सौरभ ने कहा।

मैंने फिर लगाया। फिर सात रिंग गईं। फिर वही एयरटेल बिच की आवाज़।

'स्टॉप इट, भाई। वो इतने सारे मिस्ड कॉल देखकर घबरा जाएगी।'

'मुझे परवाह नहीं,' मैंने कहा। जब आप पहले ही किसी को ढेरों मिस्ड कॉल देने का अपमान सहन कर चुके हों, तो इससे क्या फ़र्क़ पड़ता है कि आपने दो या तीन मिस्ड कॉल दिए हैं या सात या दस।

यही कारण था कि मैंने उसे दसवीं बार कॉल किया। और इस बार मेरे कानों में एयरटेल लेडी की आवाज़ नहीं थी।

'हैलो।' मैंने ज़ारा की आवाज़ सुनी। उसके मुंह से निकला एक ही शब्द मुझे दुनिया की किसी भी व्हिस्की से बेहतर महसूस कराने में सक्षम था।

'हे ज़ारा,' मैंने गला खंखारते और 'हे' शब्द को ज़रूरत से ज़्यादा खींचते हुए कहा। सौरभ ने मायूसी भरी आह भरी। मैं उससे दूर चला आया।

'हां, केशव,' उसने नपी-तुली आवाज़ में कहा। उसकी आवाज़ ठंडी थी, किसी भी एयरटेल लेडी की आवाज़ से ज़्यादा ठंडी।

मुझे समझ नहीं आया कि अब क्या बोलूं। 'मैं तुम्हें कॉल करने की कोशिश कर रहा था,' मैं इतना ही कह सका।

'जानती हूं। और तुम्हें भी यह मालूम होना चाहिए कि अगर कोई दस बार में भी आपका कॉल नहीं पिक कर रहा है तो इसका मतलब है कि शायद आप दोनों के बीच बात नहीं हो सकती।'

'दस बार नहीं, नौ बार। एनी-वे, तुम बिज़ी हो क्या?' मैंने कहा। 'मैं बाद में भी कॉल कर सकता हूं।' मुझे उसे एक बार फिर कॉल करने और उसकी आवाज़ सुनने का बहाना चाहिए था। मुझे बैकग्राउंड में म्यूज़िक सुनाई दे रहा था। वो भी किसी पार्टी में थी। शायद उसने काली साड़ी पहनी हो। मैं सोचने लगा कि क्या उसके साथ उसका इडियट लूज़र बॉयफ्रेंड भी होगा।

'क्या बात है, केशव? तुमने मुझे क्यों कॉल किया है?' उसने कहा।

मैं बालकनी के एक कोने में चला आया। सौरभ ने मुझे फ़ॉलो तो नहीं किया, लेकिन दूर से ही मुझ पर नज़र ज़रूर जमाए रहा।

'मैं बस हैप्पी न्यू ईयर बोलना चाहता था। तुम ऐसे सवाल क्यों पूछ रही हो?' मैंने कहा।

'होल्ड ऑन अ सैकंड,' उसने कहा। उसका ध्यान पार्टी में किसी और की तरफ़ चला गया था। 'हाय,' मैंने उसकी आवाज़ सुनी, 'यू लुक लवली टू।'

'ज़ारा, आर यू देयर?' बहुत देर तक कुछ भी सुनाई नहीं देने पर मैंने कहा।

'यहां बहुत सारे लोग हैं। एनी-वे, तुमको याद है हमने क्या डिसाइड किया था?'

'टु बी टुगेदर फ़ॉरेवर एंड एवर?' मैंने कहा। डैम, मुझे ऐसा कहने की

क्या ज़रूरत थी?

'क्या?'

'क्या हमने यह नहीं कहा था, जब हम ट्रिप पर गए थे? नए साल पर, गोवा में?'

'वो बहुत पुरानी बात है, केशव।'

'छह साल पुरानी, 2011 की न्यू ईयर ईव,' मैंने कहा। जब हमारा दिल टूट जाता है तो अतीत की तारीख़ों को याद रखने वाला हमारे दिमाग़ का हिस्सा बहुत अच्छी तरह से काम करने लगता है।

'आई मीन, जब हमारा ब्रेकअप हुआ, तब हमने डिसाइड किया था कि एक-दूसरे के टच में नहीं रहेंगे। लेकिन तुम इसको फ़ॉलो ही नहीं करते। जबकि हमारा ब्रेकअप हुए कई साल हो चुके हैं।'

'ओके, तो एक काम करो, मुझे मार डालो, क्योंकि मैंने तुम्हें विश करने के लिए फ़ोन लगाया। मुझे मार डालो, क्योंकि न्यू ईयर ईव मुझे तुम्हारी याद दिलाती है। या मुझे मार डालो, क्योंकि आज उस दिन की पहली सालगिरह है, जब हम पहली बार एक-दूसरे के साथ सोए थे।'

'केशव, स्टॉप इट।'

'स्टॉप क्या? तुम्हारे बारे में सोचना? काश कि ऐसा कर पाता,' मैंने चीखते हुए कहा। 'काश कि मैं तुम्हें भुला पाता।'

सौरभ दौड़कर आया और इशारों में पूछने लगा कि क्या माजरा है। मैंने सिर हिलाकर मना कर दिया। उसने इशारे में मुझसे फ़ोन को स्पीकर मोड पर रखने को कहा। मैंने ऐसा ही किया।

'आर यू ड्रंक?' ज़ारा ने कोमल स्वर में कहा।

'इससे क्या फ़र्क़ पड़ता है? ड्रंक हूं या नहीं, लेकिन मैं तुम्हें मिस करता हूं, ज़ारा। तुम उस लूज़र रघु के साथ क्या कर रही हो?'

'उसे ऐसे नामों से बुलाना बंद करो, केशव। अच्छा मैं चलती हूं।'

सौरभ ने इशारे से कहा कि अब मुझे फ़ोन रख देना चाहिए। ज़ाहिर है, मैंने उसकी यह नेक सलाह नहीं मानी।

'ओहो, अपने रघु को लेकर इतनी प्रोटेक्टिव? मग्गू-रग्घू। उसे हॉस्टल में इसी नाम से बुलाया जाता था। मालूम है तुमको? मग-गू रग-घू।'

'मैं फ़ोन रख रही हूं, केशव। और अब मुझे कॉल मत करना।'

'उस फ्रीकिंग नर्ड को लेकर इतनी टची? वो नर्ड, जो अपनी कमबख़्त

डॉट कॉम कंपनी को दुनिया में सबसे ज़्यादा चाहता है। वो तुम्हें कभी उस तरह प्यार नहीं कर सकता, जिस तरह मैं करता हूं।'

'वो कमबख़्त डॉट कॉम कंपनी इंडिया के हॉटेस्ट स्टार्टअप्स में से है और उसको रघु ने क्रिएट किया है। तुमको उसका वैल्यूएशन पता है? लेकिन मैं तुमको यह सब भी क्यों बता रही हूं?' ज़ारा ने झुंझलाते हुए कहा।

'तो इसीलिए तुम उसके साथ हो, उसके पैसों के लिए?' मैंने कहा।

'मैं उसके साथ इसलिए हूं, क्योंकि मुझे एक साथी चाहिए था, एक परिवार चाहिए था, जबकि तुम तो डरे-डरे फिर रहे थे। हिम्मत जुटाने की बजाय तुम उल्टे मेरे परिवार वालों को गालियां बक रहे थे।'

'और तुम्हारे इन परिवार वालों ने क्या किया?'

'तुम यह सब पहले भी कह चुके हो, लेकिन इसका अब कोई फ़ायदा नहीं। मुझे प्रोवोक करने की कोशिश मत करो। नाऊ, बाय। मुझे फिर कॉल मत करना नहीं तो मुझे तुम्हें ब्लॉक करना पड़ेगा।'

'मुझे ब्लॉक करना पड़ेगा? क्या तुम मुझे ब्लॉक करने की धमकी दे रही हो—'

मुझे बीच में ही रुक जाना पड़ा, क्योंकि फ़ोन कट गया था।

'एनी-वे, मुझको भी जाना है,' मैंने फ़ोन पर कहा, जिसे सुनने वाला कोई नहीं था।

'भाई, उसने फ़ोन काट दिया है,' सौरभ ने कहा। ठीक है, उसने मेरा फ़ोन काट दिया। ऐसा प्रिटेंड करने से क्या फ़ायदा कि उसने ऐसा नहीं किया।

मैंने सौरभ की ओर देखा। मुझे उम्मीद थी कि एक तमाचा पड़ेगा। लेकिन वो आगे बढ़ा और मुझे गले लगा लिया। मैं ज़ोर से रोने लगा।

'ब्लडी बिच। वो मुझे ब्लॉक करेगी? मैं उसको हर मिनट याद करता हूं और वो मुझसे ऐसे बात करती है,' मैंने सुबकते हुए कहा।

'भाई, आपको इस लड़की को भूलना होगा। अब यह बहुत लंबा खिंच गया है,' सौरभ ने कहा।

'मैं पहले ही उसे भुला चुका हूं।' मैंने सदी का सबसे बड़ा झूठ बोला।

'गुड। तो अब हम अंदर चलें?'

'वेट, मुझे उसको एक बार फिर कॉल करके बोलना है कि मैंने उसको भुला दिया है।'

'नहीं, भाई, नहीं...'

लेकिन इससे पहले कि सौरभ कुछ रिएक्ट कर पाता, मैंने उसका नंबर एक बार फिर डायल कर दिया। घंटी बजी। मुझे उम्मीद थी कि फ़ोन काट दिया जाएगा, लेकिन फ़ोन अटेंड कर लिया गया।

'येस,' दूसरी तरफ पर एक पुरुष की आवाज़ थी। डैम, यह तो लवर ऑफ़ द सेंचुरी की आवाज़ है। रघु।

'ओह,' मैंने कहा, 'हैप्पी न्यू ईयर।'

'लिसन, केशव, मैं शराफ़त से रहना चाहता हूं। तुम ज़ारा को तंग करना बंद करो।'

स्साला हरामी, ये मुझे ऐसा बोलने वाला होता कौन है? उसका बाप? उसका वॉचमैन? और 'मैं शराफ़त से रहना चाहता हूं', ऐसे कौन बोलता है? इसका मतलब क्या है?

'मैं उसे तंग नहीं कर रहा हूं,' मैंने अपनी आवाज़ संभालते हुए कहा।

'मेरे ख्याल से तुम कर रहे हो, और रेगुलरली कर रहे हो।'

'नहीं।'

'मेरी आंखों के सामने ही यह कई बार हो गया है। बंद करो यह सब। मैं तुमसे रिक्वेस्ट करता हूं,' रघु ने शांत आवाज़ में कहा। शायद उसने न्यू ईयर ईव पर केवल नारियल पानी ही पिया था।

'देखो, ब्रो,' मैंने कहा, और सोचने लगा कि अब क्या कहूं। व्हिस्की के कारण मैं एक नपा-तुला लॉजिकल वाक्य बोलने में मुश्किल अनुभव कर रहा था। वास्तव में मैं केवल इतना भर कहना चाहता था कि 'फ़क ऑफ़, ज़ारा मेरी है।' लेकिन उस हालत में भी मुझको इतना मालूम था कि इस समय यह बोलना ठीक नहीं रहेगा।

'जस्ट कट द कॉल,' मैंने पीछे से ज़ारा की आवाज़ सुनी। बिच।

'हां, केशव?' रघु ने संयत स्वर में कहा।

'देखो, ब्रो,' मैंने फिर दोहराया, 'क्या मैं ज़ारा से बात कर सकता हूं?'

'लेकिन वह तुमसे बात नहीं करना चाहती।'

'यह तुम्हें कैसे मालूम? उसको फ़ोन दो।'

'उसने ख़ुद मुझे कहा। अभी क्या तुम हमें चैन से जीने दोगे? हैप्पी न्यू ईयर। बाय।'

'सुनो, रघु,' मैंने कहा, लेकिन मेरी आवाज़ बुझ गई थी।

'क्या?'

'सुनो, रघु, मैं वहां आऊंगा और तुम्हारी...' इसके बाद मैंने जो बातें कहीं, उन्हें मैं यहां दोहराना नहीं चाहता। अव्वल तो इसलिए कि मुझे ठीक से याद नहीं मैंने क्या कहा। लेकिन जहां तक मैं याद कर पा रहा हूं, मैंने रघु की मां और बहन की शान में कुछ बातें कही थीं और वह भी शुद्ध हिंदी में। मैंने ऐसे शब्दों का इस्तेमाल किया था कि राजस्थान के ट्रक ड्राइवर्स भी शरमा जाएं।

'और उसके बाद मैं एक डंडा लेकर तुम्हारी...' ऐन इसी बिंदु पर सौरभ ने मुझसे फ़ोन छीन लिया। उसने फ़ोन काटा और अपनी जेब में रख लिया।

'ये तुम क्या चूतियापा कर रहे हो?' सौरभ ने मुझ पर चिल्लाते हुए कहा, जबकि वो कभी मुझसे ऊंची आवाज़ में बात नहीं करता है। तब जाकर मुझको अहसास हुआ कि मैंने क्या कर दिया है।

'तुम ज़ारा को गालियां बक रहे थे,' उसने कहा।

'नहीं, केवल रघु को,' मैंने कहा।

'तुमने क्या शर्म-लिहाज़ बेच खाई है?' सौरभ ने कहा।

'मैं केवल ज़ारा से बात करना चाहता था, लेकिन वो ऐस-होल बीच में आ रहा था।'

'वो बीच में इसलिए आ रहा था, क्योंकि ज़ारा ख़ुद तुम से बात नहीं करना चाहती।'

'आज के बाद मैं उसको कभी कॉल नहीं करूंगा।'

सौरभ ने अपना सिर हिलाया और मायूस मन से मुस्कराने लगा।

'सच कहता हूं।'

'तुम उस लड़की को लेकर इतने ऑब्सेस्ड क्यों हो?'

'क्या मुझे मेरा फ़ोन वापस मिलेगा?'

सौरभ ने अपनी जेब थपथपाई।

'अभी यह मेरे पास रहेगा। और अगर तुम अब अंदर नहीं चले तो मैं इसे फ़र्श पर फेंककर चकनाचूर कर दूंगा।'

❖

हम चंदन के ड्राइंग रूम में चले आए। चंदन क्लासेस के कैमिस्ट्री टीचर कमल सर हमारी ओर बढ़े।

'हैप्पी न्यू ईयर जी। अनदर ईयर, अनदर जेईई। अनदर राउंड ऑफ़

स्टूडेंट्स जी,' उन्होंने कहा और इस चुटकुले पर ख़ुद ही हंस पड़े।

मैंने हल्के से अपना गिलास उनके गिलास से टकराया।

'तुम दोनों कहां थे? अरोरा जी पूछ रहे थे,' उन्होंने कहा।

'सॉरी, हम थोड़ी खुली हवा खाने चले गए थे,' सौरभ ने कहा।

'और अब थोड़ी व्हिस्की पीना चाहते हैं,' मैंने आंख मारकर कहा। 'कमल जी, क्या आप मुझे एक ड्रिंक लाकर देंगे?'

'श्योर,' उन्होंने कहा। 'अभी आया।'

सौरभ ने मुझे घूरकर देखा।

'अब बस करो,' उसने कहा।

'लास्ट ड्रिंक। क्या मुझे मेरा फ़ोन वापस मिलेगा?'

'नेवर। केशव, तुमने ठीक नहीं किया। पता है तुम कैसे चिल्ला रहे थे?'

'गोलू जी, जब आप मुझे डांटते हो तो बड़े क्यूट लगते हो। आपका गोल चेहरा टमाटर जी जैसा लाल हो जाता है,' मैंने कहा।

'स्टॉप इट,' उसने कहा।

मैं उसकी ओर बढ़ा।

'हैप्पी न्यू ईयर जी। अनदर ईयर, अनदर जेईई,' मैंने कहा और उसे गुदगुदी करने लगा।

'मैंने कहा स्टॉप इट।'

मैंने अपना फ़ोन निकालने के लिए उसकी जेब में हाथ डाल दिया।

'नेवर,' उसने मुझे धकेलते हुए कहा।

'तुम तो पहले से भी फ़ैट हो गए हो, गोलू,' मैंने उसका पेट थपथपाते हुए कहा। 'मिठाई के शौक़ीन, है ना?'

'जो आपको कभी नहीं मिल सकता, उसे प्यार करने से तो बेहतर ही है,' सौरभ ने मेरे हाथ को धकेलते हुए कहा।

# अध्याय 3

'कम इन, द ग्रेट राजपुरोहित सर,' चंदन अरोरा ने कहा। उनका मुंह भरा हुआ था, इसलिए आवाज़ दबी-दबी आ रही थी।

पूरे कमरे से पान मसाले की बू आ रही थी, जो चंदन के मुंह में था। उन्होंने गुटखा चबाते हुए ही एक कुर्सी की ओर इशारा किया। मैं बैठ गया और उनके गुटखा थूकने का इंतज़ार करने लगा। मैं दीवार पर टंगी तस्वीरों का मुआयना करने लगा। कुछ तस्वीरों में वह अतीत के कामयाब स्टूडेंट्स के साथ पोज़ दे रहे थे। साथ ही उनके आईआईटी एडमिशन लेटर्स लगे हुए थे। एक फ़र्ज़ी और फ़ोटोशॉप्ड किया हुआ फ्रेम्ड सर्टीफ़िकेट मोटे अक्षरों में कह रहा था—'चंदन सर, द अल्टीमेट किंग ऑफ़ जेईई कैमिस्ट्री।' यह उनके ही एक एक्स-स्टूडेंट ने बनाकर दिया था। एक दूसरी तस्वीर में चंदन काला चश्मा चढ़ाए और हाथ बांधे आईआईटी दिल्ली की बहुमंज़िला इमारत के टॉप पर खड़े हुए थे। इस तस्वीर का यह मतलब था कि चंदन ने आईआईटी एंट्रेंस एग्ज़ाम सिस्टम को जीत लिया है। जबकि चंदन ख़ुद कभी आईआईटी में जाने में कामयाब नहीं हो सके थे। वे दिल्ली यूनिवर्सिटी के वेंकटेश्वर कॉलेज में कैमिस्ट्री प्रोफ़ेसर हुआ करते थे। दस साल पहले उन्होंने अपने मालवीय नगर वाले घर के गैरेज में जेईई कैमिस्ट्री ट्यूशंस लेना शुरू किया था। धीरे-धीरे बिज़नेस बढ़ा और उसने चंदन क्लासेस का रूप ले लिया। आज उन्होंने मालवीय नगर में अपने घर की लेन में एक तीन मंज़िला इमारत को किराए पर ले रखा है। उनके लिए पंद्रह फ़ुल टाइम फ़ैकल्टी मेंबर काम करते हैं। इनमें से सात तो आईआईटीयन थे। उन्हें इस बात पर गर्व था। वे बार-बार कहते—'देखो, ये सच है कि मैंने कभी आईआईटी नहीं किया, लेकिन आईआईटीयन मेरे लिए काम करते हैं।' वे स्टूडेंट्स को, पैरेंट्स को भी यही बोलकर अपनी क्षमताओं के बारे में आश्वस्त करते थे। कभी-कभी तो वे मुझे डिस्प्ले के लिए अपनी क्लास से बाहर बुला लेते।

'इन्हें देखिए, आईआईटी दिल्ली 2013 बैच। आज यह मेरे लिए काम करते हैं,' वह 'मेरे लिए' पर ज़ोर देकर कहते। एक बार तो वे यहां तक कह गए कि 'क्या इनको देखकर आपको लगता है कि इनमें कुछ ख़ास है? अगर

यह आईआईटी में जा सकते हैं तो आपका बच्चा भी जा सकता है।'

डस्टबिन में गुटखा थूकने की आवाज़ से मेरा ध्यान वर्तमान काल में लौट आया।

'तो, राजपुरोहित सर, आपकी क्लासेस कैसी चल रही हैं?'

नुमाइश का आईआईटीयन होने के अलावा मैं चंदन क्लासेस में गणित भी पढ़ाता था। और आज चंदन अरोरा ने मुझे अपने काम के बारे में बात करने के लिए बुलाया था।

'गुड, चंदन सर,' मैंने एक नक़ली मुस्कान के साथ कहा। 'हमने अभी कैलकुलस मॉड्यूल पूरा किया है।'

उन्होंने एक फ़ाइल मेरी तरफ़ खिसका दी।

'राजपुरोहित जी,' उन्होंने कहा, 'ये आपके स्टूडेंट्स का फ़ीडबैक है। इनमें से कुछ का कहना है कि आप उन्हें आईआईटी के लिए कोशिश करने से मना करते हैं।'

'नहीं, सर।'

उन्होंने फ़ाइल बंद कर दी।

'फिर वो ऐसा क्यों कह रहे हैं?'

'सर, शायद ये बात मेरे कमज़ोर स्टूडेंट्स ने कही होगी। मॉक-टेस्ट में फिसड्डी रहने वाले। पैरेंट्स ने धक्का देकर यहां भेज दिया, लेकिन साइंस के लिए कोई काबिलियत उनमें नहीं। मेरे ख्याल से उन्हें आईआईटी के लिए कोशिश करके अपना समय ज़ाया नहीं करना चाहिए।'

चंदन मेरी ओर झुके। उनके भारी-भरकम शरीर के नीचे उनकी लेदर चेयर चरमराई।

'राजपुरोहित जी, हमने यहां पर कैरियर गाइडेंस सेंटर नहीं खोल रखा है।'

'लेकिन वो ख़ुद ही कहते हैं कि वे आईआईटी नहीं करना चाहते, उनके पैरेंट्स ने उन्हें यहां भेज दिया।'

'तो उनके फ़ैमिली मैटर्स में दख़ल देने वाले हम कौन होते हैं? हमारा काम है क्लासेस लेना।'

'सर, लेकिन—' मैंने कहा, लेकिन उन्होंने बीच में ही टोक दिया।

'और मैं यह भी देख रहा हूं कि आप नए स्टूडेंट्स को लाने में कामयाब नहीं हो सके हैं।'

'सर, मेरा ध्यान क्लासेस लेने में लगा हुआ है।'

'लेकिन आपको मार्केटिंग भी करनी होगी। जब नए विज़िटर्स सेंटर पर आएं तो उनसे मिलिए। उन्हें जॉइन करने के लिए कंविंस कीजिए। आप तो यह सब कभी करते ही नहीं।'

मुझे इस काम से नफ़रत थी। मुझे पैरेंट्स से मिलना पसंद नहीं था। ख़ासतौर पर ऐसे बच्चों के पैरेंट्स, जो कभी आगे नहीं बढ़ सकते थे। जेईई एग्ज़ाम का सिलेक्शन रेट दो प्रतिशत से भी कम था। इसलिए आईआईटी के लिए कोशिश करने वालों में से अधिकतर नाकाम रहते थे। लेकिन, ज़ाहिर है, जब आप कोचिंग क्लासेस चला रहे होते हैं तो आप यह सब नहीं कहते। आप तो उन्हें सपने बेचते हैं कि उनका बेटा या बेटी आईआईटी में चले जाएंगे।

'राजपुरोहित जी, सॉरी टु से, लेकिन आपको थोड़ा और गो-गेटर होना चाहिए।'

यक़ीनन, मैं एक गो-गेटर नहीं था, ख़ुदा जाने, इस शब्द का मतलब क्या था।

'मैं कोशिश करूंगा, सर,' मैंने कहा। मैंने मन ही मन क़सम खा ली कि मैं अपना रेज़्यूमे और लिंक्डइन प्रोफ़ाइल दोनों को अपडेट करूंगा। मैं इससे बेहतर जॉब का हक़दार था। डैम, मैं तो इससे बेहतर ज़िंदगी के भी लायक़ था।

❖

'क्या हुआ? उस गुटखा-चबाऊ ऐस-होल ने फिर से कुछ कहा?' सौरभ ने कहा। हम अपने छोटे-से टू-बेडरूम फ़्लैट की छोटी-सी बैठक में एक छोटी-सी बिसात पर बैठे थे। मैंने ब्लेंडर्स प्राइड के दो बड़े पैग बनाए। न्यू ईयर्स ईव को जो कुछ हुआ था, उसके बाद मैंने सौरभ से वादा किया था कि अब एक महीने तक शराब को हाथ नहीं लगाऊंगा। मैंने वादा निभाया भी। वास्तव में अब तो एक महीने से भी एक सप्ताह ऊपर हो चुका था।

'छोड़ो भी,' मैंने उसे ड्रिंक थमाते हुए कहा।

'कुछ तो बात है। क्योंकि तुमने एक लंबे समय से शराब नहीं पी थी। क्या फिर से उसी कश्मीरी लड़की का चक्कर है?'

'ज़ारा? नहीं।'

'मैं उसका नाम लेना पसंद नहीं करता। यू श्योर?' सौरभ ने कहा।

मैंने सिर हिला दिया। वो ऐसा पूछकर ग़लती नहीं कर रहा था। ज़ारा हमेशा ही मेरे दिमाग़ में रहती थी। हम डीटीसी पब्लिक बस में साथ-साथ जाया करते थे और जैसे ही मुझे किसी रूट पर वह बस दिखाई देती, मेरी शाम उसके बारे में सोचते हुए कटती। या मैं किसी लड़की को चिकनकारी सलवार कमीज़ में देखता तो पांच घंटे तक उसकी याद में खोया रहता। ऐसा लगता था कि मेरे दिमाग़ ने ख़ुद को री-वायर कर लिया था और उसमें होने वाली तमाम हरकतें मुझे ज़ारा की ओर ही ले जाती थीं। मैंने अपने व्हिस्की के गिलास में बर्फ़ देखी तो मुझे कश्मीर की बर्फ़ याद आ गई और कश्मीर से ज़ारा की याद आ गई। मैं कॉफ़ी टेबल देखता, जो लकड़ी की बनी होती। लकड़ी से पेड़ याद आते और फिर यह ख्याल आ जाता कि ज़ारा को पेड़ कितने पसंद हैं। मेरा दिमाग़ मुझे बार-बार खींचकर एक ही दिशा में ले जाता था।

और इसके बावजूद, आज मैं ज़ारा के कारण नहीं पी रहा था।

मैंने एक बड़ा घूंट लिया। सौरभ चुप रहा। आदमियों को पता होता है कि कब जांच-पड़ताल करनी है और कब नहीं। मैंने पहला गिलास ख़त्म किया और फिर हम दोनों के लिए पैग बनाए।

'मैं तुम्हारा साथ केवल तभी दूंगा, जब तुम लिमिट में रहकर पियोगे,' सौरभ ने कहा।

'आज रात मुझे इसकी ज़रूरत है।'

'यदि तुम चाहो तो मुझसे शेयर कर सकते हो जो भी बात है।'

'मुझे अपनी जॉब पसंद नहीं।'

'यह तो मेरे साथ भी है। कोई नई चीज़ बताओ।'

'हम हमेशा के लिए इस चंदन क्लासेस में फंसे नहीं रह सकते। हम आईआईटीयन्स हैं, फ़ॉर गॉड्स सेक।'

'तुम आईआईटीयन हो भाई, मैं तो नागपुर से सिम्पल एनआईटी वाला हूं।'

'यह भी कुछ कम नहीं होता। हम इस कोचिंग सेंटर में क्यों फंसे हुए हैं?'

'तो उस चंदन ने कुछ कहा?'

'हां, लेकिन बात केवल इतनी ही नहीं है।'

'और क्या?'

'मेरे दो इंटरव्यू ख़राब गए।'

'कौन-से?'

'मैंने लिंक्डइन पर एड देखकर कुछ कंपनियों में अप्लाई किया था।'

'तुमने बताया नहीं?'

'सॉरी, मैं बताना चाहता था, लेकिन मैंने सोचा पहले कुछ हो जाए, फिर बताता हूं। दस में से केवल दो ने मुझे इंटरव्यू के लिए बुलाया। और दोनों ही ने एक ही दिन रिजेक्शन लेटर भी भेजा।'

'कौन?'

'एक तो इंफ़ोसिस और दूसरी गुड़गांव की एक छोटी सॉफ़्टवेयर कंपनी फ़्लो टेक। मुझे लगा था कि इंटरव्यू अच्छे गए हैं। ब्लडी हेल, मैन। उन्होंने मुझे जॉब नहीं दिया।'

मैंने अपनी ड्रिंक ख़त्म कर दी।

'भाड़ में जाने दो,' सौरभ ने कुछ देर ठहरकर कहा।

'उन्होंने मुझसे पूछा कि मैंने आईआईटी करने के बाद एक कोचिंग सेंटर क्यों जॉइन कर लिया।'

'हमारे रेज़्यूमे पर ये कोचिंग क्लासेस भी एक धब्बे की तरह होती हैं। जैसे कि यहां काम करने से हम कॉर्पोरेट्स के लिए मिसफ़िट हो गए हों,' सौरभ ने कहा।

'तुमने अपना लिंक्डइन अपेडट किया?'

'अपडेट करने जैसा कुछ है ही नहीं।'

मैंने अपने फ़ोन पर सौरभ की लिंक्डइन प्रोफ़ाइल खोली।

'कम से कम एक ठीक-ठाक फ़ोटो तो लगा दो। अभी तो तुम इसमें एक चाइल्ड-मोलेस्टर जैसे लग रहे हो,' मैंने कहा।

'दिखाओ तो,' सौरभ ने कहा और फ़ोन ले लिया। 'और तुम किसी डांस ट्रूप के मेंबर जैसे लग रहे हो। यहां फ़ोटो में तुम्हारी ईयररिंग्स क्यों नज़र आ रही हैं? क्या ऐसा करने से तुम्हें जॉब मिल जाएगा?'

मैंने फ़ोन वापस ले लिया।

'यह हमारा राजस्थानी कल्चर है।'

'किसी भी टेक कंपनी को ज्वेलरी पहनने वाला बंदा नहीं चाहिए।'

मैंने अपना फ़ोन टेबल पर रख दिया।

'हमारी यही औक़ात है, हम एक ढंग की प्रोफ़ाइल पिक्चर भी नहीं लगा सकते।'

'सर, इसलिए तो मैं आपसे कहता हूं कि गुटखा खाना शुरू कर दीजिए। चंदन क्लासेस और अपनी बेकार की ज़िंदगी का मज़ा उठाइए।'

मैंने सौरभ को घूरकर देखा।

'सॉरी, सॉरी। हां, हम कोशिश करना नहीं छोड़ेंगे।'

सौरभ ने टीवी चला दिया और न्यूज़ लगा ली। प्राइम टाइम स्टोरी में बनारस हिंदू यूनिवर्सिटी कैंपस में लड़कियों पर पुलिस के लाठी-चार्ज वाली ख़बर थी। लड़कियों की क्या ग़लती थी? वे इसलिए प्रोटेस्ट कर रही थीं क्योंकि वे नहीं चाहती थीं कि उनका यौन शोषण किया जाता रहे।

'आर दे सीरियस? यह यूपी पुलिस है। शांतिपूर्ण अहिंसक आंदोलन कर रही लड़कियों पर लाठीचार्ज?' सौरभ ने कहा।

ज़ारा भी तो प्रोटेस्ट में शामिल होना पसंद करती थी, मेरे दिमाग़ में यह विचार कौंधा। मेरा न्यूरल सर्किट फिर से अपना पसंदीदा काम करने लगा था।

और मेरा मन कई सालों पहले की उस घटना को याद करने लगा, जब हमारी एक एक्टिविस्ट-डेट हुई थी।

# अध्याय 4

*सात साल पहले*

'डेट के लिए जंतर-मंतर के प्रोटेस्ट पर चलें तो कैसा रहेगा?' मैंने कहा। हम कनॉट प्लेस पर बाराखंबा मेट्रो स्टेशन से बाहर आए थे और पार्लियामेंट स्ट्रीट की ओर पैदल जा रहे थे।

उसने अपने बाल ऊपर की ओर बांध रखे थे। उसके मुंह में हेयरपिन थी। उसने कहा, 'मेरा साथ देने के लिए शुक्रिया। यह मेरे लिए बहुत मायने रखता है।'

'लेकिन प्रोटेस्ट है किस बारे में?' मैंने कहा। उसने मुझे फ़ोन पर बताया था कि कश्मीर से जुड़े किसी मसले पर प्रोटेस्ट है। मैंने बहुत हिम्मत करके उसको फ़ोन लगाया था और कहीं मिलने को कहा था। उसने मुझे छेड़ते हुए कहा था कि क्या यह एक डेट है। मैंने हां कह दिया था। मैंने कहा था कि वो जहां चाहे, मैं चलने के लिए तैयार हूं। वेल, उसने प्रोटेस्ट में जाना पसंद किया।

'कश्मीर में भारतीय फ़ौजें सिविलियंस पर अत्याचार कर रही हैं। हम उसका विरोध करने के लिए इकट्ठा हो रहे हैं।'

मेरे आसपास मौजूद बहुत सारे लोगों की तरह मुझे भी कश्मीर समस्या के बारे में ज़्यादा मालूम नहीं था। मुझे इतना मालूम था कि पाकिस्तान कश्मीर चाहता है और भारत कभी कश्मीर देगा नहीं। साथ ही यह कि कश्मीर के कुछ लोग दोनों में से किसी के भी साथ नहीं रहना चाहते। लेकिन मेरे लिए यह सब कोई मायने नहीं रखता था। यह मेरे लिए क्लास बंक करने और ज़ारा के साथ एक दिन बिताने का एक बहाना भर था।

हम जंतर-मंतर पहुंचे। कोई पचास स्टूडेंट्स बाहर बैठे थे। सभी के हाथों में तख़्तियां थीं।

'कश्मीर में मासूमों का ख़ून बहाना बंद करो।'

'पैलेट गन्स अंधा करने की मशीनें हैं। उनका इस्तेमाल बंद करो।'

'इंडियन आर्मी, कश्मीर में ज़ुल्म से तौबा करो।'

ज़ारा मेरे आगे-आगे चल रही थी। वह प्रदर्शनकारियों के एक छोटे-से समूह के पास पहुंची। वे उठे और उसे हग किया। उसने मेरा उनसे परिचय कराया।

'अफ़साना, ज़हीर और करीम,' ज़ारा ने कहा, 'मेरे दोस्त केशव से मिलो।'

मैंने उनसे हाथ मिलाया। हालांकि मैं कोई सांप्रदायिक या नस्लवादी इंसान नहीं हूं, फिर भी मैं इतना कहना चाहता हूं कि यह मेरे लिए एक भिन्न परिस्थिति थी। मेरे शहर अलवर में हम दूसरे धर्मों के लोगों से घुलते-मिलते नहीं थे। मेरी मां तो शायद मुझे मुस्लिमों के बीच देखकर ग़श खाकर गिर जाती। मेरे पिता के दोस्त तो लगभग सभी के सभी आरएसएस से थे। इसलिए भी मेरा मुस्लिमों से ज़्यादा वास्ता नहीं रहा था।

'रज़ाक़, सलीम, इस्माइल,' ज़ारा ने मुझे कुछ और प्रदर्शनकारियों से मिलवाया। मैंने मुस्कराते हुए सभी से हाथ मिलाया। मैंने पाया कि मेरा नाम सुनकर वे थोड़ा चौंक गए थे, या शायद मेरी ईयररिंग्स देखकर। उनमें से एक ने मुझे कुछ तख़्तियां दीं। मैंने उसमें से सबसे सेफ़ वाली तख़्ती चुन ली—घाटी में फिर से अमन-चैन क़ायम हो। मैंने बैनर थाम लिया और हम सभी नीचे बैठ गए। ज़ारा ने मेरी तरफ़ देखा और मुस्करा दी।

'क्या?' मैंने कहा।

'यहां आने और मेरा साथ देने के लिए शुक्रिया।'

हां, यह सच है कि मैं उसका साथ दे रहा था। यह सब मैं केवल इसलिए कर रहा था ताकि उसके साथ रह सकूं। लेकिन क्या मैं इस प्रोटेस्ट को भी सपोर्ट कर रहा था? पता नहीं।

'वैसे यहां पर एग्ज़ैक्टली हो क्या रहा है?' मैंने कहा।

'बीते हफ़्ते इंडियन आर्मी ने कश्मीरी प्रदर्शनकारियों पर पैलेट गन चला दी, जिससे कई लोगों की आंखें फूट गईं।'

'यह तो बहुत बुरा है,' मैंने कहा।

'हां, यह सब बंद होना चाहिए, कश्मीर को अमन चाहिए।'

'लेकिन यह नौबत ही क्यों आई कि आर्मी को पैलेट चलानी पड़ी?'

'क्योंकि वो लोग यही करते हैं,' इस्माइल ने कहा। फिर वह अपने साथियों के साथ उठ खड़ा हुआ और नारे लगाने लगा। जब कोई भी आसपास नहीं था तो ज़ारा मुझसे बात करने लगी।

'एक्चुअली, यह इतना सिंपल भी नहीं है। कश्मीरी प्रदर्शनकारियों ने भी फ़ौज पर पत्थर उछाले थे।'

'क्यों?' मैंने कंफ़्यूज़ होते हुए कहा।

'क्योंकि वो लोग हिंदुस्तान की फ़ौज को पसंद नहीं करते।'

'लेकिन क्यों?'

'क्योंकि आर्मी को कश्मीर में आतंकवादियों की खोज करनी होती है। आतंकवादी वहां पर आम नागरिकों के बीच जाकर घुल-मिल जाते हैं। कभी-कभी आतंकवादियों को मारने के चक्कर में आम नागरिक भी मारे जाते हैं। इससे वहां आर्मी के ख़िलाफ़ माहौल बन जाता है।'

'लेकिन आर्मी के पास और चारा भी क्या है?'

'निर्दोष लोग ना मारे जाएं, कम से कम इतना तो किया ही जा सकता है। वे पैलेट गन क्यों चला रहे हैं?'

'अगर कोई तुम पर पत्थरों से हमला करेगा, तो तुम क्या करोगी?'

'तुम नहीं समझते, ये कश्मीर का मामला बहुत पेचीदा है।'

मैं सच में ही समझ नहीं पा रहा था। मैं ज़ारा से इस बारे में बहस कर सकता था, लेकिन एक तो मुझे इसके बारे में ज़्यादा कुछ मालूम नहीं था, दूसरे ज़ारा बहुत अच्छी डिबेटर थी, और तीसरे, मैं नहीं चाहता था कि किसी स्टुपिड पॉलिटिक्स के कारण उसे खो दूं।

'तुम बिलकुल सही हो। शायद तुम मुझे कश्मीर के बारे में और बताओ, जब हम अगली बार मिलें,' मैंने कहा।

'हम मिलेंगे,' उसने कहा और हाथ थाम लिया। वह अपनी तरफ़ से पहल कर रही है, यह अच्छी बात है, मैंने खुद से कहा।

नारों का शोर बढ़ता जा रहा था। ज़ारा ने आगे झुककर मेरे कानों में कहा, 'देखो, मैं केवल अमन चाहती हूं। हिंसा कोई भी करे, यह बुरी बात है। मैं इंडिया से प्यार करती हूं, और कश्मीर से भी।'

मैंने सिर हिलाया और मुस्करा दिया।

'कश्मीर को विकास की ज़रूरत है। इसीलिए मैं पढ़ाई ख़त्म करके वहां जाकर पढ़ाना चाहती हूं। शिक्षा से ही शांति क़ायम की जा सकती है, किसी और चीज़ से नहीं।'

'वैसे आज शाम एक शांतिपूर्ण डिनर के बारे में क्या ख्याल है?' मैंने कहा।

वह हंस पड़ी। मैंने इसे उसकी हां माना।

❖

*तीन महीने बाद*

'क्या हमारे लिए पांच बजे उठना ज़रूरी है? वैसे भी मुझे हैंग-ओवर है। ये जगह कितनी दूर होगी?' मैंने हांफते हुए कहा।

'श्शश..., देखो वह पत्थरों के ऊपर डोना पाउला स्टेचू। हम वहीं जा रहे हैं। बस दस मिनट और लगेंगे,' ज़ारा ने कहा।

मैं ऐहतियात से एक-एक क़दम जमाकर चल रहा था। हम उस जगह पर जा रहे थे, जहां से ज़ारा नए साल का पहला सूर्योदय देखना चाहती थी।

'हम गोवा में मौज-मस्ती करने आए थे। यहां पर इतनी जल्दी जाग जाना लीगल भी है क्या?' मैंने कहा।

ज़ारा हंस पड़ी।

'सीरियसली, हमने कितनी शानदार रात बिताई थी, और अब ये क्या है? पनिशमेंट?' मैंने कहा।

हम गोवा आए हुए थे, हमारी पहली छुट्टियां साथ बिताने, और नया साल साथ मनाने। बीती रात हम एक-दूसरे के साथ सोए थे, और मैं चाह रहा था कि यही सिलसिला दिन में भी जारी रहे और हम बिस्तर में एक-दूसरे से लिपटे रहें। मैं उसके कानों में बार-बार ये कहना चाहता था कि मैं उससे बहुत प्यार करता हूं। लेकिन जो लड़की सुबह चार बजे का अलार्म लगाती हो, उसके लिए प्यार की क़समें ख़ाना बहुत मुश्किल है।

'वहां जाकर तुम्हें लगेगा कि यहां आने का फ़ैसला कितना सही था,' ज़ारा ने कहा। वो मुझसे दस क़दम आगे चल रही थी।

डोना पाउला गोवा के पंजिम में समुद्र के समीप स्थित है। यह पहाड़ी इलाक़ा उस जगह पर है, जहां ज़ुआरी और मंडोवी नदियां अरब सागर में मिलती हैं। हमें अपने होटल से उस जगह तक पहुंचने में पैंतालीस मिनट लगे, जहां मौजूद एक कपल की सफ़ेद मूर्ति को अनेक फ़िल्मों में दर्शाया जा चुका है।

हम एक बड़ी-सी चट्टान के ऊपर जा बैठे, आकाश में अभी भी अंधेरा था।

'हम पश्चिम दिशा में देख रहे हैं, जबकि सूर्य पूर्व दिशा में उगता है,'

मैंने कहा।

'जानती हूं,' ज़ारा ने कहा, 'लेकिन यह नया साल है। जब नए साल की पहली रौशनी आकाश में फैले तो मैं उस लमहे में तुम्हारे साथ होना चाहती हूं, तुम्हारा हाथ थामे हुए।'

उसने मेरी उंगलियों को अपनी उंगलियों में फंसा लिया और हम आकाश और समुद्र को देखते रहे। मैं बीती रात के बारे में सोच रहा था, शायद मेरी ज़िंदगी की सबसे ख़ूबसूरत रात।

आकाश में गुलाबी रंग की एक झलक नज़र आई।

'हैप्पी न्यू ईयर, माय लव,' ज़ारा ने कहा और मेरे हाथों को चूम लिया।

'माय लव, हैप्पी न्यू ईयर,' मैंने कहा और उसे किस कर लिया। हम तब तक एक-दूसरे को चूमते रहे, जब तक कि आकाश रौशनी से नहीं भर गया।

मैंने उसके चेहरे को देखा। क्या इतने ख़ूबसूरत चेहरे से कभी कोई बोर हो सकता था?

'तुम मुझे क्यों प्यार करती हो?'

'क्या?' ज़ारा ने कहा और ज़ोर से हंस पड़ी।

'आई एम सीरियस, ज़ारा।' मैं नहीं चाहता था कि इस सवाल को हंसी में उड़ा दिया जाए। ज़ारा ने गहरी सांस छोड़ी और थोड़ी देर रुककर बोली, 'वेल, ऐसा कोई पुरुष ढूंढ़ना कठिन है, जो एक लड़की की इंटेलीजेंस को स्वीकार करे और इसके बावजूद उसके साथ सहज रह सके।'

'क्या?'

'सच। और मुझे तुम्हारी इनोसेंट पॉलिटिक्स भी पसंद है।'

'लेकिन मुझको तो पॉलिटिक्स में कोई दिलचस्पी नहीं।'

'मुझे पता है। तुम लेफ़्ट विंग या राइट विंग, यह आइडियोलॉजी या वह आइडियोलॉजी के नहीं हो। लेकिन तुम एक अच्छे इंसान हो। कम्यूनल नहीं, सेक्सिस्ट नहीं, बायस्ड नहीं, केवल एक अच्छे इंसान।'

मैंने सिर हिलाया और मुस्करा दिया।

'लेकिन रीयल रीज़न है तुम्हारी ये ईयररिंग्स।'

'क्या?'

'ना जाने क्यों, ये मुझे बहुत हॉट लगती हैं। ज़रा इधर तो आना।' ज़ारा मेरी तरफ़ बढ़ी और क़सम खाकर कहता हूं, मुझे लगा कि डोना पॉउला की स्टेचू ने भी जैसे मुझे देखकर आंख मारी हो।

❖

'भाई, कहां हो तुम?' सौरभ ने मेरी आंखों के सामने अपनी उंगलियां घुमाईं। मैं टीवी स्क्रीन की ओर देख रहा था, जबकि मेरे दिमाग़ में अतीत का जंतर-मंतर वाला वीडियो चल रहा था।

'हुंह?' मैंने कहा। 'मैं तो यहीं पर हूं। तुमने कुछ कहा?'

'मैंने कहा कि हमारा देश पागल हो चुका है। कॉलेज वीसी की बात सुनो। वे कह रहे हैं कि हम हर लड़की की शिकायत को गंभीरता से नहीं ले सकते।'

'इडियट,' मैंने कहा, जबकि मेरा दिमाग़ अब भी डोना पाउला पर ही लगा हुआ था।

'फिर से उसके ख्यालों में गुम हो गए?' सौरभ ने कहा। 'मैं तुम्हारा चेहरा देखकर ही बता सकता हूं।'

मैं तो हमेशा ही उसके बारे में सोचता रहता हूं, मैं कहना चाहता था।

'ये केवल व्हिस्की का असर है।'

'नहीं, केवल व्हिस्की नहीं। मुझे मालूम है, आज क्या तारीख़ है,' सौरभ ने कहा।

'तारीख़?'

मैंने अपना फ़ोन खोलकर तारीख़ चेक की। गुरुवार, 8 फ़रवरी। चंद घंटों बाद 9 फ़रवरी हो जाएगी, ज़ारा का बर्थडे।

'ओह हां, ऑफ़ कोर्स। वाऊ, आज तो मुझे इसका ख्याल ही नहीं आया,' मैंने कहा।

'तब तो ऐसा पहली बार ही हो रहा है। बधाई हो। तुम्हारे चेहरे की हवाइयां उड़ रही हैं, लेकिन किसी और कारण से।'

'लेकिन मुझे दो दिन पहले तक याद था,' मैंने कहा। वह सत्ताइस साल की होने जा रही थी। मैंने अपने सिर को दोनों हथेलियों से दबा लिया, जैसे कि उसके ख्यालों को अपने दिमाग़ से निकालने की कोशिश कर रहा हूं। मैं उसे याद नहीं करना चाहता था। मैं नहीं याद करना चाहता था कि अतीत में हम उसके बर्थडे कैसे मनाते थे। मैं कैसे आम के पेड़ पर चढ़कर खिड़की से उसके हॉस्टल रूम में घुस जाता था, और वह भी हाथ में केक और गुलाब का फूल लेकर। और फिर हम कैसे पूरी रात एक-दूसरे के साथ बिस्तर में बिताते थे, यह सोचते हुए कि हमें इसी तरह पूरी ज़िंदगी साथ बितानी है। कम

से कम, मैं तो यही सोचता था।

'सॉरी, मुझे उसका नाम नहीं लेना चाहिए था। मुझे नहीं मालूम था कि इस बार तुम्हारे दिमाग़ में वह नहीं है,' सौरभ ने कहा।

मैंने अपना सिर हिला दिया। मेरी हथेलियां अब भी मेरी कनपटियों पर जमी हुई थीं।

'इट्स ओके। मैं हैंडल कर सकता हूं।'

'बस उसको फ़ोन मत लगा देना। याद है ना, पिछली बार क्या हुआ था?'

मेरे हाथ मेरे सिर से हट गए। अब उन्हें व्हिस्की का गिलास उठाकर मेरे मुंह से लगाना था।

'मैं उसे अब कभी फ़ोन नहीं लगाऊंगा। बेइज़्ज़त होने की भी एक हद होती है,' मैंने कहा। लेकिन मेरे भीतर का एक हिस्सा व्हॉट्सएप्प पर उसकी डीपी देखने के लिए मरा जा रहा था। शायद उसने बर्थडे के लिए नई डीपी अपडेट की हो। पिछले हफ़्ते उसने जो डीपी लगाई थी, वह एक सेल्फ़ी थी, जिसमें रघु और वह बांहों में बांहें डाले खड़े थे। मैं उम्मीद कर रहा था कि उसने वह तस्वीर बदल दी हो। हेल, मैं तो अब कोई उम्मीद भी नहीं करना चाहता था। मैं उसका व्हॉट्सएप्प ही नहीं देखूंगा।

सौरभ ने धीमे-से सिर हिला दिया। ज़ाहिर है, उसे यक़ीन नहीं था कि मैं अब ज़ारा को कभी कॉल नहीं करूंगा।

'तुम चाहो तो मेरा फ़ोन ले लो,' मैंने कहा।

'नहीं, भाई, मुझे तुम पर भरोसा है,' सौरभ ने कहा। 'इन फ़ैक्ट, तुमने ये जो बात कही है, इसको सेलिब्रेट करने के लिए एक और ड्रिंक पीते हैं।'

उसने हमारे गिलास फिर से भर दिए। ब्लेंडर्स प्राइड बॉटल आधी ख़ाली हो चुकी थी। मैंने समय देखा। साढ़े ग्यारह बज चुके थे। फ़ाइन, मैं यह कर सकता था।

मैं गुरुवार की एक रात अपने दोस्त के साथ ड्रिंक करते हुए भी बिता सकता था, फिर चाहे वह उसका बर्थडे ही क्यों न हो। मैंने कई सालों के बाद ख़ुद पर ऐसा नियंत्रण अनुभव किया था। हमारे ब्रेकअप के बाद से पिछली चार बार मैंने उसे बारह बजते ही सबसे पहले कॉल किया था। उसने चार में से तीन मर्तबा मेरा फ़ोन ही नहीं उठाया था। और जब एक बार उसने फ़ोन उठाया, तब भी केवल यही कहने के लिए कि अभी उसका परिवार उसके

आसपास है और वह बात नहीं कर सकती। मैंने उसे कहा कि मैंने केवल उसे विश करने के लिए कॉल किया है। उसने जवाब में केवल एक ठंडा मरियल-सा थैंक्यू बोला। इससे ज़्यादा अपनापन तो लोग रॉन्ग नंबर को भी दिखा देते हैं। क्या कुछ लोगों के लिए मूव ऑन कर जाना इतना आसान होता है? एक इंसान से दूसरे इंसान के पास चले जाना, जैसे टीवी चैनल बदल रहे हों? ठीक है, ब्रेकअप के लिए कुछ हद तक मेरा ही दोष था, लेकिन क्या वह मुझे इतनी जल्दी भुला सकती थी? तो फिर मैं ही उसको अभी तक क्यों नहीं भुला पाया था? क्या मेरे दिमाग़ में ही कुछ ख़राबी थी? और अभी फिर मैं उसके बारे में क्यों सोचने लगा था? मैंने घड़ी देखी, आधी रात हो चुकी थी। मैंने ख़ुद को नियंत्रित करने की तैयारी कर ली। मैं फ़ोन उठाकर उसे कॉल करने से ख़ुद को रोकना चाहता था। मैं उसे यह कहने से ख़ुद को रोकना चाहता था कि मैं आज भी उसको प्यार करता हूं और उसे मुझे एक और मौक़ा देना चाहिए, प्लीज़, प्लीज़।

मैंने मौजूदा लम्हे पर फिर से अपना ध्यान केंद्रित करने की कोशिश की। मेरी ड्रिंक ख़त्म हो चुकी थी। आइस भी नहीं बची थी। मैं किचन में फ्रिज से आइस लेने गया। लौटकर एक और ड्रिंक बनाई। बारह बजकर दस मिनट हो गए। वाऊ, मैंने यह कर दिखाया। शुक्र है कि सौरभ ने भी एक नए विषय पर बात शुरू कर दी।

'पता है चंदन का चक्कर चल रहा है?'

'नहीं! भला उसके साथ कौन सोना चाहेगी?'

'उसकी सेक्रेटरी।'

'शीला आंटी?' मैंने कहा। 'आर यू सीरियस? वो तो पचास से ज़्यादा की है और वज़न भी सौ किलो से ऊपर होगा।'

'उसके लिए तो वही सही है,' सौरभ ने कहा और हंस दिया।

'शीला आंटी और चंदन? सोचकर ही घिन आ रही है।'

'तुमको बोला किसने कि उस बारे में इमैजिन करो।'

हम दोनों खिलखिला पड़े। मैं शीला आंटी को तब से जानता था, जब से मैंने चंदन क्लासेस जॉइन किया था। हम अक़सर साथ-साथ टिफ़िन खाते थे। आख़री बार जब मैंने उनके बारे में सुना, तब उनकी बहू को बच्चा होने वाला था।

'कल ही तो उन्होंने मुझे खाने को भिंडी दी थी,' मैंने कहा। 'मैं उनके

बारे में यही सोचता हूं। बहुत लज़ीज़ खाना बनाने वाली आंटी। और अब तुम मुझको बता रहे हो कि, छि:। वैसे तुम्हें कैसे पता चला?'

'मैं उन्हें वीकली अटेंडेंस रिपोर्ट देने गया था। उनके पास उनका फ़ोन खुला पड़ा था। उसमें चंदन के व्हॉट्सएप्प मैसेजिस थे।'

'क्या मैसेजिस?'

'किस इमोजीज़ और रेड लिप्स।'

'शायद उस चूतिए को यही मालूम नहीं होगा कि इन इमोजी का क्या मतलब है।'

'इसके आगे लिखा था—शीला जी, आप बहुत ब्यूटीफ़ुल हैं।'

'क्या? नो वे।'

'और इसके बाद लिखा था—शीला जी, आज की रात का बेसब्री से इंतज़ार है,' सौरभ ने कहा। 'मैंने अपनी आंखों से देखा, भाई।'

'वाऊ। और वो लोग यह करते कहां पर हैं?'

'और कहां? तुमने उसके ऑफ़िस में वो सोफ़ा नहीं देखा क्या?'

'छि:, मैं तो उस सोफ़े पर कई बार बैठा हूं।'

'उम्मीद ही है कि सबकुछ करने के बाद वो लोग उसको पोंछकर साफ़ कर देते होंगे।'

'शट अप। मैं अब उसके ऑफ़िस में कभी नहीं बैठूंगा।'

'नहीं, तुम्हें क्या लगता है, शीला उसकी सेक्रेटरी है, इसलिए साफ़-सफ़ाई भी वही करती होगी।'

शराब के नशे में हर चीज़ एक्स्ट्रा-फ़नी लगती है। सौरभ और मैं ठहाका लगाकर हंसने लगे। हमारी बोरिंग लाइफ़ में इस छोटे-से स्कैंडल के कारण थोड़ी-सी सनसनी आई थी। सौरभ इतनी ज़ोर से हंसा कि फ़ेक-लेदर के हमारे चिकने सोफ़े से नीचे गिर पड़ा। फिर वो बोला कि किस करने से पहले चंदन गुटखा तो थूक देता होगा ना। इस बार हंसते-हंसते मेरी हालत ख़राब हो गई। मैं भी पेट पकड़कर सोफ़े से नीचे जा गिरा।

'भाई, देखो,' सौरभ ने कहा और ब्लेंडर्स प्राइड की ख़ाली बोतल को हिलाया।

'हां, हमने ज़्यादा ही पी ली है। कितना बजा है?'

'दो बजने वाले हैं, भाई।'

'वाऊ। यानी हम सेक्सी शीला और स्टड चंदन के बारे में इतनी देर से

बात कर रहे हैं?'

'हो सकता है, कोचिंग सेंटर में ठीक इसी समय वो लोग वह सब कर रहे हों,' सौरभ ने कहा।

'चलकर देखें क्या? ज़रा सोचो हमें देखकर उनका क्या हाल होगा। हम तो इतना ही कहेंगे कि हम कुछ ज़रूरी नोट्स लेने यहां चले आए थे।'

'चलो चलते हैं,' सौरभ ने कहा। कोचिंग सेंटर हमारे घर से पांच मिनट की दूरी पर था। ना जाने क्यों, जोश और मदहोशी की उस हालत में हमें यह लगने लगा था कि चंदन का इस तरह से स्टिंग करना सच में एक अच्छा आइडिया था।

'हां, चलो,' मैंने कहा।

मेरा फ़ोन बीप हुआ। एक मैसेज आया था। चंद सैकंड बाद फ़ोन कुछ और बार बीप हुआ।

'इतनी रात को कौन मैसेज कर रहा है?'

'किसी फ़ोन कंपनी का मैसेज होगा। बाय मोर डाटा और वही सब बुलशिट,' उसने कहा और अपना सिर मेरे कंधे पर टिका दिया, जैसे गहरी नींद आ रही हो।

'लेकिन ये लोग इतनी देर रात को मैसेज करते ही क्यों हैं?' मेरी आंखें भी अब मुंदने लगी थीं।

फ़ोन फिर बीप हुआ।

'इनकी ऐसी की तैसी,' मैंने फ़ोन उठाया।

लेकिन फ़ोन की लॉक्ड होम स्क्रीन देखते ही मेरी आंखें फटी की फटी रह गईं—

*5 न्यू व्हॉट्सएप्प मैसेजिस फ्रॉम ज़ारा लोन*

मैंने अपने सिर को ज़ोर से झकझोरा। क्या मैंने ज़्यादा पी ली थी? मैंने अपनी आंखें मलीं और फिर से पढ़ा। लेकिन मैं सही पढ़ रहा था। मैंने सौरभ को जगाने के लिए अपना कंधा ज़ोर से हिलाया।

'गोलू, जल्दी उठो, देखो ये क्या है।'

'क्या हुआ? भाई, मुझको उनके एक्स्ट्रा 5 जीबी नहीं चाहिए, मुझे सोने दो।'

'सौरभ, फ़ोन की स्क्रीन देखो।'

सौरभ ने मन मारकर सिर उठाया।

'ज़ारा ने तुम्हें मैसेज किए?'

'येस।'

'तुमने उसको मैसेज किए थे?'

'नहीं, क़सम खाकर कहता हूं। मैं नशे में ज़रूर हूं, लेकिन मैंने आज उसको मैसेज नहीं किए। हम तो चंदन और शीला की बात में लगे हुए थे, मैंने तो अपने फ़ोन को छुआ भी नहीं।'

'ओह,' उसने कहा और चुप हो गया।

'मैसेज खोलकर देखूं?'

सौरभ ने टेबल से बिसलेरी की बोतल उठाई और गटा-गट पानी पीने लगा।

'गोलू, बताओ ना, मैं क्या करूं?' मैंने कहा।

'ऑफ़ कोर्स, भाई,' सौरभ ने मुंह पोंछते हुए कहा। 'भला ये किस क़िस्म का सवाल हुआ? क्या तुम अपना ही फ़ोन चेक नहीं करोगे?'

मैंने व्हॉट्सएप्प खोलकर उसके मैसेजिस पढ़े।

'तो, अब तुम मुझे विश करना भी ज़रूरी नहीं समझते?' यह पहला मैसेज था। और इसके बाद के मैसेजिस इस प्रकार थे—

'आज मेरा बर्थडे है, आई होप तुम्हें याद होगा।'

'बस मैं थोड़ी सरप्राइज़्ड थी कि तुमने विश नहीं किया।'

'एनी-वे, पता नहीं मैं अभी क्यों तुम्हारे बारे में सोच रही हूं।'

'आई गेस, अभी तुम बिज़ी हो।'

उसने एक नई डीपी लगा रखी थी। एक सोलो ब्लैक एंड व्हाइट सेल्फ़ी। हमेशा की तरह ख़ूबसूरत। मैंने देखा कि उसका चैट स्टेटस ऑनलाइन था।

'गोलू, ये क्या है?'

सौरभ ने तमाम मैसेजिस पढ़े।

'या तो उसको तुम्हारी अहमियत पता चल गई है या बस उसको अटेंशन चाहिए,' सौरभ ने कहा।

'रिप्लाई करूं?' मैंने कहा।

'मुझे क्या पता?' सौरभ ने जम्हाई लेते हुए कहा। 'मुझको तो नींद आ रही है।'

'यह ज़रूरी मामला है, गोलू। इसमें मुझे तुम्हारी क्लीयर थिंकिंग की ज़रूरत है। एक तो मुझे अभी बहुत चढ़ी हुई है और दूसरे मैं इस मामले में

ज़रूरत से ज़्यादा इनवॉल्व्ड रहा हूं।'

'रुको,' सौरभ ने कहा। 'पहले मुंह धोकर थोड़ा होश में आ जाते हैं।'

हम जैसे-तैसे बाथरूम तक पहुंचे और अपने मुंह पर ठंडे पानी के छींटे मारे।

'आर यू देयर?' ज़ारा ने एक और मैसेज किया। मैंने उसके मैसेजिस पढ़ लिए थे और उसने डबल ब्लू टिक्स देख लिए थे।

'गोलू, क्या रिप्लाई करूं?'

'जो मन में आए, लिख दो। नॉर्मल बातें ही करना।'

वाह, क्या कमाल की हिदायत दी उसने।

'हां,' मैंने रिप्लाई किया।

उसने कुछ सैकंड तक कोई प्रतिक्रिया नहीं दी। फिर मैंने 'टाइपिंग...' मैसेज देखा, जो बार-बार आ-जा रहा था, यानी वह अपने मैसेज में बार-बार सुधार करती जा रही थी।

'आई मिस यू,' उसने कहा।

मेरे तन-बदन में जैसे आग लग गई। सौरभ ने भी वह मैसेज देखा। मैं उससे थोड़ा दूर खिसक आया। मुझे उसकी सलाह की ज़रूरत ज़रूर थी, लेकिन इसका ये मतलब नहीं था कि वह मेरे प्राइवेट मैसेज पढ़ सकता है।

'वाऊ,' मैंने जवाब दिया, 'रियली?'

'हां, तुम्हारे बिना लाइफ़ अधूरी सी है।'

मुझे उलटी करने की आवाज़ सुनाई दी। सौरभ ने कॉफ़ी टेबल पर उल्टी कर दी थी। वाह, रोमैंटिक चैट के लिए क्या बेहतरीन माहौल था।

'सॉरी,' सौरभ ने कहा, 'मैं इसको साफ़ कर देता हूं।' ऐसा कहकर वह किचन में चला गया। मैंने फिर फ़ोन उठाया।

'यू सीरियस, ज़ारा? तुम्हें पता है, मेरे लिए इसके क्या मायने हैं?'

'हां, जानती हूं। मैंने तुम्हारे साथ सख़्त बर्ताव करने की कोशिश की और तुम्हें अपने से अलग कर देना चाहा, लेकिन ऐसा हुआ नहीं। मैं तुम्हें मिस करती हूं।'

'और रघु के बारे में क्या?'

सौरभ टेबल साफ़ कर रहा था। 'सब ठीक है ना?' उसने पूछा।

मैंने उसे थम्ब्स-अप किया।

'रघु अच्छा इंसान है। बहुत अच्छा। लेकिन वो वह आदमी नहीं है,

जिसकी मुझे तलाश थी,' ज़ारा ने कहा।

यह पढ़कर मेरा गला भर आया। इसका मतलब है कि मेरे लिए अब भी चांस था? थैंक यू, भगवान।

'आई मिस यू टू। सो मच,' मैंने कहा।

'हां, हां, दिख रहा था, तभी तो मेरा बर्थडे भूल गए थे,' उसने एक अपसेट इमोजी के साथ कहा।

'भूला नहीं था, बेबी। मैंने ख़ुद को तुम्हें विश करने से कितना रोका। अपसेट मत होओ।'

'मज़ाक़ कर रही हूं,' उसने अपने फ़ेवरेट लॉफ़्टर एंड टियर्स इमोजी के साथ जवाब दिया।

'क्या मैं तुम्हें कॉल करके विश कर सकता हूं?'

'कॉल क्यों? क्या तुम मुझसे मिलकर मुझे विश नहीं करोगे?'

मैंने अपना फ़ोन एक तरफ़ रख दिया और आसमान की ओर हाथ जोड़कर भगवान को शुक्रिया कहा। यह भगवान का ही चमत्कार था कि आज वह ख़ुद मुझसे मिलना चाह रही थी।

'ऑफ़ कोर्स, मिलना चाहूंगा। कब? सुबह?'

'अभी?'

मैंने समय देखा।

'व्हॉट? रात के तीन बजे रहे हैं। तुम कहां पर हो?'

'अपने रूम में। हिमाद्रि।'

'तुम हॉस्टल में हो? वो भी अपने बर्थडे पर? घर नहीं गईं?'

'कल जाऊंगी। वहां एक पार्टी है, जिसमें ज़्यादातर फ़ैमिली के ही लोग रहेंगे।'

'रघु कहां है?'

'हैदराबाद।'

'ओह, तो तुम कहीं बाहर चलना चाहती हो?'

'इस समय हॉस्टल से बाहर निकलना मुश्किल है। लेकिन अगर तुम चाहो तो यहां आ सकते हो।'

'कैसे?'

'ओह, कोई भूल गया है कि वह कैसे पेड़ पर चढ़कर मुझे विश करने आता था।'

'हाहा, वह कई साल पुरानी बात है।'

'मैं उन दिनों को मिस करती हूं।'

'मैं भी।'

'शायद तुम अब वो सब नहीं कर सकोगे।'

'क्या?'

'इट्स ओके, मत आओ।'

'मैं आ सकता हूं। मैं आ रहा हूं। अभी।'

'बहुत देर हो गई है और बहुत सर्दी भी है। फिर इसमें जोख़िम भी है। तुम भी अब स्टूडेंट नहीं रहे।'

'क्या तुम्हारा रूम नंबर अब भी 105 है? आम के पेड़ के सामने?'

'इट्स ओके के, हम बाद में मिल लेंगे।'

उसने बहुत सालों बाद मुझे के कहकर पुकारा था। मैंने इसे कितना मिस किया था।

'मुझे अपना रूम नंबर बताओ, ज़ारा।'

'ऑफ़ कोर्स, 105, मुझे अपने रूम से प्यार है।'

'आधे घंटे में मिलते हैं।'

उसने एक ग्रिन स्माइली भेजा। वह मुझे अच्छी तरह जानती थी। उसे मालूम था कि मैं उससे मिलने का कोई मौक़ा कभी नहीं छोड़ता था।

मैंने फ़ोन जेब में रखा। सौरभ सोफ़े पर लेटा हुआ था।

'वेक अप, हमें चलना होगा,' मैं उसके कान में ज़ोर से चिल्लाया और उसका कंधा झकझोर दिया।

# अध्याय 5

'क्या पागलपन है,' सौरभ बार-बार यही बोल रहा था। वह मेरी बाइक के पीछे बैठा था और उसके दांत किटकिटा रहे थे।

'रेडी?' मैंने हेलमेट पहनते हुए कहा।

'कितनी ठंड है।'

'जैकेट की ज़िप लगा लो।'

'बहुत देर हो गई है और हम नशे में भी हैं। क्या अभी जाना ज़रूरी है?'

'ये ज़ारा का मामला है, गोलू। उसने ख़ुद मुझे इनवाइट किया है। अपने बर्थडे पर।'

'सुबह जाकर उससे मिल लेना। मुझे नींद आ रही है, भाई।' उसने मेरी पीठ पर अपना सिर टिका दिया।

मैंने किक मारकर बाइक स्टार्ट कर दी। मेरी एनफ़ील्ड बाइक के वाइब्रेशन से उसकी नींद काफ़ूर हो गई।

'तुम तो अब एक स्टूडेंट भी नहीं हो। तुम कैंपस में कैसे जाओगे?'

'मेरे पास मेरा पुराना आईडी है।'

हमने अपने घर का कंपाउंड छोड़ा और आईआईटी मेन गेट तक पहुंचने के लिए आउटर रिंगरोड की ओर चल पड़े। दस मिनट की ड्राइव थी।

'थोड़ा धीरे चलाओ, भाई,' सौरभ ने कहा और मेरे कंधे को कसकर पकड़ लिया। 'मेरा पेट गुड़गुड़ कर रहा है।'

'अभी मुझ पर उल्टी मत कर देना, ओके। अगर उल्टी आ रही हो तो बोल देना, मैं बाइक रोक दूंगा।'

'लेकिन बाइक तो धीरे चलाओ। पुलिस वाले पकड़ लेंगे।'

सौरभ सही कह रहा था। हमारे अंदर इतनी व्हिस्की भरी हुई थी कि पुलिस वालों के ब्रीथेलायज़र में शायद उससे धमाका हो जाता।

आईआईटी मेन गेट से दो सौ क़दम पहले एक पुलिस चेकपोस्ट था। एक पुलिस वाले ने हमें रोकने के लिए हाथ दिखाया।

'हो गया कबाड़ा,' सौरभ ने कहा।

'रुको,' मैंने कहा और गाड़ी की स्पीड धीमी कर ली। गाड़ी उससे कुछ क़दम दूर जाकर रुकी। लेकिन मैंने इंजिन बंद नहीं किया। दो और पुलिस वाले हमारी ओर बढ़े। पलभर में मैंने बाइक को पहले गियर में डाला और फुर्र हो गया। मुझे अपने पीछे चिल्लाते पुलिस वाले सुनाई दे रहे थे।

'तुम कर क्या रहे हो?' सौरभ ने कहा। 'उनके पास भी बाइक हैं, अब वे हमारा पीछा करेंगे।'

'मेरी जैकेट की पॉकेट से मेरा आईडी निकालो, जल्दी।'

सौरभ हड़बड़ी में मेरा पुराना आईआईटी स्टूडेंट कार्ड ढूंढ़ने लगा। मैं गेट तक पहुंच गया।

'केशव राजपुरोहित, कुमाऊं हॉस्टल,' मैंने उसी कॉन्फ़िडेंस से कहा, जैसे स्टूडेंट लाइफ़ में कहा करता था। मैंने हेलमेट नहीं निकाला।

'आईडी?' सिक्योरिटी गार्ड ने कहा।

सौरभ ने मेरा पुराना आईडी उसके सामने पेश कर दिया। 'वैलिड अनटिल' वाली तारीख़ को उसने अपने अंगूठे से छिपा रखा था। कितने कमाल की बात है कि एल्कोहल के नशे के बावजूद दिमाग़ को ये बात मालूम थी कि सिक्योरिटी को गच्चा कैसे दिया जाता है।

गार्ड ने हमें अंदर जाने दिया।

मैं कैंपस में घुस आया और हिमाद्रि हॉस्टल की सड़क पकड़ ली।

'पुलिस वाले आ रहे हैं क्या?' मैंने पूछा।

सौरभ ने पीछे देखा।

'नहीं, वे मेन गेट के बाहर ही रुक गए।'

'वो लोग इस कैंपस के अंदर नहीं आते,' मैंने दांत दिखाते हुए कहा।

पुलिस वालों को आईआईटी स्टूडेंट्स के बारे में पता था कि ये कभी भी अपनी बाइक उठाकर बाहर घूमने चले जाया करते थे। अधिकतर मौक़ों पर पुलिस उन्हें जाने देती थी।

'लेकिन ये कोई बहुत अच्छा आइडिया नहीं था। अब पुलिस वालों के पास तुम्हारा बाइक नंबर है।'

'उनके पास और भी बहुत सारे काम हैं।'

'लेकिन अब हिमाद्रि के अंदर कैसे जाओगे?'

'जैसे पहले जाता था, पेड़ पर चढ़कर।'

'सीरियसली, भाई? तुम अब स्टूडेंट नहीं हो। ना केवल तुम मुसीबत में

पड़ सकते हो, बल्कि जेल भी जा सकते हो।'

'रिलैक्स।'

मैंने हिमाद्रि से पचास मोटर पहले बाइक पार्क कर दी। गर्ल्स हॉस्टल के मेन एंट्रेंस पर चौबीस घंटे सिक्योरिटी रहती थी। और हर घंटे एक पैट्रोलिंग जीप भी यह देखने के लिए चक्कर लगाती रहती थी कि कहीं गार्ड सो तो नहीं गए। उसके अंदर जाने का इकलौता रास्ता आम का वो पेड़ ही था।

रूम नंबर 105 हिमाद्रि के फ़र्स्ट फ़्लोर का सबसे कोने वाला रूम था। वह दूसरे रूम्स से कटा हुआ था और पांच साल पहले आईआईटी जॉइन करने से लेकर अब तक ज़ारा वहीं रहकर पढ़ाई कर रही थी। उसके कमरे की खिड़की बहुत बड़ी थी और उसके ठीक सामने वह आम का पेड़ था।

यह रूम बहुत डिमांड में रहता था और ज़ारा की ख़ुशनसीबी ही थी कि पीएचडी स्टूडेंट के रूप में आईआईटी जॉइन करते ही उसे यह रूम मिल गया। हम इस रूम नंबर 105 को अपना 'लिटिल होम' कहा करते थे, क्योंकि यहीं पर हमारी सबसे ज़्यादा मुलाकातें हुआ करती थीं।

मैं कभी ज़ारा को अपने हॉस्टल लेकर नहीं गया था। लड़कियों को हॉस्टल में ले जाने की इजाज़त तो ख़ैर नहीं ही थी, मैं इस बात को लेकर भी सचेत रहता था कि वहां के लड़के लड़कियों के कितने भूखे थे। ऐसे में ज़ारा को वहां लेकर जाना और अपने कमरे में बंद हो जाना उनके ज़ख़्म पर नमक छिड़कने जैसा रहता।

इजाज़त तो मुझे हिमाद्रि में जाने की भी नहीं थी, लेकिन अगर आप चुस्त-दुरुस्त हों तो रूम नंबर 105 के बाहर वाला वो आम का पेड़ अंदर जाने में आपकी मदद कर सकता था। मैं हफ़्ते में एक रात उस पेड़ की मदद से हॉस्टल में ज़रूर चले जाया करता और सुबह होने से पहले ही वहां से लौट आया करता था। वहां पर कभी किसी को यह पता नहीं चला कि ज़ारा के यहां कोई लड़का आया करता था। ये पूरा सिस्टम बेहतरीन ढंग से काम करता रहा, जब तक कि हमारा ब्रेकअप नहीं हो गया।

सौरभ और मैं हिमाद्रि हॉस्टल के उस आम के पेड़ तक जा पहुंचे। मैंने अपनी जैकेट निकाली।

'तो तुम इस तरह से अंदर जाते थे,' सौरभ ने बोलना शुरू किया लेकिन मैंने उसे चुप करा दिया।

'श्शश... धीरे बोलो, प्लीज़।'

'उसका रूम कहां है?' सौरभ ने फुसफुसाते हुए कहा।

मैंने खिड़की की ओर इशारा किया।

'और अगर तुम यहां से गिर गए तो?'

'दर्जनों बार यह कर चुका हूं।'

'लेकिन ब्लेंडर्स प्राइड पीकर नहीं।'

'रिलैक्स, कुछ नहीं होगा,' मैंने वार्मअप करते हुए कहा। फिर मैंने पेड़ का तना पकड़ा और पहली डाल पर चढ़ गया। मैं यह सब इतनी बार कर चुका था कि अब मुझे इसकी आदत हो चुकी थी। पेड़ पर चढ़ जाने के बाद मैंने सौरभ को देखा और फुसफुसाते हुए कहा—

'तुम यहां वेट करो। कोई आए तो खांस देना।'

'इससे क्या होगा?'

'होगा तो कुछ नहीं। अच्छा फिर ऐसा करना कि कोई आए तो उसे बातों में उलझा लेना और यह समझाने लगना कि तुम यहां पर क्या कर रहे हो।'

'क्या? मैं किसी को यह कैसे समझाऊंगा कि एक कोचिंग क्लास ट्यूटर रात के तीन बजे गर्ल्स हॉस्टल में क्या कर रहा है?'

'मुझे क्या पता?' मैंने अपने चेहरे से पेड़ के पत्ते हटाते हुए कहा।

'भाई, तुम यह सब बिना सोचे-समझे कर रहे हो।'

'कोई बात नहीं, यहां कोई नहीं आएगा,' मैंने कहा और ऊपर देखा। कुछ और इंच ऊपर चढ़कर मैंने नीचे देखा।

'डैम, बिग प्रॉब्लम,' मैंने कहा। सौरभ का मुंह उतर गया।

'क्या?'

'मैं उसके लिए कोई गिफ़्ट लेकर नहीं आया।'

'सीरियसली, भाई? इसको तुम बिग प्रॉब्लम बोलते हो?'

'मैं सालों बाद उससे मिल रहा हूं, उसका बर्थडे है और मैं ख़ाली हाथ चला आया।'

'उसको बाद में एक अमेज़ॉन वाउचर भेज देना, लेकिन अभी प्लीज़ जो काम करने आए हो, वह कर लो।'

'ना गिफ़्ट, ना केक, लानत है।' मैंने बड़बड़ाते हुए कहा। पेड़ पर चढ़ते समय मैंने पाया कि मेरी फ़िटनेस लेवल अब पहले जैसी नहीं रही। शायद चंदन क्लासेस में गणित पढ़ाने का यह नतीजा था, क्योंकि जब मैं आईआईटी में था तो वॉलीबॉल टीम का कप्तान हुआ करता था। मैं ज़ारा की खिड़की

के पास पहुंचा। उसने खिड़की को थोड़ा-सा खोल रखा था, जैसा कि वह पहले किया करती थी।

मैंने खिड़की खोलने के लिए हाथ आगे बढ़ाया। कमरे में अंधेरा था। शायद वह सो चुकी थी। या शायद वह मुझे सरप्राइज़ देने के लिए सोने का नाटक कर रही थी। ज़ारा थोड़ी-सी पागल थी, मेरी तरह। या कम से कम, जब मैं उसे जानता था, तब वह थोड़ी-सी पागल हुआ करती थी। शायद इसीलिए हम दोनों के बीच बात बन पाई थी।

पेड़ की डालें अब बढ़ चुकी थीं। इसलिए पहले की तरह मुझे कमरे में कूदना नहीं पड़ा। मैंने खिड़की पर पांव रखा और भीतर चला आया।

'हैप्पी बर्थडे टू यू,' खिड़की बंद करते हुए मैं धीरे-धीरे गुनगुनाने लगा। मैं दबे पांव कमरे में चला आया था और मेरी आंखें अंधेरे की अभ्यस्त होने की कोशिश कर रही थीं। कमरे में केवल हीटर की धीमी आवाज़ ही सुनाई दे रही थी।

'हैप्पी बर्थडे, डियर ज़ारा,' मैंने गाना जारी रखा। मैं उसके बिस्तर के पास चला गया था। आख़िर उसने ही मुझे यहां बुलाया था, लेकिन मैं तय नहीं कर पा रहा था कि पहले की तरह उसके बिस्तर में घुस जाना और उसे बांहों में भर लेना अभी ठीक होगा या नहीं। नहीं अब हम एक-दूसरे के साथ रिलेशनशिप में नहीं थे, अभी मैं ऐसा नहीं कर सकता था।

लेकिन यह उसी ने तो कहा था कि वह मुझे मिस करती है। मैंने फ़ोन निकाला और टॉर्च ऑन की। व्हाइट एलईडी लाइट ने कमरे में रोशनी की। मुझे बिस्तर पर ज़ारा सोती हुई दिखाई दी। चादर से उसका चेहरा आधे से ज़्यादा ढंका हुआ था।

'ज़ारा,' मैंने कोमल स्वर में कहा। 'मैं केशव, मैं आ गया हूं।'

उसने कोई प्रतिक्रिया नहीं दी। मैंने बेडसाइड लैंप का स्विच खोजा और लाइट जला दी। ज़ारा बिस्तर में सो रही थी और उसकी सफ़ेद चादर पर पिंक फ़्लॉवर्स बने हुए थे।

'हे, बर्थडे गर्ल,' मैंने कहा। 'मैं तुम्हें विश करने आया हूं।'

अब भी कोई हलचल नहीं हुई। ओके, नाइस एक्टिंग, वेरी क्यूट, मैंने सोचा। मैंने कमरे में देखा। उसकी बेडसाइड टेबल पर पेपर शीट्स का एक बंडल रखा था, शायद स्टडी मटीरियल। उसका आईफ़ोन उसके ऊपर रखा था और चार्ज हो रहा था। हमेशा की तरह ज़ारा के पास जॉनसन्स बेबी लोशन

रखा था। वह उसे चेहरे और बदन पर लगाती थी, और इसलिए उसमें से हमेशा बच्चों जैसी ख़ुशबू आया करती थी।

'हे, जॉनसन्स बेबी, उठ जाओ।'

मैंने अपना हाथ उसके कंधे पर रख दिया और उसे हल्के से हिलाया। लेकिन वह नहीं हिली।

क्या वह भी ड्रिंक कर रही थी? कहीं उसने नशे की हालत में ही तो मुझे यहां नहीं बुला लिया था?

या क्या वो एक्टिंग कर रही थी और मुझे वेट करा रही थी? या फिर शायद वह मुझे बिना कुछ कहे बिस्तर में बुला रही थी?

मेरा दिमाग़ किंतु-परंतु में उलझा हुआ था। कभी-कभी यह तय करना बहुत मुश्किल हो जाता है कि किसी लड़की के साथ कैसे बर्ताव करें। मेरे अंदर का एक हिस्सा तो बोल्ड क़दम उठाना चाहता था।

*चुपचाप उसके बिस्तर में घुस जाओ और उसको किस करके हैप्पी बर्थडे बोलो,* वह बोल्ड आवाज़ मुझसे कह रही थी।

*ओके, लिप्स पर ना सही, फ़ोरहेड पर ही सही। फ़ोरहेड वाले किस से तो कोई प्रॉब्लम नहीं होती है ना?* मेरे अंदर से एक और आवाज़ बोली।

नहीं, इसे बिगाड़ो नहीं। उसने तुम्हें बुलाया है, उसे ही तय करने दो, एक तीसरी आवाज़ ने कहा।

मैंने मन मारकर ही सही, इस तीसरी आवाज़ की बात मान ली। लेकिन चाहे जो हो, मुझे उसको उठाना तो था ही।

मैंने फिर ज़ारा का कंधा हिलाया। इस बार थोड़ा ज़ोर से। वह अब भी नहीं उठी। मैंने उसके चेहरे से चादर खिसका दी। लेकिन वह जैसे गहरी नींद में चुपचाप लेटी रही।

'ओके ज़ारा, बहुत मज़ाक़ हो गया। मैं यहां तक चलकर तुम्हें विश करने आया हूं। हैप्पी बर्थडे।'

वह टस से मस नहीं हुई।

'तुम उठोगी या नहीं?'

कोई जवाब नहीं।

'ज़ारा, मुझे मालूम है, मुझे क्या करना है। मैं बेड में आकर तुम्हारे साथ सो जाऊंगा, शायद तब जाकर तुम जागो।' मैंने हंसते हुए कहा, लेकिन कोई हलचल नहीं हुई। तब मैं उसे पीछे धकेलने के लिए झुका। मुझे उसका शरीर

भारी महसूस हुआ।

'ज़ारा,' इस बार मैंने ज़ोर से कहा। 'तुम ठीक हो ना?'

मैंने उसके माथे को छुआ। वह बर्फ़ की तरह ठंडा था। मेरा दिल ज़ोरों से धड़कने लगा। कुछ तो ग़लत था। मैंने चादर को उसके चेहरे के नीचे खिसकाया तो देखा उसकी गर्दन पर लाल निशान थे।

'ज़ारा, बेबी,' मैंने कहा। मैंने उसके गाल, आंखों, कानों को छुआ। लेकिन सबकुछ ठंडा था।

'वेक अप,' मैंने कहा, लेकिन मुझे मालूम नहीं था ये मैं किससे कह रहा था। मैंने रूम की मेन लाइट जला दी। सौ वॉट की तेज़ रौशनी से मेरी आंखें चुंधिया गईं। लेकिन अब मैं ज़ारा को और ग़ौर से देख सकता था, जो बिना किसी हलचल के लेटी हुई थी।

'ज़ारा,' मैंने ज़ोर से कहा। मैं अपनी उंगलियों को उसकी नाक के पास ले गया। मुझे कुछ भी अनुभव नहीं हुआ। मैंने फ़िल्मों में देखा था कि कैसे नब्ज़ देखी जाती है। मैंने ज़ारा की पतली, ठंडी कलाई उठाई। वहां कोई धड़कन नहीं थी। मैंने बार-बार चेक करने की कोशिश की, लेकिन कुछ भी नहीं।

तो क्या ज़ारा मर चुकी थी?

मेरा दम घुटने लगा। मुझे खुली हवा की दरकार थी। मैं उठा और खिड़की को पूरा खोल दिया। मैंने नीचे देखा। चांदनी में मुझे सौरभ दिखाई दे रहा था। वह वहीं खड़ा था और एक पैर से दूसरे पैर पर अपने वज़न को शिफ़्ट कर रहा था। उसने मुझे खिड़की में देखा और हाथ हिलाया। फिर उसने नीचे की ओर इशारा करते हुए कहा कि अब मुझे लौट जाना चाहिए। मैं कोई प्रतिक्रिया नहीं दे सका।

मैं फिर से कमरे में गया। नहीं, मेरी ज़ारा इस तरह से नहीं मर सकती थी। यह कोई बुरा सपना होगा। मैं वहां चुपचाप खड़ा उसको देखता रहा, यह उम्मीद करते हुए कि वह अभी जाग उठेगी।

मेरी जेब में फ़ोन वाइब्रेट हुआ। मैंने सौरभ का कॉल पिक किया। वह शरारत भरे स्वर में बोल रहा था—

'भाई, चल क्या रहा है? तुम फिर से अंदर चले गए। क़िस्मत मेहरबान है क्या? मैं यहां रुकूं या जाऊं?'

'सौरभ,' मैंने कहा और चुप हो गया।

'हां?'

'सौरभ, ऊपर आओ।'

'क्या?'

'जल्दी से यहां आओ।'

'लेकिन तुम मुझे अपनी गर्लफ्रेंड या एक्स-गर्लफ्रेंड के रूम में क्यों बुला रहे हो?'

'आई बेग यू, सौरभ, जल्दी आओ,' मैंने लगभग रुआंसा होते हुए कहा। वह समझ गया कि कुछ ना कुछ तो गड़बड़ है।

'मैं ऊपर आया तो ज़ारा को कोई दिक़्क़त तो नहीं होगी?'

'बस आ जाओ,' मैंने कहा और फ़ोन रख दिया। इसके बाद मैं फिर खिड़की पर चला गया और उसकी मदद करने के लिए पेड़ के तने पर फ़ोन की फ़्लैशलाइट डालने लगा।

उसने नर्वस तरीक़े से आसपास देखा और पेड़ पर चढ़ने के लिए एक टांग उठाई। आम का पेड़ चरमराया। ये पेड़ आख़िरकार बंदरों की उछलकूद के लिए डिज़ाइन किए गए हैं, इसलिए नहीं कि नब्बे किलो के ओवरवेट मनुष्य उन पर चढ़ें।

'ध्यान से। अब बायां पैर अगली डाल पर रखो,' मैं धीमी आवाज़ में उसे निर्देश देता रहा। ख़ुशक़िस्मती से इस पूरे कांड को किसी ने होते नहीं देखा।

उसने खिड़की के फ्रेम पर पैर रखा, मैंने उसे अंदर खींच लिया।

'क्या बात है, भाई?' उसने कहा।

मैंने खिड़की बंद की और भीतर से चिटखनी लगा दी।

उसने उसे बेड में लेटे देखा।

'वो सो रही है?' उसने फुसफुसाते हुए कहा। 'तुमने अभी तक उसे उठाया नहीं?'

'वो मर चुकी है।'

सौरभ को जैसे ज़ोरों का झटका लगा।

'क्या?' उसने चीख़ते हुए कहा।

'धीरे बोलो। ये गर्ल्स हॉस्टल है। यहां पुरुषों की आवाज़ें नहीं सुनाई देनी चाहिए।'

'पुरुषों की आवाज़ की ऐसी की तैसी, भाई। तुम ये क्या बोल रहे हो?' सौरभ ने कहा, उसकी आवाज़ और ब्लडप्रेशर दोनों ही और तेज़ हो गए थे।

मैंने उसकी गर्दन पकड़ी और अपने हाथ से उसका मुंह दबा दिया।

'प्लीज़, चुप रहो,' मैंने कहा। 'तुम मुझे भी डरा रहे हो। एकदम चुप, समझे?'

सौरभ ने सिर हिला दिया। मेरा हाथ अब भी उसके मुंह पर था। लेकिन मैंने उसकी पकड़ अब ढीली कर दी थी।

सौरभ ने खांसते हुए कहा, 'आर यू श्योर? हो सकता है, उसकी तबीयत ठीक न हो।'

'नहीं, वो अब इस दुनिया में नहीं है। उसका पूरा शरीर ठंडा पड़ चुका है। उसकी सांसें नहीं चल रहीं। ज़रा उसका चेहरा देखो,' मैंने कहा।

उसने उसकी गर्दन पर लाल निशान देखे।

'लेकिन यह हुआ कैसे?'

'मुझे क्या मालूम? मैं जब यहां आया तो यह ऐसे ही थी।'

'लेकिन उसी ने तुम्हें मैसेज करके बुलाया था,' सौरभ ने कमरे में यहां से वहां तक टहलते हुए कहा।

'हां,' मैंने कहा और अपना फ़ोन खोल लिया। यह कोई सपना नहीं था। फ़ोन में उसके मैसेजिस थे। वह मुझे मिस कर रही थी और यह चाहती थी कि मैं उसे ख़ुद यहां आकर विश करूं। मैं ज़ारा की स्टडी चेयर में बैठ गया और उसके चेहरे को ग़ौर से देखा। किसी सोते हुए बच्चे की तरह शांत चेहरा। मेरा प्यार मर चुका था। लेकिन हैरानी की बात है कि मुझे किसी तरह का कोई दर्द महसूस नहीं हो रहा था।

'अब हम क्या करेंगे?' सौरभ ने कहा।

'पता नहीं, लेकिन प्लीज़ बैठ जाओ। तुम्हारी चहलक़दमी से मैं नर्वस हो रहा हूं।'

'मैं डरा हुआ हूं,' सौरभ ने कहा। मैं भी डर रहा था, लेकिन मैं यह अफ़ोर्ड नहीं कर सकता था कि उसकी तरह मेरी घिग्घी बंध जाए। किसी ना किसी को तो ठंडा दिमाग़ रखना ही था।

'मैंने इससे पहले कभी कोई डेड बॉडी नहीं देखी,' सौरभ ने कहा, जैसे कि मैं तो मुर्दों के साथ ही रात-दिन घूमता रहता था। 'भाई, कुछ करो।'

'शटअप, सौरभ। मैं वही सोच रहा हूं। तुम्हारे पास आइडियाज़ हैं?'

'नहीं, भाई। हमें यहां पर आना ही नहीं था। हम अपने अपार्टमेंट में दारू पार्टी करते हुए कितने ख़ुश थे। मैंने तो पहले ही कहा था कि यहां आना बहुत

बुरा आइडिया है।'

वह इसी तरह बड़बड़ाता रहा और मेरा भी दिमाग़ ख़राब करता रहा। मेरा मन कर रहा था कि उसे ज़ोर से एक तमाचा जड़ दूं, लेकिन मैं ऐसा नहीं कर सकता था। हां, यह सच है कि उसने मुझे यहां आने से मना किया था, इसलिए मैंने उसे पांच मिनट तक मुझे सुनाने का मौक़ा दे दिया। उसके बाद वह ख़ुद ही थककर कमरे की वुडन ईज़ी चेयर पर बैठ गया।

'हमारे पास अब कोई चारा नहीं है, हमें किसी को इनफ़ॉर्म करना होगा।' मैंने कहा।

'लेकिन कैसे? हम उन्हें क्या बताएंगे कि हम यहां पर क्या कर रहे हैं। एक गर्ल्स हॉस्टल के रूम में। इस समय। जबकि रूम में रहने वाली लड़की मर चुकी है।'

'तो क्या करें? यहां से भाग चलें?'

'हां, शायद। बाहर अभी भी अंधेरा है। जैसे आए थे, वैसे ही चले जाते हैं।'

मैं सोचने लगा। हम यहां से निकलेंगे, घर जाकर सो जाएंगे और सोचेंगे कि ऐसा कभी कुछ हुआ ही नहीं था। लेकिन यह आइडिया मुझे ठीक नहीं लग रहा था।

'उसकी मौत कैसे हुई?' मैंने कहा।

'क्या?'

'ज़ारा की मौत कैसे हुई? अभी एक घंटा पहले तक तो वो एकदम ठीक थी।'

'भाई, अभी मुझे इसकी परवाह नहीं है। अभी हमें जल्दी से जल्दी यहां से बाहर निकलना है बस।'

'वो तो बीमार भी नहीं थी।'

'हां, तो?'

'किसी ने उसे मारा है।'

सौरभ अपनी सीट से उठ खड़ा हुआ।

'क्या? तो क्या हम एक मर्डर सीन में मौजूद हैं? भाई, जल्दी से यहां से चलो।'

वह खिड़की पर चला गया।

'हम यहां से ऐसे नहीं जा सकते, गोलू। प्लीज़ बैठ जाओ। ठंडे दिमाग़

से इस पर सोचते हैं।'

वह भारी क़दमों से लौटकर आया और ईज़ी चेयर पर बैठ गया।

'लेकिन हमें यहां क्यों रुकना चाहिए? ताकि लोग हमें खोज निकालें और यह मान लें कि हमने ही यह सब किया है?' उसने कहा।

'लेकिन अगर हम यहां से भाग गए, तब तो वे हर हाल में यही सोचेंगे कि यह हमने ही किया है।'

'लेकिन उन्हें पता भी कैसे चलेगा कि हम यहां पर आए थे?' सौरभ ने अपने चेहरे से पसीना पोंछते हुए कहा। 'बाहर अभी भी अंधेरा है। चलो, निकलो यहां से।'

'तुम समझ नहीं रहे हो। यह बहुत बड़ा मामला है। आईआईटी हॉस्टल में एक पीएचडी स्टूडेंट का मर्डर। आईआईटी ही नहीं, पूरे पुलिस सिस्टम और मीडिया का ध्यान अब इस वारदात पर रहेगा।'

'तो?' सौरभ ने ईज़ी चेयर के आर्मरेस्ट को पकड़ते हुए कहा।

'तो क्या? वो लोग छानबीन करेंगे।'

'लेकिन यह तो कोई भी कर सकता है। अकेले कैंपस में ही हज़ार से ज़्यादा स्टूडेंट्स हैं।'

'लेकिन हो सकता है कि मेन गेट के गार्ड को हमारे बारे में याद रहे। और हां, चेकपोस्ट वाले पुलिस वाले को तो मेरी बाइक का नंबर भी पता है। और यह भी कि इस रात को हम लोग कैंपस में गए थे।'

'तो क्या? हम तो यहां पर एक राइड लेने आए थे।'

'फिर वो लोग रूम में फ़िंगरप्रिंट्स सर्च करेंगे। मेरी उंगलियों के निशान खिड़की पर हैं, बेड पर हैं, उसके चेहरे तक पर हैं।'

'फ़िंगरप्रिंट्स?' सौरभ ने मेरे शब्द दोहराते हुए कहा।

'हां, जैसे कि तुम्हारे फ़िंगरप्रिंट्स, जो ठीक इस वक़्त ईज़ी चेयर पर हैं,' मैंने कहा। उसने फ़ौरन आर्मरेस्ट्स पर अपनी पकड़ ढीली कर दी।

'भाई, ये चल क्या रहा है? कोई क्राइम पैट्रोल शिट?' उसने कहा और उठ खड़ा हुआ। 'क्या हम सबकुछ पोंछ कर यहां से रफ़ा-दफ़ा नहीं हो सकते? मैं तो यहां से फ़ौरन चले जाना चाहता हूं।'

'गोलू, हम कहीं नहीं जा सकते।'

'हमारी ज़िंदगी बर्बाद हो जाएगी।'

'नहीं गोलू, अगर हम अपने फ़िंगरप्रिंट्स मिटाकर यहां से भाग गए, तब

ज़रूर हमारी ज़िंदगी बर्बाद हो जाएगी।'

'तो अब हम क्या करें?'

'हम यहीं रुकेंगे और सच बताएंगे।'

'क्या सच? यह कि हमने एक बोतल व्हिस्की पी, फिर नशे की हालत में गाड़ी चलाई, फिर पुलिस वालों को गच्चा दे दिया, फिर फ़र्ज़ी आईडी कार्ड दिखाकर यहां चले आए और पेड़ पर चढ़कर इस लड़की के रूम में घुस गए, वो भी इतनी रात गए? भाई, तुम्हारा दिमाग़ तो ठिकाने पर है ना?'

'हां, ये सब ग़लत चीज़ें हैं, लेकिन कम से कम ये मर्डर करना तो नहीं है।'

'मर्डर? तुम इस शब्द का इस्तेमाल भी कैसे कर सकते हो? हमने कुछ भी नहीं किया है।'

'जानता हूं। और इसलिए हमें यह सबको बताना होगा। अब ये बताओ कि हम सबसे पहले किसे कॉल करें?'

मैंने अपना फ़ोन निकाल लिया।

'आर यू श्योर, भाई? क्योंकि आज के दिन तुमको कोई बहुत अच्छे आइडियाज़ नहीं आ रहे हैं।'

'अगर तुम जाना चाहते हो, सौरभ, तो जा सकते हो,' मैंने कहा। सच में उसे इस सबका हिस्सा बनने की ज़रूरत नहीं थी।

'मेरा वो मतलब नहीं था, भाई।'

'लेकिन मेरा यही मतलब था क्योंकि अब इस पर बखेड़ा तो होगा। इसका तुमसे कोई लेना-देना नहीं होना चाहिए।'

'लेकिन क्या हमने दारू पार्टी के दौरान यह तय नहीं किया था कि हम जो भी करेंगे, साथ-साथ ही करेंगे?' उसने कहा। मैंने उसकी तरफ़ देखा। कुछ मायनों में, एक बेहतरीन दोस्त का होना किसी प्रेमिका के होने से ज़्यादा ज़रूरी होता है।

'आई लव यू, मैन,' मैंने कहा।

'मी टू, भाई। तो तुम किसको कॉल करने जा रहे हो?'

'उसके पैरेंट्स, उसका बॉयफ्रेंड या पुलिस। ये चॉइसेस हैं।'

'हम सीधे नीचे भी जा सकते हैं और वॉचमैन को सबकुछ बता सकते हैं। उसे ही सबको कॉल करने देते हैं।'

उसने बात तो पते की कही थी।

'आइडिया बुरा नहीं है, लेकिन,' मैं रुक गया।

'लेकिन क्या?'

'लेकिन अगर हमने ख़ुद ही इन्हें कॉल नहीं किया तो वो हमें हमेशा शक की नज़र से देखेंगे। पहले हम उन्हें कॉल करते हैं और फिर वॉचमैन के पास जाते हैं।'

'मैंने अपनी ज़िंदगी में कभी पुलिस को कॉल नहीं किया,' सौरभ ने कहा।

'मैंने भी। लेकिन मैं पुलिस को सबसे बाद में फ़ोन लगाऊंगा।'

'पैरेंट्स?'

'यह भी बहुत मुश्किल होगा। सबसे पहले मैं रघु को कॉल लगाता हूं।'

'तुम्हारे पास उसका नंबर है?'

'हां।'

उसने इससे पहले मुझे कभी-कभार कॉल किया था, यह कहने के लिए कि मुझे ज़ारा से दूर रहना चाहिए। मैंने उसका नंबर सेव कर लिया था, ताकि अगर ज़ारा मुझे कभी ब्लॉक कर दे तो उस तक पहुंचने का कोई रास्ता मेरे पास रहे। मैंने टाइम देखा। 3 बजकर 36 मिनट हो रहे थे। मैंने उसका नंबर डायल किया। फ़ोन की घंटी बजी। किसी ने फ़ोन नहीं उठाया। सबसे अंत में मुझे तेलुगु में एक सर्विस मैसेज सुनाई दिया, जो शायद यह कह रहा था कि इस व्यक्ति तक पहुंच पाना संभव नहीं हो सकेगा। मैंने फिर कोशिश की और इस बार भी कोई रिस्पॉन्स नहीं मिला।

'लगता है वो सो रहा है,' मैंने कहा।

'उसके डैड को फ़ोन लगाओ,' सौरभ ने कहा।

मैंने सफ़दर लोन का नंबर डायल किया। मैं सोच रहा था कि मैं उन्हें क्या कहूंगा। हाय अंकल, आपको डिस्टर्ब करने के लिए सॉरी। मैं केशव बोल रहा हूं। आपको याद है, आपने मुझसे कहा था कि मैं आपकी बेटी से दूर रहूं? वेल, अभी मैं उसके रूम में हूं। और, बाय द वे, वो मर चुकी है।

'येस?' सफ़दर ने कहा। उनकी आवाज़ में नींद और गुस्सा मिले हुए थे।

'अंकल, मैं केशव बोल रहा हूं।'

'पता है। तुमने समय देखा है?'

'3 बजकर 38 मिनट हो रहे हैं, अंकल।'

'क्या चाहते हो?'

'अंकल, ज़ारा...'

'क्या?'

'मिस्टर लोन, ज़ारा...'

'तुम्हें उसे भूलना होगा। मेरे ख्याल से मैंने कई साल पहले ही यह साफ़ कर दिया था। तुम नशे में हो क्या?'

हां, मैं नशे में तो था, लेकिन उस नशे का एक बड़ा हिस्सा अभी तक काफ़ूर हो चुका था।

'अंकल, प्लीज़ मेरी बात सुनिए, यह बहुत ज़रूरी है,' मैंने ख़ुद को संभालते हुए कहा।

'क्या?'

मैं उन्हें वह ख़बर नहीं सुना सका।

'क्या आप ज़ारा के हॉस्टल आ सकते हैं? अभी?'

'क्या? क्यों?'

'प्लीज़, फ़ौरन आ जाइए। यह बहुत ज़रूरी है। मैं यहीं पर हूं।'

'क्या...'

मैंने फ़ोन काट दिया। पता नहीं क्यों, लेकिन उसके पिता से फ़ोन पर बात करने के बाद ही मुझे हक़ीक़त का अंदाज़ा हुआ था कि ज़ारा मर चुकी है। कि अब वह कभी लौटकर नहीं आएगी। नहीं, मुझे ख़ुद को संभालना था। मुझे अभी कुछ और कॉल करने थे।

'पुलिस,' मैंने ज़ोर से कहा। 'पुलिस का नंबर क्या है?'

'100?' सौरभ ने कहा।

'वह तो जनरल नंबर होता है। हमें लोकल पुलिस स्टेशन को फ़ोन लगाना चाहिए?'

'यू मीन, हमें उन पुलिस वालों को फ़ोन करके यहां बुलाना चाहिए, जो अभी थोड़ी देर पहले हमारा पीछा कर रहे थे?' सौरभ ने कहा।

'शट अप,' मैंने कहा। मैंने अपने फ़ोन पर हौज़ ख़ास पुलिस स्टेशन का नंबर गूगल किया और उन्हें फ़ोन लगाया।

पांच रिंग जाने के बाद किसी ने फ़ोन उठाया।

'हौज़ ख़ास पुलिस,' दूसरी तरफ़ से एक थकी हुई आवाज़ सुनाई दी।

'हमने आपको एक अपराध की सूचना देने के लिए फ़ोन लगाया है,' मैंने कहा।

सौरभ ने सहमी हुई नज़रों से मेरी तरफ़ देखा।

'तुम लोग कहां से बोल रहे हो?'

'आईआईटी दिल्ली। हिमाद्रि हॉस्टल। रूम नंबर 105,' मैंने कहा।

'अपराध क्या है?'

'मर्डर। एक स्टूडेंट का।'

'तुम कौन बोल रहे हो?' अब वह आवाज़ चौकन्नी हो गई थी।

'मैं केशव राजपुरोहित बोल रहा हूं। मैं यहीं पर आपका इंतज़ार कर रहा हूं। हिमाद्रि हॉस्टल के एंट्रेंस पर।'

'विक्टिम कौन है और उससे तुम्हारा क्या ताल्लुक़ है?'

'ज़ारा लोन। मैं उसका दोस्त और एक्स-आईआईटी स्टूडेंट हूं।'

'वहीं पर रहो, हम एक टीम भेज रहे हैं।'

मैंने कॉल काट दिया। सौरभ और मैंने एक-दूसरे की ओर देखा।

'नीचे चलकर वेट करें?' सौरभ ने कहा। वो किसी भी तरह इस रूम से बाहर निकल जाना चाहता था।

'हां,' मैंने कहा। मैं खड़ा हुआ और दरवाज़ा खोल दिया। कॉरिडोर ख़ाली और अंधेरे से भरा था। सौरभ कमरे से बाहर चला आया। मैं भीतर ही रहा।

'क्या? अब चलो यहां से,' सौरभ ने कहा।

'वेट। एक मिनट,' मैंने कहा और मुड़ गया। मैं उसके बेड तक गया, उस पर झुका और उसका माथा चूम लिया। उसके ठंडे चेहरे पर आंसू की एक बूंद टपक पड़ी।

'हैप्पी बर्थडे, ज़ारा। आई लव यू।'

ज़ारा चुपचाप लेटी रही।

'भाई,' सौरभ ने दरवाज़े पर दस्तक देते हुए कहा, 'लेट्स गो।'

'आ रहा हूं,' मैंने कहा। मैं सीधा खड़ा हो गया, एक बार फिर उसे देखा और कमरे से बाहर चला गया।

## अध्याय 6

हम नीचे उतरकर हिमाद्रि के मेन एंट्रेंस पर चले गए। हॉस्टल से हमें बाहर निकलते देखकर वॉचमैन अपनी कुर्सी से चौंककर उठ खड़ा हुआ।

'रुको, तुम लोग कौन हो?' उसने कहा।

'वॉचमैन साहब,' मैंने कहा, 'हमें आपसे बात करनी है।'

'लेकिन तुम लोग यहां गर्ल्स हॉस्टल में क्या कर रहे हो?'

'वॉचमैन साहब, हमारी बात तो सुनो। कोई मर गया है।'

'क्या?' उसने कहा। उसका मुंह खुला का खुला रह गया।

इससे पहले कि मैं कुछ कहता, मुझे पुलिस का साइरन सुनाई देने लगा। हौज़ ख़ास पुलिस मेरी उम्मीद से ज़्यादा चुस्त-दुरुस्त निकली थी। एक दिल्ली पुलिस मारुति जिप्सी हॉस्टल कंपाउंड में घुसी। उसके पीछे आईआईटी दिल्ली सिक्योरिटी पैट्रोल कार आई। जिप्सी में से तीन पुलिस वाले बाहर निकले। उनमें से एक ने टोपी पहन रखी थी और उनकी वर्दी पर तमगे थे। शायद वही इस ग्रुप में सबसे सीनियर थे। वे हमारी ओर बढ़े। मैंने नाम पढ़ा–विकास राणा। उनके पीछे-पीछे दो कांस्टेबल और आईआईटी दिल्ली के चार सुरक्षा अधिकारी भी चले आए। वॉचमैन उनको देखकर गश खाकर गिरते-गिरते बचा।

'केशव राजपुरोहित कौन है?' इंस्पेक्टर राणा ने भारी रौबीली आवाज़ में कहा।

'मैं हूं, सर,' मैंने हाथ बढ़ाते हुए कहा, लेकिन उन्होंने नज़र अंदाज़ कर दिया।

'तुम्हीं ने फ़ोन लगाया था?'

'हां, सर,' मैंने कहा। 'मुझे मेरी दोस्त ज़ारा लोन मृत अवस्था में मिली। रूम नंबर 105 में।'

सुरक्षा अधिकारी भौंचक से मेरी तरफ़ देखते रहे।

'तुम कौन हो?' एक सुरक्षा अधिकारी ने कहा। 'स्टूडेंट?'

'एक्स-स्टूडेंट,' मैंने कहा। '2013 बैच, कुमाऊं हॉस्टल।'

'2013?' तो फिर तुम यहां क्या कर रहे हो?

'मैं यहां उससे मिलने आया था,' मैंने कहा और आगे यह भी जोड़ दिया कि आज उसका बर्थडे था।

'लेकिन तुम गर्ल्स हॉस्टल में कैसे आ सकते हो?' उनकी आवाज़ तेज़ होती जा रही थी। 'क्या हम अभी टाइम वेस्ट करने के बजाय बॉडी की तफ़्तीश कर सकते हैं, प्लीज़?' इंस्पेक्टर राणा ने कहा।

❖

कांस्टेबल ने ज़ारा के कमरे का दरवाज़ा खोलने के लिए एक रूमाल का इस्तेमाल किया।

'ऐहतियात से,' इंस्पेक्टर राणा ने कहा, 'वहां फ़िंगरप्रिंट्स हो सकते हैं।'

सौरभ और मैंने एक-दूसरे की ओर देखा। दरवाज़े के हैंडल पर हमारे सिवा और किसके फ़िंगरप्रिंट्स हो सकते थे।

पुलिस कमरे में घुसी। ज़ारा की लाश वहां पड़ी थी, चादर खिसकी हुई थी और बत्तियां जल रही थीं।

'किसी भी चीज़ को मत छूना,' इंस्पेक्टर राणा ने चेताते हुए कहा।

हम पहले ही हर चीज़ को छूकर देख चुके हैं, इंस्पेक्टर, मैं कहना चाहता था। एक कांस्टेबल ने अपने फ़ोन से लाश की तस्वीरें लीं, क्योंकि इस समय ऑफ़िशियल फ़ोटोग्राफ़र नहीं आ सका था।

इंस्पेक्टर राणा बेड के पास गए और ज़ारा की गर्दन का मुआयना किया।

'यह सुसाइड नहीं है, किसी ने इसका गला घोंटकर हत्या की है।'

कमरे की खुली खिड़की से ठंडी हवा का एक झोंका भीतर चला आया। सभी चुप हो गए। एक सुरक्षा अधिकारी वॉचमैन से मुख़ातिब होकर बोला, 'लक्ष्मण, यह कैसे हुआ?'

वॉचमैन ने दोनों हाथ जोड़ लिए।

'कुछ नहीं पता, साहब।'

'तुमने किसी को अंदर आते हुए देखा था?' सुरक्षा अधिकारी ने उस पर चिल्लाते हुए कहा।

'यहां कोई नहीं आया, मैं पूरे समय ड्यूटी पर था।'

'तुम सो गए थे क्या? या अपनी पोस्ट छोड़कर कहीं और चले गए थे?' इस बार निगरानी अधिकारी ने उस पर चिल्लाते हुए कहा।

वॉचमैन ने सिर हिला दिया। उसका पूरा शरीर कांप रहा था लेकिन ठंडी हवा के कारण नहीं।

'सच-सच बताओ, क्योंकि मैं वैसे भी एंट्रेंस के सीसीटीवी फ़ुटेज देखूंगा,' निगरानी अधिकारी ने कहा।

आख़िर निगरानी अधिकारी को भी किसी ना किसी के सिर पर इस हादसे का ठीकरा फोड़ना ही था, क्योंकि उसकी तमाम पैट्रोलिंग और निगरानी के बावजूद कोई कैंपस में आकर एक स्टूडेंट की हत्या कर गया था।

'नहीं, साहब, मैं पूरे समय अपनी ड्यूटी पर था और जाग रहा था।'

'तो फिर ये दोनों हॉस्टल में कैसे आ गए?' सुरक्षा अधिकारी ने मेरी और सौरभ की ओर इशारा करते हुए पूछा। इस सवाल का वॉचमैन के पास कोई जवाब नहीं था। निगरानी अधिकारी ने उसे तमाचा जड़ दिया। शायद वो पुलिस के सामने अपना रौब झाड़ना चाह रहा था।

'बंद करो ये सब,' इंस्पेक्टर राणा ने कहा। 'हमारा काम तुम मत करो।'

'सॉरी, सर,' निगरानी अधिकारी ने कहा। अपने जूनियर्स के सामने डपटे जाने पर अब वह शर्मिंदगी का अनुभव कर रहा था। शायद वह भी पुलिस में जांच अधिकारी बनना चाहता था। लोग बड़े होकर पुलिस वाला बनना चाहते हैं। एक इंजीनियरिंग कॉलेज का निगरानी अधिकारी भला कौन बनना चाहेगा?

'तुम वारदात को तो टाल नहीं सके, अभी कम से कम हमें ठीक से अपनी जांच कर लेने दो,' इंस्पेक्टर राणा ने कहा।

निगरानी अधिकारी ने सिर झुका लिया।

इंस्पेक्टर राणा उसकी अनदेखी कर कमरे में चक्कर लगाने लगे। उन्हें ज़ारा का फ़ोन दिखाई दिया। उन्होंने उसे चार्जर से बाहर निकाला और एक रूमाल की मदद से उसे उठाया। फिर उन्होंने उसे एक कांस्टेबल को दे दिया, जिसने उसे अपने प्लास्टिक बैग में रख लिया। फिर उन्होंने उसकी डेस्क में उसके डॉक्यूमेंट्स चेक किए, लेकिन ज़ारा के पीएचडी सबजेक्ट के काग़ज़ देखकर उन्हें कुछ समझ नहीं आया। उन्होंने उन्हें वापस डेस्क में रख दिया और खिड़की के पास गए। खिड़की अंदर से बंद थी।

'खिड़की बंद है यानी क़ातिल दरवाज़े से आया था।'

मैं जानता था कि इस मौक़े पर कुछ भी बोलना मुसीबत को न्योता देना है, फिर भी मुझे कहना पड़ा,

'सर, खिड़की खुली थी। उसी से मैं और सौरभ अंदर आए थे। वॉचमैन

को वारदात की ख़बर देने जाने से पहले हमने इसे अंदर से बंद कर दिया था।'

अब इंस्पेक्टर हमारी ओर मुड़े।

'तुम दोनों हो कौन? और यहां पर कैसे पहुंचे?'

'सर, मैं हर चीज़ एक्सप्लेन कर सकता हूं,' मैंने कहा।

और फिर अगले पांच मिनट तक मैं इंस्पेक्टर को पूरी कहानी सुनाता रहा।

'और तब मैंने सौरभ को ऊपर बुलाया और हमने पुलिस को फ़ोन करने का फ़ैसला लिया,' मैंने अपनी कहानी ख़त्म की।

मैंने सभी के चेहरों को देखा। उनमें से किसी को इस कहानी पर यक़ीन नहीं था। सबसे ज़्यादा हैरान तो निगरानी अधिकारी लग रहा था। वो क़त्ल से भी ज़्यादा इस कहानी से नाराज़ मालूम हो रहा था।

'तुम पेड़ पर चढ़कर एक आईआईटी गर्ल्स हॉस्टल के रूम में घुस गए? और वो भी आउटसाइडर होकर? तुम अपने आपको समझते क्या हो?'

'सॉरी, सर, वो एक भूल थी, लेकिन...'

इंस्पेक्टर राणा चलकर मेरे सामने आ खड़े हुए और मेरी आंखों में आंखें डालकर देखने लगे। मुझे अच्छी तरह घूरकर देखने के बाद वे सौरभ की ओर मुड़े और उससे पूछा, 'तुम्हारा दोस्त सच बोल रहा है?'

सौरभ फ़िल्म 'जग्गा जासूस' के रनबीर कपूर की तरह बोला, 'हं... हं...हां, सर।'

'फिर तुम हकला क्यों रहे हो?'

'ऐ...ऐ...ऐसे ही, सर।'

'आर यू श्योर कि तुम लोगों ने ये मर्डर नहीं किया है?' राणा ने कहा। मुझे अपने पैरों तले ज़मीन खिसकती महसूस हुई। तो क्या हम पर ही शक किया जा रहा था?

'नहीं, सर। मां क़सम खाकर कहता हूं, हमने नहीं किया।'

इंस्पेक्टर ने मेरी आंखों में आंखें डालकर कहा, 'मादरचोद, हर क़ातिल स्साला अपनी मां की ही क़सम खाता है।'

'नहीं, सर, लेकिन...' मैंने कहा। मैं उनकी भाषा से हैरान था।

'चोप्प,' उन्होंने कहा और फिर कांस्टेबल की ओर मुड़कर बोले, 'इन दोनों को पुलिस थाने ले जाओ।'

'सर, आप...'

इंस्पेक्टर राणा ने मुझे बीच में ही टोक दिया, 'और वॉचमैन का भी बयान लो। एंट्रेंस के सीसीटीवी फ़ुटेज हासिल करो। किसी ने लड़की के पैरेंट्स को ख़बर की?'

'मैंने की, सर। उसके पापा आ रहे हैं,' मैंने कहा।

सौरभ ने मेरे हाथ पर चिकोटी काटी, यह बताने के लिए कि मुझे अपना मुंह बंद रखना चाहिए।

एक कांस्टेबल ने एरिया को मार्क किया और तस्वीरें खींचता रहा। मैं और सौरभ चुपचाप एक कोने में खड़े रहे। निगरानी अधिकारी आईआईटी डायरेक्टर को फ़ोन करने के लिए बाहर चला गया। पुलिस वाले कमरे में यहां-वहां चक्कर काटते रहे।

'क्या हो रहा है यहां? ज़ारा कहां है?' सफ़दर लोन की आवाज़ सुनकर सभी चौंक गए।

❖

भारतीय पुलिस थाने टाइम ट्रैवल का एक अच्छा ज़रिया माने जा सकते हैं। यदि आप जानना चाहते हैं कि सत्तर के दशक में भारत कैसा था, जब कंप्यूटर नहीं थे और सरकारी दफ़्तर टनों भूरे काग़ज़ के मलबे में दबे रहते थे, तो किसी पुलिस थाने की सैर कर आइए। माना कि हौज़ ख़ास स्टेशन इतना गया-बीता भी नहीं है। वहां पर दो कंप्यूटर थे, दोनों ही मोटे-तगड़े सीआरटी मॉनिटर्स वाले। उन पर नब्बे के दशक के विंडोज़ सॉफ़्टवेयर्स चलाए जा रहे थे। सुबह के नौ बजे थे और थाना लोगों की भीड़ से इस तरह खचाखच भरा हुआ था, जैसे कि पुलिस 10 जीबी डाटा कार्ड फ्री बांट रही हो। नींद और बीती रात के नशे से पहले ही मेरा सिर चकरा रहा था। थाने की रेलमपेल से मेरी हालत और ख़राब हो गई।

सौरभ और मुझे अलग-अलग बैठाया गया। वे नहीं चाहते थे कि हम दोनों आपस में सांठ-गांठ करके कोई फ़र्ज़ी कहानी सुना डालें। जैसे कि अगर हम सच में ही वैसा करना चाहते तो एक-दूसरे को व्हॉट्सएप्प करके वैसा नहीं कर सकते थे।

मैं कई घंटों तक इंतज़ार करता रहा। आख़िरकार इंस्पेक्टर राणा ने मुझे अपने ऑफ़िस में बुलाया। ऑफ़िस क्या दड़बा कहिए, जिसमें उनकी डेस्क और दो कुर्सियां जैसे-तैसे ठसी हुई थीं।

मैं उनके सामने बैठा तो मुझे जम्हाई आ गई। एक नज़र मुझ पर जमाए हुए वे एक फ़ाइल पढ़ते रहे।

'नींद आ रही है?'

'थोड़ी-सी।'

'मुंह धो आओ।'

'ऐसे ही ठीक है।'

उन्होंने मुझे तीख़ी नज़रों से देखा।

'जो बोला है, वो करो,' उन्होंने कहा। मैंने उनकी बात मानने में ही भलाई समझी। एक गंदे बाथरूम के गंदे नल के गंदे पानी से मैंने अपना चेहरा धोया। फिर जाकर उनके ऑफ़िस में बैठ गया। इस बार मेरी आंखें पूरी तरह खुली हुई थीं।

'मैंने तुम्हें बाहर बैठकर इंतज़ार करने को कहा। मैं तुम्हें लॉकअप में भी रख सकता था, लेकिन मुझे नहीं लगता, तुम वहां पर एक रात बिताना पसंद करते।'

मैंने मन ही मन कल्पना की कि मैं सलाखों के पीछे हूं और मेरे पैरेंट्स को इस बारे में पता चल गया है। वैसे भी वे मुझ पर इतना चिल्लाते, जितना कोई पुलिस वाला कभी नहीं चिल्ला सकता था। नहीं, ये वाला ऑप्शन तो बिलकुल ठीक नहीं था।

'नहीं, सर, मैं बाहर ही टीक हूं।'

'वैसे तुम्हें होना तो अंदर चाहिए था, अगर लड़की का क़त्ल तुमने ही किया है तो।'

'मैंने नहीं किया है, सर। मैं ईमानदारी से कहता हूं।'

'यह मेरे लिए काफ़ी नहीं।'

'मैं उससे प्यार करता था, सर। ज़ारा मेरी दुनिया है... दुनिया थी। मैं उसे भला क्यों मारूंगा?'

'क्योंकि तुम उसको हासिल नहीं कर सकते थे।'

'नहीं, सर, ऐसी बात नहीं है। उसने ख़ुद मुझे मैसेज करके बुलाया था।'

मैंने अपना फ़ोन उनके सामने बढ़ा दिया। उन्होंने मेरी और ज़ारा की आख़री व्हॉट्सएप्प चैट्स देखीं।

'मेरे बैच में से किसी से भी पूछ लीजिए, वे आपको बताएंगे कि ज़ारा मेरे लिए क्या थी।'

इंस्पेक्टर चैट्स को देखते रहे। मैं बोलता रहा।

'मैंने पुलिस को बुलाया, सर। मैंने उसके पिता को बुलाया। मैंने तो उसके बॉयफ्रेंड को भी ख़बर करने की कोशिश की थी।'

'क्या, बॉयफ्रेंड?'

'हां, रघु। उसने फ़ोन नहीं उठाया। शायद इसलिए कि बहुत रात हो चुकी थी। वह हैदराबाद में रहता है।'

'मुझे उसका नंबर दो।'

'उसका नंबर मेरे फ़ोन में है—रघु वेंकटेश।'

इंस्पेक्टर ने रघु का नंबर नोट कर लिया। एक कांस्टेबल अंदर आया।

'ज़ारा लोन के पिता उसकी लाश को अपने साथ ले गए हैं,' उसने कहा।

'व्हॉट द हेल। इतनी भी क्या जल्दी थी?' इंस्पेक्टर राणा इससे नाख़ुश नज़र आ रहे थे।

'उसके पिता बड़ी शख़्सियत हैं। शायद उन्होंने अपने कॉन्टैक्ट्स की मदद ली होगी,' कांस्टेबल ने कहा।

'उसके पैरेंट्स कहां रहते हैं?'

'वेस्टएंड ग्रीन्स में। यह दिल्ली बॉर्डर पर शिव स्टेच्यू के पास है,' कांस्टेबल ने कहा।

'रिच गर्ल,' इंस्पेक्टर ने मखौल के अंदाज़ में कहा। 'उन लोगों से पोस्ट मार्टम के बारे में बात करो।'

'मैंने बात की थी, लेकिन उसके पिता ने मना कर दिया। अभी वे लोग बहुत डिस्टर्ब्ड हैं,' कांस्टेबल ने कहा। 'सर, आप इन मुसलमानों को तो जानते ही हैं। उनका मज़हब इस बात की इजाज़त नहीं देता कि मुर्दे की चीरफाड़ की जाए। अगर हम प्रेशर डालेंगे तो इससे और तमाशा ही होगा।'

'लेकिन बिना ऑटोप्सी के हम केस कैसे सॉल्व कर पाएंगे?' इंस्पेक्टर राणा ने चिल्लाते हुए कहा।

कांस्टेबल ने कोई जवाब नहीं दिया। वह चुपचाप सिर झुकाकर वहां से निकल गया।

कांस्टेबल के जाने के बाद इंस्पेक्टर राणा मुझसे मुख़ातिब हुए।

'तुम तो उसको प्यार करते थे ना? तो तुम उदास क्यों नहीं हो?'

'पता नहीं, सर। मुझे पता है कि अब वो इस दुनिया में नहीं है, लेकिन मैं इस ख़बर पर यक़ीन नहीं कर पा रहा हूं, इसे स्वीकार नहीं कर पा रहा

हूं। ऐसा लग रहा है, जैसे मैं कोई बुरा सपना देख रहा हूं, जल्द ही मेरी नींद खुलेगी और...'

'जो होना था, वह हो चुका है। ज़ारा लोन मर चुकी है। और बहुत मुमकिन है कि तुमने ही उसे मारा हो। मौक़ा-ए-वारदात पर तुम मौजूद थे और शराब के नशे में थे।'

'नहीं सर, ऐसा नहीं है।'

'पूर्व प्रेमी, जो उसे भुलाने में नाकाम साबित हो रहा था। उसने तुम्हें फ़ोन करके बुलाया। तुम आए और उसके साथ ज़बर्दस्ती करने की कोशिश की। उसने इनकार किया। तुम ग़ुस्से में होश गंवा बैठे।'

'मैंने ऐसा नहीं किया है, मैं तो केवल उसे हैप्पी बर्थडे विश करने आया था।'

पुलिस की पूछताछ के दबाव के आगे मैं धीरे-धीरे टूटने लगा। मेरी आंखों से आंसू बहने लगे। मैं फूट-फूटकर रो पड़ा। ज़ारा अब इस दुनिया में नहीं थी। आज के बाद मैं उसे फिर कभी नहीं देख पाऊंगा। उसकी आवाज़ नहीं सुन पाऊंगा। उसे मैसेज नहीं कर पाऊंगा और उसका स्टेटस तक नहीं देख पाऊंगा। आख़िर इन्हीं तमाम चीज़ों के सहारे ही तो मैं इतने सालों से जी रहा था। और सबसे बदतर यह कि पुलिस सोचती है, मैंने उसे मारा है। पुलिस मुझे इसके लिए ताउम्र जेल में ठूंस सकती थी। मैंने हाथ जोड़े।

'राणा सर, मैंने उसे नहीं मारा है, मैं ऐसा कभी नहीं कर सकता।'

'तो फिर किसने उसे मारा? और ये बच्चों की तरह रोना-धोना बंद करो।'

'मुझे नहीं मालूम ये किसने किया,' मैंने ख़ुद को संभालते हुए कहा।

इंस्पेक्टर ने इंटरकॉम उठाया। एक और कांस्टेबल भीतर आया।

'लड़की के फ़ोन से कुछ मिला?'

'सर, वो लॉक्ड आईफ़ोन है। और हमें उसका पासकोड मालूम नहीं।'

'उस पर टच आईडी है? अंगूठे के निशान वाली?'

'हां, सर।'

'तो मुर्दा लड़की के अंगूठे की मदद से उसको खोलो।'

कांस्टेबल ने सिर खुजाया। 'जब फ़ोन स्विच ऑन होता है तो पहले कोई न्यूमेरिक पासकोड डालना होता है, सर।'

'तो क्या थाने में किसी बेवक़ूफ़ ने फ़ोन को ऑफ़ कर दिया था?'

'नहीं, नहीं, सर। फ़ोन तो पहले ही स्विच्ड ऑफ़ था, और ऐसे ही चार्ज

हो रहा था।'

'तो अब हम फ़ोन को अनलॉक नहीं कर सकते?'

'नहीं, सर। वह सिक्स-डिजिट पासकोड है। दस बार ग़लत नंबर लिखने पर फ़ोन हमेशा के लिए लॉक हो जाएगा।'

'ये स्टुपिड फ़ोन कंपनियां। सर्विस प्रोवाइडर को फ़ोन लगाओ। उससे कॉल लॉग्स हासिल करो।'

'वो तो पहले ही कर लिया, सर।'

'तो क्या आज किसी ने लड़की को फ़ोन लगाया था?'

'उसके फ़ोन पर 'रघु क्यूटी पाई' नाम के कॉन्टैक्ट के दो मिस्ड कॉल हैं।'

'मैं उसे कॉल कर रहा हूं। तुम सेल टॉवर से पता लगाओ कि बीती रात 'रघु क्यूटी पाई' की लोकेशन क्या थी।'

'जी, सर।'

इंस्पेक्टर मेरी ओर मुड़े।

'बाहर जाकर वेट करो, केशव,' उन्होंने कहा। 'मैं एफ़आईआर को कुछ समय के लिए रोक सकता हूं, लेकिन अभी तुम थाना छोड़कर कहीं नहीं जा सकते।'

'मैं कहीं नहीं जाऊंगा, सर। आई प्रॉमिस।'

'बाहर किसी कोने में जगह ढूंढ़कर फ़र्श पर सो जाओ।'

'मैं कुर्सी पर बैठकर भी आराम कर सकता हूं, सर, लेकिन एक बात है।'

'क्या?'

'आप रघु को कॉल करने जा रहे हैं। क्या मैं यहां रुककर आपकी बात सुन सकता हूं?'

'क्यों?'

'पता नहीं, सर। बस मैं सुनना चाहता हूं।'

'ओह, तो अब तुम जासूसी भी करना चाहते हो?'

'सर, बॉडी मुझे मिली थी। मैं उसे जानता था। ज़ाहिर है, मुझे इस मामले में गहरी दिलचस्पी है। और हो सकता है, शायद मैं आपकी कोई मदद भी कर पाऊं।'

इंस्पेक्टर ने कंधे उचका दिए। उसको इससे ज़्यादा फ़र्क़ नहीं पड़ता था।

उसने रघु का नंबर डायल किया और फ़ोन को स्पीकर मोड पर रख दिया।

'हैलो, गुड मॉर्निंग,' एक महिला की आवाज़ सुनाई दी। उसकी आवाज़ में तेलुगु लहजा था।

'हैलो, क्या मिस्टर रघु वेंकटेश से बात हो सकती है?' राणा ने कहा।

'वेट, एक मिनट हां, अभी डॉक्टर उनकी जांच कर रहे हैं। मैं उन्हें फ़ोन दे रही हूं। आप कौन बोल रहे हैं?'

'मैं इंस्पेक्टर राणा बोल रहा हूं। आप कौन हैं?'

'नर्स जेनी, सर। मैं यहां पर रघु सर की देखभाल कर रही हूं।'

'कहां पर?'

'अपोलो हॉस्पिटल, सर। वेट, मैं उन्हें फ़ोन दे रही हूं।'

हमने सुना कि वो तेलुगु में किसी से कुछ कह रही है। कुछ सैकंड बाद रघु लाइन पर आया।

'हैलो?' रघु ने कहा।

'हैलो, मिस्टर रघु, मैं हौज़ ख़ास पुलिस थाना से इंस्पेक्टर विकास राणा बोल रहा हूं। क्या हम बात कर सकते हैं?'

'जी, सर।'

'क्या आपने ख़बर सुनी?'

'कौन-सी ख़बर, सर?'

'क्या आप ज़ारा लोन को जानते हैं?'

'वो मेरी मंगेतर हैं, सर,' रघु ने कहा।

'ओह, आई एम सॉरी, मिस्टर रघु। हमें उनके कमरे में उनकी लाश मिली है। अब वे इस दुनिया में नहीं हैं।'

दूसरी तरफ़ से आवाज़ ख़ामोश हो गई।

'मिस्टर रघु?'

'क्या?' कुछ सैकंड बाद रघु ने कहा।

'आपकी दोस्त, आपकी मंगेतर, वे अपने कमरे में मरी हुई पाई गई हैं और हमें शक है कि उनका क़त्ल किया गया है।'

'आर यू सीरियस? कौन बोल रहा है? क्या तुमने ही उन लोगों को भी भेजा था?' रघु ने कहा, उसकी आवाज़ से दहशत झलक रही थी।

'कौन से लोग? मैं पुलिसवाला हूं। हमारे पास उसका फ़ोन है। आज उस पर तुम्हारे दो मिस्ड कॉल हैं। एक सुबह 8:14 पर, और दूसरा 8:32 पर।'

हमने कुछ आवाज़ें सुनीं। रघु अपने फ़ोन पर कुछ चेक कर रहा था। फिर उसने कहा, 'नहीं... सॉरी, आई कान्ट बिलीव दिस।'

'उसकी बॉडी उसके पैरेंट्स के पास है। तुम उनसे बात कर सकते हो।'

'हां, मैं अभी कॉल करता हूं,' रघु ने कहा। 'लेकिन यह... मैं नहीं... सॉरी, मैं बात करने की हालत में नहीं हूं।'

'मैं समझ सकता हूं, आपको यह सुनकर झटका लगा होगा।'

'आज ज़ारा का बर्थडे है,' उसने कहा। फ़ोन पर उसकी तेज़ चल रही सांसें सुनी जा सकती थीं। 'दो महीने बाद हमारी शादी थी।'

'शादी' शब्द सुनकर मेरे सीने में दर्द हुआ। मैं दूसरी तरफ़ देखने लगा।

'सॉरी, मिस्टर रघु। अब हम उन्हें तो वापस नहीं ला सकते, लेकिन हम यह मालूम करने की पूरी कोशिश करेंगे कि यह किसने किया है।'

'लेकिन कोई भी ऐसा क्यों करना चाहेगा?'

'क्या तुम्हें लगता है कोई ऐसा कर सकता है?'

'तीन दिन पहले मुझ पर कुछ लोगों ने हमला किया था। मैंने सोचा यह पैसा वसूल करने वाले किसी लोकल गैंग का काम होगा।'

'रियली? कौन थे वो लोग? कब हुआ यह?' इंस्पेक्टर ने कहा और लिखने के लिए नोटबुक निकाल ली।

'तीन गुंडे। देर रात का वक़्त था। साइबर सिटी में मेरे ऑफ़िस के ठीक बाहर यह हुआ। वे बाइक से आए और हॉकी स्टिक्स से मुझे मारा। मेरी कार की खिड़की का शीशा भी तोड़ दिया। मैं जैसे-तैसे ज़ोर से चिल्लाया तो वे भाग गए, नहीं तो वे लोग और भी नुक़सान पहुंचा सकते थे।'

'क्या आपको चोट लगी है?'

'सिर में एक घाव है और बांह में फ्रैक्चर है।'

इंस्पेक्टर तेज़ी से नोट्स लेते रहे।

'क्या इसलिए ही आप हॉस्पिटल में हैं?'

'हां, मैं अपोलो में हूं। लेकिन मैं आज उसके बर्थडे पर दिल्ली आने वाला था... और...' वह रुक गया। हमें फ़ोन पर उसके सुबककर रोने की आवाज़ सुनाई दी। रघु, मेरा सबसे बड़ा दुश्मन, रो रहा था, लेकिन मुझे इससे अच्छा नहीं लगा। इंस्पेक्टर ने कुछ देर रघु को रोने का मौक़ा दिया और फिर कहा, 'मैं समझ सकता हूं कि आप बहुत डिस्टर्ब्ड हैं। मैं अभी फ़ोन रख रहा हूं। लेकिन हमें बाद में बात करनी होगी। टेक केयर।'

इंस्पेक्टर ने कॉल काट दी।

कांस्टेबल अंदर आया।

'सर, फ़ोन रिकॉर्ड्स कल तक आ जाएंगे। लेकिन उन्होंने यह ज़रूर कन्फ़र्म कर दिया है कि बीती रात मिस्टर रघु के सेल टॉवर की लोकेशन हैदराबाद की ही थी।'

'हां, अभी वो वहां एक हॉस्पिटल में भर्ती है,' राणा ने कहा और फिर मेरी ओर मुड़े। 'तो क्या तुम पूरे दिन जमाई राजा की तरह मेरे ऑफ़िस में ही डेरा जमाए रहोगे? जाओ, बाहर जाकर बैठो।'

'जी, सर,' मैंने कहा और कमरे से बाहर जाने के लिए उठ खड़ा हुआ।

# अध्याय 7

क्लिक! फ़्लैश! क्लिक! फ़्लैश! कैमरे की क्लिक्स और फ़्लैशेस और मेरा ध्यान अपनी ओर खींचने के लिए ज़ोर-ज़ोर से चिल्लाते जर्नलिस्ट्स की आवाज़ों ने मुझे चकरा दिया। दोपहर हो चुकी थी और ज़ारा की मौत की ख़बर सुनते ही दिल्ली के हर अख़बार और टीवी चैनल का पत्रकार हौज़ ख़ास पुलिस थाने में आकर जम गया था। थाने के दरवाज़े को ही कोई तीस पत्रकार घेरे हुए थे। वे जानना चाह रहे थे कि जो हुआ, वह कैसे हुआ। इंस्पेक्टर राणा ने किसी से भी बात करने से इनकार कर दिया। कोई भी कांस्टेबल इजाज़त के बिना मीडिया से बात करने की जुर्रत नहीं कर सकता था। दोपहर के वक़्त जब मैं कुछ खाने के लिए पुलिस थाने के बाहर गया तो रिपोर्टरों ने मुझे ही घेर लिया और सवालों की बौछार कर दी।

'क्या आप ही केशव राजपुरोहित हैं?' एक ने कहा।

मैंने धीमे से सिर हिलाया। रिपोर्टरों में अफ़रातफ़री मच गई। उन्होंने एक-दूसरे से गुत्थमगुत्था होकर अपने-अपने माइक मेरे मुंह के सामने लगा दिए।

'डेड बॉडी आपको ही मिली थी?' दूसरे ने पूछा।

'क्या आप ही गर्ल्स हॉस्टल में ग़ैर-क़ानूनी तरीक़े से घुसे थे?' तीसरा जानना चाहता था।

'क्या आप उसके एक्स-बॉयफ्रेंड हैं?' एक और सवाल गूंजा।

मुझे समझ नहीं आ रहा था कि मैं क्या कहूं और किसके सवाल का जवाब दूं।

'प्लीज़, मुझे जाने दीजिए। मैंने कुछ नहीं किया है। मुझे कुछ नहीं पता है।'

मुझे नहीं मालूम, मैंने वैसा क्यों कहा, क्योंकि यह सुनकर तो सवालों की आग और भड़क गई।

'क्या आप यह कहना चाह रहे हैं कि शक की सूई आप पर भी है?'

'नहीं, ऐसा नहीं है। मैंने ऐसा कब कहा?'

'क्या आपके और ज़ारा लोन के बीच फ़िज़िकल रिलेशंस अब भी

क़ायम थे?' मोटे लेंस का चश्मा पहने एक रिपोर्टर ने पूछा। मैं उसे एक ज़ोर का तमाचा जड़ देना चाहता था। मुझे ख़ुद पर क़ाबू करना पड़ा। यदि मैं पुलिस थाने में किसी जर्नलिस्ट से हाथापाई कर बैठता तो इससे मेरे केस को कोई बहुत मदद नहीं मिल जाती।

'मुझे जाने दीजिए।'

'मिस्टर केशव राजपुरोहित, क्या आपने ज़ारा लोन का मर्डर किया है?' चश्मे वाले ने अगला सवाल पूछा।

'नहीं!' मैंने चीख़ते हुए कहा। मैं आगे नहीं बढ़ पा रहा था, इसलिए मैं मुड़ा और दौड़ता हुआ पुलिस थाने में चला गया। मैं भूखा रह सकता था, लेकिन मैं यह बर्दाश्त नहीं कर सकता था कि मुझे कच्चा चबा लिया जाए।

मैं इंस्पेक्टर की हिदायतों की अनदेखी करते हुए सौरभ के पास चला गया, जबकि हमें दूर रहने को कहा गया था। वह एक लकड़ी की मेज़ पर ऊंघ रहा था। मेरे दिमाग़ ने काम करना बंद कर दिया था। उसे ना दुख महसूस हो रहा था, ना थकान और ना ही डर। मैं सौरभ की तरह चैन से नहीं सो सकता था। मैंने एक धूलभरी शेल्फ़ में एक टीवी देखा जिस पर कोई न्यूज़ चैनल चल रहा था। कुछ विज्ञापनों के बाद चैनल पर 'ब्रेकिंग न्यूज़' फ़्लैश हुई।

'आईआईटी दिल्ली के हॉस्टल में एक कश्मीरी मुस्लिम लड़की का क़त्ल।'

आईआईटी गेट के सामने एक रिपोर्टर खड़ा था, उसी सिक्योरिटी चेकपॉइंट के पास में, जहां मैंने अपना पुराना आईडी कार्ड दिखाया था।

मैंने देखा कि गेट के बाहर भी कोई एक दर्जन रिपोर्टर्स खड़े थे। डायरेक्टर ने मीडिया को अंदर आने से मना कर दिया होगा। टीवी पर केवल आईआईटी दिल्ली के मेन गेट के शॉट्स दिखाए जा रहे थे।

वॉल्यूम बहुत कम था इसलिए मुझे सुनने के लिए टीवी के बहुत क़रीब जाना पड़ा। रिपोर्टर अपने कानों में एक उंगली डाले स्टूडियो में मौजूद एंकर अरिजीत से बात कर रहा था।

'अरिजीत, हमें अभी तक केवल इतना ही पता चला है कि मरने वाली लड़की ज़ारा लोन आईआईटी दिल्ली में पीएचडी स्टूडेंट थी। वह हिमाद्रि हॉस्टल के अपने रूम नंबर 105 में सुबह के तीन बजे मरी हुई हालत में पाई गई। पता चला है कि उसका एक्स-बॉयफ्रेंड, जो कि एक्स-आईआईटी दिल्ली

स्टूडेंट है, उसे बर्थडे विश करने के लिए उसके रूम में चला आया था और उसने उसे वहां मृत पाया।'

'एक सैकंड,' एंकर अरिजीत ने हाथ में पेन लिए कहा, 'उसका एक्स-बॉयफ्रेंड उसके रूम में चला आया था?'

'येस, अरिजीत। उसका नाम केशव राजपुरोहित है। वह पांच साल पहले यहां से ग्रैजुएट हो चुका है। तब वह ज़ारा के साथ रिलेशनशिप में था। ज़ारा ने दिल्ली कॉलेज ऑफ़ इंजीनियरिंग से अपना ग्रैजुएशन करने के बाद किसी पीएचडी प्रोग्राम के लिए आईआईटी दिल्ली में ही जॉइन किया था, तो वो इसी कैंपस में रह रही थी। लेकिन सूत्र बताते हैं कि ज़ारा और केशव की रिलेशनशिप बहुत पहले ही ख़त्म हो चुकी थी।'

मैं मशहूर हो चुका था। टीवी पर मेरे बारे में बातें की जा रही थीं। लेकिन किसी ऐसे आईआईटी वाले की तरह नहीं जिसने बिलियन-डॉलर स्टार्टअप खोला हो या जो सीईओ बन गया हो या जिसने कोई पॉलिटिकल पार्टी बना ली हो। मेरे मशहूर होने की वजह केवल इतनी थी कि मैं एक लड़की के रूम में ग़ैरक़ानूनी रूप से घुस गया था।

'लेकिन क्या तुम यह बता सकते हो कि वो रूम में कैसे घुसा?' अरिजीत ने कहा। 'आईआईटी गर्ल्स हॉस्टल्स में लड़कों को प्रवेश करने की इजाज़त नहीं होती है।'

'वेल, येस, आईआईटी दिल्ली की स्ट्रिक्ट पॉलिसी है कि लड़के लड़कियों के कमरे में दाख़िल नहीं हो पाएं। इसलिए केशव एक आम के पेड़ पर चढ़कर खिड़की के माध्यम से उसके रूम में आया था। बदक़िस्मती से हमें कैंपस में प्रवेश करने की अनुमति नहीं दी गई है, नहीं तो हम आपको वो आम का पेड़ भी दिखाते।'

यक़ीनन, यह तो सचमुच ही बदक़िस्मती थी। देश आम के उस पेड़ को देखना चाहता था, लेकिन देख नहीं सकता था। शायद उस पर लगने वाले आम के फल भी दिखाए जा सकते थे।

'गो ऑन।' अरिजीत ने सिर हिलाते हुए कहा। वो इन हालात से बहुत ही ज़्यादा चिंतित नज़र आ रहा था।

'तो वह पेड़ पर चढ़कर उसके कमरे में घुसा, ताकि उसको बर्थडे विश कर सके लेकिन उसने उसे वहां मरा हुआ पाया। फिर उसने पुलिस और उसके पैरेंट्स को इसकी ख़बर दी। इस कहानी का उसका वर्ज़न तो यही है।'

'एग्ज़ैक्टली, यह 'उसका' वर्ज़न है। तो अब पुलिस क्या कर रही है?'

'मेरे ख्याल से अभी किसी भी नतीजे पर पहुंचना जल्दबाज़ी होगी। लेकिन केशव हौज़ ख़ास पुलिस थाने में है। उसे देखकर लगता है, जैसे उसके होश गुम हैं। या शायद वह ग़ुस्से में है। हमारे पास उसके कुछ विज़ुअल्स हैं।'

और अचानक, स्क्रीन पर मेरा चेहरा दिखाया जाने लगा। मैं पूरी तरह से एक साइको दिखाई दे रहा था।

'नहीं!' मैं चिल्ला रहा था। उन्होंने उस *नहीं* को लूप में पांच बार दिखाया, जैसा कि टीवी सीरियल्स में दिखाया जाता है।

'वैसे मुझे यहां यह बताना चाहिए,' रिपोर्टर ने कहा, 'कि सुनने में आ रहा है कि केशव राजपुरोहित राजस्थान से है और उसके पिता नमन राजपुरोहित वहां एक सीनियर आरएसएस मेंबर हैं। यानी उसकी फ़ैमिली के पॉलिटिकल कनेक्शंस भी हैं।'

क्या? अब ये क्यों जोड़ा जा रहा है? मैंने अपनी ईयररिंग को छुआ। इस मामले में मेरे पैरेंट्स को घसीटने का क्या मतलब है? मैंने अपनी जेब चेक की, लेकिन उसमें मेरा फ़ोन नहीं था। शायद मैं उसे पुलिस थाने की कुर्सी पर ही छोड़ आया था। मेरे ख्याल से पुलिस थाने से तो उसको कोई चुरा नहीं सकता था। मैंने वहां पहुंचकर फ़ोन चेक किया तो पाया उसमें मेरे घर से दस मिस्ड कॉल्स थे। चार कॉल्स चंदन अरोरा के थे। दो कॉल सेक्सी शीला के थे, जिसने यक़ीनन चंदन के कहने पर मुझे कॉल किया होगा। इससे पहले कि मैं इन लोगों को कॉल बैक कर पाता, मुझे एक बार फिर टीवी पर अपना नाम सुनाई दिया।

'तो क्या पुलिस ने केशव राजपुरोहित को गिरफ़्तार कर लिया है? या वह अपने पॉलिटिकल कनेक्शंस का इस्तेमाल कर बचने की कोशिश कर रहा है?'

व्हॉट द हेल! भला मुझको क्यों गिरफ़्तार किया जाना चाहिए? और मैंने भला कौन-से पॉलिटिकल कनेक्शंस का इस्तेमाल किया? मैं तो उल्टे चाहता था कि मेरे पिता को कभी भी इन तमाम बातों के बारे में पता नहीं चले।

रिपोर्टर ने अपनी बात जारी रखी।

'नो, अरिजीत, अभी तक किसी की भी गिरफ़्तारी नहीं हुई है। केशव जांच में पुलिस की मदद कर रहा है या अभी वह केवल पुलिस हिरासत में

है, हमें नहीं मालूम। पुलिस के मुताबिक वे लोग हर एंगल से इस केस को देख रहे हैं। वे जल्द ही हॉस्टल के दूसरे लोगों से भी बात करने की कोशिश करेंगे।'

'लेकिन उन्होंने अभी तक उस एक्स-बॉयफ्रेंड या किसी को भी गिरफ़्तार क्यों नहीं किया?' अरिजीत ने चिल्लाते हुए कहा।

टीवी पर स्टोरी ब्रेक हुए अभी दस मिनट भी नहीं हुए थे, और यह बंदा किसी ना किसी की गिरफ़्तारी चाहता था। लेकिन इस पर रिपोर्टर ने जो कहा, वह तो अरिजीत की एक्स-बॉयफ्रेंड थ्योरी से भी ज़्यादा मसालेदार था।

'देखिए, अरिजीत, हमने भी यह सुना है, अलबत्ता इसकी पुष्टि नहीं हो पाई है कि इसमें कोई टेररिज़्म वाला एंगल हो सकता है। यू सी, ज़ारा लोन ना केवल मुस्लिम थी, बल्कि कश्मीरी मुस्लिम थी।'

ज़ाहिर है, किसी भी कश्मीरी मुस्लिम के साथ कोई वारदात हो जाए तो उसमें टेररिज़्म वाला एंगल घुसेड़ना तो ज़रूरी ही है। लेकिन मुझे तो यही सोचकर राहत मिली कि चंद सैकंड में ही अरिजीत मुझे भूलकर अब दूसरे विषय पर बात करने लगा था।

'एक कश्मीरी मुस्लिम लड़की, जिसका क़त्ल रहस्यपूर्ण परिस्थितियों में कर दिया जाता है। कहीं इसके पीछे कोई गहरी साज़िश तो नहीं?' अरिजीत ने कहा।

'हमें अभी तक इस बारे में कुछ नहीं मालूम, अरिजीत,' रिपोर्टर ने विनम्र स्वर में कहा।

लेकिन शायद अरिजीत को यह जवाब पसंद नहीं आया। वह आगे झुका, मानो कैमरे के और क़रीब आने की कोशिश कर रहा हो, और बोला, 'लेडीज़ एंड जेंटलमेन, एक बड़ी ख़बर ब्रेक हो रही है और आपका अपना यह चैनल सबसे पहले यह ख़बर दिखा रहा है।'

यह सरासर झूठ था। अकेले पुलिस थाने पर ही तीस से ज़्यादा रिपोर्टरों को मैंने देखा था। ये सभी इस स्टोरी को कवर कर रहे थे।

'लेकिन इससे पहले कि हम एक ब्रेक लें, हमारे सामने एक बड़ा सवाल है, लेडीज़ एंड जेंटलमेन,' अरिजीत ने एक-एक शब्द को चबाते हुए कहा, जैसे इस केस पर उसकी अपनी ज़िंदगी का दारोमदार हो, 'और वो ये कि क्या अब आतंकवाद की घुसपैठ इंडिया के ख़ास एजुकेशनल इंस्टिट्यूट्स तक भी हो चुकी है?'

इसके बाद पतंजलि टूथपेस्ट का एक विज्ञापन दिखाया गया, जिसे किन्हीं ऋषियों के द्वारा दो हज़ार साल पहले जड़ी-बूटियों से बनाया गया था। विज्ञापन में ऋषि को शांतिपूर्वक ध्यान करते दिखाया जा रहा था। शायद वे टूथपेस्ट के फ़ॉर्मूले के बारे में सोच रहे होंगे। टीवी पर जो न्यूज़ दिखाई जा रही थी, उसके ठीक विपरीत एक शांतिपूर्ण माहौल इस विज्ञापन में दिखाई दे रहा था। विज्ञापन बाबा रामदेव के चित्र के साथ समाप्त हुआ। बाबा रामदेव की मुस्कराहट को देखकर मुझे इससे पहले इतनी ख़ुशी कभी नहीं मिली थी। मैं बिलकुल नहीं चाहता था कि यह विज्ञापन ख़त्म हो और चैनल फिर से उसी ज़ारा मर्डर केस वाली स्टोरी पर लौट जाए।

लेकिन ज़ाहिर है, जो मैं चाहता था, उसकी किसी को परवाह नहीं थी। चंद ही मिनटों में अरिजीत फिर से स्क्रीन पर दिखाई दे रहा था और इस बार उसके साथ एक प्रतिष्ठित पैनल भी थी। इसमें छह लोग थे–दो समाजसेवी, दो भूतपूर्व पुलिस अधिकारी, कश्मीर में थिंक टैंक चलाने वाला एक व्यक्ति और एक रिटायर्ड आईआईटी प्रोफ़ेसर–ये लोग टीवी स्क्रीन पर बनी छह छोटी-छोटी खिड़कियों से झांक रहे थे। टीवी चैनल ऐसा कैसे कर लेते हैं? वे इतनी जल्दी इतने सारे विशेषज्ञों, जिन्हें कोई और काम नहीं होता, का पैनल कैसे बना लेते हैं?

एक खिड़की ख़ुद अरिजीत की थी, दूसरों की खिड़की से दोहरे आकार वाली। उसने चर्चा की शुरुआत की।

'तो सवाल यह है कि क्या आतंकवाद हमारे प्रतिष्ठित शैक्षिक संस्थानों तक पहुंच चुका है? क्या इस वारदात का कोई टेरर एंगल हो सकता है? और क्या यह घटना यह भी बताती है कि आज दिल्ली में कोई भी सुरक्षित नहीं है?'

'टेरर वाली बात का तो पता नहीं,' कश्मीरी थिंक टैंक वाले व्यक्ति ने बोलना शुरू ही किया था कि एक समाजसेवी महिला, जिसके माथे पर दस रुपए के सिक्के से भी बड़ी बिंदी थी, ने उसकी आवाज़ को दबा दिया।

'टेरर की बात बाद में की जाएगी। मेरा सवाल तो यह है, अरिजीत, कि इतने बड़े इंस्टिट्यूट की सिक्योरिटी कर क्या रही है? दिल्ली पुलिस का क्या रोल है? हौज़ ख़ास पॉश एरिया है। यदि वह इलाक़ा भी सुरक्षित नहीं होगा तो क्या होगा? यह नेशनल कैपिटल है या नेशनल क्राइम कैपिटल है?'

'एग्ज़ैक्टली। यदि अमीर लोग भी सुरक्षित नहीं हैं तो पुलिस कर क्या रही है?' अरिजीत ने कहा।

भूतपूर्व पुलिस अधिकारी ने कम से कम ऐसी बात कही जिससे पुलिस को जांच में मदद मिलती, लेकिन समाजसेविका ने उन्हें चुप करा दिया। भूतपूर्व आईआईटी प्रोफ़ेसर को तो एक शब्द बोलने का भी मौक़ा नहीं मिला।

एक कांस्टेबल आया और मेरा कंधा झकझोरकर मुझे कहा, 'राणा सर तुम्हें बुला रहे हैं।'

❖

'तुम्हारे पैरेंट्स ने कॉल किया था। वे तुमसे संपर्क करने की कोशिश कर रहे हैं,' राणा ने कहा। उनकी आवाज़ पहले से शांत लग रही थी।

'सॉरी, फ़ोन मुझसे दूर था,' मैंने कहा। वैसे भी अभी मैं अपने पैरेंट्स से बात नहीं करना चाहता था।

'वे लोग अलवर से आ रहे हैं। चंद घंटों में यहां पहुंच जाएंगे।'

'डैम।'

'क्या?'

'कुछ नहीं।'

'तुम्हारे दोस्त को भी यहां ले आओ। बात करनी है।'

मैं सौरभ को नींद से उठाकर ले आया।

'यह एक बड़ा मामला बन गया है। नेशनल न्यूज़,' राणा ने कहा।

'मैं जानता हूं, सर।'

'क्या? कैसे जानते हो?'

'मैंने टीवी पर देखा। रिपोर्टर्स और वही सब।'

'अपनी बेहतरी चाहते हो तो रिपोर्टरों से जितना दूर रह सकते हो, रहो।'

'मैंने उनसे कोई बात नहीं की, सर। जब मैं बाहर कुछ खाने जा रहा था तो उन्होंने मुझे घेर लिया। मैं उनसे बचकर अंदर चला आया।'

'तुमने सुबह से कुछ खाया?'

सौरभ ने ज़ोर से अपना सिर हिलाकर ना कहा। इंस्पेक्टर राणा ने एक चपरासी को बुलाकर कुछ स्नैक्स लाने को कहा। वह दो कप चाय और आलू पकौड़े लेकर लौटा। इंस्पेक्टर ने हमें खाने को कहा। मैं धीरे-धीरे खाने लगा।

'तुम्हारे पिता की मुझसे बात हुई। वो राजस्थान में क्या हैं–आरएसएस के प्रधान सेवक?'

'राज्य के प्रांत प्रचारकों में एक।'

'हां, वही। उन्होंने दक्षिण दिल्ली के सांसद से भी बात की है। हौज़ ख़ास उन्हीं के एरिया में आता है।'

अब जाकर मुझे राणा की बदली हुई टोन और इन चाय और पकौड़ों का राज़ समझ में आया। भारत में कोई भी अफ़सर केवल अपने से ऊपर बैठे अधिकारी की ही सुनता है।

'तुम्हारे पॉलिटिकल कॉन्टैक्ट्स के कारण तुम्हें रियायत नहीं दी जाएगी। ज़रूरत पड़ी तो हम और ज़्यादा सख़्ती ही बरतेंगे,' राणा ने जैसे मेरा दिमाग़ पढ़ते हुए कहा।

'जी, सर। लेकिन हम लोगों ने सच में ही कुछ नहीं किया है,' सौरभ ने कहा। ये सुबह से उसके पहले शब्द थे।

'हां, अगर तुम लोगों ने सच में ही कुछ भी नहीं किया है, केवल तभी तुम बच सकते हो,' इंस्पेक्टर ने कहा। 'यह केस अब टीवी पर आ गया है। अगर मीडिया ने यह कह दिया कि आरोपी के कनेक्शंस के कारण उसके साथ नर्मी बरती जा रही है तो मेरी मुसीबत हो जाएगी।'

तो क्या मैं आरोपी था? नहीं, यह तो ग़लत था।

'सर, आरोपी?' मैंने हैरत से कहा।

'मेरा मतलब है अगर तुम आरोपी होते तो। परिस्थितजन्य साक्ष्य तो मौजूद हैं। लेकिन शुक्र है कि अब हमारे पास कुछ और ऐसी इंफ़ॉर्मेशन हैं, जिससे तुम्हें मदद मिल सकती है।'

'क्या?' सौरभ और मैंने एक स्वर में कहा, और फिर बाद में 'सर' जोड़ दिया।

'कैंपस रजिस्टर के मुताबिक तुम लोग अपनी एनफ़ील्ड बाइक पर सवार होकर 3:14 पर कैंपस में पहुंचे थे, इसका मतलब है कि 3:20 से पहले तुम ज़ारा के रूम में नहीं पहुंच सकते थे।'

'जी, सर। हम उसी समय वहां पहुंचे थे। मेरी बाइक अभी भी कैंपस में खड़ी है।'

'और तुमने उसके पैरेंट्स को 3:38 पर और पुलिस को 3:40 पर कॉल किया। पुलिस 3:52 पर पहुंची और 3:54 पर हमने बॉडी को देखा।'

'जी, सर।'

'तो अगर तुम 3:20 पर वहां पहुंचे और 3:35 पर उसका क़त्ल किया...'

'सर, मैंने उसे नहीं मारा।'

‘शट अप और जो बोल रहा हूं उसको सुनो।’

‘जी, सर।’

‘तो, अगर तुमने उसे 3:35 पर मारा और मैंने 3:54 पर बॉडी को देखा, तो, वेल, मैं कोई पोस्टमार्टम एक्सपर्ट तो नहीं, लेकिन मैंने अपनी ज़िंदगी में बहुत सारी डेड बॉडी देखी हैं और ज़ारा की लाश को देखकर यह नहीं लग रहा था कि उसे बीस मिनट पहले ही मारा गया है। लाश बहुत ठंडी और सख़्त हो चुकी थी।’

मैंने राहत की सांस ली।

‘जी सर, जब मैं वहां पहुंचा, तब पहले ही उसकी मौत हो चुकी थी। उसका शरीर ठंडा पड़ चुका था।’

‘वेल, हमें ऑटोप्सी से बहुत मदद मिलती, लेकिन उसके पैरेंट्स ने इसके लिए इजाज़त नहीं दी।’ राणा ने उंगलियों को आपस में बांधते हुए कहा।

‘क्यों?’

‘मज़हबी कारणों से? ख़ुदा जाने किसलिए? उनका कहना है कि वे उसका कफ़न-दफ़न ठीक से करना चाहते हैं। हां, यह सच है कि ऑटोप्सी में हम पूरे शरीर की चीरफाड़ कर देंगे, लेकिन बाद में उसमें टांके भी तो लगा देंगे। लेकिन उन लोगों ने हमारी एक नहीं सुनी।’

सौरभ और मैं चुप्पी साधे रहे। इंस्पेक्टर ने आगे कहा, ‘एनीवे, मैंने उसकी मौत के कारणों की पड़ताल के लिए एक कॉरोनर भेजा है। उम्मीद है कि वे लोग उसको बाहरी जांच करने की इजाज़त देंगे। शायद वो कोई सुराग़ लगा पाए।’

उन्होंने अपने नोट्स खोल लिए।

‘लाश की गर्दन पर जो निशान पाए गए हैं, उसके अलावा उसके शरीर पर चोट के कोई निशान नहीं हैं। और जहां तक हमारा ख्याल है उसके साथ कोई बलात्कार भी नहीं हुआ था।’

मुझे हैरानी हुई कि इंस्पेक्टर लाश और सेक्शुअल असॉल्ट जैसी चीज़ों के बारे में इस तरह से बात कर रहे थे, जैसे हम अपने कोचिंग सेंटर में ट्रिग्नोमेट्री और एलजेब्रा के बारे में बात करते हैं।

‘हमने उसकी कुछ हॉस्टल-मेट्स के बयान लिए हैं। क्या उस दिन कैंपस में छुट्टी थी?’

'हो सकता है। हफ़्ते भर का मिडटर्म ब्रेक। फ़रवरी में हमें ऐसा ब्रेक मिला करता था,' मैंने कहा।

'हां, अभी हॉस्टल में ज़्यादा लोग नहीं हैं। उसके विंग में भी केवल तीन ही लड़कियां मौजूद थीं। बाक़ी अपने घर चली गई हैं।'

'जी, सर,' सौरभ ने कहा।

'हॉस्टल एंट्रेंस के सीसीटीवी फ़ुटेज आए हैं। हम बारीक़ी से उनकी पड़ताल करेंगे। हमने ज़ारा के फ़ोन रिकॉर्ड्स मंगवा ही लिए हैं। उसके मंगेतर की सेल टॉवर लोकेशन हमने पहले ही चेक कर ली है। उससे बात भी हो चुकी है। हम पूरी रात सोए नहीं हैं। क्या हम अपनी तरफ़ से पूरी कोशिश नहीं कर रहे हैं?' इंस्पेक्टर ने कहा।

अभी एक मिनट पहले मैं आरोपी था, और अब मुझसे ऐसा बरताव करने की उम्मीद की जा रही है, जैसा कि मियां-बीवी की आपस की बातों में करते हैं।

'जी, सर। आप अपनी तरफ़ से पूरी कोशिश कर रहे हैं।'

'तो फिर ये मीडिया वाले टीवी पर यह क्यों दिखा रहे हैं कि "दिल्ली पुलिस को कोई होश ही नहीं है"?' उन्होंने मेज़ पर मुक्का मारते हुए कहा। 'हम इससे ज़्यादा क्या कर सकते हैं? क्या हम रातों को हर इंसान के घर में घुस जाएं, ताकि कहीं कुछ ग़लत हो ही ना पाए? भला कोई कैसे अपराधों पर पूरी तरह से रोक लगा सकता है? ज़्यादा से ज़्यादा हम उसकी गुत्थी ही सुलझा सकते हैं।'

'जी सर,' मैंने कहा, क्योंकि मेरे ख्याल से वो यही सुनना चाहते थे।

'और इन सब चीज़ों में समय लगता है। किसी क़त्ल की गुत्थी सुलझाने के लिए कोई एप्प तो होता नहीं है।'

'हां, सर, अभी तक तो ऐसा कोई एप्प नहीं है,' सौरभ ने कहा। बेड़ा ग़र्क हो, सौरभ। तुम्हें ऐसी टिप्पणियां करने की क्या ज़रूरत है?

इंस्पेक्टर ने सौरभ की ओर देखा। सौरभ ने नज़रें झुका लीं।

'वो लोग चाहते हैं कि हम किसी को गिरफ़्तार कर लें। यदि हम किसी को भी गिरफ़्तार नहीं करते हैं, तो हम कामचोर हैं। और यदि हम शक के दायरे में आने वाले सभी लोगों को गिरफ़्तार कर लेते हैं तो हमें अत्याचारी कहकर पुकारा जाएगा। ऐसे में हम करें तो क्या करें?'

मैं वास्तव में इस बारे में सोचने लगा था कि अभी यहां पर खड़े होकर

चिल्लाने के सिवा इंस्पेक्टर राणा को और क्या करना चाहिए। लेकिन मैंने कहा, 'पता नहीं, सर। शायद बेहतर यही होगा कि न्यूज़ चैनलों को इग्नोर किया जाए।'

'मैं तो इग्नोर कर दूंगा, लेकिन नेता लोग नहीं करेंगे। और मेरे सीनियर्स इन्हीं नेताओं को रिपोर्ट करते हैं।'

इंस्पेक्टर राणा का फ़ोन बजा। मैंने सोचा कि हालांकि पुलिस बनने के बाद आपको लोगों की पिटाई करने का मौक़ा मिल जाता है, जो कि मज़ेदार हो सकता है, लेकिन इसके बावजूद एक पुलिस अफ़सर होना आसान बात नहीं है।

'येस, ओके,' राणा ने फ़ोन पर कहा और चुप हो गए। 'गुड। आप श्योर हैं? आपने पूरे फ़ुटेज देखे? वक़्त क्या रहा होगा? 2:02 मिनट से 2:41 मिनट तक। ओके, गुड।'

इंस्पेक्टर हमसे थोड़ी दूर चले गए। उन्होंने फ़ोन पर बतियाते हुए ही कुछ नोट्स लिए और कॉल ख़त्म होने के बाद हमारे पास चले आए।

'तो, इससे पहले मैं कह रहा था कि मेरी तुम्हारे पिता से बात हुई थी। मैं उनकी इज़्ज़त करता हूं, वे भले आदमी हैं। उन्होंने कभी हमें धमकाने या अपने प्रभाव का इस्तेमाल करने की कोशिश नहीं की।'

'जी, सर। वो ऐसा कभी नहीं करेंगे।' ख़ासतौर पर मेरे जैसे नालायक़ बेटे के लिए, मैं आगे यह जोड़ देना चाहता था, लेकिन जोड़ा नहीं।

'और उनके यहां आने पर मैं उन्हें एक अच्छी ख़बर सुनाना चाहता हूं।'

'अच्छी ख़बर?'

'यही कि इस मामले में शक की सूई पूरी तरह से तुम पर नहीं है।'

शक की पूरी सूई? मैं तो चाहता था कि सूई जैसी कोई चीज़ ही मेरे ऊपर ना हो।

'जी सर,' मैंने कहा। मैं सोच रहा था कि मेरे पैरेंट्स को यहां तक पहुंचने में कितना समय लग जाएगा।

'सीसीटीवी फ़ुटेज से पता चला है कि वॉचमैन 2:02 से 2:41 तक अपनी पोस्ट से ग़ायब था।'

'ओह, तो शायद कोई इसी दरमियान हॉस्टल में घुस गया होगा।'

'हो सकता है, लेकिन बात केवल इतनी ही नहीं है,' इंस्पेक्टर राणा ने कहा। उनकी आंखों में चमक थी।

'क्या?' सौरभ ने कहा।

'एक महीने पहले ज़ारा लोन की इसी वॉचमैन लक्ष्मण रेड्डी से बहुत बड़ी लड़ाई हुई थी। और उसने बहुत सारी लड़कियों के सामने लॉबी में उसे थप्पड़ जड़ दिया था।'

'रियली? क्यों?'

'यह तो मुझे पता नहीं। लेकिन हम पता कर लेंगे।'

'जी सर। बस जिज्ञासा है इसलिए पूछ रहा हूं—आपको उस लड़ाई के बारे में किसने बताया?'

इंस्पेक्टर ने अपने नोट्स उठा लिए।

'रुचिका गिल। वह हिमाद्रि हॉस्टल में फ़ोर्थ ईयर स्टूडेंट है। रूम नंबर 109 में रहती है। एक और लड़की, सुभद्रा पांडे, जो 203 में रहती है। इन दोनों ने यह बताया है। मेरे सब-इंस्पेक्टर ने अभी-अभी उनसे बात की है। मेरी टीम इस केस पर बहुत मेहनत से काम कर रही है। और हम इस मामले की लगभग तह तक पहुंच चुके हैं। लेकिन स्टुपिड मीडिया यह सब नहीं हाईलाइट करेगा।'

मैं चुप रहा। इंस्पेक्टर उठ खड़े हुए।

'बीरेन,' उन्होंने पुकारा। एक कांस्टेबल दौड़ता हुआ आया।

'हुज़ूर,' उसने कहा।

'क्या वो लक्ष्मण रेड्डी यहां पर है?'

'जी, हुज़ूर। वो बाहर कुर्सी पर सो रहा है।'

'उसे दो तमाचे जड़कर उठाओ और मेरे पास लेकर आओ।'

'जी, हुज़ूर,' उसने कहा और चला गया। वह इस बात से बहुत ख़ुश नज़र आ रहा था कि उसे अधिकृत रूप से किसी पर अपनी ताक़त की आज़माइश करने का मौक़ा मिल रहा है।

इंस्पेक्टर हमारी ओर मुड़े।

'तुम दोनों बाहर इंतज़ार करो। अभी तुम यहां से नहीं जा सकते।'

सौरभ और मैं उठ खड़े हुए। जब हम बाहर जा रहे थे, हमने लक्ष्मण को आते हुए देखा। उसके हाथ जुड़े हुए थे और कमर झुकी थी।

राणा ने झन्नाटेदार तमाचे से अपने ऑफ़िस में उसका स्वागत किया, जिसकी आवाज़ हमें बाहर सुनाई दी।

# अध्याय 8

'केशव, केशव बेटा,' मुझे अपनी मां की आवाज़ सुनाई दी तो मैं उठ बैठा। मैंने यह मालूम करने के लिए अपने आसपास देखा कि मैं कहां पर हूं। पुलिस थाने के शोरगुल के बावजूद मैं मेज़ पर ही सो गया था। दीवार घड़ी चार बजे का समय बता रही थी।

'मां,' मैंने कहा और आंखें मलीं। 'तुम कब आईं?'

'अभी आई। क्या हुआ? तुम यहां पर कैसे?'

'पापा कहां हैं?'

'वहां।' उन्होंने इंस्पेक्टर राणा के ऑफ़िस की ओर इशारा किया। ठीक तभी पापा वहां से बाहर निकले और मेरी ओर बढ़े।

'हमने तुम्हें दस फ़ोन लगाए, तुमने एक बार भी पलटकर कॉल नहीं किया,' उन्होंने कहा।

'सॉरी पापा, मैं बस...' मैंने कहा।

इससे पहले कि मैं अपना वाक्य पूरा कर पाता, मैं फूट-फूटकर रोने लगा। पापा पर इसका कोई असर नहीं हुआ और वे रूमाल से अपना चेहरा साफ़ करते रहे। मां ने मुझे गले लगा लिया। इससे बेहतर मैंने अपने जीवन में कभी कुछ अनुभव नहीं किया था। मैं चाहता था कि अपने बचपन में लौट जाऊं, जहां मां मुझे प्यार से सुलाया करती थी।

'तुम पुलिस थाने में यह सब नाटक क्यों कर रहे हो?' पापा ने कहा।

'सॉरी पापा,' मैंने अपने को मां से अलग करते हुए कहा और आंसू पोंछ लिए। पुलिस थाने में मौजूद दूसरे लोग मुझे हमदर्दी भरी नज़रों से देखते रहे। शायद वे सोच रहे थे कि मैं लंबे समय के लिए जेल जाने वाला हूं।

'तुम इस चक्कर में कैसे फंस गए? हमें तो ख्याल था कि तुम ट्यूशंस ले रहे हो और एक जॉब की तलाश कर रहे हो।'

यह मेरे पिता की इस भूल को दुरुस्त करने का ठीक समय नहीं था कि मैं एक जॉब की तलाश नहीं कर रहा, एक जॉब कर रहा था। मैं एक कोचिंग इंस्टिट्यूट में फ़ैकल्टी के रूप में काम कर रहा था। यह ट्यूशन लेना नहीं था।

'मैंने कुछ भी ग़लत नहीं किया, पापा। मैं आपकी और मां की क़सम खाकर कहता हूं।'

'तुमने शराब पी और गर्ल्स हॉस्टल में ग़ैरक़ानूनी रूप से घुस गए। पूरा देश अब ये बात जानता है।'

'मेरा मतलब ये था कि मैंने किसी की हत्या नहीं की, पापा।'

'बहुत बड़ा काम किया। शाबाश, बेटा। शाबाश कि तुमने किसी का मर्डर नहीं किया।'

'मेरा यह मतलब नहीं था, पापा।' मैं फिर रोने लगा। 'मैं क़सम खाकर कहता हूं मुझे नहीं मालूम था चीज़ें इतनी बिगड़ जाएंगी।'

'वो मुस्लिम लड़की,' पापा ने सख़्त लहजे में कहा, 'वो लड़की पहले दिन से ही हमारे लिए मुसीबत बनी हुई थी। मैंने बहुत साल पहले ही तुमको समझा दिया था। और मेरे ख्याल से तुम दोनों के बीच सब कुछ ख़त्म हो चुका था।'

'हां, हो गया था।'

'फिर? तुम्हारा दिमाग़ फिर गया था क्या, जो फिर से उसके पास चले गए? पिछली बार तुमने मुझको जो शर्मिंदगी महसूस कराई थी, वो काफ़ी नहीं थी क्या?'

'आप चिल्ला रहे हैं, राजपुरोहित जी,' मां ने कहा। 'प्लीज़, इस बारे में बाद में बात कर लेना। अभी हम चलें? आओ बेटा, घर चलते हैं।'

'मैं नहीं जा सकता। इंस्पेक्टर ने मुझे यहीं रुकने को कहा है।'

'वो मान गए हैं। तुम्हारे लिए मुझे उनके सामने मिन्नत करनी पड़ी।'

'लेकिन आपने ऐसा क्यों किया? वो लोग भी जानते हैं कि मैं बेगुनाह हूं।'

'वो तुमको फिर से यहीं रोकने का मन बना सकते हैं, इसलिए अपने दोस्त के साथ जाकर उनका शुक्रिया अदा कर आओ,' उन्होंने इंस्पेक्टर के रूम की ओर इशारा करते हुए कहा।

❖

'तो,' इंस्पेक्टर ने मेज़ पर अपना मोबाइल फ़ोन घुमाते हुए कहा, 'तुम लकी हो।'

सौरभ और मैंने सिर हिला दिया। हमने क़सम खा ली थी कि जहां तक

संभव होगा, अपना मुंह बंद ही रखेंगे।

'वो वॉचमैन। हमारे पास अब उसको गिरफ़्तार करने के पर्याप्त कारण हैं।'

सौरभ ने फिर सिर हिलाया। इंस्पेक्टर ने अपनी बात जारी रखी।

'इससे मीडिया के कलेजे में भी ठंडक पड़ जाएगी। या ऐसी उम्मीद की जा सकती है। चौबीस घंटे के भीतर गिरफ़्तारी। नॉट बैड, हैं ना?'

मैं सिर हिलाता रहा।

'तुम अब जा सकते हो, लेकिन कुछ शर्तें हैं। बोलो, मानोगे?'

हम चुप रहे।

'हां या ना?' उन्होंने चिल्लाते हुए कहा।

मुझे लगा कि जैसे कुछ वेबसाइटों पर हमें टर्म्स पढ़े बिना ही एग्री पर क्लिक करना होता है, वैसा ही हमें यहां भी करना होगा।

'जी सर, हमें आपकी तमाम शर्तें मंज़ूर है,' मैंने कहा। मैं जैसे भी हो, वहां से निकलना चाहता था।

'तो ये रही शर्तें—एक, तुम दिल्ली से बाहर नहीं जाओगे। इन फ़ैक्ट, केशव, तुम रोज़ आकर मुझे रिपोर्ट करोगे। दो, मीडिया से दूरी बनाए रखोगे। मीडिया तुम्हारा चाहे जितना पीछा करे, तुमको उन लोगों से बात नहीं करनी है तो नहीं करनी है।'

'जी सर।'

'तीसरा, अगर मुझे इस केस में किसी भी तरह की ज़रूरत महसूस हुई तो तुम मेरी मदद करोगे। मुझे मालूम नहीं कि आईआईटी का कामकाज कैसे चलता है, तुम ऐसी चीज़ों में ज़रूरत पड़ने पर मेरी मदद करोगे।'

'जी सर।'

'गुड। मेरे ख्याल से यह केस जल्द ही क्लोज़ हो जाएगा और क़ातिल सलाखों के पीछे होगा,' इंस्पेक्टर राणा उठ खड़े हुए। हम उनका इशारा भांप गए और उठ गए।

'तो क्या अब हम जा सकते हैं, सर?' सौरभ ने ऐसे पूछा, जैसे वह यक़ीन नहीं कर पा रहा हो।

'बशर्ते तुम्हें जेल में रहना पसंद ना हो तो,' इंस्पेक्टर राणा हंस दिए, शायद पहली बार। दिन में पहली बार, या हफ़्ते में पहली बार, या साल में पहली बार, या कौन जाने अपने पूरे कैरियर में पहली बार।

सौरभ इंस्पेक्टर के कमरे से बाहर निकल आया। बाहर जाने से पहले मैंने हिम्मत करके इंस्पेक्टर से एक सवाल पूछा, 'माफ़ कीजिएगा, सर, लेकिन क्या आपको वॉचमैन के बारे में और बातें पता चलीं? जैसे कि ज़ारा ने उसको क्यों तमाचा जड़ा था? और आपको कैसे मालूम कि उसी ने ज़ारा को मारा है?'

'घर जाओ, न्यूज़ देखकर पता चल जाएगा,' उन्होंने आंख मारते हुए कहा।

# अध्याय 9

'हे केशव,' रघु ने मेरे कंधे को छूते हुए कहा। ज़ारा को दफ़नाया जा रहा था।

पुलिस थाने से घर लौट आने के बाद मैंने अपने माता-पिता को एक-एक बात साफ़-साफ़ बता दी। मुझे चंदन अरोरा को भी सब कुछ एक्सप्लेन करना पड़ा, जो मुझे कॉल पर कॉल किए जा रहा था। अपने गुटखे भरे मुंह से उसने फ़ोन पर ही कहा, 'मैं तुम्हारे साथ हूं। तुम मीडिया को बता सकते हो कि तुम एक प्रतिष्ठित कोचिंग क्लास कंपनी चंदन क्लासेस के लिए काम करते हो। इससे हमें पूरा देश जानने लगेगा, यू नो।' तब मुझे उसको बताना पड़ा कि मुझे मीडिया से बात करने को मना किया गया है।

सौरभ और मैं छतरपुर में ज़ारा के घर के पास मुस्लिम क़ब्रगाह में आए थे।

'हे रघु, तुम कब आए?' मैंने मुड़ते हुए कहा।

उसके बाएं हाथ पर प्लास्टर चढ़ा था। उसकी बांह और गर्दन के पीछे वाले हिस्से पर चोट के निशान थे। उसने सफ़ेद कुर्ता-पजामा पहन रखा था। उसने काले फ्रेम का अपना चश्मा उतारा और आंखें मलीं।

'कल शाम आया। तो, तुमने उसे देखा?' उसने हल्की आवाज़ में कहा। मैंने सिर हिला दिया।

'मुझे सब कुछ बताओ, प्लीज़,' रघु ने कहा। 'मैं नहीं चाहता कि मुझे अंधेरे में रखा जाए।'

पता नहीं क्यों, ज़ारा की मौत के बाद मैं उससे इतनी नफ़रत नहीं कर पा रहा था, जितनी पहले करता था। पता नहीं उसको यह बात मालूम थी या नहीं कि ज़ारा ने मरने से पहले मुझे मैसेज करके बुलाया था। मैंने सोचा शायद मुझे उसे बता देना चाहिए। वैसे भी मैं पुलिस को यह पहले ही बता चुका था, जो उसे वैसे भी ये बात देर-सवेर बताती ही। लेकिन मैं अपने मुंह से उसे यह बताना चाहता था कि ज़ारा फिर से मेरे पास लौटकर आना चाहती थी। लेकिन फिर ऐसी सतही बातें सोचने के लिए मैंने अपने आपको धिक्कारा और रघु को उस रात हुई तमाम बातें एक-एक कर बता दीं। लेकिन ज़ारा ने उस रात

मुझे क्या मैसेज भेजे, वो मैंने उसे साफ़-साफ़ नहीं बताया।

'हम फिर से मिले, मैं उसे विश करने जा रहा था, बस इतना ही,' मैंने अपनी कहानी ख़त्म करते हुए कहा।

उसने सिर हिला दिया। उसका सिर झुका हुआ था।

'ये बहुत भयानक है,' मैंने उस अजीब-सी ख़ामोशी को तोड़ते हुए कहा।

उसने अपना होंठ चबाया और मेरी आंखों में देर तक देखता रहा। उसने कुछ कहा नहीं।

क्या वो यह सोच रहा था कि यह मैंने किया है?

'मैं उसके रूम में इसलिए गया, क्योंकि...' मैंने फिर से कहना शुरू किया।

'मैं जानता हूं। मैं कल रात पुलिस थाने गया था। वहां मुझे तुम्हारी और उसकी चैट के बारे में पता चला।'

'लेकिन पहले उसी ने मैसेज किया था,' मैंने अपने बचाव में कहा।

'अब इससे क्या फ़र्क़ पड़ता है? हमने उसे हमेशा के लिए खो दिया। और उसके लिए ज़िम्मेदार है कमबख़्त यह शहर। मैंने कितनी बार उसे कहा था कि यहां से चलो।'

मैं दूसरी तरफ़ देखता रहा। ज़ारा के पिता हमारे पास चले आए। वे रघु से अकेले में बात करना चाहते थे, इसलिए वे दोनों ही मुझसे दूर हट गए।

मैं और सौरभ क़ब्र पर गए। वहां ज़ारा की लाश एक सफ़ेद कपड़े में लिपटी हुई थी। मुझे एक अजीब-सा ख्याल आया कि शायद वह इंतज़ार कर रही थी कि मैं उसके पास जाऊं और उससे बात करूं। और जब मैं ऐसा करूंगा तो मुस्कराते हुए उठ जाएगी। वही ख़ूबसूरत मुस्कराहट, जिसे देखकर सब ठीक हो जाया करता था।

पास ही कुछ बुज़ुर्ग मुस्लिम अरबी भाषा में ज़ोर से कुछ पढ़ रहे थे। सफ़दर वहां आए। उनका चेहरा तना हुआ था और हाथ बंधे थे। अलबत्ता मुस्लिमों के कफ़न-दफ़न के दौरान आम तौर पर औरतें मौजूद नहीं होतीं, लेकिन ज़ारा की सौतेली मां, ज़ैनब, उनके थोड़ा पीछे कुछ रिश्तेदारों के साथ खड़ी थी।

ज़ारा के पिता ने मुट्ठीभर मिट्टी उठाई और ज़ारा के सिर के नीचे रख दी। मैंने ज़ारा के सौतेले भाई सिकंदर को भी देखा, जो यूं तो बीस साल से ज़्यादा उम्र का था, लेकिन बच्चों जैसे अपने चेहरे के कारण बहुत कमउम्र

लग रहा था। मैंने सिकंदर को इससे पहले केवल परिवार की तस्वीरों में देखा था। ज़ारा के पिता, जो मूलत: श्रीनगर के थे, की बीवी की मौत तभी हो गई थी, जब ज़ारा केवल तीन साल की थी। जब ज़ारा पांच की हुई, तो उन्होंने फ़रज़ाना नाम की एक बेवा से निकाह कर लिया। फ़रज़ाना के पहले ख़ाविंद की मौत कश्मीरी आतंकवाद के कारण हो गई थी। सिकंदर उसी का बेटा था। ज़ारा और सिकंदर सौतेले भाई-बहन की तरह बड़े हुए थे। आठ साल बाद, सफ़दर और फ़रज़ाना ने तलाक़ ले लिया। सफ़दर को पता चला था कि फ़रज़ाना के परिवार के आतंकवादियों से ताल्लुक़ हैं और सफ़दर को इस सबसे नफ़रत थी। दोनों अपने-अपने बच्चों को लेकर अलग हो गए। सफ़दर ने दिल्ली में कारोबार शुरू कर दिया। ज़ारा उनके साथ दिल्ली चली आई। यहां उन्होंने अपनी अकाउंटेंट, ज़ैनब, से शादी कर ली। सिकंदर श्रीनगर में अपनी मां के साथ ही रहा।

सिकंदर ज़ारा की लाश के पास उंगलियों में उंगलियां फंसाए खड़ा था। उसने मिट्टी का एक गोला उठाया और उसे ज़ारा की ठोढ़ी के नीचे रख दिया। ऐसा करते हुए वह सुबकने लगा।

अपने माता-पिता के अलगाव के बावजूद ज़ारा और सिकंदर एक-दूसरे के क़रीब थे। हालांकि सफ़दर को यह पसंद नहीं था। ज़ारा ने मुझे बताया था कि सिकंदर पढ़ाई में अच्छा नहीं था। इसलिए वह इम्तेहान पास करने में उसकी मदद करती थी। जब ज़ारा ने कश्मीर छोड़ा तो उसके बाद सिकंदर पांचवीं कक्षा से आगे पढ़ाई नहीं कर पाया।

'मैं उम्मीद करती हूं कि सिकंदर सही-सलामत रहे। वो केवल एक बच्चा है,' ज़ारा अकसर मुझसे कहा करती थी।

मैंने वहां पर ज़ारा के पीएचडी गाइड प्रो. सक्सेना को भी देखा जो अपनी पत्नी के साथ यहां आए थे। वे आईआईटी में स्टूडेंट अफ़ेयर्स के डीन भी थे। वे सफ़दर के पास गए और कुछ मिनट तक वे दोनों आपस में बात करते रहे।

प्रो. सक्सेना के जाने के बाद ज़ारा के पिता ने रघु को बुलाया और उसे एक मुट्ठी मिट्टी दी। ज़ाहिर है, यह रस्म केवल परिवार के क़रीबी पुरुष सदस्य ही निभा सकते थे और सफ़दर रघु को परिवार का सदस्य मानते थे। रघु ने ज़ारा के कंधों के नीचे मिट्टी रखी। मौलवी अरबी आयतें पढ़ने लगे। मुझे फिर से रघु के लिए नफ़रत महसूस होने लगी। वो इस वक़्त उसके साथ क्यों था? मैं दूर से यह सब क्यों देख रहा था? क्या मैं ज़ारा की लाश पर

मिट्टी नहीं डाल सकता था?

इसके बाद ज़ारा के परिवार के पुरुषों ने उसकी लाश को क़ब्र में उतारा। मुझसे आगे खड़े लोगों के कारण मैं ठीक से देख नहीं पा रहा था, इसलिए मुझे भीड़ को धक्का देकर आगे आना पड़ा। मैंने मन ही मन ज़ारा के लिए आख़री शब्द कहे—'मुझे माफ़ कर देना, ज़ारा, कि मैं हमारे रिश्ते को बचाने के लिए लड़ाई नहीं लड़ सका।'

'क्या भाई?' सौरभ ने मुझे बड़बड़ाते हुए सुनकर पूछा।

'कुछ नहीं,' मैंने कहा। मेरा सिर झुका हुआ था ताकि वो मेरी गीली आंखें ना देख सके।

'हम चलें? मुझे नहीं लगता वो लोग यहां पर हमारी मौजूदगी को लेकर सहज हैं।'

'मैं एक बार उसके पिता से मिल आऊं, फिर चलते हैं।'

ज़ारा की क़ब्र में मिट्टी डाली जा रही थी। सफ़दर करीब तीसेक साल के ऊंचे क़द के एक शख़्स से बात कर रहे थे। वह आदमी एकदम तनकर खड़ा था और उसका चेहरा कश्मीरियों की तरह सुर्ख़ रंगत लिए हुए था। मैं वहां गया और चुपचाप उनकी बात ख़त्म होने का इंतज़ार करने लगा।

'एक बार फिर आपका शुक्रिया, फ़ैज़। तुम अपनी ड्यूटी छोड़कर यहां पर आए।'

'क्या बात कर रहे हैं, चाचा? हम एक परिवार के लोग हैं और जो हुआ, उससे हम सभी ग़मज़दा हैं,' फ़ैज़ ने कहा।

सफ़दर ने सिर हिलाया और फ़ैज़ के जाने से पहले उसे गले लगा लिया। तब जाकर उनका ध्यान मुझ पर गया।

'तुम यहां पर कैसे?'

'मैं बस यहां पर अफ़सोस करने आया था,' मैंने कहा।

'तुम उस रात वहां पर थे। उसके कमरे में। और इसके बावजूद तुम्हारी इतनी जुर्रत कि यहां आकर अफ़सोस करो?' उन्होंने गरजते हुए कहा।

'अंकल, मैं आपकी बेटी से प्यार करता था। मैं ऐसा करने का सोच भी नहीं...'

उन्होंने मुझे बीच में ही रोक दिया।

'मैंने तुम्हें हिदायत दी थी कि उससे दूर रहो। फिर तुमने ऐसा क्यों नहीं किया?'

'क्योंकि मैं उससे प्यार करता था।'

'क्या इसीलिए तुमने अपने परिवार को उसकी बेइज़्ज़ती करने दी?'

'मेरा उन लोगों पर कोई ज़ोर नहीं है। फिर आपने भी तो हमें सपोर्ट नहीं किया था, अंकल।'

'मैंने तब भी तुम्हें एक ऑप्शन दिया था, और अब भी दे रहा हूं।'

'क्या?'

'चले जाओ यहां से। ख़ुदा हाफ़िज़।'

❖

मैं दोपहर को अलवर पहुंचा। मैंने इंस्पेक्टर राणा से एक दिन के लिए घर जाने की अनुमति ली थी। यह एक मुश्किल समय था और मैं चाहता था कि मेरे पैरेंट्स मेरे आस-पास ही रहें। मां ने मेरी हालत भांप ली और मुझे ख़ुश करने के लिए मेरी सभी पसंदीदा राजस्थानी डिशेस बनाईं। गट्टे की सब्ज़ी और देसी घी लगे गर्मागर्म फुलके खाते हुए मैं दोपहर की ख़बरें देख रहा था।

'ब्रेकिंग न्यूज़: आईआईटी दिल्ली की लड़की की हत्या के मामले में वॉचमैन गिरफ़्तार।'

एंकर अरिजीत ब्योरे सुना रहा था।

'हिमाद्रि हॉस्टल के वॉचमैन लक्ष्मण रेड्डी को आईआईटी दिल्ली की कश्मीरी पीएचडी छात्रा ज़ारा लोन की हत्या के मामले में गिरफ़्तार कर लिया गया है।'

टीवी पर दिखाई जा रही तस्वीरों में हम स्तब्ध लक्ष्मण को देख सकते थे, जिसे पुलिस वैन में ले जाया जा रहा था। अरिजीत ने अपनी बात जारी रखी, 'सूत्रों का कहना है कि लक्ष्मण रेड्डी गर्ल्स हॉस्टल के गार्डन में बैठा-बैठा आती-जाती लड़कियों को घूरता रहता था, जिससे लड़कियां असहज अनुभव करती थीं। एक महीने पहले तो उसने एक लड़की का एक अपस्कर्ट वीडियो बनाने की भी कोशिश की, जब वह अपने स्कूटर पर बैठी थी। ज़ारा लोन ने इसका विरोध किया और दोनों के बीच बहस होने लगी। ज़ारा ने सबके सामने लक्ष्मण को एक थप्पड़ रसीद कर दिया।'

मां कुछ और फुलके लेकर लिविंग रूम में आईं। उन्होंने रिमोट उठाया और टीवी बंद कर दिया।

'तुम यहां पर इस मामले से दूर रहने के लिए आए हो,' उन्होंने कहा।

'मां, आप क्या कर रही हैं?' मैंने उनके हाथ से रिमोट छीन लिया, 'नई जानकारी दी जा रही है।'

'अब वो मर चुकी है। चाहे जितनी नई जानकारियां हासिल कर लो, अब वो मुसलमान लड़की लौटकर नहीं आएगी। शुक्र है भगवान का।'

'मां,' मैंने चिल्लाते हुए कहा, 'चुप कीजिए। अभी उसे मरे एक हफ़्ता भी नहीं हुआ है।'

'जब वो ज़िंदा थी, तभी उसने बहुत सारी मुसीबतें पैदा कर दी थीं। अब जब वो मर गई है तो उसे अपने लिए नई मुसीबतें पैदा करने का मौक़ा मत दो।'

'बहुत हो गया, मां,' मैंने उनके हाथ से फुलके की प्लेट लेते हुए कहा।

'तुम जो नौकरी की तलाश कर रहे थे, उसका क्या हुआ?'

'मैं कोशिश कर रहा हूं, मां। मैंने इंटरव्यूज़ दिए हैं। देखते हैं।'

देखने जैसा कुछ नहीं था, मुझे पहले ही रिजेक्ट किया जा चुका था।

मां के कमरे से चले जाने के बाद मैंने फिर टीवी चालू कर लिया। अब अरिजीत एक रिपोर्टर से बात कर रहा था।

'इसके अलावा और क्या ख़बर है?'

माइक थामे रिपोर्टर कहने लगा, 'हम अभी हौज़ ख़ास पुलिस थाने पर हैं। लक्ष्मण रेड्डी को पुलिस हिरासत में ले लिया गया है। दिल्ली पुलिस का दावा है कि क़त्ल की गुत्थी सुलझा ली गई है, और वो भी रिकॉर्ड टाइम में। उनके पास वॉचमैन के ख़िलाफ़ पर्याप्त सबूत हैं। वास्तव में, असिस्टेंट कमिश्नर का तो कहना है कि अब मीडिया को अपनी यह भूल मान लेनी चाहिए कि उसने दिल्ली पुलिस की क्षमताओं का ठीक आकलन नहीं किया था।'

'वेल, अपने मुंह मियां मिट्ठू बनने के अलावा दिल्ली पुलिस क्या यह भी बता सकती है कि उसे इस बात पर भरोसा कैसे हो गया कि वॉचमैन ने ही क़त्ल किया है?' अरिजीत ने कहा।

'सीसीटीवी फ़ुटेज बताते हैं कि वॉचमैन अपनी पोस्ट से चालीस मिनट तक ग़ायब रहा था। लड़कियों के कमरे में ताक-झांक करने की उसकी आदत है। ज़ारा ने उसके ख़िलाफ़ शिकायत भी दर्ज कराई थी। पुलिस का कहना है कि लक्ष्मण रेड्डी तेलंगाना के एक गांव का रहने वाला है, जो हैदराबाद से दो घंटे की दूरी पर है। कुछ दिनों पहले, ज़ारा लोन के मंगेतर रघु वेंकटेश

पर भी चंद ग़ुंडों के द्वारा हमला किया गया था। रघु हैदराबाद में ही रहते हैं। इस घटना को भी लक्ष्मण से जोड़कर देखा जा रहा है। रघु को बहुत चोटें आई हैं और वारदात के समय वे ख़ुद अपोलो हॉस्पिटल में भर्ती थे। बैक टु यू, अरिजीत।'

कैमरा अरिजीत के चेहरे की ओर घूमा, जो टीवी स्क्रीन पर एक बड़ी-सी खिड़की में दिखाई दे रहा था। सात अन्य छोटी खिड़कियां थीं, जिनमें एक-एक कर पैनलिस्ट्स बैठे थे।

अरिजीत ने बहस की शुरुआत की—

'तो, ये रही कहानी। एक ऐसा आदमी, जो लड़कियों का पीछा करता है और उनके कमरे में ताक-झांक करता है, उसे आईआईटी जैसे प्रतिष्ठित संस्थान में वॉचमैन के रूप में काम करने दिया गया। आज हम इस बात पर बहस करेंगे कि क्या आईआईटी अधिकारियों को वॉचमैन के ख़िलाफ़ हफ़्तों पहले दर्ज कराई गई शिकायत पर सुनवाई करनी चाहिए थी या नहीं? क्या आईआईटी ही ज़ारा लोन की हत्या की ज़िम्मेदार नहीं है?'

कुछ पैनलिस्ट्स ने फ़ौरन बोलना शुरू कर दिया। वे एक-दूसरे की बात काट रहे थे। मुझे एक भी वाक्य समझ नहीं आ रहा था, उल्टे इस शोरगुल से मेरे कान दुखने लगे थे। मैंने रिमोट उठाया और टीवी बंद कर दिया।

'अच्छा ही हुआ कि तुमने ये सब्ज़ी मंडी वाली बहस को चुप कर दिया,' किचन से मां की आवाज़ आई।

❖

मैं कई घंटों तक बिस्तर में करवटें बदलता रहा, लेकिन मेरी आंखों में नींद नहीं थी। पिछली कई रातों की तरह मैं ना तो ज़ारा के बारे में सोच रहा था और ना ही रो रहा था। आज मेरे दिमाग़ में कुछ और ही चल रहा था। क्या सचमुच ही लक्ष्मण रेड्डी ने ज़ारा को मारा है? यह सवाल बार-बार मेरे दिमाग़ में गूंजता रहा। हां, उसके पास एक वजह हो सकती है। उसे सबके सामने थप्पड़ मारा गया था। उसके ख़िलाफ़ सबूत भी हो सकते हैं। यह भी सच है कि उस रात वह अपनी सीट से ग़ायब था। लेकिन इसके बावजूद कहानी की कड़ियां जुड़ नहीं पा रही थीं। मैं ठीक-ठीक तो बता नहीं सकता था, लेकिन मेरी छठी इंद्री मुझसे कुछ कह रही थी। कुछ तो कहीं पर ग़लत था।

मैंने सौरभ को फ़ोन लगाया।

'सो रहे हो?' मैंने कहा।

'नहीं भाई, वीडियोज़ देख रहा हूं।'

'कौन-से वीडियो?' मैंने छेड़ते हुए कहा।

'चुप करो, भाई। यूट्यूब देख रहा हूं।'

'हम्म, और चंदन क्लासेस कैसी चल रही हैं?'

'पहले की ही तरह। गुटखा चबाऊ तुम्हारे बारे में पूछ रहा था।'

'मैं कल लौट आऊंगा और जॉइन कर लूंगा।'

'आराम से आओ। मैं यहां संभाल लूंगा। तुम ठीक हो?'

'ठीक होना तो अभी भी दूर की बात है। हां, आज मैं तीन घंटे से कम रोया, यानी हालत में सुधार आ रहा है।'

'धीरे-धीरे सब ठीक हो जाएगा।'

'उम्मीद तो यही है। लेकिन मेरे दिमाग़ में कुछ और चल रहा है।'

'क्या?'

'तुमने न्यूज़ देखी?'

'लक्ष्मण रेड्डी को गिरफ़्तार कर लिया गया है। वह आईआईटी की लड़कियों के अपस्कर्ट वीडियोज़ बनाता था। वैसे ये अपस्कर्ट क्या होता है, भाई?'

'अगर किसी लड़की ने स्कर्ट पहनी हो तो उसके नीचे का वीडियो बनाना।'

'हाऊ सिक एंड स्टुपिड।'

'पता है।'

'अच्छा हुआ, उसे पकड़ लिया गया।'

'हां, वो दिमाग़ी रूप से बीमार तो है, लेकिन क्या वह ज़ारा का क़ातिल भी है?'

'क्या? तुमने उसकी पूरी कहानी सुनी ना?'

'हां, सुनी तो है, लेकिन...' मैंने हिचकिचाते हुए कहा, 'कहीं तो कुछ ग़लत हो रहा है...'

'तुम्हारा दिमाग़ अभी भी शॉक में है। मैं तो कहूंगा कि घर पर कुछ और समय बिताओ और टीवी से दूर रहो।'

# अध्याय 10

'तुम्हें क्या लगता है? दिल्ली पुलिस इतनी बुरी भी नहीं है, है ना?' राणा ने हमें आंख मारते हुए कहा। अब तक वो हमारे लिए केवल एक पुलिस इंस्पेक्टर ही नहीं रह गए थे। मैं उन्हें 'राणा' की तरह सोचने लगा था, 'इंस्पेक्टर राणा' की तरह नहीं। सौरभ और मैं रोज़ की तरह उनके ऑफ़िस आए हुए थे।

'कमाल कर दिया, सर। दो दिन में क़ातिल का सुराग़ लगा लिया,' सौरभ ने उन्हें मक्खन लगाते हुए कहा।

मेरे सामने चाय का प्याला रखा था, जिसे मैंने छुआ भी नहीं था। राणा ने मुझे चाय पीने को कहा।

'सर, आप श्योर हैं कि वॉचमैन ने ही यह किया है?' मैंने कहा।

राणा ने त्योरी चढ़ा ली। फिर वे सौरभ की तरफ़ मुड़े और हंस दिए।

'क़त्ल की वजह, सीसीटीवी से मिले सबूत, उसका तेलंगाना से होना, ज़ारा के मंगेतर की पिटाई... यह तो ओपन-एंड-शट केस है।'

'क्या सच?' मैंने कहा।

सौरभ ने मेरे पैर पर एक लात जमाई ताकि मैं अपना मुंह बंद रखूं। वह चाहता था कि रोज़मर्रा की यह पेशी बंद हो, इसलिए राणा के द्वारा कही गई हर बात को मानने को वह तैयार था।

लेकिन मैंने कहा, 'भला लक्ष्मण रघु पर हमला क्यों करवाएगा?'

'क्योंकि रघु ने भी लक्ष्मण का विरोध किया था। ज़ारा को उसके ख़िलाफ़ शिकायत दर्ज करने के लिए उसने ही उकसाया था।'

'क्या आपने रघु से बात की है?'

'तुम्हें क्या लगता है, हम चूतिए हैं? ऑफ़ कोर्स, हमने उससे बात की है।'

'ओह, ओके। आई एम सॉरी।'

'वो पुलिस थाने आया था। उसने कन्फ़र्म किया कि ज़ारा की वॉचमैन से लड़ाई हुई थी,' इंस्पेक्टर ने खीझते हुए कहा। 'एनीवे, तुम लोग अब जा सकते हो।'

'सर?' सौरभ ने खड़े होते हुए कहा।

'हां?'

'अब जब आपने क़ातिल को पकड़ लिया है, तो क्या हमारा रोज़ यहां आना ज़रूरी है?'

'हम्म...' राणा अपनी कुर्सी में पीछे की तरफ़ हुए। 'तुम सही कह रहे हो। लेकिन मुझे अभी भी तुम्हारे दोस्त की ज़रूरत पड़ सकती है।'

'जी सर, मैं यहीं पर हूं। मैं यहां से पांच किलोमीटर दूर रहता हूं और चंदन क्लासेस में रोज़ पढ़ाता हूं,' मैंने कहा।

'ठीक है। केवल केशव को मुझसे हफ़्ते में एक बार मिलना होगा। या जब भी उसे बुलाऊं। सौरभ, तुम्हें अब आने की ज़रूरत नहीं है। ख़ुश?'

सौरभ का चेहरा ख़ुशी से खिल उठा, जैसे किसी क़ैदी को तीस साल बाद जेल से रिहा किया गया हो।

'मैं पूरे समय अवेलेबल हूं, सर। मेरी बस एक रिक्वेस्ट है,' मैंने कहा।

'क्या?'

'क्या मैं वॉचमैन से एक बार बात कर सकता हूं? यदि आपको कोई ऐतराज़ ना हो तो?'

'क्या?' सौरभ ने मुझे एक डर्टी-लुक दी। अब जब हम यहां से छूटने ही वाले थे, तब मुझे किसी में उंगली करने की क्या ज़रूरत थी?

राणा हंस पड़े। वे मेरे पास आए और मेरी पीठ थपथपाते हुए बोले, 'तुम्हारी समस्या क्या है? तुमको क्या लगता है, तुम कौन हो? जासूस?' राणा ने कहा।

'मैं केवल एक ट्यूशन टीचर हूं, सर। अगर आप मुझे केवल एक बार उससे बात करने देते तो...'

इंस्पेक्टर ने गहरी सांस ली और अपनी सीट पर जा बैठे।

'कल देर रात को आना। और ध्यान रखना कि तुम किसी की नज़र में न आओ।'

'शुक्रिया, सर।'

'जो करना हो करो, लेकिन मेरे केस के बारह मत बजा देना,' उन्होंने अपने कप में चाय उड़ेलते हुए कहा।

❖

मैं इससे पहले किसी पुलिस लॉकअप में नहीं गया था। हौज़ ख़ास थाने में चार लॉकअप थे। इन दड़बेनुमा कमरों में क़ैदियों को जेल भेजे जाने या ज़मानत मिलने से पहले रखा जाता था। एक कांस्टेबल ने मेरे लिए लक्ष्मण का कमरा खोला और बाहर जाकर खड़ा हो गया।

लॉकअप में होना अजीब लग रहा था। क्या हो, अगर कोई बाहर से ताला लगाकर मुझे इसमें क़ैद कर दे?

लक्ष्मण फ़र्श पर बैठा था। उसकी आंखों में दहशत थी। उसका शरीर कांप रहा था और चेहरा एक तरफ़ झुक रहा था, मानो मैं उसे मारने जा रहा होऊं। शायद, जब भी कोई उससे यहां मिलने आता था, तो उसके साथ यही किया जाता था।

मैंने जींस और नीली-सफ़ेद चेकवाली कमीज़ पहनी थी। मैं ना तो नए क़ैदी जैसा लग रहा था और ना ही पुलिस वाले जैसा। मैं उसके सामने खड़ा था। उसने दहशत से मुझे देखा। बाहर खड़ा कांस्टेबल एक मिनट तक हमें देखता रहा, फिर उसकी भी दिलचस्पी ख़त्म हो गई। उसने फ़ोन निकाला और 'टाइगर ज़िंदा है' का कोई पाइरेटेड वर्ज़न देखने लगा।

'मैं केशव हूं,' मैंने कहा। उसने हैरत से मुझे देखा। 'तुमने मुझे उस दिन देखा था।'

मैं फ़र्श पर घुटनों के बल बैठ गया।

'मैं ज़ारा का दोस्त हूं।'

उसका चेहरा तनाव से भर गया। मैं ज़ारा का दोस्त था, तब तो अभी मैं उसे यहां मारने के लिए आया होऊंगा, शायद वह यही सोच रहा था। उसने दोनों हाथ जोड़ लिए।

'साहब, मैंने कुछ नहीं किया। क़सम खाकर कहता हूं, मैंने ज़ारा मैडम को नहीं मारा।' उसकी आवाज़ टूटने लगी। कांस्टेबल ने अपनी लाठी से लॉकअप की सलाखों को थपथपाया।

'शोर मत करो,' कांस्टेबल ने कैटरीना कैफ़ से नज़रें हटाए बिना कहा।

'ख़ुद को संभालो, लक्ष्मण,' मैंने उसे दिलासा देते हुए कहा। 'मैं यहां तुम्हारी मदद करने आया हूं।'

लक्ष्मण ने अविश्वास से मेरी तरफ़ देखा।

'तुम्हें मुझे सच-सच बताना होगा कि हुआ क्या था।'

'मुझे नहीं पता, साहब। मैं तो हॉस्टल के दरवाज़े पर बैठा था। हर कमरे

में क्या हो रहा है, यह मुझे कैसे पता चलेगा? मैं अपने बच्चों की क़सम खाकर कहता हूं, मैंने कुछ नहीं किया।'

मैंने अपने होंठों पर उंगली रखकर कांस्टेबल को चुप होने को कहा।

'ज़ारा मैडम ने मुझे थप्पड़ ज़रूर मारा था, लेकिन ग़लती मेरी ही थी।'

'तुम एक स्टूडेंट का वीडियो बना रहे थे?'

'हां, मुझसे बड़ी भूल हो गई थी,' उसने ज़ोरों से अपना सिर हिलाते हुए कहा।

'तुम्हारी ज़ारा से लड़ाई भी हुई थी?'

'मुझे ग़ुस्सा आ गया था तो मैंने उन्हें धमका दिया। लेकिन मैं भला क्या कर सकता हूं? मैं ग़रीब वॉचमैन हूं। मैं उन्हें कैसे मार सकता हूं?'

'तो फिर उसे किसने मारा?'

'पता नहीं, साहब।'

'तुम अपनी पोस्ट पर क्यों नहीं थे?'

उसकी आंखें मेरी आंखों से मिलीं।

'मैं बाथरूम गया था।'

'चालीस मिनट के लिए?'

वह नीचे देखता रहा।

'जवाब दो, लक्ष्मण। अगर तुमने जवाब नहीं दिया तो पूरी ज़िंदगी यहीं सड़ जाओगे।'

मैंने उसका चेहरा पकड़कर ऊपर किया।

'रेड्डी, अगर तुमने मेरी ज़ारा को मारा है, तो वे लोग तुम्हें सज़ा दें, उससे पहले, मैं तुम्हारी जान ले लूंगा।'

'मैंने नहीं किया, साहब। मैंने ज़ारा मैडम को नहीं मारा।'

'तो 2:02 से 2:41 तक तुम कहां थे?'

उसने मुझे क़रीब आने का इशारा किया और मेरे कानों में कुछ कहा।

'क्या?'

'हां, साहब, यही कारण है।'

'कैसे?'

'मेरे फ़ोन में, साहब।'

'तुम्हारा फ़ोन कहां है?'

'घर पर। जब मेरी पत्नी मुझसे मिलने आई थी, तो मैंने उसको दे दिया।

साहब, मैंने कुछ नहीं किया। क़ातिल खिड़की से आया था...'

'क्या?'

'क़ातिल खिड़की से आया होगा, साहब। क्योंकि जब आप आए तो खिड़की खुली थी।'

'हां।'

'अगर मुझे मारना होता तो मैं खिड़की से क्यों जाता? मैं तो पार्सल डिलीवरी के बहाने से सीधे रूम तक जा सकता था।'

'हां, तुम दरवाज़े से भी जा सकते थे, लेकिन इसके बावजूद तुम क़ातिल हो सकते हो। तुमने दरवाज़े को अंदर से लगा दिया होगा और खिड़की से कूदकर भाग गए होगे, ताकि कोई तुम पर शक ना करे।'

वह मेरे पैरों में गिर गया।

'मैंने कुछ नहीं किया, साहब। मैं अपनी बिटिया की क़सम खाता हूं।'

❖

हम शाहपुर जट की गलियों से गुज़र रहे थे और मुख्य सड़क पर आ पहुंचे थे। हमने अभी-अभी लक्ष्मण के घर से उसका फ़ोन लिया था।

'सॉरी, लेकिन मैं इस फ़ोन का क्या करूं?' सौरभ ने कहा।

'एक बार तुमने बताया था कि तुमने एनआईटी में हैकेथॉन जीता था। क्या यह सच है?'

'बिलकुल, भाई। मैं तो टिंडर को भी हैक कर चुका हूं। मैंने टिंडर हैक करके अपने लिए मुफ़्त में एक प्रीमियम अकाउंट बना लिया था।'

'ग्रेट। तो अब मैं चाहता हूं कि तुम लक्ष्मण के फ़ोन को हैक करो।'

मैंने एक ऑटो रिक्शा रोका। ड्राइवर ने पहले तो इस पर मुंह बनाया कि मालवीय नगर इतना पास में है, इसमें उसकी क्या कमाई होगी। सौरभ ने उसे लेक्चर दिया कि अगर तुम लोगों का यही एटिट्यूड रहा तो जल्द ही एप्प-बेस्ड टैक्सी ऑटो रिक्शा बंद करवा देंगी। इसके बाद ड्राइवर हमें ले चलने के लिए राज़ी हो गया।

'फ़ोन हैक करना? लेकिन क्यों?' ऑटो में बैठने के बाद सौरभ ने कहा।

'लक्ष्मण ने मुझे बताया कि उस रात जब वो अपनी पोस्ट से ग़ायब था तो हिमाद्रि के गेस्ट टॉयलेट में चला गया था क्योंकि वहां वाई-फ़ाई चलता है।'

'लेकिन उसे टॉयलेट में वाई-फ़ाई की ज़रूरत क्यों थी?'

'मेरा अंदाज़ा है। तुम इंजीनियरिंग कॉलेज गए थे ना, राइट?'

'हां, बिलकुल।'

'मैं चाहता हूं कि तुम पता करो वो सच बोल रहा है या नहीं।'

'यानी तुम चाहते हो कि मैं चेक करूं कि वह ठीक उसी समय पॉर्न देख रहा था।'

'हां, उसी समय और उसी जगह पर। क्या तुम पता लगा सकते हो?'

'ये तो बहुत ईज़ी है। इसमें तो हैक करने की भी ज़रूरत नहीं, बस फ़ोन की ब्राउज़र हिस्ट्री देखनी होगी। उसमें तमाम टाइम स्टैम्प्स और विज़िट की गई साइट्स होंगी। और अगर हम हिमाद्रि जाकर उसके वाई-फ़ाई से कनेक्ट कर पाएं तो मैं इस फ़ोन के कनेक्शन के बारे में डबल-चेक भी कर सकता हूं...'

मैंने सौरभ को बीच में ही रोक दिया।

'ड्यूड, अगर मुझको यह सब मालूम होता तो मैं सचमुच का एक इंजीनियर होता और कहीं जॉब कर रहा होता। सरल शब्दों में समझाओ प्लीज़।'

सौरभ ने हैरत से मेरी ओर देखा।

'सरल शब्दों में यह कि मुझे हिमाद्रि के वाई-फ़ाई नेटवर्क में ले चलो।'

❖

'एक्सक्यूज़ मी,' मैंने कहा। 'मुझे अर्जेंट एक कैब बुलवानी है और मेरे फ़ोन का डाटा ख़त्म हो गया है। क्या मुझे यहां का वाई-फ़ाई पासवर्ड मिल सकता है?'

मैं हिमाद्रि हॉस्टल गार्डन में खड़ा था और मेरे हाथों में फ़िज़िक्स, कैमिस्ट्री, मैथ्स की छह मोटी-मोटी किताबें थीं। मैंने मोटा चश्मा लगा रखा था और तीन दिन से दाढ़ी नहीं बनाई थी। मैंने एक ढीली-ढाली कमीज़ के साथ रबर की पुरानी सैंडल और पॉलिस्टर की पतलून पहन रखी थी। दूसरे शब्दों में, मैं हूबहू किसी आईआईटी रिसर्च स्कॉलर जैसा दिखाई दे रहा था।

सौरभ हॉस्टल के सामने वाली सड़क के दूसरी ओर खड़ा था और वाई-फ़ाई रेंज में था।

वो लड़की अभी-अभी हॉस्टल में अपनी एक्टिवा पर आई थी और मेरे पास ही अपनी गाड़ी पार्क की थी। जब मैंने वाई-फ़ाई पासवर्ड पूछा तो उसने

मुझे ऊपर से नीचे तक ध्यान से देखा।

'स्टूडेंट?' उसने कहा।

'येस। पीएचडी। विंध्याचल हॉस्टल।'

'हिमाद्रि2018जी,' उसने कहा। 'एच और जी कैपिटल लेटर्स में।'

'थैंक यू,' मैंने कहा और आगे बढ़ गया। मैंने सौरभ को व्हॉट्सएप्प किया।

'मिल गया पासवर्ड। हिमाद्रि2018जी।'

उसने एक मिनट बाद रिप्लाई किया।

'कनेक्टेड। अभी आईपी हिस्ट्री और डीएनएस साइट्स डाउनलोड हो रही हैं।'

'हिंदी में बोलो,' मैंने कहा।

'कुछ नहीं। बस इतना समझ लो कि ज़रूरत की चीज़ें डाउनलोड हो रही हैं। अभी घर चलते हैं, मुझे भूख लगी है। आज खाना तुम ही बनाओ,' सौरभ ने रिप्लाई भेजा।

❖

'यूपॉर्न.कॉम,' सौरभ ने कहा। '*हॉट देसी भाभी हैज़ फ़न विद स्टड देवर*। यह 2:10 से 2:14 के बीच देखा गया था।'

'क्या?' हम अपनी डायनिंग टेबल पर बैठे थे और फ्रैंच फ्राईज़ खा रहे थे। भुक्खड़ सौरभ के लिए इतने कम समय में मैं केवल एक यही डिश बना सकता था। सौरभ का लैपटॉप खुला था और लक्ष्मण का फ़ोन उससे कनेक्टेड था।

'उसके फ़ोन की ब्राउज़र हिस्ट्री तो यही बताती है। तुम कहो तो तुम्हारे फ़ोन की ब्राउज़र हिस्ट्री भी बताऊं?' सौरभ ने कहा।

'वेरी फ़नी। व्हॉट नेक्स्ट?'

'*नेबर डज़ बिग-बस्टेड ईगर मल्लू आंटी*। ये वाला हम भी देखें क्या?'

'वेट, तो इसका मतलब है कि वह सच में ही उस समय पोर्न देख रहा था?'

'बिलकुल। ये देखो–*सरदार हनीमून कपल लीक्ड वीडियो*। वेट, वो कैसे श्योर हो सकते हैं कि यह सच में हनीमून वीडियो ही है?'

लक्ष्मण झूठ नहीं बोल रहा था। उस रात जब वो अपनी सीट से दूर था

तो पॉर्न ही देख रहा था।

'*जयपुर कॉलेज-गर्ल शोज़...*' सौरभ एक के बाद एक उस रात देखे गए पॉर्न वीडियोज़ के टाइटिल बता रहा था। 'भाई, एक बात तो है, ये केवल देसी पॉर्न देखता है। इंटरनेशनल में इसको इंट्रेस्ट नहीं। देशभक्त मालूम होता है।'

'शट अप। उसने ये सब देखना कब बंद किया?'

'2:29 मिनट के आसपास।'

'यानी 2:40 मिनट तक अपनी पोस्ट पर पहुंचने के लिए उसे इतना ही समय लगा होगा।'

'और हां, वहां जाने से पहले धो-पोंछकर साफ़ करने के लिए भी।'

'स्टॉप इट। हिमाद्रि नेटवर्क के आईपी एड्रेस लॉग्स खोलो।'

'हम देख सकते हैं। लेकिन तुम्हें नहीं लगता तुम इसके बजाय *हॉट तमिल कपल एंजॉय इन इंडियन ट्रेन* देखना चाहोगे? मैं क्यूरियस हूं। शायद आईआरसीटीसी इस वाले को स्पॉन्सर करना चाहें।'

'गोलू, ये मज़ाक़ की बात नहीं है। ये किसी की ज़िंदगी का सवाल है।'

'ओके, फ़ाइन,' उसने कहा और ब्राउज़र हिस्ट्री बंद करके आईपी एड्रेस की फ़ाइल देखने लगा।

'यहां पर हिमाद्रि वाई-फ़ाई नेटवर्क में लॉग्ड-इन होने वाली सभी डिवाइसेस के आईपी एड्रेस या यूनीक आईडेंटिफ़ायर्स हैं।' सौरभ ने कहा और कुछ देर तक एक्सेल फ़ाइल का मुआयना करता रहा।

'येस, लक्ष्मण का फ़ोन इस नेटवर्क से कनेक्टेड था। कन्फ़र्म्ड,' सौरभ ने कहा।

'मुझे दिखाओ।'

उसने अपनी लैपटॉप स्क्रीन पर आईपी एड्रेसेस की एक टेबल दिखाई।

'यह एकदम रियल प्रूफ़ है कि लक्ष्मण ने यह क़त्ल नहीं किया,' मैंने कहा।

'हां, वह आदमी चाहे जितना ठरकी हो, लेकिन कम से कम क़ातिल तो नहीं है।'

'थैंक यू, गोलू। मैं इसको लेकर राणा के पास जा रहा हूं।'

'वेलकम, भाई। लेकिन क्या मैं एक बात पूछ सकता हूं?'

'श्योर।'

'तुम इस सबमें क्यों इनवॉल्व हो रहे हो? अब हम आज़ाद हैं। हमें क्या

पड़ी है? पुलिस को अपना काम करने दो।'

'पुलिस ने अपना काम ठीक से नहीं किया तभी तो इनवॉल्व होना पड़ रहा है। लक्ष्मण ने यह मर्डर नहीं किया है।'

'यह लक्ष्मण की समस्या है। या फिर पुलिस की। ज़ारा अब इस दुनिया में नहीं है, भाई। उसे अपने दिमाग़ से भी निकाल दो।'

'मैं जानता हूं, मुझे यही करना चाहिए। लेकिन काश मैं ऐसा कर पाता,' मैंने ठंडी सांस लेते हुए कहा। सौरभ ने मेरा बुझा हुआ चेहरा देखा तो मेरे कंधे पर अपना हाथ रख दिया।

'शायद, मैं किसी न किसी तरह से, अब भी उससे जुड़ा रहना चाहता हूं,' मैंने कहा। 'मैं यह मालूम करना चाहता हूं कि यह किसने किया है। जब ज़ारा मेरे पास लौटकर आना चाहती थी, तब किसने उसे मुझसे दूर कर दिया, यह मुझे जानना है।'

'मैं इसका प्रिंट आउट निकाल लेता हूं। हम कल इसे राणा को दिखा सकते हैं।'

'थैंक्स।'

'इट्स ओके, भाई। लेकिन प्लीज़ यह देवदास लुक बनाकर मत रखो। फ्रैंच फ्राईज़ खाते समय इस तरह से मुंह लटकाकर रखने की इजाज़त किसी को भी नहीं है।'

❖

'हम्म...' राणा ने अपनी उंगली से अपनी नाक सहलाते हुए कहा। हमने उन्हें प्रिंट आउट्स लाकर दिए थे।

'ब्राउज़र हिस्ट्री, हुंह?' उन्होंने कहा।

सौरभ उनके पास गया।

'देखिए, सर, ये आईपी एड्रेसेस की लिस्ट है। और यहां अगले पेज पर ये डिटेल्स हैं कि लक्ष्मण किस समय पर कौन-सी साइट देख रहा था।'

राणा ने अपनी तीन दिन की उगी खिचड़ी दाढ़ी को सहलाया।

फिर उन्होंने कहा, 'बैठ जाओ, बैठ जाओ।'

सौरभ अपनी कुर्सी पर जा बैठा। इंस्पेक्टर ने अपनी मेज़ पर प्रिंटआउट्स रख दिए। मैं उम्मीद कर रहा था कि वे ज़ोर से चिल्लाकर 'सुपर्ब' या 'गुड जॉब' जैसी कोई बात कहेंगे, लेकिन वह तो केवल एक-एक कर अपनी

उंगलियां चटखाते रहे।

'सर, इसका मतलब है कि लक्ष्मण बेगुनाह है,' मैंने कहा। मैं सोच रहा था कि राणा को मेरी इस बात का मतलब समझ आ रहा है या नहीं? 'वो उस समय बाथरूम में था, और पॉर्न देखकर मैस्टर्बेशन कर रहा था।'

'तो फिर ज़ारा को किसने मारा?' राणा ने कहा।

यह पता करना तो आपका काम है, सर, मैं कहना चाहता था, लेकिन मैंने केवल कंधे उचका दिए।

'अगर लक्ष्मण ने यह नहीं किया है, तब क्या शक की सूई फिर से तुम्हारे ऊपर नहीं आ जाएगी?' राणा ने कहा।

'क्या?'

'ये वापस ले जाओ। तुमने मुझे ऐसी कोई चीज़ कभी नहीं दी।'

'क्या मतलब?'

'तुम्हें कॉफ़ी पसंद है?'

'एक्सक्यूज़ मी?'

'चलो, आज तुम्हें महंगी कॉफ़ी पिलाता हूं,' राणा ने कहा और खड़े हो गए।

❖

'मुझे एक बढ़िया कॉफ़ी चाहिए, लेकिन वो कड़वी ना हो,' राणा ने हौज़ ख़ास विलेज के स्टारबक्स में बरिस्ता वाले से कहा।

'लात्ते, सर?' बरिस्ता ने पूछा, जो कि पुलिस की वर्दी देखकर थोड़ा हैरान-परेशान था।

'प्लेन हॉट मिल्क,' मैंने कहा। सौरभ ने अपने लिए दो चॉकलेट मफ़िन्स मंगवाए।

इंस्पेक्टर ने अपना वॉलेट निकाला। कैफ़े का कैशियर पुलिस वाले को बिल चुकाते देखकर हैरान हो गया और पैसा लेने से मना करने लगा। इंस्पेक्टर मुस्कराए और अपना पर्स फिर से जेब में रख लिया।

हमने अपने-अपने कप उठाए और खिड़की के पास वाली सीट पर जा बैठे।

'तो यहीं पर तुम यंग लोग, वो क्या बोलते हैं, हां, हैंग आउट करते हो?' राणा ने अपनी कॉफी में तीन शुगर सैशे डालते हुए कहा। 'कॉफ़ी के लिए दो

सौ रुपए? ये तो दिनदहाड़े डाका है।'

मैं सोच रहा था कि क्या मुफ़्त की कॉफ़ी पीना दिनदहाड़े का डाका नहीं है?

'बिलकुल सर,' सौरभ ने कहा।

'एनीवे, मैं तुम दोनों को यहां इसलिए लाया हूं ताकि हम खुलकर बात कर सकें। मैं उम्मीद करता हूं कि मैं तुम लोगों पर भरोसा कर सकता हूं,' राणा ने कहा।

'जी, सर।'

'तो केशव, तुम कहां काम करते हो?'

'मैंने आपको बताया था, चंदन क्लासेस।'

'और तुम्हारी तनख़्वाह कितनी है? यानी, इन हैंड।'

मैंने हैरत से उनकी ओर देखा। सौरभ दूसरी तरफ़ देखने लगा।

'यही कोई 45 हज़ार रुपया महीना,' मैंने कहा।

'देखो, मुझसे ज़्यादा तनख़्वाह तो तुम्हारी है। हमें तो कट-पिटकर 42 हज़ार ही मिलता है।'

मेरे ख़याल से उन्होंने अपने पैकेज में स्टारबक्स की अनलिमिटेड लात्ते कॉफ़ी नहीं जोड़ी थी। मैं सोचने लगा कि अब क्या बोलूं। यानी क्या यह जॉब करने से पहले उन्हें पे-स्केल्स के बारे में मालूम नहीं था? लेकिन मैंने चुप रहना ही बेहतर समझा।

'मुझे पंद्रह साल का अनुभव है,' राणा ने कहा। 'तुमने कब काम करना शुरू किया था? चार-पांच साल पहले? तो क्या यह ज़्यादती नहीं?'

मैंने सिर हिला दिया। मुझे लग रहा था कि केंद्र सरकार की वेतन नीति के लिए मैं ही ज़िम्मेदार हूं। मैं उन्हें बताना चाहता था कि मुझे इसके लिए गुटखा चबाने वाले एक लीचड़ बॉस को दिन भर झेलना पड़ता है। मैं तो बड़ी ख़ुशी से राणा की जगह काम करने को तैयार हो जाता। थोड़ी-सी तनख़्वाह ही तो कम मिलती, लेकिन लोगों को तमाचे जड़ने और मुफ़्त कॉफ़ी पीने का मौक़ा तो मिलता।

सौरभ ने पिंकी फ़िंगर दिखाई और टॉयलेट चला गया।

'मैंने बहुत मेहनत की है। मेरी एन्युअल रिपोर्ट्स एक्सीलेंट रहती हैं। इसके बावजूद पिछले पांच साल से मेरा प्रमोशन नहीं हुआ है। वो लोग मुझे असिस्टेंट कमिश्नर नहीं बना रहे हैं।'

मैंने सिर हिला दिया और चुपचाप अपना मिल्क पीता रहा। लक्ष्मण की ब्राउज़र हिस्ट्री से इस सबका क्या सरोकार था?

'और इस दौरान, आईआईटी से कोई भी चूतिया आता है और आईपीएस एग्ज़ाम क्लीयर कर लेता है। वो उसको मेरा बॉस बनाकर मेरे सिर पर बैठा देते हैं।'

मैं सोचने लगा कि कहीं आईआईटी वाला वो चूतिया मैं ही तो नहीं हूं। शायद, नहीं। क्योंकि मैं वो आईआईटीयन था, जो आईपीएस एग्ज़ाम क्लीयर नहीं कर पाया था। यानी, मैं और बड़ा वाला चूतिया था।

'ये कोई अच्छा सिस्टम नहीं है। कलोनियल हैंगओवर चल रहा है।' मैंने कहा।

'क्या?'

'मतलब, अंग्रेज़ों के ज़माने में जैसी सिविल सर्विसेस थीं, उनकी वही हालत आज भी है।'

'हां, वो चूतिए गोरे। मेरे जैसे ईमानदार अफ़सर बहुत कम होंगे और वो लोग मेरे साथ ऐसा सलूक़ करते हैं।'

मेरे ख्याल से मुफ़्तख़ोरी बेईमानी की श्रेणी में नहीं आती थी। वैसे भी दिल्ली पुलिस के किसी भ्रष्ट इंस्पेक्टर को जैसे मौक़े मिलते हैं, उनके सामने कॉफ़ी की क्या बिसात है।

अब मैं सोचने लगा कि राणा का मूड कैसे ठीक करूं। मेरे ख्याल से जब कोई अपनी बदहाली का गाना गा रहा हो, तब उसको इसी बात से ख़ुशी मिलती है कि किसी और की उससे भी ज़्यादा बुरी हालत है।

'मैं आईआईटी से हूं, सर। लेकिन मुझे कैंपस से कभी कोई जॉब नहीं मिला। मैं उन चुनिंदा आईआईटीयन्स में से हूं, जिन्होंने बिना किसी ऑफ़र के ग्रैजुएशन किया।'

'क्यों?'

'ख़राब ग्रेड्स। मेरे कुछ इंटरव्यू खराब हुए थे। फिर एक ब्रेकअप हुआ। उस फ़ेज़ में मेरी पूरी ज़िंदगी ही डिस्टर्ब हो गई थी।'

'आह, तो इसलिए तुम आज चंदन क्लासेस में हो?'

मैंने सिर हिला दिया। लेकिन मैंने उन्हें यह नहीं बताया कि एक कारण यह भी था कि मैं हमेशा दिल्ली में रहना चाहता था। आईआईटी कैंपस के जितना क़रीब हो, उतना। क्योंकि वहां पर ज़ारा रहती थी और उसके क़रीब

रहकर ही मुझे फिर से उसके साथ होने का मौक़ा मिल सकता था।

'तुम्हें अपना काम पसंद है?'

'मुझे इससे नफ़रत है।'

'रियली?'

'कभी-कभी तो मुझे लगता है कि यह काम करने से बेहतर है, जेल में होना।'

इंस्पेक्टर हंस दिए।

'तब तो हम दोनों की हालत एक जैसी है,' उन्होंने कहा। अब वे मुझसे अच्छी तरह घुल-मिल गए थे। सौरभ वॉशरूम से लौट आया था। उसने न्यूज़पेपर उठाया और जॉब्स एंड क्लासिफ़ाइड वाला पेज देखने लगा। इंस्पेक्टर का फ़ोन बजा।

'जी, शर्मा सर,' उन्होंने फ़ोन उठाकर कहा और खड़े हो गए, जैसे कि शर्मा सर उन्हें देख रहे हों। 'जी, शर्मा सर। बिलकुल, सर। नो सर, वॉचमैन हमारी गिरफ़्त में है और हमारा केस मज़बूत है। जी सर, हम जल्द ही चार्जशीट फ़ाइल करेंगे। नहीं सर, आपको फिर से कॉल करने की ज़रूरत नहीं होगी। ओके, सर।'

जब उन्होंने फ़ोन काटा दिया, तो मैंने कहा, 'लेकिन आप लक्ष्मण को छोड़ देंगे ना? वो जैसा भी हो, लेकिन उसने ज़ारा का मर्डर नहीं किया है।'

'आह, देखो, इसलिए ही मैं तुमसे यहां पर बात करना चाहता था। क्योंकि पुलिस थाने में जाने कौन हमारी बात सुन लेता, वहां पर तो दीवारों के भी कान होते हैं।'

'क्या?'

सौरभ ने अख़बार में से सिर बाहर निकाला और सुनने लगा।

'यह हाई-प्रोफ़ाइल, मीडिया-कवर्ड केस प्रमोशन पाने का मेरा सबसे अच्छा मौक़ा है। आउट-ऑफ़-टर्न प्रमोशन का एक प्रोविज़न होता है। इस केस के कारण मेरे सीनियर्स मुझे रिकमेंड कर सकते हैं।'

'यह तो अच्छी बात होगी, सर।'

'हां, लेकिन यह अच्छी बात केवल तभी होगी, जब मैं इस केस को सॉल्व कर लूंगा। और उनकी नज़रों में मैं पहले ही इस केस को सॉल्व कर चुका हूं।'

'लक्ष्मण को हत्यारा बताकर?'

'हां, और अब तो मीडिया का भी जोश ठंडा हो गया है,' उन्होंने अख़बार उठाया और शहर की ख़बरों के पन्ने खोले।

'देखो, एक लाइन भी नहीं है। मेरे सीनियर्स, मीडिया और पब्लिक, सभी यही मानते हैं कि लक्ष्मण ने यह मर्डर किया है। उनके दिमाग़ में इस केस की फ़ाइल बंद हो चुकी है।'

'लेकिन उसने तो कोई क़त्ल नहीं किया,' मैंने थोड़ा तैश में आकर कहा।

'वो तुम्हारा भाई लगता है क्या?' राणा ने अब ऊंची आवाज़ में कहा।

'नहीं, भाई तो नहीं, लेकिन वो बेक़सूर है।'

'तो क्या मैं उसे छोड़ दूं, ताकि मीडिया नया ड्रामा खड़ा कर सके?'

'ड्रामा?'

'हां। यह कि पुलिस ने एक बेगुनाह को पकड़ लिया क्योंकि वह ग़रीब था। पुलिस अभी तक क़ातिल का सुराग़ नहीं लगा पाई है। दिल्ली पुलिस बेकार है। यही सब बक़वास। और इस सबके लिए किसको ज़िम्मेदार ठहराया जाएगा? इंस्पेक्टर राणा। तब तो हो चुका मेरा प्रमोशन।'

मैं उनसे कहना चाहता था कि उनको प्रमोशन दिलाने के लिए एक बेगुनाह आदमी अपनी पूरी ज़िंदगी जेल में सड़ते हुए नहीं बिता सकता, लेकिन ज़ाहिर है, मैंने नहीं कहा।

'सर, लेकिन कोर्ट में तो लक्ष्मण को क़ातिल साबित करना ही पड़ेगा?'

'हां।'

'तब तो यह कहानी वहां भी खुल ही जाएगी। वो बताएगा कि वो क्या कर रहा था और उसके वक़ील यही सारे डाटा ले आएंगे, जो हम लाए हैं।'

इंस्पेक्टर ठहाका लगाकर हंस पड़े। उन्होंने टिशू उठाया और लात्ते कॉफ़ी से सनी अपनी मूंछें पोंछीं। सौरभ ने मेरी तरफ़ घूरकर देखा। वह इस पुलिस वाले से और पंगा नहीं चाहता था।

'इसमें हंसने वाली क्या बात है?' मैंने कहा।

'ये कोई पिक्चर नहीं है, ये असल ज़िंदगी है। लक्ष्मण को भला कौन-सा वक़ील मिलेगा?'

'क्या सरकार ग़रीब लोगों के लिए वक़ीलों का बंदोबस्त नहीं करती?'

'एग्ज़ैक्टली। और ये सरकारी वक़ील एक वॉचमैन की कितनी परवाह करेंगे? अगर सरकारी वक़ील सुनवाई के दौरान एक बार प्रकट भी हो जाए तो बहुत जानो।'

'जो भी हो। उसने कुछ नहीं किया है और इसके सबूत मौजूद हैं। एक ना एक दिन तो यह सामने आ ही जाएगा।'

'हो सकता है, आ जाए। शायद तीन साल बाद। लेकिन तब तक इंस्पेक्टर राणा एसीपी राणा बन चुके होंगे। इस पुलिस चौकी की बक़वास से बाहर। तब लक्ष्मण जेल से छूट सकता है।'

'लेकिन, सर...'

'ये जो तुम इतनी जासूसी कर रहे हो ना, इसको अब बंद करो। मैंने तुम्हारी जान बचाई है, मेरी जान मत लो।'

मेरी जान बचाई? मैंने भला कौन-सा गुनाह किया था?

'सर, मैं आपकी लाइफ़ को डिस्टर्ब नहीं करना चाहता, मैं केवल यह जानना चाहता हूं कि क़ातिल कौन है। और इसके लिए हमें इस मामले की ठीक तरह से तहक़ीक़ात करने की ज़रूरत है। एक बेक़सूर को जेल में डाल देने से समस्या हल नहीं होगी।'

इंस्पेक्टर ने मेरी और सौरभ की ओर देखा और कंधे उचका दिए।

'अगर मीडिया को वॉचमैन की बेगुनाही के सबूत मिल जाएं तो क्या होगा?' मैंने कहा।

'तुम मुझे धमकी दे रहे हो?'

'नहीं, मैं बस इतना कह रहा हूं कि ऐसा भी हो सकता है।'

'हरामज़ादो, एक हफ़्ते पहले तक तुम मेरे सामने हाथ जोड़ रहे थे कि हमें घर जाने दो और आज तुम मुझे ये रंग दिखा रहे हो? तुम मुझे बता रहे हो कि किसी मामले की जांच कैसे करनी है?'

'नहीं सर, मैं बस इतना ही कह रहा हूं कि हमें असली क़ातिल का पता लगाना चाहिए और इसमें मैं आपकी मदद करूंगा।'

'तुम क्या मेरी मदद करोगे, चंदन क्लासेस के एक ट्यूटर।'

सौरभ ने मेरा हाथ दबाया। उसका इशारा था कि अब मुझे चुप रहना चाहिए।

'सर, क्या मैं कुछ कह सकता हूं?' सौरभ ने कहा।

'अब तुमको क्या बोलना है? तुम्हारा ये चूतिया दोस्त मुझे जांच करना सिखा रहा है। इसको पता भी है कि आगे क्या होने वाला है? स्टूडेंट अफ़ेयर्स के डीन ने उस दिन मुझे कितना ज़लील किया था।'

'कौन?' सौरभ ने कहा।

'वो प्रोफ़ेसर सक्सेना। चूतिया साला बोल रहा था कि मैं कैंपस में क्यों घूम रहा हूं। मैं पुलिस हूं और वो मुझको ऐसा बोल रहा था। वो चाह रहा था कि मैं तमाम परमिशन लेकर आऊं। एचआरडी मिनिस्ट्री को फ़ोन करने की धमकी दे रहा था। साला, तुम मुझको जांच करना क्या सिखाओगे, पहले उस डीन को जाकर सिखाओ कि पुलिस से तमीज़ से कैसे बात करते हैं।'

'आप प्रोफ़ेसर सक्सेना से मिले थे?' मैंने कहा।

'हां, और जब कॉलेज को ही इस मामले को सुलझाने में कोई दिलचस्पी नहीं है तो हम क्यों मगजमारी करें?'

'प्रोफ़ेसर सक्सेना ज़ारा के पीएचडी गाइड भी थे,' मैंने कहा।

'तो अब वो मुझे जांच करने से क्यों रोक रहा है? कैंपस में नो मीडिया नो पुलिस की पॉलिसी मुझको क्यों सिखा रहा है?'

'पता नहीं, सर।'

'सुनो ट्यूटर, तुमको क्या लगता है, मुझे यह नहीं मालूम था कि वॉचमैन ने ये नहीं किया है?'

'आपको मालूम था?' मैंने हैरत से कहा।

'मैं पंद्रह साल से क्राइम से जुड़ी तहक़ीक़ात कर रहा हूं। गुनहगार की आंख में देखकर बता सकता हूं कि वो क्या है। वो वॉचमैन ठरकी है, लेकिन क़ातिल नहीं है। तुम्हारा डाटा तो इसी बात को सही साबित करता है।'

'तो फिर आपने उसको गिरफ़्तार क्यों किया?'

'क्योंकि असली क़ातिल अभी हमारी गिरफ़्त में नहीं आया है। और सभी चाहते हैं कि इस मामले का जल्द से जल्द ख़ात्मा हो। टीवी एंकर्स, लोग, सोशल मीडिया, एक्टिविस्ट्स, मेरे सीनियर्स, सभी।'

इंस्पेक्टर राणा उठ खड़े हुए।

'देखो, हो सकता है मुझे इस ओवरप्राइस्ड कॉफ़ी के पैसे नहीं चुकाने पड़ते हों, लेकिन इसके बावजूद मुझे प्रमोशन तो चाहिए। मैं इसका हक़दार हूं। मैं बुरा आदमी नहीं हूं। मैं पता लगाने की कोशिश करूंगा कि क़ातिल कौन है, लेकिन तब तक लक्ष्मण को जेल में रहना पड़ेगा।'

'समझ गए, सर,' सौरभ ने इंस्पेक्टर की शख़्सियत से डरते हुए कहा।

'क़ातिल का पता लगाओ और मैं लक्ष्मण को उसी दिन रिहा कर दूंगा।'

'सर,' मैं भी खड़ा हो गया, 'हम आपकी मदद कैसे कर सकते हैं?'

'सबसे अच्छी मदद तो फ़िलहाल यही होगी कि अपने काम से काम

रखो।'

'हम ऐसा ही करेंगे, सर,' सौरभ ने मुझे कोहनी मारते हुए कहा। अब वह भी उठ खड़ा हुआ था।

'फिर भी, सर?' मैंने कहा।

'मुझे आईआईटी तक ले जाओ। क्या तुम मुझे कैंपस तक जाने में मदद कर सकते हो?'

'हां, मैं वहां का स्टूडेंट रह चुका हूं।'

सौरभ मेरी तरफ़ मुड़ा।

'भाई, इंस्पेक्टर सर कह रहे हैं कि हम केवल अपने काम से मतलब रखें।'

'ये आशिक़ है, ये इस मामले से कैसे दूर रह सकेगा,' इंस्पेक्टर ने हंसते हुए कहा।

# अध्याय 11

'मॉक टेस्ट इन मैथेमैटिक्स। इस रविवार दस बजे,' मैंने क्लास ख़त्म होने पर कहा। दो दर्जन स्टूडेंट्स में से अधिकतर को यह सुनकर अच्छा नहीं लगा। लेकिन मैं इसे इग्नोर करके बाहर निकल आया।

कॉरिडोर में मैंने अपना फ़ोन देखा। उसमें रघु के दो मिस्ड कॉल थे। उसने एक मैसेज भी भेजा था—'मैं दिल्ली से जा रहा हूं। क्या हम एक बार मिल सकते हैं?'

मैं कोई जवाब देता, इससे पहले ही चंदन अरोरा के गुटखे की बू मुझ तक पहुंच गई।

'काम के दौरान फ़ोन नहीं देखना, मैं पहले भी कह चुका हूं,' चंदन ने पीछे से कहा।

'सॉरी, सर,' मैंने मन ही मन उसके गंजे सिर पर फ़ोन मारते हुए कहा।

❖

'थैंक्स फ़ॉर कमिंग,' रघु ने कहा।

'नो इशूज़। तो तुम मुझसे क्यों मिलना चाहते थे?'

हम हौज़ ख़ास सोशल आए हुए थे और एक लेक-फ़ेसिंग मेज़ पर बैठे थे। उसने काला स्वेटर पहन रखा था, जो उसके चश्मे के मोटी फ़्रेम्स से मैच कर रहा था। उसके हाथ में आईफ़ोन एक्स था, जो तीन महीने पहले ही मार्केट में आया था और एक लाख रुपए से ज़्यादा उसकी क़ीमत थी।

'मैं समझना चाहता हूं कि हुआ क्या था,' रघु ने कहा।

'मैं तुम्हें पहले ही सब कुछ सिलसिलेवार रूप से बता चुका हूं।'

रघु ने मेरी ओर अविश्वास से देखा।

'क्या? तुम ऐसे क्यों देख रहे हो?'

'पता है केशव, तुमने अतीत में मुझे कितना ज़लील और परेशान किया है? बहुत ज़्यादा।'

'तो अब तुम क्या चाहते हो? मैं उस सबके लिए माफ़ी मांगूं?'

वेटर हमारे लिए मसाला टी के दो कप ले आया। उसके जाने के बाद रघु बोला।

'नहीं, तुम्हारी माफ़ी का अब मैं क्या करूंगा? और मुझे इंसल्ट से भी फ़र्क़ नहीं पड़ता। मैं लड़ाई-फ़साद करने वाला आदमी नहीं हूं। मैं केवल इतना ही चाहता था कि तुम ज़ारा की ज़िंदगी से दूर हो जाओ।'

मैं उठ खड़ा हुआ।

'और मैंने ऐसा नहीं किया। मैं उसे भुला नहीं पाया। फ़ाइन, सॉरी। अभी मैं जा सकता हूं?'

'बैठ जाओ, प्लीज़, केशव। मैं पहले ही कह चुका हूं कि मुझे तुम्हारी माफ़ी नहीं चाहिए।'

'तो तुम्हें चाहिए क्या?' मैंने बैठते हुए कहा। 'और ये ज़ारा थी, जो इस बार मुझसे मिलना चाहती थी।'

'काम डाउन, प्लीज़। तुम जब ऐसे एग्रेसिव टोन में बात करते हो तो ये मुझे अच्छा नहीं लगता।'

क्योंकि तुम फट्टू हो, मैं कहना चाहता था, लेकिन चुप रहा।

'सबसे पहली चीज़ जो मैं चाहता हूं, वो ये है कि,' उसने अपने हाथ पर बंधे पट्टे की ओर इशारा करते हुए कहा, 'अब ये सब बंद कर दो। मैं वायलेंट आदमी नहीं हूं। मैं केवल ज़ारा के साथ सिम्पल लाइफ़ जीना चाहता था।'

'हे, तुम ये कहना चाह रहे हो कि ये सब मैंने करवाया है?'

'मैं कोई इल्ज़ाम नहीं लगा रहा। एक तरफ़ मैं जहां इस मामले की तह में जाना चाहता हूं, वहीं दूसरी तरफ़ मेरी फ़ैमिली चाहती है कि मैं अब इस सबसे दूर रहूं। प्लीज़, मैं तुमसे रिक्वेस्ट करता हूं कि अब मझे और मेरे परिवार को चोट मत पहुंचाओ। मेरे पैरेंट्स बहुत डरे हुए हैं।'

'लेकिन मैंने कुछ नहीं किया है। मैं भला ऐसा क्यों करूंगा?'

'मैं यह नहीं कह रहा हूं कि यह तुमने किया है। मैं केवल इतना ही कह रहा हूं कि अगर तुमने कुछ किया हो तो प्लीज़ अब यह बंद कर दो। मुझे शांति से जीना है।'

'रघु, मैंने तुम्हें बहुत सारी बातें कही हैं और तुम्हारा मज़ाक़ भी उड़ाया है, लेकिन मैं तुम्हें क्यों चोट पहुंचाऊंगा? ज़ारा और तुम तीन साल से ज़्यादा समय से डेट कर रहे थे, क्या मैंने कभी कुछ किया?'

'मैं उस फट्टू को मार दूंगा, ये तुमने एक बार ज़ारा से कहा था।'

'वो तो ग़ुस्से में कह दिया था। नशे की हालत में। प्लीज़, मैंने कुछ भी नहीं किया है। एनीवे, उन लोगों ने वॉचमैन को पकड़ लिया है।'

वह चुप हो गया। उसकी आंखों से अब भी अविश्वास झलक रहा था।

'रघु, मैं इस बात को समझ सकता हूं कि तुम मेरा भरोसा नहीं करते, लेकिन मैं क़सम खाकर कहता हूं मैंने किसी को हर्ट नहीं किया है, ना ज़ारा को, ना तुम्हें, ओके?'

उसने धीरे-से सिर हिलाया और ख्यालों में गुम-सा नीचे देखने लगा। फिर उसने बहुत धीमे से कहा, इतने धीमे से कि मुझे अपने कानों पर ज़ोर देकर सुनना पड़ा, 'वो मेरा सब कुछ थी। मेरी ज़िंदगी की ख़ुशी।'

शायद यही बात मैं भी उसे कह सकता था, लेकिन ऐसा लग रहा था, जैसे वह अपनी स्लो-मोशन आवाज़ में ख़ुद से बतिया रहा हो, 'सिलिकॉन वैली से कुछ इंवेस्टर्स मुझे बुला रहे थे। मैं हमेशा से वहां जाना चाहता था, लेकिन ज़ारा राज़ी नहीं हुई। वह अपनी पीएचडी बीच में नहीं छोड़ना चाहती थी।'

'वह कश्मीर जाकर पढ़ाना चाहती थी, राइट?' मैंने कहा। जब हम साथ थे, तब वह मुझसे यही कहा करती थी।

'हां, और फ़ाइनली मैंने उसे कंविंस कर लिया था और हमने अमेरिका में कुछ साल बिताने का फ़ैसला ले लिया था, जिसके बाद हम कश्मीर जा सकते थे। उसे कुछ ही महीनों में अपनी पीएचडी मिलने वाली थी और हम सैन फ्रांसिस्को जाने को तैयार थे। मैंने तो माउंटेन व्यू में अपार्टमेंट्स भी देख लिए थे। लेकिन अब...'

उसका गला रुंध गया और उसने अपना चेहरा हथेलियों में छिपा लिया। वह धीरे-धीरे सुबकने लगा। रेस्तरां में बैठे दूसरे लोग हमें हैरत से देखने लगे। वह ऐसे रो रहा था जैसे उसे किसी की कोई फ़िक्र ही ना हो। मुझे डर लगने लगा कि कहीं लोग मुझे किडनैपर ना समझ लें इसलिए मैंने उसके हाथ में टिशूज़ थमा दिए।

'थैंक यू,' उसने पेपर नैपकिन से अपना चेहरा पोंछते हुए कहा।

'मैंने कुछ भी नहीं किया है। क्या तुम मेरा भरोसा करोगे? रघु, मेरी आंखों में देखकर बात करो।'

'मैं भरोसा करता हूं,' उसने आख़िरकार मेरी आंखों से आंखें मिलाते

हुए कहा।

'गुड,' मैंने कहा। 'मुझे तुमसे कोई शिकायत नहीं है। अब नहीं है।'

'सॉरी, मेरे पैरेंट्स घबराए हुए हैं। उन्होंने सिक्योरिटी सर्विस हायर कर ली है। जब मैं ऑफ़िस जाता हूं तो वे नर्वस हो जाते हैं। हम सभी बहुत डर गए हैं।'

'मैं समझ सकता हूं। लेकिन मुझे इस सबमें कोई दिलचस्पी नहीं हैं, सिवाय...'

'सिवाय क्या?'

'मुझे तुम्हारी मदद चाहिए।'

'कैसी मदद?'

'यह मालूम करने में कि ज़ारा का क़त्ल किसने किया। मैं भी इसमें पुलिस की मदद कर रहा हूं।'

'तुम पुलिस की मदद कर रहे हो? लेकिन पुलिस तो कह रही है कि वॉचमैन ने यह सब किया है।'

'हो सकता है, उसने यह नहीं किया हो।'

'एक्चुअली, जब उन्होंने लक्ष्मण का नाम लिया तो मुझे भी यह सुनकर हैरानी हुई थी।'

'तुम्हें हैरानी हुई थी?'

'हां। मैं उस वॉचमैन से मिला हूं। उसे देखकर ही नहीं लगता कि वह क़त्ल कर सकता है। लेकिन पुलिस ने तो टीवी पर यही कहा कि वही हत्यारा है।'

'कभी-कभी पुलिस मीडिया को चुप कराने के लिए भी कुछ चीज़ें कह देती है।'

'तो फिर ज़ारा को किसने मारा? यह तो मैं भी जानना चाहता हूं।'

'यही मालूम करने में तो मुझे तुम्हारी मदद चाहिए।'

'ठीक है, मैं इसमें तुम्हारी मदद करूंगा। मेरे पैरेंट्स तो चाहते हैं कि मैं इस सबसे पूरी तरह दूर हो जाऊं, लेकिन लेट्स डू दिस।'

'नहीं, रघु, मैं तुम्हारे साथ मिलकर काम नहीं करना चाहता। मुझे केवल तुम्हारी मदद चाहिए, क्योंकि तुम उसको और उसकी दुनिया को अच्छी तरह से जानते थे।'

रघु ने हैरानी से मेरी ओर देखा। मैं चुप रहा।

'जैसी तुम्हारी मर्ज़ी,' उसने कहा।

'ओके,' मैंने कहा और अपनी नोटबुक निकाल ली। 'मेरे कुछ सवाल हैं।'

'श्योर।'

'सबसे पहले, जब तुमने वॉचमैन का नाम सुना तो तुम्हें हैरानी क्यों हुई?'

'क्योंकि यह सुनने में ही सही नहीं लग रहा था। हां, ये सच है कि ज़ारा ने लक्ष्मण की शिकायत की थी। लेकिन उसके बाद से वह कई बार उससे माफ़ी भी मांग चुका था। एक बार तो मेरे ही सामने उसने माफ़ी मांगी थी, जब मैं कैंपस में ज़ारा से मिलने गया था।'

'तब ज़ारा ने क्या किया था?'

'वह इस मामले को लेकर नर्म पड़ गई थी। उसने अपनी शिकायत तो वापस नहीं ली थी, लेकिन उसने उसका फ़ॉलो-अप बंद कर दिया था। उसने ज़ारा को बताया था कि उसकी बेटी छोटी है और घर में एक वही कमाने वाला है।'

'इसके अलावा कोई और ऐसी चीज़ है जिसके चलते तुम्हें लगता हो कि उसने यह हत्या नहीं की है?'

'वे लोग, जो मुझे मारने आए थे।'

'उनके बारे में क्या?'

'वे लक्ष्मण की तरह किसी गांव के लोग नहीं लग रहे थे। अपने कपड़ों और बोलचाल से वे शहर के रहने वाले लग रहे थे। मैंने पुलिस को भी यह बताया था, लेकिन शायद उन्होंने ठीक से मेरी बात सुनी नहीं।'

मैंने अपनी नोटबुक से नज़र उठाई।

'उस दिन तुम्हारे साथ एग्ज़ैक्टली क्या हुआ था?'

'मैं देर रात काम ख़त्म करके ऑफ़िस से बाहर निकल रहा था। जब मैं अपने ड्राइवर का वेट कर रहा था तो चार लोग आए और मुझे मारने लगे। पहले तो मैं समझा कि वे मेरा फ़ोन या पर्स छीनना चाहते हैं। लेकिन उन्हें यह नहीं चाहिए था। वे बस मुझे चोट पहुंचाना चाहते थे।'

'यह सब कितनी देर तक चलता रहा?'

'जब तक मेरा ड्राइवर गोपाल कार लेकर नहीं आ गया। उन्होंने कार पर भी पत्थर मारे और उसकी खिड़की तोड़ दी। फिर वे भाग गए। गोपाल बाहर आया तो देखा कि मैं ख़ून में लथपथ सड़क पर पड़ा हूं।'

'और वही तुमको हॉस्पिटल ले गया?'

'पहले वह मुझे घर ले गया। मेरे पैरेंट्स मुझे अपोलो हॉस्पिटल लेकर आए। वहां मुझे डॉक्टरों ने बताया कि मेरी बाईं बांह में फ्रैक्चर है और सिर में भी चोट आई है। उन्होंने मुझे ऑब्ज़र्वेशन में रखने के लिए एडमिट कर लिया।'

'तुमने ज़ारा को इसके बारे में बताया था?'

'ऑफ़ कोर्स। मैंने उसे कार से ही मैसेज कर दिया था। वह हैदराबाद आना चाहती थी, लेकिन उस सक्सेना ने उसे नहीं आने दिया।'

'प्रोफ़ेसर सक्सेना? उसका गाइड?'

'हां, उसने कहा कि उसे एक पेपर प्रेज़ेंट करना है, जिसकी डेडलाइन सिर पर है और उसे उसमें उसकी मदद चाहिए।'

'लेकिन ज़ारा ने इसका विरोध नहीं किया? जहां तक मैं ज़ारा को जानता हूं, वो ऐसी बातें बर्दाश्त नहीं करती थी।'

'हां, वह इसके बावजूद आना चाहती थी, लेकिन मैंने उसे रोक दिया। उसकी फ़ाइनल थीसिस का अप्रूवल तीन महीने बाद ही था। ऐसे में सक्सेना को क्यों नाराज़ करना?'

एक वेटर हमारे इर्द-गिर्द मंडराने लगा, इस उम्मीद में कि हम शायद चाय के अलावा भी कुछ और ऑर्डर करें।

'एक अंडा भुर्जी और पाव,' मैंने कहा। 'और रघु तुम्हारे लिए?'

'वेज में क्या है? कुछ भी हल्का-फुल्का?' उसने कहा।

आख़िरकार उसने एक वेजीटेरियन क्लब सैंडविच मंगवाई। दुनिया में इससे ज़्यादा बोरिंग डिश कोई दूसरी नहीं हो सकती थी।

'क्या तुम हॉस्पिटल से भी ज़ारा के टच में थे?'

'पूरे समय।'

'तो वह क्या बातें किया करती थी, अगर तुम्हें यह बताने में कोई हर्ज़ ना हो तो?'

'रोज़मर्रा की बातें। मेरी हेल्थ से जुड़े सवाल। मैं उससे कहता कि मैं उसे मिस कर रहा हूं। हम अपने मैरिज फ़ंक्शन प्लान्स के बारे में बात करते। बे एरिया में जाने को लेकर बातें करते थे।'

'ये तमाम बातें चैट पर होती थीं?'

'कुछ व्हॉट्सएप्प चैट्स और कुछ फ़ोन कॉल्स। तुम मेरा फ़ोन देखना

चाहोगे?'

उसने अपना आईफ़ोन मेरी ओर बढ़ा दिया।

'नहीं, मुझे नहीं लगता इसे देखना सही होगा। क्या उसने ऐसी कोई बात कही थी, जिससे यह लगता हो कि वह स्वयं को ख़तरे में महसूस करती है?'

'नहीं।'

'क्या वो किसी से अपसेट थी?'

'केवल सक्सेना से। मैं तुमको बताता हूं कि उसने सक्सेना के बारे में एग्ज़ैक्टली क्या कहा था,' उसने कहा और अपनी व्हॉट्सएप्प चैट्स को स्क्रॉल करने लगा।

'आई हेट हिम, आई जस्ट हेट हिम,' रघु ने अपने फ़ोन से ज़ारा का मैसेज पढ़कर सुनाया।

'और इसके अलावा?'

'तुम ख़ुद ही देख लो ना,' उसने अपना फ़ोन मुझे थमा दिया। मैं पलभर को झिझका, फिर ज़ारा के साथ उसकी चैट्स पढ़ने लगा।

मैं स्क्रॉल करके वहां तक पहुंच गया, जिस दिन रघु पर हमला हुआ था। उसने अपनी लहूलुहान बांह का एक फ़ोटो ज़ारा को भेजा था। उसने शॉक रिएक्शन दिया था और उसे कॉल किया था। मैंने उनकी चैट्स देखीं, जिसमें वे इस बारे में बात कर रहे थे कि यह किसकी करामात हो सकती है, लेकिन वे किसी नतीजे पर नहीं पहुंच पा रहे थे। इसके बाद के दिनों की चैट्स 'हाऊ इज़ माय बेबी' और 'बेबी मिसेस यू' जैसी बातों से भरी पड़ी थीं। उसने हॉस्पिटल बेड से अपनी एक सेल्फ़ी भेजी थी। उसने जवाब में किसेस भेजे थे। साथ ही वादा किया था कि वह जल्द ही हैदराबाद में उससे मिलने पहुंचेगी।

अगले दिन, ज़ारा ने अपने मैसेज में प्रोफ़ेसर सक्सेना को 'एसहोल' कहा था। रघु ने जवाब में कहा था, 'उसको अभी मत भड़काओ। बस बारह हफ़्ते और निकाल लो, फिर हमें ज़िंदगी में कभी उसकी शक्ल नहीं देखनी पड़ेगी।'

ज़ारा के जन्मदिन से पहले वाली रात को रघु ने अपनी बांह के पट्टे पर एक मैसेज लिखकर सेल्फ़ी भेजी थी, 'तुम्हारे जन्मदिन पर तुमसे दूर होने का दर्द इस फ़िज़िकल पेन से कहीं ज़्यादा है।' इस पर ज़ारा ने जवाब दिया था, 'काश, मैं अभी वहां तुम्हारे साथ हो पाती।'

जब आप किसी के साथ रिलेशनशिप में हो चुके होते हैं, तो आप कभी

भी इस बात की कल्पना नहीं कर सकते कि वह व्यक्ति किसी और के साथ भी इंटिमेट हो सकता है। मैं मन ही मन चाह रहा था कि मुझे यह सब नहीं देखना पड़े। शांत बने रहने के लिए मैं गहरी सांस ले रहा था। मैंने फ़ोन को और स्क्रॉल डाउन किया।

रघु ने रात ठीक बारह बजे मैसेज किया था—

'रात के बारह बज रहे हैं। हॉस्पिटल में मुझे इतनी देर तक जागने की इजाज़त नहीं है, लेकिन ये तुम्हारा जन्मदिन है। हैप्पी बर्थडे, बेबी। तुम मेरी ज़िंदगी हो, तुम मेरा प्यार हो। काश मैं अभी तुम्हारे पास होता। आई लव यू।'

'थैंक यू। आई लव यू टू, सो मच,' ज़ारा ने जवाब दिया था।

रघु ने हग और किस इमोजी के साथ रिप्लाई किया था।

चंद घंटों बाद, रघु ने एक और मैसेज भेजा था, 'हे, बर्थडे बेबी, गुड मॉर्निंग।' और उसके आधे घंटे बाद एक और मैसेज, 'मेरी बर्थडे गर्ल क्या कर रही है? अभी तक सो रही हो क्या? मैंने दो बार कॉल किया था।'

लेकिन इन आख़री के दो मैसेजेस पर डबल ब्लू टिक नहीं थी। ज़ाहिर है, ज़ारा वे मैसेज कभी देख नहीं पाई थी।

मैंने उसका फ़ोन उसे लौटा दिया।

'आई एम सॉरी,' मैंने कहा।

उसने सिर हिला दिया।

'मैं उसे बहुत प्यार करता था।'

मैं रघु और ज़ारा के रोमांस के बारे में इससे ज़्यादा और कुछ नहीं सुनना चाहता था, इसलिए मैंने विषय बदलना बेहतर समझा।

'क्या सक्सेना के अलावा कोई ऐसा इंसान था, जिससे ज़ारा बहुत नफ़रत करती थी या जिसे वह पसंद नहीं करती थी?'

'तुम तो ज़ारा को जानते ही थे। वह बहुत पॉज़िटिव इंसान थी। वह हमेशा लोगों की अच्छाइयों को ही याद रखती थी।'

'कोई भी नहीं?'

'हां, केवल सक्सेना ही। वह उससे बहुत नफ़रत करती थी। मैं भी करता हूं।'

'क्यों? क्योंकि उसने उसे छुट्टी नहीं दी इसलिए?'

'नहीं, इससे कहीं ज़्यादा। उसने जान-बूझकर उसकी थीसिस को एक साल तक लटकाकर रखा। और, मेरे ख्याल से मुझे तुमको अब बता देना

चाहिए कि उसने ज़ारा का इस्तेमाल करने की कोशिश भी की थी।'

'क्या?'

'हां, उसने कहा था कि अगर वो चाहे तो उसकी थीसिस जल्दी अप्रूव हो सकती है।'

'डीन सक्सेना? सीरियसली?' मैंने कहा। 'उसकी उम्र तो पैंतालीस साल की होगी।'

'पैंतालीस नहीं अड़तालीस साल। ज़ारा कई सालों से उसे झेल रही थी। लेकिन उसकी मजबूरी यही थी कि उसकी फ़ाइनल पीएचडी थीसिस उसे ही अप्रूव करनी थी।'

'मैं तो विश्वास ही नहीं कर पा रहा हूं। जब हम कॉलेज में थे तो सक्सेना हमें पढ़ाता था। वो बहुत वर्कोहॉलिक था।'

'जब लोगों के पास किसी के नसीब का फ़ैसला करने की ताक़त आ जाती है तो उनका एक दूसरा ही चेहरा दिखाई देने लगता है।'

'यह तो शॉकिंग है। ज़ारा ने कभी इसकी शिकायत नहीं की?'

'अपने पीएचडी गाइड से पंगा लेना आसान नहीं होता है। आपकी सालों की मेहनत मिट्टी में मिल सकती है। आपका कैरियर भी तबाह हो सकता है। एक बार उसने फ्रस्ट्रेशन में मुझे एक ईमेल लिखा था।'

'ईमेल?'

'हां, कोई एक साल हो गया होगा। रुको, दिखाता हूं।'

वह अपने फ़ोन पर थोड़ी देर कुछ करता रहा, फिर बोला, 'अपना ईमेल चेक करो।'

मैंने रघु को लिखा ज़ारा का वो ईमेल पढ़ा। उसके ब्योरे पढ़कर मेरा मुंह खुला का खुला रह गया। 'सिक। व्हॉट अ बास्टर्ड,' मैंने कहा।

'उस समय मुझे भी ठीक यही महसूस हुआ था,' रघु ने कहा। 'अगर ज़ारा का कैरियर दांव पर नहीं लगा होता तो मैं पर्सनली उसकी शिकायत करता।'

'कुछ और ऐसा है, जो तुम मुझे बताना चाहोगे?' मैंने कहा।

'हां, तुम सिकंदर को जानते हो?'

'ज़ारा का सौतेला भाई? मैंने उसे क़ब्रिस्तान में देखा था।'

'हां, वह कश्मीर में ग़लत क़िस्म के लोगों के साथ उठता-बैठता है। ज़ारा हमेशा उससे कहती थी कि वह यह सब छोड़कर कोई अच्छी-सी

नौकरी कर ले।'

'किस तरह के ग़लत लोग?'

'यह तो वह मुझे नहीं बताती थी। तुम तो जानते ही हो, वह कैसी थी। आप कोई चीज़ बताने के लिए उस पर दबाव नहीं बना सकते थे। ख़ासतौर पर उसके घर-परिवार से जुड़े मामलों में।'

'तो तुम्हें इस बारे में कैसे पता चला?'

'मैंने एक-दो बार उसे फ़ोन पर सिकंदर को झिड़कते हुए सुना है। वो उसे यही कहती थी कि उसे अब सही रास्ते पर चलना चाहिए वग़ैरह-वग़ैरह। लेकिन वह मेरे सामने उससे मिलने या बात करने से बचती थी।'

'ठीक है। शुक्रिया,' मैंने कहा।

'और कुछ?'

मैंने सिर हिला दिया। रघु जाने के लिए उठ खड़ा हुआ।

'तुम्हारे पास मेरा नंबर है। जो भी अपडेट्स हों, मुझे बताते रहना।'

'मैं कोशिश करूंगा।'

'शुक्रिया। और किसी चीज़ की ज़रूरत हो तो मुझे बताना,' रघु ने कहा। वेटर बिल लेकर आया। रघु ने अपने सेंचुरियन अमेरिकन एक्सप्रेस कार्ड से बिल चुकाया।

'आप और कुछ लेना चाहेंगे, सर?' रघु के जाने के बाद वेटर ने कहा।

'तीन लार्ज व्हिस्की। नीट,' मैंने कहा। मैं अकेला बैठकर शराब पीने लगा। मेरे साथ ज़ारा की यादों के अलावा कोई और नहीं था।

# अध्याय 12

*चार साल पहले*

'मिल्क केक?' ज़ारा ने कहा।

'हां। अलवर इसी के लिए फ़ेमस है। तुम्हें एक बार चखकर देखना चाहिए।'

तीन घंटे की ड्राइव के बाद हमने दिल्ली से अलवर तक 150 किलोमीटर की यात्रा पूरी की थी। ज़ारा कैब की बैकसीट में मेरे पास बैठी थी, और खिड़की से बाहर ताक रही थी।

'वो क्या है? कोई क़िला?'

'वो मेरा घर है।'

'सच?'

'काश कि होता,' मैंने हंसते हुए कहा। 'वो अलवर का क़िला है, इसे पंद्रहवीं सदी में उस समय के राजा ने बनवाया था।'

'बहुत ख़ूबसूरत है। तुम मुझे शहर घुमाओगे ना?'

'हम यहां घूमने-फिरने के लिए नहीं आए हैं। वैसे, अगर तुम्हारा ससुराल यहां पर होगा तो तुम कभी भी यहां आ सकोगी।'

'ससुराल?' उसने हंसते हुए कहा। 'केशव, मैं जानती हूं कि मैं इस बात पर तुम्हें छेड़ती हूं, लेकिन तुम जो कर रहे हो, वह बहुत क्यूट है।'

'क्या?'

'मुझे अपनी फ़ैमिली का हिस्सा बनाने की कोशिश।'

'वो तो तुम पहले ही हो। लेकिन तुम्हें याद है, मैंने तुम्हें क्या बताया था? मेरे पैरेंट्स के साथ कैसे बात करनी है और यही सब?'

'नहीं।'

'क्या?'

'मज़ाक़ कर रही हूं। मुझे सब याद है। लेकिन मैं जैसी हूं, वैसी ही रहूंगी। यदि उन लोगों को मुझे पसंद करना है तो बेहतर होगा कि वे मेरे वास्तविक रूप को ही पसंद करें, वह नहीं, जिसका दिखावा किया जा रहा है।'

'ज़ारा, कम ऑन, ये लोग पैरेंट्स हैं। इनके सामने थोड़ा ड्रामा तो करना ही पड़ता है।'

'ओह, तो क्या रात को सोते समय मैं अपनी हॉट पैंट्स नहीं पहन सकती?'

'ज़ारा, आर यू क्रेज़ी?'

'हा हा, रिलैक्स। इस बारे में ज़्यादा मत सोचो। वैसे भी मेरी पैरेंट्स लोग से बहुत बनती है। देखना, वे मुझे प्यार करने लगेंगे।'

'उनका बेटा तो पहले ही करता है,' यह कहकर मैं उसकी तरफ़ झुका।

'कोशिश भी मत करना,' उसने ड्राइवर की ओर इशारा करते हुए कहा।

❖

ज़ारा ने मेरे पैरेंट्स के बंगले के बाहर लगी नेमप्लेट पढ़ते हुए अपने नीले-सफ़ेद दुपट्टे को एडजस्ट किया।

*श्री नमन राजपुरोहित, एडवोकेट*

*महानगर कार्यवाह, राष्ट्रीय स्वयंसेवक संघ*

'तुमने अपने पैरेंट्स को बताया था ना कि मैं आ रही हूं?' ज़ारा ने थोड़ा नर्वस होते हुए कहा।

'बिलकुल,' मैंने कहा, हालांकि यह बात पूरी तरह सच नहीं थी। मैंने दरवाज़े की घंटी बजाई।

मैंने अपने पैरेंट्स को इतना ही बताया था कि वीकेंड के लिए मैं अपने एक दोस्त को साथ लेकर आ रहा हूं। वो दोस्त एक लड़की है, यह केवल मां को मालूम था। और उसका नाम ज़ारा है, यह तो मैंने मां को भी नहीं बताया था। मैं नहीं चाहता था कि उससे मिलने से पहले ही उसके बारे में कोई राय बना ली जाए। मैंने यह भी नहीं बताया था कि हम दोनों रिलेशनशिप में हैं। 'एक दोस्त है, जिसे अलवर घूमना है,' मैंने बस इतना ही बताया था। मेरी मां को यह सुनकर आश्चर्य हुआ था कि यह दोस्त एक लड़की है। 'हां, और वो आईआईटी में अपनी पीएचडी कर रही है,' मैंने कैज़ुअल लहजे में बोलने की कोशिश करते हुए कहा था। भारतीय पैरेंट्स लड़का-लड़की के बीच की दोस्ती को लेकर तब थोड़े ज़्यादा सहज होते हैं, जब उसके पीछे पढ़ाई-लिखाई वाली कोई वजह हो।

मैं जानता था कि मेरे पैरेंट्स ज़ारा से मिलते ही उसे पसंद कर लेंगे। मैं उन्हें यह बाद में बताने वाला था कि हमने पूरी ज़िंदगी एक-दूसरे के साथ बिताने का फ़ैसला किया है।

'सॉरी, मैं किचन में थी,' मां ने दरवाज़ा खोलते हुए कहा।

'नमस्ते, आंटी,' ज़ारा ने बहुत नज़ाक़त से हाथ जोड़कर नमस्कार करते हुए कहा। उसके हाथों की चूड़ियां खनक उठीं।

'कितनी सुंदर हो,' मां ने कहा।

ज़ारा मुस्करा दी।

'मां, ये ज़ारा है,' मैंने कहा, लेकिन मेरे ख्याल से मां ने मुझे ठीक से सुना नहीं।

'अंदर आ जाओ। बाहर बहुत गर्मी है,' उन्होंने ज़ारा से कहा।

❖

'लंच जल्द ही तैयार हो जाएगा,' मां ने किचन में जाते हुए कहा। अब मैं और ज़ारा बैठक में अकेले रह गए थे।

ज़ारा सोफ़े पर बैठी थी और दीवारों का मुआयना कर रही थी, जिन पर राजस्थानी पेंटिंग्स और फ्रेम की गई तस्वीरें टंगी थीं। उसने राजनीतिक रसूख रखने वाले कुछ लोगों के साथ मेरे पिता के फ़ोटो देखे।

'ये तो पीएम हैं?' उसने कहा।

'हां, तस्वीर खिंचवाते समय वे सीएम हुआ करते थे।'

'वाऊ, तुम्हारे पिता तो उन्हें क़रीब से जानते हैं।'

'वे आरएसएस के सीनियर मेंबर जो हैं। यानी एक शादीशुदा आदमी जितना सीनियर हो सकता है, उतने।'

'मतलब?'

'आरएसएस में बड़े पद आमतौर पर उन लोगों को दिए जाते हैं, जो शादीशुदा नहीं हैं।'

'ऐसा क्यों? शायद समझदार लोगों को चुनने का यह तरीक़ा हो। अगर कोई इंसान समझदार होगा तो शादी क्यों करेगा?' ज़ारा ने खिलखिलाते हुए कहा।

फिर वह दीवार तक चलकर गई और तस्वीरों को और क़रीब से देखने लगी। मैं कल्पना करने लगा कि शादी के बाद वह इस घर में कैसी लगेगी।

हम लॉन में बैठेंगे। वह मेरे माता-पिता से बातें करेगी। शायद हमारे एक या दो बच्चे भी हो चुके होंगे। मैं सोचने लगा कि उनके नाम क्या रखे जाने चाहिए। क्यों ना ऐसा कोई नाम रखा जाए तो हिंदू और मुसलमान, दोनों में चलता है, जैसे कबीर?

मैंने ज़ारा को देखा। वो इस बड़े-से घर में बहुत ही नाज़ुक-सी लग रही थी। वह छोटी लड़कियों की तरह अपने हाथ बांधे खड़ी थी। मैं बहुत ख़ुश था कि आख़िरकार वो मेरे घर पर आई थी।

'तुम बचपन में बहुत क्यूट थे,' उसने मेरे एक ब्लैक एंड व्हाइट फ़ोटो को देखकर कहा।

'थैंक यू।'

'उसके बाद तुम्हें क्या हो गया?'

'शट अप,' मैंने कहा। वह फिर हंस दी।

'सॉरी, सॉरी,' मां ने बैठक में घुसते हुए कहा। वो अपनी साड़ी के पल्लू से अपने माथे का पसीना पोंछ रही थीं। 'तुम्हें भूख लगी है?'

'नहीं, मां। तुम बैठ जाओ। मैं तुम दोनों को एक-दूसरे से अच्छी तरह से इंट्रोड्यूस कराता हूं।'

'हां, बेटा,' मां ने मेरी तरफ़ स्नेह से देखते हुए कहा। वो सोफ़े पर बैठ गईं और अपने पास वाली जगह को थपथपाकर इशारा किया। ज़ारा उठकर वहीं जा बैठी।

'मां, ये ज़ारा हैं। दिल्ली से मेरी फ्रेंड। ज़ारा, ये मां हैं। मैं इनका इकलौता बेटा हूं और ये मेरी इकलौती मां हैं।'

ज़ारा ने दोनों हाथ जोड़कर नमस्कार किया और मुस्करा दी।

'ज़ारा, और उसके आगे क्या?'

'ज़ारा लोन, आंटी।'

'ओह,' मां ने कहा और चुप हो गईं। फिर वे थोड़ा तेज़ गति से बोलने लगीं, मानो अपने असहज होने को छुपाना चाहती हों।

'तुम बहुत ख़ूबसूरत हो, बेटा। क्या तुम कोई मॉडल-वॉडल हो?'

'मां, कम ऑन,' मैंने बीच में टोकते हुए कहा। 'उसने बीटेक के बाद सीधे आईआईटी में पीएचडी एडमिशन लिया है। बहुत कम लोग ऐसा कर पाते हैं।'

'सॉरी, मैं तो तारीफ़ ही कर रही थी।'

ज़ारा ने कहा, 'आपका घर भी बहुत ख़ूबसूरत है। मुझे दीवार पर लगी सभी तस्वीरें भी बहुत अच्छी लगीं।'

'थैंक यू, बेटा। देखो, ये कितनी वेल-मैनर्ड है,' मां ने मुझसे कहा।

'तो क्या मैं नहीं हूं?' मैंने कहा।

'लड़कों को तो पता ही नहीं होता कि बातें कैसे की जाती हैं। मैंने हमेशा से चाहा है कि मेरी कोई बेटी होती,' मां ने कहा। फिर वे ज़ारा की ओर मुड़ीं। 'ये लोन लोग कहां के होते हैं?' भारत में जब तक लोग यह ना जान लें कि आप कहां के रहने वाले हैं, तब तक वे यह तय नहीं कर पाते कि आपके साथ सहज हुआ जा सकता है या नहीं।

'मैं कश्मीर से हूं, आंटी। श्रीनगर से। कोई दस साल पहले दिल्ली चली आई थी।'

'कश्मीरी? ओह,' मां ने ओह को थोड़ा खींचते हुए कुछ यूं कहा, जैसे मैं किसी मंगल ग्रह पर रहने वाली लड़की को ले आया हूं।

'कश्मीर भी इंडिया में ही है, मां,' मैंने थोड़ा कटाक्ष के स्वर में कहा।

'पता है। देखा ना, लड़कों को बात करने का सलीक़ा ही नहीं आता,' उन्होंने ज़ारा की ओर देखते हुए कहा।

फिर मुझसे बोलीं, 'अपनी मेहमान को अपना रूम दिखाया?'

उन्होंने ज़ारा को 'मेरी मेहमान' कहा था, 'मेरी दोस्त' नहीं, जबकि वे उसे केवल 'ज़ारा' भी कह सकती थीं। इसे बहुत अच्छी शुरुआत नहीं कहा जा सकता था।

'दिखा दूंगा,' मैंने कहा।

'गुड,' फिर से ज़ारा से मुख़ातिब होते हुए बोलीं, 'तुम अलवर आज देखना चाहोगी या कल?'

'जब भी केशव चाहे, हम देखने जा सकते हैं।'

मां ने इस 'हम' शब्द से थोड़ा चकित होकर मेरी ओर देखा।

'वैसे भी अलवर में देखने को ज़्यादा जगहें नहीं हैं। चलो, अभी खाना खाते हैं। ज़ारा, होप यू डोंट माइंड, यहां शुद्ध शाकाहारी खाना मिलेगा।'

'कोई बात नहीं, आंटी। मुझे तो शाकाहारी खाना बहुत पसंद है।'

'नहीं मुझे लगा, तुम लोग मांसाहारी खाना ज़्यादा पसंद करते हो।'

जब पैरेंट्स आपकी गर्लफ्रेंड को 'तुम लोग' कहें तो यह यक़ीनन अच्छा संकेत नहीं कहा जा सकता है।

❖

'राजस्थान के सीएम अगले हफ़्ते अलवर आ रहे हैं। मैंने उन्हें अपने घर बुलाया है,' पापा ने कहा। उन्होंने अपने मोज़े निकाले और जूतों के भीतर खोंस दिए। वे शाम आठ बजे घर आए थे। ज़ारा मेहमानों के कमरे में थी और डिनर से पहले शॉवर ले रही थी। मां पूजाघर में शाम की आरती कर रही थीं। मुझे ऐसा लगा कि आज वे अपने भजन कुछ ज़्यादा ही ज़ोर से गा रही थीं, शायद ज़ारा के सामने अपनी पहचान को स्पष्ट करने के लिए।

मैं और पापा बैठक में थे। मैं उम्मीद कर रहा था कि वे मेरी मेहमान के बारे में मुझसे कुछ पूछेंगे, लेकिन उनके दिमाग़ में केवल एक ही चीज़ थी।

'क्या तुम अगले हफ़्ते यहां रह सकते हो? आख़िरकार सीएम आ रहे हैं। उनसे मिलना तुम्हारे लिए अच्छा होगा।'

'पापा, मुझे दिल्ली में काम है।'

'क्या काम? तुम कोई रियल जॉब तो नहीं कर रहे हो।'

मैं उन्हें बताना चाहता था कि मेरा बॉस रियल जॉब्स में पाए जाने वाले बॉसेस से दस गुना बदतर था।

'मेरी क्लासेस हैं, पापा। स्टूडेंट्स मेरा इंतज़ार कर रहे होंगे।'

'राजस्थान के सीएम तुम्हारे घर पर आ रहे हैं और तुम्हें अपनी ट्यूशन की पड़ी है?'

'मेरा काम तो वही है।'

'तुम किसी कंपनी में कोई प्रॉपर जॉब करने की कोशिश कर रहे हो?'

'हां, पापा। यह जॉब तो मैंने अभी ऐसे ही कर ली है।'

'काश तुमने कॉलेज में ठीक से पढ़ाई की होती। मेरे लिए अपने दोस्तों को यह समझाना बहुत मुश्किल हो जाता है कि आईआईटी करने के बावजूद मेरे बेटे को प्रॉपर प्लेसमेंट क्यों नहीं मिला।'

मैंने नज़रें झुका लीं। हम इस पर इससे पहले भी कई बार बात कर चुके थे।

'एक अग्रसेन जी हैं। वे राजस्थान में प्रांत प्रचारक हैं। उनकी एक मार्बल फ़ैक्टरी है। वे तुमको जॉब दे सकते हैं।'

'मैं राजस्थान की किसी फ़ैमिली-ओन्ड मार्बल फ़ैक्टरी में काम नहीं करना चाहता, पापा।'

'क्यों? कम से कम तब तुम रियल इंजीनियर होगे। एक ट्यूटर होने से

तो यह बेहतर ही है।'

'मैं किसी मल्टीनेशनल में काम करना चाहता हूं। या देश की किसी टॉप कंपनी में। नहीं तो फिर फ़र्क़ ही क्या है?'

उन्होंने निराशा से अपना सिर हिलाया।

मैंने कहा, 'सीएम के आने का समय बता दीजिए। मैं कुछ घंटों के लिए आने की कोशिश करूंगा।'

'ओह, तो अब तुम सीएम से बड़े हो गए? पहले तुम्हें सीएम के आने का टाइम पता चले, उसके बाद तुम आओगे?'

'मैं बस इतना ही कहना चाह रहा था कि पूरे हफ़्ते के लिए आने के बजाय...'

तभी ज़ारा ने अपने कमरे का दरवाज़ा खोला। पापा ने यह आवाज़ सुनी।

'ऊपर कोई है?'

'हां, पापा। मैंने आपको बताया था कि मैं इस वीकेंड एक दोस्त के साथ आ रहा हूं।'

'तुमने बताया था? तो वो यहीं पर है?'

'हां, केवल वीकेंड में अलवर देखने के लिए।'

ज़ारा अपने रूम से बाहर निकली और नीचे उतरकर बैठक में चली आई। उसने पीले रंग की सादा सलवार कमीज़ पहनी थी। गीले बालों में वो और ख़ूबसूरत लग रही थी। पापा ने उसे देखा तो हैरान रह गए। मेरे कानों में फुसफुसाते हुए बोले, 'यह है दोस्त?'

'हां। वह आईआईटी में पीएचडी कर रही है।'

'लेकिन...' इससे पहले कि पापा कुछ कह पाते, ज़ारा हमारे पास पहुंच चुकी थी।

'नमस्ते, अंकल,' ज़ारा ने कहा। पापा उठ खड़े हुए। उन्होंने भी हाथ जोड़ दिए।

ज़ारा ने मेरी बात मानकर पूरी आस्तीन की कमीज़ पहनी थी, जिससे उसकी गर्दन और कलाइयां ढंक गई थीं। मैंने उसे साफ़ हिदायत दी थी कि उसका शरीर बिलकुल भी नहीं दिखना चाहिए। उसने कहा था कि ऐसा लग रहा है, तुम्हारे पैरेंट्स तालिबान हैं। वो मेरी बात समझी नहीं थी। हमारे पैरेंट्स को हमारी चॉईस को रिजेक्ट करने के लिए केवल एक छोटा-सा बहाना चाहिए होता है, और अगर आपने कपड़े ठीक से नहीं पहने हैं तो समझो खेल

शुरू होने से पहले ही ख़त्म।

'पापा, ये ज़ारा है। ज़ारा, ये पापा।'

पापा ने धीरे-से सिर हिला दिया। फिर वे बैठ गए। पूरा कमरा इतना शांत हो गया था कि घड़ी के चलने की आवाज़ सुनी जा सकती थी। मेरे पापा, जो अभी कुछ देर पहले तक मुझे लेक्चर दे रहे थे, अभी एकदम ख़ामोश हो गए थे।

'ज़ारा आईआईटी दिल्ली से पीएचडी कर रही है। बिग डाटा नेटवर्किंग में। कंप्यूटर साइंस।'

पापा ने सिर हिलाया और मुस्करा दिए। लेकिन वे चुप ही रहे। ज़ारा ने बात शुरू करने की कोशिश की।

'आप वकील हैं, अंकल?'

'हम्म।'

'आपकी अपनी एक प्रैक्टिस है?'

'पहले करता था। अभी फ़ुलटाइम संघ के लिए काम करता हूं।' आख़िरकार पापा ने मुंह खोला।

'संघ?' ज़ारा ने कहा।

'आरएसएस। तुम जानती हो आरएसएस क्या है?'

'हां, राष्ट्रीय स्वयंसेवक संघ।'

'तुम कहां से हो?' पापा ने पूछा।

मेरे ख्याल से भारतीय पैरेंट्स को अपने बच्चों के दोस्तों से मिलते ही सबसे पहले उनका आधार कार्ड या एड्रेस प्रूफ़ मांगकर देख लेना चाहिए।

'मैं दिल्ली में रहती हूं, लेकिन ओरिजिनली कश्मीरी हूं।'

'ओह। तुम्हारा पूरा नाम क्या है?'

'ज़ारा लोन।'

पापा ने उसका पूरा नाम सुनकर एक गहरी सांस ली। हां, वो मुस्लिम है पापा, और वो किसी को काटती नहीं है, मैं उनसे कहना चाहता था।

'मुझे इसकी मां से कुछ बात करनी है,' पापा ने कहा और उठ खड़े हुए। वे पूजाघर में गए। भजनों की आवाज़ आना बंद हो गई। भीतर से कुछ ऐसी आवाज़ें आने लगीं, जिससे लग रहा था कि कोई गंभीर बातचीत हो रही है।

'सब ठीक है?' ज़ारा ने पूछा।

'हां, क्यों?' मैंने कुछ ज़्यादा ही जोर से मुस्कराते हुए कहा। 'नाइस

सलवार कमीज़, बाय द वे।'

❖

अगले दिन शाम को मैं डायनिंग टेबल पर अपने पैरेंट्स के साथ बैठा था। ज़ारा अलवर के स्ट्रीट मार्केट्स से कुछ ख़रीदारी करने गई थी।

'तुम्हारे पापा जानना चाहते हैं कि तुम इस लड़की को यहां लेकर क्यों आए हो?' मां ने कहा। मैं पापा की ओर मुड़ा। मैं उनसे पूछना चाहता था कि वे यह सवाल ख़ुद ना पूछकर मां से क्यों पूछने को कह रहे हैं।

'पापा, वो अलवर घूमना चाहती थी। और मैंने सोचा कि उससे आप लोग भी मिल लेंगे।'

'लेकिन हम उससे क्यों मिलेंगे?' पापा ने कहा।

'तुम्हारे बीच में कुछ भी नहीं चल रहा, है ना?' मां ने कहा। 'मैंने तुम्हारे पापा को यही बताया कि ये दोनों केवल दोस्त हैं। वह अलवर घूमना चाहती थी। तुम उसे अपने घर ले आए क्योंकि यह सेफ़ है।'

'हां, लेकिन...'

'लेकिन क्या?' पापा ने कहा।

'वो मेरी एक अच्छी दोस्त है, पापा।'

'अच्छी दोस्त? लड़कियां किस लड़के की अच्छी दोस्त होती हैं?' पापा ने कहा।

मैं उनसे कहना चाहता था, हर नॉर्मल लड़के की।

'तुम एक कश्मीरी मुस्लिम लड़की को घर ले आए और हम सवाल भी नहीं पूछ सकते?'

'आप नाराज़ क्यों हो रहे हैं?' मां ने पापा को शांत कराते हुए कहा। 'आईआईटी में हर जगह से स्टूडेंट आते हैं। वो अच्छी लड़की लगती है। अलवर देखेगी और चली जाएगी। इसमें इतना ग़ुस्सा करने की क्या ज़रूरत है, राजपुरोहित जी?'

'तुम्हारा बेटा एक मुसलमान लड़की को घर लेकर आता है और तुमको इससे चिंता नहीं होती?' पापा ने कहा। मैं समझ नहीं पा रहा था कि मेरा दोष क्या है। यह कि मैं एक मुसलमान लड़की को घर ले आया था?

'क्यों, बेटा? चिंता वाली तो कोई बात नहीं है ना?' मां ने पूछा।

चिंता? शायद ज़ारा और मेरा साथ होना उनके लिए चिंता वाली बात थी।

'मां, क्या आपने नहीं कहा कि वो बहुत ख़ूबसूरत है?'

'हां, तो?'

'वो इंटेलीजेंट भी है। वो आईआईटी से पीएचडी कर रही है। बिग डाटा नेटवर्किंग पर। कटिंग-एज स्टफ़।'

'बिग डाटा क्या? कोई डाटा पैकेज है क्या?' मां ने कहा। मैंने सोचा कि मुझे यहां पर ज़ारा के थीसिस सब्जेक्ट के बारे में बात नहीं करनी चाहिए थी।

'फिर वो समाज के लिए भी काम करती है। वो केवल अपने बारे में नहीं सोचती। अपनी पढ़ाई पूरी करने के बाद वो कश्मीर के लिए भी कुछ करना चाहती है।'

'ये सब ठीक है, लेकिन तुम हमें यह सब क्यों बता रहे हो?' मां ने कहा।

मां और पापा दोनों मुझे घूरकर देख रहे थे। मैंने एक गहरी सांस ली।

'मां, मुझे वह पसंद है।'

'क्या?' मां ने चौंकते हुए कहा।

'मुझे ज़ारा पसंद है। ज़ारा भी मुझे पसंद करती है। हम साथ-साथ जीवन बिताना चाहते हैं।'

'देखा,' पापा ने चिल्लाते हुए कहा। वे डायनिंग टेबल से उठ खड़े हुए थे। 'मैं इसका बाप हूं, कोई मूर्ख नहीं हूं। मैं तो उसे देखते ही पूरा माजरा समझ गया था।'

'साथ-साथ? तो क्या तुम उस मुसलमान लड़की से शादी करना चाहते हो?' मां ने कहा।

'मैं ज़ारा के साथ होना चाहता हूं, जो मुसलमान है और जिसकी लंबाई पांच फ़ीट तीन इंच है। उसका रंग बर्फ़ की तरह सफ़ेद है। लेकिन इन सब स्टुपिड चीज़ों का आख़िर क्या मतलब है?'

'एक लड़की का मुसलमान होना कुछ मायने नहीं रखता?' मां ने पूछा।

इसके बाद पापा ने वे ही पंक्तियां दोहरा दीं, जो आज तक लाखों भारतीय पतियों ने कही होंगी, 'लो, अपने राजकुमार को थोड़ा और पुचकार लो। पहले तो ये अपनी क्लास में फिसड्डी निकले। फिर ये अपने लिए कोई जॉब नहीं ढूंढ़ सके। और अब ये महाशय एक मुसलमान लड़की से शादी करना चाहते हैं। यह सब तुम्हारे ही लाड़-प्यार का नतीजा है।'

मां उठीं और मेरे सिर पर एक चपत लगाई। बचपन के बाद पहली बार उन्होंने ऐसा किया था।

'आउच,' मैंने अपना सिर सहलाते हुए कहा। एक राजस्थानी मां के हाथ की चोट बहुत तगड़ी होती है।

'तुम्हारा दिमाग़ ख़राब हो गया है क्या? तुम मुसलमान लड़की से ब्याह करोगे?' उन्होंने कुछ ऐसे अंदाज़ में कहा, जैसे मैंने एक ऑनलाइन कोकेन शॉप खोलने के लिए उनसे पैसे मांग लिए हों।

'मुसलमान नहीं कश्मीरी मुसलमान,' पापा ने कहा, जैसे कि ज़ारा एक प्लेन वनिला मुसलमान होने से भी बदतर थी।

'पापा, वो दिल्ली के एक अच्छे परिवार की एजुकेटेड लड़की है।'

'उसके जैसे लोगों ने ही हिंदुओं को कश्मीर से भगा दिया है,' पापा ने कहा।

'क्या? ज़ारा तो कश्मीर में अमन-चैन क़ायम रखने के लिए ब्लॉग लिखती है,' मैंने कहा। 'आप क्या बात कर रहे हैं पापा?'

'ब्लॉग क्या?'

'ब्लॉग यानी वो इंटरनेट पर कश्मीर में अमन-चैन बनाए रखने की बात लिखती है। उससे बात कीजिए, उसके विचारों को जानिए।'

'मैं कश्मीर के बारे में इन कश्मीरी मुस्लिमों से बात नहीं करता। तुम तो मुझे यह बताओ कि वो मेरे घर से कब जा रही है?' पापा ने कहा। वे चलकर सोफ़े के पास गए और उस पर बैठ गए। टीवी चलाते ही उनका मूड और ख़राब हो गया। इंडियन आर्मी पर कश्मीरी पत्थरबाज़ों के हमले को लेकर एक न्यूज़ चैनल पर प्राइम टाइम डिबेट चल रही थी।

'देख लो इन्हें, हरामख़ोर लोग। हमारी आर्मी इनकी रक्षा करती है और ये उल्टे हमारे जवानों पर ही पत्थर बरसाते हैं और आतंकवादियों को अपने घरों में पनाह देते हैं।'

मैं टीवी के सामने जाकर खड़ा हो गया। 'मुझे कश्मीर समस्या के बारे में ज़्यादा नहीं मालूम। लेकिन बात इतनी सरल भी नहीं है कि हम उन लोगों को अहसानफ़रामोश बोलें।'

'तुम्हारा दिमाग़ बहक गया है।'

'पापा, ज़ारा और मैं एक-दूसरे को प्यार करते हैं। ये किसी स्टुपिड पॉलिटिक्स से जुड़ा सवाल नहीं है।'

'प्यार?' मां की चीख़ घर के अहातों में गूंज गई। 'तुम्हारे पापा सही कहते हैं। तुम्हें अपने दिमाग़ की जांच करा लेनी चाहिए।'

'नहीं, पापा, आप मुझसे बात करो। मुझे बताओ कि ज़ारा में क्या कमी है।'

'मैं इस मामले में बात ही नहीं करना चाहता। उसको जल्दी से यहां से रवाना कर दो।'

'अगर ज़ारा राजस्थानी राजपूत होती, तब तो आपको कोई ऐतराज़ नहीं होता, है ना?'

'अपने पापा से बहस मत करो नहीं तो तुम्हें एक और चपत लगेगा,' मां ने कहा।

मैंने मां से मिन्नत करते हुए कहा, 'मां, प्लीज़ उसे उसके मज़हब से परे हटाकर देखिए।'

'कैसे? क्या हमारे खानदान में से कोई भी ऐसा कर सकेगा? मुझे सच-सच बताओ, लोग ऐसी शादी पर क्या बोलेंगे?'

'तो क्या इतनी ही बात है कि वेडिंग सेरेमनी में क्या गॉसिप होगी?'

'बात केवल इतनी नहीं है,' मां ने कहा। 'बात ये है कि तुम अपने पापा की इज़्ज़त नहीं करते और इससे उन्हें तक़लीफ़ हो रही है।'

मैंने सुना कि पापा सुबकने लगे हैं। जब पैरेंट्स इमोशनल ड्रामा करने पर आमादा होते हैं तो कुछ भी बाक़ी नहीं रहता। हर भारतीय घर में सुबकने वाले पापा और तमाचे जड़ने वाली मांएं बच्चों को उनके रास्ते पर लाने का तयशुदा ज़रिया होते हैं।

'अब ये क्या है पापा?'

'ये आरएसएस में हैं,' मां ने कहा। 'पहले ही इनकी शादी होने के कारण इनकी तरक्की नहीं हो पा रही है। अब जाकर इन्हें एक प्रमुख पद मिलने का समय आया है।'

'तो?'

'तुम एक मुसलमान लड़की से शादी कर लोगे तो लोग क्या बोलेंगे?'

'लेकिन इन दोनों बातों में क्या ताल्लुक़ है? आरएसएस तो एक सामाजिक संगठन है ना? भारतीय राष्ट्रवाद को बढ़ावा देने वाला। वो लोग तो हमेशा यही बोलते रहते हैं।'

'देखा, मैंने तुम्हें पहले ही बोल दिया था कि ये नहीं सुनेगा,' पापा ने कहा। 'ये उस टेररिस्ट से ही शादी करेगा, मैंने कहा था।'

'टेररिस्ट?' मैं चिल्लाया। 'वो एक आईआईटी स्टूडेंट है।'

'चुप रहो,' मां ने कहा। 'बहुत हो गया। अच्छा मूर्ख बनाया तुमने मुझको। तुम उस लड़की को आज रात ही यहां से जाने को बोल दो।'

'आज रात ही?'

'हां।'

'इस समय तो दिल्ली तक ड्राइव करके जाना भी सेफ़ नहीं है।'

'तुम्हारे पापा आरएसएस वालों को बोलकर उसे छुड़वाने का बंदोबस्त करवा देंगे। क्यों, करवा दोगे ना, राजपुरोहित जी?'

मेरे पिता ने सिर हिला दिया।

'और तुम उससे दूर ही रहो।'

'लेकिन मां...'

'या फिर हमसे दूर रहो,' पापा ने कहा।

'मां, ये ग़लत बात है।'

'अगर तुमने उससे शादी की तो मैं ख़ुद को आग लगा लूंगी,' मां ने कहा। 'राजपुरोहित जी, उसे दिल्ली छोड़ने के लिए किसी को बुलाओ।'

डोरबेल बजी। पापा उठे और दरवाज़ा खोला।

'मैं मिल्क केक लाई हूं, कोई खाना चाहेगा?' ज़ारा की चहचहाती हुई आवाज़ कमरे में गूंज उठी।

❖

'एक घंटा और,' मैंने अपने फ़ोन पर गूगल मैप्स चेक करते हुए कहा, 'और तुम हिमाद्रि पहुंच जाओगी।'

सुकेतु, अलवर के संघ स्वयंसेवकों में से एक, हमें अपनी होंडा सिटी में दिल्ली ले जा रहा था। एक और किशोर स्वयंसेवक राजपाल, सुकेतु के साथ बैठा था। ज़ारा और मैं पीछे बैठे थे।

'ऐसा कौन-सा जॉब इंटरव्यू एकदम से आ गया?' ज़ारा ने कहा, जो इस तमाम जल्दबाज़ी से थोड़ी सकते में थी।

'तुम ओएलएक्स जानती हो, सैकंड-हैंड चीज़ों की वेबसाइट?' मैंने मनगढ़ंत बात कह दी। वास्तव में मुझे कुछ किलोमीटर पहले ओएलएक्स का एक एड बैनर दिखाई दिया था।

'क्या जॉब है?'

'कोडिंग, और क्या?'

'ओह, और वो लोग संडे को ही तुम्हारा इंटरव्यू लेना चाहते हैं?'

'हां, कल सुबह। उनके सीईओ दिल्ली आ रहे हैं।'

'भैया, मैंने भी ओएलएक्स से एक सैकंड-हैंड मोबाइल फ़ोन लिया है। बहुत बढ़िया चल रहा है,' राजपाल ने कहा।

ओके, तो ये कमबख़्त आगे बैठकर हमारी पूरी बातचीत सुन रहे हैं।

'कौन-सा ब्रांड?' सुकेतु ने कहा।

'रेडमी,' राजपाल ने कहा। 'केशव भैया, अगर आपको ओएलएक्स में काम मिल जाए, तो हमें सबसे बढ़िया डील्स के बारे में सबसे पहले बता दिया करना।'

'हां, बिलकुल,' मैंने कहा।

'संडे? सीईओ तुमसे संडे को मिल रहे हैं और वो भी एक कोडर जॉब के लिए?' ज़ारा ने कहा।

'पता नहीं, ज़ारा। तुम इतने सवाल क्यों पूछ रही हो?'

'बस थोड़ा-सा अजीब लग रहा था। ये मेरा वीकेंड था और तुम्हें मुझे, अपनी गर्लफ्रेंड की तरह, अपने पैरेंट्स से मिलवाना था।'

'तुम उनसे मिलीं ना?'

'लेकिन तुम्हें उनसे हमारे बारे में बात करनी थी।'

'क्या हम इस बारे में बाद में बात कर सकते हैं?' मैंने आगे बैठे दोनों लोगों की तरफ़ इशारा करते हुए कहा, लेकिन ज़ारा ने इसकी अनदेखी कर दी।

'क्या उन्हें मैं पसंद नहीं आई?'

'आर यू मैड? तुमने सुना नहीं मां क्या कह रही थीं? कि तुम कितनी सुंदर हो।'

'इसका ये मतलब तो नहीं कि उन्होंने मुझे पसंद भी किया हो।'

'उन्होंने तुम्हें पसंद किया, बिलकुल पसंद किया। तुम डिनर के लिए किसी ढाबे पर रुकना चाहोगी? सुकेतु भैया, हम जल्दी से कुछ खाकर आगे बढ़ जाएंगे।'

❖

'तुम बहुत अजीब बर्ताव कर रहे हो,' ज़ारा ने कहा। हम एक ढाबे पर एक चारपाई की ओर बढ़ रहे थे। हम *रंगीन* ढाबे पर रुके थे। दिल्ली की रेलमपेल

में घुसने से पहले यह आख़री ओपन-एयर ढाबों में से एक था। सुकेतु और राजपाल टॉयलेट गए थे, जिससे हमें एक मिनट की प्राइवेसी मिल गई थी।

'ज़ारा, मैं सोच रहा था कि क्यों ना हम लोग पहले तुम्हारे पैरेंट्स से मिल लें?'

'लेकिन हमने तो पहले तुम्हारे पैरेंट्स से मिलना डिसाइड किया था।'

'हां, लेकिन हम उनसे भी तो शुरू कर सकते हैं,' मैंने मेनू पलटते हुए कहा। 'तुम गोभी परांठा खाना चाहोगी?'

'ऐसा लग रहा है तुम अपने पैरेंट्स के यहां से जान बचाकर आ रहे हो,' ज़ारा ने धीमी आवाज़ में कहा।

'ऐसा कुछ नहीं है, ओके। आई एम नॉट चिकनिंग आउट, मैं किसी से डर कर नहीं भाग रहा,' मैंने तेज़ आवाज़ में कहा।

'हां, भैया, यहां चिकन खाना सेफ़ नहीं है,' राजपाल ने कहा। वह वॉशरूम से लौट आया था।

## अध्याय 13

'अब इतने सेल्फ़-कॉन्शियस भी मत रहो,' ज़ारा ने कहा। हम वेस्टएंड ग्रीन्स में आए थे। यह दिल्ली-गुड़गांव सीमारेखा पर मौजूद एक सुपर-अपस्केल फ़ार्महाउस-ओनली नेबरहुड था। हम एक ओला टैक्सी लेकर यहां आए थे। एक आईआईटीयन ने इस कंपनी को स्थापित किया था और इसकी वैल्यू पहले ही अरबों रुपए की हो चुकी थी। मैं इस लेवल का कोई आइडिया क्यों नहीं सोच पाया था? आइडिया तो क्या, मुझे एक ढंग का जॉब भी क्यों नहीं मिल पाया था? मैं तो अपनी टाई की गांठ भी ठीक से नहीं लगा पा रहा था।

'ऐसा लगता है, ये टाई मनमानी करना चाहती है,' मैंने कहा।

'यह सूट पहनने की क्या ज़रूरत थी? तुम मेरी फ़ैमिली से मिल रहे हो, ये कोई इंटरव्यू नहीं है।'

'वो मुझको सूट में देखेंगे तो समझेंगे कि मैं प्रोफ़ेशनल हूं। नहीं तो जैसे ही मैंने ट्यूशन्स का नाम लिया, समझो खेल ख़त्म हो गया।'

'वो ट्यूशन्स नहीं हैं। तुम एक कटिंग-एज टेस्ट प्रिपरेशन सेंटर में फ़ैकल्टी हो,' ज़ारा ने कहा।

जब ज़ारा ऐसे बोलती थी तो मुझे लगने लगता था कि शायद मेरा कैरियर इतना बुरा भी नहीं है, जितना मुझको लगता है। इसीलिए तो मैं उससे प्यार करता था। वह हर चीज़ में बेस्ट देख लेती थी।

हमारी वैगन आर एक बंगले में घुसी। वॉचमैन ने दरवाज़ा खोला।

'ये तुम्हारा घर है? और तुम उस छोटे-से हॉस्टल रूम में रह रही हो?' मैंने कहा। आधे एकड़ में फैले उसके बंगले में वॉलीबॉल कोर्ट जितना बड़ा तो गार्डन ही था।

'मुझे अपना रूम पसंद है। रूम नंबर 105, वो मेरी ज़िंदगी है।'

'लेकिन तुम यहां भी एक अच्छी ज़िंदगी बिता सकती हो।'

'कैंपस में रहना ही बेहतर है। इतनी दूर रोज़ आना-जाना आसान नहीं। ओके, फ़ाइनल चेक्स, मिस्टर। टाई ठीक है, बेल्ट और शूलेस भी? और नर्वस तो नहीं हो? ऑल गुड?' ज़ारा ने मेरी नाक पकड़ते हुए कहा। क्या

मैंने पहले कभी यह बताया था कि वो हमेशा मेरी नाक पकड़ती रहती थी? बहुत एनॉइंग।

❖

'आप थोड़ा और गोश्त लेंगे?' सफ़दर ने अपनी रौबीली आवाज़ में कहा। हम लंच के लिए इतनी बड़ी-बड़ी कुर्सियों पर बैठे थे कि मुझे माइथोलॉजिकल टीवी सीरियल में दिखाए जाने वाले सिंहासनों की याद आ गई। सफ़दर उस अठारह कुर्सियों वाली डायनिंग टेबल के हेड के रूप में बैठे थे।

उन्होंने काला बंदगले का कोट, सोने के दो ब्रेसलेट और बाईं कलाई पर रोलेक्स घड़ी पहनी थी। उनकी फ्रेंचकट दाढ़ी बाक़ायदा काले रंग से डाई की गई थी। मेरे बाईं तरफ़ बैठी उनकी बीवी ने अभी तक बहुत कम बातें की थीं। उन्होंने पिंक सिल्क सलवार-कमीज़ पहनी थी और दुपट्टे से सिर को ढंक रखा था। उनके डायमंड नेकलेस की क़ीमत द्वारका-गुड़गांव एक्सप्रेस वे पर मौजूद किसी छोटे-मोटे अपर-क्रस्ट अपार्टमेंट से कम नहीं होगी। उनके बाल क़ुदरतन काले लग रहे थे। उनकी उम्र ज़ारा से कोई दस साल से ज़्यादा की नहीं रही होगी।

'नहीं सर, मेरा पेट भर चुका है,' मैंने कहा, जबकि मैंने ठीक से खाना नहीं खाया था।

'तो, ज़ारा बताती है कि उसकी और तुम्हारी ख़ूब गहरी दोस्ती है,' सफ़दर ने छुरी-कांटे से बिरयानी खाते हुए कहा।

मुझसे उलट, ज़ारा ने पहले ही अपने पैरेंट्स से बात कर ली थी और उन्हें सब बता दिया था। इसलिए मैंने अपने पैरेंट्स को जैसा इलेक्ट्रिक शॉक दिया था, उसके उलट ज़ारा के पैरेंट्स शांत लग रहे थे। कम से कम उन्होंने अभी तक ख़ुद को आग लगा देने की धमकी नहीं दी थी।

'सर,' मैंने गला खंखारते हुए कहा।

'तुम्हें मुझे सर कहने की ज़रूरत नहीं है।'

'मैं आपको अंकल बोल सकता हूं? या मिस्टर लोन?'

'अंकल ठीक है। तो मुझे तुम्हारी दोस्ती के बारे में बताओ।'

'हम एक-दूसरे को लगभग तीन सालों से जानते हैं। हम कैंपस में मिले थे।'

'और हमारी बेटी ने हमें कभी बताया ही नहीं। तुम्हें क्या लगता है, ज़ैनब? ज़ारा ने अपने दोस्त के लिए आईआईटी में पीएचडी जॉइन की थी?'

मिस्टर लोन ने कहा और हंस दिए। ज़ैनब हल्के से मुस्करा दीं।

'अंकल, ज़ारा के जॉइन करने के एक साल के अंदर ही मैं आईआईटी से ग्रैजुएशन कर चुका था।'

'मैं केवल मज़ाक़ कर रहा था। एनीवे, अभी तुम क्या कर रहे हो?'

मेरा दिल बैठ गया। मैंने धीमी आवाज़ में कहा, 'मैं एक टेस्ट प्रेप कंपनी में फ़ैकल्टी हूं।'

'टेस्ट प्रेप, यानी?'

'वो बहुत हाईटेक कंपनी है, डैड। वे लोग टेस्ट प्रिपेरेशन के लिए एप्स पर काम कर रहे हैं। केशव उसी प्रोजेक्ट का हिस्सा है,' ज़ारा ने कहा।

ज़ारा ने बात संभाल ली थी। लेकिन चंदन अरोरा ने अपने जीवन में इकलौती हाईटेक चीज़ यही की थी कि वह अपना गुटखा ऑनलाइन ऑर्डर करता था।

'किसी एजुकेशन स्टार्टअप की तरह?' सफ़दर ने कहा।

'हां, अंकल,' मैंने कहा। 'अभी तो हमने बस शुरुआत ही की है, लेकिन हम जल्द ही ऑनलाइन होने जा रहे हैं।'

'गुड। मैं भी कभी-कभी इंटरनेट कंपनियों में इनवेस्ट करने के बारे में सोचता हूं,' सफ़दर ने कहा। 'वैसे भी आजकल लोग सेब के बाग़ से ज़्यादा एपल फ़ोन्स की परवाह करते हैं।'

सभी हंस दिए। मुझे ज़ारा के डैड अच्छे लगे। कम से कम उन्होंने ठीक से बातचीत करने की कोशिश तो की थी।

'मैंने सुना है कि आप कश्मीर के टॉप फ्रूट एक्सपोर्टर्स में से एक हैं,' मैंने कहा।

'ख़ुदा की मेहरबानी है।'

ज़ारा हमें अपने मेन टॉपिक पर ले आई।

'तो, जैसा कि मैंने आपको बताया था, डैड, केशव और मैं एक-दूसरे को पसंद करते हैं।'

'मैं देख सकता हूं,' सफ़दर ने कहा।

'हमें आपकी दुआएं चाहिए,' ज़ारा ने कहा।

'ओह,' सफ़दर ने कहा। 'ज़ैनब, ज़रा आजकल के इन एप्स बनाने वाले बच्चों को देखो, वे अपने मां-बाप से कैसे सीधे सवाल करते हैं।'

'यू नो, डैड, मैं आपके साथ हमेशा फ्रैंक रही हूं।'

सफ़दर हंस दिए।

'ऑफ़ कोर्स। तो अब हमें क्या करना चाहिए? इनके माता-पिता से मिला जाए?'

'नहीं,' मैंने ज़ोर से कहा।

'क्या?' ज़ारा ने हैरत से मेरी तरफ़ देखा।

'सॉरी, ज़ारा, मुझे तुम्हें बता देना चाहिए था। लेकिन, अंकल, मेरे पैरेंट्स इस रिश्ते के पक्ष में नहीं हैं। शायद आप समझ सकते हैं, क्यों।'

'यह कब हुआ?' ज़ारा ने कहा। लेकिन मैं उसके पिता की तरफ़ ही देखता रहा।

'अंकल, मैं आपकी बेटी से बहुत प्यार करता हूं। मैं उसकी ख़ुशी के लिए कुछ भी कर सकता हूं। प्लीज़, हमें दुआएं दीजिए। मेरे पैरेंट्स ऐसा नहीं करेंगे, लेकिन हम चाहते हैं कि कम से कम एक साइड तो हमारे साथ हो।'

'लेकिन, केशव...' ज़ारा ने कहा और फिर चुप हो गई।

सफ़दर ने गहरी सांस छोड़ी।

'वेल, पैरेंट्स बहुत ज़रूरी होते हैं। दरअसल, जब ज़ारा ने तुम्हारा नाम लिया था तो मैं भी बहुत ख़ुश नहीं था।'

'क्योंकि मैं हिंदू हूं?'

'हां, अलबत्ता मैं इतने पुराने ख्यालात का भी आदमी नहीं हूं।'

मैंने राहत की सांस ली। 'श...शुक्रिया, अंकल।'

उन्होंने सिर हिला दिया। 'हां, सो एनीवे, हम कोई ना कोई रास्ता निकाल ही लेंगे।'

लंच के बाद हम गार्डन में चले गए। ज़ारा के पिता और मैं एक झूले पर बैठे थे। ज़ारा अपने जर्मन शेफ़र्ड डॉग रूबी के साथ खेल रही थी, जो ज़ारा के पीछे दौड़ने के बजाय धूप में सुस्ताना ज़्यादा चाह रहा था। ज़ैनब एक झपकी लेने चली गई थीं।

ज़ारा हांफती हुई आई और हमारे साथ झूले पर बैठ गई। सफ़दर ने मुझसे कहा, 'तो, मुझे बताओ कि तुम्हारे पैरेंट्स के साथ क्या सिचुएशन है?'

'हां, यह तो मैं भी जानना चाहती हूं, केशव,' ज़ारा ने कहा।

मैंने उन्हें अपने माता-पिता के एंटी-मुस्लिम कमेंट्स हटाकर अलवर में जो कुछ हुआ, वो सब बता दिया।

'ओह, तो इसीलिए हमें अलवर से आनन-फानन में आना पड़ा था,'

ज़ारा ने कहा।

'तुम अलवर गई थीं?' सफ़दर ने कहा।

'कैज़ुअल विज़िट। वेल, और फिर मुझे इसके घर से निकाल बाहर कर दिया गया।'

'ऐसा कुछ नहीं हुआ था,' मैंने कहा। अपने पैरेंट्स के ख़िलाफ़ ग़लत बातें सुनना कठिन होता है, फिर चाहे वे आपके ख़िलाफ़ ही क्यों न हों।

'तो वो लोग मुस्लिमों से नफ़रत करते हैं?' सफ़दर हंस पड़े।

मैंने उनकी तरफ़ हैरानी से देखा।

'नहीं, उनके तो कुछ मुस्लिम दोस्त भी हैं। लेकिन अपने इकलौते बेटे की शादी एक मुस्लिम लड़की से करना, यह उनके लिए ज़रूरत से ज़्यादा है।'

'अगर आप किसी इंसान के ख्यालात जानना चाहते हैं तो यह पूछकर देख लीजिए कि वे अपने बच्चों की शादी किस कम्युनिटी में करेंगे और किसमें नहीं करेंगे,' सफ़दर ने मुस्कराते हुए कहा।

'वो अच्छे लोग हैं। मेरा यक़ीन कीजिए। वो बस डरे हुए हैं। वो मुझे प्यार करते हैं। देर-सवेर वो मान जाएंगे। बस अभी उनके लिए थोड़ा मुश्किल है।'

'तो तुम क्या करना चाहोगे?' ज़ारा ने कहा।

'हम शादी कर लेते हैं। फिर उन्हें कन्विंस कर लेंगे। तब उनके पास कोई और चारा नहीं रह जाएगा।' मैंने कहा।

'तुम चाहते हो कि मैं तुम्हारे पैरेंट्स से मिले बिना ज़ारा की शादी तुमसे कर दूं?' सफ़दर ने कहा।

'आप चाहें तो उनसे मिल सकते हैं, लेकिन इससे नुक़सान ही होगा।'

सफ़दर पीछे खिसककर बैठ गए।

'अगर मेरी मानो तो तुम लोगों को अलग हो जाना चाहिए,' सफ़दर ने कहा।

'हम अलग नहीं हो सकते,' मैंने और ज़ारा ने एक साथ कहा।

सफ़दर ने हम दोनों की ओर देखा।

'प्लीज़, हमारी मदद कीजिए, अंकल,' मैंने कहा।

वे उठ खड़े हुए और झूले के इर्द-गिर्द चहलक़दमी करने लगे।

'कुछ कहिए, डैड,' ज़ारा ने कहा।

'तब हम अपने रिवाजों से यह करेंगे। निकाह करना होगा।'

'जो भी हो,' मैंने कहा।

'हम तुम्हें निकाह के दौरान या उसके पहले भी एक सेरेमनी में शहादा दे सकते हैं।'

'शहादा?' मैंने कहा। मैंने इससे पहले यह शब्द कभी नहीं सुना था।

सफ़दर ज़ारा की ओर मुड़े।

'तुम्हारे दोस्त को इतना भी नहीं पता? और इसके बावजूद वो एक मुस्लिम लड़की से प्यार कर रहा है।'

'डैड, इस शहादा की क्या ज़रूरत है? मुझे नहीं लगता हमें यह...'

'यक़ीनन इसकी ज़रूरत है,' सफ़दर ने कहा। 'क्योंकि इसके पैरेंट्स तो इसे छोड़ देंगे। तब हमें अपनी तरफ़ से चीज़ें ठीक से करनी पड़ेंगी।'

'लेकिन शहादा होता क्या है?'

'एक क़सम,' सफ़दर ने कहा।

'डैड, प्लीज़। ये सब बहुत घिसा-पिटा है।'

'घिसा-पिटा?' सफ़दर की नाक तन गई। 'तुम्हारी हिम्मत कैसे हुई ऐसा बोलने की? तुममें कोई तमीज़-लिहाज़ बचा है या सब भूल गईं?'

ज़ारा ने कंधे उचकाए और रूबी के साथ घास पर जाकर बैठ गई।

'सॉरी, अंकल। मुझे किसी रिवाज से कोई दिक़्क़त नहीं है। बस मुझे पता नहीं था कि यह क्या है,' मैंने कहा।

'यह लड़की पागल हो चुकी है,' सफ़दर ने कहा। 'बिना किसी वजह के एक्स्ट्रा-मॉडर्न बनने चली है।'

'लेकिन ये कैसी क़सम है, अंकल?'

'इट्स सिंपल। बस दो लाइनें,' उन्होंने अपनी हथेलियां उठाईं और अरबी में कहा, 'लाइलाहा इल्लल्लाहा मुहम्मदुर्रसूलुल्लाह। अल्लाह के सिवा कोई और ईश्वर नहीं। मुहम्मद ही उसके पैग़म्बर हैं। इसके बाद तुम हमारे मज़हब का हिस्सा बन जाओगे।'

'मज़हब का हिस्सा?'

'निकाह तभी हो सकता है, जब दूल्हा और दुल्हन दोनों मुस्लिम हों। तुम्हें धर्म बदलना होगा,' सफ़दर ने कहा।

हो सकता है ऐसा झूला झूलने की वजह से हो, लेकिन मुझे लगा कि मेरे पैरों तले धरती घूम रही है।

'तुम चाय लेना पसंद करोगे? हमारे पास शानदार कश्मीरी कहवा है,'

सफ़दर ने कहा, जैसे कि धर्म बदलने के साथ कहवा मुफ़्त मिलता हो।

❖

'यक़ीन मानो, मैंने भी नहीं सोचा था कि ऐसा होगा,' ज़ारा ने मेरे चेहरे को अपने हाथों में लेते हुए कहा।

मैंने उसके हाथों को अपने हाथों में ले लिया और उसकी कलाइयां चूम लीं।

'मैं धर्म नहीं बदल सकता, ज़ारा। प्लीज़ समझने की कोशिश करो। मैं तुम्हारे धर्म से भी प्यार करता हूं, लेकिन मैं कनवर्ट नहीं हो सकता। मेरे माता-पिता मर जाएंगे।'

'तो फिर मत करो।'

'फिर हम शादी कैसे करेंगे?'

'स्पेशल मैरिज एक्ट के तहत। भारत का संविधान इसकी इजाज़त देता है। दो अलग-अलग धर्मों के लोग कोर्ट में जाकर शादी कर सकते हैं। धर्म और जाति का कोई ड्रामा नहीं। होना भी नहीं चाहिए।'

'तो हम कोर्ट मैरिज करेंगे?'

'हां, अगर तुम कनवर्ट नहीं हो सकते हो तो।'

'तब तो तुम्हारे पैरेंट्स भी इसके पक्ष में नहीं होंगे।'

'नहीं होने दो। तुम्हारी तरह मेरे पैरेंट्स भी मुझे छोड़ देंगे। यह भी हो सकता है कि मेरे डैड हमारी पिटाई करवाने के लिए अपने वेयरहाउस से गुंडे भिजवा दें। सुनने में बहुत फ़िल्मी लगता है ना?' ज़ारा ने अपनी भौहें चढ़ाते हुए कहा।

'मैं सीरियस हूं, ज़ारा। दोनों ही साइड के पैरेंट्स हमारे साथ ना हों, ऐसा नहीं हो सकता।'

'तो अपने पैरेंट्स को तैयार कर लो।'

'मैं नहीं कर सकता।'

'तो कनवर्ट हो जाओ।'

'यह भी नहीं कर सकता।'

'तो हमें अपने प्यार की ख़ातिर अपने पैरेंट्स को छोड़ना होगा।'

'ज़ारा, तुम जानती हो तुम क्या कह रही हो?'

'नहीं।'

ज़ारा ने अपने आपको मेरी बांहों से छुड़ा लिया।

'मैं अपनी तरफ़ से पूरी कोशिश कर रहा हूं, ज़ारा।'

'ये कोशिश है तुम्हारी? मुझे तो नहीं लगता। मैं नहीं सोचती तुममें इतना दम है कि अपने पैरेंट्स से जाकर कह सको कि मैं इस लड़की के साथ ही जीवन बिताना चाहता हूं और बात ख़त्म।'

'वो मेरे पैरेंट्स हैं, ज़ारा।'

'वो तो वो हमेशा ही रहेंगे। लेकिन जिस तरह से चीज़ें हो रही हैं...' वह कुछ कहते-कहते रुक गई।

'क्या?'

'कुछ नहीं। गुड नाइट।'

❖

स्टाफ़रूम में मेरा फ़ोन बजा। मैंने उठा लिया।

'मैं सफ़दर बोल रहा हूं। क्या हम बात कर सकते हैं?'

'केशव!' चंदन की तेज़ आवाज़ आई। 'मेरे ऑफ़िस आओ।' उसके स्टाफ़रूम में आने से पहले ही उसकी तोंद मुझे नज़र आ गई। मैंने फ़ोन को अपने हाथों से छुपा लिया।

'चंदन सर, ये बहुत ज़रूरी कॉल है। मुझे पांच मिनट का समय दीजिए।'

'ज़रूरी कॉल? क्या? दूसरे कोचिंग सेंटर्स को इंटरव्यू दे रहे हो क्या?' उसने त्योरियां चढ़ाते हुए कहा।

'सर, फ़ैमिली कॉल है,' मैंने चंदन से दूर होते हुए कहा। 'जी, अंकल, कैसे हैं आप?'

सफ़दर बिना किसी लाग-लपेट के सीधे पॉइंट पर आ गए। 'ज़ारा कह रही है कि तुम इस्लाम अपनाने के लिए कंफर्टेबल नहीं हो।'

'नहीं, सर। मेरा मतलब है कि मैं तो तैयार हूं, लेकिन मेरे पैरेंट्स इसे बर्दाश्त नहीं कर पाएंगे।'

'तो ज़ारा को भूल जाओ और उससे मिलना बंद कर दो।'

'लेकिन, अंकल...'

'बंद कर दो मतलब बंद कर दो। मैंने तुमसे दिल खोलकर बात की, लेकिन तुमने हमारे साथ दग़ाबाज़ी की।'

'दग़ाबाज़ी?'

'तुम्हारे पैरेंट्स ने मेरी बेटी को घर से बाहर निकाल दिया, जबकि वो तो मेहमान बनकर आई थी। मैंने अपने परिवार में तुम्हारा स्वागत ही किया। लेकिन इसके बावजूद तुम हमारी इच्छा का सम्मान करने को तैयार नहीं हो।'

'अंकल, ये मेरे धर्म का सवाल है...'

'बहुत हो गया,' उन्होंने मेरी बात काटते हुए कहा। 'तुम कल ज़ारा के साथ पीवीआर गए थे?'

'जी, सर,' मैंने कहा। मैं सोच रहा था कि यह उन्हें कैसे पता चला।

'और उसके बाद वो तुम्हारे अपार्टमेंट पर आई थी?'

'ये आपको ज़ारा ने बताया?'

'नहीं, लेकिन मेरे पास लोग हैं, जो तुम पर नज़र रख सकते हैं। और अगर ज़रूरत पड़ी तो वो तुमको चोट भी पहुंचा सकते हैं।'

'चोट?'

'तुम बस एक काफ़िर हो, जो मेरी लाखों में एक बेटी का फ़ायदा उठा रहे हो। उसे अकेला छोड़ दो, नहीं तो ये तुम्हारे लिए अच्छा नहीं होगा।'

'आप मुझे धमकी दे रहे हैं, अंकल?'

'मैं धमकियां नहीं देता। मैं पहले दरियादिली दिखाता हूं, और जब मेरे साथ धोखा किया जाता है, तो मैं उस पर एक्शन लेता हूं। और अगर मेरे परिवार की इज्ज़त की ख़ातिर मुझे ख़ून भी बहाना पड़े तो मैं इससे पीछे नहीं हटूंगा।'

ख़ून शब्द सुनते ही मेरी रीढ़ की हड्डी में सिहरन दौड़ गई। चंदन अरोरा स्टॉफ़रूम में चला आया और मेरा कंधा पकड़कर झकझोर दिया।

'अगर अपनी प्यारी फ़ैमिली से तुम्हारी बात पूरी हो गई हो तो हम कुछ काम की बात करें?'

❖

'ये तुमने अच्छा नहीं किया, केशव,' ज़ारा ने कहा।

'जानता हूं,' मैंने ज़ारा की दोस्त सनम के किचन में कबाब खाते हुए कहा।

हम सनम की आंटी के घर में न्यू ईयर्स ईव की पार्टी में थे।

हालांकि ज़ारा और मैंने अभी ऑफ़िशियली ब्रेकअप नहीं किया था, लेकिन हमारे रिलेशनशिप में जो तनाव आ गया था, वो बढ़ता जा रहा था। हम

कभी-कभार ही मिलते थे। और जब मिलते भी थे तो बात कम बहस ज़्यादा करते थे। हर बार हमारी बातें एक ही पॉइंट पर जाकर ख़त्म होती थीं—हमारा कोई फ़्यूचर नहीं है। मैं ना तो धर्म बदलना चाहता था और ना ही अपने पैरेंट्स को छोड़ना चाहता था। ज़ारा यक़ीन ही नहीं कर पा रही थी कि मैंने इस तरह से हथियार डाल दिए हैं।

पार्टी में मैंने ज़ारा से कहा कि मैं उससे अकेले में बात करना चाहता हूं। पूरे घर में सनम का किचन ही एक ऐसी जगह थी, जहां हम शांति से बात कर सकते थे।

'तुम जो नशे में मुझे हर हफ़्ते फ़ोन लगा देते हो, वही अपने आपमें कोई कम बुरी बात नहीं, लेकिन तुम मेरे डैड को कैसे फ़ोन लगा सकते हो?' ज़ारा ने कहा।

'उनका नंबर मुझसे ग़लती से लग गया था।'

'और जब उन्होंने फ़ोन उठाया तो तुम उन्हीं पर चीखने-चिल्लाने लगे?'

मैं उससे नज़रें नहीं मिला रहा था। तीन दिन पहले नशे की हालत में ग़लती से लग गए एक कॉल का नतीजा यह रहा था कि सफ़दर लोन को उनका दामाद बनते-बनते रह गए एक राजस्थानी युवक के मुंह से कुछ शानदार गालियां सुनने का मौक़ा मिल गया था। मैंने सब कबाड़ा कर दिया था और मेरे पास कोई बहाना भी नहीं था। और इसके बावजूद मैं मूर्खता के साथ अपना बचाव किए जा रहा था।

वो मुझे घूरती रही। मैं बेवक़ूफ़ों की तरह मुस्करा दिया। हां, उस समय मैं ऐसा कर सकता था। तब मैं नहीं जानता था कि ये लड़की मेरे लिए क्या मायने रखती है। या यह कि सालों बाद मैं इस लड़की से बात तक करने के लिए कितना तरसने वाला हूं।

'तुम्हारे डैड इसी के लायक़ हैं,' मैंने कहा।

'क्या?'

'क्या उन्होंने मुझे धमकी नहीं दी और तुमसे मिलने को मना नहीं किया? मैंने तुम्हें बताया था कि उन्होंने मुझे फ़ोन करके क्या कहा था।'

'तो क्या मैंने तुमसे मिलना बंद कर दिया, केशव?'

'नहीं।'

'क्या मैंने तुमको यह सोचने के मौक़े नहीं दिए कि हमें क्या करना चाहिए?'

'हां, लेकिन अब तुम मुझको अवॉइड करने लगी हो।'

'क्योंकि तुम्हारे पास हमारी सिचुएशन को लेकर कोई जवाब नहीं है। ऐसे में यही बेहतर है कि हम एक-दूसरे से दूर रहें।'

'जस्ट लाइक दैट?'

'ये जस्ट लाइक दैट नहीं है। ये बहुत मुश्किल है। केशव राजपुरोहित, मैंने एमआईटी की वो स्कॉलरशिप तुम्हारे लिए छोड़ी। मैंने आईआईटी केवल इसलिए जॉइन किया, ताकि तुम्हारे क़रीब रह सकूं। तुम्हें लगता है यह मेरे लिए जस्ट लाइक दैट है?'

'ओह, तो अब मुझे ही गिल्टी फ़ील करना चाहिए? तुमने मेरे लिए स्कॉलरशिप छोड़ी, इसलिए मुझे भी अपना धर्म और अपने पैरेंट्स को छोड़ देना चाहिए?'

'मुझे तुम्हारी यह टोन पसंद नहीं है, केशव।'

'मुझे इसकी परवाह नहीं।'

'ठीक है फिर। मैं अपने दोस्तों के पास जा रही हूं, तुम्हीं मुझे यहां पर खींचकर लाए थे।'

'जहां जाना है, जाओ।'

'मैं जा रही हूं, केशव। यह सुनने में बचकाना लग सकता है, लेकिन क्या हम ब्रेकअप कर सकते हैं?'

'क्या?'

'वैसे भी अब हमारे बीच कुछ बचा नहीं है। लेकिन, आज के बाद से एकदम साफ़ शब्दों में, नो कॉन्टैक्ट।'

'ज़ारा, तुम पागल हो गई हो क्या?'

'मैं पागल थी। अब मैं होश में आ रही हूं।'

'मैंने नशे की हालत में तुम्हारे डैड को फ़ोन लगा दिया। बुरा किया। अब मैं क्या करूं? सॉरी बोलूं? मैं बोल दूंगा।'

ज़ारा ने अपना सिर झटक दिया।

'बात केवल इतनी ही नहीं है। बात इससे कहीं ज़्यादा है। लेकिन अब उस बारे में बात करने का कोई फ़ायदा नहीं है। वी आर डन। बाय।'

'ज़ारा,' मैंने उसे पुकारा, लेकिन वो पहले ही किचन से जा चुकी थी। उस दिन भी मेरे भीतर इतना घमंड था कि मैं उसके पीछे नहीं गया। और, वो भी ग़लत नहीं था। मेरे पास जवाब नहीं थे। ठीक उसी तरह, जैसे मैं यह नहीं

जानता था कि मैं इस लड़की को कितनी शिद्दत से चाहता था।

❖

कोई मेरा कंधा झकझोर रहा था।

'आगे से तुम मुझे ऐसी हालत में मिले तो,' सौरभ कह रहा था। उसके मेरा कंधा झकझोरने से मेरे दिमाग़ में चल रहे अतीत के वीडियोज़ बंद हो गए थे।

'हुं? ओह, गोलू। तुम आए हो। तुम तो मेरी जान हो, गोलू।' मैंने मौजूदा समय में लौटते हुए कहा।

बीती रात, सोशल पर मेरा दस व्हिस्की का बिल बना था, जो सौरभ ने चुकाया था। और जब मैं वहीं टेबल पर पसर गया तो एक वेटर ने मेरे फ़ोन से कॉल करके सौरभ को बुलाया था।

'मैंने उनकी चैट्स पढ़ीं। रघु और ज़ारा की बातचीत। फ़ुल-ऑन लव,' मैंने कहा, जैसे कि इतना कह देना मेरे बचाव के लिए काफ़ी होता।

'वो लोग डेट कर रहे थे। वो तो ऐसी बातें करेंगे ही। तुम इस ज़ारा की बातें करना कब बंद करोगे?'

'मैं क्या बंद करूंगा? भगवान ने ही सब ख़त्म कर दिया है। मैंने अपना धर्म नहीं बदला, इसी की सज़ा मुझे मिल रही है। उसने मुझसे उसे छीन लिया, जब वो मेरे पास वापस लौटकर आना चाहती थी।'

मेरा गला फिर से भर आया। सौरभ ने यह ताड़ लिया और कहा, 'बहुत हो गया। अभी जाकर एक शॉवर लो। क्लास में जाकर पढ़ाओ। और इस सबसे बाहर आ जाओ,' सौरभ ने सख़्त आवाज़ में कहा।

'तुम्हें पता है, प्रोफ़ेसर सक्सेना ने ज़ारा को इस्तेमाल करने की कोशिश की थी?'

'तुम्हारा आईआईटी डीन?'

'हां, ज़ारा का गाइड। मेरे पास एक ईमेल है, जिसमें ज़ारा बता रही है कि उसने क्या-क्या किया। मुझे एक बार उस बास्टर्ड से मिलना है,' मैंने कहा।

मैं उठ खड़ा हुआ और बाथरूम की ओर चल दिया।

'अभी किसी से मिलने-विलने की ज़रूरत नहीं है,' सौरभ ने पीछे से चिल्लाते हुए कहा। 'अपने काम पर ध्यान दो।'

'मैं अपना काम ख़त्म करके ही जो करना है वह करूंगा, गोलू। रिलैक्स,' मैंने अपने चेहरे पर पानी छिड़कते हुए कहा।

# अध्याय 14

'लक्ष्मण, तुम बाहर आ जाओगे। लेकिन इसमें थोड़ा समय लगेगा,' मैंने कहा।

मैं तिहाड़ जेल में लक्ष्मण से मिलने आया था। चूंकि वो अंडरट्रायल था, इसलिए उसे विज़िटर्स से मिलने की इजाज़त दी गई थी।

'साहब, मेरी बीवी अकेली है और घर में कोई कमाने वाला भी नहीं है,' लक्ष्मण ने कहा।

'आई एम सॉरी, लक्ष्मण,' मैंने कहा। 'तुम मेरी मदद करो और मैं तुम्हारी मदद करूंगा।'

'मैं आपकी क्या मदद कर सकता हूं?'

'मैं जानना चाहता हूं कि ज़ारा के हॉस्टल में उससे कौन-कौन मिलने आता था।'

'उसके पैरेंट्स आते थे, लेकिन दो महीने में एक बार।'

'और?'

'रघु साहब। वो महीने में एक बार दिल्ली आते थे। वो उन्हें अपने साथ ले जाते और ज़ारा मैडम फिर कुछ दिनों बाद लौटतीं।'

'और?'

'कभी-कभी प्रोफ़ेसर सक्सेना आते थे।'

'कब?'

'यह सब विज़िटर्स बुक में लिखा होगा। पिछले महीने में शायद वो तीन बार आए थे।'

'तुमने उनकी बातें सुनीं?'

वॉचमैन ने सिर हिलाकर मना कर दिया।

'वो कॉमन रूम में जाते थे और ज़ारा मैडम वहीं आकर उनसे मिलती थीं। साहब, मैं कब तक घर जा पाऊंगा?'

❖

'जी, मैं आपके लिए क्या कर सकता हूं?' प्रोफ़ेसर सक्सेना ने कहा। वो अपनी डेस्क पर बैठे थे, फ़ाइलों के ढेर, किताबों और बहुत बड़े-से सीपीयू वाले एक सुपर-कंप्यूटर के कारण उनका चेहरा थोड़ा छिपा हुआ था।

'मेरा नाम केशव राजपुरोहित है, सर। यहां का एलम्नस। मैंने पांच साल पहले यहां से ग्रैजुएशन किया था।'

प्रोफ़ेसर सक्सेना के बालों में सफ़ेदी आ चुकी थी और ऐसा लग रहा था कि उन्होंने ग्रैजुएशन के बाद से ही कंघी नहीं की है। लेकिन उनकी शक़्ल अभी तक साफ़-साफ़ नहीं देखी जा सकी थी। उन्होंने अभी तक अपने कंप्यूटर से नज़र हटाकर मुझे नहीं देखा था।

'मुझे अभी किसी असिस्टेंट की ज़रूरत नहीं है।'

प्रोफ़ेसर सक्सेना के साथ काम करने के लिए स्टूडेंट्स क़तार में खड़े रहते थे। यूएस की यूनिवर्सिटीज़ में अप्लाई करने के लिए उन्हें उनकी रिकमंडेशन की ज़रूरत रहती थी। उनके हाथ का लिखा हुआ एक छोटा-सा रिकमंडेशन लेटर रिसर्च स्टूडेंट्स को एमआईटी या स्टैनफ़र्ड में फ़ुल फ़ेलोशिप दिला सकता था।

'मुझे आपका असिस्टेंट नहीं बनना है,' मैंने कहा।

'तो फिर तुम यहां पर क्या कर रहे हो?'

'मैं ज़ारा लोन के बारे में बात करना चाहता हूं।'

'क्या?' उन्होंने कहा, और पहली बार मेरी तरफ़ देखा।

'उसने आपके अंडर ही पीएचडी की थी, राइट?'

वो मुझे घूरकर देखने लगे।

'तुमने क्या नाम बताया था अपना?'

'केशव राजपुरोहित। 2013 बैच।'

'और ज़ारा लोन से तुम्हारा क्या ताल्लुक़ है?'

'वो मेरी अच्छी दोस्त थी।'

'रियली? अच्छी दोस्त?' प्रोफ़ेसर सक्सेना ने कहा। 'तुम उसके एक्स-बॉयफ्रेंड हो, राइट? स्टूडेंट्स ने मुझे बताया कि तुम्हारे ही कारण उसने अपनी एमआईटी स्कॉलरशिप छोड़ी थी।'

वो अपनी कुर्सी से आगे खिसके और मेज़ पर हाथ टिका दिए।

'जी, सर,' मैंने गला साफ़ करते हुए कहा। 'पॉइंट यह है कि जब मैं उसको उसके बर्थडे पर विश करने गया तो मैंने ही सबसे पहले उसकी लाश

को देखा था।'

'तो तुम्हीं गर्ल्स हॉस्टल में ग़ैरक़ानूनी तरीक़े से घुसे थे?'

मैंने सिर हिला दिया।

'उसका एक मंगेतर भी था ना? मैं उससे मिला था। वो भी यहीं का पीजीएम था। रघु वेंकटेश।'

पीजीएम यानी प्रेसिडेंट्स गोल्ड मेडल, जो कि बैच टॉपर को दिया जाता है। ऑफ़ कोर्स, मग्गू रग्घू ने हर सेमेस्टर में दस स्ट्रेट जीपीए यानी ग्रेड पॉइंट एवरेज स्कोर किए थे, जिसके बाद यह तय हो गया था कि 'नर्ड ऑफ़ द बैच' मेडल उसी को मिलेगा, उसके सिवा किसी और को नहीं मिलेगा।

'रघु भी मेरे ही बैच से है।'

'और उसका कैरियर बहुत अच्छे से आगे बढ़ रहा है। उसकी आर्टिफ़िशियल इंटेलीजेंस कंपनी के लिए सेकोइया कैपिटल ने फ़ंडिंग की है। इसमें सिलिकॉन वैली की कई कंपनियां इनवेस्ट करना चाहती हैं। वो सही मायनों में आईआईटी दिल्ली की एक सक्सेस स्टोरी है।'

मुझसे बिलकुल उलट, जो कि आईआईटी दिल्ली की फ़ेलियर स्टोरी था।

'ये सब मुझे मालूम है, सर। क्या आप कोई ऐसी चीज़ जानते हैं, जो ज़ारा लोन के मर्डर के बारे में मदद कर सके?'

'क्या?' वे एकदम से उठ खड़े हुए तो उनकी कुर्सी चरमरा गई। 'वॉचमैन ने उसको मारा था। हम सभी ने न्यूज़ में देखा। टेरिबल।'

'वॉचमैन ने उसको नहीं मारा, सर।'

'रियली?'

'जी सर, हंड्रेड परसेंट श्योर, ये उसने नहीं किया।'

'तुम कौन हो? पुलिस?'

'नहीं, सर।'

'पहले तो उस इंस्पेक्टर, क्या नाम है उसका, राणा, उसने मुझे तंग किया। वो अपनी टीम को कैंपस में हर जगह भेजना चाहता था। लेकिन वॉचमैन के पकड़े जाने के बाद अब जाकर वो शांत हो गया है।'

'आपने पुलिस को कैंपस में आकर जांच करने की इजाज़त क्यों नहीं दी?'

'यहां पर लोग आकर पढ़ाई करते हैं, यह कोई आपराधिक पूछताछ केंद्र

नहीं है। मैंने उस इंस्पेक्टर से कहा कि यहां से दफ़ा हो जाओ। और अब तुम मेरा समय बर्बाद करने चले आए हो।'

'मैं केवल पुलिस की मदद कर रहा हूं, सर, क्योंकि पुलिस को यहां आने की इजाज़त नहीं है।'

'व्हॉट नॉनसेंस। तुम कैंपस में पूर्व छात्र की तरह आ सकते हो, लेकिन जासूसी करने के लिए नहीं। मैं तुम्हारी एंट्री भी बैन कर सकता हूं।'

'नहीं, आप ऐसा नहीं करेंगे,' मैंने शांत स्वर में कहा।

इससे वो चौंके।

'क्या अपने टीचर्स से इसी तरह बात की जाती है? चले जाओ यहां से।'

'क्या ये सच है कि आपने ज़ारा का फ़ायदा उठाने की कोशिश की थी?'

'क्या?' प्रोफ़ेसर का चेहरा सफ़ेद पड़ गया। ऊपर से वो भले ही सख़्त दिखने की कोशिश कर रहे थे, लेकिन उनके होंठ थरथराने लगे थे।

'आपने उसकी थीसिस रोक ली थी। आपने उससे कहा था कि उसको आपके साथ सोना पड़ेगा।'

'क्या बक़वास है। मैं सिक्योरिटी को बुलाकर तुम्हें यहां से बाहर फिंकवा रहा हूं।'

उन्होंने अपने रूम का इंटरकॉम उठाया।

'भूल से भी यह ग़लती मत कीजिएगा। जो मैं आपको बोल रहा हूं, वो मीडिया को भी बता सकता हूं,' मैंने कहा।

'जैसे कि वो लोग तुम्हारी बात आंखें मूंदकर मान लेंगे। एक ऐसे आदमी की बात, जो लड़कियों के हॉस्टल में ग़ैरक़ानूनी तरीक़े से घुस जाता है,' उन्होंने फ़ोन उठाते हुए कहा। 'हैलो, सिक्योरिटी? मेरे ऑफ़िस में कुछ लोगों को भेजो। हां, यहां एक ग़ैरज़रूरी इंसान घुस आया है।'

इसके बाद जैसे मैं उस कमरे में ही नहीं हूं, ऐसा दिखावा करते हुए वे अपने कंप्यूटर पर काम करने लगे।

मैंने अपने फ़ोन का ईमेल खोला और चंद सैकंड बाद कहा, 'अपना इनबॉक्स चेक कीजिए।'

'क्यों?' प्रोफ़ेसर सक्सेना ने कहा, जबकि वो पहले ही अपने कंप्यूटर का माउस क्लिक करने लगे थे। उन्होंने ईमेल खोला, जो मैंने अभी-अभी उन्हें फ़ॉरवर्ड किया था। उसको पढ़कर उनका मुंह खुला का खुला रहा गया।

ईमेल इस प्रकार था—

*टु : रघु*

*फ्रॉम : ज़ारा*

*हे लव,*

*कैसे हो तुम? मुझसे इतनी दूर, हैदराबाद में। आज वैसा एक दिन है, जब मैं चाहती हूं कि काश तुम मेरे साथ होते। मैंने तुम्हें फ़ोन करने की भी कोशिश की। तुम्हारे सेक्रेटरी ने मुझे बताया कि तुम सैन जोस से आए कुछ लोगों के साथ दिनभर मीटिंग्स में बिज़ी रहोगे। वेल, उसके लिए गुड लक। होप, सब ठीक रहे। क्या तुम मुझे समय मिलने पर कॉल कर सकते हो? मुझे तुमसे ज़रूरी बात करनी है। मैं तुम्हें पहले ही बता चुकी थी कि मैं प्रोफ़ेसर सक्सेना के साथ कंफर्टेबल फ़ील नहीं कर रही थी। मैं तुम्हें यह भी बता चुकी हूं कि वो मुझे कई बार कॉफ़ी के लिए मिलने के लिए भी बुला चुके हैं। पहले तो मैंने इस सब पर ज़्यादा ध्यान नहीं दिया, लेकिन अब कुछ ज़्यादा ही हो रहा है। मिसाल के तौर पर, जब मैं अपने कंप्यूटर पर काम कर रही होती हूं, तो वो अकसर मेरे पीछे आकर खड़े हो जाते हैं और मेरे बालों को छूने लगते हैं। दो दिन पहले जब मैं उन्हें एक प्रिंटआउट दिखा रही थी, तो उन्होंने मेरे कंधे पर हाथ रख दिया। जब मैं उनसे दूर हो गई, तो उन्होंने कहा, 'हमें एक-दूसरे के और क़रीब आना चाहिए। इंटिमेसी से लोगों को कनेक्ट होने में मदद मिलती है।'*

*रघु मुझे इतना बुरा लगा कि मेरा दिल किया मैं ऑफ़िस की खिड़की से बाहर कूद जाऊं। पता नहीं, मैंने तुम्हें इस बारे में तभी क्यों नहीं बता दिया। मैंने सोचा ऐसा बार-बार नहीं होगा। लेकिन आज उन्होंने फिर वही किया। मैं उन्हें अपने लैपटॉप पर एक एक्सेल शीट दिखाने गई, तो उन्होंने मेरे गाल पर किस कर लिया और कहने लगे कि मैं एक कश्मीरी गुलाब जैसी दिखाई देती हूं। उसके बाद, आई एम नॉट श्योर, लेकिन मुझे लगता है उन्होंने मेरा हाथ अपने, वेल, उसकी तरफ़ भी खींचा। ओह गॉश, यह सब बहुत ही भद्दा था। मैं इससे बाहर आना चाहती हूं, लेकिन कैसे? मैं क्या करूं? मैं बहुत कंफ़्यूज़्ड हो चुकी हूं। कॉल मी सून।*

*ज़ारा।*

'यह सब सरासर झूठ है,' प्रोफ़ेसर सक्सेना ने कहा, लेकिन उनकी आवाज़ कांप रही थी।

'ये आपकी रिसर्च स्कॉलर का ईमेल है, जिसका मर्डर कर दिया गया

है। और उसका प्रेसिडेंशियल गोल्ड मेडलिस्ट मंगेतर इसका गवाह है,' मैंने कहा।

'तुम क्या कहना चाहते हो?'

'हॉस्टल का रजिस्टर बताता है कि आपने पिछले तीन महीने में आठ बार ज़ारा के यहां विज़िट किया। आप हॉस्टल की किसी और स्टूडेंट से तो कभी मिलने नहीं गए।'

किसी ने दरवाज़े पर दस्तक दी।

'सर, आपने हमें बुलाया था?' इंस्टिट्यूट के सिक्योरिटी ऑफ़िसर ने भीतर आते हुए कहा।

उसके पीछे दो गार्ड खड़े थे।

'एक्चुअली,' प्रोफ़ेसर सक्सेना ने कहा, 'अभी यहां सब ठीक है। आप लोग जा सकते हैं।'

सिक्योरिटी ऑफ़िसर्स ने हमें कंफ़्यूज़्ड और इरिटेटेड नज़रों से देखा और चले गए।

'तुम चाहते क्या हो?' प्रोफ़ेसर ने कहा।

'इससे पहले कि हम इस बारे में बात करें कि मैं क्या चाहता हूं, मैं आपको बता दूं कि मुझे मालूम है आप क्या चाहते हैं।'

'क्या?'

'पद्म विभूषण। और हो सकता है, आपको यह जल्द ही मिल भी जाए।'

'क्योंकि मैं अपनी फ़ील्ड में बेस्ट हूं। मैं दुनिया की किसी भी यूनिवर्सिटी में जाकर काम कर सकता था, लेकिन मैंने इंडिया में रहकर काम करने का फ़ैसला किया।'

'ओह, यह तो आपकी महानता है,' मैंने कहा। 'लेकिन ज़रा इस हैडलाइन की कल्पना कीजिए: प्रोफ़ेसर सक्सेना ने अपनी पीएचडी स्टूडेंट को हैरेस किया। क्या आपको लगता है इसके बाद भी आपको आपका वह स्पेशल पद्म मिलेगा?'

उन्होंने अपना सिर पकड़ लिया। जब पॉवर बैलेंस किसी के ख़िलाफ़ चला जाता है तो बड़े से बड़ा आदमी भी बौना नज़र आने लगता है।

'आख़िर तुम चाहते क्या हो?'

'मैं तो केवल ज़ारा के मर्डर केस को सॉल्व करने की कोशिश कर रहा हूं।'

'ओके। तो क्या? तुम्हें लगता है मैंने उसे मारा है?'

'मैंने ऐसा तो नहीं कहा। लेकिन क्या तूने ही उसको मारा है? तूने, हरामज़ादे?'

एक फ़ैकल्टी मेंबर से इस तरह से बात करना अजीब तो था, लेकिन इससे राहत मिली।

'क्या? मैंने किसी को नहीं मारा। तुम क्या बोल रहे हो?'

मैं खड़ा हो गया और आगे बढ़कर उनकी कमीज़ का कॉलर पकड़ लिया।

मैंने कहा, 'यू क्रीप। ज़ारा मेरे पास लौटकर आना चाहती थी। लेकिन तुमने उसको परेशान किया। उसको हैरेस किया। और ना जाने तुमने उसके साथ क्या किया है। और अभी तुम यहां एक बेगुनाह प्रोफ़ेसर की तरह बैठे हो।'

ये बहुत अच्छी स्पीच तो नहीं थी, इसलिए इस कमी को पूरा करने के लिए मैंने सक्सेना को एक ज़ोरदार तमाचा दे मारा। मैं उन्हें और भी तमाचे रसीद करना चाहता था, लेकिन वो गिड़गिड़ाने लगे।

'प्लीज़ मुझे छोड़ दो। मुझे मत मारो।'

'तुमने उसको मारा?'

'नहीं, मुझे जाने दो।'

मैंने उन्हें छोड़ दिया और अपनी कुर्सी पर बैठ गया। उन्होंने अपना हाथ अपने सीने पर रख लिया।

'मैंने कभी मक्खी भी नहीं मारी, मैं क्यों उसे मारूंगा?'

'शायद तुम्हें लगा हो कि पीएचडी करने के बाद वो दुनिया के सामने तुम्हारी सच्चाई उजागर कर देगी। और तुम उसकी पीएचडी को और ज़्यादा समय तक रोक नहीं सकते थे। शायद तुम डर गए थे, इसलिए कमरे में जाकर उसको मार दिया।'

'नहीं, मैं अपने बच्चों की क़सम खाकर कहता हूं, मैंने यह नहीं किया,' उन्होंने आठ साल के बच्चे की तरह अपने गले पर चिकोटी काटते हुए कहा।

मैं उठ खड़ा हुआ।

'अगर तुमने ऐसा किया है, तो क़ुबूल कर लो। नहीं तो अगली बार मैं पुलिस को लेकर आऊंगा।'

उन्होंने सिर हिला दिया और अपना गला पकड़े हुए ही कहा, 'मैं क़सम

खाकर कहता हूं, मैंने कुछ नहीं किया।'

'मैं फिर आऊंगा, एसहोल,' मैंने कहा और उनके ऑफ़िस का दरवाज़ा उनके मुंह पर बंदकर बाहर चला आया।

❖

'डीन?' सौरभ ने ट्रेडमिल पर सबसे कम स्पीड पर चलते हुए कहा। मैंने फ़ाइनली उसे अपने साथ जिम में आने के लिए राज़ी कर लिया था।

'कैन यू बिलीव इट? वो बास्टर्ड डीन। तुमने ईमेल पढ़ा ना?'

'हां, मैंने पढ़ा। मैं दो बातें कहूंगा,' सौरभ ने कहा।

'क्या?' मैंने कहा और उसके ट्रेडमिल की स्पीड बढ़ाकर चार किलोमीटर प्रतिघंटा कर दी।

'धीमा करो, भाई।'

'इट्स फ़ाइन। तुम्हारी हार्ट रेट ऊपर जानी चाहिए। तुमने अपना वज़न किया है? कितना है?'

'नाइंटी फ़ाइव पॉइंट फ़ाइव।'

'ये बहुत ज़्यादा है, सौरभ।'

'मैं इस पर काम कर रहा हूं। एक दिन मेरे भी तुम्हारे जैसे सिक्स-पैक होंगे। एक्चुअली, मेरे पास वो पहले ही हैं, बस थोड़े से टिशूज़ के नीचे छिपे हुए हैं।'

'उस टिशू को फ़ैट कहते हैं। और यह कोई एक-दो टिशू नहीं हैं, ये टिशूज़ का जंजाल है। एनीवे, बताओ तुम कौन-सी दो बातें बोलने वाले थे।'

'फ़ाइन। पहली तो वह जो मेरा दिमाग़ कहता है और दूसरी वह जो मेरा दिल कहता है।'

'क्या?'

'दिमाग़ कहता है कि मैं चाहता हूं तुम इस पचड़े में अब मत पड़ो। अब तो राणा ने भी कह दिया है कि बेहतर होगा अगर तुम इससे दूर ही रहो।'

'तुम्हारे दिमाग़ की ऐसी की तैसी। अब बताओ दिल क्या कहता है?'

'दिल कहता है,' सौरभ ने कहा और ट्रेडमिल बंद कर दी। 'वेट, मेरा दिल तो एक्चुअली बहुत ज़ोरों से धड़क रहा है।'

'तुमने अभी शुरू ही किया है।'

'जानता हूं, मैं धीरे-धीरे करके आगे बढ़ूंगा। एनीवे, भाई, मेरा दिल

कहता है कि यह मामला बहुत ही ज़्यादा इंट्रेस्टिंग हो गया है। रियली? क्या आईआईटी का कोई डीन भी एक स्टूडेंट का मर्डर कर सकता है?'

'उसने अपने बच्चों की क़सम खाई है, लेकिन वो चालाक है। हो सकता है वो एक्टिंग कर रहा हो।'

मैंने दस किलो का एक डंबल उठाया और उसे सौरभ को दे दिया। सौरभ को वह बहुत भारी लगा तो वह दो किलो वाले डंबल उठाने लगा।

मैंने सिर हिला दिया।

'भाई, अभी मेरी बॉडी इतनी मज़बूत नहीं है। तुम इस पर ज़रूरत से ज़्यादा बोझ नहीं डाल सकते। वैसे अब तुम डीन के मामले में क्या करोगे?'

'मैं उसकी वाइफ़ से मिलूंगा और यह पता करने की कोशिश करूंगा कि उस रात वो कहां पर था।'

'वो तुम्हें बताएगी?'

'पता नहीं, लेकिन यह जानने का और कोई तरीक़ा नहीं है।'

'हम्म...' सौरभ ने एक ऐसे वेट से बाइसेप कर्ल्स करना शुरू कर दिया जिसे कोई बच्चा भी उठा लेता। हम दोनों ने एक-दूसरे को जिम मिरर में देखा।

'मैं चाहता हूं कि तुम मेरे साथ चलो,' मैंने कहा।

'मैं?'

'हां। चीज़ों को ऑब्ज़र्व करो, सवाल पूछो और मुझे अपना नज़रिया बताओ।'

'तुम एक ऐसे काम में मेरा साथ चाहते हो, जिसके बारे में मेरा दिमाग़ कहता है कि तुम्हें उससे दूर रहना चाहिए?'

'हां।'

'तुम्हें क्यों लगता है कि मैं तुम्हारी मदद करूंगा?'

'क्योंकि तुम्हारे और मेरे बीच दिल का ही तो रिश्ता है। आई लव यू,' मैंने कहा और मिरर में उसे फ़्लाइंग किस देते हुए आंख मार दी।

'ओह डियर, प्रोफ़ेसर हो या स्टूडेंट्स, तुम आईआईटीयन्स साले सभी ऐसे ही हो,' उसने अपना सेट फ़िनिश करते हुए कहा।

❖

'प्रोफ़ेसर सक्सेना अभी घर पर नहीं हैं,' दरवाज़ा खोलने वाली लेडी ने कहा।

'मिसेज़ परमिंदर सक्सेना?' मैंने कहा।

'जी?' मिसेज़ सक्सेना ने कहा। उन्होंने अपनी नाइटी पर अपना दुपट्टा एडजस्ट किया। यह दिल्ली की हाउसवाइफ्स की ऑफ़िशियल ड्रेस है।

मैंने अपना एलम्नाई कार्ड बाहर निकाला।

'मैं केशव राजपुरोहित हूं, यहां का एक्स-स्टूडेंट। यह मेरा दोस्त सौरभ है। क्या हम अंदर आ सकते हैं? हमें आपसे ही बात करनी है।'

'मुझसे?'

'यह ज़ारा लोन के बारे में है, प्रोफ़ेसर सक्सेना की स्टूडेंट, जिसकी मौत हो गई।'

मिसेज़ सक्सेना ने पहले दाएं-बाएं देखा और फिर हमें अंदर आने का इशारा किया।

# अध्याय 15

चाय पीते हुए मैंने मिसेज़ सक्सेना को इस केस के बारे में तमाम जानकारियां दीं, बस सक्सेना ने ज़ारा के साथ क्या करने की कोशिश की थी, इस डिटेल को अभी छोड़ दिया।

'और इसीलिए हम यहां आए हैं। हम हर उस शख़्स से बात करना चाहते हैं, जो ज़ारा को जानता था। जब तक हम वास्तविक अपराधी का पता नहीं लगा लेते, पुलिस उस बेगुनाह वॉचमैन को नहीं जाने देगी।'

'लेकिन तुम मुझसे क्यों बात करना चाहते हो?' मिसेज़ सक्सेना ने आश्चर्य से कहा। 'मैं तो एक-दो बार के अलावा उससे कभी मिली नहीं, और वो भी तब जब मैं प्रोफ़ेसर सक्सेना के ऑफ़िस में थी। वो मुझे एक अच्छी लड़की लगती थी।'

'क्या प्रोफ़ेसर सक्सेना अपने स्टूडेंट्स के साथ फ्रेंडली हैं?' सौरभ ने कहा।

इस सवाल से मिसेज़ सक्सेना चौंक गईं।

'ज़्यादा तो नहीं। वो अपने काम में ही इतने खोए रहते हैं। वैसे भी वो फ्रेंडली पर्सन नहीं हैं। मुझसे पूछो तो उनका मुंह हमेशा फूला ही रहता है,' मिसेज़ सक्सेना ने कहा।

'क्या वो कभी अपने पीएचडी स्टूडेंट्स से मिलने उनके हॉस्टल में जाते हैं?'

'कभी नहीं। वो डीन और उनके गाइड हैं, वो क्यों जाएंगे?' मिसेज़ सक्सेना ने मेरे सवाल से थोड़ा आहत होते हुए कहा।

'मिसेज़ सक्सेना, सर पिछले तीन महीने में ज़ारा से मिलने आठ बार उसके हॉस्टल गए थे,' सौरभ ने कहा।

'क्या?'

'यह हॉस्टल रजिस्टर में दर्ज है,' मैंने कहा। 'मुझे आपको यह बताते हुए अफ़सोस हो रहा है, मिसेज़ सक्सेना, लेकिन मेरा मानना है कि सर को ज़ारा में एक्स्ट्रा इंट्रेस्ट था।'

'एक्स्ट्रा?' उन्होंने कंफ़्यूज़्ड स्वर में कहा। चालीस साल की उम्र में केवल चारदीवारी तक सिमटकर रह जाने वाली मिसेज़ सक्सेना के लिए किसी कंट्रोवर्सी या स्कैंडल की परिभाषा ज़्यादा से ज़्यादा यही हो सकती थी कि उनकी मेड सर्वेंट लगातार दो दिन काम करने ना आए।

'वे ज़ारा के साथ रिलेशनशिप चाहते थे,' मैंने शांत स्वर में कहा। 'उन्होंने उसके सामने कई बार इसका प्रस्ताव रखा था।'

'क्या?' मिसेज़ सक्सेना का दम फूल गया। किचन में प्रेशर कुकर की सीटी बजने से हमारा ध्यान भटका।

'काली दाल पक रही है?' सौरभ ने सूंघते हुए कहा। मैंने उसे घूरकर देखा।

मिसेज़ सक्सेना बिफर पड़ीं।

'तुम लोगों का दिमाग़ तो ख़राब नहीं हो गया? मेरे पति? जो कि अपनी फ़ील्ड में दुनिया के बेहतरीन रिसर्चर्स में से एक हैं?'

कुकर की सीटी फिर बजी।

सौरभ सोफे से उठकर खड़ा हो गया।

'मैं जाकर गैस बंद कर आता हूं, मिसेज़ सक्सेना,' उसने कहा। 'काली दाल के लिए दो सीटी बहुत हैं।'

उन्होंने चुपचाप सिर हिला दिया।

'मिसेज़ सक्सेना, मुझे आपको यह सब बताते हुए बहुत अफ़सोस हो रहा है,' मैंने धीमे-से कहा।

'यह हंड्रेड परसेंट नॉनसेंस है। हंड्रेड एंड वन परसेंट। क्या इसका कोई सबूत है?' उन्होंने कहा।

'अगर न्यूज़ से ही आप अनकम्फ़र्टेबल हो गई हैं तो प्रूफ़ से क्या होगा?'

'क्या प्रूफ़ है?'

मैंने अपना फ़ोन उनकी तरफ़ बढ़ा दिया। उन्होंने तुरंत ईमेल पढ़ लिया और मेरा फ़ोन लौटा दिया। सौरभ किचन से लौटा। हम सभी असहज स्थिति में कुछ देर बैठे रहे।

'मैं यहां पर आपका घर बर्बाद करने नहीं आया हूं,' मैंने कहा।

'अब तो बहुत देर हो चुकी है,' उन्होंने कहा और फ़ोन उठाकर अपने पतिदेव को फ़ोन लगाया।

'घर आइए तो,' मिसेज़ सक्सेना ने कहा, और फिर उधर से जवाब

मिलने पर उन्होंने कहा, 'नहीं, तुरंत आइए। मैंने कहा अभी के अभी घर आइए। मुझे आपकी सीनेट मीटिंग की कोई परवाह नहीं। तुम अभी के अभी घर आ रहे हो, विनीत।'

फिर वे मेरी तरफ़ मुड़ीं।

'क्या चाहते हो तुम?'

'सच को जानने में आपकी मदद।'

'क्या सच? तुम्हारे पास प्रूफ़ है। तुम पहले ही मेरी ज़िंदगी बर्बाद कर चुके हो।'

मैं उनसे कहना चाहता था कि बर्बाद करने वाला सक्सेना है, मैं नहीं, लेकिन मैंने केवल काम की बात ही करने का तय किया।

'यह भी हो सकता है कि आपके हसबैंड ने ही ज़ारा लोन को मारा हो।'

'क्या? विनीत? तुम लोगों का दिमाग़ तो नहीं ख़राब हो गया? मेरे हसबैंड अफ़ेयर करना चाह रहे थे? मेरे हसबैंड ने मर्डर किया है?'

'प्लीज़, शांत हो जाइए, मिसेज़ सक्सेना,' सौरभ ने कहा, 'और केशव को ध्यान से सुनिए।'

'मैम, उनका एक साफ़ मक़सद था। पीएचडी की डिग्री हासिल करने के बाद ज़ारा उन्हें एक्सपोज़ कर सकती थी। उनके पास मौक़ा था। वे कैंपस में ही रहते थे। वे अपने घर से रात को पैदल चलकर भी हिमाद्रि पहुंच सकते थे। वे ज़ारा के रूम की खिड़की से उसके कमरे में घुसकर उसे मारकर चुपचाप लौटकर आ सकते थे। इससे पहले कि किसी को कुछ पता चलता, वे घर आकर चुपचाप सो सकते थे।'

'आप लोग विनीत के बारे में बात कर रहे हैं। वे आईआईटी और स्टैनफ़र्ड से पढ़े हैं। आपको लगता है वे ऐसा कर सकते हैं?'

'क्या आपको कभी लग सकता था कि आपके हसबैंड एक पीएचडी स्टूडेंट को सेक्शुअली हैरेस करने की कोशिश कर सकते हैं?' सौरभ ने कहा। इस पर मिसेज़ सक्सेना चुप हो गईं।

'मैम, हो सकता है यह आपके लिए बहुत ज़्यादा हो, लेकिन हमें सच को जानना ही होगा।'

'क्या?'

'क्या आपके हसबैंड उस रात को घर से बाहर निकले थे?'

इससे पहले कि वे जवाब दे पातीं, डोरबेल बजी। मिसेज़ सक्सेना उठीं

और दरवाज़ा खोला। प्रोफ़ेसर सक्सेना लगभग स्लो मोशन में अंदर घुसे।

'व्हॉट द...' मुझे और सौरभ को अपने घर में देखकर वे चिल्लाए। 'व्हॉट द हेल आर यू डूइंग हियर? तुम लोगों की हिम्मत कैसे हुई कि मेरे घर में आने की?'

मिसेज़ सक्सेना प्रोफ़ेसर सक्सेना के पास गईं और इससे पहले कि वे कुछ कर पाते, उन्हें एक तमाचा रसीद कर दिया।

'पम्मी!' प्रोफ़ेसर सक्सेना ने अपने गाल पर हाथ रखते हुए कहा।

मिसेज़ सक्सेना ने इसके जवाब में उन्हें दो और थप्पड़ जड़ दिए। एक पंजाबी औरत के ग़ुस्से से बढ़कर कोई क़यामत नहीं हो सकती है।

'पम्मी, ये लोग झूठ बोल रहे हैं,' प्रोफ़ेसर सक्सेना ने लगभग रोते हुए कहा।

'मैं जानती हूं कि वे झूठ नहीं बोल रहे हैं,' मिसेज़ सक्सेना ने कहा।

सौरभ और मैं जाने के लिए उठ खड़े हुए।

'हमारे कुछ और सवाल थे, मिसेज़ सक्सेना, लेकिन हम उनके लिए बाद में आ जाएंगे,' मैंने विनम्रता से कहा।

'नहीं, रुको,' मिसेज़ सक्सेना ने कहा। मुझसे यहीं और अभी पूछो। विनीत के सामने।

हम फिर बैठ गए। प्रोफ़ेसर सक्सेना गाल पर हाथ लिए खड़े रहे।

'मिसेज़ सक्सेना, आठ फ़रवरी की रात को आपके हसबैंड कहां पर थे?'

'मेरे जैसी स्टुपिड वाइफ़ को भला क्या पता? जब मैं सो रही होऊंगी तो ये चले गए होंगे।'

'नहीं, पम्मी, मैं कहीं नहीं गया था।'

'मैंने तुम्हारे लिए कैलिफ़ोर्निया में अपना कैरियर छोड़ दिया, विनीत। मैं सीनियर कंसल्टेंट थी। लेकिन तुम्हारी देशभक्ति और रिसर्च ऑब्सेशन के लिए सब छोड़कर चली आई। और तुमने मेरे साथ यह किया?'

'पम्मी, मैंने कुछ नहीं किया।'

'क्योंकि उस लड़की ने तुम्हें कुछ करने नहीं दिया।' मिसेज़ सक्सेना ने अपना हाथ उनकी तरफ़ बढ़ाते हुए कहा।

प्रोफ़ेसर सक्सेना एक क़दम पीछे हट गए।

'प्लीज़ मुझे मत मारो।'

'मैं तुम्हें बर्बाद कर दूंगी, यू ब्लडी क्रीप,' वे मेरी तरफ़ मुड़ीं। 'मुझे क्या करना होगा? क्या मैं एक डॉक्यूमेंट साइन करके तुम लोगों को दूं कि उस रात को मेरे हसबैंड घर में नहीं थे?'

'नहीं,' प्रोफ़ेसर सक्सेना चिल्लाए और अपनी पत्नी के पैरों में गिर पड़े।

'इससे काम हो जाएगा ना? इतने सबूतों के बाद तो इनको जीवनभर जेल में चक्की पीसनी पड़ेगी।'

मैंने कंधे उचका दिए।

'आप हमें जो भी देंगी, हम पुलिस को सबमिट कर देंगे,' मैंने कहा।

प्रोफ़ेसर सक्सेना घुटनों के बल झुके रहे।

'मैं तुम्हारे हाथ जोड़ता हूं। हां, मैं उसे लाइक करता था। वो ख़ूबसूरत और स्मार्ट थी। मैं कमज़ोर पड़ गया था। लेकिन हमारे बीच कुछ भी नहीं हुआ था। और मैं तुम्हारी क़सम खाकर कहता हूं कि मैंने उसको नहीं मारा।'

मिसेज़ सक्सेना ने कहा, 'नहीं, मेरी क़सम तो खाओ ही मत, गंदे आदमी। बॉय्ज़, पुलिस के पास जाओ,' मिसेज़ सक्सेना ने ग़ुस्से में कहा।

'क्या किसी ने मुझे उस रात हॉस्टल जाते देखा? या किसी ने मुझे उस रात अपने घर से निकलते देखा?'

'मैं कह दूंगी कि मैंने देखा,' मिसेज़ सक्सेना ने कहा।

'मैम, अभी आप ग़ुस्से में हैं। लेकिन हम सच जानना चाहते हैं,' मैंने कहा। 'क्या आप थोड़ा ठंडे दिमाग़ से इस पर सोच सकती हैं और हमें बता सकती...'

मिसेज़ सक्सेना ने बीच में ही मुझे रोक दिया।

'मैं ऐसे मौक़े पर ठंडा दिमाग़ कैसे रख सकती हूं? मैंने इस मूर्ख आदमी के लिए दो लाख डॉलर सालाना का जॉब छोड़ दिया। इसके नक़ली उसूलों के लिए।'

मैं जाने के लिए उठ खड़ा हुआ।

'श्योर, और मैम एक और बात,' सौरभ ने जाते-जाते कहा।

'क्या?'

'प्रेशर कुकर का ढक्कन खोल दीजिएगा। नहीं तो काली दाल गल जाएगी।'

❖

'डीन सक्सेना?' राणा ने हौज़ ख़ास स्टारबक्स पर अपनी हंड्रेड परसेंट फ्री लात्ते कॉफ़ी पीते हुए कहा। मैं और सौरभ उनके सामने बैठे थे।

उन्होंने अपना कप नीचे रखा और लगभग रावण की तरह ठहाका लगाया।

'हां,' मैंने कहा, 'और आपको मानना होगा कि इस बारे में काफ़ी सबूत हैं।'

'हां,' राणा ने हंसना जारी रखते हुए कहा।

'तो आप हंस क्यों रहे हैं, सर?' सौरभ ने कहा। वो अभी तक राणा से बात करते हुए थोड़ा डरता था।

'मैं तुम लोगों पर नहीं हंस रहा हूं। लेकिन ये सिचुएशन ही इतनी फ़नी है। वो साला इतना ईमानदार बना फिरता था। मुझे अपने कैंपस में नहीं घुसने दिया। अब पता चल रहा है कि वो एक ठरकी प्रोफ़ेसर था,' राणा ने कहा और फिर हंस दिए।

मैं अपना दूध का कप लिए बैठा था और राणा की हंसी बंद होने का इंतज़ार कर रहा था।

'वॉचमैन से आईआईटी के डीन तक। वाऊ, इस मामले की तो औक़ात ही बढ़ गई। मीडिया को इसमें बहुत मज़ा आएगा।'

'तो क्या अब हम उसे गिरफ़्तार कर सकते हैं?'

'ये इतना आसान नहीं है। हमें उसकी वाइफ़ का बयान चाहिए कि वो उस रात घर में नहीं था। नहीं तो आई एम नॉट श्योर।'

'नॉट श्योर?'

'हां, ये मसाला मीडिया स्टोरी तो है, लेकिन डीन को पकड़ने के लिए वॉचमैन को छोड़ देना? यदि मैं ग़लती नहीं कर रहा तो इसके लिए दिल्ली पुलिस की ऐसी की तैसी कर दी जाएगी।'

'तो आप उसे अरेस्ट नहीं करेंगे?'

'उसकी वाइफ़ का बयान लेकर आओ,' राणा ने कहा और अपनी घड़ी देखी। 'मुझे हेयरकट कराने जाना है।'

हमने इंस्पेक्टर राणा को अपनी जिप्सी की ओर जाते देखा।

'और ज़ारा के ईमेल के बारे में क्या?'

'इससे केवल इतना ही साबित होता है कि प्रोफ़ेसर परवर्ट था। लेकिन उस पर मर्डर का केस क़ायम नहीं किया जा सकता।'

मैंने सिर हिला दिया। इंस्पेक्टर ने मेरी पीठ थपथपाई।

'नॉट बैड, वैसे। गुड वर्क।'

❖

'मैगी? फिर से? मेड ने गोभी आलू और चपाती बनाई है ना।'

'मैं मेड के खाने से बोर हो गया हूं,' मैंने कहा।

हम अपने अपार्टमेंट के छोटे-से किचन में खड़े थे। मैं कड़ाही में मटर, गाजर और शिमला मिर्च को तेल में भून रहा था। मैंने इन सब्ज़ियों में गरम मसाला मिला दिया था और उन्हें पकाने लगा था। दूसरे बर्नर पर तीन पैकेट मैगी नूडल्स उबल रहे थे। सौरभ ने उसमें दो पैकेट नूडल्स और डाल दिए।

मैंने दो बाउल्स में अपने इंप्रूवाइज़्ड और वैल्यू-एडेड नूडल्स परोस दिए।

हम डायनिंग टेबल पर गए और अपना यह वन-डिश डिनर खाने लगे।

'तो, मिसेज़ सक्सेना ने मना कर दिया?' सौरभ ने एक लंबे-से नूडल को सुड़कते हुए कहा।

'हां। उन्होंने वो सब बातें ग़ुस्से में कही थीं। बाद में, उन्होंने सोचा होगा कि उनका हसबैंड एक घटिया आदमी हो सकता है, लेकिन उसको मर्डर केस में जेल भेजने से क्या फ़ायदा।'

'तो उनका कोई बयान नहीं मिलेगा।'

'हां,' मैंने कहा और अपना बाउल फिर भर लिया। 'सबूत जुटाने के लिए हमें और मेहनत करनी होगी।'

'बाय द वे, नूडल्स बहुत कमाल के बने हैं,' सौरभ ने कहा।

'शुक्रिया,' मैंने कहा। 'तो, तुम्हें क्या लगता है, क्या सक्सेना यह कर सकता है?'

'यदि ज़ारा उसकी ज़िंदगी तबाह करने में सक्षम थी तो हां,' सौरभ ने कहा।

'वह हॉस्टल एंट्रेंस के सीसीटीवी फ़ुटेज में नहीं दिखाई दिया है। इसके अलावा ज़ारा के रूम में जाने का एक ही रास्ता था—आम के पेड़ पर चढ़कर।'

'हां,' सौरभ ने कहा, 'और चूंकि खिड़की खुली थी, इसका यही मतलब है कि ज़ारा ने उसे खोल रखा था।'

'हां, हो सकता है। उसने सोचा होगा कि यह इडियट परवर्ट मुझे विश करने पेड़ पर चढ़कर आ गया है, ठीक है। कुछ और हफ़्ते इसे झेल लूं, फिर मैं फ्री हो जाऊंगी। यही सोचकर उसने खिड़की खोल दी होगी।'

'फिर?' सौरभ ने कहा।

'फिर वो अंदर आया होगा, उसे मारा होगा, घर जाकर सो गया होगा। अपनी पम्मी से चिपक गया होगा। कहानी ख़त्म। शक की गुंजाइश ही नहीं।'

सौरभ ने कुछ देर सोचा और फिर सिर हिला दिया।

'क्या?'

'नहीं, ये पॉसिबल नहीं है,' सौरभ ने कहा।

'क्या पॉसिबल नहीं है?'

'लिम्प। सक्सेना लंगड़ाकर चलता है,' सौरभ ने कहा।

'क्या?'

'तुमने देखा वो घर में भी कितना धीरे चल रहा था। वह चलने में थोड़ा लंगड़ाता है।'

'उसे हाल के दिनों में कोई चोट लगी है क्या?'

'पता नहीं। अपना लैपटॉप खोलो,' सौरभ ने कहा।

हमने प्रोफ़ेसर सक्सेना के यूट्यूब वीडियोज़ देखे। उनमें से अधिकतर तो इंजीनियरिंग कॉन्फ्रेंसों की महाबोरिंग टॉक्स थीं, जिनका इस्तेमाल नींद ना आने पर किया जा सकता था। लेकिन कुछ महीनों पुराने एक वीडियो में हम उसे चलकर स्टेज पर जाते देख सकते थे।

'तो यह केवल उस दिन की बात नहीं थी। वह सच में ही लंगड़ाकर चलता है,' मैंने कहा।

सौरभ चुपचाप उसके कुछ और वीडियो देखता रहा।

'वो आम के उस पेड़ पर नहीं चढ़ सकता है,' मैंने कुछ मिनटों के बाद कहा।

'हां। वह मेरे लिए ही इतना मुश्किल था। और अगर तुम्हारी एक टांग ठीक से काम नहीं कर रही हो तब तो नामुमकिन है।'

'सक्सेना ने ये नहीं किया है,' मैंने कहा और लैपटॉप बंद कर दिया। 'मुझे राणा को बता देना चाहिए।'

मैं राणा को कॉल करने के लिए थोड़ा दूर गया। सौरभ कॉल ख़त्म होने तक मेरा इंतज़ार करता रहा और फ़ोन रखने के बाद डायनिंग टेबल पर चला

आया।

'क्या कहा उसने?'

'यह कि हम लोग चूतिए हैं। अगर उसने डीन को अरेस्ट कर लिया होता, तब तो उसका बैंड ही बज चुका होता।'

'सही बात है। इसके अलावा कुछ?'

'बस इतना ही। और साथ में कुछ प्यारी-प्यारी दिल्ली वाली गालियां,' मैंने कहा।

# अध्याय 16

मैंने प्रोफ़ेसर सक्सेना से कहा कि कैंपस के बाहर डीयर पार्क में मुझसे मिलें। इस बार वे तुरंत तैयार हो गए। उन्होंने आईआईटी दिल्ली का सफ़ेद पट्टियों वाला नीला ट्रैकसूट पहना था। वे धीरे-धीरे चल रहे थे और उन्हें अपना बायां पैर आगे बढ़ाने में तक़लीफ़ हो रही थी।

'प्रोफ़ेसर सक्सेना, मैं जानता हूं कि आपने उसे नहीं मारा।'

उन्होंने मेरी तरफ़ हैरत से देखा।

'हां, आपके लंगड़ाकर चलने ने आपको बचा लिया। आप पेड़ पर नहीं चढ़ सकते हैं।'

'मैंने तो तुमसे कहा था कि मैंने यह नहीं किया है।'

'लेकिन वॉचमैन ने भी यह नहीं किया है।'

'उसने नहीं किया?'

मैंने लक्ष्मण के फ़ोन की ब्राउज़र हिस्ट्री के बारे में उन्हें बताया।

'हमारा देश बड़ा अजीब है। उन्होंने एक बेगुनाह को बेकार ही हिरासत में रखा हुआ है,' उन्होंने कहा।

'लेकिन सवाल तो यही है कि तब ज़ारा को किसने मारा?'

'मुझे क्या पता?'

'आप उसे सालों से जानते थे। आपके पास कोई थ्योरी तो होगी।'

'क्या तुम ज़ारा की फ़ैमिली से मिले हो?' प्रोफ़ेसर सक्सेना ने कहा।

'हां। उसके पिता और उसकी सौतेली मां।'

'और उसका सौतेला भाई?'

'सिकंदर? नहीं, मैंने उसके बारे में सुना बहुत है। लेकिन मैं उससे पहली बार ज़ारा के कफ़न-दफ़न पर ही मिला था।'

'लिसन, हो सकता है मेरी बात को कम्युनल मान लिया जाए, लेकिन मैं ज़ारा के पिता और उसके सौतेले भाई को लेकर कभी कंफ़र्टेबल नहीं हो सका हूं। उन लोगों में कुछ गड़बड़ है।'

'क्या?'

'हो सकता है उनकी फ़ैमिली में कुछ हिंसक फ़ंडामेंटलिस्ट लोग शामिल हों। वो लोग, जो किसी को भी पलभर में जान से मार सकते हैं।'

'आपका मतलब है, आतंकवादी समूह?'

'वेल, अब जब तुम यह कह ही रहे हो तो, हां।'

'ज़ारा इस सबसे बहुत दूर थी। ऐसा कहने के पीछे आपके पास कोई आधार है?'

'एक दिन हम बिग डाटा सर्वर रूम में थे और मैंने ज़ारा को अपने सौतेले भाई से बात करते हुए सुना। वह बंदूक़ों के बारे में कुछ कह रही थी।'

'बंदूक़ें?'

'हां, ऐसा कुछ कि सिकंदर, बंदूक़ें इसका सही जवाब नहीं हैं।'

'ये एक जनरल स्टेटमेंट भी हो सकता है।'

'मेरा यक़ीन करो, वह सुनने में जेनेरिक नहीं लग रहा था। उसका सौतेला भाई किसी ग्रुप का हिस्सा बनना चाहता था और ज़ारा ऐसा बिलकुल नहीं चाहती थी। इससे ज़्यादा मुझे नहीं मालूम। मुझे डर लगने लगा था, इसलिए मैंने उससे भी कभी इस बारे में बात नहीं की।'

हम पार्क से बाहर चले आए। प्रोफ़ेसर अपनी कार में जा बैठे।

'इसके अलावा और कुछ?' मैंने कहा।

प्रोफ़ेसर कुछ समय बाद बोले, 'पम्मी ने फ़्यूनरल के बाद कुछ कहा था।'

'क्या?'

'यही कि उसके पैरेंट्स उतने सैड नहीं दिखाई दे रहे थे, जितना कि उन्हें होना चाहिए था। सौतेली मां ही नहीं, उसके पिता भी। हालांकि यह हो सकता है। लोग ऐसे मौक़ों पर शॉक में होते हैं।'

'शुक्रिया, सर,' मैंने कहा। 'यह हेल्पफ़ुल था।'

प्रोफ़ेसर ने कार चालू कर दी।

'कमाल की बात है कि वो तुम्हारे साथ नहीं थी, फिर भी तुम उसके हत्यारों को पकड़ने की कोशिश कर रहे हो।'

मैं मुस्करा दिया।

'अब मैं देख सकता हूं कि उसने क्यों तुम्हारे लिए अपनी स्कॉलरशिप छोड़ दी,' उन्होंने कहा। फिर कार के इंजन की घरघराहट के बीच वे बोले, 'आह, यंग लव।'

❖

'मुझे नहीं मालूम, वो क्या कहना चाह रहा था,' मैंने कोल्ड सोडा सिप करते हुए कहा। 'लेकिन उसने इतना ही कहा कि उसे ज़ारा की फ़ैमिली ठीक नहीं लगती।'

राणा और मैं हौज़ ख़ास विलेज में 'रास्ता' नामक एक बार के टैरेस पर थे। सक्सेना वाली गड़बड़ के बाद इस बार मैं अपने पैसों से राणा को ड्रिंक्स पिला रहा था। हालांकि इंस्पेक्टर को वैसे भी यहां पर पैसा चुकाने की ज़रूरत नहीं थी। उन्होंने लार्ज रम बॉटल और कोक ऑर्डर की। मैं सोडे से ही ख़ुश हो गया।

'फ़ैमिली ठीक नहीं लगती? जैसे कि? कज़िन्स के द्वारा अंकल टाइप्स से शादी?' राणा ने कहा।

'अरे नहीं। सक्सेना को ऐसा लगा कि उसकी फ़ैमिली के आतंकवादियों से कनेक्शंस हो सकते हैं।'

'ये ब्लडी कश्मीरी। ये कुछ भी कर सकते हैं।'

'ज़ारा टेररिस्ट नहीं थी। वो तो मुझको अमन-चैन क़ायम रखने वाली रैलियों में लेकर जाती थी।'

'ये सब ऊपर-ऊपर की बातें हैं। अंदर से, वही ख़ून-ख़राबे की चाहत रहती है,' राणा ने कहा। उन्होंने बाएं तरफ़ एक टेबल की ओर मुड़कर देखा, जहां अभी तीन लड़कियां आई थीं। उनमें से एक ने शॉर्ट रेड ड्रेस पहन रखी थी।

'उसको ठंड नहीं लग रही है क्या?' राणा ने ऐसी टोन में कहा, जो केवल दिल्ली वालों के पास मिलती है। मैं उन्हें फिर से अपने मूल विषय पर लाने लगा।

'ज़ारा के पिता का सक्सेसफ़ुल बिज़नेस था। वे वहां के हालात की वजह से ही कश्मीर छोड़कर आए थे।'

लेकिन इंस्पेक्टर ने मेरी बात सुनी ही नहीं। उनका दिमाग़ उस लड़की में ही अटका था।

'इन लड़कियों को ऐसे कपड़े पहनकर बाहर आते डर नहीं लगता? और ऐसे में कोई उनके पिछवाड़े पर चिकोटी काट जाए तो ये पुलिस को दोष देती हैं,' उन्होंने कहा। उनकी आंखें अभी भी लड़की की रेड ड्रेस पर ही जमी थीं।

मैं तब तक चुप रहा, जब तक कि इंस्पेक्टर ने नज़र भरकर उस लड़की

को देख नहीं लिया। आख़िरकार वे मेरी तरफ़ मुड़े और खीसें निपोर दीं।

'हां, तो तुम क्या कह रहे थे?'

'मुझे नहीं लगता कि ज़ारा के पिता किसी आतंकी संगठन से जुड़े हुए हैं।'

'तुम ऐसा कैसे कह सकते हो? हो सकता है, उन्हें उनसे सिम्पैथी हो। वे उन्हें पैसों की मदद करते हों।'

'उनकी पिछली बीवी फ़रज़ाना की फ़ैमिली में फ़ंडामेंटलिस्ट क़िस्म के लोग थे। लेकिन वे उन सभी से नफ़रत करते थे। इसीलिए उन्होंने उसे डिवोर्स दिया।'

'हम्म...' राणा ने कहा। 'एनीवे, अगर ये टेररिज़्म से जुड़ा मामला है, तब तो यह हमारे हाथ से बाहर है। इसके लिए एंटी-टेररिज़्म स्क्वाड को इनवॉल्व होना पड़ेगा। तब इसको मेरे जैसा चूतिया नहीं, कोई सीनियर अफ़सर हैंडल करेगा।'

मुझे समझ नहीं आया कि इस पर कैसी प्रतिक्रिया दूं। अगर मैं इस पर हामी भरता तो इसका मतलब होता कि मैं भी उन्हें चूतिया मान रहा हूं। और अगर मैं कहता कि नहीं सर, आपसे अच्छी तरह से इस केस को कोई हैंडल कर ही नहीं सकता, तो मैं ख़ुद चूतिया समझा जाता। मैंने इसके बजाय सोडे की चुस्की लेते रहना ही ठीक समझा।

'तुम इसे रहने ही दो,' इंस्पेक्टर ने कहा। 'अगर इस मामले से आतंकवादी जुड़े हैं, तब तो वो तुमको भी टपका देंगे।'

'यानी हम ये कभी नहीं जान सकेंगे कि ज़ारा का ख़ून किसने किया?' मैंने इतने ज़ोर से कहा कि 'ख़ून' शब्द सुनकर तीनों लड़कियां मुड़कर हमारी तरफ़ देखने लगीं।

'हो सकता है, यह सिंपल ऑनर किलिंग का केस हो। इसका टेररिज़्म से कोई ताल्लुक़ ना हो,' राणा ने अपने गिलास को हिलाते हुए कहा, ताकि आइस क्यूब्स ड्रिंक में अच्छे-से मिल जाएं।

'ऑनर किलिंग? तो क्या ज़ारा के पिता ने ही उसे मारा है?' मैंने शॉक्ड होते हुए कहा।

'या हो सकता है, उन्होंने किसी से कहकर उसे मरवा दिया हो। ऐसी चीज़ें होती हैं। मैंने देखा है।'

'लेकिन क्यों?'

'क्योंकि उसको हिंदू लड़कों के साथ सोने का चस्का था,' राणा ने कहा।

मेरे कान झनझना उठे। मेरा मन हुआ कि राणा का मुंह नोंच लूं, जिससे उसने ये शब्द कहे थे। मैं चैन से बैठ नहीं पा रहा था। लेकिन मैंने ख़ुद को रोका। एक पुलिस वाले को मारना कोई बहुत अच्छा आइडिया नहीं था।

'उसके पैरेंट्स रघु को पसंद करते थे और वो कनवर्ट होने के लिए भी तैयार था।' मैंने कहा।

'वो मद्रासी मुसलमान बनता, केवल ज़ारा के साथ रहने के लिए?' राणा ने कुछ इस तरह कहा, जैसे रघु अपना धर्म नहीं सेक्स बदलना चाह रहा हो।

'ज़ारा के पिता ने मुझसे भी कनवर्ट होने को कहा था।'

'और तुमने मना कर दिया?'

मैंने सिर हिलाकर हामी भरी।

उन्होंने मेरी पीठ थपथपाई। 'वाह मेरे राजपूत शेर, कोई भी लड़की इस लायक़ नहीं है कि उसके लिए अपना धर्म छोड़ दिया जाए। वेल डन।'

'मैं नहीं कर सका। अगर मैं करता, तो मेरे पैरेंट्स आत्महत्या कर लेते।'

'बिलकुल। लेकिन उन लोगों की हिम्मत कैसे हुई किसी से अपना धर्म बदलने का बोलने की? मैंने तुमसे कहा ही था कि वो ठीक लोग नहीं हैं।'

'राणा सर, पॉइंट यह है कि वे रघु से नफ़रत नहीं करते थे, ना ही उन्हें ज़ारा के हिंदू बॉयफ्रेंड होने पर ऐतराज़ था। वे तो एक्चुअली रघु की क़ामयाबी के कारण उसे और पसंद करने लगे थे।'

'नहीं, वो मद्रासी उन्हें इसलिए पसंद था क्योंकि वो मुसलमान बनने को तैयार हो गया था।'

'वेल, हां, यह भी हो सकता है, लेकिन मुझे ऑनर किलिंग की कोई वजह दिखाई नहीं देती।'

'तुम कभी नहीं जान सकते। कौन जाने, वो बुड्ढा ये चाहता हो कि ज़ारा किसी ख़ानदानी मुसलमान से निकाह करे। तुमने देखा वो बुड्ढा कफ़न-दफ़न के समय एक बार भी नहीं रोया था?'

'मिसेज़ सक्सेना का भी यही कहना था।'

'उस ठरकी डीन की वाइफ़?'

'हां, सक्सेना ने मुझे बताया। वेल, अब जब आपने यह एंगल सामने रखा है तो मैं आपको बता दूं कि सफ़दर ने मुझे भी अतीत में धमकियां दी

थीं।'

'कब? तुमने मुझे बताया नहीं।'

'जब मैंने कहा कि मैं कनवर्ट नहीं हो सकता तो उसने कहा कि मैं ज़ारा को छोड़ दूं। उसने यह भी कहा कि वह मुझे चोट पहुंचा सकता है, या मुझे मार भी सकता है।'

'वो केवल फ़ॉर्महाउस में रहने वाला एक गुंडा है। ठरकी डीन सही कहता है। ये लोग ठीक नहीं हैं।'

मैं राणा की कही बातों पर सोच ही रहा था कि इंस्पेक्टर का ध्यान फिर से उन तीन लड़कियों पर चला गया। 'वो लाल ड्रेस वाली। लग रहा है जैसे आज रात उसको किसी भी क़ीमत पर चाहिए।'

❖

'तुम्हें ऐसा क्यों लगा कि तुम मेरी बेटी के मर्डर केस की तहक़ीक़ात कर सकते हो?' सफ़दर की आवाज़ गूंजी। संडे सुबह सौरभ और मैं उनसे मिलने गए थे। मैंने उन्हें पूरी कहानी सुना दी थी कि लक्ष्मण और सक्सेना दोनों ने ही ज़ारा को नहीं मारा है।

'ज़ारा के पीएचडी गाइड के बारे में ये तमाम बक़वास। तुम्हें क्या ज़रूरत आन पड़ी थी ये जासूसी करने की?'

'अंकल, क्या आपको यह सुनकर शॉक नहीं लगा कि उसका गाइड उसे हैरेस करता था? आपको ग़ुस्सा नहीं आ रहा है?'

'मुझे तुम पर ग़ुस्सा आ रहा है। मरने के बाद भी तुम मेरी बेटी का पिंड छोड़ने को तैयार नहीं हो।'

'मैं बस यह जानना चाहता हूं कि उसे किसने मारा।'

'तुम होते कौन हो यह जानने वाले? पुलिस? उसकी फ़ैमिली? कौन?'

मैं चुप रहा।

'तुम्हारे और ज़ारा के बीच कोई रिश्ता नहीं था,' सफ़दर ने दांत पीसते हुए कहा। 'अभी मेरे घर और मेरी मरी हुई बेटी की ज़िंदगी से दफ़ा हो जाओ।'

सफ़दर उठ खड़े हुए। इसका यह मतलब था कि अब हमें चलना चाहिए।

'अंकल, इतना नाराज़ मत होइए, इससे चीज़ें और बिगड़ेंगी ही,' सौरभ

ने सधी हुई आवाज़ में कहा।

'चीज़ें और बिगड़ेंगी?' सफ़दर ने कहा। 'मैंने अपनी बेटी को खो दिया है, इससे बदतर अब और क्या होगा?'

'इससे बदतर यह होगा, अंकल कि लोग इस मामले में ऑनर-किलिंग का एंगल ढूंढ़ने की कोशिश करेंगे,' सौरभ ने सपाट ढंग से कहा। मुझे यह देखकर बहुत क्यूट लगा कि वह सीधे तौर पर उन्हें एक हत्यारा बताने के बावजूद उन्हें अंकल कहकर इज़्ज़त दे रहा था।

'क्या?' सफ़दर ने कहा। 'तुम्हारा दिमाग़ तो ख़राब नहीं है?'

'ये मेरा सबसे अच्छा दोस्त है और इसका दिमाग़ एकदम दुरुस्त है। प्लीज़ बैठ जाइए,' मैंने कहा।

सौरभ मुस्करा दिया। सफ़दर फिर बैठ गए।

'अंकल, आपने ज़ारा का पोस्टमार्टम कराने से इनकार क्यों किया था?' मैंने कहा।

'क्या? तो क्या मैं उन हरामियों को अपनी बेटी की लाश को काटने-पीटने देता? तुम्हें पता भी है पोस्टमार्टम में क्या-क्या होता है?'

'पोस्टमार्टम में यह होता है कि जो हुआ है, उसका पता लगाया जाए,' मैंने कहा।

'उन्हें क्या पता लगाना है? ख़बरों के लिए और मसाला?'

सौरभ और मैं चुप रहे।

'तुम लोगों ने देखा था कि जब मेरी बेटी की मौत हुई तो कैसे ये न्यूज़ चैनल मक्खियों की तरह उसकी लाश पर भिनभिनाने लगे थे? किसी को ज़ारा या उसकी फ़ैमिली की फ़ीलिंग्स की फ़िक्र नहीं थी। अब तुम क्या चाहते हो? यह कि लोग इस बारे में डिस्कस करें कि उसका रेप किया गया था या नहीं?'

'उसका रेप नहीं किया गया था,' मैंने कहा। 'ऐसा कुछ नहीं हुआ था। मैंने ही सबसे पहले उसकी लाश को देखा था।'

'लेकिन अगर किसी पागल टीवी एंकर ने मनगढ़ंत बात बना ली तो? तुम्हें पता है, ऐसे हालात में एक परिवार पर क्या बीतती है?'

मुझे कहना होगा कि अगर सफ़दर कुछ छुपा रहे थे, तो वो यह बहुत ही बेहतरीन तरीक़े से कर रहे थे।

'अंकल, मैं केवल इसलिए पूछ रहा हूं क्योंकि यह सवाल देर-सवेर उठेंगे ही। वैसे उस रात को आप कहां पर थे?' मैंने कहा।

सफ़दर ने मेरी तरफ़ देखा और कुछ देर बाद बोले, 'मैं घर पर था और उसकी बर्थडे पार्टी की तैयारी कर रहा था।'

'क्या इस बात के कोई गवाह हैं?'

'फ़ार्महाउस का पूरा स्टाफ़ इसका गवाह है।'

'वो स्टाफ़ है, आपकी तनख़्वाह पर पलने वाला।'

'किसी से भी पूछ लो। अलग से। सभी तुम्हें एक ही बात बताएंगे। एक मिनट, क्या तुम मुझ पर इल्ज़ाम लगाने की कोशिश कर रहे हो?'

'मैं तो नहीं कर रहा, लेकिन करने वाले कर सकते हैं। ऑनर-किलिंग्स होती ही हैं,' मैंने कहा।

'क्या बक़वास है।'

'ज़ारा को दफ़नाते समय मैंने आपको मायूस या उदास नहीं देखा। आपकी आंखों में आंसू भी नहीं थे।'

'मैं लोगों के सामने अपने जज़्बातों को ज़ाहिर नहीं करता। मेरी बिटिया... उसका रूम अब भी वैसा ही है, जैसा वो छोड़कर गई थी। मैं उसके रूम में गया और अकेले में बैठकर रोता रहा। आज के बाद यह कहने की हिमाकत मत करना कि मुझको दर्द का अहसास नहीं होता।'

'हो सकता है आपको हो, लेकिन...'

'ये तुमने लेकिन-लेकिन क्या लगा रखा है? मैंने कुछ नहीं किया है। मैं इस तरह का आदमी नहीं हूं, जो किसी को चोट पहुंचाए, फिर अपनी बेटी को मारना तो दूर की बात है।'

'आपने मुझे मारने की धमकी दी थी,' मैंने कहा।

सफ़दर की आंखें मुझ पर टिक गईं। हम कुछ देर तक एक-दूसरे को घूरते रहे।

'तुमको क्या लगता है, तुम मुझ पर मेरी बेटी के क़त्ल का इल्ज़ाम लगा दोगे और लोग इसको मान लेंगे?'

'तो क्या यही आपकी दलील है? कि आपने ऐसा नहीं किया है, क्योंकि इसको साबित नहीं किया जा सकता?'

'क्या तुम साबित कर सकते हो?'

'चलो, सौरभ।'

मैं जाने के लिए उठ खड़ा हुआ। सौरभ मेरे पीछे-पीछे गार्डन तक चला आया। हम उस झूले के क़रीब से होकर गुज़रे, जिस पर बैठकर ज़ारा के

पिता ने मुझसे शहादा करने को कहा था। मुझे लगा कि ज़ारा अभी रूबी के साथ खेलते हुए वहां आ जाएगी। मैं तेज़ क़दमों से चलने लगा, क्योंकि मैं रोना नहीं चाहता था।

'रुको,' पीछे से सफ़दर की आवाज़ आई। मैं मुड़ा। मैं उम्मीद कर रहा था कि फ़िल्मी स्टाइल में सफ़दर के गुर्गे आएंगे और हमें मारेंगे। लेकिन वहां पर सफ़दर अकेले खड़े थे।

'अंदर आओ,' उन्होंने कहा।

सौरभ और मैं वहीं के वहीं खड़े रह गए। मैं सोच रहा था कि कहीं ये हमें अपने घर के किसी तहख़ाने में ले जाकर वहां किसी ख़ुफ़िया तालाब में हमें फ़ेंककर अपने पालतू मगरमच्छों को तो नहीं खिला देगा।

'मेरे पीछे-पीछे चले आओ। स्टडी रूम में बैठकर बात करते हैं,' उन्होंने कहा।

❖

सफ़दर का स्टडी रूम, उनके पूरे घर की ही तरह, नवाबी शानो-शौक़त से भरा हुआ था। वुडन फ़्लोर पर कश्मीर के महंगे रेशमी कालीन बिछे हुए थे। कमरे के एक तरफ़ बड़ी-सी स्टडी टेबल और बड़ी-बड़ी चमड़े की कुर्सियां थीं। दूसरे छोर पर ब्लैक लेदर सोफ़ा सेट था। एक पूरी दीवार पर लंबा बुकशेल्फ़ था जिसमें सैकड़ों किताबें भरी हुई थीं। हम तीनों एक सोफ़े पर बैठ गए।

'तुम सिकंदर के बारे में कितना जानते हो?' सफ़दर ने कहा।

'ज़ारा उसे बहुत पसंद करती थी। वो हमेशा श्रीनगर में बिताए दिनों को याद करती रहती थी। वो कहती थी कि सिकंदर बहुत ही मासूम लड़का है।'

यह सुनकर सफ़दर मुस्करा दिए।

'और इसके अलावा?'

'यह कि आपने ज़ारा को उससे मिलने-जुलने से मना किया था।'

सफ़दर ने गहरी सांस ली।

'मैंने उसे उससे मिलने-जुलने से इसलिए मना किया था, क्योंकि सिकंदर टीईजे का मेंबर है।'

'ये क्या है?'

'तेहरीक़-ए-जिहाद। कश्मीर का एक अलगाववादी समूह।'

'अलगाववादी यानी? टेररिस्ट्स?' सौरभ ने कहा।

'यह इस पर निर्भर करता है कि तुम ये सवाल किससे पूछ रहे हो,' सफ़दर ने अपनी जांघों पर हाथ फेरते हुए कहा।

'मैं समझा नहीं,' सौरभ ने कहा।

'हिंदुस्तान की हुकूमत का मानना है कि टीईजे एक आतंकवादी संगठन है। जबकि टीईजे और उसके हिमायतियों का मानना है कि वो कश्मीर को आज़ाद कराने के लिए लड़ाई लड़ रहे हैं।'

'आज़ाद किससे?'

'हिंदुस्तान से।'

'और उसके बाद क्या? एक नया मुल्क बनाना?'

'वेल, टीईजे तो चाहता है कि कश्मीर पाकिस्तान से जा मिले। लेकिन कश्मीर के कुछ और ग्रुप्स आज़ादी चाहते हैं। वहां पर ऐसे बीस से भी ज़्यादा ग्रुप हैं।'

'इतने सारे क्यों?' सौरभ ने कहा।

'क्योंकि एक संगठन के लीडर अपना दबदबा बनाए रखने के लिए लड़ते रहते हैं। वे एक गुट से टूटकर अपना एक नया गुट बना लेते हैं।'

'उन लोगों के लिए कश्मीर की आज़ादी की ख़ातिर एकजुट रहने के बजाय अपना दबदबा क़ायम करना इतना ज़रूरी है?' सौरभ ने कहा।

'बिलकुल। वैसे भी कश्मीरियों की कौन परवाह करता है? तुम्हें क्या लगता है, अगर इन सारे गुटों को सचमुच ही कश्मीर की परवाह होती तो क्या घाटी इन हालात में होती?'

कश्मीर मामले के बारे में ये तमाम जानकारियां मिलना दिलचस्प तो था, लेकिन मुझे अपने मूल विषय पर ही क़ायम रहना था।

'अंकल, सॉरी, लेकिन इस सबका ज़ारा से क्या ताल्लुक़ है?'

'मुझे डर है कि सिकंदर के कारण शायद ज़ारा भी टीईजे के साथ इनवॉल्व हो गई थी। फिर कुछ हुआ होगा और उन लोगों ने...'

'आपको यह सब पुलिस को बताना चाहिए था, ताकि वे इस मामले में अपनी तरफ़ से तहक़ीक़ात करते,' मैंने कहा।

'ताकि वो लोग मेरी बेटी को टेररिस्ट कहकर पुकारें?'

'ज़ारा कभी भी टेररिस्ट नहीं हो सकती थी। वो एक स्मार्ट और रैशनल पर्सन थी, जो डिबेट्स और एक्टिविज़्म में यक़ीन रखती थी। उसे हिंसा से

नफ़रत थी,' मैंने कहा।

'लेकिन तुम सब लोगों को यह कैसे समझाओगे? उसका ख़ुद का सौतेला भाई एक टेररिस्ट ऑर्गेनाइज़ेशन का हिस्सा है। वो पाकिस्तान गई थी। शायद सोशल मीडिया पर इसके ब्योरे भी हैं। मीडिया के लिए यह काफ़ी मसाला है।'

'पाकिस्तान?' सौरभ ने कहा।

मुझे ज़ारा की पिछले साल की कुछ इंस्टाग्राम पोस्ट्स याद आईं। वो पाकिस्तान में एक लिट्रेचर फ़ेस्टिवल में गई थी और वहां से उसने अपनी तस्वीरें पोस्ट की थीं।

'आप उसके कराची लिट्रेचर फ़ेस्टिवल के दौरे की बात कर रहे हैं?' मैंने कहा।

मैंने अपने फ़ोन में इंस्टाग्राम खोल लिया था। उसने एक साल पहले उस लिटफ़ेस्ट से अपनी तीन तस्वीरें पोस्ट की थीं। एक तस्वीर सेल्फ़ी थी, जिसमें फ़ातिमा भुट्टो सेशन के दौरान वो श्रोताओं के साथ बैठी थी। दूसरी में वो लिटफ़ेस्ट के एंट्रेंस पर खड़ी थी और फ़ेस्टिवल का साइन बोर्ड दिखा रही थी। तीसरे में वो क्लिफ़्टन बीच पर थी और शाम हो चुकी थी। उसके लंबे बाल हवा में लहरा रहे थे। हल्की रोशनी से उसके चेहरे का बड़ा हिस्सा छिपा हुआ था। मुझे याद है कि ये तस्वीरें देखने के बाद मैंने किस तरह से उसे फ़ोन लगाया था और उससे गुज़ारिश की थी कि वो एक बार फिर मेरी ज़िंदगी का हिस्सा बन जाए।

मैंने ख़ुद को झटककर वर्तमान में लौटाने की कोशिश की।

'आप इस ट्रिप के बारे में बात कर रहे हैं?' मैंने कहा।

सफ़दर ने मेरा फ़ोन देखने के लिए ले लिया।

मैंने कहा, 'ज़ारा हमेशा ही लिट्रेचर फ़ेस्टिवल्स में जाया करती थी। वह कसौली में गई थी, बेंगलुरू में गई थी, कोलकाता भी गई थी। और जयपुर लिट्रेचर फ़ेस्टिवल में तो पांच साल पहले हम दोनों साथ गए थे।'

'मैंने ये तस्वीरें नहीं देखी थीं,' सफ़दर ने धीमी आवाज़ में कहा। फिर उन्होंने स्क्रीन को हल्के-से छूकर तस्वीरों को एनलार्ज किया। 'तुम्हें ये कैसे मिलीं?'

'ये उसने इंस्टाग्राम पर पोस्ट की हैं। पूरी दुनिया इन्हें देख सकती है,' मैंने कहा।

सफ़दर ने अपने आंसू पोंछ लिए।

'आई मिस माय गर्ल, सो मच,' उन्होंने कहा।

ज़ारा के फ़्यूनरल के उलट यहां पर सफ़दर बहुत ही कमज़ोर और मायूस लग रहे थे।

'तो ज़ारा के क़ातिलों को ढूंढ़ने में हमारी मदद कीजिए,' मैंने कहा।

उन्होंने सिर हिला दिया।

'तुम नहीं समझते। हम लोग मुसलमान हैं। लोग शुरुआत ही हम पर शक करने से करते थे। तुमने भी तो यही किया था। तुमने सोच लिया कि मैं अपनी बेटी को मार सकता हूं।'

सौरभ और मैं एक-दूसरे को देखने लगे।

'अंकल, जब तक क़ातिल का पता नहीं लग जाता, सभी शक के दायरे में हो सकते हैं,' मैंने कहा।

'अगर पुलिस ने ज़ारा के क़त्ल की कड़ी तेहरीक़ से जोड़ दी तो उसे टेररिस्ट कहकर बुलाया जाएगा और मुझको भी क्योंकि सभी पैसे वाले मुसलमान कारोबारी दहशतगर्दों के हमदर्द होते हैं, हैं ना?'

'तो क्या आप भी हैं?' मैंने बिना किसी अहसास के साथ कहा।

उन्होंने हैरत से मेरी ओर देखा।

'तुम्हारा दिमाग़ ख़राब हो गया है क्या? मुझे इन आतंकवादियों से सख़्त नफ़रत है। उन्होंने मेरे कश्मीर को तबाह कर दिया। उन्हीं की हरकतों के कारण आज मुल्क के सभी अच्छे मुसलमानों पर दाग़ लग गया है। उन्होंने मेरी बेटी को मार डाला। उन्हें पैसा देना तो दूर, मैं किसी को पैसा देकर उन सभी को मरवा देना चाहूंगा,' उन्होंने कहा। उनकी आवाज़ ग़ुस्से से भरी हुई थी।

सौरभ और मैं चुप रहे। सफ़दर ने ख़ुद को संभाला, फिर बोले, 'एनीवे, मैं तुम लोगों के लिया क्या कर सकता हूं, ताकि तुम मुझ पर शक करना बंद कर दो? ऐसा नहीं है कि मैं कुछ जानता हूं। जो भी किया है, उन्हीं लोगों ने किया है।'

'अंकल, आपने कहा कि ज़ारा का रूम वैसा ही है, जैसा वह छोड़ गई थी,' मैंने कहा।

'हां।'

'अगर हम उसके कमरे की छानबीन करें तो आपको कोई ऐतराज़ तो

नहीं होगा,' मैंने कहा।

❖

ज़ारा का रूम इतना बड़ा था कि मालवीय नगर का हमारा पूरा अपार्टमेंट उतना बड़ा नहीं होगा। उसके बीच में फ़ोर-पोस्टर लकड़ी का बेड था, जिस पर नीली कढ़ाई वाला सिल्क बेडस्प्रेड बिछा था। उसके साइडबोर्ड पर अनेक फ्रेम की हुई तस्वीरें थीं। एंटीक फ़र्नीचर के कारण वो रूम राजस्थान के किसी टॉप हेरिटेज होटल के जैसा लग रहा था। अगर हल्के रंग के परदों को छोड़ दें तो कई साल पहले जब मैं यहां आया था, तब से अभी तक उसके रूम में ज़्यादा बदलाव नहीं आया था। यहां तक कि फूलों की कढ़ाई वाला कार्पेट भी अभी तक वहीं था।

'हम उसके रूम की रोज़ सफ़ाई करवाते हैं,' सफ़दर ने कहा। 'वो जैसे आज भी इसी रूम में है।'

मैंने फ्रेम की हुई तस्वीरों पर नज़र दौड़ाई। उनमें से अनेक अपनी फ़ैमिली के साथ बिताई गई छुट्टियों की थीं। एक तस्वीर रघु के साथ थी, जिसमें वे दोनों इंडिया गेट पर हाथों में हाथ लिए खड़े थे। मैंने ज़ारा के बचपन की एक तस्वीर भी देखी। उसमें वो अपने पिता के पास खड़ी थी और उसके साथ एक छोटा लड़का और ट्रेडिशनल कश्मीरी काफ़्तान पहने एक औरत थी।

'क्या वो सिकंदर है?' मैंने कहा।

'हां। और वो मेरी एक्स-वाइफ़ फ़रज़ाना है,' सफ़दर ने कहा। 'मेरे अतीत से जुड़ी एक यही तस्वीर इस घर में है।'

मैंने छह एंटीक अलमारियां देखीं। ज़ारा अपने कपड़े और दूसरी चीज़ें इनमें रखती थी।

'अंकल, अगर हम इन अलमारियों को खोलकर देखें तो आपको दिक़्क़त तो नहीं होगी?'

सफ़दर ने हामी भर दी। सौरभ और मैंने आपस में तीन-तीन अलमारियां बांट लीं। मैंने पहली अलमारी खोली। इसमें ज़ारा के कपड़े थे। मैंने देखा कि उसमें एक रेड एंड व्हाइट फ़्लोरल प्रिंट सलवार कमीज़ है, जो मैंने हमारे प्यार की पहली एनिवर्सरी पर उसे गिफ़्ट की थी। उसके सामान, जिसमें नेकलेस, ईयररिंग्स, हेयर क्लिप्स आदि शामिल थे, को उलटते-पलटते हुए मुझे लगा, जैसे मैं ज़ारा के दायरे में जबरन घुस आया हूं।

'यहां तुम क्या पाने की उम्मीद लगाए हुए हो?' सफ़दर ने धीमे-से कहा।

'पता नहीं,' मैंने दूसरी अलमारी की ओर बढ़ते हुए कहा। 'मैंने यह पहले कभी नहीं किया।'

दूसरी अलमारी में उसके अंडरगारमेंट्स थे। मैंने उसे बंद कर दिया और तीसरी की ओर बढ़ गया, जिसमें उसके हैंडबैग्स और शूज़ थे।

'कुछ मिला?' मैंने सौरभ से कहा।

'केवल कपड़े, कपड़े और कपड़े हैं,' सौरभ ने कहा। ज़ारा के पास चार अलमारी भरकर कपड़े थे।

पैंतालीस मिनट बाद हम उसकी सभी अलमारियां देख चुके थे, सिवाय एक के, जिसमें उसकी लॉन्जरीज़ थीं।

'तुमने उसको देखा?' सौरभ ने पूछा।

'नहीं, मुझे नहीं लगता, हमें उसे देखना चाहिए,' मैंने कहा।

सौरभ ने नज़रें घुमाकर सफ़दर की ओर देखा। वे हमारी इस बेकार की कवायद से बोर होकर अपना फ़ोन चेक कर रहे थे।

'अंकल, एक्सक्यूज़ मी,' सौरभ ने एक और अलमारी की ओर इशारा करके कहा, 'क्या हम इसे देख सकते हैं?'

'जो करना है, करो। अगर मैं तुम लोगों को रोकूंगा, तो तुम मुझ पर ही शक करोगे। तुम लोगों को ना शर्म है ना लिहाज़, जो मेरी मरी हुई बेटी के सामान को उलट-पलटकर देख रहे हो।'

'सॉरी, अंकल, हम केवल...' सौरभ ने कहा, लेकिन मैंने उसे चुप करा दिया।

मैंने दूसरी अलमारी फिर से खोली। इसमें कैनवास के बहुत सारे बक्से थे। ये बक्से ब्रा और लेस अंडरवियर से भरे हुए थे। सौरभ ने एक बक्से से कुछ गारमेंट्स को उठाकर देखा।

'हमें इस सबको देखने की ज़रूरत नहीं है,' मैंने कहा।

'ठीक है,' उसने कहा और सामान को फिर से जमाने लगा। मैंने एक बक्से को अलमारी में धकेला तो वह किसी सख़्त चीज़ से टकराया।

'यह क्या है?' मैंने अपना हाथ भीतर घुसाया। वहां एक कीपैड था।

'जो है, उसे बाहर निकालो,' सौरभ ने कहा।

सफ़दर ने देखा तो वो बोले, 'क्या हुआ?'

'अंकल, यहां पर एक छोटा-सा गोदरेज सेफ़ है,' सौरभ ने लोहे के उस

छोटे-से बक्से को कबर्ड से निकालने की कोशिश करते हुए कहा, लेकिन वो उसे निकाल नहीं पाया। सफ़दर वहां पर चले आए।

'मैं जानता हूं। उसने इसे ऑनलाइन ख़रीदा था। कह रही थी कि वो इसमें कुछ ज्वेलरी और पैसा रखेगी।'

'यह बंद है,' सौरभ ने कहा।

'हां, मैंने ही बंद करवाया है,' सफ़दर ने कहा।

'आपको इसके कीपैड का कोड मालूम है, अंकल?' मैंने कहा।

सफ़दर ने सिर हिलाकर मना कर दिया।

'इसकी चाबियां होनी चाहिए,' सौरभ ने कहा।

'मेरे पास इसकी चाबियां नहीं है,' सफ़दर ने कहा।

हम एक घंटे तक पूरा कमरा खंगालते रहे, लेकिन वहां हमें चाबियां नहीं मिलीं।

'हमें इसे तोड़ना होगा,' सौरभ ने कहा।

'कैसे?' सफ़दर ने कहा।

'छोटा-सा सेफ़ है। कोई भी हार्डवेयर वाला मेटल कटर से इसे खोल देगा,' सौरभ ने कहा।

❖

खन्न... सेफ़ की फ्रंट प्लेट नीचे जा गिरी। फैब्रिकेटर ने उसे अपनी वेल्डिंग टॉर्च से काट दिया था। इस पांच मिनट के काम के लिए उसने हमसे हज़ार रुपए ले लिए।

मैंने सेफ़ का सारा सामान ख़ाली कर दिया और उसे ज़ारा के बेड पर बिछा दिया। हम तीनों उसके इर्द-गिर्द खड़े हो गए।

फिर मैं एक-एक कर सभी आइटम्स को उठाने लगा।

पहला आइटम एक पासपोर्ट था।

'यह ज़ारा का पासपोर्ट है,' सफ़दर ने कहा।

'क्या मैं इन चीज़ों की लिस्ट बनाता चलूं?' सौरभ ने अपना फ़ोन निकालते हुए कहा।

'बिलकुल,' मैंने कहा।

मैं एक-एक कर चीज़ों के नाम बताता रहा और सौरभ उन्हें अपने फ़ोन में नोट करता रहा।

'तरह-तरह की करेंसीज़। भारतीय रुपए, कोई बीस हज़ार के आसपास। यूएस डॉलर्स, नौ हज़ार। पाकिस्तान करेंसी, दस हज़ार रुपए।'

सफ़दर का फ़ोन बजा।

'मेरे गोडाउन से फ़ोन आया है। मुझे बात करनी होगी। तुम लोगों को जो करना हो, करो। मैं अपने स्टडी रूम में हूं,' सफ़दर ने कहा और चले गए।

उनके जाने के बाद मैंने सौरभ से कहा, 'ये जेनुइन लगता है, है ना? या तुम्हें लगता है कि वो दिखावा कर रहा है?'

'पता नहीं। लेकिन उसने हमें कुछ भी ढूंढ़ने से रोका नहीं।'

'फ़ाइन, तो अपना काम जारी रखते हैं। वेलवेट पाउच। देखते हैं इसमें क्या है। ईयररिंग्स,' मैंने कहा और उन्हें बाहर निकाल लिया।

'हीरे-जवाहरात वाली सोने की बालियां। पुरानी, ट्रेडिशनल क़िस्म की,' मैंने कहा।

'बहुत महंगी लगती हैं,' सौरभ ने डिटेल्स नोट करते हुए कहा।

मैं एक-एक कर उसकी सेफ़ की चीज़ें देखता गया।

'एक भूरा पेपर बैग,' मैंने कहा और पेपर बैग को उलट दिया। उसमें से अनेक चीज़ें बाहर गिर पड़ीं।

'वाऊ, कंडोम्स,' सौरभ और मैंने एक साथ कहा।

'और ये क्या है?' सौरभ ने कहा। उसने तीन सफ़ेद और आयताकार पेपर बॉक्स उठाए।

'प्रेगा न्यूज़,' उन डिब्बों पर लिखा हुआ था।

'ये प्रेग्नेंसी किट्स हैं,' मैंने कहा।

'ओह हां, मैंने इस बारे में करीना कपूर के एडवरटाइज़मेंट्स देखे हैं। क्या इनकी मदद से आप प्रेग्नेंट हो सकते हैं?'

'नहीं इडियट, अगर आप प्रेग्नेंट हैं तो ये आपको बता देते हैं। लेकिन ज़ारा को इनकी ज़रूरत क्यों थी?' मैंने कहा।

सौरभ ने कंधे उचका दिए।

हर डिब्बे पर एक छोटा-सा स्टिकर लगा था। उस पर एक बारकोड और टेक्स्ट था, जिस पर लिखा था— 'प्रेगकिट। आईएनआर 50।'

'वेल, वो रिलेशनशिप में थी,' मैंने ख़ुद के सवाल का जवाब देते हुए कहा। 'वो इंगेज्ड भी हो चुकी थी।'

मेरा गला रुंध गया। मैं उस कड़वे घूंट को निगल गया और अगला

आइटम उठाया।

'ओप्पो फ़ोन बॉक्स,' मैंने कहा और बॉक्स खोल दिया। उसमें एक सेलफ़ोन था।

'इसको स्विच ऑन करो,' सौरभ ने कहा।

फ़ोन को बूट अप होने में एक मिनट का समय लगा। फ़ोन एक नेटवर्क से कनेक्टेड था, यानी उसमें सिमकार्ड लगा हुआ था। उसमें कोई न्यूमेरिक लॉक नहीं था।

'ये ज़ारा का फ़ोन है,' सौरभ ने कहा।

'नहीं, उसका मेन फ़ोन तो हरगिज़ नहीं है। उसके पास आईफ़ोन था।'

'ये कौन-सा नंबर है?' सौरभ ने कहा।

नंबर पता लगाने के लिए मैंने उससे ख़ुद को कॉल किया। मेरा फ़ोन बजा।

'ये नंबर +92 से शुरू होता है,' मैंने अपना फ़ोन चेक करते हुए कहा।

'भाई, ये पाकिस्तान का नंबर है। ये पाकिस्तानी सिम है।'

मैंने फ़ोन को एक तरफ़ फेंक दिया। पाकिस्तान शब्द ही ऐसा है कि हम उसे सुनते ही डर के मारे उछल पड़ते हैं।

'उसके पास एक पाकिस्तानी सिम था?' मैंने कहा। 'ये नंबर नोट कर लो।'

'फ़ोन में कुछ और है? कॉन्टैक्ट्स? पिक्चर्स?' सौरभ ने कहा।

मैंने फ़ोन खोला। उसमें केवल तीन कॉन्टैक्ट्स थे, और उनके नाम के बजाय केवल 'एस', 'आई' और 'डब्ल्यू' लिखा हुआ था।

मैं उसकी पिक्चर गैलरी में गया।

'इसमें कराची लिटफ़ेस्ट की कुछ तस्वीरें हैं,' मैंने कहा। 'वेट, यहां पर ज़ारा और सिकंदर की एक सेल्फ़ी है।'

'मुझे दिखाओ,' सौरभ ने कहा। 'सिकंदर के हाथ में एक मशीन गन है!'

वे शायद एक होटल रूम के फ़र्श पर बैठे थे और सिकंदर हाथ में गन लिए खड़ा था।

'डैम,' मैंने कहा। 'ये तो पूरी तरह से टेररिस्ट है।'

'वो दोनों मुस्करा रहे हैं, ज़ारा भी,' सौरभ ने कहा। मेरा सिर चकराने लगा था। तो क्या ज़ारा भी उसके साथ मिली हुई थी? तेहरीक़-ए-वॉटिवर जो भी उसका नाम था?

जिस रूम में वो तस्वीर ली गई थी, उसमें एक खिड़की थी। खिड़की के बाहर वायर्स, एडवर्टाइज़िंग होर्डिंग्स और बैनर्स के अलावा कुछ नहीं दिख रहा था।

'क्या यह तस्वीर भी पाकिस्तान की है?' सौरभ ने कहा।

मैंने ज़ूम-इन किया। रिज़ॉल्यूशन ख़राब होता चला गया, लेकिन मुझे होर्डिंग्स पर हिंदी के कुछ शब्द दिखाई दिए।

'हिंदी में ऐड्स हैं। ये लोग इंडिया में हैं,' मैंने कहा।

मैंने फ़ोन एक तरफ़ रख दिया और अगले आइटम की ओर बढ़ा।

'एक बिज़नेस कार्ड,' मैंने कहा। 'उर्दू में? या फिर यह अरबी है?'

सौरभ ने सिर हिलाया और इसे नोट कर लिया। उसे भी कुछ समझ नहीं आ रहा था।

'एक छोटा-सा प्लास्टिक पाउच, जिसमें सफ़ेद पाउडर,' मैंने कहा।

'टैल्कम पाउडर?' सौरभ ने कहा।

'वो टैल्कम पाउडर को एक सेफ़ में छुपाकर क्यों रखेगी? तुम इसको टेस्ट करना चाहोगे?' मैंने कहा।

'आर यू क्रेज़ी? ये साइनाइड भी हो सकता है। तुम इन टेररिस्टों के बारे में नहीं जानते।'

'ज़ारा टेररिस्ट नहीं थी,' मैं कहते-कहते रह गया, लेकिन ज़ारा लोन, जिसको मैं दुनिया की सबसे अच्छी लड़की समझता था, की सेफ़ में ये चीज़ें क्यों थीं?

'पीतल का कैप्सूल। वाऊ, कहीं ये बुलेट तो नहीं?' मैंने कहा।

सौरभ ने धातु के उस जानलेवा टुकड़े को उठाया।

'हां, वही है। और क्या हो सकता है?'

'यहां कुछ पाकिस्तानी सिक्के भी हैं।'

'चलो, इन सबके फ़ोटो ले लेते हैं।'

सौरभ ने अपने फ़ोन से सेफ़ में मिले हर आइटम की कई तस्वीरें खींच लीं।

'ये वो ज़ारा नहीं है, जिसको मैं जानता था,' मैंने कहा।

'भाई, लड़कियों के मामले में तुम कभी श्योर नहीं हो सकते कि उनके अंदर क्या है,' उसने बुलेट की ज़ूम-इन तस्वीर खींचते हुए कहा।

सफ़दर अपनी बातचीत ख़त्म कर ज़ारा के रूम में चले आए।

'या ख़ुदा,' प्रेग्नेंसी किट्स और बुलेट्स को देखकर वे बोल पड़े। 'ये सब क्या है?'

'यह सवाल तो हमें आपसे पूछना चाहिए। यह सब आपके घर से मिला है,' सौरभ ने कहा।

सफ़दर ने ज़ारा और सिकंदर की तस्वीर उठा ली, जिसमें सिकंदर हाथ में मशीन गन लिए हुए था।

'अल्लाह क़सम, मुझे इस सबके बारे में कुछ पता नहीं था।'

उन्होंने सफ़ेद पैकेट उठाया। 'यह क्या है?'

'कुछ नहीं पता,' मैंने कहा। 'बाय द वे, क्या आप यह पढ़ सकते हैं?' मैंने उन्हें बिज़नेस कार्ड थमाते हुए कहा।

'हाशिम अब्दुल्ला, कमांडर, तेहरीक़े-ए-जिहाद,' सफ़दर ने कहा।

'और इसके अलावा?'

'कुछ नहीं। यहां कोई नंबर या पता नहीं लिखा है।'

मैंने वो सारी चीज़ें उठाईं और अपने बैकपैक में रख लीं।

'हमें ये सब चीज़ें अपने साथ ले जानी होंगी,' मैंने कहा।

सफ़दर ने एक पल सोचा और हामी भर दी।

'तुम उससे प्यार करते थे,' हम जाने के लिए उठे तो सफ़दर ने कहा।

यह कोई सवाल नहीं था, फिर भी मैंने जवाब दिया, 'हां।'

'वो भी तुमसे बहुत प्यार करती थी, केशव।'

'क्या सच?'

'वो किसी भी क़ीमत पर एक परिवार का हिस्सा बनना चाहती थी। उसे लगता था कि उसे अपना यह परिवार तुमसे मिलेगा। लेकिन जब तुम्हारे पैरेंट्स ने उसे पसंद नहीं किया तो वह अंदर से टूट गई।'

मैं चुप रहा। शायद सफ़दर जानते थे कि उन्होंने मेरी दुखती रग पर हाथ रख दिया है।

'वो पूरे एक साल तक मुझसे लड़ती रही, क्योंकि मैंने तुम पर कनवर्ट होने का दबाव बनाया था। उसने तुम्हें खो दिया तो वो मुझसे भी कट गई। इन्हीं हालात में वो सिकंदर के क़रीब आई थी।'

'हो सकता है। मैं लगातार उससे फिर से जुड़ने की कोशिश करता रहा, लेकिन वो मेरी अनदेखी करती रही,' मैंने धीमे-से कहा।

'क्योंकि भले ही वो तुमसे प्यार करती हो, तुम उसे वह नहीं दे सकते थे

जिसकी उसे चाहत थी, और वह था एक स्थाई परिवार। यह मैं भी उसे नहीं दे सका था। मेरी तीन शादियों के कारण चीज़ें हमेशा बनती-बिगड़ती ही रहीं। पहले उसने अपनी मां को खो दिया, फिर भाई को, फिर तुम्हें। मेरी बेचारी बेटी ने अकेले ही कितना कुछ सहा है।'

'आई एम सॉरी, अंकल,' मैंने धीमे-से कहा। 'मुझे अब यह सब बताने की कोई ज़रूरत नहीं।'

सफ़दर ने मेरे बैकपैक की ओर इशारा किया।

'अगर यह पुलिस या मीडिया के हाथ लग गया तो सब ख़त्म हो जाएगा। जिस ज़ारा को प्यार करने का तुम दावा करते हो, उस पर हमेशा-हमेशा के लिए टेररिस्ट का ठप्पा लग जाएगा।'

'वैसे भी मैं यह सब अभी किसी को नहीं देने वाला था। क्योंकि अगर ये चीज़ें सामने आ गईं तो उसके क़ातिल और चौकन्ने हो जाएंगे,' मैंने कहा।

'भाई, आर यू सीरियस? तुम अब भी हत्यारों को पकड़ना चाहते हो?' सौरभ ने कहा।

'क्यों नहीं?' मैंने कहा।

'क्योंकि अगर इस मामले में टेररिस्ट्स इनवॉल्व्ड हैं तो हमें भी गोलियों से भून देने में वक़्त नहीं लगाएंगे।'

'क्या हम इस बारे में बाद में बात कर सकते हैं?' मैंने सौरभ से कहा।

'बात करने को अब कुछ नहीं है। मैं घर जा रहा हूं,' सौरभ ने कहा और ज़ारा के बेडरूम से बाहर निकल गया।

'तुम्हारा दोस्त सही कह रहा है। वो लोग बहुत ख़तरनाक हैं। इस बात को मानने में चाहे जितनी तकलीफ़ हो, बेहतर यही होगा कि तुम समझ लो उन्हीं लोगों ने ज़ारा को मारा है और अपनी ज़िंदगी में हमेशा की तरह मसरूफ़ हो जाओ,' सफ़दर ने कहा।

मैंने अपने बैकपैक की ज़िप लगाई और अपनी पीठ पर लाद लिया और मैं जाने के लिए उठ खड़ा हुआ।

'मेरे साथ एक प्रॉब्लम है, अंकल। मेरे लिए "जस्ट मूव ऑन" करना हमेशा से मुश्किल रहा है।'

# अध्याय 17

'अभी तक नाराज़ हो? कम से कम कुछ खा तो लो,' मैंने कहा। सौरभ और मैं लंच के समय चंदन क्लासेस के स्टाफ़ रूम में थे। उसने पिछले तीन दिन से मुझसे बात नहीं की थी। हमारा घर किसी शांत ऑपरेशन थिएटर जैसा लगने लगा था। चुपचाप अपना काम करने वाले सर्जनों की तरह हम भी एक-दूसरे से बात किए बिना अपनी रोज़मर्रा की ज़िंदगी जी रहे थे। मैंने उसे उकसाने की हरसंभव कोशिश कर ली–व्हिस्की, रसगुल्ला, हाई-डेफ़िनेशन पोर्न–लेकिन मैं उसका ध्यान नहीं खींच पाया। वह एक शब्द भी कहने को तैयार नहीं था।

स्टाफ़रूम में दो और फ़ैकल्टी मेंबर्स लंच कर रहे थे। वे हमसे कुछ ही दूरी पर बैठे थे।

'मैंने छोले-भटूरे ऑर्डर किए हैं। एक तो खाओ,' मैंने कहा। छोले-भटूरे की लाजवाब महक ने सौरभ की नाक को छुआ, लेकिन वो टस से मस नहीं हुआ। वो अपनी पांच इंच मोटी 'ऑर्गेनिक कैमिस्ट्री' टेक्स्टबुक को पढ़ता रहा। ये किताब इतनी वज़नी थी कि उसको उठाकर जिम में बाइसेप कर्ल्स किए जा सकते थे।

'हम दोनों की जान को कोई ख़तरा नहीं होगा, लेकिन कमऑन, क्या तुम भी नहीं चाहते कि हम क़ातिलों को खोज निकालें?'

'अगर क़ातिल सेल्फ़ी भी मशीनगन लेकर खिंचवाते हैं, तब तो हरगिज़ नहीं,' सौरभ ने कहा।

'आहा, तो आख़िरकार तुम बोल पड़े। यानी तुम्हारी इस मामले में दिलचस्पी बनी हुई है।'

'भाई, दिलचस्पी की ऐसी की तैसी, लेकिन मैं नहीं चाहता कि मेरे पिछवाड़े में एक दर्जन बुलेट्स भर दी जाएं। तुम एक टेररिस्ट ऑर्गेनाइज़ेशन की तहक़ीक़ात करोगे? वो लोग तो मज़े-मज़े में ही किसी को भी मार देते हैं।'

'मुझे उनकी ऑर्गेनाइज़ेशन में कोई दिलचस्पी नहीं है। मैं केवल इतना जानना चाहता हूं कि ज़ारा के साथ क्या हुआ।'

'लेकिन क्यों?' सौरभ ने इतने ज़ोर से कहा कि दोनों फ़ैकल्टी मेंबर्स

मुड़कर हमारी तरफ़ देखने लगे।

'धीरे बोलो,' मैंने कहा।

'भाड़ में जाओ,' उसने कहा। 'मैं तो बोलना ही नहीं चाहता।'

'मैं इस कहानी को ख़त्म करना चाहता हूं, गोलू। ब्रेकअप के बावजूद मैं ज़ारा के साथ यह नहीं कर पाया था। और जब वो मेरे पास लौट आना चाहती थी तो वो हमेशा के लिए चली गई और अपने पीछे इतने सारे सवाल छोड़ गई।'

'सॉरी, इस मामले के ख़ात्मे के चक्कर में कहीं तुम्हारा ही ख़ात्मा ना हो जाए।'

'तो रहने दो।'

'मेरी कभी कोई गर्लफ्रेंड नहीं रही, तो मुझे मालूम नहीं कि इस सबसे कैसे डील करना है। अच्छा ही है।'

'तुमने कहा था कि तुम दिल-दिमाग़ से मेरा साथ दोगे, याद है?'

'भाई, दिमाग़ का इस्तेमाल करने की ज़रूरत तो तुम्हें है। नहीं तो वो लोग तुम्हारा सिर ही उड़ा देंगे। अब यह डीन की वाइफ़ को नाइटी में देखने भर का मामला नहीं रह गया है। अब ये तारीख़-ए-जुम्मा का मामला है।'

'तेहरीक़-ए-जिहाद,' मैंने उसे दुरुस्त किया।

'जो भी हो। सेफ़ से मिली सभी चीज़ें राणा को सौंप दो और उसे अपना काम करने दो।'

'जैसे कि राणा कुछ करेगा? वह तो यही चाहता है कि लक्ष्मण ही जेल में सड़कर मर जाए।'

'तो यह लक्ष्मण की बदनसीबी है। और ये हमारे देश की बदनसीबी है कि यहां पर इस तरह से काम होता है। लेकिन इसका हमसे कोई सरोकार नहीं है।'

'मैं समझता हूं। तो कैसा रहेगा अगर हम यह सब पुलिस को दे दें, लेकिन अपने स्तर पर भी चुपचाप तहक़ीक़ात करते रहें, ताकि किसी को ख़बर ना हो।'

'कैसे?'

'मैं तुम्हें बताऊंगा। लेकिन तुम पहले ये छोले-भटूरे खा लो।'

मैंने सौरभ के सामने प्लेट बढ़ा दी। उसने प्लेट को ऐसे देखा, जैसे कई साल बाद अपने बिछड़े हुए बच्चे को देख रहा हो।

'वैसे भी मैंने आज नाश्ता नहीं किया था,' सौरभ ने कहा।

'क्यों?'

'तुम्हें यह दिखाने के लिए कि मैं अपसेट हूं,' सौरभ ने भटूरे पर टूटते हुए कहा।

'खाने पर गुस्सा नहीं निकालना चाहिए,' मैंने कहा।

'हमारे जैसे ट्यूशन मास्टर क्या इंवेस्टिगेशन कर लेंगे?' सौरभ ने दूसरा भटूरा खाते हुए कहा।

'मेरे दिमाग़ में अभी कोई बड़ा प्लान तो नहीं है। मैं केवल सिकंदर से बात करना चाहता हूं। आख़िरकार वो ज़ारा का फ़ैमिली मेंबर है।'

'तुम सिकंदर से बात करोगे, जो एके-47 राइफ़ल को फ़ोन पॉवरबैंक की तरह लिए घूमता है?'

'पहले तो उससे फ़ोन पर ही बात करूंगा।'

'हेल, नो, भाई। एक बार उन्हें तुम्हारा फ़ोन नंबर पता चल गया तो वो तुम्हारे पीछे लग जाएंगे।'

'हम पाकिस्तान वाली सिम से फ़ोन लगाएंगे। मुझे पूरा यक़ीन है कि 'एस' वाला कॉन्टैक्ट उसी का है।'

'भाई,' सौरभ ने कहा और रुक गया।

'क्या?'

'तुम्हें जो करना हो करो, लेकिन मैंने तुम्हें पहले ही आगाह कर दिया है कि तुम बिना किसी बात के उन लोगों से पंगा ले रहे हो।'

❖

हम अपने रूम में बेड पर बैठे थे और हमने चादर ओढ़ी हुई थी।

'तुम्हें कैसे मालूम कि 'एस' वही है?' सौरभ ने कहा।

'अभी पता कर लेते हैं,' मैंने कहा और नंबर डायल कर दिया। हर रिंग के साथ मेरे दिल की धड़कन और तेज़ होती जा रही थी। लेकिन किसी ने फ़ोन नहीं उठाया।

दस रिंग जाने के बाद मैंने फ़ोन काटा और सिर हिला दिया।

'कोई जवाब नहीं?' सौरभ ने कहा।

'हां।'

'और इसी के साथ ज़ारा लोन इंवेस्टिगेशन का अंत होता है। गुड नाइट।'

सौरभ ने बेड में पसरते हुए कहा।

'मैं एक बार फिर ट्राय करूंगा,' मैंने कहा और फिर से नंबर लगाया। इस बार भी किसी ने जवाब नहीं दिया।

'कोशिश करते रहो। कोई भी फ़ोन नहीं उठाएगा,' उसने चादर के अंदर से कहा। 'भाई, वैसे किसी दूसरे विषय पर बात करें—तो जैसे मैंने तुम्हें बताया था, तुमने टिंडर ट्राय किया? उसमें तुमको फ्री में लड़की मिल जाती है।'

मैंने उसकी बात को अनसुना करके फ़ोन एक तरफ़ रख दिया।

'अपने रूम में जाकर सो जाओ, सौरभ,' मैंने कहा।

'नहीं भाई, ये टेररिस्टों की बात के बाद अब मुझे अकेले सोने में डर लग रहा है।'

'गोलू, अपना साइज़ तो देखो, तुम्हें डरने की क्या ज़रूरत है?'

सौरभ ने कोई जवाब नहीं दिया और सोने का बहाना करता रहा।

मैंने बेडसाइड लैंप बंद कर दिया, बेड पर लेट गया और छत के पंखे की गहरे रंग वाली आउटलाइन्स को घूरने लगा। मेरे दिमाग़ में एक के बाद एक विचार उमड़ रहे थे। क्या मैं सच में ज़ारा को जानता था? क्या मैं एक ऐसी लड़की के लिए दीवाना था जिसकी असलियत कुछ और ही थी? या क्या वह ब्रेकअप के बाद बदल गई थी? कहीं ऐसा तो नहीं कि मेरे पैरेंट्स ने उसकी जो इंसल्ट की, उसके कारण वो आतंकवादी बन गई? सिकंदर तो उसको इतना चाहता था, वो उसे क्यों मारना चाहेगा?

लेकिन चंद मिनटों बाद मेरा दिल ग्लानि से भर गया। मुझे सफ़दर की बात याद आई, जिन्होंने कहा था कि ज़ारा एक स्थाई परिवार का हिस्सा बनने के लिए तरस रही थी। जिस तरह से मेरे परिवार ने उसे ठुकरा दिया था, उससे उसे कितनी ठेस पहुंची होगी। मैं इन्हीं विचारों में देर तक डूबता-उतराता रहा।

फ़ोन की रिंग से मेरे विचारों में बाधा पड़ी।

'फ़क। पाकिस्तानी फ़ोन बज रहा है,' सौरभ ने कहा। वो बेड से इस तरह उछला, जैसे किसी ने उस पर बाल्टी भरके कॉक्रोच फेंक दिए हों।

'अब हम क्या करेंगे, भाई?' उसने कहा।

'रिलैक्स। वो केवल कॉल-बैक कर रहे हैं।'

'पाकिस्तानी फ़ोन पर?' उसने चिल्लाते हुए कहा, जैसे कि पाकिस्तानी फ़ोन को अटेंड करते ही उसमें ब्लास्ट हो जाता हो। मैंने होंठों पर उंगली

रखकर सौरभ को चुप रहने को कहा।

मैंने कॉल अटेंड किया।

'अस्सलाम-अलैकुम,' दूसरी तरफ़ से एक पुरुष की आवाज़ आई।

'हैलो,' मैंने कहा। 'आई मीन, अस्सलाम-अलैकुम। सॉरी, वालैकुम-सलाम।'

दूसरी तरफ़ मौजूद आवाज़ ख़ामोश हो गई।

'क्या आप सिकंदर हैं?' मैंने कहा।

'कौन, जनाब?' उसने कहा।

'आपने ज़ारा के फ़ोन पर कॉल किया है ना?'

'आप कौन बोल रहे हैं और आपको यह फ़ोन कहां से मिला?'

'मैं ज़ारा का दोस्त हूं।'

'नाम?'

'केशव।'

जैसे ही मैंने अपना नाम लिया, सौरभ की दोनों भौंहें तन गईं। मुझे अपने मुंह पर उंगली रखकर इशारा करना पड़ा, ताकि वह कहीं चिल्ला ना पड़े।

'मैं केशव हूं, ज़ारा का दोस्त। क्या आप सिकंदर हैं? मेरी आपसे ज़ारा के कफ़न-दफ़न पर मुलाक़ात हुई थी?'

'क्या हम मिले थे?'

ओके, तो यह सिकंदर ही था।

'तुम मुझे जानते हो ना? ज़ारा का राजस्थानी दोस्त।'

'आपा ने आपके बारे में बताया था।'

'उसने बताया था?' मैंने कहा। मैं सोच रहा था कि ज़ारा ने मेरे बारे में उसको क्या बताया होगा।

'आपको यह फ़ोन कैसे मिला?'

'सिकंदर भाई, क्या हम मिल सकते हैं?'

इस बार मुझे सौरभ का मुंह ज़ोर से दबाना पड़ा, क्योंकि मैंने सिकंदर से मिलने की इच्छा जता दी थी।

'क्यों?' सिकंदर ने कहा।

'मुझे उसकी मौत के बारे में कुछ सवाल पूछने थे।'

'क्या सवाल? उसका क़ातिल तो जेल में है।'

'वो क़ातिल नहीं है।'

'मुझे इस बारे में कुछ नहीं पता।'

'हम एक बार मिल तो सकते हैं।'

'नहीं,' उसने कहा और फ़ोन रख दिया। मैंने अपना हाथ सौरभ के मुंह से हटा दिया। उसने घूरकर मुझे देखा।

'क्या?'

'अब तुम एक टेररिस्ट से मिलना चाहते हो?'

'वो ज़ारा की फ़ैमिली का हिस्सा है। वैसे भी, वो मुझसे मिलेगा नहीं।'

'यही अच्छा है। मैं चाहता हूं कि अब कैसे भी यह मर्डर-केस हमारा पिंड छोड़े।'

'तो क्या करें? ऊबे हुए स्टूडेंट्स को एक ऐसा एंट्रेंस एग्ज़ाम क्रैक करना सिखाएं, जिसमें वो कभी क़ामयाब नहीं हो सकते?'

'ये हमारा जॉब है, भाई।'

मैंने ओपो फ़ोन उठाया और सिकंदर का नंबर फिर से डायल किया। उसने तीन बार कॉल करने के बाद फ़ोन उठाया।

'मैंने कहा कि मुझे आपसे नहीं मिलना है। अब मुझे फिर से फ़ोन मत लगाना,' सिकंदर ने कहा।

'तब मेरे पास केवल यही ऑप्शन रह जाएगा कि मुझे ज़ारा के घर से जो भी चीज़ें मिली हैं, उन्हें पुलिस को दे दूं,' मैंने कहा।

सिकंदर चुप हो गया। सौरभ ज़ोर-ज़ोर से हाथ हिलाने लगा। मैंने फ़ोन को म्यूट करके कहा, 'क्या है?'

'तुम क्या उसको धमकी दे रहे हो? एक टेररिस्ट को?' सौरभ ने घबराहट भरी आवाज़ में कहा।

'रिलैक्स,' मैंने कहा और कॉल पर लौट गया।

'आर यू देयर, सिकंदर?'

'हां।'

'सिकंदर, मेरी ना तो पुलिस के पास जाने में कोई दिलचस्पी है, ना ही तुम क्या काम करते हो, यह जानने में। मैं केवल यही जानना चाहता हूं कि ज़ारा को किसने मारा है।'

'आपको क्या लगता है, मैं अपनी आपा को मार सकता हूं? वो, जो मेरे लिए इतना मायने रखती थीं?'

'मैंने ये तो नहीं कहा। मैं केवल तुमसे मिलना चाहता हूं। हम उसके पिता

से भी मिल चुके हैं।'

'हम? आपके साथ और कौन है?'

'मेरा बेस्ट फ्रेंड, सौरभ।'

'प्लीज़, मेरा नाम मत बताओ,' सौरभ ने ज़ोर से चिल्लाते हुए कहा, जिस पर मुझे फिर उसका मुंह दबा देना पड़ा।

❖

पहाड़गंज किसी भी वीडियो गेम के लिए परफ़ेक्ट सेटिंग साबित हो सकता था। यहां पर यह चैलेंज हो सकता था कि आप इसकी गलियों से बिना चोट खाए कैसे गुज़र सकते हैं। सौरभ और मैं ऑटो रिक्शा, साइकिल रिक्शा, गायों, गधों, मोटर साइकिलों, खोमचे वालों और हज़ारों पैदल चलने वाले लोगों से बचते-बचाते उसकी संकरी गलियों में अपना रास्ता तलाश रहे थे। आख़िरकार हम अपनी मंज़िल पर पहुंच ही गए। यह क़दम शरीफ़ दरगाह और शिव मंदिर के बीच नेमचंद पकौड़ा दुकान थी, एक ग़ैरइरादतन सेकुलर लोकेशन।

हल्का हरा पठानी सूट पहने सिकंदर पहले ही दुकान पर मौजूद था। उसने हल्की दाढ़ी उगा रखी थी, शायद उम्रदराज़ दिखने के लिए। वह दुकान पर आने वाले हर ग्राहक को बहुत ग़ौर से देख रहा था और इधर-उधर टहल रहा था।

उसने अभी तक हम पर ध्यान नहीं दिया था।

'भाई, हम अभी भी लौटकर जा सकते हैं,' सौरभ ने कहा। 'हो सकता है उसने कुर्ते में गन छुपा रखी हो और वो हमें मार दे।'

'लेकिन वो हमें क्यों मारेगा?'

'किसी भी बात पर उसका दिमाग़ ख़राब हो सकता है। जैसे कि यही कि हमने उसके पकौड़ों के लिए चटनी नहीं बचाई।'

'चटनी?'

'हम यहां पकौड़े खाएंगे ना? इस जगह के पकौड़े बहुत फ़ेमस हैं।'

'मैं अंदर जा रहा हूं,' मैंने कहा।

❖

'मैं यहां पर हूं, बताओ आपको क्या बात करनी है?' मेरे अंदर आते ही

सिकंदर ने कहा।

'बात शुरू करने से पहले, हम खाने को कुछ मंगवा लें?' मैंने कहा।

मैंने सोचा कि खाने-पीने के सामान के कारण सौरभ का दिल लगा रहेगा और उसे कम डर महसूस होगा। हमने आधा किलो मिक्स्ड पकौड़े ऑर्डर किए और साथ में तीन कप मसाला चाय भी मंगवा लीं।

एक मिनट में हमारा ऑर्डर आ गया—गोभी, आलू, प्याज़, मिर्च और पालक के पकौड़े, सभी मसालेदार और डबल-फ्राइड। सब्ज़ियां खाने का इससे टेस्टी और इससे अनहेल्दी तरीक़ा कोई दूसरा नहीं हो सकता था।

सिकंदर ने उसे हाथ भी नहीं लगाया। सौरभ ने एक-एक कर हर वैराइटी के पकौड़े उठा लिए।

'आप कुछ खा नहीं रहे हैं? कुछ ट्राय कीजिए,' सौरभ ने सिकंदर से कहा। जब वह किसी से डरा हुआ होता था तो उसकी लल्लो-चप्पो करने लगता था।

'हमें तुम्हारी मदद चाहिए। हम ज़ारा के केस को सुलझाने की कोशिश कर रहे हैं,' मैंने कहा।

'केस को सुलझाने की कोशिश 'केशव' कर रहा है, मैं तो बस यूं ही साथ में हूं,' सौरभ ने हरी मिर्च का पकौड़ा चबाते हुए कहा।

'मैं क्या मदद कर सकता हूं?' सिकंदर ने कहा।

'तुम ज़ारा के बहुत क़रीब थे ना?'

'आपा मेरे लिए दूसरी मां की तरह थीं।'

'तो क्या तेहरीक़-ए-जेहाद में से किसी ने उसे मारा है?'

यह सुनते ही सिकंदर उठ खड़ा हुआ। सौरभ ने अपना चेहरा मेरे कंधे के पीछे छुपा लिया।

'मैं चलता हूं,' सिकंदर ने कहा।

'क्यों? हम अभी तो मिले हैं। बैठ जाओ। केवल पांच मिनट के लिए,' मैंने कहा।

सिकंदर असमंजस में लग रहा था, इसके बावजूद वह बैठ गया। मैंने उसके सामने चाय का एक प्याला बढ़ाया। उसने सिर हिलाकर इनकार कर दिया।

'आपको तेहरीक़ के बारे में किसने बताया? मैं तो समझता था आपको आपा के सिवा किसी और मामले में दिलचस्पी नहीं है।'

'मुझे सच में कोई दिलचस्पी नहीं है। ज़ारा से तुम्हारी आख़री बात कब हुई थी?'

'उनकी मौत से तीन दिन पहले। उन्होंने मुझे फ़ोन लगाया था।'

'तुम्हारी क्या बातें हुई थीं?'

'इससे आपका कोई सरोकार नहीं है। वो भाई और बहन के बीच की बात है।'

'भाई, नहीं सौतेला भाई, राइट?' सौरभ ने गर्मागरम गोभी का पकौड़ा मुंह में डालते हुए कहा। सिकंदर ने उसे घूरकर देखा।

'सौतेले भाई-बहन भी एक-दूसरे के बहुत क़रीब हो सकते हैं।'

'हां, हां, क्यों नहीं,' सौरभ ने अपने चिर-परिचित लल्लो-चप्पो वाले स्टाइल में कहा, 'सिकंदर भाई, कुछ ट्राय कीजिए, ये मिर्च वाला पकौड़ा तो बहुत ही स्वादिष्ट है।'

सिकंदर ने उसकी बातों पर कोई ध्यान नहीं दिया और मुझसे कहा, 'आपा ने इतना ही कहा था कि वे मुझसे बहुत दिनों से नहीं मिली हैं, और यह कि... कि मुझे कोई ढंग का जॉब कर लेना चाहिए।'

'वैसे अभी तुम कौन-सा काम करते हो? अगर तुम्हें बताने में कोई ऐतराज़ ना हो तो?' मैंने कहा।

'यूं ही कुछ छोटे-मोटे काम। कभी दिल्ली तो कभी श्रीनगर में।'

'किस तरह के छोटे-मोटे काम?'

'लोडिंग ट्रक। कश्मीरी कारोबारियों का सामान देशभर में इधर-उधर ले जाना। बस यही सब।'

'बुरा मत मानना लेकिन क्या तुम्हारा तेहरीक़-ए-जेहाद से कोई ताल्लुक़ है?'

'मैं इस सवाल का जवाब नहीं देना चाहता। वैसे भी आपका इससे कोई सरोकार नहीं है।'

'मैं इतना ही जानना चाहता हूं कि क्या ज़ारा भी तेहरीक़ से जुड़ी थी। सिकंदर, कम से कम मुझे इतना ही बता दो।'

'बिलकुल भी नहीं।'

'तो फिर...' मैंने बोलना शुरू किया, लेकिन सिकंदर फिर उठ खड़ा हुआ।

'क्या?' मैंने कहा। 'तुम खड़े क्यों हो गए?'

उसने कोई जवाब नहीं दिया और उल्टे एक रिवॉल्वर निकाल लिया।

सौरभ का मुंह खुला का खुला रह गया। अलबत्ता सिकंदर ने हमें हैंड्स-अप नहीं कहा था, लेकिन उसने तुरंत दोनों हाथ ऊपर उठा लिए। शायद यह ज़रूरत से ज़्यादा फ़िल्में देखने का नतीजा था। उसके एक हाथ में प्याज़ का पकौड़ा था।

'सिकंदर भाई, हम लोग केवल बात कर रहे हैं, इस सबकी क्या ज़रूरत...' मैंने शांत आवाज़ में कहा लेकिन सिकंदर ने मुझे बीच में रोक दिया।

'चुप्प, हरामी। बहुत हो गया। मुझे मालूम है कि आपा और तुम्हारा रिश्ता बहुत पहले ही ख़त्म हो गया था। तो तू अब ये जासूसी क्यों कर रहा है?'

उसने मेरे चेहरे की ओर गन घुमा दी। मुझे लगा, जैसे मेरा दिल धड़कना बंद हो जाएगा।

'अगर मैंने तुम्हें अपसेट कर दिया हो तो उसके लिए सॉरी। मैं केवल बात करना चाहता था।'

'मैं जा रहा हूं। मेरा पीछा करने की कोशिश मत करना, समझे?'

वेटर्स, कस्टमर्स और दुकान का मालिक, सभी अपनी जगह पर जमे के जमे रह गए। सिकंदर दुकान से बाहर निकल गया। वह सड़क के दूसरी ओर गया और गन को अपने कुर्ते की जेब में रख लिया। देखते ही देखते वो पहाड़गंज की भीड़ में कहीं गुम हो गया।

'वो चला गया है,' मैंने सौरभ से कहा, 'अब तुम अपने हाथ नीचे कर सकते हो।'

'क्क्क क्या...' सौरभ ने हाथ ऊपर किए हुए कहा।

'पहले जो खा रहे हो, उसे निगल जाओ।'

सौरभ ने अपना पकौड़ा निगला और चिल्लाते हुए कहा, 'वॉट द फ़क। मेरे भी पैरेंट्स हैं। फ़क, फ़क, केशव, आज के बाद मैं तुम्हारे साथ कहीं नहीं जाऊंगा। हम लोग ट्यूशंस लेते हैं, हम किसी जेम्स बॉन्ड के भतीजे नहीं हैं।'

'हमें कुछ नहीं हुआ है। डरपोक तो वो था, जो यहां से भाग गया।'

'उसकी ऐसी की तैसी। तुमने मुझसे कहा था कि हम लोग यहां केवल पकौड़े खाएंगे। जबकि अभी हम ख़ुद पकौड़ा बनते-बनते बचे हैं।'

मैंने दुकान के मालिक को इशारा करके कहा कि बिल भिजवा दें।

'रहने दीजिए, साहब। हम आपसे पैसे नहीं लेंगे,' दुकान के मालिक ने दम साधे कहा।

# अध्याय 18

पकौड़ा कांड के एक हफ़्ते बाद हम अपनी बैठक में बैठे कोई रिएलिटी शो देख रहे थे। छोटी लड़कियां मेकअप किए आइटम सॉन्ग्स पर डांस कर रही थीं। सीज़न का फ़िनाले चल रहा था और सौरभ की आंखें उस पर जमी हुई थीं। मैं टीवी देखने के साथ ही अपने फ़ोन पर सर्फ़िंग भी कर रहा था।

'मुझे अपना फ़ोन दो,' सौरभ ने कहा। मैंने ध्यान नहीं दिया।

'तुम यह सब क्यों देखते हो? मुझे ऐसे शोज़ डिस्टर्बिंग लगते हैं,' मैंने फ़ोन पर आंखें जमाए कहा।

'डिस्टर्बिंग क्या है, ये तो मैं तुम्हें बताऊंगा,' सौरभ ने मेरे हाथ से फ़ोन छीनते हुए कहा।

'ये क्या है, गोलू?'

'तुम फ़ोन पर क्या कर रहे थे?'

'कुछ नहीं। बस यही देख रहा था कि मेरा लिंक्डइन प्रोफ़ाइल अप-टु-डेट है या नहीं।'

'अपडेट करने को कुछ भी नहीं है। हमारा रेज़्यूमे अभी तक वही सड़ा-गला है।'

'मैं सोच रहा था कि शायद एक नई तस्वीर अपडेट कर दूं।'

'बुलशिट। तुम्हारे फ़ोन पर ट्विटर स्क्रीन क्यों खुली हुई है?'

टीवी पर एक छोटी लड़की 'मुन्नी बदनाम हुई' पर थिरकने लगी। जजेस और ऑडियंस ने तालियों की गड़गड़ाहट से उसे चीयर किया।

'ये बक़वास ग़ैरक़ानूनी क्यों नहीं मानी जाती है?' मैंने सौरभ के सवाल को नज़रअंदाज़ करते हुए कहा।

'मेरे सवाल का जवाब दो, भाई।'

'मैंने बताया ना। मैं केवल अपने को अपडेट कर रहा हूं। करेंट अफ़ेयर्स।'

'हां, वो तो दिख रहा है। तुमने ट्विटर पर तेहरीक़-ए-जिहाद सर्च किया हुआ है।'

'क्या मैंने ऐसा किया है?'

सौरभ ने टीवी बंद किया और मेरे सामने कॉफ़ी टेबल पर बैठ गया। ज़रूरत से ज़्यादा वज़न झेलने से कॉफ़ी टेबल चरमरा गई।

'भाई, मैं सुपर-सीरियस हूं,' सौरभ ने मेरी आंखों में झांकते हुए कहा, जैसे वो मुझे सम्मोहित करना चाहता हो।

मैं नीचे देखता रहा।

'तुमने उस सनकी आदमी की गन देखी थी? तुम इस मामले के बारे में अब कभी बात नहीं करोगे।'

'मैं बस ऐसे ही अपना फ़ोन देख रहा था।'

'टेररिस्ट ऑर्गेनाइज़ेशंस को सर्च करना बस केवल अपना फ़ोन देखना है?'

'मुझे बस थोड़ी-सी जिज्ञासा थी। देखो, हम यह पहले ही जानते हैं कि सिकंदर तेहरीक़ से जुड़ा है। और जब मैंने ज़ारा और तेहरीक़ के बारे में पूछा तो वो वहां से भाग गया।'

सौरभ ने अपने होंठों पर उंगली रख ली।

'श्श्श भाई, मेरी बात सुनो, तुम पागल होते जा रहे हो।'

'क्या?'

'कुछ गड़बड़ी हुई। आतंकवादियों ने ज़ारा को मार दिया। कहानी ख़त्म। अब तुम कभी भी इस बारे में बात नहीं करोगे। कभी भी। कोई थ्योरीज़ नहीं, कोई एनालिसिस नहीं। बस इसको अपने दिमाग़ से साफ़ कर दो।'

'लेकिन कैसे? मैं किसी और चीज़ के बारे में सोच ही नहीं पाता। मेरी ज़िंदगी में इसके अलावा कोई और चीज़ मायने ही नहीं रखती। मुझे किसी और चीज़ की परवाह नहीं।'

'नया जॉब हासिल करने की भी नहीं?'

'मुझे नए जॉब की ज़रूरत है, लेकिन सच पूछो तो मुझे उसकी भी कोई परवाह नहीं।'

'नई गर्लफ्रेंड बनाने के बारे में क्या ख्याल है?'

'अभी मैं उस फ्रेम ऑफ़ माइंड में नहीं हूं। एक ही लड़की ने मुझे इतनी तक़लीफ़ दे दी है।'

'टिंडर, भाई। पेन-फ्री लव। तुम्हें पता है, टिंडर पर मेरे लिए दो मैच थे।'

'वो कैसे?'

'कुछ नहीं। लेकिन जब हमने चैट की तो उन्होंने मुझे अनमैच्ड कर

दिया।'

'क्या? क्यों?'

'उन्होंने कहा कि वे ईमानदारी को बहुत महत्व देती हैं। मैंने कहा ठीक है। उन्होंने पूछा आपकी दिलचस्पी किस चीज़ में है। मैंने बता दिया।'

'क्या बताया?'

'मैंने कहा, मेरी दिलचस्पी सेक्स में है। या कुछ भी फ़िज़िकल। हैंड जॉब भी चलेगा।'

'क्या? तुमने ये कहा?'

'मैंने बताया ना, मैंने ईमानदारी से बात कही थी।'

मैं ज़ोर से हंस पड़ा।

'फिर क्या हुआ?'

'उन्होंने मुझे डिलीट कर दिया। बिचिस। ऑनेस्टी, माय ऐस।'

'मेरे 'एनीथिंग फ़िज़िकल' डार्लिंग, यहां तो आओ,' मैंने उसे बीयर-हग देने की कोशिश करते हुए कहा।

'दूर हटो और सीरियस हो जाओ।'

'मैं सीरियस ही हूं,' मैंने हंसते हुए कहा। 'बट सीरियसली, हैंड-जॉब भी चलेगा, तुमने ये कह दिया?'

'मैं अपने रहने के लिए कोई दूसरी जगह तलाश लूंगा। तुम्हें इस केस और मेरे बीच में से किसी एक को चुनना होगा,' सौरभ ने कहा।

'क्या?' मैंने कहा। मेरे चेहरे से हंसी ग़ायब हो गई।

हम दोनों में से कोई भी एक मिनट तक कुछ नहीं बोला।

सौरभ उठ खड़ा हुआ। 'मुझे अपना जवाब मिल गया। मैं इस वीकेंड तक चला जाऊंगा,' उसने कहा।

'ये तुम क्या सेंटी ड्रामा कर रहे हो?' मैंने उसका हाथ खींचकर उसको बैठाने की कोशिश करते हुए कहा।

'क्या?' उसने कहा।

'आज से इस केस की ऐसी की तैसी। मैं पहले ही बहुत कुछ खो चुका हूं, अब मैं तुम्हें नहीं खो सकता।'

'रियली भाई, तुम मेरे लिए यह करोगे?'

'हां, अभी तुम कहीं नहीं जा रहे हो। टीवी चालू कर लो। मैं देखना चाहता हूं कि वो 'मुन्नी बदनाम हुई' वाली लड़की जीती या नहीं।'

❖

'एनरोलमेंट क्रैश हो गया है। यह अनएक्सेप्टेबल है,' चंदन ने कहा।

कमरे में पान मसाले और चीप कोलोन की गंध भरी हुई थी। चंदन ने 'द इकोनॉमिक टाइम्स' में एक लेख पढ़ा था, जिसमें कॉर्पोरेट्स में वीकली मैनेजमेंट मीटिंग्स के महत्व के बारे में बताया गया था। उसे यह आइडिया बहुत पसंद आया था। लेकिन वो यह भूल गया था कि चंदन क्लासेस एक डिक्टेटरशिप है, कॉर्पोरेट नहीं। अब हमें शनिवार की सुबह आठ बजे आना पड़ता था, क्लासेस शुरू होने के दो घंटे पहले। चंदन इन मीटिंग्स में एक फ़ॉर्मल सूट पहनता था और किसी साउथ इंडियन मूवी के विलेन के चमचे जैसा दिखाई देता था, जो अपनी बेटी की शादी के लिए तैयार हुआ हो।

फ़ैकल्टी से लेकर पीअन और सेक्सी शीला तक, किसी को भी ये अर्ली मॉर्निंग मीटिंग्स वाला आइडिया पसंद नहीं आया था।

'ये आपका बहुत ही अच्छा फ़ैसला है, सर,' पहली मीटिंग में कैमिस्ट्री टीचर ब्रज चौबे ने कहा था।

'अब हम सच में प्रोफ़ेशनल बन गए हैं,' फ़िज़िक्स टीचर मोहन या पुली-सर ने कहा, जो पूरी दिल्ली में सबसे अच्छा पुलीज़ टॉपिक पढ़ाते थे।

चंदन अरोरा की लल्लो-चप्पो करना भी एक कला थी। हमारी तुलना में सभी फ़ैकल्टी मेंबर इस काम में माहिर थे। लेकिन आज कोई भी झूठी तारीफ़ चंदन का मूड ठीक नहीं कर पा रही थी।

'स्टूडेंट्स की संख्या देखो। 402 से घटकर वे 376 हो गए हैं,' जब उसने 'घटकर' शब्द बोला तो उसके मुंह से गुटखे का एक छोटा-सा टुकड़ा उछलकर मेरी कलाई पर आ गिरा। सौरभ ने देखा तो मुंह बना लिया। मुझसे हमदर्दी जताने के लिए उसने एक टिशू मेरी तरफ़ बढ़ा दिया।

'मिस्टर सौरभ महेश्वरी,' चंदन अरोरा ने कहा।

'येस सर,' सौरभ ने एकदम सीधे तनकर खड़े होते हुए कहा।

'प्लीज़ ध्यान दीजिए।'

'मैं ध्यान दे रहा हूं, सर।'

'आप क्या पढ़ाते हैं?'

'कैमिस्ट्री। आपने मुझे इसी के लिए हायर किया है, सर।'

'मुझे सभी गैस लॉज़ के बारे में बताइए,' चंदन ने कहा।

सभी आठ फ़ैकल्टी मेंबर्स और सेक्सी शीला ने एक-दूसरे को ऑकवर्ड

नज़रों से देखा।

'आर यू सीरियस, चंदन सर?'

'हां, मैं देखना चाहता हूं कि आप लोगों को कितना आता है।'

'बोयल्स लॉ, चार्ल्स लॉ, ग्राहम्स लॉ ऑफ़ डिफ़्यूज़न, अवोगाद्रोज़ लॉ एंड डॉल्टन्स लॉ ऑफ़ पार्शियल प्रेशर। क्या अब मैं इन सबको एक्सप्लेन भी करूं, सर?'

'कोई ज़रूरत नहीं है। लेकिन यह ज़रूर एक्सप्लेन करो कि एनरोलमेंट डाउन क्यों जा रहा है। क्वालिटी ऑफ़ टीचिंग के अलावा और क्या वजह हो सकती है?'

किसी ने कुछ नहीं कहा।

'मैं इस महीने सभी की सैलेरी से टेन परसेंट, नहीं, ट्वेंटी परसेंट की कटौती कर रहा हूं,' चंदन ने कहा।

'क्या?' मेरे मुंह से निकला। सभी ने शॉक्ड नज़रों से मेरी तरफ़ देखा, जैसे कि मैंने हिटलर को उसके मुंह पर बोल दिया हो कि तुम्हारी मूंछें बहुत फ़नी हैं।

'समझ नहीं आया क्या? बिज़नेस ड्रॉप हुआ तो तुम्हारी सैलेरी भी ड्रॉप हुई,' चंदन ने कहा।

'जब बिज़नेस बढ़ता है तब तो सैलेरी नहीं बढ़ती,' मैंने बुदबुदाते हुए कहा।

'क्या कहा?'

'कुछ नहीं, सर। दूसरी कोचिंग क्लासेस खुल रही हैं। जेईई की तैयारी के लिए अब ऑनलाइन एप्स भी हैं।'

जब हम बच्चों को गलाकाट प्रतिस्पर्धा का सामना करने के लिए तैयार करते थे, तो हम ख़ुद कैसे उससे बच सकते थे?

'क्या तुम चंदन क्लासेस को प्रमोट करते हो? क्या तुम स्टूडेंट्स से ये कहते हो कि वे अपने दोस्तों को अपने साथ यहां लाएं? नए स्टूडेंट्स जोड़ने का यही सबसे अच्छा तरीक़ा है,' चंदन ने कहा।

'हम फ़ैकल्टी हैं, सर। ऐसा करना डिग्निफ़ाइड नहीं लगेगा...' सौरभ ने कहा।

'डिग्निटी की ऐसी की तैसी। ये धंधा है, भेनचोद, समझ में आ रहा है कि नहीं?'

चंदन की इस दिल्ली वाली अदा पर सेक्सी शीला शरमा गई। शायद यह मेरी कल्पना ही रही होगी, लेकिन मुझे ऐसा भी लगा जैसे अपने प्रेमी की यह मर्दानगी देखकर वह थोड़ा-सा उत्तेजित भी हो गई थी।

सौरभ ने मेरी ओर देखा। मैंने उसे इशारा किया कि वह शांत रहे।

चंदन ने अपनी बात जारी रखी, 'और अपने आपको फ़ैकल्टी बोलना बंद करो। यह कोई यूनिवर्सिटी नहीं है, जो डिग्री या डिप्लोमा जारी करती हो। यह कोचिंग सेंटर है। हम स्टूडेंट्स को एग्ज़ाम क्लीयर करना सिखाते हैं और उससे पैसा कमाते हैं।'

टेबल के आसपास मौजूद सभी लोगों ने अपने सिर झुका लिए।

'गेट आउट, एवरीवन! और इस बार पे-कट होगी। और अगर नेक्स्ट क्वार्टर में भी नंबर्स इम्प्रूव नहीं हुए तो मैं नौकरियां खाना शुरू कर दूंगा। हर फ़ैकल्टी मेंबर को हर क्वार्टर में दस नए स्टूडेंट्स लाने ही होंगे। मिस्टर गैस लॉज़, ख़ासतौर पर तुमको, समझे?'

'जी, सर,' सौरभ ने कहा।

❖

'मुझे इससे सख़्त नफ़रत है,' सौरभ ने कॉरिडोर में कहा। 'क्या तुम उस जिहादी सिकंदर को बोलकर इसको मरवा सकते हो?'

मैं हंस दिया।

'काश मैं उसे बोल पाता, लेकिन वो चैप्टर अब क्लोज़ हो चुका है। मैंने उस केस और अपने भाई के बीच अपने भाई को चुना है,' मैंने उसके बालों को सहलाते हुए कहा।

❖

'उसने जवाब दिया?' सौरभ ने पूछा।

'हां। इन फ़ैक्ट, उसी ने मुझे पहले मैसेज किया,' मैंने कहा। मैं अपने फ़ोन को देख रहा था और टिंडर एप्प को समझने की कोशिश कर रहा था, जहां पर मुझे अपने लिए एक मैच मिल गया था।

'तुम लकी हो, भाई। क्या नाम है उसका?'

'सोनिया,' मैंने कहा।

हम शनिवार की रात अपने घर में बेड पर लेटे हुए थे। सौरभ ने मुझे

टिंडर को इस्तेमाल करना सिखाया था। उसने मुझे बताया था कि इसमें स्वाइप कैसे करते हैं और मैचेस से बात कैसे करते हैं।

'क्या लोग आजकल इसी तरह से अपने प्यार की तलाश करते हैं?' मैंने कहा। मैं रॉन्देवू में ज़ारा से हुई मुलाक़ात के बारे में सोच रहा था। अगर वो सब आज होता तो क्या होता? वो मेरी तस्वीर को लेफ़्ट स्वाइप करती या राइट?

'आशिक़ी करने का समय अब बचा नहीं भाई। जो चाहिए, वो बोलो और तुरंत वो मिल जाता है,' सौरभ ने कहा।

'उसने अभी-अभी मैसेज किया है,' मैंने कहा।

'ये अच्छी बात है। वो अपनी तरफ़ से पहल कर रही है। उसे मैसेज करो,' सौरभ ने कहा। मैंने उसके 'हे, व्हॉट्स अप?' के जवाब में 'हाय' लिख दिया।

'तो, तुम मुझसे मिलना चाहते हो?' उसने जवाब दिया।

'तुम्हारी तो निकल पड़ी, भाई। ये तो अभी से मिलने के लिए तैयार है,' सौरभ ने मेरा फ़ोन देखते हुए कहा।

'मैं हां कह दूं?'

'बिलकुल। ये तुम्हारी डेट है।'

मैंने रिप्लाई में कहा 'श्योर'।

मैं अपने इस नए प्यार के जवाब का इंतज़ार करने लगा।

पांच मिनट बाद जवाब आया, 'एक घंटे के पांच हज़ार रुपए। इनक्लूड्स ब्लोजॉब एंड वन शॉट स्ट्रेट।'

मैंने यह मैसेज सौरभ को दिखा दिया।

'ओह, ये तो प्रोफ़ेशनल है। सॉरी, भाई। उसको अनमैच कर दो, यह तो और प्रॉब्लम ही क्रिएट करेगी।'

मैंने सोनिया को अनमैच कर दिया और हमारी लव स्टोरी छह मिनट में ख़त्म हो गई। मैंने लाइट्स बंद कर दीं। सौरभ अब भी मेरे ही रूम में सोना चाहता था।

'मैं थका हुआ हूं। गुडनाइट,' मैंने अंधेरे में सौरभ से कहा।

'श्योर, गुडनाइट, भाई। बस एक बात है?'

'क्या?'

'तुमको क्या लगता है, सोनिया बार्गेनिंग करती या नहीं?'

❖

मैं क्लासरूम में अकेला बैठा टेस्ट पेपर्स चेक कर रहा था। सौरभ आया और दरवाज़ा लगा लिया।

'क्या हुआ?' मैंने कहा।

'चंदन ने मुझे वार्निंग दी है,' सौरभ ने कहा।

'वार्निंग?' मैंने कहा।

'मैं कोई नए स्टूडेंट्स नहीं ला पाया हूं। उसने कहा है कि अगर अगले महीने तक भी मैं नए स्टूडेंट्स नहीं ला पाया तो वो मुझे नौकरी से निकाल देगा।'

'लाया तो मैं भी नहीं हूं। इन फ़ैक्ट, मैंने तो एक स्टूडेंट को यहां से चले जाने के लिए कन्विंस किया है।'

'तुमने ऐसा किया?'

'हां, वह फ़ैशन की पढ़ाई करना चाहता था। वैसा स्टूडेंट कैसे जेईई क्लीयर कर सकता था?'

'भाई, चंदन तुम्हारी जान ले लेगा।'

'डोंट वरी। उस स्टूडेंट ने पहले ही अपनी सालभर की फ़ीस जमा कर दी थी, जो कि नॉन-रिफ़ंडेबल है। ना चंदन के पैसों का नुक़सान होगा, ना उस स्टूडेंट के कैरियर का एक साल बिगड़ेगा।'

चंदन क्लासेस का पीअन बिस्वास चाय के कप से भरी ट्रे लेकर क्लासरूम में आया। हमने एक-एक कप चाय उठा ली।

'बिस्वास, थोड़े बिस्किट्स भी ला दो।'

'चंदन सर ने कहा है कि आज से बिस्किट बंद,' बिस्वास ने कहा।

'क्या? लेकिन क्यों?' मैंने कहा।

'ख़र्चों में कटौती या ऐसा ही कुछ। क्या मालूम वो क्या बोल रहा था,' बिस्वास ने कहा और बाहर चला गया।

हम चुपचाप अपनी चाय पीते रहे और सोचते रहे कि हमारा यहां पर और कितने दिनों का बसेरा है। मैं फिर से आंसर-शीट्स जांचने लगा। सौरभ कुछ मिनटों के बाद बोला।

'भाई, मैं कभी भी इंजीनियर नहीं बनना चाहता था। मेरे पैरेंट्स चाहते थे, इसलिए मैं इंजीनियर बना। अब जिस काम में मेरा दिल नहीं था, उसे कर रहा हूं तो यही तो होगा।'

मैंने आंसर-शीट से नज़र उठाए बिना मुंह बना दिया।

'क्या मैं कुछ कह सकता हूं? सुनकर ज़्यादा एक्साइट मत हो जाना,' सौरभ ने कहा।

'क्या?'

'मैं केस को मिस करता हूं।'

'ज़ारा के केस को?'

'हां, उस पर तुम्हारा साथ देते समय मुझे लगा जैसे कि मैं ज़िंदा हूं, जैसे कि हम कुछ ऐसा कर रहे हैं, जिसका कोई मतलब हो, कोई मायने हों।'

'रियली?'

'जैसे कि जब हमने लक्ष्मण के फ़ोन को हैक किया था। या जब हमने यह पता लगाया था कि सक्सेना लंगड़ाकर चलता है।'

'हां, वो सब तुम्हीं ने किया था। यही कारण है कि मैंने वह केस छोड़ दिया। क्योंकि तुम्हारे बिना मैं यह नहीं कर सकता था।'

मैं फिर से अपनी आंसर-शीट्स जांचने लगा।

'वो तो उस जिहादी ने गन निकाल ली, नहीं तो मैं तुम्हें इस केस पर काम करने से नहीं रोकता।'

'हां, जानता हूं।'

सौरभ ने सिर हिलाया और चुप हो गया। मैं पिछले कुछ टेस्ट पेपर्स चेक करने लगा।

'तुम तेहरीक़-ए-जिहाद को ट्विटर पर क्यों सर्च कर रहे थे?'

'हुं?' मैंने आंसर-शीट से नज़र उठाकर कहा। 'तुम इस सबके बारे में क्यों बात कर रहे हो, गोलू?'

'मैं बस क्यूरियस हूं। ट्विटर क्यों?'

'तेहरीक़ के बारे में मालूमात हासिल करने के लिए, और यह पता लगाने के लिए कि सिकंदर कहां पर हो सकता है। इस तरह के आतंकवादी संगठन आम तौर पर ट्विटर पर एक्टिव रहते हैं।'

'ओके, और वो व्हाइट पाउडर क्या था? तुमने पता लगाया?'

मैंने पेन का ढक्कन लगाया, आंसर-शीट को एक तरफ़ रखा और सौरभ की आंखों में देखने लगा।

'सीरियसली, सौरभ?'

'क्या?'

'नहीं, मैंने नहीं पता लगाया, क्योंकि तुमने मुझे इस केस पर काम करने से मना कर दिया था। याद है?'

'और सिकंदर के फ़ोन कॉल रिकॉर्ड्र्स? राणा उन्हें पाने में हमारी मदद कर सकता है।'

'तुम यह सब क्यों बोल रहे हो?'

सौरभ ने अपना ख़ाली चाय का कप डेस्क पर ज़ोर से दे मारा।

'मुझे समझ नहीं आ रहा, ज़्यादा ख़तरनाक क्या है—इस केस पर काम करने के लिए जिहादियों का हमें मार डालना या यहां चंदन क्लासेस में एक-एक दिन तिल-तिल करके मरना,' सौरभ ने कहा और कमरे से बाहर चला गया।

❖

मैंने फिर वही बुरा सपना देखा था, जिससे मेरी नींद खुल गई थी। लगभग हर रात मैं यह सपना देखता था कि ज़ारा ख़ुद को बचाने के लिए छटपटा रही है और उसका हत्यारा अपने हाथों से उसका गला घोंट रहा है।

मैंने समय देखा। रात के तीन बज रहे थे।

सौरभ जाग रहा था। वह मेरे पास बैठा अपने लैपटॉप पर काम कर रहा था।

'तुम क्या कर रहे हो?' मैंने पूछा।

'सिकंदर श्रीनगर में है। मैं दावे से कह सकता हूं,' सौरभ ने कहा।

मैं उठकर बैठ गया।

'कैसे?'

'एक ग्रुप में सिकंदर की फ़ोटो है। तेहरीक़ के एक अकाउंट ने उसे ट्विटर पर पोस्ट किया है। वो तस्वीर हाल ही की और सच्ची मालूम होती है।'

'वाऊ,' मैंने तस्वीर को देखते हुए कहा। सिकंदर और छह और लोग तेहरीक़ का झंडा लिए खड़े थे और पीछे पहाड़ दिखाई दे रहे थे।

'तुम्हें यह तस्वीर कैसे मिली?'

'ज़ारा की सेफ़ से मिले बिज़नेस कार्ड पर अरबी में जो भी लिखा था, उसे मैंने सर्च किया। गूगल ट्रांसलेट की मदद लेने के कारण मुझे थोड़ा समय लगा और मुझे बहुत सारे अकाउंट्स से भी होकर गुज़रना पड़ा। लेकिन मुझे यह तस्वीर मिल ही गई। यह दो दिन पहले पोस्ट की गई थी।'

'क्यों?'

'उन्होंने यह तस्वीर क्यों पोस्ट की? यह तो मुझे नहीं पता।'

'नहीं गोलू, मैं पूछ रहा हूं कि तुम यह सब क्यों कर रहे हो?'

'मेरी ज़िंदगी में एक यही मीनिंगफ़ुल चीज़ है। और मुझे लगता है हम इस मामले का खुलासा करने के काफ़ी क़रीब पहुंच गए हैं। हमें यहां पर आकर हार नहीं माननी चाहिए।'

'तुम श्योर हो?'

सौरभ ने दिल पर हाथ रखकर हामी में सिर हिला दिया।

# अध्याय 19

'तुम्हें यह पाउडर कहां से मिला?' राणा ने कहा।

'हमारी क्लास के कुछ बच्चों के पास से? आप जानते हैं यह क्या है?'

मैं ज़ारा की अलमारी से मिले व्हाइट पाउडर का एक सैंपल लेकर आया था। राणा, सौरभ और मैं हौज़ ख़ास विलेज में मूनशाइन पर आए थे। रात के दस बज रहे थे और इस बड़े-से बार में केवल दस-पंद्रह ग्राहक थे। जब राणा ने बार के मैनेजर से कहा कि आज यहां लड़कियां क्यों नहीं दिखाई दे रही हैं तो मैनेजर ने कहा कि यहां पर शाम आधी रात के बाद जवान होती है।

'यह कोकीन है। मासूम बनने की कोशिश मत करो। क्या तुम लोग इसको यूज़ कर रहे हो?'

'नहीं, सर। कोकीन यानी ड्रग्स?' मैंने कहा।

'हां, और हौज़ ख़ास के ये अमीर बाप के बच्चे एक ग्राम कोकीन के सात हज़ार रुपए चुकाने को तैयार रहते हैं।'

'क्या?'

'लड़को, मैं तुम दोनों को पसंद करता हूं, लेकिन जब बात ड्रग्स की आती है तो मैं सख़्त हो जाता हूं। सच-सच बताओ, तुम्हें यह कहां से मिली?'

'मैंने आपको बताया ना। क्लास के स्टूडेंट्स से मिली।'

'आईआईटी की तैयारी करने वाला स्टूडेंट कोकीन यूज़ करेगा? नॉनसेंस।'

'यह साउथ दिल्ली है। और हमारे कोचिंग सेंटर पर आने वाला हर स्टूडेंट अपनी पढ़ाई को लेकर सीरियस नहीं होता है,' सौरभ ने कहा।

'जो भी हो, हम उसे कोचिंग क्लास से बर्ख़ास्त कर देंगे।'

इंस्पेक्टर राणा ने सिर हिला दिया, हालांकि वे अब भी कंविंस्ड नहीं लग रहे थे।

'आप एक ड्रिंक लेंगे, सर?' बारटेंडर के आने पर सौरभ ने कहा।

'हां, रम एंड कोक, लार्ज। हम सभी के लिए। एंड, ब्लडी, अभी तक यहां कोई लड़कियां क्यों नहीं आई हैं? आज उनके डैड्स ने उन्हें बाहर

निकलने से मना कर दिया है क्या?' राणा ने कहा।

बारटेंडर ने कोई जवाब नहीं दिया। उसने तीन ड्रिंक्स बनाईं और हमें ला दीं।

'तुमने अभी तक उस कश्मीरी लड़की वाले केस के बारे में कोई बात नहीं की?' राणा ने बड़ा घूंट पीते हुए कहा।

'मैं अपने काम में इतना बिज़ी रहा कि उसके लिए समय नहीं निकाल पाया,' मैंने कहा।

'इंट्रेस्ट ख़त्म हो गया? अब पता चला कि ऐसे मामलों की तहक़ीक़ात करना कितना कठिन है?'

'जी,' मैंने कहा।

'तुम उसके बाप से मिले थे? ऑनर-किलिंग वाले एंगल पर कुछ सोचा? मुझे कोई शक नहीं कि उसके बाप ने ही उसको मारा होगा। ये मुल्ले कुछ भी कर सकते हैं।'

'हम एक बार मिले थे।'

'और?'

'उस रात वो घर पर ही थे और अगले दिन ज़ारा की बर्थडे पार्टी के लिए तैयारियां कर रहे थे।'

'ऐसा क्या?' राणा ने कुछ सोचते हुए कहा। उन्होंने अपनी ड्रिंक फ़िनिश की, गिलास नीचे रखा, और बड़े भद्दे तरीक़े से आह की ध्वनि निकाली।

'हां, और अब इस मामले में कोई रास्ता नहीं सूझ रहा है।'

मेरा दिल ज़ोर से धड़कने लगा। हम एक पुलिस ऑफ़िसर से झूठ बोल रहे थे। अगर राणा को पता चल जाए कि हम कुछ बहुत ज़रूरी सबूत छुपा रहे हैं तो क्या होगा? मैंने इंस्पेक्टर के लिए एक और ड्रिंक ऑर्डर कर दी, ताकि उनका ध्यान मेरी नर्वसनेस पर ना चला जाए।

'आर यू श्योर कि यह पाउडर तुम ज़ारा के बाप के पास से लेकर नहीं आ रहे हो? आख़िर वो मुल्ला इतना अमीर कैसे बन गया? हो ना हो, वह एक ड्रग डीलर है,' राणा ने कहा।

मुझे काटो तो ख़ून नहीं।

'मैं उसे जेल में सड़ा दूंगा, मर्डर के लिए नहीं तो ड्रग्स के लिए। तुम तो बस मुझे एक बार बता दो,' राणा ने मेरी तरफ़ उंगली तानते हुए कहा।

'नहीं, सर,' सौरभ ने सिर हिलाते हुए कहा। 'हमें इस बारे में कुछ नहीं

मालूम। एक्चुअली, मैंने तो केशव से कहा था कि इस केस का चक्कर छोड़ दे।'

'क्यों? डर गए थे क्या?'

'हां। और हमें कैरियर पर भी फ़ोकस करना है।'

'गुड। वैसे भी इन सब चीज़ों में समय ज़ाया करने से कोई फ़ायदा नहीं है,' राणा ने कहा। उनका फ़ोन बीप हुआ। 'मुझे जाना होगा। अर्जेंट मामला है।'

'क्या फिर से कोई क्राइम हो गया, सर?' सौरभ ने कहा।

'नहीं, मेरी सासु मां का बर्थडे है और मैंने वादा किया था कि मैं खाने के टाइम पर घर पहुंच जाऊंगा। मैं भूल गया था। मैंने तो उनके लिए कोई गिफ़्ट भी नहीं लिया। अब तो दोनों मां-बेटी मेरा भेजा खा जाएंगी।'

❖

फ़्लश की आवाज़ के कारण हम चंद सैकंड तक बात नहीं कर पाए।

'हमने अभी-अभी सात लाख रुपए टॉयलेट में फ़्लश कर दिए हैं। हम चाहते तो इसे बेच सकते थे,' सौरभ ने कहा।

'माना कि हमारे कैरियर की ऐसी-तैसी हो रही है, लेकिन हालात अभी इतने बदतर भी नहीं हैं कि हम ड्रग-डीलरशिप करें,' मैंने हाथ धोते हुए कहा।

'क्या आईआईटी का सपना भी एक नशा नहीं है?'

'हां, है, लेकिन वह लीगल है। अगर हम घर पर बैठे हों और ऑर्गेनिक कैमिस्ट्री की किताब हमारे हाथ में हो तो कुछ नहीं होगा। लेकिन अगर किसी को हमारे घर से सौ ग्राम कोकीन की पुड़िया मिल जाए तो समझो हम दस साल के लिए अंदर।'

हम बाहर निकल आए।

'अब क्या करें?' सौरभ ने कहा।

'जैसा कि मैंने कहा, मैं श्रीनगर जाऊंगा। मैं कोई रिस्क नहीं लूंगा, लेकिन अपने लेवल पर जो कुछ पता लगा सकता हूं, उसे जानने की कोशिश ज़रूर करूंगा।'

'और मैं क्या करूंगा?'

'तुम यहीं पर रहो। बेकार का ख़तरा लेने का कोई फ़ायदा नहीं। तुम यहां रहकर भी इस केस को एनालाइज़ करने में मेरी मदद कर सकते हो।'

'लेकिन मैं तुम्हें वहां अकेले कैसे जाने दे सकता हूं?'

'मुझे कुछ नहीं होगा। और हम लगातार फ़ोन पर एक-दूसरे के संपर्क में रहेंगे।'

हम सोफ़े पर बैठे और टीवी चालू कर लिया। फ़िल्म *टॉय स्टोरी* आ रही थी और हम उसे देखने लगे। एक सीन में, वुडी और बज़ लाईटईयर, दो टॉय जो आपस में गहरे दोस्त थे, लड़ पड़ते हैं। लेकिन दोनों ही एक-दूसरे को बेहद मिस भी करते हैं। बैकग्राउंड में *यू हैव गॉट अ फ्रेंड इन मी* गाना बज रहा था—

*यू हैव गॉट अ फ्रेंड इन मी*
*देयर इज़ नॉट एनीथिंग आई वुड नॉट डू फ़ॉर यू*
*वी स्टिक टुगेदर एंड सी इट थ्रू*
*कॉज़ यू हैव गॉट अ फ्रेंड इन मी*
*यू हैव गॉट अ फ्रेंड इन मी।*

आख़िरकार, दोनों गहरे दोस्तों की लड़ाई ख़त्म हो जाती है और आंखों में आंसू लिए एक-दूसरे से गले मिल जाते हैं।

सौरभ ने अपनी आंखें पोंछी और मुझसे कहा, 'मैं भी चलूंगा।'

'क्या? लेकिन...' मैंने कहा।

'कोई लेकिन-वेकिन नहीं। मैं भी कश्मीर चल रहा हूं। मैं तमाम बुकिंग्ज़ कर लेता हूं।'

'लेकिन, गोलू...'

'कहते हैं कि कश्मीर धरती का स्वर्ग है। और अभी मैं चंदन क्लासेस में हूं, जो कि धरती का नर्क है। यहां पर होने से तो कुछ भी बेहतर ही होगा। तो यह तय हो गया है कि मैं भी चल रहा हूं।'

'सौरभ, सीरियसली...'

'श्शश... डिसाइडेड।'

मैंने सौरभ की ओर देखा। उसका गोलमटोल चेहरा पिक्सर के टेडी बियर जैसा लग रहा था।

'आई लव यू,' मैंने कहा।

'अगर कोई मेरा मर्डर कर देगा, क्या तब भी तुम उस केस की ऐसे ही जांच करोगे?'

'नहीं, मैं हत्यारे से कहूंगा कि तुम्हारे बजाय मुझे मार दे।' मैंने कहा।

'तुम ऐसी ही स्टुपिड सेंटीमेंटल बातें बोलते हो और इनके चक्कर में आकर मैं तुम्हारे साथ कश्मीर जाने जैसी स्टुपिड चीज़ें कर बैठता हूं,' सौरभ ने कहा।

❖

'छुट्टी? ये किस चिड़िया का नाम है?' चंदन अरोरा ने कहा। उसने एक डस्टबिन में अपना पान मसाला थूक दिया। हम उसके सामने बैठे थे। उसकी आंखें सौरभ और मेरे चेहरे के बीच तेज़ी से घूम रही थीं।

'हॉलिडे, सर,' मैंने कहा। 'सौरभ और मैं एक साथ हॉलिडे मनाना चाहते हैं।'

उसने हमारी तरफ़ ऐसे देखा, जैसे हमने उसकी पूरी प्रॉपर्टी मांग ली हो।

'लेकिन तुम लोगों को हॉलिडे की ज़रूरत ही क्या है? और वो भी दोनों को एक साथ? तुम लोगों की क्लासेस का क्या होगा?'

'हम थोड़ा ख़ाली समय बिताना चाहते हैं, ताकि शांत दिमाग़ से सोच सकें कि एनरोलमेंट बढ़ाने के लिए क्या किया जाना चाहिए। साथ ही हमने अपने फ़ैकल्टी मेंबर्स से बात कर ली है कि वे हमारी ग़ैरमौजूदगी में हमारी क्लासेस ले लें।'

'लेकिन ये पीक-टाइम चल रहा है,' चंदन ने इतने ज़ोर से कहा कि सेक्सी शीला को अपने की-बोर्ड से नज़र उठाकर देखना पड़ा।

'हम ये एनश्योर करेंगे कि क्लासेस में कोई रुकावट ना आए, सर,' मैंने कहा।

'आई डोंट केयर। नए स्टूडेंट्स के बारे में क्या? तुम्हारे नंबर्स क्या हैं?'

'नंबर्स?'

'अभी तक तुम कितने नए स्टूडेंट्स लेकर आए हो? मिस्टर महेश्वरी, आपके रैफ़रल्स कहां हैं?'

'मोर ऑर लेस, मैं तो कहूंगा कि अभी ज़ीरो ही है।' सौरभ ने कहा।

'ज़ीरो? और तुमको हॉलिडे पर जाना है?'

'हम वहां से लौटकर अपने टारगेट पूरे कर लेंगे, सर,' मैंने कहा।

'तुम लोग कहां जाने की प्लानिंग कर रहे हो?'

'श्रीनगर?'

'क्यों? मरने की इच्छा हो रही है क्या?'

'नहीं, सर। वो एक बड़ा राज्य है और लाखों लोग वहां रहते हैं।'

'सभी के सभी टेररिस्ट्स।'

'यह सही नहीं है, सर।'

'लेकिन श्रीनगर ही क्यों? तुम लोग हनीमून-कपल हो क्या, जो कश्मीर जा रहे हो?'

सौरभ और मैं इसका कोई जवाब नहीं दे सकते थे, इसलिए हम चुप ही रहे।

'रियली? तो क्या तुम दोनों धारा 377 हो?'

'नहीं, सर,' मैंने कहा, जबकि सौरभ सोचता ही रह गया कि 377 का क्या मतलब होता है।

'तो फिर श्रीनगर में क्या करने जा रहे हो? वहां पर कहां रुकोगे?'

'शिकारे में।'

'तुम लोग शिकारे में रहोगे? यह हनीमून नहीं तो क्या है?'

हनीमून शब्द सुनते ही सेक्सी शीला अलर्ट हो गई, हालांकि ऊपर-ऊपर से वो इनवॉइस प्रिंट करने का ही दिखावा कर रही थी। शायद वो उस दिन का सपना देखती थी, जब चंदन अपनी बीवी को छोड़कर उसे दूर, कहीं ऐसी जगह पर ले जाएगा, जहां कोई भी किसी को जेईई की तैयारी करने के लिए नहीं पढ़ाता होगा।

मुझे श्रीनगर में हमारे रहने की व्यवस्था के बारे में कोई जानकारी नहीं थी। मैंने सौरभ से पूछा, 'हम शिकारे में क्यों रहेंगे?'

'क्योंकि वो सस्ते होते हैं। उनके रिव्यूज़ भी अच्छे हैं। वे सेफ़ होते हैं। इसलिए मैंने बुक कर लिए।'

'यानी हम एक नाव में एक कमरे में रहेंगे?'

'तुमने कहा था कि शहर के बीच में कोई रहने की जगह ढूंढ़ो, तो ये एकदम शहर के बीच में ही है—झेलम नदी।'

चंदन अरोरा हंस दिया।

'शीला मैडम, जब लड़कों को लड़कियां नहीं मिलतीं, तो यही होता है।' चंदन ने आंख मारते हुए कहा।

'सर, हम लोग गे-कपल नहीं हैं।'

'अगर हो तो भी कोई समस्या नहीं। तुम जैसे लोगों का इलाज करने के लिए योगा एक्सरसाइज़ होती हैं।'

'इलाज?' मैं सोचने लगा कि भला वो कौन-सी एक्सरसाइज़ होती होंगी।

'सर, हम गे नहीं हैं,' सौरभ ने कहा।

'और अगर हों भी तो गे होना बुरा नहीं है,' मैंने कहा।

'तुम लोगों को मुझसे अपने राज़ छुपाने की कोई ज़रूरत नहीं है।'

'चंदन सर, हम वहां दो हफ़्तों की छुट्टी बिताने जा रहे हैं। वहां पर हम क्या करेंगे, उसकी आपको चिंता नहीं करनी चाहिए,' मैंने कहा।

चंदन को यह जवाब अच्छा नहीं लगा। उसने एक फ़ाइल खोली और उसका मुआयना करने लगा।

'तुम लोग नहीं जा सकते। पीक-सीज़न चल रहा है। मुझे सभी लोग नौकरी पर चाहिए,' उसने हम दोनों की ओर देखे बिना कहा।

'सर, हमने दो साल से छुट्टी नहीं ली है,' सौरभ ने कहा।

'मैंने भी नहीं ली। चंदन रोज़ चंदन आता है।' चंदन ने अपने लिए कहा।

'ये तो अच्छी बात है, सर, लेकिन हम केवल दो हफ़्तों के लिए जा रहे हैं और आपको इससे कोई समस्या नहीं होनी चाहिए।'

चंदन ने मेरी तरफ़ हैरानी से देखा। मैंने उसे अपने पास आने का इशारा किया। वह आगे झुका।

'बशर्ते आप यह नहीं चाहते हों कि हम मिसेज़ चंदन अरोरा से जाकर छुट्टी मांग लें,' मैंने फुसफुसाते हुए कहा।

'क्या?'

'हमें शीला मैम और आपके चक्कर के बारे में पता है। आप लोगों को तो शिकारे की भी ज़रूरत नहीं है, आप तो ऑफ़िस में ही...' मैंने कहा।

'मैं... मैं...' चंदन हकलाने लगा।

'तो हमारी छुट्टियां सोमवार से शुरू होती हैं। ओके, सर?' मैंने कहा।

'हां...' उसने कहा। 'शीला, प्लीज़ इन दोनों के छुट्टियों के दिन जोड़ लेना।'

'थैंक यू, सर,' सौरभ ने कहा। हम दोनों उठ खड़े हुए।

'कश्मीर के ड्रायफ्रूट्स बहुत फ़ेमस होते हैं, तुम दोनों को ज़रूर ट्राय करने चाहिए,' चंदन ने हमारे जाते-जाते पीछे से कहा।

# श्रीनगर

# अध्याय 20

'मैं अब भी यक़ीन नहीं कर पा रहा हूं कि तुमने हमारे लिए एक हाउसबोट बुक की है,' मैंने बैगेज बेल्ट से अपना सूटकेस निकालते हुए कहा।

कश्मीर की फ़्लाइट पर आधा दर्जन सिक्योरिटी चेक्स के बावजूद हम दोपहर में समय पर श्रीनगर पहुंच गए थे। शेख़-उल-आलम अंतरराष्ट्रीय हवाई अड्डे पर यात्रियों से ज़्यादा सीआईएसएफ़ और सेना के जवान मौजूद थे।

'मेरा यक़ीन करो, तुम्हें वहां बहुत अच्छा लगेगा,' सौरभ ने कहा। 'मैं ड्राइवर को बुलाता हूं।' उसने अपना फ़ोन निकाला और स्क्रीन को देखता ही रह गया।

'क्या हुआ?' मैंने कहा।

'मेरे फ़ोन में नेटवर्क नहीं है। क्या मैं तुम्हारा फ़ोन इस्तेमाल कर सकता हूं?'

मेरे फ़ोन में भी कोई सिगनल नहीं आ रहा था। हम दोनों ने दो-दो बार अपने फ़ोन को बंद करके फिर से चालू किया, लेकिन कोई नेटवर्क नहीं मिला।

'क्या आपके पास प्री-पेड कार्ड्स हैं?' बैगेज बेल्ट पर हमारे एक सहयात्री ने हमसे कहा।

'हां,' सौरभ ने कहा। 'मैंने दिल्ली आने पर प्री-पेड कार्ड लिया था और फिर उसके बाद कभी पोस्ट-पेड पर नहीं गया।'

'मैं भी,' मैंने कहा।

'वही तो। जम्मू और कश्मीर में दूसरे राज्यों के प्री-पेड कार्ड्स काम नहीं करते हैं। सिक्योरिटी रीज़न्स।'

हम एयरपोर्ट से बाहर आ गए। हमने एक आदमी को देखा, जो हार्ट के आकार का प्लाकार्ड लेकर खड़ा था और उस पर हमारा नाम लिखा था।

'सीरियसली, सौरभ?' मैंने कहा।

'ग्रेट सर्विस, है ना?' उसने कहा।

❖

हम एयरपोर्ट रोड के उत्तर में सिटी सेंटर की ओर जा रहे थे। एयरपोर्ट की बिल्डिंग से बाहर निकलते ही हमें अपने आसपास पहाड़ नज़र आने लगे। अप्रैल का सूरज बर्फ़ से लदी पहाड़ी चोटियों को चमका रहा था। लेकिन जब हम सेंटर में पहुंचे तो यह भारत के किसी भी नॉन-मेट्रो शहर जैसा लगने लगा। सब तरफ़ कोल्ड ड्रिंक्स, सेल फ़ोन्स, अंडरवियर और एंट्रेंस एग्ज़ाम कोचिंग क्लासेस के होर्डिंग्स लगे हुए थे। मेरे ख्याल से भारत यही है। अपने कम्फ़र्टेबल अंडरवियर में जमकर पढ़ाई करो, फ़ोन चलाओ और कोक पीओ। फिर, यही सब दोहराते रहो।

'यह तो भारत के दूसरे शहरों जैसा ही लग रहा है,' सौरभ ने कहा।

'यह भारत ही है,' मैंने कहा।

'लेकिन इन लोगों का अलग झंडा और अलग संविधान है ना?'

मैंने ड्राइवर की ओर इशारा करते हुए होंठों पर उंगली रख दी। मैंने सुन रखा था कि कश्मीर में राजनीति के बारे में किसी भी तरह की बात करना मुसीबत को न्योता देना ही होगा। और मुझे इस समय मुसीबत की नहीं, हमारे मोबाइल फ़ोन के ठीक से काम करने की ज़रूरत थी।

❖

'अस्सलामु-अलैकुम, सौरभ भाई, केशव भाई। मेरा नाम निज़ाम है,' हाउसबोट के एंट्रेंस पर कोई तीसेक साल के, छोटे क़द वाले एक आदमी ने हमारा स्वागत किया। उसकी दाढ़ी थी और उसने स्कल-कैप पहन रखी थी।

'आइए, आइए, मेरे पीछे आइए। मैं आपको आपके रूम तक ले चलूंगा।'

हमारी हाउसबोट श्रीनगर सिटी सेंटर में झेलम नदी पर थी। वज़ीर बाग़ का इलाक़ा यहां से बहुत दूर नहीं था, जहां ज़ारा ने अपना बचपन बिताया था। हाउसबोट कंपनी के पास ऐसे आधा दर्जन और शिकारे थे, और सभी में तीन से चार कमरे थे। ये शिकारे पानी पर तैरने वाले होटल की तरह थे। निज़ाम हमें कमरे में ले गया। यह मेरे हॉस्टल रूम जितना ही बड़ा एक वुडन कैबिन था। वहां पर एक डबल बेड था।

'यह नहीं,' मैंने कहा। 'मुझे सेप्रेट ट्विन बेड वाला रूम चाहिए।'

'आम तौर पर यहां कपल्स ही आते हैं, और उन्हें अपने लिए अलग

बेड्स की ज़रूरत नहीं होती। लेकिन आइए, अगली बोट में एक और रूम है।'

'हमें अपने लिए अलग-अलग रूम्स बुक करने चाहिए थे,' मैंने कहा।

'और डबल ख़र्चा उठाना चाहिए था?' सौरभ ने कहा। शायद, पैसा प्राइवेसी से ज़्यादा ज़रूरी था।

'आप लोगों को जो भी चाहिए, निज़ाम आपकी ख़िदमत में हमेशा मौजूद रहेगा,' निज़ाम ने कहा।

'मेरा फ़ोन नहीं चल रहा है,' मैंने कहा।

'नया सिम कार्ड एक हफ़्ते में एक्टिवेट हो जाएगा।'

'क्या?'

'हिंदुस्तान की सरकार के नियम हैं। हम क्या कर सकते हैं? उनकी जो मर्ज़ी होती है, वही करते हैं,' निज़ाम ने कहा।

'तो हम लोगों से बात कैसे करेंगे?'

निज़ाम ने सौरभ से कहा, 'अपने बिज़ी दोस्त से कहिए कि रिलैक्स हो जाएं। आप लोग यहां छुट्टियां मनाने आए हैं।'

'हां, लेकिन कनेक्शन की ज़रूरत तो छुट्टी में भी होती है।'

'बोट में वाई-फ़ाई है। उसका पासवर्ड बेडसाइड टेबल पर है।'

'और फ़ोन कॉल्स? क्या यहां पर सिम लेने का कोई और तरीक़ा नहीं है?'

निज़ाम ने जेब से अपना फ़ोन निकाला और कहा, 'ये लीजिए, इसका सिम निकालिए और इस्तेमाल कीजिए।'

'आपका सिम, निज़ाम भाई?' सौरभ ने कहा।

'ये मेरा एक्स्ट्रा फ़ोन है। इसी समस्या से बचने के लिए हम दो-तीन अतिरिक्त फ़ोन रखते हैं।'

❖

'ज़ारा ने मुझे अपने बचपन के घर के बारे में बताया था। हमें सिकंदर की तलाश करने कल वहीं जाना है,' मैंने कहा।

हम डल झील पर ईवनिंग वॉक के लिए आए थे। मैं यह भूलने की कोशिश कर रहा था कि मैं ज़ारा के शहर में हूं, वो जगह, जहां पर वह हंसते-खेलते बड़ी हुई। क्या उसने भी इसी ठंडी हवा का अनुभव किया था? क्या

उसने भी इस झील के पानी को छुआ था? मैं सोचता रहा।

'सफ़दर ने तुमको ठीक पता बताया था?' सौरभ ने कहा।

'हां, दिया तो था, लेकिन अगर सिकंदर अपने परिवार के साथ वज़ीर बाग़ छोड़कर कहीं और चला गया होगा तो उसे ढूंढ़ने का कोई तरीक़ा नहीं होगा।'

'हम जल्द ही पता लगा लेंगे।'

कुछ कश्मीरी किशोर हमारे पास से गुज़रे। वे एक बेंच पर जाकर बैठ गए और अपने फ़ोन में व्यस्त हो गए। मैं उनके पास गया और खाने की किसी अच्छी जगह के बारे में पूछा।

'अहदूस रेस्तरां ट्राय कीजिए,' हल्की दाढ़ी वाले एक किशोर ने कहा।

'शुक्रिया,' मैंने उसकी ख़ूबसूरत हरी आंखों को देखते हुए कहा।

जब सौरभ और मैं जा रहे थे, तो लड़के ने फिर कहा, 'आप लोग इंडिया के हैं?'

मैं इस सवाल से चौंक गया।

'क्या तुम इंडिया के नहीं हो?'

'मैं कश्मीरी हूं,' उसने कहा। उसके सभी दोस्त हंस दिए। एक ने तो ताली भी बजाई।

'लेकिन कश्मीर इंडिया का ही हिस्सा है,' मैंने कहा।

'हमें इंडिया से नफ़रत है,' दूसरे लड़के ने बहुत सामान्य तरीक़े से कह दिया।

'नफ़रत?' मैंने कहा।

'चलो, चलते हैं,' सौरभ ने कहा। उसके चेहरे पर डर साफ़ झलक रहा था। 'आपके मशविरे के लिए शुक्रिया। अब हम चलते हैं।'

यह सुनकर लड़के हंस दिए।

'घबराइए नहीं, हम लोग टेररिस्ट नहीं हैं,' एक लड़के ने कहा। दूसरे लड़के ने भी यही बात दोहरा दी। ऐसा लगा, जैसे वे ये तमाम बातें कहने के आदी हैं।

'मैं भी राजस्थानी हूं, लेकिन मैं इंडियन भी हूं।' मैंने मुस्कराते हुए कहा। 'अपने देश से नफ़रत मत कीजिए।'

'इंडिया हमारा देश नहीं है। इंडिया को हमसे कोई सरोकार नहीं।'

'मैंने कहा, चलो,' सौरभ ने मेरी पसलियों पर कोहनी मारते हुए कहा।

वह सही था। मैं अपने ही इस नियम को तोड़ रहा था कि कश्मीर में पॉलिटिक्स की बात नहीं करनी है।

'तुम्हारे नाम क्या हैं?' मैंने सौरभ की अनदेखी करते हुए कहा।

'मैं करीम हूं, और ये शाक़िब है,' हरी आंखों वाले ने दूसरे की ओर इशारा करते हुए कहा। बाक़ी के तीनों लड़के अपने फ़ोन में ही उलझे रहे।

'तुम लोग क्या काम करते हो?'

वे एक-दूसरे की ओर देखने लगे।

'पढ़ाई?' मैंने कहा।

उन्होंने सिर हिलाकर मना कर दिया।

'काम?'

उन्होंने फिर से सिर हिलाकर मना कर दिया।

'हम कुछ नहीं करते हैं। यहां पर कोई काम ही नहीं है।' करीम ने कहा।

'यहां तो मूवी थिएटर भी नहीं हैं, जहां पर बेरोज़गार लोग जाकर बैठ सकें,' दूसरे ने कहा और सभी हंस दिए।

सौरभ मुझे वहां से खींचकर अपने साथ ले गया। लेकिन करीम की हरी आंखें मुझे देर तक याद आती रहीं।

❖

'कल तुम उन लड़कों से क्यों बात करने लगे थे?' सौरभ ने कहा। हमने अपनी हाउसबोट से एक लेफ़्ट टर्न लिया था और वज़ीर बाग़ जाने के लिए झेलम नदी के किनारे-किनारे चल रहे थे। हम फ़लक रेस्तरां वाली गली में मुड़ गए। ज़ारा के पुराने पते का यही लैंडमार्क था।

'मेरी दिलचस्पी जाग गई थी। तुमने देखा नहीं, उसने किस अंदाज़ में पूछा था कि क्या हम इंडिया से हैं?'

'शायद उसे लगा हो कि तुम विदेशी हो।'

'मैं दाल-रोटी की तरह देसी दिखता हूं। और फिर उसने कहा "मैं इंडियन नहीं हूं, मैं कश्मीरी हूं"। इन लोगों के साथ क्या गड़बड़ है?'

'अब तुम समझे कि यहां पर इतनी आर्मी क्यों है। भगवान का शुक्र है। उनके बिना तो यहां डर के मारे मैं मर ही जाता।' सौरभ ने सड़क के कोने की ओर इशारा किया, जहां सेना के चार जवान खड़े थे और सभी आने-जाने वालों पर नज़र रखे हुए थे।

'यहां के लोग इंडियन आर्मी से ज़्यादा नफ़रत करते हैं,' मैंने कहा। 'उन्हें वे अपना दुश्मन मानते हैं। ज़ारा मुझे इस सबके बारे में बताती थी। लेकिन बात केवल इतनी ही नहीं है।'

'अहसानफ़रामोश लोग हैं। अगर यहां पर हमारी आर्मी नहीं होती तो पाकिस्तान इस जगह को नर्क बना चुका होता।'

'बात इतनी सरल नहीं है। लोगों के मन में आर्मी को लेकर बहुत ग़ुस्सा है। शायद हमें इन लोगों की बातों को ध्यान से सुनना चाहिए। ख़ैर, फ़लक कहां पर है?'

हमने रेस्तरां के पास एक पान वाले को पता दिखाया।

'आप लोग सिकंदर से मिलना चाहते हैं? सिकंदर लोन से?' पान वाले ने पान के दो पत्तों पर चूना लगाते हुए कहा।

'हां। क्या वो अब भी यहीं रहता है?'

'आप लोगों को उससे क्या काम है?' पान वाले ने पान में मसाला डालते हुए कहा।

'हम दिल्ली के उसके दोस्त हैं,' मैंने कहा। सौरभ ने हैरत से मेरी ओर देखा। मैं मुस्कराता रहा।

'तब तो आप लोगों को पता होना चाहिए कि दो साल पहले तक वो और उसकी मां फ़रज़ाना यहीं रहते थे, लेकिन अब वो कभी-कभार ही यहां पर आता है।'

'आपको पता है अब वे लोग कहां रहते हैं?'

'सुना है फ़रज़ाना बेगम तो राज बाग़ चली गई हैं। अहदूस होटल के पास।'

'और सिकंदर?'

'सिकंदर का कोई ठिकाना नहीं है। आज यहां तो कल कहीं ओर। आर्मी और पुलिस उसके पीछे लगे हुए हैं। आप लोगों को तो पता ही होना चाहिए। क्या वाक़ई आप लोग उसके दोस्त हैं?'

'हां।'

'तब तो मुझे आपको अपना स्पेशल पान बनाकर खिलाना चाहिए।'

❖

'अभी तक राज बाग़ के कितने दुकान वाले हो गए?' मैंने कहा।

'पचास से ज़्यादा। हमारे दो दिन ख़राब हो गए।' सौरभ ने कहा।

शाम थी और हम अपनी हाउसबोट के कॉमन लाउंज में बैठे थे। हम इसे एक सरदार हनीमून कपल से शेयर कर रहे थे, जिनका प्यार कुछ ज़्यादा ही उमड़ रहा था। उन्हें बीस क़दम चलकर अपने रूम में जाकर यह सब करने की फ़ुरसत नहीं थी। सरदार अपनी दुल्हन से बोल रहा था कि वह उसे किस करते हुए एक सेल्फ़ी ले और बैकग्राउंड में झील दिखाई देनी चाहिए। लड़की थोड़ा अनकम्फ़र्टेबल लग रही थी। वह अभी अपने प्रिंस चार्मिंग को समझ ही रही थी। शायद यह अरेंज्ड मैरिज थी, किसी मैट्रिमोनियल एप्प की मदद से करवाई गई। मैं उन्हें प्राइवेसी देने के लिए दूसरी तरफ़ देखने लगा।

'इसके अलावा हम और क्या कर सकते हैं?'

'केवल टीवी शॉप्स,' सौरभ ने कहा।

'क्या?'

'अख़बार बेचने वाले। ऐसे लोगों को ढूंढ़ते हैं, जो यहां के लोगों के लिए काम करते हों।'

'डॉक्टर्स और प्लंबर्स भी?'

'शायद। कल से शुरू करते हैं।'

'थैंक यू, सौरभ। मैं यह सब तुम्हारे बिना नहीं कर पाता।'

'शट अप। ये तुम बिना बात के सेंटी क्यों हो जाते हो? हम क्या हनीमून कपल्स हैं?'

मैं हंस दिया।

'बिना किसी क़ामयाबी के बस ढूंढ़ते रहना। तुम इससे थक नहीं गए?' मैंने कहा।

'चंदन अरोरा का चेहरा देखने से तो यह फिर भी बेहतर है। हे, उस तरफ़ देखना नहीं, लेकिन अब वो सरदार कुछ ज़्यादा एक्साइटेड हो गया है।'

'अगर हम भी उसी पोज़ में सेल्फ़ी लेने की कोशिश करें तो?' मैंने कहा।

❖

तीन दिन बाद जाकर एक केबल ऑपरेटर हमारे लिए फ़रिश्ता बनकर सामने आया।

'फ़रज़ाना लोन, ना? वो रेसीडेंसी रोड पर उस लाल बिल्डिंग में रहती हैं। थर्ड फ़्लोर,' उसने कहा।

'पक्का?'

'वो हमेशा देरी से बिल के पैसे चुकाती है। मैं जानता हूं। भरोसा करो।'

❖

हमने दरवाज़े की घंटी बजाई।

कोई पचास साल की एक औरत, जो सिर से पैर तक बुरक़े से ढंकी थी और जिसका केवल चेहरा दिखाई दे रहा था, ने दरवाज़ा खोला।

'जी, जनाब?'

'फ़रज़ाना मैम?'

'जी।'

'मैं केशव हूं। ज़ारा का दोस्त।'

उन्होंने बिना कुछ कहे हमें सिर से पैर तक देखा।

'आपकी बेटी, ज़ारा?' मैंने कहा। मुझे सौतेली बेटी कहना चाहिए था, लेकिन मैं यहां बहुत टेक्निकल नहीं होना चाह रहा था।

वे दरवाज़ा रोककर खड़ी रहीं और सोचती रहीं कि अब क्या करना है।

'शायद आपको मेरी याद नहीं। मैं कॉलेज में उसके साथ पढ़ता था,' मैंने कहा।

'ज़ारा अपने अब्बा के साथ पंद्रह साल पहले यहां से चली गई थी। उसके बाद उसका क्या हुआ, मुझे नहीं मालूम।'

'मुझे पता है। वो आपके बारे में बातें करती थी। और सिकंदर के बारे में भी।'

'आप क्या चाहते हैं? ज़ारा तो अब नहीं रही।'

'क्या हम अंदर आकर आपसे बात कर सकते हैं?'

'किस बारे में?'

'ज़ारा और सिकंदर के बारे में। हम आपसे कुछ शेयर करना चाहते हैं।'

'ये कौन है?' उन्होंने सौरभ की ओर इशारा करते हुए कहा।

'ये मेरा सबसे अच्छा दोस्त सौरभ है। हम दिल्ली से आए हैं। आपका पता लगाने में हमें एक हफ़्ता लग गया है।'

उन्होंने आंखें सिकोड़ लीं।

'कहीं तुम लोग आर्मी से तो नहीं? तुम झूठ तो नहीं बोल रहे?'

'नहीं, आंटी,' मैंने कहा और अपना पर्स निकाल लिया। 'ये देखिए,

आईआईटी से मेरा स्टूडेंट आईडी। ज़ारा इसी कॉलेज में पढ़ती थी। और ये मेरा ताज़ा विज़िटिंग कार्ड। मैं एक कोचिंग इंस्टिट्यूट में पढ़ाता हूं।'

वो असमंजस में पड़ी रहीं। मैंने अपना फ़ोन निकाला और पांच साल पुरानी तस्वीरें खंगालने लगा।

'ये देखिए आंटी, ज़ारा और मैं, कॉलेज कैंटीन में।'

उस तस्वीर में ज़ारा और मैं अपने बोर्नविटा के कप के साथ पोज़ दे रहे थे। हम दोनों की ही अगले दिन इंडिविजुअल असाइनमेंट्स की डेडलाइन थी। हमने सुबह तक काम किया था और काम ख़त्म करके बिस्तर में घुस गए थे और दोपहर तक सोते रहे थे।

मेरा सिर चकराने लगा। जब मैं ज़ारा को भूल ही नहीं पा रहा था तो आगे कैसे बढ़ सकता था? मैंने क़सम खाई कि मैं उसकी सभी तस्वीरें डिलीट कर दूंगा।

'अंदर आ जाइए। मेरा घर बहुत छोटा-सा है, माइंड नहीं कीजिएगा,' फ़रज़ाना ने कहा।

## अध्याय 21

'अल्लाह रहम,' फ़रज़ाना ने कहा और अपनी हथेलियां उठाकर मन ही मन दुआ करने लगीं। दो कप कहवा चाय के दौरान मैंने ज़ारा की मौत से लेकर इस मामले की जांच तक की पूरी कहानी उन्हें सुना दी।

'बस इतना ही। हमें ज़ारा और सिकंदर की एक तस्वीर मिली थी, इसलिए हम सिकंदर से मिले। लेकिन वह हमसे बात किए बिना ही वहां से चला गया,' मैंने कहा।

'वो दोनों एक-दूसरे के बहुत क़रीब थे। लेकिन ज़ारा के अब्बा ने उन्हें अलग कर दिया।'

'हां, वो हमेशा सिकंदर की फ़िक्र किया करती थी,' मैंने कहा।

'वो सौतेले भाई-बहन थे, लेकिन उनमें सगों से भी ज़्यादा प्यार था।'

मैंने सिर हिलाया और मुस्करा दिया।

'लेकिन यही ज़िंदगी है,' उन्होंने कहा। 'कभी-कभी लोग ख़ून का रिश्ता हुए बिना भी एक-दूसरे के बहुत क़रीब हो जाते हैं। अब तुम्हीं को देख लो। ज़ारा और तुम अलग हो गए थे, लेकिन आज अकेले तुम ही हो, जो सच जानने की कोशिश कर रहे हो।'

'आंटी, क्या आप हमारी मदद करेंगी?'

'मुझ जैसी बुढ़िया भला तुम लोगों की क्या मदद कर सकती है?'

उन्होंने चाय के ख़ाली प्याले एक ट्रे में रखे और उठ खड़ी हुईं।

'मैं मदद करता हूं, आंटी,' सौरभ ने कहा और उनके हाथ से ट्रे लेकर किचन में चला गया।

'आंटी, हमें सिकंदर से बात करनी होगी। माफ़ कीजिए, लेकिन अगर वह भागता ही रहा तो शक उसी पर किया जाएगा।'

'किस बात का शक?'

'ज़ारा को मारने का।'

'तुम्हारा दिमाग़ ख़राब हो गया है क्या?' उन्होंने कहा। मैं उनकी ओर देखता रहा।

'मैं तो समझी थी तुम ज़ारा को अच्छी तरह जानते थे। सिकंदर कभी भी अपनी ज़ारा आपा को चोट नहीं पहुंचा सकता।'

'लेकिन वह शक के दायरे में है,' मैंने कहा।

'हो ही नहीं सकता,' फ़रज़ाना ने अपना सिर हिलाते हुए कहा। 'यह उस पर मुझे मारने का इल्ज़ाम लगाने की तरह होगा, अपनी सगी मां को।'

'अगर उसने कुछ नहीं किया है तो उसे हमसे बात करनी चाहिए थी। वो बात करने से भाग क्यों गया?'

'वो डर गया होगा। आख़िरकार वो बच्चा ही तो है,' फ़रज़ाना ने कहा। उनकी आंखें भर आईं। सौरभ किचन से लौट आया था और उसने मेरी तरफ़ देखा।

'वह नहीं डरा, उल्टे उसने हमें डरा दिया। उसके पास गन थी। वो बच्चा नहीं है,' मैंने कहा।

फ़रज़ाना उठीं और कमरे की छोटी-सी खिड़की तक चली गईं। वे बाहर मौजूद अपार्टमेंट कॉम्प्लेक्स को ताकती रहीं। फिर ख़ुद को संभालकर बोलीं, 'वो बच्चों जैसा ही है। पांचवीं क्लास के बाद उसने स्कूल छोड़ दिया था। उसका दिमाग़...'

'उसका दिमाग़ कमज़ोर है?'

'हां। सभी उसको मूर्ख बोलते थे। उसका क़द ज़रूर बड़ा हो गया, लेकिन दिमाग़ से वो बच्चा ही बना रहा।'

मैंने सिर हिला दिया। वो खिड़की से बाहर झांकते हुए ही बोलती रहीं।

'और फिर ज़ारा के अब्बा ने हमें छोड़ दिया। उन्हें वो ज़ैनब अपने अकाउंट डिपार्टमेंट में मिल गई। उसने हम सबको बर्बाद कर दिया। सिकंदर ने अपने अब्बा और ज़ारा आपा को खो दिया। उसे गहरा झटका लगा। उसने तो दो बार ख़ुदकुशी करने की भी कोशिश की थी। अल्लाह ने उसकी हिफ़ाज़त की, शुक्र है।'

वो आकर हमारे सामने बैठ गईं।

'मैं माफ़ी चाहता हूं, आंटी,' मैंने कहा। 'मैं समझ सकता हूं कि आप पर क्या गुज़री होगी। लेकिन एक आप ही हमारी मदद कर सकती हैं। सिकंदर को हमसे बात करने को राज़ी कीजिए।'

'जैसे कि वो मेरी बात सुनता है। वो उन नालायक़ दहशतगर्दों के साथ घूमता रहता है। मैंने कितनी बार उससे कहा कि एक ढंग की नौकरी कर ले।

और कुछ नहीं तो एक दुकान ही खोल ले। लेकिन वो सुनने को ही तैयार नहीं।'

'दहशतगर्द?'

'वही कट्टर मुल्ले क़िस्म के लोग, जो आज़ादी की बात करते हैं। हां, हम सभी को हिंदुस्तान से नफ़रत है, लेकिन हम तो बंदूक़ें नहीं लहराते फिरते। कभी-कभी जो आपका मुक़द्दर हो, उसको क़ुबूल करना पड़ता है।'

'मुक़द्दर? आंटी, इंडिया आपका मुल्क है।'

'लेकिन हमारा सूबा तो कश्मीर ही है। हमारी पहचान, हमारा सब कुछ।'

'आंटी, अगर हर स्टेट ऐसे ही सोचने लगे तो क्या होगा?' सौरभ ने कहा।

'कश्मीर की बात अलग है,' फ़रज़ाना ने कहा। 'हम एक ऐसी प्रॉब्लम हैं, जिसे कोई भी हल नहीं करना चाहता। हमारे नाम पर केवल सियासत की जाती है।'

मैंने ख़ुद को याद दिलाया कि मुझको कश्मीर की राजनीति वाले पचड़े में नहीं पड़ना है, जो इतनी कॉम्प्लिकेटेड है और जिसको समझना मेरे बस की बात नहीं।

'आंटी, अभी सिकंदर कहां पर है?' मैंने कहा।

'वो यहां दस दिन पहले था। फिर वो अपने उन तेहरीक़ वाले नालायक़ों के साथ पहलगाम चला गया। वहीं से उसने मुझे कल फ़ोन लगाया था।'

'क्या आप हमें उसका नंबर देंगी? हमारे पास जो नंबर है वो लग नहीं रहा है,' मैंने कहा।

'वो नंबर बदलता रहता है। ख़ैर, मेरे पास छुपाने को कुछ भी नहीं है। ये देखो मेरा फ़ोन। मुझे पिछला कॉल उसी ने लगाया था।'

उन्होंने अपने बुर्क़े की पॉकेट से फ़ोन निकाला। मुझे नहीं मालूम था कि बुर्क़े में पॉकेट भी होती हैं।

मैंने सिकंदर का नंबर डायल किया।

'सलाम, अम्मी-जान,' सिकंदर ने फ़ोन उठाते ही कहा।

'हाय सिकंदर, मैं केशव बोल रहा हूं।'

दूसरी तरफ़ सन्नाटा छा गया।

'सिकंदर, मुझे तुमसे बात करनी है।'

'हरामी, अब तूने अम्मी का फ़ोन कैसे हासिल कर लिया?'

'फ़रज़ाना आंटी अभी मेरे साथ ही हैं।'

'ख़ुदा क़सम, अगर अम्मी को कुछ हुआ तो मैं तुम्हारे पूरे ख़ानदान का ख़ात्मा कर दूंगा।'

'हमने अभी-अभी साथ बैठकर कहवा पीया है और वो तुम्हें सलाम कहना चाहती हैं।'

मैंने फ़रज़ाना को फ़ोन दे दिया।

'जीवो, बेटे,' फ़रज़ाना ने कहा।

मैंने फ़ोन उनके हाथ से ले लिया।

'देखा, चिंता करने की कोई ज़रूरत नहीं है,' मैंने कहा।

'मुझे तुझे उसी दिन मार देना चाहिए था,' उसने कहा और उसके बाद एक दर्जन गालियां बक दीं।

मैं अपार्टमेंट से बाहर गया और सीढ़ियों पर जाकर उससे बात करने लगा।

'देखो, हम यहां इतनी दूर केवल तुमसे बात करने के लिए आए हैं।'

'क्यों?'

'मेरे पास तुम्हारी एक तस्वीर है, जिसमें ज़ारा है और तुम्हारे हाथ में मशीन गन है। साथ ही मुझको दूसरी चीज़ें भी ज़ारा की सेफ़ से मिली हैं। क्या मैं दिल्ली में बैठे अपने दोस्तों को बोल दूं कि वो तमाम चीज़ें पुलिस के हवाले कर दें?'

'क्या चीज़ें?' उसने कहा। अब उसकी आवाज़ सामान्य लग रही थी।

'उसमें इतने सबूत हैं कि वो तुम्हें बहुत बड़ी मुसीबत में डालने के लिए काफ़ी हैं। इसलिए बेहतर यही होगा कि हमसे आकर मिलो और ये गाली-वाली बकना बंद कर दो। नहीं तो आज रात नेशनल न्यूज़ पर तुम्हारा नाम एक टेररिस्ट और अपनी बहन के हत्यारे के रूप में चल रहा होगा।'

वह चुप रहा।

'सिकंदर?' मैंने कहा।

'पहलगाम आ जाओ,' उसने कुछ देर बाद कहा।

❖

'तीन गर्मागर्म कहवा,' सौरभ ने वेटर से कहा। यह एक कश्मीरी ड्रिंक है, जिसमें हरी चाय को केसर, दालचीनी और इलायची के साथ उबाला जाता है।

यह ड्रिंक सौरभ का नया शौक़ बन चुकी थी। वह एक दिन में कम से कम छह कप कहवा पीने लगा था। और वह उसे एकदम कश्मीरियों के स्टाइल में पीता था—गर्मागर्म, शहद और मेवों के साथ।

'ओके, बहुत शहद हो गया, गोलू,' मैंने कहा। सौरभ ने अपने कहवा में चौथाई जार भरकर शहद उड़ेल दिया।

'वैसे, हनी हमारे लिए अच्छा होता है, सही कहा ना?' सौरभ ने वेटर के जाने के बाद कहा।

'ओके गोलू, ये "हमारे लिए अच्छी होने वाली" चीज़ें एक सीमा तक ही अच्छी होती हैं। बहुत कम मात्रा में।'

'जैसे कि प्यार?' सौरभ ने कहा।

मैं समझ गया कि वह क्या कहना चाह रहा था और इसलिए चुप हो गया। उसने अपने कहवा का एक घूंट लिया और विषय बदल दिया।

'यहां पर श्रीनगर से ज़्यादा ठंड है,' सौरभ ने कहा। श्रीनगर से पहलगाम तक की नब्बे किलोमीटर की पहाड़ी यात्रा में हमें तीन घंटे लग गए थे। हम पहलगाम के मुख्य बाज़ार के दाना पानी रेस्तरां में आए थे। मैं सिकंदर से किसी सार्वजनिक जगह पर ही मिलना चाहता था, जहां पर आर्मी और पुलिस के बहुत सारे लोग हों। मैं सड़क पर ही कम से कम एक दर्जन यूनिफ़ॉर्मधारी जवानों को देख सकता था। इतने सारे जवान सिकंदर को फिर से गन निकालकर दिखाने का स्टंट करने से रोकने के लिए काफ़ी थे।

'जो भी कहना है, जल्दी कहो। मैंने अपने भाई लोगों को नहीं बताया है कि मैं यहां आया हूं,' सिकंदर ने कहा।

'भाई?' मैंने कहा।

'मेरे लोग। इससे तुम्हारा कोई सरोकार नहीं है। तुम आपा के बारे में क्या जानना चाहते हो?'

मैंने उसे ज़ारा की सेफ़ से मिली चीज़ों की तस्वीरें दिखाईं।

'बताओ कि ये सब क्या है?' मैंने कहा। 'तुमने ज़ारा के साथ तस्वीर कहां खिंचवाई थी? ज़ारा के पास पाकिस्तानी करेंसी और सिम कार्ड क्यों थे?'

'वो तस्वीर हमने दिल्ली के एक होटल में खिंचवाई थी। वो बड़ी मनहूस जगह थी।'

'मनहूस क्यों?'

'वो अलग बात है।'

'ज़ारा के पास ये पाकिस्तानी चीज़ें कैसे आईं?'

सिकंदर ने एक गहरी सांस ली।

'आपा पाकिस्तान गई थीं। किसी बुक फ़ेयर के लिए।'

'कराची लिट्रेचर फ़ेस्टिवल,' मैंने कहा।

'हां। उसी के लिए उन्हें पाकिस्तानी करेंसी और सिम कार्ड की ज़रूरत थी। इसमें क्या बड़ी बात है?'

'बड़ी बात ये है कि,' सौरभ ने कहा, 'उसके पास कोकीन का एक बड़ा बैच था और एक बुलेट भी थी।'

'मुझे इस बारे में नहीं मालूम।'

मैं सौरभ की तरफ़ मुड़ा और कहा, 'तुम्हें नहीं लगता, ये भाईजान हमसे कुछ छुपा रहे हैं?'

'यक़ीनन, यह हमसे कुछ छुपा रहा है,' सौरभ ने कहा।

'मैंने आपा को नहीं मारा, ठीक है?' सिकंदर ने इतनी ज़ोर से मेज़ पर मुक्का मारते हुए कहा कि कहवा के ख़ाली कप नाच उठे।

'ऐसी हरकतें करने से तुम बेगुनाह साबित नहीं हो जाओगे,' मैंने कहा।

'और ना ही हमें बंदूक़ दिखाकर डराने से। अगर हमें कुछ भी हुआ तो दिल्ली में मौजूद मेरे दोस्त ये तमाम सबूत पुलिस को सौंप देंगे,' सौरभ ने कहा। ये कहानी हमने ख़ुद को सुरक्षित रखने के लिए गढ़ ली थी।

'तुम आज फिर कोई हथियार लेकर आए हो?' मैंने कहा। सिकंदर उठ गया और अपने हाथ उठा दिए।

'चाहो तो देख लो। मेरे पास कुछ भी नहीं है। मेन मार्केट में आर्मी लोगों की जांच करती है। मैं इतना भी मूर्ख नहीं हूं।'

'गुड। तो अब बैठ जाओ और हमें बताओ कि ज़ारा की सेफ़ में यह सब क्यों था।'

सिकंदर ने दाएं-बाएं देखा। हमारे सबसे क़रीब वाला कस्टमर भी कम से कम दो टेबल छोड़कर बैठा था। उसने जल्दी से कहा। 'हां, मैंने ग़लत बातें की हैं, लेकिन मैंने ज़ारा आपा को कभी कोई चोट नहीं पहुंचाई।'

'अगर तुमने कुछ नहीं किया है तो समझ लो कि तुम्हारे राज़ हमारे पास सहेजे हुए हैं।'

'मैं हाशिम अब्दुल्ला के लिए काम करता हूं। मुझे यक़ीन है, तुम इस

नाम को जानते होगे।' सिकंदर ने कुछ इस अंदाज़ में कहा, जैसे उसने किसी बिल गेट्स या मुकेश अंबानी का नाम ले लिया हो।

'मैं नहीं जानता, ये कौन है।'

'वो तेहरीक़-ए-जिहाद के मुखिया हैं। उन्होंने मुझे ज़िंदगी जीने की एक वजह दी है। उन्होंने मुझे सिखाया कि शिद्दत के साथ जीना क्या होता है। हाशिम भाई मेरे लिए सब कुछ हैं।'

मैं उससे कहना चाहता था कि निर्दोष लोगों को मारना या अपने मुल्क से नफ़रत करना ज़िंदा रहने की कोई बहुत अच्छी वजह तो नहीं कही जा सकती है। लेकिन मुझे अपनी क़सम याद आई कि मुझे पॉलिटिक्स पर बात नहीं करनी है, इसलिए मैं चुप रहा।

'हाशिम भाई आज़ाद कश्मीर में रहते हैं,' सिकंदर ने कहा।

'तुम्हारा मतलब है पाकिस्तान के कब्ज़े वाला कश्मीर?' सौरभ ने कहा।

'हां, इंडियन प्रोपगंडा तो यही कहता है। जबकि हक़ीक़त यह है कि अभी हम जहां रह रहे हैं, वो इंडिया के कब्ज़े वाला कश्मीर है।'

नो पॉलिटिक्स, मैंने एक बार फिर ख़ुद को याद दिलाया।

'रहने दो,' मैंने कहा। 'और, अपनी कहानी सुनाना जारी रखो।'

'मैंने तेहरीक़ में एक जूनियर सिपाही के रूप में काम शुरू किया था। हाशिम भाई ने मुझे कुछ बड़ा काम करने का मौक़ा दिया। लेकिन तभी मुझसे एक भूल हो गई।'

'कैसी भूल?' सौरभ ने कहा।

'मैंने ज़ारा आपा को धोखा दिया।'

'साफ़-साफ़ बताओ,' मैंने कहा। मैं सोच रहा था कि सिकंदर सचमुच में ही कम दिमाग़ वाला है, या वो केवल ऐसा दिखावा करता है।

'हाशिम भाई ने कहा कि वो कराची में ऐसे लोगों को जानते हैं, जो लिट्रेचर फ़ेस्टिवल करवा रहे थे। उन्होंने कहा कि वे इंडिया से कुछ लोगों को बुलाना चाहते हैं, ख़ासतौर पर ब्राइट स्टूडेंट्स को। मैं तो वहां जा नहीं पाया। हाशिम भाई का कहना था कि मेरे पासपोर्ट पर पाकिस्तानी सील-ठप्पे जितने कम लगे हों, उतना ही अच्छा होगा। फिर उन्होंने पूछा कि क्या मेरी नज़र में कोई है।'

'और तुमने ज़ारा का नाम बता दिया?'

'हां। ज़ारा आपा को किताबें पढ़ने का बहुत शौक़ था। वे इंडिया में बहुत

सारे लिट्रेचर फ़ेस्टिवल्स में जाती रहती थीं। मैंने उनसे पूछा। ऑर्गेनाइज़र लोग उनकी फ़्लाइट और स्टे का पैसा चुकाने के लिए तैयार थे, क्योंकि उन्होंने कहा कि वो सभी ब्राइट स्टूडेंट्स के लिए ऐसा कर रहे थे। आपा फ़ौरन इसके लिए राज़ी हो गईं।'

'और इसलिए वो पाकिस्तान गई थी?'

'हां। कराची में हाशिम भाई उनसे मिले। उन्होंने मुझे कुछ तोहफ़े भेजे। फिर उन्होंने ज़ारा आपा को एक छोटी-सी अटैची में कपड़े और खाने-पीने की चीज़ें दीं।'

'और?' सौरभ ने सिकंदर के एक-एक शब्द को ध्यान से सुनते हुए कहा।

'एयरपोर्ट पर आपा को छोड़ने गई कार में उन लोगों ने अटैची बदल दी और कपड़ों के नीचे आठ किलो कोकीन छुपा दी।'

'आठ किलो कोकीन? ये तो बहुत ज़्यादा है,' सौरभ ने सीटी बजाते हुए कहा।

'कम से कम पांच करोड़ रुपए क़ीमत की। तेहरीक़ ऐसे ही अपने लिए पैसों का इंतज़ाम करता है। यह मेरा तेहरीक़ के लिए पहला बड़ा काम था।'

मैंने गहरी सांस ली। तो इस दुनिया में चंदन क्लासेस से भी बदतर जगहें थीं, जहां अपनी संस्था को चलाने के लिए ड्रग्स के पैसों की ज़रूरत होती है।

'तो ड्रग्स की तस्करी करवाने के लिए तुमने अपनी ख़ुद की बहन को इस्तेमाल किया?'

'उस वक़्त मुझको मालूम नहीं था कि यह काम ग़लत है। और हाशिम भाई ने सब कुछ इतनी अच्छी तरह से प्लान किया था। कस्टम्स पर किसी ने आपा पर शक नहीं किया और वो सारा सामान लेकर घर चली गईं।'

'और अगर कस्टम्स ने ज़ारा को रोककर उसके सामान की जांच कर ली होती तो वो अपनी पूरी ज़िंदगी जेल में बिताती, तुम्हें इससे कोई फ़र्क़ पड़ता या नहीं?'

'हाशिम भाई ने मुझसे कहा कि बुक्स फ़ेस्टिवल से लौट रही आईआईटी की किसी लड़की पर कोई शक नहीं करता।'

'तुम होश में तो थे? क्या होता अगर ज़ारा को पकड़ लिया जाता?' मैंने ऊंची आवाज़ में कहा।

सिकंदर ने कोई जवाब नहीं दिया।

मैंने अपने ग़ुस्से को दबाने के लिए गहरी सांसें लीं और ख़ुद को किसी तरह से इस बेवक़ूफ़ इंसान को तमाचा जड़ देने से रोका।

'ओके, फिर उसके बाद क्या हुआ?' सौरभ ने कहा।

'मैं आपा से बैग लेने गया, लेकिन मेरे वहां पहुंचने से पहले ही वो उसको खोलकर देख चुकी थीं।'

'ज़ारा को ड्रग्स के बारे में पता लग गया था?' मैंने कहा।

'हां, उन्होंने इसके लिए मुझे बहुत डांटा, तमाचा भी मारा। तब मुझे उनको बताना पड़ा कि मैं किनके लिए काम करता हूं। मैंने उन्हें समझाने की बहुत कोशिश की कि हाशिम भाई बहुत अच्छा काम कर रहे हैं।'

'तब ज़ारा ने क्या कहा?'

'उन्होंने मेरी बात सुनने से ही इनकार कर दिया। उन्होंने कहा कि मुझे इन लोगों से अपने सभी ताल्लुक़ ख़त्म करने होंगे। वो यह भी चाहती थीं कि मैं यह बैग लेकर सीधे पुलिस के पास चला जाऊं।'

'तो तुम गए?'

'नहीं, मैं हाशिम भाई के साथ दग़ाबाज़ी नहीं कर सकता था।'

'और ज़ारा को इससे कोई ऐतराज़ नहीं था?'

'ऐतराज़ था, लेकिन मैंने उनसे झूठ कहा। मैंने कहा, मुझे ये बैग अपनी जगह तक पहुंचाने दीजिए, ताकि वो मेरा पीछा छोड़ दें, उसके बाद मैं ख़ुद ही वो ग्रुप छोड़ दूंगा।'

'लेकिन तुमने ऐसा नहीं किया?'

'मैं इतने बड़े काम के लिए इस ग्रुप से जुड़ा था, उसे कैसे छोड़ सकता था?' उसने कहा, न जाने उसका "बड़े काम" से क्या मतलब था।

'तो तुमको लगता है कि ड्रग्स बेचने वालों के साथ काम करना सही है?'

'हमारे पास कोई और चारा ही नहीं था। हम बहुत ताक़तवर हुकूमतों से लड़ाई लड़ रहे हैं। कभी-कभी कोई अच्छा काम करने के लिए छोटे-मोटे बुरे काम भी करने पड़ते हैं।'

'ये सारी बातें तुमको हाशिम ने सिखाईं?'

'हां। उस समय तक मुझे अंदाज़ा नहीं था कि ज़ारा आपा ने एक पैकेट अपने पास रख लिया है। बहरहाल, अब मैं तेहरीक़ के लिए ड्रग्स बेचने का काम नहीं करता। अभी मैं नए लोगों की भर्ती के काम में लगा हूं।'

जैसे ही मैंने भर्ती शब्द सुना, मेरे अंदर की तुरंत प्रतिक्रिया यही थी कि अगर वो लोग नौकरी दे रहे हैं तो क्या मैं भी अप्लाई कर सकता हूं। फिर मैं ख़ुद को इस बात के लिए कोसने लगा।

'ज़ारा की मौत से पहले तुम उसके संपर्क में थे?'

'ज़्यादा नहीं। बस कभी-कभार बातें होती थीं। उन्होंने मुझसे ये सारी बक़वास भूलकर नौकरी की तलाश करने को कहा। दरअसल, उन्होंने तो एक बार मुझे आपकी मिसाल भी दी थी।'

'मेरी मिसाल?'

'उन्होंने कहा था—देखो सिकंदर, केशव के मामले में मैंने अपने दिल की आवाज़ सुनी थी, लेकिन मुझे ये मालूम नहीं था कि केवल प्रैक्टिकल लाइफ़ ही मायने रखती है। मैं केशव के साथ कहीं नहीं जा पा रही थी। आख़िरकार मुझे रघु के रूप में एक प्रैक्टिकल फ़ैसला लेना पड़ा।'

'प्रैक्टिकल?'

'मैं भी इस बात को ठीक से समझ नहीं पाया था। उन्होंने कहा कि अब वे रघु से बहुत प्यार करने लगी थीं, लेकिन उसे चुनने का फ़ैसला प्रैक्टिकल वजहों से लिया गया था। क्योंकि उसकी फ़ैमिली को ज़ारा से कोई दिक़्क़त नहीं थी।'

'ज़ारा ने तुमसे ऐसा क्यों कहा?'

'मुझे ये समझाने के लिए कि कभी-कभी दिल की सुनने से हम ग़लती कर बैठते हैं। तेहरीक़ से मेरा दिल जुड़ा था, जबकि वो चाहती थीं कि मैं अपने दिमाग़ का इस्तेमाल करते हुए प्रैक्टिकल फ़ैसला लूं और कोई नौकरी कर लूं।'

'ओह,' मैंने कहा। तो मैं ज़ारा की एक ग़लती था, जो उसने अपने दिल की आवाज़ सुनकर की थी। फिर भी मुझे यह सुनकर ख़ुशी ही हुई कि मैं ज़ारा के दिल की पसंद था, प्रैक्टिकल पसंद नहीं।

'ठीक है,' सौरभ ने कहा। 'तुम हमें और कोई काम की बात बताना चाहोगे?'

'इसके अलावा कुछ नहीं। मैंने यह सब भी आज तक किसी को नहीं बताया था। अब मैं जा सकता हूं?'

मैंने सिर हिलाकर हामी भरी। सिकंदर उठ खड़ा हुआ।

'सॉरी, एक और सवाल,' सौरभ ने कहा।

'क्या?'

'ज़ारा के साथ सेल्फ़ी। वो कब ली गई थी?'

'ज़ारा आपा दिल्ली में मुझसे मिलने आई थीं।'

'उस तस्वीर में तुम्हारे हाथ में मशीन गन क्यों थी?'

'नई भर्तियों को हम सिखाते हैं कि गन का इस्तेमाल कैसे किया जाए।'

'बैठ जाओ, सिकंदर,' मैंने कहा।

'क्यों?'

'तुम्हें क्या लगता है, हम बेवक़ूफ़ हैं?'

'क्या हुआ?'

'तुमने कहा कि तुमने ज़ारा को बताया तुमने तेहरीक़ छोड़ दिया है।'

'हां।'

'तो फिर जब वो तुमसे दिल्ली मिलने आती है तो तुम्हारे हाथ में मशीन गन होने के बावजूद तुम्हारे साथ मुस्कराते हुए फ़ोटो क्यों खिंचवाती है?'

'अब मुझे चलना चाहिए।'

'तुमने ये भी कहा था कि यह एक मनहूस जगह है, क्यों?' सौरभ ने कहा।

सिकंदर अपना सिर पकड़कर बैठ गया।

'मेरा सिर ज़ोरों से दर्द करने लगा है।'

'लेकिन हमारी बात अभी पूरी नहीं हुई, और मेरा मानना है कि तुम पुलिस के बजाय हम लोगों से बात करना ज़्यादा पसंद करोगे।'

'अभी मुझे आराम करने की ज़रूरत है। क्या हम बाद में बात कर सकते हैं?'

'कब? कल?'

उसने हामी भर दी।

'ठीक है, कल मुझे फ़ोन लगा लेना,' सिकंदर ने कहा और बाहर चला गया।

❖

'हमें अपने साथ और गर्म कपड़े लेकर आने थे,' सौरभ ने कहा। वह अपने हाथों को आपस में रगड़ रहा था। पहलगाम का हीवन होटल, जहां पर हम रुके थे, ने अपने लॉन्स में कैंपफ़ायर का बंदोबस्त कर रखा था। हम दोनों

डिनर के बाद वहीं बैठे थे।

'सिकंदर के साथ कुछ गड़बड़ है,' मैंने कहा।

'रिलैक्स, कुछ समय इंतज़ार करो, वह हमारे सामने खुल जाएगा,' सौरभ ने कहा।

'मुझे लगता है कि वो ख़ुद को जितना बेवक़ूफ़ दिखाने की कोशिश करता है, उतना है नहीं।'

'शायद वो नर्वस है।'

'बक़वास। मेरे ख्याल से अब सच का सामना करने का समय आ गया है।'

'क्या सच?'

'यही कि वो ऊपर से चाहे जितनी जज़्बाती बातें बोल ले, लेकिन वो इतना मासूम है नहीं। इन फ़ैक्ट, इस मामले में अब सबसे ज़्यादा शक उसी पर है।'

'तुम्हें ऐसा क्यों लगता है?'

'मुझे लगता है कि कुछ ऐसा हुआ होगा—पहले सिकंदर टेररिस्ट बन गया। फिर ज़ारा को इसका पता चल गया। उसने उसे कई बार रोकने की कोशिश की, लेकिन वो नहीं माना। आख़िरकार ज़ारा के सब्र का बांध टूट गया और उसने पुलिस के पास जाने का फ़ैसला लिया।'

'और इससे पहले ही सिकंदर आया और उसे मार दिया?'

'हां।'

'हो सकता है। इसीलिए उसने अपने रूम की खिड़की भी खोल दी होगी, क्योंकि आख़िरकार वो उसका सौतेला भाई था।'

'एग्ज़ैक्टली।'

'लेकिन उस तस्वीर के बारे में क्या? उसमें ज़ारा क्यों मुस्करा रही है?'

'शायद वो दबाव में होगी। या शायद वह पुलिस के लिए सबूत इकट्ठा कर रही होगी।'

'तो क्या इसीलिए उसने कोकीन की पुड़िया और बुलेट अपने पास रख ली थी?'

'एकदम सही। वो सबूत जुटा रही थी। वो पुलिस के पास जाना चाहती थी और सिकंदर को इसका पता लग गया था।'

'लेकिन वो तो अपनी आपा से प्यार करता था।'

'अगर हाशिम भाई ने बोल दिया कि एक 'बड़े काम' के लिए बहन को मारना ज़रूरी है, तो तुम्हें क्या लगता है, तब सिकंदर क्या करेगा?'

सौरभ ने दोबारा बोलने से पहले अपना गाल खुजाया।

'तब तो वो उसको मारने से नहीं हिचकेगा।'

हम एक-दूसरे को थोड़ी देर तक देखते रहे, फिर हमने हाई-फ़ाइव किया। हमारी थ्योरी एकदम सटीक लग रही थी।

'हम इस मामले की तह तक पहुंच गए हैं। इंस्पेक्टर राणा को फ़ोन लगाओ। हमें उनकी मदद की ज़रूरत होगी,' मैंने कहा। हां, आख़िरकार मैंने क़ातिल का पता लगा लिया था। कैंपफ़ायर की आग मेरे चेहरे को ही नहीं, मेरे वजूद को भी चमका रही थी।

# अध्याय 22

'उसे बातों में उलझाए रखना,' सौरभ ने कहा। 'उससे कोई सवाल-जवाब मत करना, बस दोस्ताना बर्ताव क़ायम रखना।'

मैंने सिर हिला दिया। हम हीवन होटल की रिसेप्शन लॉबी में थे। होटल के लैंडलाइन से मैंने सिकंदर को फ़ोन लगाया।

'कौन जनाब?' यह सिकंदर की आवाज़ नहीं थी।

'क्या सिकंदर वहां पर हैं? मैं उसका दोस्त केशव बोल रहा हूं।'

'तुम सिकंदर के दोस्त हो?'

'हां।'

'तुम पहलगाम में हो?'

'हां।'

'क्या तुम यहां पर आ सकते हो? मूनव्यू रिसोर्ट्स।'

'सिकंदर कहां है?'

'यहीं पर है। तुम आ सकते हो?'

'हां, ज़रूर। तुम कौन हो?'

'अहमद। जल्दी चले आओ।'

❖

सौरभ और मैं मूनव्यू रिसोर्ट्स की ओर चल पड़े, जो कि होटल हीवन से एक किलोमीटर के फ़ासले पर था। पिछली रात हमने इंस्पेक्टर राणा को फ़ोन लगाया था, और उन्हें पूरे मामले की इत्तेला दे दी थी। 'तुम लोग फिर से इस केस में उलझ गए, और कश्मीर तक भी चले गए? अच्छे दीवाने आशिक़ हो तुम,' राणा ने कहा था। लेकिन फिर उन्होंने पूरी कहानी सुनी और हमारी मदद के लिए तैयार हो गए। 'वहां से जितनी जल्दी हो सके, बाहर निकल आओ। कश्मीर कोई हौज़ ख़ास नहीं है। और उस सिकंदर से अकेले में मत मिलो,' उन्होंने फ़ोन रखने से पहले कहा।

मैंने राणा को फिर से फ़ोन लगाया।

'हम मूनव्यू में उससे मिलने जा रहे हैं,' मैंने हांफते हुए कहा। हम एक ऊंची चढ़ाई चढ़ रहे थे।

'मैं पहलगाम के लोकल पुलिस थाने के सब-इंस्पेक्टर सराफ को पहले ही बता चुका हूं। ज़रूरत पड़ने पर वो तुम्हारी मदद के लिए तैयार रहेंगे।'

'उन्हें हमारे साथ ही वहां चलना चाहिए,' मैंने कहा।

'रिलैक्स, तुम परेशान लग रहे हो।'

'परेशानी तो होगी ही। अहमद नाम के किसी आदमी ने सिकंदर का फ़ोन उठाया था। उसी ने हमें यहां बुलाया है।'

'ओह, तो वहां पर दूसरे लोग भी हैं?'

'हां।'

'तब तो सराफ को ही वहां पहले पहुंचने दो। तुम वहां अकेले मत जाओ। तुम लोग इतने बड़े बेवक़ूफ़ हो, तुमने कश्मीर जाने से पहले मुझे बताया भी नहीं।'

'सॉरी, सर। हां, हम उनका इंतज़ार करेंगे,' मैंने कहा।

'और सुनो, केशव।'

'जी, सर?' मैंने कहा। मैं उम्मीद कर रहा था कि वे इस केस को सुलझाने की ख़ातिर इतना बड़ा जोखिम उठाने के लिए हमारी तारीफ़ करेंगे।

'पुलिस सिकंदर को पकड़ ले तो पहले मुझे बता देना। मीडिया को यह न्यूज़ मैं ही ब्रेक करना चाहता हूं। मैं नहीं चाहता कि सराफ इसका क्रेडिट ले ले।'

❖

पके बालों वाले इंस्पेक्टर सराफ पुलिस जीप से निकले, जिसकी उम्र उनसे भी ज़्यादा लग रही थी। उनके साथ दो कांस्टेबल भी थे। सभी सादा कपड़ों में थे, ताकि किसी को शक ना हो। सौरभ और मैं उन तीनों से मूनव्यू के बाहर एक ख़ाली पार्किंग लॉट में मिले।

'शांत रहना और ऐसा दिखावा करना कि तुम इस होटल के नॉर्मल गेस्ट्स हो,' इंस्पेक्टर सराफ ने कहा।

रिसेप्शन डेस्क पर कोई तीस साल का दाढ़ी वाला एक व्यक्ति बैठा था।

'मैं केशव हूं। क्या यहां पर अहमद नाम का कोई आदमी है?'

'मैं ही अहमद हूं,' उसने कहा। 'मैं यहां का मैनेजर हूं। तो तुम्हीं सिकंदर

के दोस्त हो?' फिर उसने सादा कपड़ों में पुलिस के लोगों और सौरभ को देखकर कहा, 'ये सब लोग कौन हैं?'

'ये मेरे दोस्त हैं? सिकंदर कहां है?'

'मेरे साथ आओ।'

अहमद और मैं दूसरे फ़्लोर पर एक रूम में गए। बाक़ी लोग हमसे कुछ क़दम की दूरी पर चल रहे थे। मूनव्यू के कॉरिडोर में ज़्यादा रोशनी नहीं थी और ठंड भी बहुत थी। अहमद ने सबसे आख़िर के कमरे में घुसने के लिए मास्टर की का इस्तेमाल किया। उसने पीली सीलिंग लाइट जला दी।

सिकंदर बिस्तर पर लेटा हुआ था और उसका चेहरा ख़ून में लथपथ था। उसकी गन उसके पास थी।

'ओह,' सौरभ की चीख़ निकल पड़ी। सिकंदर के चेहरे का निचला हिस्सा इतना बिगड़ गया था कि उसे पहचानना मुश्किल था। पूरे कमरे में दुर्गंध भर गई थी और सांस लेना दूभर हो गया था। मैं सुन्न हो गया। मुझे लग रहा था, जैसे मेरे चारों तरफ़ चीज़ें स्लो मोशन में चल रही हैं। इंस्पेक्टर सराफ ने इतने शांत तरीक़े से सिकंदर की कलाई उठाकर देखी, जैसे टीवी का रिमोट उठा रहे हों।

'डेड,' उन्होंने कहा। 'ख़ुद को मुंह में गोली मार ली।'

'मैंने तुम्हें यहां पर इसलिए बुलाया है, क्योंकि मैं किसी पचड़े में नहीं पड़ना चाहता,' अहमद ने कहा। 'मेरे लिए यह होटल ही रोज़ी-रोटी है। अगर यहां पर ख़ुदक़ुशी की ख़बर फैल गई तो...'

इंस्पेक्टर सराफ ने उसे बीच में ही टोकते हुए कहा, 'तुमने लाश को कब देखा?'

'तीन घंटे पहले हाउसकीपिंग वालों ने यह देखा। मैंने उनसे कहा कि ख़ामोशी बनाए रखें। मैंने उसका फ़ोन ले लिया कि शायद कोई कॉल करे। तुम्हारा फ़ोन तभी आया।'

'वो यहां कब आया था?'

'पांच दिन पहले। क्या आप इसकी बॉडी को यहां से ले जा सकते हैं? या इसकी फ़ैमिली को बता सकते हैं? मैं पुलिस के चक्कर में नहीं पड़ना चाहता। प्लीज़,' अहमद ने कहा।

'हम पुलिस के ही लोग हैं,' इंस्पेक्टर ने अपना आईडी कार्ड दिखाते हुए कहा।

अहमद उनके क़दमों में गिर पड़ा।

'मुझे इस सबके बारे में कुछ नहीं मालूम, साहब।'

इंस्पेक्टर ने उसे कंधों से पकड़ा और उठा लिया।

'तुमको मालूम है ये कौन था और क्या करता था?'

'नहीं, साहब,' अहमद ने कहा।

इंस्पेक्टर ने अहमद को तमाचा जड़ दिया। मुझे समझ नहीं आता कि पुलिस वालों को ऐसा क्यों लगता है कि जब चाहे किसी को भी थप्पड़ मार दिया जाए। ख़ासतौर पर तब, जब उनके सामने कोई ग़रीब या कमज़ोर आदमी हो।

'तुम लोग अच्छी तरह से जानते हो कि ये टेररिस्ट हैं, फिर भी तुम इन्हें रूम देते हो और पुलिस को ख़बर नहीं करते।'

अहमद की आंखों में आंसू आ गए। उसने हाथ जोड़ते हुए कहा, 'साहब, हम लोकल लोग करें भी तो क्या? वे लोग यहां आते हैं, और जब चाहे, चले जाते हैं। मना करने पर बंदूक़ निकाल लेते हैं। हम उन्हें रख लें तो पुलिस और आर्मी के लोग हमें दुत्कारते हैं। हम करें तो क्या करें? हमारे घर में छोटे बच्चे हैं, जिनकी ज़िम्मेदारी हमारे ही सिर पर है।'

'तुम भी इंडिया से नफ़रत करते हो?'

'नहीं, साहब। मेरी तो रोज़ी-रोटी ही इंडियन टूरिस्टों से चलती है।'

'ये आदमी इतने दिनों से यहां पर क्या कर रहा था?' इंस्पेक्टर ने सिकंदर की ओर इशारा करते हुए कहा।

'वो हर दिन कुछ घंटों के लिए बाहर जाता था। कभी-कभी वो लॉबी में नए लड़कों से मिलता था।'

'नए आतंकवादियों की भर्ती के लिए?'

'मुझे नहीं मालूम, साहब।'

'तुम्हें उसके रूम से कुछ मिला?'

'हमने रूम की किसी चीज़ को हाथ नहीं लगाया है। आप जाकर देख सकते हैं।'

'केशव, सुनो?'

मेरी आंखें सिकंदर के चेहरे पर जमी हुई थीं। कल ही तो मैं इससे बातें कर रहा था।

'जी, इंस्पेक्टर?'

'तुम जिस प्राइम सस्पेक्ट को गिरफ़्तार करवाना चाहते थे, वो तो मर गया।'

'हं, हं, हां...' मैंने बोलने की कोशिश करते हुए कहा। सौरभ वॉशरूम की ओर दौड़ा। मुझे उसके उल्टियां करने की आवाज़ आई।

'एम्बुलेंस बुलाओ और बॉडी को यहां से हटाओ,' इंस्पेक्टर ने एक कांस्टेबल से कहा। फिर दूसरे की ओर मुड़ा और कहा, 'रूम की जांच करो। देखो कहीं कोई सुसाइड नोट तो नहीं है।'

मैं रूम में स्टडी चेयर पर बैठ गया। सौरभ की आवाज़ सुनकर मुझे भी ऊबकाई आने लगी थी। कांस्टेबल ने तकिया उठाकर और डेस्क की दराज़ खोलकर देखा।

'अगर सब लोग बाहर चले जाएं तो मैं अच्छे से जांच कर सकूंगा,' कांस्टेबल ने कहा।

❖

सौरभ और मैं लॉबी में एक सोफ़े पर बैठे थे। हम दोनों ही कुछ बोल नहीं पा रहे थे। इंस्पेक्टर सराफ हमारे सामने थे और फ़ोन पर किसी से बात कर रहे थे। आधा घंटे बाद रूम की जांच करने वाला कांस्टेबल नीचे आया। उसके हाथ में एक लिफ़ाफ़ा था।

'यह उसकी जेब से मिला है,' उसने कहा। 'इसमें लिखा है—हाशिम भाई के लिए। प्लीज़, इसे तेहरीक़ के मेरे किसी भाई तक पहुंचा देना। वो लोग मुझे लेने आ जाएंगे।'

इंस्पेक्टर ने लिफ़ाफ़ा खोला। उसमें एक काग़ज़ था, जिस पर हाथ से एक वेब एड्रेस लिखा था—www.Bit.ly/AlvidaTehreek

'ये क्या है?' इंस्पेक्टर ने कहा।

'ये एक एब्रिविएटेड वेब लिंक है। देखते हैं,' सौरभ ने कहा।

सौरभ ने होटल के कंप्यूटर में वह वेब एड्रेस लिखा। उस लिंक से एक यूट्यूब वीडियो खुला, जिसमें हम सिकंदर को होटल के उसी रूम में बैठा देख सकते थे। पहले उसने बुदबुदाकर कुछ दुआएं पढ़ीं, फिर कैमरे की ओर देखते हुए कहा—

'हाशिम भाई, माफ़ी। मैं आपकी उम्मीदों पर खरा नहीं उतर पाया। कुछ लोग मेरे पीछे पड़े हैं। वो लोग एक ऐसे गुनाह के लिए मुझे पुलिस के हाथों में

सौंप देंगे, जो मैंने किया ही नहीं। मेरी अपनी आपा का ख़ून? अल्लाह क़सम, ज़ारा आपा मेरे लिए दूसरी मां जैसी थीं। मैंने कुछ नहीं किया है।

'अगर पुलिस मुझे पकड़ लेती है तो वो मुझको तब तक टॉर्चर करेगी, जब तक मैं उसे ज़ारा आपा ही नहीं, तेहरीक़ के कामकाज के बारे में भी सबकुछ नहीं बता देता।

'लेकिन मैं ऐसा नहीं कर सकता। आप सभी लोगों को ख़तरे में डालने से तो बेहतर होगा कि मैं ख़ुद अपनी जान ले लूं। मैं एक बड़े काम के लिए अपनी जान की क़ुर्बानी देने को तैयार हूं, जैसा कि आपने मुझे सिखाया है।

'मुझे अफ़सोस हो रहा है कि जब हमारा कश्मीर आख़िरकार आज़ाद होगा, तो मैं आपके चेहरों पर मुस्कराहट देखने के लिए ज़िंदा नहीं रहूंगा। मैं आपसे और तेहरीक़ से मोहब्बत करता हूं, हाशिम भाई। मेरी अम्मी का ख्याल रखिएगा। मैं जानता हूं आप ऐसा करेंगे।

'ज़ारा आपा, जल्द ही आपसे जन्नत में मुलाक़ात होगी। आपके जाने के बाद, वैसे भी इस धरती पर ज़िंदा रहने की एक वजह मेरे पास नहीं रह गई थी।'

'सभी को, ख़ुदा हाफ़िज़।'

सिकंदर ने फिर दुआ के कुछ शब्द बुदबुदाए। चंद पलों बाद उसने गन निकाली और उसकी नाली अपने मुंह में रख ली। आगे क्या होने वाला है, यह सोचकर मेरा चेहरा तनाव से भर गया।

लेकिन, उसने केवल वेव किया और वीडियो वहीं पर रुक गया। ज़ाहिर है, उसे रिकॉर्डिंग ख़त्म करने के बाद इस वीडियो को अपलोड करके उसका लिंक भी क्रिएट करना था। इसके बाद ही वह ख़ुदकुशी कर सकता था।

'वाऊ,' सौरभ ने वीडियो देखने के बाद कहा। उसका मुंह खुला का खुला रह गया था।

'भई वाह, अब तो सुसाइड नोट भी हाई-टेक हो गए हैं,' इंस्पेक्टर सराफ ने कहा।

❖

एक घंटे बाद कांस्टेबल्स और होटल स्टाफ़ के लोग मिलकर सिकंदर की लाश को पार्किंग लॉट में खड़ी एम्बुलेंस में चढ़ा चुके थे।

'लाश को मुर्दाघर में ले जाओ। किसी को कानोकान ख़बर नहीं होनी

चाहिए। केवल इसकी मां को इत्तिला दे दो,' इंस्पेक्टर ने कहा।

एम्बुलेंस के जाने के बाद वे अहमद की ओर मुड़े।

'ये केवल एक चूहा था, जो मर गया। इसमें जांच करने जैसा कुछ नहीं है। अपने होटल की साफ़-सफ़ाई करवा लो, और अगली बार इसके जैसा कोई आए तो हमें ख़बर कर देना।'

'जी, साहब। बहुत-बहुत शुक्रिया, साहब। अल्लाह ख़ैर।'

अहमद होटल में चला गया। सराफ के साथ आए दोनों कांस्टेबल जीप में सवार हो गए।

अब पार्किंग लॉट में केवल सराफ़, सौरभ और मैं रह गए थे।

'लगता तो नहीं कि इसी ने अपनी सौतेली बहन को मारा होगा,' सराफ ने अपनी ठोढ़ी सहलाते हुए कहा।

मैंने सिर हिला दिया।

'ये लोग मरते समय झूठ नहीं बोलते,' सराफ ने पुलिस की जीप में बैठते हुए कहा। फिर उन्होंने जीप की खिड़की से सिर बाहर निकाला।

'क्या मैं एक बात कह सकता हूं?' सराफ ने कहा।

'जी, सर,' मैंने कहा।

'ये तफ़्तीश और तहक़ीक़ात करना हर किसी के बस की बात नहीं है। इंसान को वही काम करना चाहिए, जो वो कर सकता है।'

❖

'भाई, कुछ तो बोलो,' सौरभ ने कहा। 'तुम सुबह से एकदम चुप हो।'

'तुमने दिल्ली जाने के लिए फ़्लाइट्स चेक की या नहीं?' मैंने कहा।

हमारी बस पहलगाम से श्रीनगर जा रही थी। वह पहाड़ी चक्करदार रास्तों पर बलखाती हुई चल रही थी। मैंने अपनी आंखें बंद कर रखी थीं। कश्मीर के ख़ूबसूरत नज़ारे मेरे लिए अब कोई मायने नहीं रखते थे। मैं बस घर जाना चाहता था।

'श्रीनगर से रोज़ दिल्ली के लिए छह उड़ानें हैं। तो कोई समस्या नहीं होगी,' सौरभ ने कहा।

हम फिर चुप हो गए। मैं जानता था कि एक इंजीनियर और टीचर के रूप में मैं एक नाकाम इंसान था। अब ज़ारा की हत्या के इस केस की छानबीन में भी मैं नाकारा ही साबित हुआ था। शायद इसीलिए ज़ारा ने मुझे छोड़ दिया

था। उसने समझ लिया था कि मैं एक लूज़र हूं। मैं उसके लिए भी कुछ नहीं कर पाया था। और अब उसके मरने के बाद भी मैं उसके हत्यारे को खोज निकालने में नाकाम ही साबित हो रहा था।

'भाई, क्या सोच रहे हो?' सौरभ ने आधा घंटे बाद कहा।

'यही कि काश चंदन क्लासेस में अब भी हमारे लिए कोई जॉब हो।'

❖

मैंने अपने स्वेटर को सूटकेस में रख दिया।

'तुमने टिकट ख़रीदे?' मैंने कहा। 'मैंने पैकिंग कर ली है।'

'इंटरनेट काम नहीं कर रहा है। ना तो निज़ाम भाई के सिम पर और ना ही वाई-फ़ाई से।'

'ठीक है, हम एयरपोर्ट से ही टिकट ख़रीद लेंगे,' मैंने कहा।

मैंने देखा कि सौरभ के कपड़े अभी तक अलमारी में ही टंगे हुए थे।

'ये क्या है? मैंने कहा था तुमसे कि पैकिंग कर लो।'

सौरभ मेरे सामने आकर खड़ा हो गया। अपने सफ़ेद स्वेटर में वो किसी ध्रुवीय भालू जैसा दिखाई दे रहा था। भालू ने अपने पंजे मेरे कंधे पर रखे।

'पहले ज़ारा, और अब सिकंदर। हां, यह डराने वाला है। लेकिन इस तरह से यहां से भाग जाना?' उसने कहा।

'मैं डरा हुआ नहीं हूं। लेकिन मुझे नहीं लगता कि मैं इस केस को सुलझा सकता हूं। या मैं जीवन में कोई और काम भी कर सकता हूं।'

'नॉनसेंस। हम एक और मोर्चे पर नाकाम रहे, लेकिन इसका यह मतलब नहीं कि हम हार मान लेंगे।'

मैंने कंधे उचका दिए। 'लेकिन अब हमारे पास यहां करने के लिए कोई काम नहीं है।'

'क्यों? हम अभी तक क़ातिल को नहीं ढूंढ़ पाए हैं।'

मैं उससे दूर चला गया और बेड पर जाकर बैठ गया। फिर उसकी तरफ़ देखे बिना ही मैं बोला, 'हम नहीं ढूंढ़ सकते। हम इतने स्मार्ट नहीं हैं।'

सौरभ मेरे पास आकर बैठ गया।

'लेकिन हम इस मामले का खुलासा करने के बहुत क़रीब पहुंच गए थे।'

'नहीं, ऐसा नहीं है। वास्तव में, हम बुरी तरह से ग़लत थे। और हमारी

इस ग़लती से सिकंदर की जान चली गई।'

'क्या?'

'मैंने उसे धमकाया था कि मैं पुलिस को सारे सबूत सौंप दूंगा। इसी डर के कारण उसने आत्महत्या कर ली, जबकि उसने ज़ारा को नहीं मारा था।'

'लेकिन वो टेररिस्ट था। इंस्पेक्टर सराफ के शब्दों में, केवल एक चूहा।'

'वो ज़ारा का भाई भी था। क्या ज़ारा कभी मुझे इसके लिए माफ़ करती? और उसकी मां, जो घर पर उसका इंतज़ार कर रही है...'

सौरभ ने मेरे हाथ पर अपना हाथ रख दिया।

'मुझे सच में यही लगा था कि यह सिकंदर ने ही किया है। मुझे लगा मेरे पास इसके सबूत थे। हमारे पास एक थ्योरी थी,' मैंने जैसे ख़ुद से बात करते हुए कहा।

'मुझे भी इस थ्योरी पर कोई शक नहीं था।'

'मैं इस मामले का खुलासा करना चाहता था, गोलू। और केवल ज़ारा के लिए ही नहीं, अपने लिए भी। मैं एक बार जीतना चाहता था। मैं हमेशा हारता ही रहा हूं।'

मैंने ग़ुस्से में अपने सूटकेस को लात मारी। उसकी ज़िप नहीं लगाई गई थी, वह खुल गया। सूटकेस के ऊपरी फ़्लैप में एक पैकेट था, जिसमें ज़ारा की सेफ़ से मिली चीज़ें थीं।

'ये सब,' मैंने उसकी तरफ़ इशारा करते हुए कहा। 'बक़वास। हमें क्या लगा था कि हम क्या हैं? होम्स और वॉटसन जैसी कोई देसी जोड़ी? मेरे जैसा लूज़र जो एक कोडिंग जॉब तक नहीं हासिल कर सकता, वो इतने पेचीदा मर्डर केस को क्या ख़ाक सॉल्व करेगा?'

'भाई, अपने आपको लूज़र बोलना बंद करो।'

'तुमने मुझे कभी कुछ ख़ास हासिल करते देखा?'

'तुम आईआईटी तक पहुंचे हो।'

'वो एक फ़्लूक था। इवैल्यूएशन में कोई ग़लती हो गई होगी। कोई कंप्यूटर एरर।'

'भाई, अब बस करो।'

'हमने एक बेगुनाह को मार डाला।'

'एक टेररिस्ट मरा है। हमने देश का भला किया है। वो बास्टर्ड ज़्यादा से ज़्यादा लोगों को ख़ून-ख़राबा करना ही तो सिखा रहा था।'

'जो भी हो, लेकिन अब हमारे पास यहां करने के लिए क्या है?'

'बेसिक्स पर जाते हैं। ज़ारा के डिजिटल फ़ुटप्रिंट्स की तहक़ीक़ात करते हैं। हमने उसकी इंस्टाग्राम पोस्ट्स को ध्यान से नहीं देखा है।'

'वहां पर कुछ नहीं है। उसकी इंस्टाग्राम प्रोफ़ाइल हर लड़की जैसी ही थी।'

'फिर भी हमें एक बार उसे पूरा देखना चाहिए। आज जो कुछ हम जानते हैं, उस नज़रिए से। इसके अलावा, ज़ारा की सेफ़ से मिली चीज़ों में से हम कोकीन और बुलेट में ही उलझकर रह गए, लेकिन बाक़ी की चीज़ों के बारे में क्या?'

'जैसे कि?'

'जैसे कि ये प्रैग्नेंसी किट्स,' सौरभ ने ज़ारा की सेफ़ से मिली चीज़ों का पैकेट खोलते हुए कहा।

'वो बास्टर्ड रघु और ज़ारा बिना किसी प्रोटेक्शन के सेक्स कर रहे होंगे, और क्या?'

सौरभ ने मेरी तरफ़ देखा।

'भाई, अपने पर क़ाबू रखो। अब वो मर चुकी है। तुम उसको प्यार करते थे।'

'सॉरी,' मैंने मन ही मन बुदबुदाते हुए कहा। 'लेकिन मैं बहुत तनाव में हूं।'

'और इन ईयररिंग्स के बारे में क्या? हमने तो अभी तक इनके बारे में बात ही नहीं की। ये बहुत महंगी लगती हैं।'

मैंने ईयररिंग्स अपनी हथेली पर रख लीं। वे सोने की थीं और उनमें दस रुपए के सिक्के जितना बड़ा पेंडेंट था। इन पेंडेंट्स में हीरे-जवाहरात जड़े थे और सुबह की रोशनी में वे जगमगा रहे थे।

निज़ाम ने दरवाज़े पर दस्तक दी।

'जनाब, मैं आपको डिस्टर्ब कर सकता हूं?'

'जी, निज़ाम भाई,' सौरभ ने कहा और प्रेग्नेंसी किट्स को फ़ौरन एक तकिए से छुपा दिया।

'मैं बस इतना ही बताने आया था कि अब इंटरनेट फिर से चालू हो गया है। कल हुए पथराव के बाद सरकार ने इंटरनेट बंद कर दिया था।'

'क्या? कल फिर से पथराव हुआ था?' मैंने कहा।

'अरे जनाब, कुछ मत पूछिए। मैं तो इस सबसे थक चुका हूं। गए हफ़्ते आर्मी ने दो बेगुनाह लड़कों को पकड़ लिया था। लोग इसी का विरोध कर रहे थे। लेकिन ऐसी ख़बरों से यहां पर टूरिस्ट आना बंद कर देते हैं, और हमारी रोज़ी-रोटी के लाले पड़ जाते हैं।'

'मैं समझ सकता हूं,' मैंने कहा। 'ख़ैर, राहत की बात है कि अब इंटरनेट चालू हो गया है।'

निज़ाम की नज़र ईयररिंग्स पर पड़ी।

'माशाअल्लाह,' उसने कहा। 'कितनी ख़ूबसूरत झुमकियां हैं। ये आप भाभी के लिए ले जा रहे हैं?'

'भाभी अब मर चुकी है,' मैं कहने वाला था, लेकिन जवाब में केवल मुस्करा भर दिया। 'ये कश्मीरी झुमकियां हैं ना?'

'बिलकुल, सौ फ़ीसदी कश्मीरी चीज़ है,' निज़ाम ने कहा और फिर हाथ बढ़ाते हुए बोला, 'क्या मैं देख सकता हूं?'

वह बेड पर मेरे पास बैठ गया और ईयररिंग्स का क़रीब से मुआयना करने लगा।

'क्या कमाल का काम है। ये तो बहुत ही महंगी होंगी। केवल कश्मीर में ऐसी चीज़ बनाई जा सकती है।'

'ये हमारे एक दोस्त की हैं,' सौरभ ने कहा।

'हमें ऐसी ही एक और जोड़ी बनवानी हैं। कोई आइडिया है, कहां मिलेगी?'

'आजकल तो कोई भी ज्वेलर हूबहू ऐसा ही बना देता है, लेकिन अगर आपको असल चीज़ चाहिए तो वो केवल श्रीनगर की कुछ ख़ास दुकानों पर ही मिल सकती है।'

'जैसे कि?' सौरभ ने कहा।

'मैं आपको लोकल ज्वलेर्स की एक पूरी लिस्ट दे सकता हूं। आप वहां जाकर बस इतना बोल देना कि शिकारे वाले निज़ाम भाई ने भेजा है। तब वो आपकी बहुत दिल से ख़िदमत करेंगे।'

'शुक्रिया,' मैंने कहा।

'तो फिर पथराव का क्या हुआ?' सौरभ ने निज़ाम का ध्यान ईयररिंग्स से हटाने के लिए विषय बदलते हुए कहा।

'आर्मी ने पलटवार किया, जिसके बारे में वे कहते हैं कि उन्होंने अपने

बचाव में कार्रवाई की। हमेशा की तरह, उन्होंने जवाब में पैलेट गन्स चलाईं। कुछ बच्चों को कान में छर्रे लगे। वे बहरे हो सकते हैं। इससे चीज़ें और ख़राब ही हुईं। लोग आर्मी से और नाराज़ हो जाते हैं। आर्मी इंटरनेट बंद करवा देती है। इसी तरह यह सिलसिला चलता रहता है। या ख़ुदा, यह सब कब ख़त्म होगा?'

'आज रात डिनर में क्या पकेगा?' मैंने अपने नो-पॉलिटिक्स नियम को याद करते हुए कहा, लेकिन निज़ाम अब रुकने को तैयार नहीं था।

'पूरा हिंदुस्तान अमन-चैन से जी रहा है तो हमीं क्यों ऐसे नहीं जी सकते? कोई तो रास्ता होना चाहिए, केशव भाई?'

'हां, हां, क्यों नहीं, ज़रूर कोई रास्ता खोजा जा सकता है। वैसे, क्या आप हमें कल तक वो ज्वेलरी की दुकानों के नाम दे देंगे?'

'ओह,' निज़ाम ने हैरानी से कहा, जैसे कि कहां कश्मीर और कहां झुमकियां, और जैसे कि हम कश्मीर समस्या का हल खोज निकालने के एकदम क़रीब ही पहुंच चुके थे।

'मैं आज रात को ही आपको दे दूंगा। अब मुझे रसोईघर में जाकर देखना चाहिए कि क्या चल रहा है। आज हम स्पेशल बिरयानी पका रहे हैं।'

निज़ाम मुझे ईयररिंग्स लौटाकर चला गया। सौरभ ने मेरी तरफ़ देखा और मुस्करा दिया।

'क्या?' मैंने कहा।

'इंटरनेट चालू हो गया है। कहो तो अगली फ़्लाइट बुक कर लूं?'

'अभी रुको।'

'क्यों?'

'मेरे ख्याल से हमें एक बार कुछ ज्वेलरी शॉप्स पर जाकर देख लेना चाहिए।'

'लेकिन क्यों?'

'मेरी भाभी के लिए एक जोड़ी झुमकियां ख़रीदने,' मैंने कहा और आंख मार दी।

'यू मीन, टिंडर वाली भाभी?'

हम दोनों हंस दिए। बहुत समय बाद पहली बार।

# अध्याय 23

'हम हूबहू ऐसी बनवाकर दे सकते हैं, कोई समस्या नहीं। और हां, हम निज़ाम भाई को जानते हैं। उनके शिकारे से यहां बहुत सारे कस्टमर्स आते हैं।'

'हां, उन्हीं ने हमें यहां भेजा है। वैसे, मैं जानता हूं कि आप ऐसी झुमकियां बना सकते हैं, लेकिन क्या आप ही ने ये झुमकियां भी बनाई थीं?' मैंने कहा।

हम सैयद हमीरपुरा में अख़ून ज्वेलर्स के यहां आए थे। सुबह से यह हमारी चौथी दुकान थी।

'सर, हम इससे भी अच्छी बना देंगे। ये आपने कितने में ली थीं?'

'यानी आपने ये वाली नहीं बनाई हैं, राइट?' सौरभ ने कहा और आगे बढ़ने लगा।

'रुकिए, सर,' उसने कहा। उसने दुकान में काम करने वाले एक लड़के को इशारा किया। वह तुरंत ही हमारे लिए दो कप कहवा और एक प्लेट भरकर खजूर ले आया।

'हमारे मेहमान बन जाइए, जनाब। ख़रीदना-वरीदना तो होता रहेगा,' दुकानदार ने कहा।

'क्या आप बता सकते हैं कि ये झुमकियां श्रीनगर में ही बनी हैं?'

दुकानदार ने ईयररिंग्स को हाथ में लेकर नज़दीक से उनका मुआयना किया।

'बिलकुल। ये जहां भी बनी हैं, कारीगर कश्मीरी ही है। डिज़ाइन देखकर ही बता सकता हूं।'

सफ़ेद कुर्ता और टोपी पहने एक बुज़ुर्ग व्यक्ति, जो शायद इस दुकान के मालिक थे, कोने में अपनी कुर्सी से उठे और हमारे पास चले आए।

'मुझे दिखाओ,' उन्होंने कहा। फिर उन्होंने अपनी जेब से एक मैग्नीफ़ाइंग ग्लास निकाला और बहुत ग़ौर से झुमकियों को देखा।

'नहीं, ये हमारी दुकान का माल नहीं है, लेकिन है इसी एरिया का। मैं जानता हूं कि कौन-से कारीगर ऐसी डिज़ाइन बनाते हैं,' उन्होंने कहा।

'शुक्रिया,' मैंने कहा।

'हमें एक मौक़ा दीजिए, हम इससे अच्छी बना देंगे,' उन्होंने कहा।

'इसकी बीवी चाहती थी कि हम उसी कारीगर से यह बनवाएं,' मैंने सौरभ की ओर इशारा करते हुए कहा। सौरभ मुस्करा दिया।

'ओह, जैसी आपकी मर्ज़ी,' दुकानदार ने मायूसी भरे लहजे में कहा।

'अंकल, क्या आप यह पता करने में हमारी मदद कर सकते हैं कि इन्हें किसने बनाया है?' मैंने कहा।

'यह बहुत महंगा है तो किसी बड़ी ज्वेलरी शॉप ने ही बनाया होगा।' फिर उन्होंने अपनी दुकान के सेल्सपर्सन की ओर मुड़ते हुए कहा, 'क्या इसमें कोई शॉप मार्क है? मुझे मेरा माइक्रोस्कोप देना।'

सेल्सपर्सन दुकान के अंदर चला गया।

'इस तरह की झुमकियों की कितनी क़ीमत होती होगी?' मैंने पूछा।

'तीन या शायद चार लाख रुपए,' दुकानदार ने कहा। 'वैसे मेरा नाम हाफ़िज़ है।'

हमने हाथ मिलाया।

सेल्सपर्सन एक कंपाउंड माइक्रोस्कोप लेकर लौटा। हाफ़िज़ ने एक ईयररिंग माइक्रोस्कोप के नीचे रखी और ईयररिंग को ऊपर-नीचे घुमाते हुए व्यूफ़ाइडंर में देखने लगे। उन्होंने सिर हिलाया।

'दूसरी वाली देना,' हाफ़िज़ ने कहा।

सेल्सपर्सन ने दूसरी ईयररिंग लेंस के नीचे लगा दी।

'ऐसे महंगे ज़ेवरों पर बहुत सारे ज्वेलर्स अपना कोई मार्क या अपने इनिशियल्स लिख देते हैं,' हाफ़िज़ ने एक आंख से व्यूफ़ाइडंर में देखते हुए कहा। 'मिल गया। एसजे।'

'एसजे यानी क्या?' सौरभ ने कहा।

हाफ़िज़ ने हमें ईयररिंग्स लौटा दीं।

'देखते हैं। एसजे सोना ज्वेलर्स भी हो सकता है, जो मेरे दोस्त की दुकान है। फिर हनुमान मंदिर के सामने एस. खेम सिंह ज्वलेर्स है। हरि सिंह हाई स्ट्रीट पर सलाम ज्वेलर्स भी है,' हाफ़िज़ ने कहा। 'मुझे तो एसजे से यही नाम याद आ रहे हैं।'

सौरभ ने जेब से वो लिस्ट निकाल ली, जो निज़ाम ने हमें दी थी।

'और भी हैं। लाल चौक में शबनम ज्वेलर्स। श्रीनगर-लदाख हाईवे पर शौकत ज्वेलर्स,' उसने लिस्ट पढ़ते हुए कहा।

'आपको गुड लक। अगर आपको कोई दुकान नहीं मिलती है तो आपकी मदद के लिए हम तो यहां बैठे ही हैं,' हाफ़िज़ ने कहा और मुस्करा दिए।

❖

'नहीं, यह सोना ज्वेलर्स के यहां की चीज़ नहीं है,' दुकान के मालिक ने ईयररिंग्स को देखते ही कह दिया।

'ये हमारी दुकान की नहीं है,' शबनम ज्वेलर्स पर हिजाब पहने एक सेल्सगर्ल ने कहा।

इसी तरह एसजे इनिशियल्स वाली चार और दुकानों ने हमें एक ही दिन में ना कह दिया।

'तीन और एसजे बचे हैं,' सौरभ ने कहा। हम सड़क किनारे एक चाय की दुकान पर चाय के साथ टोस्ट खा रहे थे।

'वेल, अब ये आख़री कोशिश है। इसके बाद दिल्ली की फ़्लाइट बुक कराने के अलावा कोई और रास्ता नहीं रह जाएगा,' मैंने कहा।

❖

'हम बस इतना ही जानना चाहते हैं कि क्या ये ईयररिंग्स आपकी दुकान पर बनाई गई हैं,' मैंने शौकत ज्वेलर्स के मालिक को झुमकियां दिखाते हुए कहा। वह काउंटर के पीछे पैरों को मोड़कर बैठा था। गहनों से भरी दुकान तेज़ रौशनी में दमक रही थी।

'ये?' दुकानदार ने ईयररिंग्स पर अपनी उंगलियां घुमाते हुए कहा। 'हां, बिलकुल, ये शौकत ज्वेलर्स का सबसे बेहतरीन काम है।'

चार दिन की दौड़धूप के बाद हां शब्द सुनते ही मैं लगभग वहीं चक्कर खाकर गिर पड़ा। इससे दुकानदार हैरान रह गया।

'क्या हुआ?' उसने हाथ बढ़ाते हुए कहा। 'मैं शौकत हूं।'

मैंने उससे हाथ मिलाते हुए कहा, 'मैं आपको बता नहीं सकता, आपसे मिलकर मुझे कितनी ख़ुशी हो रही है।' वह हंस दिया।

'ये तो मेरे लिए ख़ुशी की बात है। आपको और ज्वेलरी चाहिए? आप बिलकुल सही जगह पर आए हैं।'

उसने हमें एक कप कहवा पिलाया, जो कि इस दिन का हमारा छठा कप था। फिर उसने झुमकियों को निहारते हुए कहा, 'ज़रा यह काम तो देखो।

आलातरीन।'

'ये आपने किसके लिए बनाई थीं?' मैंने कहा।

शौकत ने मेरी तरफ़ हैरत से देखा।

'मैं समझा नहीं। तो क्या ये झुमकियां आपकी नहीं हैं?'

'ये हमारी एक दोस्त की हैं, जो अब इस दुनिया में नहीं है,' मैंने कहा।

शौकत ने दाएं हाथ से अपने कानों की लवों को छुआ और मन ही मन दुआ बुदबुदाई।

'मुझे सुनकर बहुत अफ़सोस हुआ। क्या हुआ था उन्हें?'

सौरभ और मैंने एक-दूसरे की ओर देखा।

'एक्सीडेंट,' सौरभ ने कहा।

'या ख़ुदा। मैं आपके लिए क्या कर सकता हूं?'

'उसके पैरेंट्स को ये ईयररिंग्स उसके कमरे से मिली थीं। लेकिन वो इन्हें पहचान नहीं पाए। हम श्रीनगर आ रहे थे तो उन्होंने हमें ये देते हुए कहा कि हम पता करें, ये ईयररिंग्स उसे किसने दी थीं,' मैंने कहा। शौकत ने हमें कुछ झिझक भरी नज़र से देखा।

'उसके पैरेंट्स अपनी बेटी की मौत से बहुत परेशान हैं, आप समझ सकते हैं। हम तो बस अपनी तरफ़ से उनकी मदद करना चाहते हैं,' मैंने कहा।

'लेकिन लगता है हमें एक अच्छी दुकान मिल गई है, भाई। ख़ुद अपनी पारिवारिक ज़रूरतों के लिए, अब हमारे पास एक अच्छा ज्वेलर है,' सौरभ ने मुझसे कहा।

यह सुनकर दुकान का मालिक कन्विंस हो गया। उसने सिर हिलाया और अपनी सीट के ऊपर एक शेल्फ़ से माइक्रोस्कोप निकालकर ईयररिंग्स देखने लगा।

'बिलकुल, हमारी ही चीज़ है, इस पर हमारा शॉप मार्क भी है।'

'उस एसजे को देखकर ही तो हम यहां तक आए हैं,' मैंने कहा।

दुकान के मालिक ने माइक्रोस्कोप एक तरफ़ रख दिया।

'हां, लेकिन मैं याद नहीं कर पा रहा हूं कि मैंने इन्हें कब बेचा था। इसे मेरे दोनों बेटों में से किसी ने बेचा होगा। या फिर मेरे भतीजे ने, जो कि यहां का मुख्य सेल्सपर्सन है।'

'अगर आप उनसे पूछकर बता सकें तो,' मैंने कहा।

'वो लोग बैंक के किसी काम से बाहर गए हैं। जल्द ही लौट आएंगे। आप यहां बैठकर इंतज़ार कर सकते हैं।'

हम दो घंटे तक वहां बैठे रहे, तब जाकर दुकान के बाहर एक फ़ॉर्च्यूनर आकर रुकी। उसमें से बामुश्किल बीस साल के तीन लड़के निकले। तीनों ने ही फ्रेंच कट दाढ़ी रखी हुई थी।

'इतनी देर?' शौकत ने घड़ी देखते हुए कहा।

'आर्मी ने रास्ते बंद कर रखे थे। फ़ुल चेकिंग चल रही है। उस पर से ट्रैफ़िक जैम,' उनमें से एक ने कहा।

'इस आर्मी की तो ऐसी की तैसी,' दूसरे ने कहा।

'थोड़ा तमीज़ से बात करो। यहां मेहमान बैठे हैं,' शौकत ने कहा।

'जी, मैं मोहसिन हूं, शौकत चाचा का भतीजा,' अभी-अभी आर्मी को कोसने वाले ने कहा। 'सॉरी, मेरा मतलब यह नहीं था...'

'इट्स ओके। मैं केशव हूं। ये सौरभ है।'

'मैं अली हूं, और ये मेरा भाई सलीम है,' दूसरे ने कहा।

शौकत ने उनसे ईयररिंग्स के बारे में पूछा। उन्होंने ईयररिंग्स एक-दूसरे की ओर बढ़ा दीं।

'मुझे तो याद नहीं आता कि मैंने इन्हें कभी बेचा हो,' अली ने कहा।

'और ना ही मुझे,' मोहसिन ने कहा।

'मुझे दिखाओ,' सलीम ने कहा और ईयररिंग्स ले लीं। 'ये कब ख़रीदी गई थीं?'

'पिछले पांच साल में कभी, शायद,' मैंने कहा।

'ये एंटीक दिखती है, लेकिन है नहीं। एक पुरानी कश्मीरी डिज़ाइन की नक़ल,' मोहसिन ने कहा।। 'ओह हां, अब मुझे याद आ गया।'

'क्या याद आ गया?' सौरभ और मैंने एक साथ कहा। सभी लोग हमारे इस उत्साह से चौंक गए।

'अरे, वो आदमी, जो दिखने में ही फ़ौजी लग रहा था। ऊंचा-तगड़ा और कड़क। वो कह रहा था कि उसे उसकी दादी की ईयररिंग्स फिर से बनवानी हैं,' मोहसिन ने कहा।

'हां, मुझे याद आया, तुम इसके बारे में बात कर रहे थे,' अली ने कहा, 'लेकिन मैं कस्टमर को याद नहीं कर पा रहा हूं।'

'मुझे याद है,' मोहसिन ने कहा। 'उसने कैश में बिल चुकाया था। ज़रा

मुझे कैश सेल्स बुक तो देना।'

अली ने कैश काउंटर के नीचे वाली दराज़ खोली और एक कार्बन-कॉपी लाइन्ड नोटबुक निकाली। उसमें सफ़ेद और गुलाबी पन्ने थे, हाथ की लिखावट से भरे हुए थे। उसने उसे मोहसिन की ओर बढ़ा दिया।

'यह तीन लाख रुपए से कम की नहीं थी। मैं हाई-वैल्यू सेल्स में देखता हूं,' मोहसिन ने कहा और तेज़ी से नोटबुक के पन्ने उलटकर देखने लगा। एक नोटबुक ख़त्म हुई तो अली ने दूसरी उसकी ओर बढ़ा दी।

पांच मिनट बाद मोहसिन रुका और एक ख़ास पन्ने पर अपनी उंगली थपथपाई।

'ये रहा। एक साल पहले। देखो,' मोहसिन ने कहा और शौकत को नोटबुक दिखाने लगा। खुले हुए पन्ने पर इसी ईयररिंग्स की डिज़ाइन थी।

'दुरुस्त,' शौकत ने कहा। 'ये देखो, 3 लाख 80 हज़ार रुपए। हीरा, माणिक, कुंदन, 22 कैरेट गोल्ड। 2 लाख रुपए एडवांस। डिलीवर एक हफ़्ते बाद, 28 मई 2017 को। पेड बैलेंस। ऑल कैश।'

मैंने अचरज भरी नज़रों से शौकत की ओर देखा।

'यानी, इन्हें पिछले साल मई में किसी ने ख़रीदा था?'

'हां।'

'किसने?'

मोहसिन ने फिर से नोटबुक देखी और सिर हिलाते हुए कहा, 'उसने अपना नाम नहीं दिया था।'

'कोई कॉन्टेक्ट डिटेल्स?'

'नहीं, उसने केवल एडवांस पैसा दिया। हमने उसे रसीद दी। बाद में वो बाक़ी का पैसा देने और ईयररिंग्स लेने आया था।'

'आप इतनी महंगी चीज़ बिना कस्टमर का नाम जाने बेच देते हैं?' सौरभ ने कहा।

'हमारे बिज़नेस में हर तरह के लोग आते हैं। उनमें से कुछ हमारे फ़ैमिली फ्रेंड्स बन जाते हैं। कुछ अपना नाम ज़ाहिर नहीं करना चाहते। हम उनकी भावनाओं का ख्याल रखते हैं,' शौकत ने अपनी सफ़ेद दाढ़ी को सहलाते हुए कहा।

'तुम्हें याद है वो कैसा दिखाई देता था?' मोहसिन ने कहा।

'हां, याद है। हैंडसम नौजवान। दिखने में कश्मीरी ही लग रहा था।गोरा-

चिट्टा। छह फ़ीट से कम का नहीं होगा। मैंने कहा था ना कि वो दिखने में ही फ़ौजी लग रहा था,' मोहसिन ने कहा।

'क्या वो यूनिफ़ॉर्म में आया था।' सौरभ ने कहा।

'नहीं, लेकिन जब वो दूसरी बार पैसे देने आया था, तब एक मिलिट्री ग्रीन गाड़ी में आया था।'

सौरभ ने दुकान में इधर-उधर देखा। उसे छत पर कैमरा दिखाई दिया।

'शौकत भाई, क्या आपके पास गए साल मई के सीसीटीवी फ़ुटेज होंगे?' सौरभ ने कहा।

'नहीं,' सलीम ने कहा। 'सीसीटीवी बैकअप केवल दो महीने तक रहते हैं। क्या बात है, सब ठीक तो है?'

'हां, सब ठीक है,' सौरभ ने कहा और उठ खड़ा हुआ। 'चिंता की कोई बात नहीं, लेकिन मैं सोच रहा था कि हम अगर एक बार उस व्यक्ति को देख पाते...'

'मुझे अफ़सोस है, लेकिन साठ दिन से पुराने किसी भी डाटा को सीसीटीवी की हार्ड ड्राइव ख़ुद ही डिलीट कर देती है,' सलीम ने कहा।

'बहुत शुक्रिया,' मैंने हाथ जोड़कर कहा। सौरभ और मैं जाने के लिए उठ खड़े हुए।

'अगर आप कभी इन्हें हमें बेचना चाहें,' शौकत ने कहा, 'तो हमें बता दीजिएगा। हम आपको इसका अच्छा दाम देंगे।'

❖

जैसे ही सौरभ ने करवट बदली, हाउसबोड का वुडन बेड चरमरा गया। आधी रात होने वाली थी। मैं अपने लैपटॉप पर रैंडम वेबसाइट्स सर्फ़ कर रहा था।

'3 लाख 80 हज़ार रुपए की ईयररिंग्स,' सौरभ ने कहा। 'ऐसे तोहफ़े कौन देता है?'

'पैरेंट्स,' मैंने कहा। 'लेकिन उन्होंने तो दिया नहीं।'

'या प्रेमी,' सौरभ ने कहा।

'रघु?' मैंने कहा। 'मैं उससे बात करके पता कर सकता हूं।'

'हां, लेकिन मोहसिन कह रहा था कि वह आदमी गोरा-चिट्टा और क़द्दावर था। रघु तो नहीं हो सकता।'

'उसने यह भी कहा कि वो आदमी हैंडसम था। तब तो डेफ़िनेटली वो

रघु नहीं हो सकता,' मैंने कहा।

'सिकंदर?' सौरभ ने कहा।

'कोई भी अपनी बहन को इतनी महंगी ईयररिंग्स नहीं देता है। फिर, सिकंदर पतला-दुबला और छोटे क़द का था।'

'हो सकता है, सिकंदर ने किसी को भेजा हो। या फिर, कौन जाने रघु ने ही किसी को भेजा हो। रघु पैसे वाला है।'

'मैं अभी रघु से बात करके पूछ लेता हूं,' मैंने कहा और अपना फ़ोन निकालकर उसे व्हॉट्सएप्प पर 'हाय' मैसेज भेज दिया।

'हे, केशव, बहुत दिनों बाद। क्या चल रहा है?' उसने एक मिनट में जवाब दे दिया।

'मैं बस तुमसे एक चीज़ पूछना चाहता था।'

'श्योर,' रघु ने कहा।

'अभी तुम कहां हो?'

'मैं सैन फ्रैंसिस्को में हूं और अभी-अभी यहां पहुंचा हूं।'

'वाऊ, तुम तो बहुत दूर हो।'

'हां, मैं यहां एक इंवेस्टर मीटिंग में आया था।'

'ओह, अभी वहां क्या बज रहा है?'

उसने पांच मिनट बाद जवाब दिया।

'अभी यहां दोपहर है।'

'सॉरी, शायद तुम बिज़ी हो।'

'इट्स ओके। मैं थोड़ी-बहुत चैट कर सकता हूं। अभी मेरी मीटिंग शुरू नहीं हुई।'

'क्या तुमने कभी ज़ारा को कोई बहुत ही महंगा गिफ़्ट दिया था?'

'नहीं तो। वैसे भी उसे महंगी चीज़ें पसंद नहीं थीं। हां, मैंने उसे एक आईफ़ोन ज़रूर दिया था।'

'कब?'

'उसके पिछले बर्थडे पर। क्यों, क्या बात है? ज़ारा वाले केस प्रर काम कर रहे हो?'

'हां, थोड़ा-बहुत। तो तुमने उसे कोई ज्वेलरी नहीं दी?'

'नहीं, कभी भी नहीं। मैंने उसे केवल गैजेट्स ही गिफ़्ट किए हैं। जैसे ब्लूटुथ स्पीकर्स, हेडफ़ोन्स, इस तरह की चीज़ें।'

'थैंक्स,' मैंने जवाब में लिखा। लूज़र साला, मैंने मन ही मन सोचा।

'क्या बात है?' उसने कहा।

'अब मैं इसको क्या जवाब दूं?' मैंने सौरभ से पूछा।

'उसको कह दो कि उसके पैरेंट्स ईयररिंग्स के बारे में पूछ रहे थे,' सौरभ ने कहा।

'लेकिन वो तो उसको भी सीधे फ़ोन करके पूछ सकते हैं,' मैंने कहा। 'रुको, मेरे पास एक आइडिया है।'

मैंने रघु को फिर व्हॉट्सएप्प किया, 'ज़ारा की हॉस्टल फ्रेंड सनम राज़दान ने मुझे कॉल किया था। वो कह रही थी कि ज़ारा ने उसे अपनी एक जोड़ी ईयररिंग्स रखने को दी थीं, जो उसे गिफ़्ट में मिली थीं।'

'ओह, रियली?' रघु ने कहा।

'हां,' मैंने कहा। मैं निश्चित नहीं था कि रघु को मेरी बात पर यक़ीन हो रहा होगा।

'मैंने उसे नहीं दीं। शायद किसी और ने दी हों?'

'वो बहुत महंगी ईयररिंग्स हैं? तीन लाख रुपए से भी ज़्यादा की।'

मैंने ईयररिंग्स की एक तस्वीर ली और उसे भेज दी। उसने दो मिनट बाद जवाब दिया।

'ये तो बहुत ही शानदार हैं। ये कोई आम दोस्त नहीं दे सकता।'

'वही तो।'

'हो सकता है उसके पैरेंट्स ने दी हों। या किसी रिलेटिव ने?'

'हो सकता है,' मैंने कहा। 'मैं उन्हें उसके पैरेंट्स को दे दूंगा।'

'हां प्लीज़, उन्हें ही दे देना,' रघु ने कहा।

'ज़रूर। वैसे तुम कब तक इंडिया आ रहे हो?'

'मैं इसी दोपहर को रिटर्न फ़्लाइट पकड़ लूंगा। आजकल मेरे पास बहुत काम है।'

'लेकिन तुम तो अभी-अभी वहां पहुंचे थे ना?'

'हां, लेकिन ये केवल छह घंटों की विज़िट थी। मुझे वापस भी जाना है। कल मेरे एक नए प्रोडक्ट की लॉन्चिंग है।'

'वाऊ, क्रैज़ी ट्रिप। इंडिया से अमेरिका तक की यात्रा और वो भी महज़ चंद घंटों के लिए।'

'मुझे इस सबकी आदत है। मैं ऐसी ट्रिप्स करता रहता हूं। एनीवे, अब

मुझे अपनी मीटिंग के लिए तैयार होना है।'

'श्योर, टेक केयर।'

'हे, केशव,' रघु ने चंद सैकंड बाद मुझे मैसेज भेजा।

'हां?'

'थैंक यू। मैं जानता हूं कि मैंने तुम्हें ठीक से जज नहीं किया था। लेकिन तुम्हारा सचमुच में शुक्रिया, तुम इस मामले के लिए जो कुछ भी कर रहे हो, उसके लिए।'

'मैंने कुछ भी नहीं किया है। एक्चुअली, अभी तक तो मैं केवल नाकाम ही होता आया हूं।'

'लेकिन तुम कोशिश तो कर रहे हो। सच कहूं तो मैं अभी भी डरा हुआ हूं। मेरे पैरेंट्स भी अभी पूरी तरह से नॉर्मल नहीं हो सके हैं। लेकिन तुम्हें किसी चीज़ का डर नहीं है। थैंक्स।'

'नो इशूज़। मैंने भी तुम्हें ग़लत ही जज किया था। तुम एक अच्छे इंसान हो।'

'थैंक्स, बडी। चीयर्स।'

मुझे समझ नहीं आ रहा था कि अब क्या रिप्लाई करूं तो मैंने जवाब में दो स्माइलीज़ भेज दीं।

'अब तुम क्या उसको हग और किस भी भेजोगे?' सौरभ ने मेरा मैसेज देखते हुए कहा।

'क्या?' मैंने अपना फ़ोन दूर करते हुए कहा।

'ये क्या है? दो एक्स के बीच में प्यार भरी बातें?'

'तो तुम क्या पज़ेसिव हो रहे हो?'

'व्हॉट नॉनसेंस।'

'हां, बिलकुल। यही लग रहा है। लेकिन माय गोलू बेबी, आई लव यू मैन।'

'शट अप और मुद्दे की बात करो। अगर रघु ने नहीं तो ज़ारा को ये ईयररिंग्स दी किसने?'

मैंने अपना सिर खुजाया।

'पता नहीं,' मैंने कहा। 'अब हम क्या करेंगे?'

'तुम्हें लगता है कि सक्सेना ने उसे ये दी होंगी?'

'तुम मज़ाक़ कर रहे हो क्या? कोई भी आईआईटी प्रोफ़ेसर इतना

रोमांटिक या अमीर नहीं होता कि ऐसे गिफ़्ट्स दे सके।'

'तो फिर कौन?'

'हमें अब यही पता लगाना होगा कि ज़ारा की ज़िंदगी में और कौन था?'

मैंने अपने फ़ोन पर इंस्टाग्राम खोला और उसे सौरभ को दे दिया।

'क्या?' सौरभ ने कहा।

'तुम्हीं ने कहा था ना कि हमें उसकी सोशल मीडिया एक्टिवटीज़ को एक नज़र देख लेना चाहिए। तो वही करते हैं।'

'उसकी तस्वीरों में फ़ौजियों जैसे दिखाई देने वाले किसी फ़िट आदमी की तलाश करते हैं?'

'येस सर, और ऊंचे क़द वाला और गोरा-चिट्टा भी,' मैंने कहा।

'तुमसे ज़्यादा हैंडसम और कौन हो सकता है, केशव भाई?' सौरभ ने खीसें निपोरते हुए कहा।

'वेरी फ़नी। अब काम पर फ़ोकस करते हैं और उसकी इंस्टाग्राम पोस्ट्स देखते हैं,' मैंने कहा।

सौरभ एक-एक कर ज़ारा की पोस्ट्स देखने लगा।

'ओके, अपनी मौत से पहले ज़ारा ने जो आख़िरी पोस्ट लगाई थी, उसमें रघु की तस्वीर है, जो हैदराबाद के एक अस्पताल में भर्ती है।'

'कैप्शन क्या लिखा है?'

'ऐसे बर्थडे का क्या मज़ा, जब आपका कोई अपना आपसे इतनी दूर हो और वह भी अस्पताल में। मिस यू, माय रघु,' सौरभ ने कहा।

मैंने सिर हिला दिया।

'एक्चुअली, हमें शुरू से ज़ारा की पोस्ट्स देखनी चाहिए। उसके इंस्टाग्राम जॉइन करने के बाद से। नई पोस्ट्स देखने का तो कोई सेंस ही नहीं है,' मैंने कहा।

सौरभ ने ज़ारा के अकाउंट की पहली तस्वीर सिलेक्ट की।

'ओके,' सौरभ ने कहा। 'पहली पोस्ट उसी दिन की है, जब उसने अपना इंस्टा अकाउंट खोला था। 12 सितंबर, 2013।'

'तब तो हम दोनों साथ थे। क्या यह हमारी तस्वीर है?'

'ये रूबी की तस्वीर है, उसका पालतू कुत्ता,' सौरभ ने कहा।

'ओह, अगली तस्वीर, प्लीज़,' मैंने कहा।

'एक महीने बाद की पोस्ट है। कश्मीर पर उसके ब्लॉग की एक

तस्वीर।'

'ब्लॉग का टाइटल क्या है?'

'*हमें क्यों किसी भी क़ीमत पर कश्मीर के अमन को दांव पर नहीं लगाना चाहिए?* मुझे यह ब्लॉग एक दूसरे टैब में खोलना होगा। खोलूं?' सौरभ ने कहा।

मैंने सिर हिलाकर मना कर दिया।

'अगली पोस्ट?' मैंने कहा।

'एक महीने बाद। उसके हॉस्टल रूम से एक तस्वीर। कैप्शन लिखा है–द गर्ल इन रूम 105। हैशटैग मायस्पेस, मायवर्ल्ड।'

'ओह हां, याद आया, तब वो अलवर से लौटकर आई थी और तनाव में थी।'

'उसके बाद, 1 जनवरी 2014 की पोस्ट। यह एक कोट की तस्वीर है जहां लिखा है—*जब आप कुछ खो दें तो इसे अपने नुक़सान की तरह मत देखिए*। इसे एक ऐसे तोहफ़े की तरह देखिए, जो अब आपको अपने मन के रास्ते पर ले जाने वाला है,' सौरभ ने कहा।

'ज़ाहिर है, उससे एक रात पहले ही हमारा ब्रेकअप हुआ था। याद है? न्यू ईयर्स ईव।'

'अगली पोस्ट अप्रैल 2014 की है। इस तस्वीर में वो एक कॉन्फ्रेंस में बैठी है। कैप्शन लिखा है—अमेज़्ड एंड इंस्पायर्ड एट द ग्लोबल आर्टिफ़िशियल इंटेलीजेंस कॉन्फ्रेंस।'

'मालूम है, इसी जगह पर वो उस बास्टर्ड रघु से मिली थी।'

'मेरे ख्याल से उस बास्टर्ड को तुम अब पसंद करने लगे हो और उसको स्माइलीज़ भी भेजते हो,' सौरभ ने कहा।

'शट अप। इसके बाद क्या?'

'इसके बाद अगले हफ़्ते की एक तस्वीर, रघु के साथ। एक और कॉन्फ्रेंस में।'

'कैप्शन?'

'माय गुड फ्रेंड रघु। उसने आईआईटी के बाद ख़ुद की एक एआई कंपनी शुरू की है। मैं ख़ुशनसीब हूं कि इतने इंस्पायरिंग लोगों के कॉलेज में हूं।'

'गुड फ्रेंड, माय ऐस।'

'भाई, ये इम्प्रेसिव है। उसने अपनी ख़ुद की एआई कंपनी खोली है।'

मैंने सौरभ के पिछवाड़े पर एक लात जमाई।

'आउच, ये वाला ज़ोर से लगा। ओके, अगली पोस्ट दो जोड़ी पैरों की है। एक बीच पर। हैशटैग है—जर्नीटुगेदर।'

'मतलब इस तारीख़ से उन्होंने साथ सोना शुरू किया था। हां, वो ज़ारा और रघु की टांगें हैं, शायद सेक्स करने के फ़ौरन बाद।'

'भाई, फ़ोकस करो, हम कोई सुराग़ ढूंढ़ने की कोशिश कर रहे हैं।'

'सॉरी,' मैंने गहरी सांस छोड़ते हुए कहा। 'ये बहुत मुश्किल है। ठीक है, आगे बढ़ो।'

'इसके बाद बहुत दिनों तक कोई पोस्ट नहीं, फिर जयपुर लिटफ़ेस्ट की फ़ोटोज़।'

'उसे वहां जाना बहुत अच्छा लगता था। मैं भी एक बार वहां गया था।'

'अगली पोस्ट 9 फ़रवरी 2015 की है।'

'उसका बर्थडे।'

'हां। इसमें लिखा है—बर्थडे स्पेशल। सुपर बिज़ी। बॉयफ्रेंड प्लांस सरप्राइज़ ट्रिप टु गोआ। इसके बाद स्माइलीज़, किस इमोजीज़, हग इमोजीज़ और बहुत सारे एक्सक्लेमेशन मार्क्स।'

'फ़ूल्स इन लव। आगे बढ़ो।'

'अगली कुछ पोस्ट्स केरल में एक फ़ैमिली हॉलिडे की हैं। फिर कश्मीरी हैंडिक्राफ़्ट्स पर एक ब्लॉग। इसके बाद बेंगलुरु लिट्रेचर फ़ेस्टिवल की तस्वीरें।'

'फिर?'

'ओके, ये देखो—9 फ़रवरी, 2016। एक गिफ़्ट हैम्पर की तस्वीर। चॉकलेट्स, वाइन, कुकीज़, ब्लूटुथ हेडफ़ोन्स। इसमें लिखा है—बॉयफ्रेंड सरप्राइज़ेस एंड स्पॉइल्स मी अगेन।'

'नेक्स्ट?'

'15 अगस्त, 2016, कश्मीर पर एक और ब्लॉग की तस्वीर। कश्मीर के एक आर्मी कैंप से स्वतंत्रता दिवस की स्पेशल रिपोर्ट।'

'वेट, एक दूसरे टैब में यह ब्लॉग खोलना तो।'

सौरभ ने ब्लॉग खोला। इसके बैकग्राउंड में बर्फ़ से लदे पहाड़ों की तस्वीर थी।

ब्लॉग में बताया गया था कि ज़ारा ने किस तरह से बारामूला ज़िले के एक आर्मी कैंप की विज़िट की और वहां के आर्मी कमांडर की अनुमति लेकर फ़ौज के लिए काम करने वाले लोगों के इंटरव्यू लिए। ये लोग अपने रोज़मर्रा के रूटीन और स्पेशल प्रोजेक्ट्स के बारे में बता रहे थे, जैसे कि रेस्क्यू वर्क और घाटी की सुरक्षा। एक सैनिक कह रहा था, 'हमारा काम कठिन तो है ही, लेकिन यहां के लोग हमारे प्रति जैसी नफ़रत जताते हैं, उससे यह और कठिन हो जाता है।'

ब्लॉग में कैंप की भी कुछ तस्वीरें थीं। इसमें एक टेंट दिखाई दे रहा था जिसकी पृष्ठभूमि में सूरज डूब रहा था। एक सैनिक चाय पी रहा था। दूसरा यूनिफ़ॉर्म पहने आर्मी अफ़सर था। उसने रे-बैन के सनग्लासेस पहन रखे थे और वह तिरंगे के सामने गर्व से खड़ा हुआ था।

'नाइस ब्लॉग,' सौरभ ने कहा।

'हां,' मैंने कहा और रुक गया। मैंने अफ़सर की तस्वीर को छूकर उसे बड़ा किया। 'सौरभ, ये कौन है?'

'कौन?'

'ये रे-बैन वाला। इसका क़द अच्छा है, राइट?'

'हां, कहीं यही वो मिस्टर फ़ेयर एंड हैंडसम तो नहीं?'

'ऐसा लग रहा है, इसको पहले कहीं देखा है।'

'पक्का?'

'हंड्रेड परसेंट।'

'ज़ारा के साथ?'

'नहीं... हां, याद आया। मैंने इसको ज़ारा के फ़्यूनरल पर देखा था। तुम्हें याद है, जब सफ़दर मेरी इंसल्ट कर रहा था? तब यही तो उनके साथ खड़ा था। सफ़दर ने उसे शुक्रिया कहा था कि वो अपनी ड्यूटी छोड़कर इतनी दूर तक आया।' फिर मैंने अच्छी तरह से सोचते हुए कहा, 'फ़ैज़, इसका नाम फ़ैज़ है।'

'तुमने इसका नाम पहले सुना था?'

'हां, ज़ारा ने एक बार इसका नाम लिया था। ये कैप्टन फ़ैज़ ख़ान है। ज़ारा के स्कूल का सीनियर। ये लोग फ़ैमिली फ्रेंड्स थे।'

'तो क्या इसने वो ईयररिंग्स ख़रीदी होंगी?'

'यह तो शौकत ज्वेलर्स वाले कंफ़र्म कर सकेंगे।'

सौरभ ने आर्मी अफ़सर की तस्वीर का एक स्क्रीनशॉट ले लिया। फिर वह ज़ारा की इंस्टाग्राम प्रोफ़ाइल पर गया।

'ब्लॉग के बाद कराची लिट फ़ेस्ट की तस्वीरें हैं।'

'वो तो हम पहले ही देख चुके हैं।'

'इसके बाद उसके बर्थडे 9 फ़रवरी 2017 तक कुछ नहीं है। 9 फ़रवरी को आईफ़ोन 7प्लस की फ़ोटो है।'

'वही जो रघु ने उसे दिया था,' मैंने कहा। सौरभ तस्वीर को ज़ूम करके देखने लगा।

'क्या कर रहे हो?'

'नाइस फ़ोन। मैं देखने की कोशिश कर रहा हूं कि इसमें कितने जीबी का स्टोरेज है।'

'सीरियसली? काम पर फ़ोकस करो, गोलू।'

'सॉरी। ओके, अगली पोस्ट 3 अप्रैल 2017 की है। सनराइज़ की एक फ़ोटो, एक हाउसबोट की खिड़की से ली गई। हैशटैग है—गोइंग विद द फ़्लो।'

'स्ट्रेंज। उसके बाद?'

'उसके बाद छह महीने तक कोई पोस्ट नहीं। आख़िरकार, नवंबर 2017 की एक पोस्ट, जिसमें एक कोट की तस्वीर है—सम मेमरीज़ लास्ट फ़ॉरेवर।'

'ज़ारा और कोट्स को लेकर उसका प्यार। इसके बाद?'

'न्यू ईयर्स ईव, 2017। उसने काली साड़ी पहन रखी है। ओह, इसी दिन तो तुमने चंदन के टैरेस से उसे फ़ोन लगाया था। तुम्हें वो ड्रामा याद है?'

'हां, बदनसीबी से याद है। इसके बाद?'

'कुछ भी नहीं। इसके बाद उसकी आख़री पोस्ट है, हाथ में पलस्तर चढ़ाए रघु की तस्वीर।'

सौरभ ने मेरा फ़ोन लौटाया और उबासी ली।

'रात के दो बज रहे हैं?'

'हमें शौकत से ईयररिंग्स को लेकर फिर बात करनी होगी।'

'लेकिन अभी तो सो जाओ, शरलॉक साहब। अब यह जागने पर करेंगे।'

❖

'यह वही है,' मैंने कहा। मैंने फ़ोन को डायनिंग टेबल पर रखा हुआ था, ताकि

सौरभ उसे देख सके।

'वही ब्लॉग वाला आर्मी अफ़सर?'

'हां, फ़ैज़। इसी ने वो ईयररिंग्स ख़रीदी थीं।'

मैंने सौरभ को मोहसिन से हुई अपनी चैट दिखाई। मैंने मोहसिन को व्हॉट्सएप्प पर फ़ैज़ की तस्वीर भेजी थी, और मोहसिन ने कहा था कि यह वही है।

'वाऊ, लेकिन ज़ारा का स्कूल सीनियर उसके लिए इतनी महंगी ईयररिंग्स क्यों ख़रीद रहा है?'

'साथ ही ज़ारा के मंगेतर को इस बारे में कुछ भी मालूम क्यों नहीं है?' मैंने कहा।

सौरभ और मैंने एक-दूसरे को कंफ़्यूज़्ड नज़रों से देखा कि अब क्या करें।

'चलो, फ़ैज़ से मिलते हैं,' मैंने कहा।

'कैसे?'

'मैं सफ़दर से बात करता हूं। उनके पास ज़रूर फ़ैज़ का नंबर होगा,' मैंने कहा।

# अध्याय 24

'मैं आपको कैंप गेट तक ले जा सकता हूं, लेकिन मुझे आधा किलोमीटर दूर ही गाड़ी पार्क करनी होगी। आर्मी के रूल्स,' टैक्सी ड्राइवर ने कहा। श्रीनगर से बारामूला पहुंचने में हमें दो घंटे लग गए थे। हम अपनी किराए की सफ़ेद इनोवा से बारामूला आर्मी कैंप एंट्रेंस पर उतर गए। ओलिव-ग्रीन यूनिफ़ॉर्म और डार्क रे-बैन एविएटर्स पहने कैप्टन फ़ैज़ गेट पर खड़े हमारा इंतज़ार कर रहे थे।

'वेलकम, केशव,' उन्होंने कहा। वे पहले से ज़्यादा क़द्दावर लग रहे थे, शायद अपने आर्मी बूटों के कारण। उनकी कमीज़ की जेब में कई बैज और तमगे लगे हुए थे। हमने हाथ मिलाया, या मुझे कहना चाहिए, उन्होंने अपने हाथों में मेरा हाथ मसल दिया।

'तो यही तुम्हारा वह दोस्त है, जो आर्मी कैंप देखना चाहता था?' फ़ैज़ ने सौरभ की ओर देखते हुए कहा।

मैंने सिर हिलाकर हामी भरी और सौरभ का परिचय कराया। मैंने सफ़दर से फ़ैज़ का नंबर ले लिया था और उन्हें हमारी एक मीटिंग अरेंज कराने को बोला था। मैंने सौरभ के बारे में बताया कि वो इंडियन आर्मी का फ़ैन है, जो कश्मीर में अपनी छुट्टियों के दौरान आर्मी के काम करने के तरीक़ों को देखना चाहता था।

फ़ैज़ हमें विज़िटर्स लाउंज टेंट में ले गए। यह कैंप एंट्रेंस से कुछ ही क़दम दूर था। टेंट के भीतर हम बांस की कुर्सियों पर बैठे, जिन्हें एक कॉफ़ी टेबल के इर्द-गिर्द जमाया गया था। मटमैले फ़र्श को कश्मीर का एक क़ालीन ढंके हुए था।

'तो यही है हमारा ग़रीबख़ाना, यहीं से हम अपने मुल्क की हिफ़ाज़त करने की कोशिश करते हैं,' फ़ैज़ ने कहा।

'बहुत शुक्रिया। जैसा कि केशव ने आपको बताया होगा कि मैं आर्मी का बहुत बड़ा प्रशंसक हूं,' सौरभ ने कहा।

'यह हमारे लिए सम्मान की बात है,' फ़ैज़ ने थोड़ा झुकते हुए कहा।

एक जवान किशमिश, बादाम और कहवा लेकर आया।

'प्लीज़, यह सब रहने दीजिए, हम पहले ही आपको यहां तंग करने चले आए हैं,' मैंने कहा।

'ऐसा बिलकुल नहीं है। वैसे भी यहां सब कुछ बहुत बोरिंग लगने लगता है। ऐसे में कुछ सिविलियन विज़िटर्स का आना तो अच्छी बात ही है।'

लेकिन मुझे तो इस बातचीत के रुख़ को ज़ारा की तरफ़ ले जाना था, इसलिए कहवा पीते-पीते मैंने निहायत बेतक़ल्लुफ़ी से कह दिया, 'यही वो जगह है ना, जिसके बारे में ज़ारा ने एक ब्लॉग लिखा था?'

'हां,' फ़ैज़ ने कहा, 'गॉड ब्लेस हर सोल। कितनी ब्राइट और पॉज़िटिव लड़की थी वह।'

'आप स्कूल में उसके साथ थे ना?' मैंने कहा।

'मैं उसका सीनियर था। उसके और मेरे परिवार के बीच दोस्ताना ताल्लुक़ थे।'

'मैंने आपको ज़ारा के कफ़न-दफ़न के मौक़े पर देखा था। हमारी बात तो नहीं हो पाई थी, लेकिन जब मैं ज़ारा के अब्बा से बात करने आया तो आप उन्हीं के पास खड़े थे।'

'हां, मुझे याद है। वो कितना उदास कर देने वाला दिन था,' फ़ैज़ ने कहा। मैंने उनकी आवाज़ में नक़लीपन और बनावटीपन पकड़ने की कोशिश की, लेकिन नहीं पकड़ पाया। वैसे भी सनग्लासेस से आंखें ढंकी होने के कारण इसका पता लगाना और कठिन हो गया था।

मैंने कहवे का एक और घूंट पिया और अपने दाएं गाल को सहलाया। यह सौरभ के लिए एक सिगनल था कि अब उसे टॉयलेट जाने का बोलकर वहां से निकलना है।

'आपको पता है कि ज़ारा और मैं रिलेशनशिप में थे?' मैंने सौरभ के जाने के बाद कहा।

'हां, लेकिन उस समय हम एक-दूसरे को जानते नहीं थे।'

'आप ज़ारा से आख़री बार कब मिले थे?' मैंने अपनी टोन को कम से कम सवालिया बनाते हुए कहा।

'ओह, ये तो अब याद नहीं। एक साल से ज़्यादा समय हो गया होगा। शायद हम दिल्ली में उसके घर पर ही मिले थे।'

'उसके बाद फिर आपकी उससे बात नहीं हुई? सीधे आपको उसकी

मौत की ख़बर ही मिली?'

'हो सकता है, कभी-कभी कोई कैचअप कॉल कर लिया हो, लेकिन कुछ ख़ास नहीं। क्यों?'

मैंने सिर हिलाते हुए कहा, 'मैं अभी तक उस हादसे से उबर नहीं पाया हूं। मैं बस सोचता ही रह जाता हूं कि क्या हुआ होगा।'

'यह वॉचमैन की कारस्तानी थी ना? वाहियात, ये किस क़िस्म की सिक्योरिटी हुई? लड़कियों की सुरक्षा आज भी हमारे लिए एक बड़ी चुनौती बनी हुई है।'

मैंने सिर हिला दिया। मुझे लगा कि मेरे ट्राउज़र्स की जेब में रखी ईयररिंग्स मेरी जांघों पर चुभ रही हैं। तब तक सौरभ बाथरूम से लौट आया। मैंने विषय बदल लिया।

'कैप्टन, यहां पर अकेलापन नहीं खलता है?'

'खलता तो है। हमें यहां पर अपनी फ़ैमिली को साथ रखने की इजाज़त नहीं है।'

'आपकी फ़ैमिली कहां है?' सौरभ ने कहा।

'मेरे बीवी-बच्चे अभी दुबई में हैं। वहां मेरे साले साहब रहते हैं।'

'ओह,' मैंने कहा और अपनी कमर सीधी करके बैठ गया। सौरभ और मैंने एक-दूसरे को कनखियों से देखा।

'क्या?' फ़ैज़ ने कहा।

'आप इतने यंग हैं कि लगता नहीं आपकी शादी हो गई होगी,' सौरभ ने कहा।

फ़ैज़ मुस्करा दिए।

'शुक्रिया। आर्मी आपको फ़िट रखती है। मैं इकतीस साल का हूं। मेरे जुड़वां बेटे हैं, तीन साल के।'

'तो आपकी वाइफ़ दुबई में रहती हैं?' मैंने कहा।

'नहीं, वो केवल पिछले छह महीने से वहां अपने भाई के साथ हैं। उसके बाद दोनों बच्चों के स्कूल्स शुरू हो जाएंगे। आर्मी ने हमें दिल्ली में एक घर दिया है। हम वहीं रहते हैं।'

'ये तो बहुत अच्छी बात है कि आर्मी अपने लोगों का ख्याल रखती है,' मैंने कहा।

'हां, अर्जुन विहार में एक छोटा-सा फ़्लैट मुझे दिया गया है। लेकिन

हमारे पास ग्राउंड फ़्लोर का मकान है, जिसमें एक छोटा-सा गार्डन भी है। दोनों बच्चे उसी में खेलते रहते हैं।'

'दिल्ली जैसे शहर में तो अपना एक गार्डन होना लग्ज़री है,' सौरभ ने कहा।

'वैसे वो गार्डन छोटा-सा ही है। हमारे आसपास फ़ौज के बहुत सारे परिवार रहते हैं। इससे हमारी एक कम्युनिटी बन गई है, जो एक-दूसरे की मदद करती है। सलमा वहां बहुत महिलाओं से मिलती-जुलती है और सभी औरतें बैठकर अपने शौहरों की ग़ैरमौजूदगी के बारे में बातें करती रहती हैं,' फ़ैज़ ने हंसते हुए कहा।

'आप अकसर दिल्ली जाते हैं?'

'जब भी नौकरी इजाज़त दे, चला जाता हूं। वैसे नौकरी ज़्यादा इजाज़त देती नहीं।'

'तब तो आप अपने परिवार को बहुत मिस करते होंगे,' सौरभ ने कॉफ़ी टेबल पर रखी प्लेट से मुट्ठी भर बादाम उठाते हुए कहा।

'हर रोज़, हर पल उन्हें याद करता हूं मैं,' फ़ैज़ ने ठंडी आह भरते हुए कहा।

उन्होंने अपने सनग्लासेस निकाल दिए। उनकी हल्की स्लेटी आंखें उदास लग रही थीं। उन्होंने अपना मोबाइल फ़ोन निकाला और हमें अपने परिवार की तस्वीर दिखाई। उनकी पत्नी और दो छोटे बच्चे बुर्ज ख़लीफ़ा के पास खड़े थे। दोनों बच्चों के हाथ में आइस्क्रीम कोन था।

'आर्मी की नौकरी आसान नहीं,' मैंने कहा।

'हां, यह मुश्किल है। लेकिन देश के लिए सब मंज़ूर है।'

'आप बहुत इंस्पायरिंग हैं,' सौरभ ने अपनी प्लेट के बादामों को चट करने के बाद अब किशमिश पर हाथ साफ़ करते हुए कहा। मैंने सौरभ को इस भुक्खड़पन के लिए एक डर्टी लुक दी, लेकिन उसने इसे इग्नोर कर दिया।

'अब हमें चलना चाहिए। हम आपको काफ़ी डिस्टर्ब कर चुके हैं,' मैंने कहा।

सभी उठ खड़े हुए।

'डिस्टर्बेंस वाली कोई बात ही नहीं। मेहमानों से मिलकर अच्छा ही लगता है, ख़ासतौर पर वे, जो हमारे काम की क़द्र करते हों। आइए, मैं

आपको कैंप का वह हिस्सा दिखा दूं, जहां पर सिविलियंस को जाने की इजाज़त है।'

हम सैनिकों के टेंट्स और फ़ायरिंग रेंज के इर्द-गिर्द चलने लगे। टूर के बाद फ़ैज़ हमें कैंप के गेट तक छोड़ने आए। हम दोनों साथ चल रहे थे, जबकि सौरभ हमसे कुछ क़दम आगे था।

'ज़ारा के मामले में मेरे पास लेटेस्ट न्यूज़ नहीं है। क्या हो रहा है उसमें?' फ़ैज़ ने कहा।

'वही। लक्ष्मण हिरासत में है। मुक़दमा अभी शुरू नहीं हुआ,' मैंने कहा।

'क़ातिल वही है ना?'

'उन्हें कोई और ऐसा आदमी नहीं मिला है, जिस पर शक हो। तो लगता तो यही है कि लक्ष्मण ने ही ज़ारा को मारा था,' मैंने कहा। मेरे हाथ जेब में थे और मेरी उंगलियां ईयररिंग्स को छू रही थीं।

'बास्टर्ड, मैं उम्मीद करता हूं कि उसको मौत की सज़ा दी जाएगी,' फ़ैज़ ने कहा।

'क्या ज़ारा ने आपसे कभी किसी और चीज़ के बारे में बात की थी?' मैंने कहा।

कैप्टन थोड़े-से तन गए। पहली बार वो इस बातचीत के दौरान थोड़ा असहज लगे थे। लेकिन उन्होंने जल्द ही रिकवर कर लिया।

'कोई और चीज़, जैसे कि?'

'जैसे कि क्या ज़ारा ने कभी आपको बताया था कि उसके कोई दुश्मन हैं? या कभी उसने कोई ख़तरा महसूस किया था?'

'बिलकुल नहीं। वो नॉर्मल थी और अपनी लाइफ़ को लेकर एक्साइटेड रहती थी। क्यों?'

'कुछ नहीं। बस ऐसे ही। मैंने आपको बताया था ना कि मैं उसकी मौत के सदमे से अभी उबर नहीं पाया हूं।'

'मैं भी। लेकिन ये वॉचमैन लोग। ये गांव-देहात से आते हैं और अनपढ़ होते हैं। प्राइवेट सिक्योरिटी गार्डों की फ़ौज के जवानों से कोई तुलना ही नहीं की जा सकती।'

'बिलकुल,' मैंने कहा।

हम कैंप के गेट तक पहुंच गए। ड्राइवर अपनी कार लेकर वहां पहुंच गया था और सौरभ उसमें बैठने लगा था।

'क्या आप सिकंदर को अच्छे से जानते थे?' मैंने फ़ैज़ से कहा।

फ़ैज़ ने सनग्लासेस चढ़ा लिए।

'ज़ारा का सौतेला भाई? नहीं। ज़ारा और मेरी दोस्ती उसके दिल्ली आने के बाद ही हुई थी।'

'वो सिकंदर को बहुत प्यार करती थी।'

फ़ैज़ ने कंधे उचका दिए। 'वो ऐसी ही थी, सबको प्यार करने वाली, सबका ख्याल रखने वाली। वो इस तरह का अंत डिज़र्व नहीं करती थी। ख़ैर। मेरे ख्याल से तुम्हारा ड्राइवर तुम्हारा इंतज़ार कर रहा है।'

❖

'तुम सीधे अंगारों पर बैठकर ख़ुद ही क्यों नहीं पक जाते?' मैंने कहा। हम शिकारा रेस्तरां में आए थे, जो हमारी हाउसबोट से थोड़ी ही दूरी पर था। रेस्तरां के बाहर जूट की चारपाई पर बैठने की व्यवस्था थी। हर चारपाई के पास अंगीठी थी। कश्मीर में कड़ाके की सर्दी थी और तापमान गिरकर तीन डिग्री पर आ गया था। सौरभ अंगीठी में सुलग रहे अंगारों से एकदम सटकर बैठा हुआ था। उसने मेरी बात का कोई जवाब नहीं दिया, केवल उसके दांत किटकिटाते रहे।

'हाउसबोट पर वापस चलते हैं,' मैंने कहा। 'वहां अच्छा खाना पकता है।'

'नहीं, मैं ठीक हूं। मैंने सुना है कि यहां का वाज़वां बहुत उम्दा होता है,' सौरभ ने अपने हाथ रगड़ते हुए कहा।

वेटर ने सौरभ की यह हालत देखी तो हमारे लिए दो ब्लैंकेट ले आया। हमने अपने को ब्लैंकेट्स में लपेट लिया। दस मिनट बाद जाकर सौरभ बात करने की हालत में आया।

'कैप्टन के साथ कुछ अजीब बात है,' मैंने कहा।

'हां, लेकिन शायद इसलिए कि उसने ईयररिंग्स के बारे में कोई बात नहीं की। इसके अलावा तो वो मुझको एक बढ़िया, वेल-मैनर्ड, फ़ैमिली मैन ही लगा,' मैंने कहा।

'जब कोई बहुत बढ़िया लगता है, तो आम तौर पर उसी में कुछ गड़बड़ निकलती है।'

वेटर हमारा खाना लेकर आ गया। रोगन जोश, मेथ माज़ और सफ़ेद

कोकर चट करने के चक्कर में सौरभ अगले दस मिनटों तक बात करना ही भूल गया। वाज़वां कश्मीर का ख़ास भोज होता है। एक अच्छे-ख़ासे वाज़वां में तीन दर्जन तक डिशेस हो सकती हैं, जिनमें से अधिकतर धीमी आंच पर रात भर पकाई जाती हैं और कम्युनल स्टाइल में परोसी जाती हैं।

'तुम मेरी थ्योरी सुनना चाहोगे?' मैंने कहा।

सौरभ ने डकार मारी। मैंने इसे ही उसकी हां समझ लिया।

'वह ज़ारा को पसंद करता था,' मैंने कहा।

'रोमांटिकली?'

'हां। ज़ारा कश्मीर जाती है। फ़ैज़ से मिलती है। आर्मी के लिए ब्लॉग लिखती है।'

'ठीक है।'

'इसके बाद, एक सीन तो ये हो सकता है कि फ़ैज़ को ज़ारा पर क्रश था, लेकिन ज़ारा की उसमें कोई दिलचस्पी नहीं थी।'

'लेकिन इससे ज़्यादा चांसेस इसके हैं कि ज़ारा भी उसको पसंद करती थी और दोनों का अफ़ेयर चला था,' सौरभ ने कहा।

'क्या? लेकिन कैसे? वो रघु के साथ थी और फ़ैज़ भी शादीशुदा था।'

'जैसे कि लव, या कहूं कि लस्ट ऐसी चीज़ों की परवाह करती है? फ़ैज़ एक गुड-लुकिंग मैन है, भाई।'

'ज़ारा का अफ़ेयर? और वो भी एक शादीशुदा आदमी के साथ?'

मेरे भीतर टीस-सी उठी। मुझे लगता था कि वो मेरे पास लौटकर इसलिए नहीं आई, क्योंकि वो रघु के साथ ख़ुश थी। लेकिन शायद उसकी ज़िंदगी में एक और आदमी के लिए जगह थी, केवल मैं नहीं।

'हां, क्योंकि मुझे लगता है कि केवल क्रश से कोई किसी का ख़ून कर देने को उतावला नहीं हो जाता। अफ़ेयर से ज़रूर हो सकता है।'

मैंने कोई जवाब नहीं दिया। मैं अभी तक इसी विचार को हज़म करने की कोशिश कर रहा था कि ज़ारा रघु के साथ बेवफ़ाई कर सकती थी।

'केशव, क्या हुआ?' सौरभ ने कहा।

'हुं, कुछ नहीं। तो हम कहां पर थे?'

'ज़ारा का कैप्टन फ़ैज़ के साथ अफ़ेयर था, मैं इसको लेकर श्योर हूं।'

'तो तुम्हें लगता है कि अफ़ेयर के दौरान ही फ़ैज़ ने ज़ारा को ईयररिंग्स दी होंगी?'

'एग्ज़ैक्टली, चीज़ें बदतर हो जाने से पहले।'

'कैसे?'

'शायद ज़ारा अपने लिए और जगह चाहती थी और फ़ैज़ की बीवी को इस अफ़ेयर के बारे में बता देने की धमकी देती होगी।'

'नहीं, ज़ारा के पास रघु था। उनकी अभी-अभी एंगेजमेंट हुई थी।'

'फ़ेयर पॉइंट। तो फिर यह हो सकता है कि ज़ारा इस अफ़ेयर को ख़त्म करना चाहती थी, लेकिन फ़ैज़ ऐसा नहीं चाहता था,' सौरभ ने कहा।

'या फिर यह कि ज़ारा का अफ़ेयर था, लेकिन बाद में उसे इस पर अफ़सोस होता है और वो रघु के पास लौट जाती है। कैप्टन को यह बर्दाश्त नहीं होता है।'

'हां, वो अपने आर्मी कैंप में बैठा रहता है, उदास, अकेला और नाराज़,' सौरभ ने कहा।

'और तभी वो उसको मारने का फ़ैसला ले लेता है।'

'फिरनी, साहब? कश्मीर में लोग फिरनी के लिए मरने-मारने को उतारू हो जाते हैं,' वेटर ने मीठा परोसते हुए कहा।

❖

'थ्योरी तो ठीक है, लेकिन हम यह कैसे साबित करेंगे कि यह फ़ैज़ ने किया है?' मैंने कहा।

हम हाउसबोट की डायनिंग टेबल पर नाश्ता कर रहे थे। सौरभ ने अपनी प्लेट में टोस्ट की छह स्लाइस ली थीं और उन पर प्यार से मस्का लगा रहा था।

'हमारे पास ईयररिंग्स हैं,' सौरभ ने कहा।

'लेकिन किसी को गिफ़्ट देना कब से क्राइम हो गया? हमें कोई पुख़्ता सबूत चाहिए। वैसे भी किसी आर्मी अफ़सर पर इल्ज़ाम लगाना आसान नहीं है। जब तक हम कोई ठोस सबूत नहीं ले आते, राणा इस मामले को छुएगा भी नहीं।'

'तो हम क्या करें, भाई?' सौरभ ने कहा। अब वह टोस्ट पर जैम लगाने में व्यस्त हो गया था।

'तुम इतना खाना बंद करोगे? तुम्हारा वेट क्या हो गया है? 96 किलो?'

'95.5 किलो। ख़ैर, नाश्ता दिन का सबसे ज़रूरी मील होता है, हमें

नाश्ता ठीक से ही करना चाहिए।' सौरभ ने टोस्ट खाते हुए कहा।

'गोलू, तुम तो दिन के सारे मील ठीक से ही करते हो।'

'और तुम कुछ खाते ही नहीं।'

'मेरे दिमाग़ में एक प्लान है, जिससे हमें वास्तविक सबूत मिल जाएगा। वादा करो तुम ना नहीं कहोगे।'

'ओके, लेकिन प्लान क्या है?' सौरभ ने एक और टोस्ट उठाते हुए कहा।

'पहले तो हमें दिल्ली चलना होगा,' मैंने कहा। 'और अभी तुम्हें यह करना होगा कि और टोस्ट खाना बंद करो।'

❖

'यह तो पागलपन से भरा प्लान है, मैं कभी इसका हिस्सा नहीं बनूंगा,' सौरभ ने कहा। हमने अपनी सीटबेल्ट्स बांध लीं। हम श्रीनगर एयरपोर्ट के रनवे पर थे और दिल्ली की फ़्लाइट शुरू हो चुकी थी।

'यह इतना क्रेज़ी भी नहीं है, हम इसे कर सकते हैं। दरअसल, एक यही रास्ता है, जिसकी मदद से हम सबूत हासिल कर सकते हैं।'

'यह छोड़ो, तुम तो ये बताओ, जब हम दिल्ली पहुंचेंगे तो हमारी नौकरी सुरक्षित होगी या नहीं?'

हमारी छुट्टियां तीन हफ़्ते लंबी हो चुकी थीं।

'तुमने चंदन को मेरे स्टमक इंफ़ेक्शन के बारे में ईमेल किया था ना?' मैंने कहा।

'हां, किया था, लेकिन वह मेडिकल रिपोर्ट मांग रहा था। वो तो मैं ही बना दूंगा। श्रीनगर के किसी क्लिनिक का लोगा लेकर फ़ेक लेटरहेड बनाऊंगा, उस पर अंग्रेज़ी में कुछ भी अस्पष्ट-सा लिख दूंगा, हो गया काम।'

'चंदन ने एक हफ़्ते की छुट्टी बढ़ाने पर इतना ही कहा?'

'वो हॉस्पिटल बेड पर तुम्हारी एक फ़ोटो भी चाहता था।'

'वो है कौन? हमारे हॉस्टल का वार्डन?'

एयरहोस्टेस ने हमें सैंडविचेस सर्व कीं। मैं खिड़की से बाहर देख रहा था। इतनी ऊंचाई से देखने पर कश्मीर घाटी बहुत शांत दिखाई दे रही थी। लेकिन शायद वो इसलिए था, क्योंकि इतनी ऊंचाई से इंसान नहीं दिखते थे, और इंसान ही तो अमन के लिए सबसे बड़ा ख़तरा हैं।

'अब हॉस्पिटल के फ़ोटो कहां से लाएं?'

'मैं कह दूंगा कि फ़ोटो लेना भूल गया। या मेरा फ़ोन झेलम नदी में गिर गया। या फिर हॉस्पिटल वालों ने फ़ोटो खींचने नहीं दिए। हू केयर्स? वैसे इतने एडवेंचर के बाद अब जाकर चंदन क्लासेस में दिन भर बैठने का मन नहीं हो रहा है।'

'एडवेंचर अभी ख़त्म नहीं हुआ है। हमें अभी भी कैप्टन के घर जाकर सबूतों का जुगाड़ करना है।'

'तुम एक फ़ौजी के घर पर धावा बोलना चाहते हो, ताकि तुम्हें गोली से उड़ा दिया जाए?'

'वो घर ख़ाली पड़ा है। अर्जुन विहार दिल्ली की किसी भी दूसरी अपार्टमेंट कॉलोनी जैसा ही है। ये किसी जनरल का घर नहीं है, जिसमें पचास सिक्योरिटी गार्ड्स तैनात हों।'

'लेकिन हम उसमें घुसेंगे कैसे? खिड़की से?'

'उसके लिए पहले हमें रेकी करनी पड़ेगी।'

'वहां पर कुछ तो सिक्योरिटी होगी।'

'केवल मेन गेट पर ही। जैसे कैंपस में होती है।'

'अगर हम पकड़े गए तो हमें गिरफ़्तार कर लिया जाएगा। हमारी नौकरी चली जाएगी। हमें फिर कोई नौकरी पर नहीं रखेगा।'

'हां, ये तो है। यह आइडिया ख़तरनाक है। इसे रहने देते हैं,' मैंने कहा।

आधे घंटे बाद सौरभ ने कहा, 'क्या तुम आईआईटी के मैकेनिकल इंजीनियरिंग डिपार्टमेंट से एक पॉवर ड्रिल ला सकते हो? क्या कैंपस में तुम्हारे जूनियर्स इसमें तुम्हारी मदद करेंगे?'

'हां, लेकिन क्यों?'

'मैं उसकी मदद से ताले में ड्रिलिंग कर सकता हूं।'

'तब तुम्हारे *अगर हम पकड़े गए तो हमें कौन नौकरी देगा* का क्या होगा? '

'वेल, वैसे भी हमें अभी कौन नौकरी दे रहा है।'

# अध्याय 25

अगर बोलते समय थूक उछालना चंदन का प्रिय हथियार था, तो उस दिन वह एक ऐसे फ़ायरमैन की तरह बन गया था, जिसकी आग बुझाने वाली दमकल नियंत्रण से बाहर हो गई हो। उस दिन उसकी भावनाएं ग़ुस्से से पागल हो जाने से लेकर पूरी तरह आगबबूला हो जाने तक चली गई थीं।

'दो हफ़्ते। पीक मंथ्स के बीच में। और इसके बावजूद मैंने तुम लोगों को जाने दिया। मैंने,' चंदन ने अपने मुंह के चार फ़ीट के दायरे में आने वाली हर चीज़ पर गुटखा और थूक के छींटे उछालते हुए कहा।

'मैं बीमार हो गया था, सर। गैस्ट्रोएंटराइटिस,' मैंने कहा। सौरभ और मैंने चंद मिनट पहले ही 'पेट के इंफ़ेक्शन' को गूगल किया था।

'ये क्या होता है?' चंदन ने अपने गुटखे को ज़ोर से चबाते हुए कहा।

'गैस्ट्रोएंटराइटिस, जिसे इंफ़ेक्शियस डायरिया भी कहते हैं, गैस्ट्रोइंटेस्टिनल ट्रैक्ट में आई एक ऐसी गड़बड़ी का नाम है, जो पेट और छोटी आंत को प्रभावित करती है,' मैंने विकीपीडिया पेज की पहली पंक्ति को जस का तस दोहराते हुए कहा।

चंदन ने मेरी तरफ़ देखा। उसका मुंह चढ़ गया था।

'इसके लक्षण में पेचिश, उल्टी और पेट का दर्द शामिल हैं। बुख़ार, ऊर्जा की कमी और डिहाइड्रेशन भी हो सकता है,' सौरभ ने भी विकीपीडिया के विवरण को दोहराते हुए कहा।

'तुम लोग जेईई पढ़ाते हो या मेडिकल?' चंदन ने कहा।

'जेईई, सर।'

'तो फिर मेडिकल की भाषा क्यों बोल रहे हो?'

'सॉरी, सर।'

'तीन हफ़्ते तक तुम लोग ग़ायब रहे। मैं इसका पैसा तुम्हारी तनख़्वाह में से काट लूंगा।'

तो क्या इसका ये मतलब था कि यह इडियट हमें नौकरी से नहीं निकालने जा रहा था? तब ठीक है, पे-कट से मेरा काम चल सकता था।

'जी, सर,' मैंने दो बार खांसते हुए कहा। बीमारी का बहाना करने पर खांसना ज़रूरी हो जाता है।

'अब मैं उम्मीद करता हूं कि तुम लोग इस ज़ाया हुए वक़्त की भरपाई के लिए एक्स्ट्रा क्लासेस लोगे।'

'हम करेंगे, सर। हमें बस कुछ और दिनों की छुट्टी चाहिए,' मैंने कहा।

'और छुट्टियां?' चंदन ने इतनी ज़ोर से कहा कि बाहर की क्लासेस ने भी सुन लिया होगा।

'मेडिकल टेस्ट्स, सर,' सौरभ ने कहा। 'इसने रिकवर तो कर लिया है, लेकिन अभी कुछ टेस्ट्स करवाने हैं।'

'तो क्या इसके लिए तुम लोग फिर से श्रीनगर जाओगे?'

'नहीं, सर। यहीं दिल्ली में काम हो जाएगा। बस दो-तीन दिन और।' मैंने कहा।

'हां तो तुम जाओ, मनीष को क्यों ले जा रहे हो?'

'मेरा नाम सौरभ है, सर।'

चंदन ने उसकी ओर शक की नज़र से देखा।

'तुम्हारा नाम सौरभ है?'

'जी, सर। और अस्पताल में इसकी मदद के लिए कोई तो होना चाहिए ना।'

'मेरी कमज़ोरी अभी तक गई नहीं है, सर,' मैंने पांच बार खांसते हुए कहा। चंदन ने अपनी कुर्सी को थोड़ा पीछे खिसका लिया, जैसे मुझसे कुछ और इंच दूर होने से वो बीमारी के विषाणुओं से बच जाएगा।

❖

'कॉलर्ड स्पोर्ट्स टी-शर्ट्स और व्हाइट कॉटन शॉर्ट्स। शाम को आर्मी के अफ़सर लोग यही पहनते हैं,' सौरभ ने कहा।

हम अर्जुन विहार के एंट्रेंस पर गार्ड पोस्ट के सामने खड़े थे। हमने अर्जुन विहार के बाहरी दायरे को पूरा माप लिया था। इस आर्मी कॉलोनी में बीस के आसपास अपार्टमेंट टॉवर थे, जो धौलाकुआं के पास थे। हम चंद घंटों तक मुख्य द्वार पर स्थित सिक्योरिटी चेकपोस्ट पर नज़र जमाए रहे। शाम को कॉलोनी में पैदल चलने वालों की बहुत भीड़ रहती थी। सिक्योरिटी गार्ड्स बिना किसी ख़ास जांच के उन्हें भीतर जाने देते थे। और अगर शाम के कपड़े

पहनकर कोई आर्मी अफ़सर बहुत कॉन्फ़िडेंस से चल रहा होता तो गार्ड तो उसकी तरफ़ देखते भी नहीं थे। महिलाएं और बच्चे बिना किसी मुश्किल के आ-जा रहे थे। समस्या केवल उन लोगों को हो रही थी, जो दिखने में ही फ़ौजी जैसे नहीं लगते थे। उन्हें सिक्योरिटी गेट पर रोककर उनसे पूछताछ की जाती थी।

'चलो, सही कपड़े पहनकर आते हैं,' मैंने कहा।

❖

तीन दिन बाद, मैं और सौरभ एक बार फिर अर्जुन विहार के मुख्य द्वार पर थे। हम अलग-अलग दिशाओं से पर एक ही समय आए थे। हम दोनों ने दूसरे अफ़सरों जैसे ही कपड़े पहन रखे थे—कॉलर्ड टी-शर्ट और सफ़ेद शॉर्ट्स।

'गुड ईवनिंग, सर। आपको देखकर अच्छा लगा,' मैंने कहा। हमने तय कर लिया था कि चूंकि सौरभ दिखने में भारी-भरकम था, इसलिए उसे सीनियर का रोल करना पड़ेगा।

'व्हॉट टाइमिंग, यंग मैन। तुम्हें यहां देखकर अच्छा लगा,' सौरभ ने ब्रिटिश लहज़े की अटपटी अंग्रेज़ी बोलते हुए कहा। साथ ही वह मेरी पीठ पर ज़ोर से धौल जमा रहा था, जो कि उसके हिसाब से हर आर्मी कमांडर करता था।

'बस अभी-अभी अपनी ईवनिंग वॉक ख़त्म की है,' मैंने कहा।

'कम, यंग मैन। मेरे घर चलो, चाय पिलवाता हूं,' सौरभ ने कहा।

मुझे लगा हम कुछ ज़्यादा ही ड्रामा कर रहे थे, जबकि गार्ड तो हमें देख भी नहीं रहा था।

हम अर्जुन विहार में चले आए और सेंट्रल गार्डन की ओर जाने लगे। इस पब्लिक गार्डन के इर्द-गिर्द ही रेज़िडेंशियल टॉवर थे।

'अब हम फ़ैज़ का घर कैसे ढूंढ़ें?' सौरभ ने कहा।

'उसने कहा था कि उसका घर ग्राउंड फ़्लोर पर है।'

'लेकिन यहां तो बहुत सारे ग्राउंड फ़्लोर फ़्लैट्स हैं।'

'बीस टॉवर्स। हर टॉवर में दो ग्राउंड फ़्लोर फ़्लैट्स।'

'एक-एक को देखने में तो बहुत समय लग जाएगा। हमें किसी से पूछ लेना चाहिए,' सौरभ ने कहा।

'नहीं, ऐसा करना ठीक नहीं होगा। चलो थोड़ी चहलक़दमी करते हैं और

जितनी नेमप्लेट्स हम पढ़ सकते हैं, पढ़ने की कोशिश करते हैं।'

हम सेंट्रल पार्क से सटकर चल रहे थे। जिन घरों में बत्तियां जल रही थीं, उन्हें इग्नोर करते हुए।

'मेजर यादव, नहीं यह घर नहीं है,' मैंने कहा।

'कैप्टन अहलूवालिया, नहीं, यह भी नहीं,' सौरभ ने कहा।

पंद्रह मिनट बाद हम आठवें टॉवर के एक ग्राउंड फ़्लोर घर से होकर गुज़रे। घर में अंधेरा था। ना ही उस पर कोई नेमप्लेट लगी थी। लेकिन उस पर एरेबिक कैलिग्राफ़ी में एक सर्कुलर साइन ज़रूर था।

'मुझे पता है इसका मतलब क्या होता है। अल्लाहो अकबर यानी गॉड इज़ ग्रेट। ज़ारा के पास ऐसा ही एक पेडेंट था,' मैंने कहा।

'तो यह किसी मुस्लिम का घर है,' सौरभ ने कहा।

मैंने आसपास देखा। हमारे इर्द-गिर्द कोई भी नहीं था। हम अपार्टमेंट एंट्रेंस के पास चले गए। मैंने फ़्लैट के गार्डन में देखा। वहां एक डबल स्ट्रोलर रखा था।

'फ़ैज़ के जुड़वां बच्चे कितने बड़े थे?' मैंने कहा।

'तीन साल के। ओह, ये डबल स्ट्रोलर तो जुड़वां बच्चों के लिए ही है।'

'तब तो यही वो जगह है। चलो, अब चलते हैं। हम अगले संडे फिर आएंगे, जब टी-20 फ़ाइनल है,' मैंने कहा।

❖

'मैच कब शुरू होगा?'

'आठ बजे।'

हम स्पोर्ट्स वाले कपड़े पहनकर उसी मैथड का इस्तेमाल करते हुए एक बार फिर अर्जुन विहार में घुस गए थे। इस बार हम अपने साथ एक बैकपैक भी ले आए थे। मैच शुरू होने में अभी समय था, इसलिए हम आठवें टॉवर की दस मंज़िल तक चढ़ गए थे और टैरेस लैंडिंग एरिया के पास इंतज़ार कर रहे थे। हमने टी-20 वर्ल्ड कप फ़ायनल के समय फ़ैज़ के घर में घुसने का फ़ैसला इसलिए किया था, क्योंकि उस समय सभी क्रिकेट के ख़ुमार में मदहोश रहते हैं।

'बस एक घंटा और,' मैंने कहा।

सौरभ अपने फ़ोन पर एक गेम खेलने लगा।

'मैं कैंडी क्रश के लेवल थ्री हंड्रेड तक पहुंच गया हूं,' उसने कहा।

'कैंडी क्रश? क्यों? टिंडर से दिल भर गया?' मैंने कहा।

'टिंडर की ऐसी की तैसी,' सौरभ ने जेलीज़ को हटाने के लिए अपने फ़ोन की स्क्रीन पर उंगली फिराते हुए कहा।

'लेकिन पिछले हफ़्ते तुम्हें एक टिंडर मैच मिला था ना?'

'वो तो ट्रांज़्वेस्टाइट निकला।'

'क्या?'

'उसने कहा मेरे पास बूब्स हैं, डिक है, और एक हार्ट भी है। मिलना चाहोगे?'

मैं ज़ोर से हंस पड़ा।

'तीन में से दो बुरा सौदा नहीं था। तुम एडजस्ट कर सकते थे,' मैंने कहा।

'श्श्श, चुप रहो। तुम चाहते हो कि फ़ौजी लोग यहां आ जाएं और हमारा कचूमर बना दें?' सौरभ ने कहा, उसकी आंखें अब भी फ़ोन स्क्रीन पर जमी थीं।

एक घंटे बाद, सही समय आ गया था।

❖

'ध्यान से,' मैंने फुसफुसाते हुए कहा।

हम दबे क़दमों से फ़ैज़ के गार्डन में घुस गए थे। मैच शुरू हो गया था और पूरी कॉलोनी वीरान लगने लगी थी। मैंने आसपास और ऊपर देखा। अंधेरे में कोई भी नज़र नहीं आ रहा था।

सौरभ घास पर बैठा और अपना बैकपैक खोल लिया। उसने उसमें से पॉवर ड्रिल, बैटरी पैक और तीन टॉवल बाहर निकाले। उसने बैटरी पैक को ड्रिल में डाला और पॉवर ऑन कर दिया। ड्रिल से इतनी ज़ोरदार आवाज़ निकली कि हम दोनों उछल पड़े।

'डैम, यह तो बहुत आवाज़ कर रहा है।'

'रुको,' सौरभ ने कहा। उसने पॉवर ड्रिल बंद की और उसके इर्दगिर्द तीन टॉवल लपेट दिए।

हम फ्रंट डोर की तरफ़ बढ़े, जो गार्डन की ओर खुलता था। मैंने लॉक खोजने के लिए अपने फ़ोन की फ़्लैशलाइट चालू की।

'तुम इसे खोल पाओगे? यह डोर-नॉब लॉक है।'

सौरभ ने कहा, 'हां, लेकिन एक बार खोलने के बाद लॉक को बदलना पड़ेगा। नहीं तो फ़ैज़ जब भी यहां लौटकर आएगा, वो समझ जाएगा कि इस ताले को तोड़ा गया है।'

'हमें इससे क्या? बस उसे यह पता नहीं चलना चाहिए कि ताला किसने तोड़ा है। वैसे भी वो हाल-फ़िलहाल में तो नहीं आने वाला है।'

सौरभ ने पॉवर ड्रिल पर पतला ड्रिल बिट लगाया और उसे की-होल में घुसाने लगा।

'रेडी?' उसने कहा। मैंने सिर हिला दिया।

उसने ड्रिल चालू कर दी। वह अपने काम में लग गई।

'यह अब भी बहुत शोर कर रही है,' मैंने कहा। 'टॉवल्स बहुत मददगार साबित नहीं हो रहे हैं।'

'श्शश, बस कुछ सैकंडों की बात है। रुको, मुझे लगा कि एक लॉक पिन टूट गई है।'

अब सौरभ मोटे ड्रिल बिट का इस्तेमाल करने लगा।

'स्टॉप, गोलू। यह बहुत लाउड है।'

'रिलैक्स,' सौरभ ने कहा। उसका पूरा ध्यान टॉवल से लिपटी अपनी मशीन पर था। 'डन, सभी छह पिन टूट गईं।'

'क्या?' मैंने कहा। उसने अपनी ड्रिल को फिर से बैकपैक में रख लिया।

मैंने अंधेरे में डोर-नॉब को पकड़ा। ड्रिलिंग की वजह से वह गर्म हो गया था। मैंने उसे दाएं घुमाया। दरवाज़ा खुल गया।

'वेलकम होम, हनी,' सौरभ ने कहा।

❖

हम अंधेरे कमरे में चले आए। हम सब तरफ़ फ़ोन लाइट को फ़्लैश कर रहे थे। मुझे ड्राइंग रूम में वॉर सीन्स की कुछ पेंटिंग्स और एक सोफ़ा दिखाई दिया। लेकिन अंधेरा इतना था कि कुछ और देख पाना मुमकिन नहीं था।

'अब क्या करें?' सौरभ ने कहा।

'कुछ नहीं। एक बेड ढूंढ़ो और सो जाओ। हम सुबह को ही यहां खोजबीन कर सकते हैं। अभी तो हम लाइट जला नहीं सकते।'

'आर यू श्योर कि हम अपने फ़ोन टॉर्च का इस्तेमाल करते हुए खोजबीन

नहीं कर सकते... आऊ...' सौरभ दर्द से चिल्ला पड़ा।

'क्या हुआ?'

'मैं एक टेबल से टकरा गया,' सौरभ ने कहा और लंगड़ाते हुए सोफ़े पर बैठ गया।

'बेडरूम चलो, गोलू। हम सुबह तक कुछ नहीं कर सकते।'

❖

सौरभ मेरे पास लेटा खर्राटे भर रहा था। मेरा सुबह पांच बजे वाला फ़ोन अलार्म बजने लगा था। मैं बेड पर बैठ गया और बाहर देखने लगा। इस डर से कि कोई हमें देख लेगा, मैं पूरी रात सो नहीं सका था।

मैंने बेडरूम में एक स्टडी टेबल देखी, जिस पर एक डेस्कटॉप कंप्यूटर था। उसमें फ़ैज़ की फ़ैमिली की फ्रेम्ड पिक्चर थी। हां, हम बिलकुल सही घर में घुसे थे।

'गोलू, उठने का समय हो गया।'

अगले तीन घंटों में हमें ख़ान परिवार के बारे में बहुत सारी बातें पता चलीं। जैसे कि वे नाश्ते के लिए दो ब्रांड्स के उत्पाद का इस्तेमाल करते थे—चॉकोज़ और प्लेन कॉर्नफ्लेक्स, उनकी किचन की ऊपरी शेल्फ़ों में मिल्कमेड कंडेस्ड मिल्क के दो क्रेट्स रखे थे, वे सिंथॉल टॉयलेट सोप का यूज़ करते थे, जबकि बच्चों के लिए जॉनसन बेबी सोप इस्तेमाल किया जाता था।

घर के दो बेडरूम में से एक को किड्स रूम की तरह इस्तेमाल किया जाता था। इसमें दो क्रिब्स और क्लोसेट्स थे। हमने बाक़ायदा क्लोसेट्स चेक किए। उनमें से एक में कपड़े थे, दूसरे में स्टील के बक्सों में खिलौने रखे गए थे। सौरभ ने उनमें से एक को बाहर निकाला।

'बहुत भारी है,' उसने कहा।

'इसके अंदर क्या है?' मैंने कहा।

सौरभ ने अंदर झांककर देखा और कहा, 'टूटी टांग वाला स्पाइडरमैन और मूंछों वाला सुपरमैन। ये सबूत के रूप में कैसे रहेंगे?'

'चलो, मास्टर बेडरूम देखते हैं,' मैंने कहा।

❖

'यह तो लॉक्ड है,' मैंने कहा। मैं फ़ैज़ के बड़े से बेडरूम की अलमारी के पास खड़ा था।

'जैसे कि हमने इससे पहले कोई ताले तोड़े ही नहीं हैं,' सौरभ ने कहा और अपने बैकपैक से फ़्लैट-हेड स्क्रू-ड्राइवर निकाल लिया। उसने उसे अलमारी के दरवाज़ों के बीच फंसा दिया। फिर उसने कुछ मर्तबा ज़ोर से उसे घुमाया और यह लीजिए, दरवाज़े खुल गए।

'तुम तो इस सबमें माहिर होते जा रहे हो,' मैंने कहा।

'कैरियर का एक और ऑप्शन। शायद मुझे लिंक्डइन पर अपनी इस स्किल को मेंशन करना चाहिए।'

मैं फ़ैज़ की अलमारी खोलने आगे बढ़ा ही था कि मुझे एक आवाज़ सुनाई दी।

'ट्रिंग...'

दरवाज़े की घंटी बज रही थी। हम दोनों यह सुनकर उछल ही पड़े। हमने समय देखा। साढ़े आठ बजे रहे थे।

'यह कौन है?' सौरभ ने कहा।

'मुझे कैसे मालूम?'

'हम तो गए काम से।'

घंटी फिर से बजी।

'चलो, देखते हैं कौन है,' मैंने कहा।

हम दबे पांव बेडरूम से बाहर निकले और बैठक में चले आए। हम मुख्य दरवाज़े की ओर बढ़ रहे थे। सौरभ मेरे दो क़दम पीछे चल रहा था।

घंटी फिर बजी।

'भाई,' सौरभ ने डर के मारे कहा।

'श्‍श्‍श...' मैंने चुप होने को कहा और की-होल से बाहर देखने लगा।

एक मिनट बाद दरवाज़े पर खड़ा व्यक्ति चला गया।

'वह दूसरे घर में जा रहा है,' मैंने कहा। उस व्यक्ति ने अब दूसरे घर की घंटी बजाई।

'वह उन्हें क्या बताएगा?' सौरभ ने कहा।

पास वाले घर का दरवाज़ा खुला। वहां पर एक मेड कपड़ों का बंडल लिए खड़ी थी। उसने वो बंडल उस व्यक्ति को दे दिया। वह उसे लेकर वहां से चला गया। मैंने की-होल से सिर उठाया और सीधा खड़ा हो गया।

'वो धोबी था। इस्तरी के लिए कपड़े लेने आया था,' मैंने मुस्कराते हुए कहा, 'चलो, बेडरूम में चलते हैं।'

अब मैं सीधा फ़ैज़ की अलमारी की ओर बढ़ा और उसे खोल दिया। उसके एक तरफ़ उसकी बीवी के कपड़े रखे थे। मैंने उनमें खोजबीन की, लेकिन कुछ मिला नहीं। दूसरी तरफ़ फ़ैज़ की आर्मी यूनिफ़ॉर्म्स और सिविलियन कपड़े रखे थे। सबसे नीचे की शेल्फ़ों में कई जोड़ी भारी काले बूट रखे थे।

मैंने सारे जूते बाहर निकालकर बेडरूम के फ़र्श पर रख दिए।

'क्या कर रहे हो?'

'सबसे नीचे की शेल्फ़ चेक कर रहा हूं,' मैंने कहा।

जहां जूते रखे थे, उनके पीछे मुझे एक स्पोर्ट्स बैग मिला। मैंने उसे बाहर निकाल लिया। उसमें दो दर्जन टेनिस बॉल्स रखी थीं। मैंने अपना हाथ बैग में घुमाया। मुझे कुछ ठंडा और चौकोर महसूस हुआ। मैंने उसे बाहर निकाल लिया।

'वाऊ,' सौरभ ने कहा। मेरे हाथ में सौ ग्राम का सोने का बिस्किट था।

'ये असली है?' मैंने कहा।

'हां, भाई। और भी हैं क्या?'

मैंने बैग को उलट दिया। पूरे कमरे में टेनिस की गेंदें बिखर गईं। सोने के नौ और बिस्किट बाहर गिर पड़े।

'यह एक किलो सोना है,' मैंने कहा। 'क़ीमत होगी यही कोई तीस लाख रुपए।'

'आर्मी वालों को इतना पैसा मिलता है?'

'नहीं, गोलू। यहां पर दाल में बहुत कुछ काला है। तुम क्या कह रहे थे, खिलौनों वाला बक्सा बहुत भारी था?'

'हां, क्यों?'

हम दौड़कर बच्चों वाले कमरे में पहुंचे। खिलौनों वाले बक्से में हमें स्पाइडरमैन, सुपरमैन और दूसरे खिलौनों के नीचे बीस और बिस्किट करीने से सजे हुए मिले। ज़ाहिर है, वो पारले-जी के बिस्किट नहीं थे।

'सबकुछ देश के लिए,' मैंने कहा।

'यह तो बहुत गड़बड़झाला है। तो क्या ये ग़लत आदमी है?'

'और शायद, यह क़ातिल भी है। गोलू, चलो इसका कंप्यूटर चेक करते

हैं।'

❖

जब सौरभ फ़ैज़ का कंप्यूटर चालू कर रहा था, तो मुझे स्टडी टेबल की चार दराज़ें दिखाई दीं।

'हमें इन्हें भी देखना चाहिए,' मैंने कहा।

'यह तो बाबा आदम के ज़माने का कंप्यूटर है। बूट अप होने में इतना समय ले रहा है', सौरभ ने कंप्यूटर मॉनिटर पर आंखें जमाए हुए कहा। 'इसको तो मैं ऐसे हैक करूंगा कि देख लेना।'

मैं दराज़ें चेक करने लगा। नीचे की तीन दराज़ों में स्टेशनरी और दूसरे ज़रूरी सामान के अलावा कुछ नहीं था। लेकिन ऊपर वाली दराज़ लॉक्ड थी।

'इसके लिए चाबी की ज़रूरत होगी,' मैंने कहा।

'चाबी?' सौरभ ने कुटिलता से मुस्कराते हुए कहा। 'ये कौन-सी चिड़िया का नाम है?'

उसने अपनी ड्रिल की ओर इशारा किया। दो मिनट बाद ऊपर की वह दराज़ भी खुल चुकी थी।

'यहां दवाइयां हैं। थोड़ा-बहुत कैश,' मैंने कहा। 'और ये... वाऊ... इतनी सारी प्रैग्नेंसी किट्स।'

'क्या?'

मैंने प्रेगा न्यूज़ के तीन पैकेट निकाले। सौरभ ने एक को खोलकर देखा। उसमें एक प्लास्टिक स्ट्रिप थी, जिसके बीच में एक आयताकार आकृति।

'इसको कैसे इस्तेमाल करते हैं?' सौरभ ने कहा।

'इस पर मूतते हैं।'

'फ़ैज़ इस पर मूतता था?'

'तुम चूतिए हो क्या, गोलू? इस पर औरतें पेशाब करती हैं। अगर दो लाइनें दिखें तो समझो कि वो प्रैग्नेंट हैं।'

'यह फ़ैज़ की वाइफ़ का सामान हो सकता है,' सौरभ ने उनकी फ़ैमिली पिक्चर की ओर इशारा करते हुए कहा। 'शायद, वे तीसरा बच्चा चाहते हों।'

मैंने प्रेगा न्यूज़ बॉक्स को चेक किया। उसके एक तरफ़ एक छोटा सफ़ेद स्टिकर था। स्टिकर पर बारकोड और टेक्स्ट था, जिसमें 'प्रेगकिट, आईएनआर 50' लिखा था।

'गोलू, तुम्हारे पास ज़ारा की सेफ़ से मिली चीज़ों की तस्वीरें हैं?'

'हां, हैं तो,' सौरभ ने कंप्यूटर के की-बोर्ड पर लिखते हुए कहा। 'बाय द वे, इस इडियट ने अपने कंप्यूटर पर कोई पासवर्ड भी नहीं डाल रखा है। यानी इसको तो हैक करने की भी ज़रूरत नहीं पड़ी।'

'तुमने कंप्यूटर खोल लिया?'

'बिलकुल, और ये रहा डेस्कटॉप,' सौरभ ने कहा।

'लेकिन क्या तुम मुझे पहले ज़ारा के सेफ़ वाली तस्वीरें दिखा सकते हो?'

सौरभ ने अपना फ़ोन मुझे थमा दिया। मैंने ज़ारा के सेफ़ से मिली प्रैग्नेंसी किट्स वाली तस्वीरें खोलीं और ज़ूम करके देखा।

'इन पर वही केमिस्ट टैग है, जो यहां वाली किट्स पर है,' मैंने कहा।

सौरभ ने तस्वीरों का मिलान करके देखा।

'ओह, येस।'

'यानी ये दोनों एक ही जगह से ख़रीदी गई थीं,' मैंने कहा।

'फ़ैज़ ने बहुत सारी ख़रीदी होंगी और कुछ ज़ारा को दे दी होंगी। तो दोनों का अफ़ेयर साबित हो गया। और यह भी कि इसी ने ईयररिंग्स दी होंगी।'

'तो क्या ज़ारा फ़ैज़ के बच्चे की मां बनने वाली थी?' मैंने कहा।

मुझे गहरा झटका लगा। मैं बेड पर बैठ गया और छत को ताकता रहा।

'हो सकता है। लेकिन हुआ क्या होगा? क्या फ़ैज़ ने एबोर्शन के लिए उस पर दबाव बनाया होगा? और क्या जब ज़ारा की मौत हुई, तब वह प्रैग्नेंट थी?'

मैंने अपने दोनों कानों पर हथेलियां रख दीं।

'भाई, तुम ठीक हो?'

'मैं कभी सोच भी नहीं सकता था कि ज़ारा ऐसा कर सकती है। इडियट मी, मुझे लगता था कि वो एक परफ़ेक्ट इंसान थी, जबकि वो यहां-वहां लोगों के साथ सोती फिरती थी...'

'श्श्श... ऐसा हो जाता है, भाई।'

'उसने मुझसे कहा था कि वो रघु के साथ ख़ुश है, मैं उसका पीछा छोड़ दूं। और मैं सोचता था कि शायद इसीलिए वो लौटकर मेरे पास नहीं आना चाहती है।'

मैं खड़ा हो गया और फ़ैज़ की फ़ैमिली फ़ोटो उठाकर दीवार पर दे मारी।

फ्रेम का शीशा चकनाचूर होकर बिखर गया।

'भाई, अपने पर कंट्रोल करो। अगर किसी ने सुन लिया तो हम मारे जाएंगे।'

'लेकिन मैं पहले ही मर चुका हूं। चलो, यहां से चलते हैं।'

'कम से कम इसका कंप्यूटर तो एक बार देख लें,' सौरभ ने कहा।

'व्हॉटेवर,' मैंने कहा।

'तब तक, वो सारे बिस्किट पैक कर लो। हमें इस आदमी के ख़िलाफ़ पुख़्ता सबूतों की ज़रूरत होगी।'

'ठीक है,' मैंने कहा और ऑटोपायलट मोड में काम करते हुए सोने के बिस्किट्स को बैकपैक में जमाने लगा।

मुझे नहीं मालूम मुझे ज़्यादा बुरा क्या लग रहा था, फ़ैज़ का ज़ारा को मारना, या ज़ारा का फ़ैज़ के साथ सोना।

'कंप्यूटर में तो कुछ नहीं है। मुझे केवल कैप्टन की ब्राउज़र हिस्ट्री मिली है।'

'हमें सबूतों की ज़रूरत है, सौरभ। मैं नहीं चाहता कि पुलिस कहे हमारे पास पर्याप्त सबूत नहीं हैं।'

'उसे पॉर्न का चस्का था। उसकी ब्राउज़र हिस्ट्री पॉर्नहब की सर्च से भरी पड़ी है। ये तो मेरी भी चॉइस है—गोरी और जवान लड़कियां।'

'शट अप और कोई काम की बात बताओ।'

'शांत हो जाओ, भाई। तो, उसने यह गूगल सर्च किया था—दिल्ली के सबसे अच्छे डाइवोर्स लॉयर्स।'

'ज़ाहिर है, द परफ़ेक्ट ख़ान फ़ैमिली इतनी भी परफ़ेक्ट नहीं है,' मैंने कहा।

सौरभ उसकी ब्राउज़र हिस्ट्री चेक करता रहा।

'सामान्य ऑनलाइन शॉपिंग साइट्स, और डैम, दिल्ली में एबोर्शन क्लिनिक्स के लिए बहुत सारी सर्चेस और क्लिक्स।'

'क्या?'

'हां। दिसंबर 2017 में। ज़ारा की मौत के दो महीने पहले। यह इडियट अपनी ब्राउज़र हिस्ट्री भी डिलीट नहीं करता है।'

'इसका कंप्यूटर भी साथ लेकर चलते हैं।'

'कोई ज़रूरत नहीं है। मैंने इसकी ब्राउज़र हिस्ट्री पेन ड्राइव में ले ली है।'

'गुड। और कुछ?'

'कंप्यूटर में कुछ तस्वीरें भी हैं, जो किसी फ़ोन से बैकअप ली गई हैं,' सौरभ ने कहा।

सौरभ ने फ़ोटोज़ की लाइब्रेरी खोली। उनमें से अधिकतर बारामूला कैंप की तस्वीरें थीं, जिनमें फ़ैज़ अपने आर्मी के साथियों के साथ दिखाई दे रहा था। तीस फ़ोटो के बाद हमें फ़ैज़ और ज़ारा की एक सेल्फ़ी दिखाई दी। वे हाथ में हाथ लिए एक हाउसबोट पर खड़े थे, शायद श्रीनगर में, और वे कैमरे की तरफ़ ऐसे प्रेमियों की तरह देख रहे थे, जो अभी नींद से जागे हों। अगली तस्वीर में एक सनसेट था, जो किसी हाउसबोट की खिड़की से लिया गया था।

'और सबूत चाहिए?' सौरभ ने कहा।

'यह तो वही सनसेट की तस्वीर है, जो ज़ारा ने इंस्टा पर पोस्ट की थी।'

'ठीक है, तब हम तस्वीरें भी अपने साथ ले जाएंगे,' सौरभ ने कहा और फ़ैज़ के कंप्यूटर में पेन ड्राइव लगाकर सारा डाटा ले लिया। इसके बाद उसने कंप्यूटर शट डाउन कर दिया।

'चलो चलते हैं,' मैंने कहा। 'हमें क्लासेस लेनी हैं।'

'वेट, बस एक और चीज़, भाई।'

'क्या?'

'जाने से पहले किचन में जाकर थोड़ा-सा चॉको खा लें तो कोई दिक़्क़त तो नहीं होगी?'

# अध्याय 26

हमें चंदन एंट्रेंस पर ही मिल गया। हम दोनों को पहुंचने में देर हो गई थी और हमारी पहली क्लास का आधा समय जा चुका था।

'तो, आज क्या हो गया था, न्यूमोनिया?' उसने कहा।

'नहीं, सर,' मैंने कहा। 'आज तो अलार्म ही नहीं बजा और हम सोते रह गए।'

'और जो स्टूडेंट्स क्लास में वेट कर रहे हैं, उनका क्या?'

'सॉरी, सर। हम एक रेमेडियल सेशन कर लेंगे,' सौरभ ने कहा।

चंदन ने हमें ऐसे देखा, जैसे कि वो बस फटने ही वाला है।

'हम भी एक मर्डर कर दें क्या?' सौरभ ने कहा। हम चंदन को पीछे छोड़ आगे चले आए थे।

'मैं उम्मीद कर रहा हूं कि गुटखा पहले ही यह काम कर दे,' मैंने कहा।

क्लासेस के बाद हम दोनों ख़ाली स्टाफ़रूम में कुछ समय के लिए मिले।

'भाई, हमें जो भी फ़ैज़ के घर से मिला है, उसे राणा को जल्दी से जल्दी दे देते हैं। ये सब चीज़ें घर पर रखना ठीक नहीं,' सौरभ ने कहा।

'हम आज शाम को जाकर दे आएंगे।'

मेरा फ़ोन बजा। मैंने आसपास देखा कि कहीं चंदन तो नहीं है।

'ओह नो, ये देखो...'

मेरे फ़ोन की स्क्रीन पर फ़्लैश हो रहा था—'कैप्टन फ़ैज़ कॉलिंग।'

'हो गया कबाड़ा...' सौरभ ने कहा।

मेरे हाथ कांपने लगे।

'अब क्या करें?'

'कहीं इसको पता तो नहीं लग गया कि हम इसके घर में घुस गए थे?' सौरभ ने कहा।

'मुझे क्या पता?'

'फ़ोन उठा लो और नॉर्मल ढंग से ही बात करना,' सौरभ ने कहा।

'गुड आफ़्टरनून, कैप्टन फ़ैज़,' मैंने फ़ोन उठाते हुए कहा। सौरभ कान

को पास में लाकर हमारी बातें सुनने लगा।

'गुड आफ़्टरनून, केशव। क्या चल रहा है? दिल्ली में अच्छा लग रहा है या नहीं?' फ़ैज़ ने ख़ुशगवार आवाज़ में कहा।

'बिलकुल ठीक, सर। मैं अभी काम कर रहा था। दिल्ली में बहुत गर्मी है और मुझे श्रीनगर की याद आ रही है।'

'ओह, तब तो तुम बिज़ी होगे। मैं तुम्हारा ज़्यादा समय नहीं लूंगा। मैंने इसलिए फ़ोन लगाया, क्योंकि मुझे कुछ याद आया था।'

'क्या, सर?'

'मैंने एक बार ज़ारा को बहुत स्पेशल कश्मीरी ईयररिंग्स दी थीं।'

सौरभ और मैं हैरत से एक-दूसरे की ओर देखते रहे।

'ओह, स्पेशल यानी?' मैंने कहा।

'वो ट्रेडिशनल कश्मीरी ईयररिंग्स थीं। बहुत महंगी। ज़ारा ने कहा था कि वो उनका पैसा चुका देगी।'

'तो क्या उसने पैसा दिया?'

'मैंने उससे कहा था कि पीएचडी पूरी करके काम शुरू कर दो तो रुपए दे देना। हालांकि उसने मुझे पचास हज़ार रुपए दिए थे।'

'ओह,' मैंने कहा।

'हां, उसे बहुत शौक़ था किसी उम्दा कश्मीरी ज्वेलर से ट्रेडिशनल ईयररिंग्स लेकर पहनने का। मैंने इसी में उसकी ज़रा-सी मदद की थी।'

'श्योर। मुझे कॉल करके यह बताने के लिए शुक्रिया। इसमें कोई ख़ास बात नहीं है, फिर भी, थैंक्स।'

'कूल। एनीवे, टच में रहना और अपने दोस्त सौरभ को भी मेरी तरफ़ से हाय बोलना।'

'श्योर।'

'बाय देन। जय हिंद।'

फ़ोन कट गया। मैंने सौरभ की ओर देखा। उसने कहा, 'देखा कितना चालाक है ये।'

'शायद उसने सोचा होगा कि हम तहक़ीक़ात करने आए हैं और ईयररिंग्स तक पहुंच सकते हैं।'

'हां, इसलिए बेहतर है कि पहले ही सफ़ाई दे दो।'

हम कुछ देर चुपचाप बैठे रहे।

'तुम्हें लगता है, यह राणा को ख़रीद सकता है?' सौरभ ने कहा।

'क्या?'

'अगर हम राणा को सारे सबूत दे दें, उधर से फ़ैज़ फ़ोन लगाए और उसे बहुत सारे सोने के बिस्किट देने का वादा करे, और राणा मान जाए, तो?'

'तुम्हें लगता है कि राणा बिकाऊ है?'

सौरभ ने मेरी ओर इस तरह देखा, जैसे कि मैंने पूछ लिया हो कि क्या पेट्रोल भी आग पकड़ता है।

'फ़ाइन,' मैंने कहा। 'तो अभी राणा के पास नहीं जाते हैं।'

'हम चांस नहीं ले सकते,' सौरभ ने कहा।

मैं स्टाफ़रूम में टहलते हुए सोचने लगा कि अब क्या किया जाए।

'हमें फ़ैज़ को दिल्ली में ही पकड़ना होगा, सबके सामने, जहां पर वो किसी को पैसा खिलाने या बच निकलने की हालत में ना रहे,' मैंने कहा।

'कैसे?'

'मेरे पास एक आइडिया है।'

'क्या?'

'घर जाकर बात करते हैं,' मैंने कहा और समय देखा। 'अभी मुझे डिफ्रेंशियल इक्वेशंस पढ़ाना है।'

'ठीक है। बाय द वे, भाई,' सौरभ ने कहा और चुप हो गया।

'क्या?'

'ये केवल एक आइडिया है, इसलिए खुले दिमाग़ से सुनना। अगर हम सोने का एक बिस्किट बेचकर उससे अपने घर के लिए एक नया एयर-कंडीशनर ख़रीद लें तो?'

❖

सफ़दर गहरी सोच में डूबे थे और अपनी दाढ़ी सहला रहे थे। सौरभ और मैं उनके साथ उनके आलीशान ड्राइंग रूम में बैठे थे। हमने उन्हें अभी-अभी श्रीनगर में हुई घटनाओं के बारे में बताया था।

'सिकंदर मर चुका है? क्या सच?'

'हां।'

सफ़दर ने दुआ में हाथ फैला दिए।

'या अल्लाह, फ़रज़ाना और मैं, हम दोनों के बच्चे एक साथ ही इस

दुनिया से रुख़सत हुए।'

सौरभ और मैं चुप रहे।

'वो लड़का कभी भी नेक रास्ते पर नहीं चला। मैं ज़ारा को बार-बार यही बताता था। फ़रज़ाना कैसी हैं?'

'पता नहीं। लेकिन वे अभी श्रीनगर में ही हैं।'

'सिकंदर भले ही दहशतगर्द निकला हो, लेकिन इससे फ़रज़ाना का दर्द कम तो नहीं हो जाता।'

'जी।'

'तो सिकंदर का ज़ारा की मौत से कोई सरोकार नहीं था?' सफ़दर ने कहा।

'नहीं। जैसा कि मैंने आपको बताया, इसमें फ़ैज़ का हाथ है।' मैंने कहा।

सफ़दर ने अपना सिर हिलाया। 'कैप्टन फ़ैज़? फ़ैज़ का बाप अब्दुल ख़ान और मैं एक-दूसरे को पंद्रह साल से जानते हैं। वे लोग हमारे क़रीबी दोस्त हैं।'

'इसीलिए तो वह ज़ारा के इतने क़रीब आ पाया। लेकिन बाद में जब ज़ारा को महसूस हुआ कि वो भूल कर रही है तो फ़ैज़ इसे बर्दाश्त नहीं कर पाया।'

'लेकिन फ़ैज़ शादीशुदा है। उसके बच्चे हैं, जिन्हें मैं अपने नाती-पोतों की तरह प्यार करता हूं।'

'हम सबूतों की तलाश में उसके दिल्ली वाले घर में घुसे थे,' सौरभ ने कहा। 'वहां से हमें ज़ारा और फ़ैज़ की तस्वीरें एक हाउसबोट पर मिलीं। प्रैग्नेंसी किट्स भी एक ही दुकान से ख़रीदी गई थीं।'

'बहुत हुआ,' सफ़दर ने दहाड़ते हुए कहा। वे उठ खड़े हुए और कमरे में चक्कर लगाने लगे।

'वो क़ातिल। मैंने उसके साथ अपने बेटे की तरह बर्ताव किया। हम उसकी शादी में भी शरीक़ हुए थे। वो मेरी नन्ही बिटिया को कैसे छू सकता है?'

हमें नहीं पता था कि इस पर क्या कहें।

'वो फ़ौजी होने के बावजूद ऐसा कर रहा है? फिर उसमें और दूसरे दहशतगर्दों में क्या फ़र्क़ रहा?'

'हम उसे सज़ा दिलवाएंगे, अंकल,' सौरभ ने कहा।

'क्या इससे मेरी बेटी लौट आएगी?' आंसू की एक बूंद उनके गालों से लुढ़क गई। वे हमारे पास आकर बैठ गए और अपने सिर को हाथों से ढंक लिया।

'नहीं अंकल, ज़ारा तो अब लौटकर नहीं आएगी, लेकिन अगर हम उसके क़ातिल को सज़ा दिला पाए तो इससे उसकी रूह को शांति ज़रूर मिलेगी। लेकिन अभी तो वो एक आला अफ़सर की तरह खुला घूम रहा है।'

'तुम लोग इसमें मेरी क्या मदद चाहते हो?'

'अपने घर पर दुआ का एक कार्यक्रम रखिए और ज़ारा के क़रीबी सभी लोगों को बुलाइए।'

'लेकिन दुआ की मजलिस ही क्यों?'

'अगर हमने राणा को अभी सबूत दे दिए, तो हमें डर है कि वो उन्हें बेच देगा। हम फ़ैज़ को सबके सामने पकड़ना चाहते हैं, और उसके बाद ही हम पुलिस को ख़बर करेंगे।' सौरभ ने कहा।

'यह कैसे होगा?'

'दुआ वाले कार्यक्रम के बाद कुछ लोगों को डिनर के लिए रोक लीजिए। और कुछ ऐसा कीजिए कि फ़ैज़ और हम एक ही कमरे में हों,' मैंने कहा।

'उसके बाद हम क्या करेंगे?'

'हम डिनर पर ही उसका सामना करेंगे,' सौरभ ने कहा।

'और उसके बाद पुलिस आएगी और उसे जेल की चक्की पिसवाने अपने साथ ले जाएगी,' मैंने कहा।

❖

'डर रहे हो?' सौरभ ने अपने फ़ोन से नज़रें उठाते हुए कहा।

हम दोनों अपने बेड पर बैठे थे। मैं अपने लैपटॉप पर एक प्रॉबेबिलिटी टेस्ट पेपर टाइप कर रहा था, जिसका मुझे अगले हफ़्ते क्लास में इस्तेमाल करना था।

मैंने लैपटॉप की स्क्रीन बंद कर दी।

'नहीं, डर तो नहीं, हां थोड़ी बेचैनी ज़रूर है।'

सफ़दर के घर पर होने वाले कार्यक्रम में अब केवल पांच दिन बचे थे। सफ़दर ने इसके लिए एक सादा सफ़ेद न्योता भेजा था। मैंने उसे बेडसाइड टेबल से उठा लिया—

*'उसे हमारा साथ छोड़े सौ दिन होने जा रहे हैं।*

*लेकिन हम उसे हर दिन, हर घड़ी याद करते हैं।*

*हमारी बेटी ज़ारा लोन की ज़िंदगी का एक ख़ास हिस्सा होने पर, आप सभी को हम दुआ की मजलिस के लिए न्योता देते हैं।*

*यह कार्यक्रम 238, वेस्टएंड ग्रीन्स स्थित हमारे निवास पर होगा।*

*तारीख़ है 20 मई 2018, समय शाम पांच बजे।*

*मुंतज़िर,*

*ज़ैनब और सफ़दर लोन।'*

'ऐसी कोई दुआ कभी होती भी है क्या? फ़ैज़ इसे मानकर यहां आएगा?' मैंने कहा।

'मातम के कोई नियम नहीं होते। मरहूम के मां-बाप यह दुआ करवा रहे हैं तो सभी इसको ठीक ही मानेंगे।' सौरभ ने कहा और अपने फ़ोन में व्यस्त हो गया। वह एक आर्टिकल पढ़ रहा था, जिसका टाइटिल था—'बेहतर मैच हासिल करने के लिए टिंडर को कैसे हैक करें?'

'तुम्हें सच में लगता है कि तुम टिंडर की मैचिंग एल्गोरिदम को हैक कर सकते हो?'

'और अगर मैंने कर दिया तो? सोचो। हर लड़की, फिर वह चाहे लेफ़्ट स्वाइप करे या राइट, मेरे साथ मैच करेगी।'

'और जब वो तुम्हारी तस्वीर देखेंगी तो क्या वो समझ नहीं जाएंगी कि उन्होंने तो इसे लेफ़्ट स्वाइप कर दिया था।'

'वो मेरे बारे में एक बार फिर से विचार भी तो कर सकती हैं। आपको ग्राहक को दुकान में ले जाकर चीज़ें दिखानी होती हैं। कौन जाने वे ख़रीद ही लें।'

'तुम कोई चीज़ हो क्या?' मैंने कहा और हंसने लगा।

'जब मेरी बांहों में एक हॉट बेब होगी, तब तुम हंसना। ओके?'

'अरे, मैं तो बस यूं ही छेड़ रहा था,' मैंने उसके गाल खींचते हुए कहा। 'किसी भी लड़की को तुमसे अच्छी चीज़ क्या मिल सकती है?'

'हां, हां, उड़ा लो मेरा मज़ाक़। मैं भी जानता हूं मुझे कोई लड़की नहीं मिलने वाली, टिंडर पर या कहीं भी।'

'क्या बकवास है।'

'थैंक गॉड कि इंडिया में अरेंज्ड मैरिज होती हैं। अगर टिंडर नहीं तो

मेरे पैरेंट्स मेरे लिए कोई ढूंढ़ लेंगे। इंडियन पैरेंट्स अपने बच्चों के लिए कई सदियों से लेफ़्ट और राइट स्वाइप का काम कर रहे हैं।'

मैं हंस दिया।

'एनीवे, तुमने मिस्टर रिची रिच की ख़बर सुनी? तुमने उसे फ़ोन लगाया था या नहीं?'

सौरभ रघु की बात कर रहा था। मैंने अपने फ़ेसबुक फ़ीड में यह न्यूज़ देखी थी कि दुनिया की सबसे बड़ी आर्टिफ़िशियल इंटेलीजेंस फ़र्म ने रघु की कंपनी में निवेश किया है। उन्होंने रघु की कंपनी की क़ीमत तीन सौ मिलियन डॉलर्स आंकी थी।

'फ़क मी,' मैंने कहा।

'हां, हज़ार करोड़। और आपकी जानकारी के लिए बता दूं कि वह हमारी ही उम्र का है—सत्ताइस साल।'

'हम एक ही कॉलेज, एक ही बैच से पढ़े और मैंने और उसने तो एक ही लड़की को डेट भी किया। लेकिन आज उसके पास इतना पैसा है, और मेरे पास कुछ भी नहीं। क्या इससे भी बड़ा लूज़र कोई हो सकता है?'

'भाई, अगर वो इन हज़ार करोड़ रुपयों का दस प्रतिशत ब्याज पर इंवेस्ट कर दे तो वो हर साल सैकड़ों करोड़ रुपए कमाएगा।'

'शुक्रिया, सौरभ। ये सुनकर और अच्छा लगा।'

'और उन सैकड़ों करोड़ के ब्याज को भी इंवेस्ट किया जा सकता है, जो और दसियों करोड़ कमाकर देंगे। और उन दसियों करोड़ों को भी इंवेस्ट किया जा सकता है,' सौरभ ने कहा।

'अभी तुम ये बंद करोगे?'

'भाई, वो जो कमाता है, वह तो रहने ही दो, हम तो उसकी कमाई के ब्याज के ब्याज के ब्याज से भी कम कमा रहे हैं।'

'शुक्रिया, गोलू। तुम्हारी बातों से मुझको बहुत राहत मिल रही है।'

'तुम उसको फ़ोन करोगे? तुमने कहा था कि तुम उसको फ़ैज़ के बारे में बताओगे।'

'क्या मुझको उसकी कंपनी की लेटेस्ट वैल्यूएशन पर उसे बधाई भी देनी होगी?'

'वो सब रहने दो। तुम तो उसको फ़ोन करके बताओ कि इस कार्यकम में आना ज़रूरी है।'

मैंने अपना फ़ोन निकाल लिया।

'हां, लेकिन मैं उसको यह सब कैसे बताऊंगा? कि उसकी मंगेतर का अफ़ेयर था और इस चक्कर में वो प्रैग्नेंट हो गई थी, और यही सब?'

'मैं तो सोचता था तुम रघु से बदला लेना चाहते हो। उसने तुमसे ज़ारा को ले लिया था, अब तुम उसको यह ख़ुशख़बरी सुना दो कि ज़ारा तो उसकी भी नहीं थी।'

मैंने सिर हिला दिया।

'यह अच्छा नहीं लगता। अब मेरे दिल में उसको चोट पहुंचाने की इच्छा भी नहीं रह गई है।'

'अच्छा तो ऐसा करो कि उसको डिटेल में कुछ मत बताओ, बस इतना ही कहो कि हमने क़ातिल को खोज निकाला है। उसे कहो कि वह कार्यक्रम में आ जाए, वहीं पर हम उसको बाक़ी की बातें बताएंगे।'

'लेकिन वो पूछेगा कि क़ातिल कौन है।'

'तो उसको बता देना कि वो फ़ैज़ है। अभी तुम उसको कॉल करोगे या मैं करूं?'

सौरभ ने मेरा फ़ोन छीनने की कोशिश की। मैंने अपना हाथ दूर कर लिया।

मैंने फ़ोन को स्पीकर मोड पर किया और रघु को कॉल लगाया।

'हे केशव। बहुत दिनों बाद याद आई,' रघु ने कहा।

'हाय रघु, तुम इंडिया में हो क्या?'

'हां, अपने ऑफ़िस में। क्या बात है?'

मैंने समय देखा। रात के साढ़े दस बज रहे थे।

'इतनी देर तक काम कर रहे हो?'

'करना ही पड़ेगा। मुझे एक नए इंवेस्टर मिले हैं। हम लोग कुछ ग्रुप्स को मर्ज कर रहे हैं। तो, इस महीने कुछ ज़्यादा ही काम है।'

क्या मुझे उसे अभी मुबारक़बाद देनी चाहिए, मैंने सोचा। फिर मैंने तय किया कि इसकी कोई ज़रूरत नहीं है, केवल काम की बात करनी है।

'तो हम लोग एक-दूसरे से कार्यक्रम में ही मिलेंगे?'

'मैं आने की कोशिश कर रहा हूं। लेकिन ये सभी नए इंवेस्टर्स मेरे सिर पर बैठे हुए हैं। ओह वेट, क्या उसके डैड ने तुमको भी इनवाइट किया है?' रघु ने अचरज भरी आवाज़ में कहा। ज़ाहिर भी था। सफ़दर मुझसे नफ़रत

करते थे। मैं इस कार्यक्रम में कैसे शरीक हो सकता था।

'हां, वास्तव में यह सब एक प्लान का हिस्सा है। रघु, हमने इस मामले की गुत्थी सुलझा ली है।'

'सच में?'

'हां, हमने क़ातिल को खोज निकाला है।'

'कैसे? मेरा मतलब है, कौन है वो?'

'तुम कैप्टन फ़ैज़ को जानते हो?'

'हां, वो आर्मी अफ़सर ना। सॉलिड बंदा। ज़ारा का फ़ैमिली फ्रेंड। तो क्या क़ातिल को ढूंढ़ने में उसने तुम्हारी मदद की?'

'नहीं, रघु। यह कैप्टन फ़ैज़ ने ही किया है। वही क़ातिल है।'

'क्या?' उसने कहा और उसकी आवाज़ ख़ामोश हो गई।

'रघु?' मैंने कहा। मुझे लगा कि लाइन कट हो गई है।

'मैं यहीं पर हूं,' उसने कहा, लेकिन उसकी आवाज़ साफ़ सुनाई नहीं दे रही थी। 'तुम श्योर हो? फ़ैज़?'

'हां।'

'कैसे?'

'वो ज़ारा को पसंद करता था।'

'क्या?'

'उनका अफ़ेयर था।'

'तुम क्या कह रहे हो? वो मैरिड है। उसके बच्चे हैं।'

'हां, इसके बावजूद वो दोनों एक-दूसरे के साथ इनवॉल्व हुए।'

मैं अच्छे से अच्छे शब्दों का इस्तेमाल करने की कोशिश कर रहा था और 'इनवॉल्व्ड' जैसा सॉफ़्ट शब्द उपयोग में ला रहा था। लेकिन मेरा मानना है कि रघु की जगह कोई भी होता तो उसके दिमाग़ में यही गूंजता कि कोई और उसकी गर्लफ्रेंड के साथ सो रहा है।

'रघु? यू देयर?'

'तुम्हारे पास सबूत हैं?'

'पुख़्ता सबूत।'

'फ़किंग बास्टर्ड।'

शायद कोई पुच्छल तारा उसी समय धरती के समीप से गुज़रा होगा, क्योंकि यह पहली बार था, जब मैंने रघु को कोई गाली देते सुना हो।

'लेकिन स्टुपिड पुलिस के पास मत जाना। मैंने भी कुछ दिन पहले राणा को फ़ोन लगाया था।'

'फ़ोन लगाया था?'

'हां, इस मामले के बारे में जानने के लिए मैं जब-तब उसे फ़ोन लगाता रहता हूं। लेकिन ऐसा लगता है कि वो वॉचमैन थ्योरी से ही ख़ुश है और लक्ष्मण को जेल में रखने के लिए तैयार है।'

'हां, क्योंकि उसके लिए यही फ़ायदेमंद है।'

'राणा सब गड़बड़ कर देगा। और फ़ैज़ आर्मी में होने के कारण बच निकलेगा।'

'मैंने भी ठीक यही सोचा था। इसीलिए हम वो कार्यक्रम करवा रहे हैं।'

मुझे यह देखकर अच्छा लगा था कि रघु जैसा स्मार्ट आदमी भी उसी लाइन पर सोच रहा था, जिस पर मैं सोच चुका था।

'क्या फ़ैज़ को ज़रा भी आइडिया है कि तुम उसका राज़ जान चुके हो?'

'नहीं।'

'गुड। अब तो मैं ज़रूर वहां आऊंगा। 20 को है ना?'

'हां।'

'मैं तुम्हें वहीं मिलूंगा।'

मैंने हां कहा और एक गहरी सांस ली। फिर कहा, 'अच्छा सुनो रघु।'

'क्या?'

'कॉन्ग्रैट्स। मैंने नए इंवेस्टर्स और लेटेस्ट वैल्यूएशन वाली न्यूज़ पढ़ी थी।'

'ओह वो। शुक्रिया।'

'एनीवे, तो पांच दिन बाद मुलाक़ात होती है।'

'श्योर, केशव?'

'हां।'

'शुक्रिया।'

'वेलकम, रघु।'

'मुझे पता नहीं मैं तुम्हारा यह क़र्ज़ कैसे चुका पाऊंगा। और आई होप, वो उसको फांसी पर लटका दें या उम्रक़ैद की सज़ा दें।'

'हां, उसके साथ यही होगा।' मैंने कहा।

'मैं उसको हर मिनट मिस करता हूं,' रघु ने कहा।

ओके, अब ये सब सुनने में मेरी कोई दिलचस्पी नहीं, मैं उसे कहना चाहता था, लेकिन कहा नहीं।

'मैंने ज़ारा से कहा था कि इंडिया छोड़ दो। इस सब को यहीं रहने दो। मैं बस...' रघु ने कहा और फूट-फूटकर रोने लगा। मैं उसके रोने की आवाज़ सुन रहा था।

'रघु, मैं समझता हूं कि तुम क्या महसूस कर रहे हो।'

डैम, अब क्या मुझे ये भी करना था? अपनी एक्स को डेट करने वाले बंदे को दिलासा देना?

लेकिन रघु अभी रुका नहीं था। 'मैं उसे सब कुछ देना चाहता था। ये तमाम अचीवमेंट्स और कॉन्ग्रैच्युलेशंस। अब इन सबका कोई मतलब नहीं रह गया है। उसके बिना ज़िंदगी अधूरी है।'

'यदि इस सबका कोई मतलब नहीं रह गया है तो वो हमें अपना पैसा दे सकता है,' सौरभ ने मेरे कानों में फुसफुसाते हुए कहा।

मैंने सौरभ को एक किक मारकर उसे चुप किया। जब कोई फ़ोन पर रो रहा हो तो मुझे ऐहतियात से उसे सुनना था।

'अब ये सब बेकार है। ये सारा पैसा। इसके कोई मायने नहीं,' रघु कह रहा था। मैं सोचने लगा कि अगर रघु को रोने के लिए किसी कंधे की ही दरकार है तो वो उसको कहीं से भी मिल सकता है। इसके लिए मेरी कोई ज़रूरत नहीं थी।

'मैं समझ सकता हूं, रघु। मेरे घर पर कोई आया है। हम दिल्ली में मिलकर बात करेंगे।'

'हां, ठीक है। तुम्हारा समय लेने के लिए सॉरी। एक बार फिर से बहुत-बहुत शुक्रिया।'

मैंने फ़ोन काटा और सौरभ पर तकिया दे मारा।

'साले, ये कोई मज़ाक़ करने का समय है?'

सौरभ हंस पड़ा।

'तुमने इसको अच्छे-से हैंडल किया।'

'ऐसा क्या?'

'हां, तुमने उसको सब सच-सच भी बता दिया, और उसको अहसास भी नहीं होने दिया,' सौरभ ने बेड पर लेटते हुए कहा।

मैंने अपना फ़ोन और लैपटॉप एक तरफ़ रख दिया।

'गोलू, अपने कमरे में जाकर सोओ।'

'भाई, वहां जाने में आलस आ रहा है। गुड नाइट,' सौरभ ने कहा और बेडसाइड लैंप बुझा दिया।

मैं बेड पर आंखें खोले लेटा रहा। मैं रघु से हुई बातचीत के बारे में सोच रहा था। क्या मैं सच में मैच्योर हो गया था? अब मुझे रघु की क़ामयाबी से जलन नहीं हो रही थी। ना ही मुझे उसको उसकी मंगेतर के अफ़ेयर की ख़बर सुनाते समय ख़ुशी हुई थी। मैंने उस पर कोई कटाक्ष नहीं किए। वो इतनी तक़लीफ़ में था कि हज़ार करोड़ रुपए भी उसे बेकार लग रहे थे। वो कह रहा था कि ज़ारा के बिना उसकी ज़िंदगी अधूरी है। मैं छत की ओर देखता रहा और यही सब सोचता रहा।

आधे घंटे बाद मैंने बत्ती जला दी।

'क्या हुआ?' सौरभ ने उनींदी आवाज़ में पूछा।

'मुझे नींद नहीं आ रही है। मैं थोड़ा टहलकर आता हूं।'

'हुं?' सौरभ ने आंखें मलते हुए कहा।

'तुम किसी ट्रिप पर चलना चाहोगे?'

'क्या?'

'ज़ारा वाले कार्यक्रम तक कहीं घूमने चलते हैं। इससे हमें ख़ुद को तनाव से बचाने में मदद मिलेगी।'

'क्या? कहां? और क्लासेस का क्या होगा?'

'क्लासेस की ऐसी की तैसी।'

'भाई, मैं अब ट्रैवल नहीं कर सकता। मैं अपने कोर्स शेड्यूल से बहुत पीछे चल रहा हूं। चंदन मुझे नौकरी से नहीं निकालेगा, वो मेरी जान भी ले लेगा।'

'ठीक है। तो मैं अकेला जा रहा हूं,' मैंने कहा और उठ खड़ा हुआ। फिर कबर्ड खोलकर सूटकेस में कपड़े जमाने लगा।

'लेकिन कहां?'

'मैं बाद में बताऊंगा। तुम अभी सो जाओ। और मेरी तरफ़ से चंदन का ख्याल रखना, प्लीज़।'

## प्रस्तावना जारी...

*ऑन बोर्ड इंडिगो फ़्लाइट 6ई766 एचवायडी-डीईएल*

*'ये तो कमाल की कहानी है,' मैंने कहा।*

*केशव मुस्करा दिया।*

*'आपको कहानी अच्छी लगी, यह जानकर ख़ुशी हुई।'*

*'लेकिन तुम भी ग़ज़ब के आदमी हो, केशव। तुम एक्चुअली श्रीनगर गए और वह सब किया?'*

*'हां, सौरभ मेरे साथ था और उससे मुझे बहुत मदद मिली। लेकिन हमने जो कुछ किया, वो दो मामूली कोचिंग-क्लास फ़ैकल्टी वालों के लिए बुरा नहीं था, आई गेस,' केशव ने कहा।*

*'यह सचमुच बेमिसाल था। तो फिर उसके बाद क्या हुआ? तुम ज़ारा के लिए होने वाली उस प्रेयर मीट में गए थे?'*

*'वो कल है। मेरा मतलब है आज, क्योंकि आधी रात हो चुकी है।'*

*'क्या? लेकिन तुमने तो बताया कि तुम सौरभ को यह बोलकर आए हो कि तुम ब्रेक पर जा रहे हो।'*

*'वो चार दिन पहले की बात है। मैं ब्रेक पर ही गया था, अब लौट रहा हूं।'*

*मैंने घड़ी में तारीख़ और वक़्त चेक किया। 20 मई थी और रात के 1 बजकर 05 मिनट हो रहे थे।*

*'ओह, तो कहां गए थे तुम?'*

*'बहुत सारी जगहों पर। अपने दिमाग़ को शांत करने के लिए। संदेहों को मिटाने के लिए। हालात को समझने के लिए।'*

*चूंकि फ़्लाइट तेलंगाना से आ रही थी, इसलिए मैंने एक गेस किया।*

*'तिरुपति?'*

*केशव मुस्करा दिया।*

*'मुझे जहां जाना था, मैं हर उस जगह पर गया।'*

*मैं समझ गया कि अब वो मुझे और नहीं बताना चाहता है।*

*'लेडीज़ एंड जेंटलमेन, हम जल्द ही दिल्ली में लैंड करने जा रहे हैं,' फ़्लाइट अटेंडैंट ने अनाउंस किया। 'कृपया अपनी सीटबेल्ट्स बांध लीजिए।'*

प्लेन ने नीचे की तरफ़ उतरना शुरू किया और चंद ही मिनटों बाद हम लैंड कर चुके थे।

'मेरी कहानी सुनने के लिए शुक्रिया,' उसने कहा।

'माय प्लेज़र। तो आज तुम फ़ैज़ का पर्दाफ़ाश कर दोगे और ज़ारा के हत्यारे को जेल भेज दोगे?'

'उम्मीद तो है।'

'ऑफ़ कोर्स, तुम करोगे।'

'शुक्रिया।'

'फिर तुम मुझे बताओगे कि क्या हुआ?'

'क्यों?'

'वेल, मैं पूरी कहानी जानना चाहता हूं।'

'वही कहानी, जिसके बारे में आपने कहा था—ओह नो, नॉट अगेन?'

'मैं उसके लिए पहले ही माफ़ी मांग चुका हूं।'

सीटबेल्ट साइन स्विच ऑफ़ हुआ और पैसेंजर्स उतरने लगे। सभी ऐसे बिहेव कर रहे थे, मानो उन्हें कोई इमरजेंसी हो। जैसे कि उनके घर में आग लग गई हो और इसलिए उन्हें दूसरों से पांच सैकंड पहले प्लेन से उतरना है।

'मैं आपको फ़ोन करके बची हुई कहानी सुनाऊंगा,' केशव ने कहा और मुस्करा दिया।

हमने हाथ मिलाया और नंबर्स एक्सचेंज किए। जब हम प्लेन से उतर रहे थे तो उसका फ़ोन बजा।

'हां, राणा सर। ओके, वो फुटेज ठीक है,' उसने कहा। हमने एक-दूसरे को गुडबाय वेव किया। वो अपने फ़ोन पर बात करता हुआ तेज़ी से आगे बढ़ गया।

❖

मैं ऐरोसिटी स्थित अंदाज़ होटल के अपने रूम में पहुंचा। यह जगह वेस्टएंड ग्रीन्स से दस मिनट के फ़ासले पर है। मैंने सोने की कोशिश की, लेकिन सो नहीं सका। चंद घंटों बाद ज़ारा के लिए वह प्रेयर मीट होने जा रही थी और एक हत्यारा गिरफ़्त में आने वाला था।

मैं बहुत देर तक बिस्तर में करवटें बदलता रहा, फिर उठा और फ़ोन से केशव को एक मैसेज भेजा—'आज शाम के लिए बेस्ट ऑफ़ लक, बडी।'

# अध्याय 27

'डियर फ्रेंड्स, हम आज यहां पर शांति की तलाश में इकट्ठा हुए हैं। जो कुछ हुआ है, उसे शांत मन से स्वीकार करने के लिए। मेरे अपने अमन के लिए, इसके बावजूद कि मैं अपनी बेटी को हर पल याद करता हूं। मैं अपने भीतर इतनी शांति चाहता हूं कि मुझे गुस्सा ना आए और हमेशा सवाल ही ना पूछता रहूं। मुझे इतना चैन चाहिए कि ख़ुदा की मर्ज़ी पर भरोसा कर सकूं,' सफ़दर ने प्रेयर मीट को संबोधित करते हुए कहा।

लोग फ़र्श पर आधा गोल घेरा बनाए बैठे थे, महिलाएं और पुरुष अलग-अलग। उनके सामने ज़ारा की ब्लैक एंड व्हाइट तस्वीरों का एक कोलाज था। कार्यक्रम के लिए लगभग 40 मेहमान आए थे। इनमें से अधिकतर ज़ारा के नाते-रिश्तेदार थे। ये लोग ज़ैनब और सफ़दर की बूढ़ी मां के साथ फ़र्श पर बैठे थे।

रघु मुझसे तीन आदमी छोड़कर बैठा था, जबकि सौरभ मेरे पास बैठा था। मुझे ज़ारा की कुछ हॉस्टल फ्रेंड्स भी वहां नज़र आईं।

सफ़दर के बाद ज़ारा की हॉस्टल-फ्रेंड सनम बोली।

'रूम नंबर 105 आज भी उसी का है। ऐसा लगता है, जैसे ज़ारा किसी भी पल उससे बाहर निकलकर आएगी। मैं हिमाद्रि के लॉन्स में उसे ढूंढ़ती रहती हूं, जहां वो अपनी किताबें लिए बैठी रहती थी,' सनम ने भावुक होते हुए कहा।

मैंने समय देखा। साढ़े पांच बज चुके थे और फ़ैज़ अभी तक नहीं आया था। सफ़दर ने कैप्टन को कार्ड भेजने के साथ ही पर्सनली कॉल करके भी न्योता दिया था। फ़ैज़ ने भी आने की रज़ामंदी दे दी थी। जहां तक मेरी जानकारी थी, सफ़दर ने फ़ैज़ को एयरपोर्ट से पिकअप करने के लिए एक कार भिजवाई थी। वे नहीं चाहते थे कि वो पहले अपने अर्जुन विहार वाले घर जाए और वहां का नज़ारा देख ले।

'वेस्टएंड ग्रीन्स एयरपोर्ट के बहुत पास है। तुम सीधे हमारे यहां ही चले आओ। जब सलमा और बच्चे दुबई में हैं तो घर जाकर भी क्या करोगे?'

सफ़दर ने फ़ोन पर फ़ैज़ से कहा था।

मैंने अपने फ़ोन पर श्रीनगर-दिल्ली फ़्लाइट का स्टेटस चेक किया। फ़ैज़ की फ़्लाइट लैंड कर चुकी थी।

'अगर वो नहीं आया तो?' सौरभ ने मेरे कानों में कहा।

मैंने उसे शांत रहने का इशारा किया।

सनम के बाद सफ़दर ने रघु को बोलने के लिए बुलाया। जैसे ही रघु बोलने के लिए खड़ा हुआ, मैंने एक टोयोटा फ़ॉर्च्यूनर को आते हुए देखा। फ़ैज़ यहां पहुंच चुका था।

जैसे ही फ़ैज़ ने अपने जूते निकाले और कमरे में प्रवेश किया, सौरभ ने राहत की सांस ली। फ़ैज़ ने हाथ जोड़कर सफ़दर और उनके परिवार का अभिवादन किया।

'मैं क्या कह सकता हूं?' रघु ने कहा और चुप हो गया। फ़ैज़ को आते देखकर उसने अपना चश्मा एडजस्ट किया। फ़ैज़ रघु को देखकर मुस्कराया। रघु ने धीमे-से सिर हिलाकर जवाब दिया। वो अपनी बात कहने लगा—'मैं कहना चाहता हूं कि अगर दुनिया में कोई है, जिसे उसके जाने का सबसे गहरा अहसास है तो वो मैं हूं। जब आप किसी के साथ अपनी पूरी ज़िंदगी बिताने का तय करते हैं, और वो शख़्स हमेशा के लिए आपको छोड़कर चला जाए, तो आप अपनी इस बची हुई पूरी ज़िंदगी का क्या कर सकते हैं?'

फ़ैज़ पुरुषों की जगह पर कोने में एक कुर्सी लेकर बैठ गया। रघु बोलता रहा। फ़ैज़ ने अपना फ़ोन निकाला और मैसेजिस चेक करने लगा।

'मैं भीतर से टूट गया हूं। मैं ख़ुद को संभालने की कोशिश करता हूं। मैंने अपने आपको काम में खपा दिया है, ताकि मुझे सोचने का समय ना मिले। लेकिन मैं जानता हूं कि इन हालात से गुज़रने वाला मैं अकेला नहीं हूं। आप सभी लोग, ज़ारा के पैरेंट्स, उसकी दादी, उसके दोस्त... आपकी तुलना में मैं अपने दुख को सबसे बड़ा कैसे बता सकता हूं? आप सभी ने इस दुख को सहा है और आज भी सह रहे हैं। अब हम कभी पहले जैसे नहीं हो सकेंगे।'

फ़ैज़ अब भी अपने फ़ोन पर ही लगा हुआ था। रघु रुका और आंसुओं को रोकने की कोशिश करने लगा। ज़ारा की एक कज़न ने उसे पानी का गिलास दिया। रघु ने एक घूंट पिया और वापस से बोलना शुरू किया—

'मैं अपनी पूरी ज़िंदगी में इतने उदार, सकारात्मक, दिलदार, रहमदिल और प्यार करने वाले किसी और शख़्स से नहीं मिला, जैसी ज़ारा थी। वो मेरे

साथ होने वाली सबसे अच्छी घटना थी। मैंने अपनी ज़िंदगी में जो कुछ भी किया है, उसके दिए हौसले की बदौलत ही कर पाया हूं। मुझे नहीं लगता मैं अपनी ज़िंदगी में अब किसी और के साथ कभी वैसा महसूस कर पाऊंगा, जैसा उसके साथ करता था। वो जहां भी है, मैं उसे इतना ही कहना चाहता हूं कि मैं तुम्हारा शुक्रिया अदा करना चाहता हूं। तमाम यादों और उन तमाम बातों के लिए, जो मैंने तुमसे सीखी हैं। मे गॉड ब्लेस योर सोल।'

रघु ने अपनी स्पीच ख़त्म कर दी, लेकिन वहीं खड़ा रहा। आंखें बंद किए, दुख में डूबा हुआ। सनम उसके पास गई और उसके कंधे पर हाथ रखकर धीरे-धीरे उसे अपनी सीट पर ले आई।

कुछ और नाते-रिश्तेदारों के बोलने के बाद मौलवी ने दुआ की। यह प्रेयर मीट का समापन था। लोग जाने से पहले सफ़दर के पास एक बार फिर दुख जताने आए।

❖

शाम सात बजे तक बहुत कम लोग रह गए थे। फ़ैज़ आया और सफ़दर को गले लगा लिया।

'अंकल, अब मुझे जाना होगा,' फ़ैज़ ने कहा।

'नहीं, तुम इतनी दूर से आए हो, खाना खाकर ही जाना,' सफ़दर ने कहा।

'अंकल, मैंने आपको बताया था कि हमारी एन्युअल एक्सरसाइज़ चल रही हैं। मेरे सीनियर ऑफ़िसर ने मुझे एक केवल एक दिन की छुट्टी दी है। और वो भी इस ख़ास मौक़े के लिए।'

'हां, लेकिन फ़्लाइट तो कल है ना...'

'पर मुझे घर भी जाना है, और इधर मेरे सीनियर ऑफ़िसर मैसेज पर मैसेज किए जा रहे हैं।'

सफ़दर को जैसे ठेस पहुंची हो। उन्होंने कहा, 'तो क्या ये घर नहीं है? मुझे यह अहसास तो करने दो कि मैं आज भी अपने बच्चों के साथ डिनर कर सकता हूं।' फिर वे रघु की ओर मुड़े। 'रघु, प्लीज़ तुम भी डिनर के लिए रुकना।'

'जी, अंकल,' रघु ने विनम्रता से कहा।

'केशव, सौरभ, तुम भी। सनम, अपने दोस्तों को रुकने को बोलो। तुम

लड़कियां डिनर पर ज़ैनब का साथ देना।'

सनम ने सिर हिलाकर हामी भर दी।

'लड़को, आओ, आज हम साथ बैठकर खाना खाएंगे,' सफ़दर ने कहा।

❖

सफ़दर लोन का डायनिंग रूम मुझे हमेशा ही इम्प्रेस करता था। उनकी आलीशान 18 सीटर मेज़ पर आज केवल पांच मेहमान थे। सफ़दर हमेशा की तरह मुखिया की कुर्सी पर बैठे। उनके बाईं तरफ़ रघु और फ़ैज़ और दाईं तरफ़ सौरभ और मैं बैठे थे।

मैं अपना फ़ोन गोद में लिए बैठा रहा। मैंने इंस्पेक्टर राणा को एक मैसेज डाल दिया।

'क्या आप तैयार हैं?'

'बिलकुल। लेकिन क्या तुम मुझे बताओगे कि हो क्या रहा है?' उन्होंने कहा। मैंने राणा को एक अर्जेंट सिचुएशन के लिए स्टैंडबाय पर रहने को कहा था।

'आप वेस्टएंड ग्रीन्स से कितनी दूर हैं?'

'मैं हौज़ ख़ास में हूं। यानी शायद चालीस मिनट।'

'ठीक है, तो आप वहां से चलना शुरू कीजिए। हम 238, वेस्टएंड ग्रीन्स में हैं।'

'यह तो ज़ारा के पैरेंट्स के घर का पता है।'

'जी हां, अपने साथ कुछ और पुलिस वालों को लेकर आइएगा। आज मैं आपको सबूत के साथ ज़ारा के क़ातिल को सौंप दूंगा।'

'क्या? कौन? कैसे? तुम श्योर हो?'

'यहां चले आइए और आपको सारे सवालों के जवाब मिल जाएंगे।'

मैंने फ़ोन से सिर उठाकर देखा। सफ़दर मुझे देखकर मुस्करा दिए।

'ये जनरेशन अपने फ़ोन को लेकर एडिक्ट हो चुकी है। ज़ारा भी ऐसी ही थी।'

'सॉरी अंकल,' मैंने कहा। 'मेरी मां पूछ रही थी कि मैंने खाना खाया या नहीं।'

'पैरेंट्स से ज़्यादा आपको कोई प्यार नहीं कर सकता।'

दो सर्वर्स डायनिंग रूम में चले आए। दोनों के हाथों में खाने से भरी ट्रे

थीं। उन्होंने डिशेज़ को टेबल पर सजा दिया—पीली दाल, फुल्के, गोभी-आलू, चिकन सूप और रायता। ग़म के मौक़े को देखते हुए लोन परिवार ने सादा खाना बनवाया था, जबकि अमूमन उनके घर पर बहुत ही शानदार खाना परोसा जाता था। सर्वर्स ने हमारी प्लेट्स में एक-एक कर सभी चीज़ें रख दीं।

'मैंने भी पिछले साल ही फ़ेसबुक जॉइन किया है। अब मुझे कहा जा रहा है कि मुझे इंस्टैंटग्राम पर भी होना चाहिए।'

'इंस्टाग्राम,' सौरभ ने कहा।

'हां, वही। ये सब बहुत कंफ़्यूज़िंग है। क्या कोई और ऐसा एप्प है, जिसका मुझे इस्तेमाल करना चाहिए?' सफ़दर ने कहा।

'सौरभ का एक फ़ेवरेट एप्प है, जिसकी मदद से वो नए दोस्त बनाता है,' मैंने कहा।

'कौन-सा?' सफ़दर ने पूछा।

'कुछ नहीं,' सौरभ ने मुझे टेबल के नीचे से लात मारते हुए कहा।

'आज तो पूरी दुनिया ही एप्प्स से चल रही है,' रघु ने कहा। 'बाय द वे, इंस्टाग्राम को फ़ेसबुक ओन करता है।'

'ऐसा?' सफ़दर ने हैरानी से कहा।

'हां, व्हॉट्सएप्प को भी,' रघु ने कहा। वह हाथों से दाल-चावल खा रहा था, जैसा हॉस्टल में किया करता था।

'मुझे व्हॉट्सएप्प बहुत पसंद है,' फ़ैज़ ने कहा। 'इसकी मदद से मैं अपने से बहुत दूर मौजूद लोगों से भी जुड़ा रह सकता हूं।'

खाना ख़त्म हो गया था। सफ़दर ने सर्वर्स से कहा कि जाने के बाद दरवाज़े लगा दें। यह सुनकर फ़ैज़ चौंका और सफ़दर की ओर देखने लगा, लेकिन वो अब भी मुस्करा रहा था।

'सॉरी, मैं ज़ारा के केस पर बात करना चाहता था और मैं नहीं चाहता था कि कोई और हमारी बातें सुने।'

फ़ैज़ ने चपाती को दाल से खाते हुए सिर हिलाया।

'उस वॉचमैन पर मुक़दमा जल्द ही शुरू होगा?' फ़ैज़ ने कहा।

'वॉचमैन ने ज़ारा को नहीं मारा है,' सफ़दर ने सधी हुई आवाज़ में कहा।

'वॉचमैन ने नहीं मारा?' फ़ैज़ ने कहा, वह खाते-खाते रुका गया।

'नहीं,' मैंने अपने छुरी-कांटे को मेज़ पर रखते हुए कहा।

'तुम श्योर हो कि लक्ष्मण वॉचमैन ने ज़ारा को नहीं मारा है? पुलिस ने

तो टीवी पर यही कहा था कि वही हत्यारा है,' फ़ैज़ ने कहा।

'हां, मैं श्योर हूं, और मैं यह भी जानता हूं कि हत्यारा कौन है।'

सभी की आंखें फ़ैज़ की ओर घूम गईं। उसके हाथ कांपने लगे।

'आप सभी मेरी तरफ़ ऐसे क्यों देख रहे हैं?' फ़ैज़ ने कहा।

'ग़द्दार, मैंने तुम्हें अपने बेटे की तरह समझा था,' सफ़दर ने कहा।

'ये आप क्या कह रहे हैं, अंकल?' फ़ैज़ ने कहा।

सफ़दर ने अपना सिर दबा लिया और कहा, 'केशव, तुम बात जारी रखो।'

'कैप्टन फ़ैज़ ख़ान,' मैंने कहा। 'प्लीज़ खड़े हो जाइए।'

'क्या?' फ़ैज़ ने हिचकते हुए कहा, लेकिन सफ़दर ने घूरकर देखा तो वो खड़ा हो गया।

'मुझे आपकी मदद की दरकार है।'

'क्या?' फ़ैज़ ने कहा।

'अगर क़ातिल भागने की कोशिश करे तो मुझे आपकी ताक़त की ज़रूरत होगी।'

सौरभ, रघु और सफ़दर सभी हैरानी से मुझे देखने लगे।

'लेकिन तुमने तो कहा था—' सफ़दर कहने लगे, लेकिन मैंने उन्हें बीच में ही रोक दिया।

'अंकल, मैं काफ़ी बोल चुका हूं। अब समय आ गया है कि हत्यारा ख़ुद हमें सच बताए।'

सभी एक-दूसरे की ओर कंफ़्यूज़्ड नज़रों से देखने लगे।

'मैं केवल इतना ही कह सकता हूं—6ई766, 8 फ़रवरी, 2018...'

'तुम क्या बोल रहे हो, भाई? ये सब क्या है?' सौरभ ने कहा।

'एक मिनट, सौरभ,' मैंने कहा। 'मेरे पास एयरपोर्ट की सीसीटीवी फ़ुटेज हैं...'

कुर्सी के चरमराने की आवाज़ आई और रघु उठ खड़ा हुआ।

'मैं अभी रेस्टरूम से आया,' रघु ने कहा।

'कैप्टन फ़ैज़,' मैंने कहा और रघु की ओर इशारा किया। मिलिट्री कमांडो पलभर में मेरा इशारा समझ गया। फ़ैज़ तेज़ी से उठा और रघु को अपनी मज़बूत बांहों से पकड़ लिया।

'तुम कहीं नहीं जाओगे,' फ़ैज़ ने कहा।

'अरे, मैं तो बस टॉयलेट जाना चाहता था,' रघु ने अपना चश्मा ठीक करते हुए कहा।

'नहीं, तुम टॉयलेट नहीं जा सकते। बैठ जाओ, रघु, और सबको बताओ कि क्या हुआ था,' मैंने कहा।

फ़ैज़ ने रघु को छोड़ दिया। रघु बैठ गया।

'क्या हुआ था?' सफ़दर ने कहा।

'भाई, ये क्या है?' सौरभ ने कहा और मेरी ओर देखा।

'रघु तो उस समय हैदराबाद में था,' सफ़दर ने कहा।

मैं रघु की ओर मुड़ा।

'क्या तुम प्लीज़ सभी लोगों का कंफ़्यूज़न दूर कर सकते हो?' मैंने कहा।

# अध्याय 28

*रघु की कहानी, उसी की ज़ुबानी*

*मैं जानता हूं कि आज मैं यहां पर जो कुछ भी कहूंगा, आप लोग मुझे एक बुरे आदमी की तरह ही जज करेंगे। मैं इस कहानी का विलेन हूं, और अब आप लोग यह बात जान भी चुके हैं। मैं आप लोगों से हमदर्दी की उम्मीद नहीं करता। आख़िरकार, मैंने ही ज़ारा को मारा था। मैं, एक वेजिटेरियन, तमिल ब्राह्मण लड़का, जिसको सभी 'भोंदू' कहकर बुलाते थे, उसने एक इंसान का ख़ून कर दिया। और ना केवल मैंने ख़ून किया, बल्कि मैं लगभग सभी की नज़रों से बच भी निकला। जब आसपास इतने सारे मुस्लिम शक के दायरे में हों, तो भला एक तमिल ब्राह्मण पर कोई कैसे शक करता? कभी-कभी हम दूसरों की धारणाओं का भी अपने पक्ष में अच्छे से इस्तेमाल कर सकते हैं।*

*मैंने अपने नंगे हाथों से उसकी जान ली। मुझे आज भी वो रात याद है। वो सो चुकी थी। किसी सोते हुए इंसान को जान से मारना ज़्यादा सरल होता है। आपको उनकी ऑक्सीजन सप्लाई रोकने की शुरुआत करने में ज़्यादा कठिनाई नहीं होती है। और सोते हुए आदमी को तीस सैकंड तक कुछ पता भी नहीं चलता कि हो क्या रहा है। इसके बाद वह शख़्स नींद से जागता है और हालात को समझते ही घबरा जाता है। इससे उनकी हालत और ख़राब हो जाती है। घबराहट मतलब अपने हाथ-पैर इधर-उधर फेंकना, जिससे वे अपनी बची-खुची एनर्जी और ऑक्सीजन को बर्बाद ही करते हैं। ज़ारा भी घबरा गई थी। उसने अपने नाज़ुक-से शरीर से ख़ुद को मेरी गिरफ़्त से छुड़ाने की पूरी कोशिश की, लेकिन मेरे दाएं हाथ ने उसकी गर्दन को कसकर पकड़ा हुआ था। ऑक्सीजन के बिना उसके फेफड़े धीरे-धीरे कमज़ोर होते चले गए। जब भी उसने मुझे किक मारने की कोशिश की, मैंने उसकी गर्दन को और ज़ोर से दबा दिया। उसने मेरे बाएं हाथ पर चोट करने की भी कोशिश की, जिसमें फ्रैक्चर था, लेकिन इससे कोई फ़र्क नहीं पड़ा।*

*मैंने घड़ी देखी। एक मिनट और दस सैकंड बीत चुके थे। जब आप*

मौज-मज़ा कर रहे होते हैं तो समय मानो उड़ने लगता है, लेकिन जब आप किसी का गला दबाकर उसे मार रहे होते हैं तो एक-एक पल मुश्किल से कटता है। मैंने इंटरनेट पर कई लेख पढ़कर यह सीखा था कि इसे कैसे किया जाता है। कहते हैं कि इस तरीक़े से किसी इंसान को मारने में सात मिनट तक लग सकते हैं। सात मिनट यानी चार सौ बीस सैकंड्स।

'ओके, इतना हिलो मत ज़ारा, मुझे इससे डर लग रहा है,' मुझे याद है, मैं उससे यही कह रहा था।

उसे अपनी एनर्जी का ठीक उपयोग करना चाहिए था। मुझसे संघर्ष करने के बजाय उसे अपनी गर्दन की मांसपेशियों को कड़ा कर लेना चाहिए था, ताकि उसके सांस लेने की नली और गले की नस को पूरी तरह से जाम नहीं किया जा सके। लेकिन ज़ाहिर है, उसे ये सब मालूम नहीं था। मेरी प्यारी ज़ारा दिखने में मुझसे कहीं ज़्यादा ख़ूबसूरत भले ही हो, लेकिन वो मेरे बराबर स्मार्ट नहीं थी।

मैं एक अंतर्मुखी इंसान हूं। मैं भले ही खुलकर ना बोलूं, लेकिन मैं अपने दिमाग़ में बहुत सारी चीजें महसूस कर सकता हूं और ख़ुद से बातें कर सकता हूं। मुझे अच्छी तरह याद है कि जब ज़ारा तड़पकर मर रही थी, तब उन आख़री लम्हों में मैं मन ही मन उससे बातें कर रहा था।

मैं कह रहा था कि सॉरी ज़ारा, मैं तुम्हारे लिए केक लेकर नहीं आ सका। मैं इतना सब अपने साथ नहीं ला सकता था। तुम्हारे रूम में आने के लिए मुझे उस कमबख़्त पेड़ पर चढ़ना पड़ा। तुम और तुम्हारे एक्स को ऐसी वनमानुष जैसी हरकतें रोमांटिक लग सकती होंगी, लेकिन मेरी नज़र में ये बेवक़ूफ़ी है। लेकिन देखो, इसके बावजूद मैंने यह किया। मैं नहीं चाहता था कि तुम्हें महसूस हो कि मैं किसी भी रूप में कम मर्द हूं। इस बात से क्या फ़र्क पड़ता है कि मेरी अपनी एक कंपनी है, जिसमें सौ लोग काम करते हैं। कि मैं तुम्हें वह दे सकता हूं, जो दुनिया का कोई भी दूसरा इंसान नहीं दे सकता। मैं तुम्हें अपनी कंपनी में एक स्टेक दे सकता हूं। अभी तक मैं एक आदमी नहीं था, केवल एक डरपोक भोंदू था। अभी देखो, मैं क्या कर रहा हूं। नॉट बैड फ़ॉर अ भोंदू, है ना?

मैं इसी के लिए पिछले एक महीने से बाइसेप्स और ट्राइसेप्स बना रहा था। मुझे एक हाथ से पेड़ पर चढ़ने की प्रैक्टिस करनी पड़ी। शायद इसीलिए अभी मेरी ग्रिप इतनी मज़बूत बनी हुई है। तुम भी अब ज़्यादा संघर्ष नहीं कर

रही हो। तुम्हारे फेफड़े इस बात को समझ गए हैं कि वे चाहे जितनी कोशिश कर लें, उन्हें अब ऑक्सीजन नहीं मिलने वाली। पानी से बाहर निकाली गई मछली की तरह तुम्हारा शरीर कुछेक मर्तबा सिहरता और कांपता है और उसके बाद तुम ठंडी पड़ जाती हो। तुम्हें मछलियां खाना पसंद है ना, ज़ारा? और दूसरे जानवर भी? मरने से पहले वो भी ऐसा ही महसूस करते हैं। इसीलिए मैं वेजिटेरियन हूं।

मैं तुम्हें मारना नहीं चाहता था। तुम तो जानती ही हो कि मैं उस तरह का इंसान नहीं हूं। मुझे तो बहस करने से ही ऐतराज़ है, ख़ून-ख़राबा तो दूर की बात। तुम्हें याद है कैसे केशव कॉल करता था और मुझे उकसाने की कोशिश करता था। लेकिन मैं आवेश में आकर कुछ भी कर गुज़रने वाला इंसान नहीं हूं। ऐसा नहीं है कि मेरा दिमाग़ जलन और ग़ुस्से से भरा हुआ है। ग़ुस्से में आकर कुछ कर बैठना मूर्खों का काम है और मैं, रघु वेंकटेश, मूर्ख नहीं हूं। मैं बदसूरत हो सकता हूं, पढ़ाकू चश्मिश हो सकता हूं, काला-कलूटा हो सकता हूं, मैं मेरे जैसे ही बदसूरत और भोंदू बच्चों का बाप (ये मेरे शब्द नहीं हैं) बन सकता हूं, लेकिन मैं बेवक़ूफ़ नहीं हो सकता। मैंने इसके लिए कई हफ़्तों तक रिसर्च और प्लानिंग की है। मेरा प्लान यह है कि पुलिस, या जो भी बेवक़ूफ़ तुम्हारे क़ातिल को खोजने की कोशिश करेगा, वो गोल-गोल चक्कर में ही घूमता रहेगा। ओह, और मैं जानता हूं कि ऐसा सबसे बड़ा बेवक़ूफ़ कौन है, जो इस केस को सुलझाने को लेकर ऑब्सेस्ड हो जाएगा और फ्रस्टेशन में ही मर जाएगा। ज़ारा, इसके लिए तुमको मुझ पर नाज़ होना चाहिए। मेरा तो मन कर रहा है कि तुम्हें नहीं मारूं और उल्टे अपने बेहतरीन प्लान के बारे में विस्तार से बताऊं। मैं तुम्हें अपनी इंटेलीजेंस से इम्प्रेस करना चाहता हूं, मैं तुम्हारे मुंह से अपनी तारीफ़ सुनना चाहता हूं। चलो, अब दो मिनट और बचे हैं।

तुमने अब हिलना बंद कर दिया है, यानी यह एक अच्छा संकेत है। ज़ाहिर है, तुम अभी मरी नहीं होगी, केवल बेहोश हो गई होगी। मुझे नहीं मालूम, पहले क्या कारगर साबित हुआ। मैं तुम्हारे गले की नस दबा रहा हूं, जो तुम्हारे ब्रेन में ब्लड सप्लाई रोक देगा। साथ ही मैं तुम्हारी सांस लेने की नली भी दबा रहा हूं, ताकि तुम्हारे फेफड़ों तक ऑक्सीजन न पहुंच पाए। या शायद, यहां ये दोनों ही चीज़ें एक साथ काम कर रही हैं। वैसे मैंने कभी बायोलॉजी में दिलचस्पी नहीं ली और हमेशा से तकनीक ही मेरा प्रिय विषय

रही है। अब केवल एक मिनट बचा है।

तुम आज रात इंटिमेट होना चाहती थीं। मैंने ही मना कर दिया। अलबत्ता मैं यह आख़री बार ज़रूर करना चाहता था। तुम मेरी ना से हैरान रह गई थीं। देखो, मेरे पास समय नहीं है। और ना ही, मैं अपने पीछे कोई निशान छोड़ जाना चाहता था। बाय द वे, मैं तुमसे कभी यह सवाल पूछ नहीं पाया कि मैं उसकी तुलना में बिस्तर में कैसा था? मैं उसके जैसा गबरू जवान तो नहीं। ना मेरे पास सिक्स-पैक हैं ना सिक्स फ़ीट की बॉडी। मेरे पास तो सिक्स इंच भी नहीं है, बताने की ज़रूरत नहीं किस चीज़ के। उसका साइज़ क्या है? पता नहीं मैं अभी इस बारे में क्यों सोच रहा हूं। ओके, सात मिनट पूरे हो गए। बाय, ज़ारा।

मुझे याद है मैंने कैसे अपनी ग्रिप ढीली की थी। उसके गले पर लाल रंग के गहरे निशान बन गए थे। मैंने उसकी लाश को बेड के बीच में रख दिया और टेबल लैंप जला दिया।

मैं उसके रूम में 1 बजकर 50 मिनट पर आया था। मैंने समय देखा। अभी 2 बजकर 45 मिनट हो रहे थे। इन पचपन मिनटों में मैंने जो कर दिया था, उसके लिए मैंने अपने आपको मुबारक़बाद दी। मैंने उससे बातें की थीं, फिर सो जाने का दिखावा किया था और उसके बाद उसे जान से मार डाला था। और यह सब एक घंटे से भी कम समय में। मैं ना केवल स्मार्ट हूं, मैं सुपर-एफ़िशियंट भी हूं।

मैंने जो हिसाब लगाया था, उसके मुताबिक मुझे 3 बजकर 30 मिनट पर यहां से चले जाना था। लेकिन जाने से पहले मुझे कुछ और चीज़ें करनी थीं। सबसे पहले मैंने ज़ारा का आईफ़ोन उठाया और टच आईडी पर उसका अंगूठा लगाया। उसकी उंगलियां बर्फ़ की तरह ठंडी लग रही थीं। फ़ोन एक बार में ही खुल गया।

मैंने एक ऐसे व्यक्ति को मैसेज किया, जिसके बारे में मुझे मालूम था कि वो पालतू कुत्ते की तरह फ़ौरन जवाब देगा। मैं केशव राजपुरोहित के साथ चैट करने लगा। उसने अपनी डीपी में अपने मोटु दोस्त के साथ एक चूतिए जैसी फ़ोटो लगा रखी थी। मैंने उसे मैसेज भेजा—

'तो अब तुम मुझे विश भी नहीं करते?'

उसने जवाब नहीं दिया तो मैंने एक और मैसेज भेजा।

'ये मेरा बर्थडे है, आई होप तुम्हें याद होगा।'

मैं केशव के रिप्लाई का वेट करने लगा। इस दौरान मैंने बेड को जमा दिया। मैंने ज़ारा को खिसकाते हुए उसकी बेडशीट भी बदल दी। उसकी अलमारी में हमेशा फ्रेश बेडशीट्स रखी होती थीं। मैंने पुरानी बेडशीड को फ़ोल्ड करके अपने बैकपैक में डाल दिया। मैंने फिर फ़ोन चेक किया। अब मेरे मैसेजिस के सामने ब्लू टिक्स थीं और केशव ऑनलाइन था। मुझे पता था। मुझे अच्छी तरह मालूम था कि यह चूतिया आशिक़ ज़ारा के बर्थडे वाली रात को सोएगा नहीं। मैं उसे मैसेजिस भेजता चला गया—

'मैं बस सरप्राइज़्ड थी कि तुमने मुझे विश नहीं किया।'

'एनीवे। पता नहीं मैं आज क्यों तुम्हारे बारे में सोच रही थी।'

'आई गेस, तुम बिज़ी हो।'

उसने कोई रिप्लाई नहीं दिया। मैंने समय देखा। मुझे बीस मिनट बाद निकलना था, इसलिए मैंने कुछ और मैसेज भेज दिए—

'आर यू देयर?'

'आई मिस यू।'

एक मिनट बाद मैंने देखा कि केशव कुछ टाइप कर रहा है।

'वाऊ, रियली?' उसने जवाब दिया।

'बहुत अच्छे, तो मछली कांटे में फंस रही है,' मैंने ख़ुद से कहा। और दस मिनट बाद वह ज़ारा को विश करने उसके रूम पर आ रहा था।

अब चूंकि पालतू कुत्ता यहीं आ रहा था, इसलिए यहां से निकल जाने का यही ठीक समय था। मैंने ज़ारा का फ़ोन उठाया और उसे स्विच ऑफ़ कर दिया। मैंने उसे फिर स्विच ऑन किया तो इस बार उसने पासकोड मांगा। अब कोई भी उसके अंगूठे का इस्तेमाल करके उसका फ़ोन नहीं खोल सकता था। मैंने उसे फिर से चार्ज पर लगा दिया। मैंने सेनिटाइज़र और टिशूज़ से वहां पर मेरे होने के तमाम निशान मिटा दिए और इस्तेमाल किए गए टिशूज़ को अपने बैकपैक में डाल दिया। अब मैंने खिड़की खोली। दिल्ली की ठंडी हवा ने मेरे चेहरे को छुआ। मैंने समय देखा। 3 बजकर 04 मिनट हो रहे थे। मैं जेम्स बॉन्ड हूं, मैंने ख़ुद से कहा और आम के पेड़ की डाल पकड़कर वहां से बाहर निकल गया।

मैं आउटर रिंग रोड पर चला आया। मैं इतना बेवक़ूफ़ नहीं था कि कोई उबर टैक्सी लेता और अपने पीछे कोई सुराग़ छोड़ जाता। मैं ऑटो का इंतज़ार करता हुआ अपनी हथेलियों को रगड़ता रहा। दस मिनट बाद ऑटो

*मिल गया।*

*'एयरपोर्ट,' मैंने कहा।*

*'अभी हम पैसेंजर्स नहीं ले रहे हैं, घर जा रहे हैं,' उसने कहा।*

*मैंने दो हज़ार रुपए के पांच पर्पल नोट निकाले और ऑटो वाले को दिखाते हुए कहा, 'अब क्या ख्याल है?'*

*'बैठ जाइए, घर जाकर भी मैं क्या करूंगा?' उसने कहा।*

# अध्याय 29

'एयरपोर्ट?' सौरभ ने कहा। वह कंफ़्यूज़्ड दिखाई दे रहा था, सफ़दर और फ़ैज़ भी।

रघु चुपचाप बैठा अपने सामने की ख़ाली कुर्सी को ताक रहा था।

'मैं समझ नहीं पा रहा हूं कि यह सब क्या हो रहा है,' सफ़दर ने कहा। 'रघु तो उस समय हैदराबाद के एक हॉस्पिटल में एडमिट था। मैंने उसके पैरेंट्स से भी चेक किया था।'

'राणा ने रघु के फ़ोन रिकॉर्ड्स भी हासिल किए थे। उस रात उसके सेलफ़ोन टॉवर की लोकेशन अपोलो हॉस्पिटल के नज़दीक की थी,' सौरभ ने कहा।

रघु हंस पड़ा। मेरी तरफ़ मुड़ा और बोला, 'ये लोग अब भी यक़ीन नहीं कर पा रहे हैं। देखा, मेरा प्लान कितना टाइट था?'

'इतना टाइट भी नहीं था।'

'भाई, मैं सीरियस हूं। तुम हम लोगों को बताओगे कि यह सब क्या हो रहा है?' सौरभ ने कहा।

'क्या तुम्हारे फ़ोन में कोई ट्रैवल एप्प है?' मैंने कहा।

'क्लियरट्रिप और मेकमायट्रिप हैं। क्यों?'

'उनमें से कोई भी एक खोलो और फ़्लाइट्स सर्च करो। कल रात की फ़्लाइट, रूट हैदराबाद से दिल्ली और फिर अगली सुबह वापसी।'

सौरभ अपने फ़ोन पर कुछ सैकंड काम करता रहा।

'यहां से वैसी रोज़ पंद्रह सीधी उड़ानें हैं,' सौरभ ने कहा।

'आख़री उड़ान कितने बजे की है? हैदराबाद से दिल्ली,' मैंने कहा।

'इंडिगो 6ई766 रात 11:30 बजे हैदराबाद से चलती है और 1:10 बजे दिल्ली पहुंचती है,' सौरभ ने कहा।

मैंने सौरभ की ओर देखा और मुस्करा दिया।

'वाऊ,' सौरभ ने कहा। 'अब समझा। इसने यह आख़री वाली फ़्लाइट ली, दिल्ली पहुंचा और सीधे आईआईटी चला गया।'

'और रात के 1 बजकर 10 मिनट पर एयरपोर्ट से आईआईटी तक आने में आधे घंटे से भी कम समय लगा।'

'डैम, यानी यह इतनी देर के लिए हॉस्पिटल से बाहर निकल आया था,' सौरभ ने रघु का गेमप्लान समझते हुए कहा।

'येस, इसने अच्छा खेला ना?'

'ओह,' सौरभ ने कहा। 'तो ज़ारा से तुम्हारी उस रात को हुई तमाम चैट्स उसके मरने के बाद की थीं?'

'ज़ाहिर है,' मैंने कहा। 'वो रघु था।'

'ओह, नो,' सौरभ ने कहा और मुझे चिंतित नज़रों से देखा।

'नेवर माइंड,' मैंने कहा। 'अब दिल्ली से हैदराबाद की पहली फ़्लाइट चेक करो।'

'इंडिगो 6ई765... यह सुबह 4 बजकर 55 मिनट पर दिल्ली से उड़ती है और 7:05 बजे हैदराबाद पहुंचती है,' सौरभ ने कहा।

'रघु सुबह-सुबह हैदराबाद में लैंड करता है, इसलिए एक बार फिर उसे किसी ट्रैफ़िक का सामना नहीं करना पड़ता। वो आधे घंटे में अपोलो पहुंच जाता है। और 7 बजकर 45 मिनट तक अपने बेड में वापस।'

'ओह,' फ़ैज़ ने कहा। अब वो भी समझ गया था कि रघु ने यह कैसे किया। लेकिन सफ़दर चुपचाप बैठे रहे। वे अभी तक सदमे में थे।

'और इसका फ़ोन लोकेशन...' सफ़दर ने कहा।

'ओह, हां,' सौरभ ने कहा। 'राणा ने फ़ोन टॉवर लोकेशन चेक की थी। इन फ़ैक्ट, ठीक 12 बजे रघु ने ज़ारा को मैसेज करके विश किया था। राणा ने सोशल पर हमें इनकी चैट्स भी दिखाई थीं।'

'हां, मुझे पता है,' मैंने कहा।

'एक्चुअली, भाई, तुम्हें शक कैसे हुआ?' सौरभ ने कहा।

'गोलू, तुम्हें याद है मैंने तुम्हें कहा था कि मैं ट्रिप पर जा रहा हूं?'

'हां, कोई एक हफ़्ता पहले।'

'मैं हैदराबाद गया था।'

'क्यों?' सौरभ ने कहा।

## अध्याय 30

*एक हफ़्ते पहले*

'तुम्हें अपने आपको उससे कम्पेयर करने की ज़रूरत नहीं है। वो सुपर-रिच हुआ तो क्या?' मैंने फिर अपने आप से कहा। मैं बेड में लेटा था, लेकिन सो नहीं पा रहा था। मैंने इससे पहले भी रघु से बात की थी। लेकिन इससे पहले कभी उससे बात करने के बाद मेरी नींद नहीं उड़ी थी। क्या वो कुछ इशारा कर रहा था? कोई कटाक्ष या अपमान? मैंने अपने दिमाग़ में हमारी बातचीत को दोहराया। मैंने अभी-अभी उसे फ़ोन लगाकर बताया था कि हमने क़ातिल को ढूंढ़ निकाला है और वो फ़ैज़ है। मैंने उसे उनके अफ़ेयर के बारे में बताया था। हालांकि मैंने प्रैग्नेंसी किट्स जैसी चीज़ों का ज़िक्र नहीं किया था। उसने वैसे ही रिएक्ट किया था, जैसे उसे करना चाहिए था। उसने फ़ैज़ को कोसा था और भावुक हो गया था। फिर उसने मुझे शुक्रिया कहा और बताया कि अब उसके लिए किसी चीज़ के कोई मायने नहीं रह गए हैं। लाइफ़ उसके बिना अधूरी सी है, उसने कहा।

यह आख़री पंक्ति मेरे ज़ेहन में क्यों अटक गई थी? यह जानी-पहचानी क्यों लग रही थी? मैंने इसे अपने दिमाग़ में कुछ मर्तबा दोहराया। फिर मैंने अपना फ़ोन उठाया और ज़ारा के साथ अपनी आख़री व्हॉट्सएप्प चैट देखी, जो मेरी ज़िंदगी की सबसे क़ीमती चीज़ों में से एक थी। उस दिन के बाद से अभी तक मैं इस चैट को दर्जनों बार पढ़ चुका था। मैंने उसे एक बार फिर स्क्रॉल किया, जब तक कि मैं आख़िर तक नहीं पहुंच गया और वहां पर मुझे वह नहीं मिल गया, जिसे मैं खोज रहा था।

'हां, तुम्हारे बिना लाइफ़ अधूरी सी है।'

मेरी रीढ़ की हड्डी में सिहरन दौड़ गई। नहीं, यह केवल एक इत्तेफ़ाक़ ही हो सकता है। मैंने सौरभ की ओर देखा, जो घोड़े बेचकर सो रहा था।

मैं फिर से लेट गया। वो हैदराबाद में था। हॉस्पिटल ने कंफ़र्म किया था। सेलफ़ोन की लोकेशन ने कंफ़र्म किया था। क़त्ल फ़ैज़ ने ही किया है। उसी पर फ़ोकस करो।

मैं बार-बार करवटें बदलता रहा और सोने की कोशिश करता रहा, लेकिन तब एक और विचार मेरे दिमाग़ में आया।

अगर फ़ैज़ डायवोर्स लॉयर्स को तलाश रहा था तो वो ज़ारा की हत्या क्यों करेगा? और वो भी यह मालूम होने के बाद कि वो प्रैग्नेंट है। वो तो ज़ारा के लिए सलमा को छोड़ने के लिए तैयार लग रहा था।

मैं फिर से उठकर बैठ गया। मैंने अपने फ़ोन में क्लियरट्रिप एप्प खोला और हैदराबाद और दिल्ली के बीच तमाम उड़ानें देखीं। हैदराबाद से दिल्ली के लिए आख़री उड़ान रात 11:30 बजे और दिल्ली से हैदराबाद के लिए पहली उड़ान 4:55 बजे। यह मुश्किल था, लेकिन नामुमकिन नहीं था।

मुझे रघु के साथ हुई एक और चैट याद आई, जब वह सैन फ्रांसिस्को में था।

'मुझे ऐसी ट्रिप्स की आदत है। मैं हमेशा ही ऐसा करता रहता हूं,' उसने कहा था।

शायद मुझे ख़ुद एक फ़्लाइट पकड़कर देखना चाहिए कि यह किया जा सकता है या नहीं, मैंने सोचा और लाइट जला ली।

'क्या हुआ?' सौरभ ने कहा।

'मुझे नींद नहीं आ रही है, मैं कहीं घूमकर आता हूं।'

'हुं?' सौरभ ने कहा था।

❖

मैंने ठीक वही फ़्लाइट पकड़ी, जो उसने पकड़ी थी, लेकिन इस बार उल्टी दिशा में। मैंने 4:55 पर दिल्ली से हैदराबाद की पहली फ़्लाइट पकड़ी और शेड्यूल से पहले 6 बजकर 50 मिनट पर वहां पहुंच गया। एयरपोर्ट से बाहर निकलते समय मुझे कई सीसीटीवी कैमरे दिखाई दिए। मुझे उम्मीद थी कि राणा मुझे इन सीसीटीवी कैमरे के फ़ुटेज तक एक्सेस दिला देगा। मैं 7 बजकर 05 मिनट पर राजीव गांधी इंटरनेशनल एयरपोर्ट से बाहर निकल आया। अनेक ड्राइवर्स मुझे शहर में ले जाने के लिए तैयार थे। उन्होंने कैश लिया और मेरे बारे में कोई डिटेल्स जानने की कोशिश नहीं की। मैं एक टैक्सी लेकर अपोलो हॉस्पिटल गया। सुबह के समय ना के बराबर ट्रैफ़िक था, इसलिए मैं 7:29 बजे वहां पहुंच गया। मैं मेन लॉबी में गया और वहां मुझे एक कॉमन टॉयलेट दिखा। हॉस्पिटल में पैशेंट्स को हरे रंग के कपड़े पहनने होते हैं तो रघु ने यहीं पर अपने कपड़े बदले होंगे। मैंने समय देखा, 7:33 हो रहे थे।

ज़ारा की मौत वाली सुबह राणा ने 8:45 पर रघु को फ़ोन लगाया था। तब रघु हॉस्पिटल में पहुंचा ही होगा। वह बातचीत मैंने भी सुनी थी। एक नर्स ने फ़ोन उठाया था, और फिर उसे रघु को दिया था। उसका कोई क्रिश्चियन नाम था।

मैं लिफ़्ट लेकर पहले फ़्लोर के प्राइवेट रूम्स में चला गया। अगर रघु अस्पताल से बिना किसी की नज़र में आए बाहर निकल जाना चाहता था, तो उसने ज़रूर फ़र्स्ट फ़्लोर पर ही प्राइवेट रूम लिया होगा, ताकि खिड़की से बाहर निकल सके।

'जी, मैं आपकी क्या मदद कर सकती हूं?' एक नर्स ने मुझसे कहा।

'मेरा एक दोस्त यहां पर एडमिट हुआ था,' मैंने कहा। 'एक नर्स उसे अटेंड कर रही थी। मैं उससे मिलना चाहता हूं, उसे शुक्रिया कहना चाहता हूं।'

'उसका नाम क्या था, सर?'

मैं चुप हो गया।

'मैं याद करने की कोशिश कर रहा हूं। जेन्नी, नो वेट, जेनी। वो तेलुगु लहज़े में बात करती है,' मैंने कहा।

'ओह, जेनी एन्थनी, सर,' नर्स ने कहा। 'वो यहीं है। स्टाफ़ कैंटीन में एक बार देख लीजिए, शायद वो वहां पर नाश्ते के लिए गई हो।'

❖

'भला कोई ऐसे पेशेंट को कैसे भूल सकता है, जो अपने पीछे दस हज़ार रुपए की टिप छोड़ जाए?' जेनी ने कहा। मैंने उसे अपने फ़ोन में रघु की तस्वीर दिखाई थी।

हॉस्पिटल के स्टॉफ़ कैंटीन से मेदु वड़ा और डेटॉल की गंध आ रही थी। उस छोटे-से रूम में चाय के फ़्लास्क रखे थे और स्नैक्स का एक छोटा-सा काउंटर भी वहां था। मैं जेनी के साथ एक कोने में बैठा था, ताकि कोई भी हमारी बातें नहीं सुन सके।

'तो यहां पर उसका इलाज चल रहा था। किस चीज़ का और कितने समय? एक हफ़्ता?'

'पांच दिन। जब वो यहां से गए, तब भी पूरी तरह से ठीक नहीं थे, लेकिन टेस्ट्स ठीक आने के बाद डॉक्टरों ने उन्हें जाने दिया।'

'वो नहीं चाहता था कि मैं परेशान होऊं, इसलिए उसने मुझे कभी कुछ

ठीक से नहीं बताया। इसलिए मैं यहां आपसे पूछने आया हूं।'

'ओह, इट्स ओके, सर।'

'उसके साथ एग्ज़ैक्टली क्या हुआ था?'

'बाएं हाथ में हेयरलाइन फ्रैक्चर। बांहों और पैरों पर चोट के निशान। ऐड़ी में मोच।'

'यहां पर अपने स्टे के दौरान क्या उसने कुछ ऐसा किया था, जो सामान्य नहीं था?'

'जैसे कि, सर? वो चुप रहने वाले इंसान थे, आपको तो पता ही होगा। उनके पैरेंट्स उनसे मिलने आया करते थे। वो आराम करते रहते और कभी-कभी अपना फ़ोन इस्तेमाल करते दिख जाया करते।'

'क्या वो किसी से फ़ोन पर बातें करता था?'

'केवल अपनी मंगेतर से। मैंने उसकी फ़ोटो देखी थी। बहुत सुंदर लड़की थी। एक मुस्लिम। वो मर गई है, उन्होंने मुझे बताया था। वेरी सैड।'

'हां, ज़ारा।'

'वो जिस दिन मरी, उसी दिन उसका बर्थडे था, शायद। और वो इतने अपसेट थे कि वो उस समय उसके साथ नहीं हो सकते थे। वो चाहते थे कि ज़ारा को सबसे पहले वो ही विश करें। मुझे अभी तक याद है, मैंने उनकी मदद की थी।'

मैंने उसकी तरफ़ हैरानी से देखा।

'मदद की थी?'

'डॉक्टरों ने रघु सर को हिदायत दी थी कि वे जल्दी सो जाएं, और नौ बजे के बाद ना जागें। लेकिन वो उसे आधी रात को विश करना चाहते थे, इसलिए मैंने उनकी मदद की।'

'कैसे?'

'मेरी नाइट ड्यूटी थी। उन्होंने मुझे अपना अनलॉक्ड फ़ोन दिया, जिसमें पहले ही एक हैप्पी बर्थडे मैसेज लिखा हुआ था। उन्होंने कहा कि रात ठीक 12 बजे मैं वो मैसेज सेंड कर दूं। मैंने ऐसा ही किया और इस तरह ज़ारा मैम को सबसे पहले विश करने वाले रघु सर ही रहे। मुझे तो लगता है वे दुनिया के सबसे अच्छे बॉयफ्रेंड थे।'

'हां,' मैंने गहरी सांस छोड़ते हुए कहा, 'वो वाक़ई सबसे अच्छा बॉयफ्रेंड था।'

# अध्याय 31

रघु ने तालियां बजाईं, जिससे सभी लोग चौंक गए।

'क्या? किसी ना किसी को तो अब केशव की मेहनत और लगन की तारीफ़ करनी चाहिए ना,' रघु ने कहा और हंस दिया।

'इसमें हंसने वाली कौन-सी बात है?' सौरभ ने कहा।

'मैंने इस चूतिए को कम आंका,' रघु ने कहा।

'नहीं, तुमने अपने आपको ज़्यादा आंक लिया था, यू ऐसहोल,' सौरभ ने कहा।

'लेकिन रघु की पिटाई करने वाले लोग कौन थे?' सफ़दर ने पूछा।

'अंकल, जो आदमी हज़ार करोड़ रुपए की कंपनी बना सकता है, क्या वो चंद गुंडों को पैसे खिलाकर ख़ुद की पिटाई नहीं करवा सकता? आख़िरकार ये आदमी प्रेसिडेंट्स गोल्ड मेडल विनर है,' मैंने कहा।

'तो वो अपना फ़ोन जेनी को देता है, गुड नाइट बोलता है, खिड़की से बाहर निकलकर एयरपोर्ट पहुंच जाता है, वहां से दिल्ली के लिए उड़ जाता है और चंद घंटों बाद लौट आता है, और एयर टिकट्स?' सौरभ ने कहा।

'एयरपोर्ट पर कैश पेमेंट। किसी फ़ोटोशॉप्ड आधार कार्ड का प्रिंटआउट इस्तेमाल करते हुए, जिस पर चेहरा तो उसका था, लेकिन किसी और का नाम लिखा था।'

'वाऊ, इसने सचमुच बहुत ही बारीक़ी से प्लान बनाया था।'

'बंदा स्मार्ट है। क्यों फ़ैज़?' मैंने कहा।

फ़ैज़ अपनी मुट्ठियां भींचे रघु की तरफ़ देख रहा था।

'क्यों रघु? तुमने उसको क्यों मारा?' फ़ैज़ ने कहा। रघु चुप रहा।

फ़ैज़ उठ खड़ा हुआ और रघु को एक ज़ोरदार थप्पड़ रसीद कर दिया। रघु के मुंह से ख़ून आने लगा और उसका चश्मा नीचे गिर पड़ा।

रघु चुपचाप बैठा रहा। उसने धीरे-से अपना चश्मा उठाया। फ़ैज़ उसको मारने के मक़सद से फिर आगे बढ़ा, लेकिन रघु ने उसको रोक दिया।

'मुझे दर्द नहीं होगा। मैं आसानी से यह झेल सकता हूं। याद रखना कि

मैं अपनी हड्डियां तुड़वाने के लिए भी पैसे दे चुका हूं।' रघु ने कहा।

सफ़दर उठ खड़े हुए। फिर जैसे कि कोमा से बाहर आते हुए उन्होंने शांत आवाज़ में कहा, 'लेकिन वो तो तुमको बहुत प्यार करती थी।'

रघु ने कोई जवाब नहीं दिया।

'तुमने मेरी नन्ही बिटिया को क्यों मार डाला?' सफ़दर ने वैसी ही धीमी आवाज़ में कहा, जैसे कि वे केवल इसी सवाल का जवाब चाहते हों।

रघु ने भद्दे ढंग से खीसें निपोर दीं।

'क्योंकि उसने जो किया था, उसने मुझे भीतर से मार डाला था।'

# अध्याय 32

*रघु की कहानी, उसी की ज़ुबानी : भाग 2*

'चलो अब सो जाते हैं, ज़ारा।'

'बस पांच मिनट, एकदम पक्का,' उसने कहा।

मैंने करवट बदल ली, ताकि उसके फ़ोन से आ रही रोशनी से बच सकूं। मुझे सुबह ऑफ़िस में एक मीटिंग अटेंड करने के लिए जल्दी जागना था। ज़ारा चार दिनों के ट्रिप पर हैदराबाद आई हुई थी और हम अभी-अभी ताज फ़लकनुमा पैलेस से डिनर करके लौटे थे। मैंने उसे अपनी कंपनी में पार्टनर बनाया था और हम इसी को सेलिब्रेट कर रहे थे। और अब मैं उसको अपनी बांहों में चाहता था।

कुछ देर बाद मैं फिर उसकी ओर मुड़ा।

'पांच मिनट पूरे हो गए हैं।'

'हां,' उसने अनमन ढंग से कहा। उसकी आंखें अब भी फ़ोन पर लगी थीं और उसके चेहरे पर एक मुस्कराहट थी।

'तो आओ ना।'

'आ रही हूं,' उसने कहा और अपने दाएं हाथ से मैसेज लिखते हुए बाएं हाथ से मेरे बालों को सहलाने लगी।

'तुम किसे मैसेज कर रही हो?'

'इंस्टा पर कोई लड़की है। वो मेरे ब्लॉग पढ़ती है और मुझसे सहमत नहीं होती। तो उसी से थोड़ी डिबेट चल रही है।'

'सीरियसली, ज़ारा।'

मैं उसे अपने पास चाहता था। मैंने उसके शरीर को बहुत मिस किया था।

'तुम आंखें बंद कर लो,' उसने मेरे सिर पर थपकियां देते हुए कहा।

मैं एक बार फिर करवट बदलकर लेट गया और दीवार घड़ी को देखता रहा। दस मिनट बाद मैंने अपना सिर घुमाकर आंख के कोने से उसे देखा। वह मैसेज लिखते समय मुस्करा रही थी। इंटरनेट पर किसी अजनबी से डिबेट करते समय ऐसे कौन मुस्कराता है?

दस मिनट और बीत गए, तब जाकर उसने अपना फ़ोन बंद किया और

बिस्तर में सरक आई। मैं दूसरी तरफ़ मुड़ गया। उसने मुझे पीछे से पकड़ लिया।

'अगर हम स्पूनिंग सेक्स पोज़िशन ट्राय करें तो अच्छा रहेगा,' उसने कहा।

मैं सोने का दिखावा करता रहा।

'आई एम सॉरी, बेबी,' ज़ारा ने फुसफुसाते हुए कहा।

मैं मुड़ा। वह स्पूनिंग की पोज़िशन में आ गई। मैंने अपना हाथ उसकी पीठ पर रख दिया और धीरे-धीरे उसकी छाती पर ले गया।

उसने मेरा हाथ पकड़ा और अपनी ब्रेस्ट्स पर से हटा दिया। मैंने फिर कोशिश की, उसने फिर वैसा ही किया।

'अगर आज रात हम केवल एक-दूसरे को यूं ही थामे रहें तो?' उसने मेरी तरफ़ मुड़कर देखते हुए कहा।

उसकी आंखें जैसे चमक रही थीं। मैं उन आंखों को कैसे मना कर सकता था?

'श्योर,' मैंने कहा।

'गुड नाइट, लव,' उसने कहा और मेरे गालों पर हल्के से काट लिया।

वह चंद मिनटों में ही सो गई। लेकिन मेरी आंखों में नींद नहीं थी। पिछले कुछ हफ़्तों से ज़ारा का व्यवहार मुझे अजीब लग रहा था। जब वो गहरी नींद में डूब गई तो मैं उसकी तरफ़ वाली बेडसाइड टेबल पर झुका और उसका आईफ़ोन उठा लिया। उसने कोई हरकत नहीं की।

मैं उसका फ़ोन उसके हाथ के पास ले गया, उसका अंगूठा उठाया और उसे आईफ़ोन की टच आईडी पर प्रेस कर दिया। एक झटके में फ़ोन अनलॉक्ड हो गया। मैं बेड से उठा और बाथरूम में चला गया।

❖

बाथरूम में जाकर मैंने ज़ारा का व्हॉट्सएप्प खोला।

सबसे ऊपर ज़ारा और कैप्टन फ़ैज़ की चैट्स थीं। मैं तीन दिन पहले की चैट्स तक स्क्रॉल अप कर गया।

फ़ैज़—तुम तनाव में हो क्या?'

ज़ारा—'हां, थोड़ी-बहुत।'

फ़ैज़—'चिंता मत करो, यह कुछ भी नहीं है।'

*ज़ारा—'मेरे पीरियड्स इससे पहले कभी इतने लेट नहीं हुए।'*

*फ़ैज़—'लेकिन मैंने तो पुल-आउट कर लिया था। तुमने कैलेंडर भी चेक किया था।'*

*ज़ारा—'जानती हूं, लेकिन... चिंता हो रही है।'*

*फ़ैज़—'माय डार्लिंग, तुम एकदम ठीक हो।'*

*ज़ारा—'क्या मुझे कोई टेस्ट करना चाहिए? प्रेगा न्यूज़ या ऐसा ही कुछ?'*

*फ़ैज़—'अभी ओवर-रिएक्ट मत करो।'*

*ज़ारा—'क्यों नहीं करूं? दो हफ़्ते ऊपर हो गए हैं।'*

*फ़ैज़—'कुछ और दिन देखो। एक हफ़्ता और।'*

*ज़ारा—'मेरे हैदराबाद से लौटने के बाद टेस्ट करवा लें?'*

*फ़ैज़—'श्योर।'*

*ज़ारा—'तुम्हें इस मुसीबत में डालने के लिए सॉरी।'*

*फ़ैज़—'ये मेरी भूल भी तो है।'*

*ज़ारा—'नहीं, मैंने ही तुमसे कहा था कि प्रोटेक्शन मत लो। मैं तुम्हें फ़ील करना चाहती थी।'*

*यह सब पढ़ते हुए मेरा दिल बैठ गया। मैंने फ़ोन को कसकर पकड़ लिया, ताकि वो मेरे हाथों से फिसलकर ना गिर पड़े। तो ज़ारा मुझे किसी ब्लॉग रीडर से डिबेट करने का बोलकर एक्चुअली यह सब कर रही थी।*

*फ़ैज़—'हैदराबाद में कैसा लग रहा है?'*

*ज़ारा—'इट्स गुड। मैंने अभी-अभी एक पैलेस में रघु के साथ डिनर किया।'*

*फ़ैज़—'हम्म।'*

*ज़ारा—'क्या?'*

*फ़ैज़—'क्या मैं यह कह सकता हूं कि मुझे जलन हो रही है?'*

*ज़ारा—'नहीं।'*

*फ़ैज़—'ठीक है, तब मैं नहीं कहूंगा।'*

*ज़ारा—'हमने डिसाइड कर लिया था, फ़ैज़। इट्स ओवर।'*

*फ़ैज़—'जानता हूं।'*

*ज़ारा—'तुम्हारी एक फ़ैमिली है। बच्चे हैं।'*

*फ़ैज़—'यह भी पता है, लेकिन तुम्हारे लिए मैं सब छोड़ सकता हूं।'*

*ज़ारा—'प्लीज़, ये सब मत बोलो।'*

*फ़ैज़—'आई मिस यू, माय लिटिल बेबी।'*

*ज़ारा—'आज तुमने क्या किया?'*

*फ़ैज़—'मैं ख़ान मार्केट गया था। वहां से प्रेगा न्यूज़ लेकर आया।'*

*ज़ारा—'तुम वो ले आए?'*

*फ़ैज़—'हां, दस पैकेट्स।'*

*ज़ारा—'दस?'*

*फ़ैज़—'हां, और कैमिस्ट मेरी तरफ़ ऐसे देख रहा था, जैसे मैं कोई हरम चलाता हूं।'*

*ज़ारा—'लोल, यक़ीन नहीं आ रहा कि तुमने दस पैकेट ले लिए।'*

*फ़ैज़—'क्योंकि मैं चाहता हूं कि तुम डबल चेक करो और शांति से रहो। जल्दी से यहां आओ तो हम टेस्ट कर लें।'*

*ज़ारा—'ओके, थैंक्स। बाय द वे, दैट्स वेरी स्वीट ऑफ़ यू।'*

*फ़ैज़—'मैं वही कर रहा हूं, जो मुझे करना चाहिए।'*

*ज़ारा—'आई एम श्योर कि ये कुछ नहीं है।'*

*फ़ैज़—'हां, मैं भी। लेकिन सुनो...'*

*ज़ारा—'हां, फ़ैज़।'*

*फ़ैज़—'अगर कुछ हुआ तो?'*

*ज़ारा—'प्लीज़ ऐसा मत बोलो।'*

*फ़ैज़—'जस्ट इमैजिन, हमारा बेबी कितना क्यूट होगा, जिसके पैरेंट्स इतने ख़ूबसूरत हैं।'*

*ज़ारा—'हाहाहा।'*

*ज़ारा मुझे यह जानकर अच्छा लगा कि तुम्हें इन दिनों क्या फ़नी लगता है।*

*फ़ैज़—'दो ख़ूबसूरत कश्मीरी, एक और ख़ूबसूरत कश्मीरी एंजेल को जन्म देने वाले।'*

*ज़ारा—'फ़ैज़।'*

*फ़ैज़—'श्श्श, ज़ारा। मुझे सपने देखने दो। क्या मुझे इसकी भी इजाज़त नहीं?'*

*ज़ारा—'तुम पागल हो।'*

*फ़ैज़—'तो बताओ, लड़का या लड़की?'*

*ज़ारा—'लड़की, ऑफ़ कोर्स, और उसके पास मेरे जैसा दिमाग़ होगा, तुम्हारे जैसा नहीं।'*

*फ़ैज़—'शट अप।'*

*ज़ारा—'हाहाहा।'*

*फ़ैज़—'और लुक्स?'*

*ज़ारा—'अम्म, अगर लुक्स डैडी जैसे हों तो चलेगा क्योंकि वो सुपर हैंडसम हैं।'*

*फ़ैज़—'ऑSSS, थैंक यू।'*

*ज़ारा—'ओके, अभी मुझे जाना है। देर हो रही है। रघु बुला रहा है।'*

*फ़ैज़—'मत जाओ ना।'*

*ज़ारा—'क्या?'*

*फ़ैज़—'हैव माय बेबी।'*

*ज़ारा—'क्या?'*

*फ़ैज़—'तुम भले ही रघु के साथ हो, लेकिन हमारा बेबी तो सुपर गुड-लुकिंग होगा ना। उसके साथ तो ख़ुदा जाने क्या होगा!!! ;) ;)'*

*ज़ारा- 'व्हॉट!! फ़ैज़! शट अप! :D :D'*

तो उसने फ़ैज़ को शट अप बोला, लेकिन साथ ही उसने टियर ऑफ़ लॉफ़्टर इमोजीज़ भी एड कर दीं। फ़क, द इमोजीज़, मैन। वो हर चीज़ के मायने बदल देती हैं।

*फ़ैज़—'वेल, तुम यह तो बिलकुल ही नहीं चाहोगी कि तुम्हारे किड्स रघु के जैसे दिखाई दें। काले कलूटे, बैंगन लूटे।'*

*ज़ारा—'शट अप, यू रेसिस्ट कैप्टन साहब! :) :)'*

*फ़ैज़—'तो कम से कम कश्मीरी जीन पूल तो क़ायम रखो।'*

*ज़ारा—'आज तुमने कितने पेग चढ़ाए हैं, फ़ैज़?'*

*फ़ैज़—'एक भी नहीं, तुम्हारी क़सम।'*

*ज़ारा—'गुड नाइट। और अगली बार मुझसे मिलने आओ तो वो किट्स लेते आना।'*

*फ़ैज़—'प्लीज़, मत जाओ...'*

*ज़ारा—'गुड नाइट।'*

और इसी के साथ चैट ख़त्म हो गई।

मैंने बाथरूम मिरर में अपने आपको देखा। हां, मेरी चमड़ी का रंग भूरा

*था। या शायद मैं 'काला कलूटा बैंगन लूटा' था, जैसा कि फ़ैज़ ने मेरे फ़्यूचर किड्स के बारे में बात करते हुए कहा था। ये मज़ाक़ की बात है, है ना? मुझको तो नहीं लगती। लेकिन ज़ारा को लगी थी।*

*तो क्या एक लूज़र ऐसा ही दिखता है? तो आईआईटी में जो लड़के मुझे चूतिया बोलते थे, ठीक ही बोलते थे? मेरी गर्लफ्रेंड एक फ़ौजी के साथ सो रही थी और वो भी प्रोटेक्शन के बिना, वो शायद उससे प्रैग्नेंट भी हो गई थी, और जब उसे कहा जाता है कि मेरे बच्चे 'काले कलूटे' होंगे तो वो इस पर हंसती है?*

*'और मैं इस सबके बारे में क्या कर रहा हूं?' मैंने आईने में दिखाई दे रहे इंसान से पूछा। फ़किंग नथिंग। इन फ़ैक्ट, मैं तो डर रहा हूं। मुझे तो ये डर है कि ज़ारा जाग जाएगी और यह पता लगा लेगी कि मैंने उसका फ़ोन खोलकर देखा है। अगर मैं उसकी बेवफ़ाई के बारे में उससे सवाल करूं तो क्या होगा? अगर वो मुझको छोड़कर चली जाएगी तो क्या होगा? क्या मेरे जैसे लूज़र को ज़ारा जैसी लड़की फिर मिलेगी? यानी उस पर ग़ुस्सा होने के बजाय उल्टे मैं डर रहा था कि कहीं मैं उसे खो तो नहीं दूंगा, जबकि वो मेरे साथ यह सब कर रही थी। इसको ही तो लूज़र की टेक्स्टबुक डेफ़िनेशन बोलते हैं, है ना?*

❖

*मैं बेडरूम में चला गया और फ़ोन को उसी जगह पर रख दिया, जहां से उठाया था। ज़ारा इतनी गहरी नींद में थी कि अपनी जगह से हिली भी नहीं थी। मैं बिस्तर में लेट गया और पूरी रात सोचता रहा, फ़ैज़ और ज़ारा के बारे में, ज़ारा और फ़ैज़ के बारे में।*

❖

*'हॉट इडलीज़ एंड कॉफ़ी,' ज़ारा ने कहा। 'जैसे तुम्हें पसंद है, वैसे ही।'*

*'तुम्हें ख़ुद उठकर यह सब बनाने की ज़रूरत नहीं थी,' मैंने अपनी फ़िल्टर कॉफ़ी को सिप करते हुए कहा।*

*'मैं बीती रात के बारे में सॉरी बोलना चाहती हूं,' ज़ारा ने कहा। 'मैं थोड़ी परेशान थी।'*

*'क्यों?'*

*'मैं तुम्हें बताना चाहती थी। मेरे पीरियड्स लेट हैं।'*

*ऑफ़ कोर्स, हनी, ये तो मुझे पहले से पता है, मैं उसे कहना चाहता था, लेकिन कहा नहीं।*

'ओह,' मैंने कहा। 'तो तुम्हें लगता है कि कोई चांस है?'

'पिछले महीने जब तुम दिल्ली आए थे,' ज़ारा ने कहा, 'तब मैं मिड-साइकल में थी।'

'लेकिन मैंने प्रोटेक्शन यूज़ किया था। मैं हमेशा करता हूं।'

'फिर तो यह कोई हॉर्मोनल इम्बैलेंस होगा। इसके अलावा तो और कोई पॉसिबिलिटी नहीं है।'

*पॉसिबिलिटी है ना, मेरी जान, एक आर्मी मैन की गन पर राइड करने की पॉसिबिलिटी, मैं उससे कहना चाहता था, लेकिन मैंने इसके बजाय इडली की एक बाइट ही ली।*

'तो अब हम क्या करें? क्या मैं कुछ कर सकता हूं?'

'मैं देखती हूं। अभी तो मैं बस तुम्हें बता रही थी,' ज़ारा ने कहा।

'तुम्हें किसी चीज़ की ज़रूरत हो तो मुझे बताना,' मैंने कहा।

'श्योर।'

मैं ऑफ़िस जाने के लिए उठ खड़ा हुआ।

'रघु,' उसने पीछे से आवाज़ लगाई। क्या अब वह मुझे सच बताने जा रही है, मैंने सोचा और तनाव से भर गया।

'हां?'

'तुम हमेशा कहते थे ना कि हमें नेक्स्ट स्टेप लेकर सेटल डाउन हो जाना चाहिए?'

'हां।'

'तो चलो, एंगेजमेंट कर लेते हैं। अब मैं इसके लिए तैयार हूं,' ज़ारा ने मुस्कराते हुए कहा और मुझे गले लगा लिया।

*ऑफ़ कोर्स, अब तुम तैयार हो, हनी, एकदम तैयार हो तुम,* मैंने मन ही मन सोचा और उसे बांहों में भर लिया।

❖

अपनी इकलौती बेटी की सगाई के लिए सफ़दर लोन ने कोई क़सर नहीं छोड़ी। उन्होंने अपने पूरे घर को फूलों और रोशनी से सजाया। मेरे पैरेंट्स हैदराबाद से एक दर्जन रिलेटिव्ज़ के साथ आए थे। जब मैंने उन्हें बताया था

कि ज़ारा मुस्लिम है तो उन्होंने ऐतराज़ में एक शब्द नहीं कहा। आख़िरकार वे अपने चहेते बेटे की पसंद को कैसे ना कह सकते थे? क्या मैंने उन्हें वह सब हासिल करके नहीं दिखाया था, जो वे मुझसे चाहते थे? मैंने ज़ारा की नाज़ुक उंगलियों में तीन कैरेट की सॉलिटेयर रिंग पहनाई। वो हरे लहंगे में कमाल की लग रही थी। उसने भी मेरी काली कलूटी बैंगन लूटी उंगली में एक अंगूठी खोंस दी।

'निकाह कब होगा?' ज़ारा की एक चाची ने सफ़दर से पूछा।

'वह तो ये लोग ही तय करेंगे,' उन्होंने कहा।

ज़ारा ने मेरी आंखों में देखा, जैसे कि कोई जवाब खोजने की कोशिश कर रही हो। लेकिन उसे कोई जवाब नहीं मिला। उसको भनक भी नहीं होगी मेरे दिमाग़ में क्या चल रहा था। मैं सोच रहा था कि ज़ारा, तुम मेरे साथ क्यों सगाई कर रही हो? ताकि अगर तुम प्रेग्नेंट हो तो तुम्हें शादी की ढाल मिल जाए। ताकि तुम मेरे साथ रहते हुए फ़ैज़ के बच्चे को पाल-पोसकर बड़ा कर सको? क्या यही तुम्हारा प्लान है? तो तुम्हें क्या लगता है, मैं कौन हूं? चूतिया?

'जब भी ज़ारा चाहे, अंकल,' मैंने कहा।

'अंकल नहीं अब्बा,' ज़ारा की एक चाची ने मुझे याद दिलाया और हंस दीं। मैंने भी सिर हिलाया और मुस्करा दिया। मैं अपना धर्म बदलूंगा। मैं उसको अपनी कंपनी में मेरे आधे इक्विटी स्टेक्स दूंगा। मैं रात-दिन गधे की तरह काम करूंगा। मैं ज़ारा के बाप को अब्बा बोलूंगा। मैं यह सब इसलिए करूंगा ताकि ज़ारा ख़ुश रहे। और इसके बदले में वो क्या देगी? एक हरामज़ादे को पाल-पोसकर बड़ा करने की ज़िम्मेदारी?

'अगले महीने?' ज़ारा ने कहा। मैंने उसकी ओर हैरानी से देखा।

'रियली? इतनी जल्दी।'

'अगर मुमकिन हो सके तो इससे भी जल्दी। मैं यह सब छोड़कर जाना चाहती हूं। बहुत हो गया इंडिया में रहना। मैं सक्सेना को, इन सभी रिलेटिव्ज़ को, इस शोरगुल और पोल्यूशन को अब और झेल नहीं कर सकती।'

'ठीक है,' मैंने कहा।

लेकिन मेरे दिमाग़ की चकरी चलती ही जा रही थी। अगर मैंने इससे ब्रेकअप कर लिया और इसने मुझे मेरे इक्विटी स्टेक्स नहीं लौटाए तो? मैं उसका नॉमिनी हूं, लेकिन जब तक वो ज़िंदा है, तब तक उन स्टेक्स पर

*पहला हक़ उसी का होगा। डैम, अब मैं क्या करूं?*

*'चलो एक नई शुरुआत करते हैं,' ज़ारा ने कहा।*

*'हां, जल्द ही पुराना सब कुछ ख़त्म हो जाएगा,' मैंने कहा और उसका हाथ थाम लिया।*

# अध्याय 33

सफ़दर ने अवाक नज़रों से रघु और फ़ैज़ की ओर देखा। रघु अपनी कहानी को बीच में रोककर पानी पी रहा था और सौरभ और मैं उसके फिर से बोलने का इंतज़ार कर रहे थे। वह एक सांस में पूरी बोतल पी गया और फिर बोला, 'मैं जानता हूं कि अभी आप सब लोग बहुत इमोशनल हैं। लेकिन अगर आप लॉजिकली सोचें और मेरी जगह ख़ुद को रखकर देखें तो आप पाएंगे कि मेरे पास कोई और ऑप्शन नहीं रह गया था।'

सभी स्तब्ध थे और रघु की ओर देख रहे थे। रघु ने बोलना जारी रखा, 'ये रहे मेरे ऑप्शंस। पहला ऑप्शन, कि मैं एक बेवक़ूफ़ हूं, जो एक नाजायज़ बच्चे को पालूंगा। दूसरा ऑप्शन, मैं उसके साथ ब्रेकअप कर लूं और उससे अलग हो जाने के दर्द को सहूं, जबकि वो अपने आशिक़ और मेरी आधी कंपनी लेकर चली जाए। दोनों ही तरीक़ों से मेरी ही ऐसी की तैसी होती।'

फ़ैज़ ने अपना गला खंखारा, जैसे कि अब वो कुछ कहना चाहता हो, लेकिन रघु बोलता ही रहा, 'ऐसे में मेरे पास केवल तीसरा ऑप्शन रह गया था और वो था ज़ारा को ख़त्म कर देना। अगर मैं यह काम अच्छे-से करता, तो मैं कभी पकड़ा जाने वाला नहीं था। हां, मैं ज़ारा को खो देता, लेकिन उसको तो मैं पहले ही खो चुका था। ज़ारा को अपनी सज़ा मिल जाती। फ़ैज़ को भी तक़लीफ़ होती। मुझे अपनी कंपनी वापस मिल जाती। और अगर प्लान ठीक से काम करता तो ये चूतिया केशव मौक़ा-ए-वारदात पर पाया जाता, और ये इतना कंफ़्यूजन क्रिएट कर देता कि मेरा काम आसान हो जाता। हेल, इसने तो फ़ैज़ को तक़रीबन जेल ही भिजवा दिया था। स्वीट जस्टिस। मेरा प्लान तक़रीबन क़ामयाब हो चुका था, लेकिन...'

'लेकिन मैंने तुम्हें पकड़ लिया,' मैंने कहा। 'बीती रात, जब मैं दिल्ली में उतरा तो राणा ने मुझे बताया कि उनके पास हैदराबाद एयरपोर्ट से सीसीटीवी फ़ुटेज पहुंच चुके हैं। इसके बाद तो बस उस शख़्स को खोजना थोड़ी ही देर का काम था, जिसके हाथ में पलस्तर बंधा था, जो बैकपैक लेकर चल रहा

था, और जिसकी शक्ल तुम्हारे जैसी थी।'

'वेलडन, यह तो मैं पहले ही बोल चुका हूं। मैंने तो तुम्हारे लिए ताली भी बजाई। अब इससे ज़्यादा तुमको और क्या चाहिए? नोबेल प्राइज़?' रघु ने कहा, उसकी आवाज़ से खीझ झलक रही थी।

'वो प्रेग्नेंट नहीं थी,' फ़ैज़ ने सधी हुई आवाज़ में कहा।

सभी फ़ैज़ की ओर मुड़ गए।

'क्या?' रघु ने कहा।

'नहीं, उसे शक ज़रूर था, लेकिन वह सच साबित नहीं हुआ। वह प्रेग्नेंट नहीं थी, और वह तुमसे इसलिए शादी नहीं कर रही थी कि तुम मेरे बच्चे को पाल-पोसकर बड़ा करो।'

फ़ैज़ ने अपना चेहरा हथेलियों में छुपा लिया और फूट-फूटकर रोने लगा।

'आप लोगों को पता है, हम दोनों क्यों एक-दूसरे के क़रीब आ गए थे?' फ़ैज़ ने रोते हुए कहा। फिर उसने अपना फ़ोन निकाला और हमें ज़ारा और सिकंदर की सेल्फ़ी दिखाई, जिसमें सिकंदर मशीन गन लिए खड़ा था।

'यह तो वही तस्वीर है, जो हमें ज़ारा के पाकिस्तान वाले फ़ोन में मिली थी,' सौरभ ने फुसफुसाते हुए मुझसे कहा।

'ज़ारा यह तस्वीर लेकर मेरे पास आई थी,' फ़ैज़ ने कहा।

'क्यों?' सफ़दर ने कहा।

'वो तमाम कोशिशें कर चुकी थी कि सिकंदर बदल जाए और अपनी टेररिस्ट हरकतें छोड़ दे। लेकिन वो उसकी सुनने को तैयार नहीं था। ज़ारा ने मुझे बताया था कि उसे पता चला है सिकंदर ने पुरानी दिल्ली के एक होटल के रूम में बंदूक़ें जमा कर रखी हैं और वो दिल्ली पर एक आतंकी हमला करना चाहता है।'

'ये उसे कैसे पता चला?' मैंने कहा।

'उसने सिकंदर का भरोसा जीत लिया था और उसे यक़ीन दिला दिया था कि वो उसके साथ है। तब सिकंदर ने उसको अपने इस ग्रैंड प्लान के बारे में बताया था कि वो किस तरह से भारत की राजधानी को दहला देना चाहता है। वो उसका साथ देने का दिखावा करती रही। वो उसे अपने साथ उस होटल में ले गया, जहां पर बंदूक़ें रखी थीं। ये तस्वीर उसी मौक़े की थी।'

'यह तो मुझे भी लगा था कि इस तस्वीर में ज़ारा की मुस्कराहट के पीछे

कोई ना कोई वजह थी,' सौरभ ने कहा।

'फिर क्या हुआ?' सफ़दर ने कहा।

'मैं अपने से ऊपर बैठे अफ़सरों को इस बारे में रिपोर्ट करना चाहता था, लेकिन ज़ारा की एक शर्त थी। वह चाहती थी कि मैं इस साज़िश का भांडाफोड़ तो कर दूं, लेकिन सिकंदर को जाने दूं,' फ़ैज़ ने कहा।

'तब तुमने क्या किया?' मैंने कहा।

'तब मैंने अपनी पहली ग़लती की। मैं उसकी बात मान गया। मैं और करता भी क्या? मुझे उससे मोहब्बत हो गई थी,' फ़ैज़ ने कहा। उसका चेहरा नीचे झुका हुआ था और वो सबसे आंखें मिलाने से बच रहा था।

'लव, माय फ़ुट। तुम्हें सलमा का ख्याल नहीं आया? और अपने बच्चों का?' सफ़दर ने कहा।

'मैं उसे हमेशा से चाहता था। सलमा से निकाह करने से भी पहले। लेकिन तब वो केशव के साथ थी और उसने मुझ पर कभी ध्यान नहीं दिया था। लेकिन जब वो कमज़ोर हो गई, तब जाकर मैं उसे हासिल कर पाया।'

'कमज़ोर?' मैंने कहा।

'तुम दोनों का ब्रेकअप हो गया था और इसके बावजूद तुम शराब पीकर उसे फ़ोन लगाते और परेशान करते थे। वो रघु को एक स्थायी साथी के रूप में चुन चुकी थी, क्योंकि उसे अपने जीवन में एक ठहराव चाहिए था। लेकिन कभी-कभी उसे अपनी ज़िंदगी में एक रोमांच की कमी भी खलती थी। उसे वो रोमांच मुझसे मिला, और वो मेरी हो गई, केवल कुछ समय के लिए।'

'तुमने जो किया, वो निहायत ही शर्मनाक था,' सफ़दर ने कहा।

फ़ैज़ ने कोई जवाब नहीं दिया।

'तुम सिकंदर और उसकी बंदूक़ों वाली जो बात कर रहे थे, वो पूरी बताओ,' मैंने कहा।

'मैं अपनी आर्मी यूनिट से पांच जवानों को लेकर वहां गया और बंदूक़ों के ज़ख़ीरे की पहरेदारी कर रहे दो लोगों को मार गिराया। लेकिन मैंने सिकंदर को जान-बूझकर जाने दिया।'

'फिर क्या हुआ?' मैंने कहा।

'हमने सभी बंदूक़ें और हथियार पुलिस को सौंप दिए। उन्होंने इसका पूरा क्रेडिट ले लिया। अगले दिन हथियारों की धरपकड़ की बस एक छोटी-सी ख़बर आई।'

'तुम्हारी इन बहादुरी वाली हरकतों की वजह से ही उसने तुम्हें पसंद किया होगा, जबकि सिकंदर को जाने देना अपने काम से ग़द्दारी थी,' रघु ने फ़ैज़ की तरफ़ देखे बिना कहा।

'उसने मुझे इसलिए पसंद किया, क्योंकि मैं सच में उसकी केयर करता था और उसको मुझसे वो पैशन और अटेंशन मिलती थी, जिसको वो मिस करती थी,' फ़ैज़ ने कहा।

'जबकि तुम शादीशुदा थे,' रघु ने कहा।

फ़ैज़ ने कोई जवाब नहीं दिया।

'और कुछ, फ़ैज़?' मैंने कहा।

'दूसरी ग़लती, मैंने पैसा लिया,' फ़ैज़ ने कहा और अपनी आंखें ज़ोर से बंद कर लीं, मानो उसे यह स्वीकार करने में बहुत तक़लीफ़ हो रही हो।

'सिकंदर ने मुझको गिफ़्ट के रूप में सोने के बिस्किट भेजे थे। मैंने उन्हें रख लिया। आर्मी की नौकरी से आपको ज़्यादा पैसा नहीं मिलता। मैंने सोचा कि अगर मेरा डायवोर्स हो गया तो मुझे सलमा को अपने हिस्से का बहुत कुछ देना होगा। तब सिकंदर के द्वारा दिया गया यह सोना मेरे और ज़ारा के लिए एक अच्छी ज़िंदगी बिताने के लिए काफ़ी होगा।'

'ग़द्दार। ना केवल मेरे परिवार, बल्कि तुमने देश के साथ भी ग़द्दारी की,' सफ़दर ने कहा।

'मैं ग़द्दार नहीं हूं।' फ़ैज़ ने चिल्लाते हुए कहा। 'मैंने अपने देश को एक बड़े आतंकवादी हमले से बचाया। और मैं सलमा को तलाक़ देने के बाद ज़ारा से निकाह भी करता। मैंने हमेशा चीज़ें सही तरीक़े से कीं, लेकिन अब मैं सब कुछ खो चुका हूं।'

'मुझसे किसी तरह की हमदर्दी की उम्मीद मत रखना,' सफ़दर ने कहा।

'मैं बहक गया था। मैं वो सारे सोने के बिस्किट पुलिस को दे दूंगा,' फ़ैज़ ने कहा।

सौरभ ने अपना बैकपैक खोला और उसमें से सोने के बिस्किट से भरा प्लास्टिक बैग निकाला।

'तुम इनकी बात कर रहे हो ना?' सौरभ ने कहा।

'व्हॉट द...' फ़ैज़ का गुलाबी चेहरा अनार की तरह लाल हो गया।

'ये एक लंबी कहानी है,' मैंने कहा। 'लेकिन तुम्हें किसी को बिस्किट्स सरेंडर नहीं करने होंगे। हम इसका ख्याल रखेंगे कि ये तुम्हारे आर्मी सीनियर्स

तक पहुंच जाएं।'

'लेकिन...' फ़ैज़ बोल रहा था, लेकिन रघु ने उसे बीच में ही टोक दिया।

'तुमने उसका इस्तेमाल किया। वो अपने भाई को लेकर कमज़ोर पड़ गई थी और तुमने उसकी कमज़ोरी का इस्तेमाल किया,' रघु ने कहा।

'नहीं, ज़ारा और मेरे बीच कुछ ख़ास था।'

'ज़ारा मुझे चाहती थी, तुम्हें नहीं,' रघु ने कहा।

'तुम्हारे पास तो उसके लिए समय ही नहीं था। तुमने उसके लिए एक कंपनी ज़रूर बना दी थी, लेकिन उसे अपना समय कभी नहीं दे पाए,' फ़ैज़ ने कहा।

'मैंने जो कंपनी बनाई, वो हम दोनों के लिए थी। उसे इस बात को समझना चाहिए था...' रघु ने कहा, लेकिन उसकी आवाज़ ठहर गई।

'वो अच्छी तरह समझती थी, और इसलिए ही उसे अपने किए पर शर्मिंदगी भी थी,' फ़ैज़ ने कहा। 'उसने मुझसे अपनी रिलेशनशिप ख़त्म कर ली थी। वो नहीं चाहती थी कि मैं अपनी बीवी को डायवोर्स दूं। वो बस इस सबसे दूर जाकर तुम्हारे साथ एक नई ज़िंदगी शुरू करना चाहती थी।'

'लेकिन तुम दोनों का एक अफ़ेयर था।'

'वो एक भूल थी, लेकिन उसके लिए आप किसी की जान नहीं ले सकते।'

'तुम्हें पता नहीं, कैसा महसूस होता है, जब...' रघु बोल रहा था, लेकिन पुलिस के साइरन की आवाज़ ने उसे रोक दिया।

'इंस्पेक्टर राणा और उनकी टीम,' मैंने कहा।

'आर यू सीरियस?' रघु ने कहा।

'तुमने अपराध किया है, तुम्हें सज़ा भुगतनी होगी,' मैंने कहा।

रघु ने मेरे और सौरभ की ओर देखा।

'कैसा हो अगर मैं तुम दोनों को इतना पैसा दे दूं, जितना तुम अपने पूरे जीवन में कभी नहीं कमा सकते?' रघु ने कहा।

'क्या?' मैंने कहा।

'तुम्हें बस पुलिस के सामने फ़ैज़ का नाम लेना होगा। वो इसी लायक़ है। उसे जेल में सड़ने दो।'

फ़ैज़ ग़ुस्से से उठ खड़ा हुआ।

'दस मिलियन डॉलर्स। पांच तुम्हारे दोस्त के लिए भी। बोलो, है मंज़ूर?'

रघु ने मुझसे कहा। उसका चेहरा बहुत गंभीर था।

मैं रघु के पास गया और उसका कॉलर पकड़ लिया।

'तो ज़ारा मुझे छोड़कर तुम जैसे घटिया आदमी के पास गई थी। साले हरामज़ादे,' मैंने कहा।

तभी इंस्पेक्टर राणा दो पुलिस वालों के साथ रूम में आए।

'क्या हो रहा है यहां पर?' राणा ने कहा।

'इंस्पेक्टर साहब,' मैंने कहा। 'वॉचमैन की जगह पर एक करोड़पति को ले जाने का समय आ गया है।'

❖

मैंने पुलिस जीप की बैकसीट से मुड़कर हमारे पीछे आ रही वैन को देखा।

'चिंता मत करो, अब वो यहां से भाग नहीं सकता। ऐसा केवल फ़िल्मों में होता है,' राणा ने कहा।

सौरभ और मैं इंस्पेक्टर की जिप्सी में थे और हम हौज़ ख़ास पुलिस स्टेशन की ओर चले जा रहे थे। इंस्पेक्टर राणा आगे बैठे थे और उनके चेहरे पर मुस्कान थी।

'केशव,' राणा ने कहा।

'जी, सर।'

'तुम लोग कमाल हो। तुमने हार नहीं मानी। वेल डन।'

'थैंक्स, सर,' मैंने कहा। सौरभ और राणा दोनों मुस्करा दिए।

'ट्रैफ़िक नहीं है, आप तेज़ चला सकते हैं,' मैंने ड्राइवर से कहा।

'इट्स ओके, मैंने ही उसे धीरे चलाने को बोला है,' राणा ने कहा।

'क्यों?'

राणा ने रियर-व्यू मिरर में हमें देखते हुए आंख मारी।

'मीडिया को भी तो आने का समय देना चाहिए।'

'ऑफ़ कोर्स,' सौरभ ने कहा।

कल सुबह राणा दिल्ली का स्टार कॉप होगा। आख़िर ऐसा कौन-सा दूसरा इंस्पेक्टर हो सकता है, जिसमें इतने गट्स हों कि एक वॉचमैन को छोड़कर एक मल्टी-मिलियनेअर को जेल में ठूंस दे?

'मैं डबल प्रमोशन के बारे में सोच रहा हूं,' राणा ने कहा।

'ट्रिपल क्यों नहीं?' सौरभ ने कहा।

'क्या?' राणा ने कहा। इससे पहले कि वे सौरभ का कटाक्ष समझ पाते, उनका फ़ोन बज उठा। दिल्ली पुलिस के पीआर डिपार्टमेंट ने उन्हें कॉल करके बताया था कि पूरी दिल्ली का मीडिया जल्द ही पुलिस स्टेशन पहुंच रहा है।

जब राणा फ़ोन पर बात कर रहा था, तब मैं खिड़की से बाहर पूरे चांद को देख रहा था।

'भाई,' सौरभ ने कहा।

'हां?' मैंने कहा।

'कॉन्ग्रैट्स।'

'हां, तुमको भी,' मैंने धीमी आवाज़ में कहा।

'तुम ख़ुश हो?'

'हां, मैं हूं।'

'लेकिन तुम ख़ुश लग नहीं रहे। आख़िर तुमने क़ातिल का पता लगा लिया ना।'

'लेकिन मुझे कुछ और भी पता चल गया।'

'क्या?'

'अपने आख़री पलों में वो मुझे मिस नहीं कर रही थी। वो तमाम चैट्स उसने नहीं की थीं। वो तब तक मर चुकी थी।'

'हां, वो मैसेज रघु ने भेजे थे।'

'काश कि मुझे यह सच कभी पता नहीं चलता।'

आंसू की एक बूंद मेरे गालों से फिसलकर नीचे गिर पड़ी, जबकि मैं खिड़की के बाहर झुककर उसे छुपाने की कोशिश कर रहा था।

❖

पुलिस स्टेशन में तेज़ आवाज़ों और फ़्लैशिंग लाइट्स ने हमारा स्वागत किया।

'राणा सर, बाएं देखिए,' एक फ़ोटोग्राफ़र ने कहा।

'राणा सर, राइट पोज़, प्लीज़,' दूसरे ने कहा।

'राणा सर, एबीपी न्यूज़। आप अपना पहला बयान हमें दीजिए, प्लीज़,' एक रिपोर्टर ने कहा।

जैसे ही हम जिप्सी से बाहर निकले, शोर मचाते मीडिया के लोग, कैमरों

की क्लिक्स और सैकड़ों फ़्लैशबल्ब्स ने हमें घेर लिया। पुलिस स्टेशन की एंट्रेंस पर मैंने इंस्पेक्टर राणा को एक रिपोर्टर से कहते हुए सुना, 'मुझे यह बताते हुए ख़ुशी हो रही है कि हमने ज़ारा लोन मर्डर केस को सुलझा लिया है। हत्यारे का नाम है रघु वेंकटेश, वो ज़ारा का मंगेतर और हैदराबाद की एक टेक कंपनी का मालिक है। जैसा कि आप देख सकते हैं, दिल्ली पुलिस इतनी हिम्मत वाली है कि वो अमीर लोगों को भी गिरफ़्तार करने से नहीं हिचकती। मिस्टर रघु वेंकटेश को हिरासत में ले लिया गया है। वॉचमैन लक्ष्मण रेड्डी को फ़ौरन रिहा कर दिया जाएगा।'

❖

मैं सुबह 4 बजे जाग गया था, ताकि 5 बजे तक क़ब्रिस्तान पहुंच जाऊं। इतनी जल्दी कि मुझे कोई देख ना सके।

मैंने ज़ारा की क़ब्र पर सफ़ेद गुलाब रखा, जो कि उसे बहुत पसंद था।

'मुझे नहीं मालूम, तुम्हारे लिए मैं क्या था, लेकिन तुम मेरे लिए बहुत मायने रखती थीं,' मैंने कहा और घुटनों के बल बैठ गया। मैं झुका और अपने माथे को ज़मीन से लगाया।

'मैंने तुम्हें प्यार किया था, ज़ारा,' मैंने कहा, 'शायद ज़रूरत से ज़्यादा प्यार। शुक्रिया, मुझे यह बताने के लिए कि प्यार क्या होता है। और यह सीख देने के लिए भी कि कभी किसी को भी इतना प्यार नहीं करना चाहिए।'

मैं वहां से जाने के लिए उठ खड़ा हुआ।

'गुडबाय, ज़ारा। मैं अपना प्यार यहीं ख़त्म कर रहा हूं।'

# अध्याय 34

*तीन महीने बाद*

'थोड़ा-सा ऊपर,' मैंने कहा।

कारपेंटर और उसके असिस्टेंट ने शॉप पर लगे साइनबोर्ड को छह इंच और उठा दिया। मैंने ज़ोर से उसका नाम पढ़ा—

'ज़ेड डिटेक्टिव्ज़।'

हमारी इस नई एजेंसी का नाम सौरभ ने ही सुझाया था। हमने मालवीय नगर में एक छोटी-सी, सौ फ़ीट की दुकान रेंट पर ली थी। हमने अपना एक वेबपेज और सोशल मीडिया अकाउंट भी बना लिया था।

'मुझे बताओ कि इस नाम के पीछे क्या लॉजिक है?' मैंने हमारी एजेंसी की दो वुडन चेयर्स में से एक पर बैठते हुए कहा।

'ज़ेड अल्फ़ाबेट का आख़री अक्षर होता है ना। द अल्टीमेट वन। जैसे कि वीवीआईपी लोगों को ज़ेड क्लास की सिक्योरिटी दी जाती है, जो अल्टीमेट होती है। फिर यह सुनने में भी कूल लगता है,' सौरभ ने कहा।

'तो क्या इसलिए ही तुमने इसका नाम ज़ेड रखा है?' मैंने त्योरी चढ़ाते हुए कहा।

'अब डिटेक्टिव तो तुम भी हो, तो तुम्हीं पता कर लो,' सौरभ ने कहा।

मैं मुस्करा दिया।

'उसने तुम्हारे साथ जो किया, उसके लिए मैंने उसे कभी पसंद नहीं किया था। लेकिन बाद में मुझे समझ आ गया कि आख़िर वो भी एक इंसान ही थी। फिर उसी के कारण तो हम आज इस नई राह पर चल पाए हैं। वो एक छोटा-सा ट्रिब्यूट तो डिज़र्व करती है,' सौरभ ने कहा।

'थैंक यू,' मैंने कहा और सौरभ के बाल बिखरा दिए।

'और हम बिना मिठाइयों के कोई दुकान कैसे खोल सकते हैं? वेट, मैं उस नई मिठाई की दुकान वाले को फ़ोन लगा रहा हूं। तुम्हें एक बार उसकी जलेबियां ट्राई करनी चाहिए।'

❖

'तो तुम लोगों ने एक डिटेक्टिव एजेंसी भी खोली है?' साइबरसेक के सीनियर वीपी कार्ल जोन्स ने मुझसे पूछा। मैं गुड़गांव में उनके ऑफ़िस में बैठा था, जिसकी खिड़की से मेट्रो ट्रैक का एक मटमैला-सा नज़ारा दिखता था।

'हां, मैंने अपने दोस्त सौरभ के साथ यह एजेंसी खोली है। हमने ज़ारा लोन केस को सुलझाने में पुलिस की मदद की थी। फिर यह हमारी हॉबी भी है।'

'हमने ज़ारा केस के बारे में सुना था। वो आईआईटी वाली लड़की, राइट? एनीवे, हम एक साइबर सिक्योरिटी फ़र्म हैं और इंवेस्टिगेशन स्किल्स से हमें मदद ही मिलती है।'

'हमने इंवेस्टिगेशन का वैसा कोई औपचारिक प्रशिक्षण नहीं लिया है।'

'तो फिर इस केस को सुलझाने में तुम्हारी सबसे ज़्यादा मदद किस चीज़ ने की?'

'केवल एक जिज्ञासु और खुला दिमाग़। हमने पहले से कोई धारणाएं नहीं बना रखी थीं और हम हार मानने को तैयार नहीं थे।'

'केवल इन गुणों की मदद से ही आप बहुत दूर तक जा सकते हैं। केवल एक केस ही नहीं, बल्कि ज़िंदगी में भी।'

'शुक्रिया, सर। मैं भी यही समझ रहा हूं।'

'फिर भी, मैं तुम्हारी सोचने की प्रक्रिया को समझना चाहता हूं। मुझे बताओ कि तुमने इस केस को सॉल्व करने के लिए एग्ज़ैक्टली क्या किया था।'

❖

'हां?' चंदन ने कहा।

सौरभ और मैं उसके ऑफ़िस में बैठे थे। वो अपनी डेस्क पर अकाउंट्स शीट्स चेक कर रहा था।

'हमें आपसे बात करनी है,' सौरभ ने कहा।

'मेरे पास समय नहीं है। और तुम लोग यहां पर कर क्या रहे हो? जाओ, जाकर अपनी क्लासेस लो।'

'हम ये जॉब छोड़ रहे हैं,' मैंने कहा। 'हमें एक बड़ा ऑफ़र मिला है। एक लीडिंग साइबर-सिक्योरिटी फ़र्म की तरफ़ से।'

'और हम पेशेवर डिटेक्टिव के रूप में भी केस सॉल्व करने का काम

करेंगे।'

'क्या?' चंदन ने कहा। उसका मुंह खुला का खुला रह गया था और उसमें गुटखे को साफ़ देखा जा सकता था।

'और तुम एक डिस्गास्टिंग आदमी हो, निहायत ही घटिया,' सौरभ ने कहा और उठ खड़ा हुआ।

'उसका यह मतलब नहीं था,' मैंने कहा और मैं भी उठ गया।

'ऑफ़ कोर्स, मेरा ठीक वही मतलब था,' सौरभ ने कहा।

'ओके, हो सकता है, उसका वही मतलब हो। फ़क यू, चंदन। बाय,' मैंने कहा।

❖

देर रात थी और हम अपने बेडरूम में बैठे थे। सौरभ अपने फ़ोन पर था। हमने अभी-अभी एक सिक्स-पैक डिनर फ़िनिश किया था, और इसका फ़िटनेस से कोई सरोकार नहीं था। वास्तव में मैगी नूडल्स के छह पैकेट्स को हम सिक्स-पैक कहते थे।

सौरभ ने फ़ोन से मुंह उठाकर मुझे देखा और एक चौड़ी मुस्कराहट के साथ मुस्करा दिया।

'इतने ख़ुश क्यों हो?'

'टिंडर पर नया मैच मिला है।'

'लड़की असली है क्या?'

'हां। सॉफ़्टवेयर इंजीनियर है। उसे यह बात पसंद आई है कि हम डिटेक्टिव्ज़ हैं।'

'हम?'

'मैंने उसे तुम्हारे बारे में भी बताया था।'

'और?'

'हम एक घंटे में हौज़ ख़ास विलेज में ड्रिंक्स के लिए मिल रहे हैं। वो अपने साथ अपनी बेस्ट फ्रेंड को भी लेकर आ रही है। तो हो जाओ तैयार, मिस्टर डिटेक्टिव।'

***

# लेखक परिचय

**चेतन भगत** आठ बेस्टसेलिंग उपन्यासों के लेखक हैं, जिनकी एक करोड़ बीस लाख से अधिक प्रतियां बिक चुकी हैं। साथ ही दुनिया की बीस से अधिक भाषाओं में आपकी किताबों के अनुवाद भी हो चुके हैं।

द *न्यूयॉर्क टाइम्स* का कहना है कि भारत के इतिहास में किसी और लेखक की इतनी किताबें नहीं बिकी हैं, जितनी कि चेतन की। *टाइम* पत्रिका आपके नाम की गणना दुनिया के सौ सबसे प्रभावशाली लोगों में कर चुकी है और फ़ास्ट कंपनी, यूएसए आपके नाम को व्यवसाय के क्षेत्र में दुनिया के सौ सबसे रचनात्मक लोगों में शुमार कर चुकी है।

आपकी अनेक किताबों पर बॉलीवुड में सफल फ़िल्में बनाई जा चुकी हैं। इतना ही नहीं, आप पटकथा लेखन के लिए फ़िल्मफ़ेयर पुरस्कार भी जीत चुके हैं।

देश के सर्वाधिक पढ़े जाने वाले प्रतिष्ठित अख़बारों—*टाइम्स ऑफ़ इंडिया* और *दैनिक भास्कर* के लिए आप नियमित स्तंभ लिखते हैं और भारत के अग्रणी मोटिवेशनल स्पीकर भी हैं।

आपने आईआईटी दिल्ली और आईआईएम अहमदाबाद से पढ़ाई पूरी करने के बाद एक दशक तक इंवेस्टमेंट बैंकिंग के क्षेत्र में काम किया और उस समय नौकरी छोड़ दी जब पूर्णकालिक लेखक बनने का निर्णय लिया।

# अनुवादक परिचय

**सुशोभित सक्तावत :** लेखक, पत्रकार, अनुवादक। अभी तक नौ पुस्तकें प्रकाशित, जिनमें कविता की चार और गद्य की पांच पुस्तकें सम्मिलित। चेतन भगत के छह उपन्यासों का अनुवाद भी किया है। पुस्तक '*सुनो बकुल*' के लिए वर्ष 2020 का स्पन्दन युवा पुरस्कार। दैनिक भास्कर समूह की पत्रिका '*अहा! ज़िन्दगी*' के सहायक सम्पादक।